彼女が生きてる世界線！

In a Storyline Where She Lives

中田永一
Eiichi Nakata

ポプラ社

彼女が生きてる世界線！

装画　へちま
装丁　野条友史(buku)

登場人物

城ヶ崎アクト　悪役。僕の転生先
葉山ハル　ヒロイン
佐々木蓮太郎　主人公
桜小路姫子　アクトの取り巻き
出雲川史郎　アクトの取り巻き

城ヶ崎鳳凰　アクトの父親
城ヶ崎ユリア　アクトの母親
瀬戸宮　城ヶ崎家の執事《バトラー》
小野田　城ヶ崎家の副執事《アンダーバトラー》・アクトの従者《ヴァレット》
大田原　アクトの運転手

佐々木勇斗　蓮太郎の弟
佐々木日向　蓮太郎の妹

葉山理緒　ハルの叔母
早乙女リツ　ハルの雲英学園高等部の友人
北見沢柚子　ハルの小学校からの友人

南井五郎　ミナイ調査会社所長

Act 1

序章

　僕は死んだ。仕事から帰る途中、いつもの交差点でその事故はおきた。横断歩道を渡っていると信号無視をしたトラックが突っこんできたのである。

　音楽を聴いていたのだが、事故の衝撃で耳からイヤフォンが外れてしまった。地面に横たわった僕は、最後の力をふりしぼり、外れてしまったイヤフォンを耳にねじこんだ。遠くなっていく意識の中で【彼女】の歌声を聴いていた。

　死んだ時の年齢は二十八歳。趣味はアニメを観ること。恋人はいない。家族は実家にいる両親と兄と弟と犬だけ。サラリーマンになって都会で一人暮らしをしていた。

　確かに死んだ。

　そのはずだった……。


　死んだ後、別の存在に生まれ変わることを転生などと呼ぶのだが、俺の身におきたのは、どうやらそういうことらしい。十二歳の俺はその日、自宅の屋内プールで遊んでいた。プールサイドには、バスタオルやジュースやお菓子を持った使用人たちがならんでいる。

　大人たちに命令して特注で作らせたウォータースライダーは最高だった。まがりくねったせまいチューブを通りぬけてプールに着水する。水温はぬるく設定していた。水中にもぐると、母親のお腹の中にいるみたいで安心した。俺には母親がいなかったから、特別にこの浮遊感が大好きだったのだ。

しかし、何度目かのスリルを楽しんだ後、俺はプールサイドで足をすべらせた。ぐるりと視界が回転したかと思うと、後頭部に強い衝撃があった。意識はそこで途絶えた。

長い夢をみた……。

夢の中の俺は、普通の家に生まれた少年だ。

両親は仲が良く、兄と弟と飼い犬がいる。

俺は家族に愛されて育ち、大人になり、社会人となった。

とあるアニメが好きで、その作品をくり返し、観ていた。

そして二十八歳のある日、トラックに轢《ひ》かれて死んだ。

俺の体はふっとばされて、確かに死んだ。

イヤフォンで女の歌声を聴きながら……。

目を開けた時、「僕」は、ふかふかのベッドの中にいた。豪奢《ごうしゃ》な天井を見上げても、そこが自分の部屋だとわからなかった。夢の中の人生の記憶と、今の人生の記憶が入り乱れ、かき混ぜられたような状態だった。

僕が目覚めたことに気づいて使用人が医師を呼ぶ。高齢の医師が僕を診察した。

「アクト坊ちゃまは、プールサイドで転んで、後頭部を打ったのです。外傷はなく、骨にも異常はありません。ひどい熱ですね。解熱剤を出しておきましょう」

「……アクト坊ちゃまというのは、僕のことですか？」

医師は怪訝《けげん》な表情をする。

「そうですよ、坊ちゃま。城《じょう》ヶ崎《さき》アクト様といえば、この屋敷に、あなた一人ではありませんか」

城ヶ崎アクト。

それが僕の名前だった。

ベッドの中で頭の中を整理する。夢の中で体験した人生、つまりトラックに轢かれて死んだ僕は、何だったんだ？　ただの夢なんかではない。真実味があったし、サラリーマンとして必死に働いた記憶がある。僕は確かに二十八年間の人生を生きたのだ。大学受験のために勉強した数学の公式や、英語の文法が頭の中にのこっていた。

試しに、診察に訪れた医師に英語で話しかけてみる。

「Hello.The pain in the back of my head has disappeared. I'm fine now.（こんにちは。頭の痛みが消えました。もう大丈夫）」

医師は驚いた顔をする。

「意味は通じました？」

「ええ、問題なく」

僕は英語の文法なんかしらないはずなのに。やっぱり、あれはただの夢なんかじゃない。おそらく、前世の記憶なのだと確信する。

前の人生で僕はトラックに轢かれて死んだ。

そして城ヶ崎アクトとして生まれ変わったのだ。

目が覚めてからは、前世の価値観で物事を考えるようになっていた。城ヶ崎アクトの十二年間を、前世の人生体験が塗り変えてしまったようだ。自分の両手を眺める。ずいぶん小さくて、傷ひとつない手だ。

部屋がノックされて、緊張した面持ちの使用人が現れる。

「アクトお坊ちゃま、飲み物とお食事をお持ちしました」

メイド服の女性が室内のテーブルに料理の皿を置いた。消化に良さそうなおかゆが湯気をたてている。

「ありがとうございます」

ベッドで横になったまま声をかけると、使用人は驚いた様子でトレイを落としそうになる。

「……あ、あの、申し訳ありません」

おどおどした様子で彼女は部屋を出ていく。

僕はどうやら使用人たちに恐れられている。心当たりはある。城ヶ崎アクトという少年は、物心ついて以来、他人をゴミのようにしか扱ってこなかった。ミスをした使用人には罰《ばつ》を与えるのが当たりまえ。弱い者いじめをして楽しむような人間だった。

それにしても、城ヶ崎アクトか……。

食事を終えた後、自室の鏡の前に立って自分の姿を眺める。鏡に映りこんでいる自分は、爬《は》虫類《ちゅうるい》や鮫《さめ》を思わせる顔だちだ。目は三白眼の切れ長で、つりあがっていた。口を開けると三角に尖《とが》った歯がずらりと並んでいる。見る者に恐怖心をあたえる悪魔のような顔だ。

まちがいない。僕はこの顔に見おぼえがあった。自分自身の顔だから見おぼえがあるのは当然だけど、そうじゃない。前世でサラリーマンをしていた頃から、僕はこの顔を知っていた。城ヶ崎アクト。それは、僕が好きだったアニメ作品の登場人物の一人だ。僕は、前世でくり返し観ていたアニメの世界に転生してしまったらしい……。

その作品の題名は『きみといっしょにあるきたい』というもので、省略して『きみある』などと呼ばれていた。全二十四話のテレビシリーズで、とある少年と少女が出会い、親交を深めながら、ともに成長していく物語だった。

アニメの舞台は夏目町《なつめちょう》。今現在の僕が住んでいる町の名前も夏目町だ。作品内に描かれていた景色と、この町の風景がすべて一致していた。前世を思い出すまで気づかなかったけれど、僕はアニメ『きみある』の世界で暮らしていたのだ。しかし、よりによって城ヶ崎アクトに生まれ変わってしまうなんて……。僕は途方にくれる。

城ヶ崎家の屋敷は丘の上に建つ洋風の巨大建築物だ。中世の貴族の家を思わせる造りである。床は暗い色の木製で飴《あめ》のような艶《つや》があり、窓から差しこんだ光が水たまりのようにかがやいていた。窓には分厚いビロードのカーテンが垂れ下がっており、その切れ端だけで、前世のサラリーマン時代の一ヶ月の給料分くらいありそうな高級感だ。

頭を打って以来、部屋で寝こんでいた僕は、シャワーを浴びたくなって部屋を出た。

話し声が聞こえたので、廊下《ろうか》の隅で立ち止まる。

「神様はどうして生かしておいたのかしら」

「ほんとう。目が覚めなければよかったのに」

「あいつは悪魔の生まれ変わり。顔つきも蛇《へび》や蜥蜴《とかげ》みたいだし」

メイド服姿の使用人たちがおしゃべりをしている。彼女たちはどうやら僕の話をしているようだ。そっと後ずさりをして、その場を離れた。

物語には悪役と呼ばれる存在がいる。アニメ『きみある』における悪役こそ城ヶ崎アクトだ。彼は金と権力をふりかざして人に命令し、様々な悪事をおこなうキャラクターだ。大金持ちの御《おん》曹司《ぞうし》である彼は自分のことを特別な存在だと思いこんでいた。傲慢《ごうまん》な彼は『きみある』の主人公とヒロインに対し、手下をつかって陰湿ないじめを繰り返していたのである。僕はどうやら、そんな彼に転生してしまい、そのことに気づかないまま、十二歳まで暮らしていたようだ。

一階にある浴室はお金がかかっており、古代ローマを意識した柱や彫像が並んでいた。お湯の出てくる蛇口は純金製である。湯船につかっていると声をかけられた。

「アクトお坊ちゃま、こちらにいらしたのですね。お部屋にいらっしゃらないので、さがし回っていたところです」

黒服に身を包んだ痩身《そうしん》の若い男だ。彼の名前は小野田《おのだ》。二十代半《なか》ばの男性で、僕の従者（ヴァレット）であり、この屋敷の副執事（アンダーバトラー）も務めている。銀縁眼鏡をかけた美男子だが、アニメ『きみある』には登場しなかった。

「小野田さん、相談があります」

「小野田……さん？」

彼がいぶかしげな顔をする。そういえばアニメの城ヶ崎アクトはもっと乱暴な話し方をしていた。今の僕の言葉遣いに違和感があったのだろう。せき払いをして言葉遣いをあらためる。

「小野田、相談したいことがある。僕のことを、お坊ちゃまって呼ぶのは、もうやめないか？」

今の僕には二十八歳の一般男性の精神が宿っていた。お坊ちゃま、などと呼ばれるのは恥ずかしい。

「では、なんとお呼びしましょう」

「なんでもいいよ」

「アクト様でいかがでしょうか」

「うん。みんなにもそうするように指示しておいてくれ」

「アクト様、いつからご自分のことを【僕】と呼ばれるようになったのです？」

「なんとなくそうすることにしたんだ。別にいいだろ」

「ええ、もちろんですとも」

湯船を出て脱衣所に行くと、脱いだ服は片づけられており、新しい服が用意されていた。自室へ戻る途中、玄関ホールの洗練された空間や、壁に飾ってある絵画に見惚《みと》れた。あらためてみると、なんてすごい屋敷だ。

後ろをついてくる小野田は、僕が立ち止まっていろんな風景に感動しているのを見て、不思議そうにしていた。

廊下の途中の窓から外を見る。銀杏《いちょう》の葉が黄色く染まっていた。風が吹くと黄色の葉が回転しながら落ちて、城ヶ崎家の庭園にふりそそぐ。

「こちらの銀杏の木は、年末までに切り倒す予定です」

「もったいないな。こんなに立派なのに」

「……アクト様のご指示だったかと。銀杏の実が臭いから切るようにと」

「撤回する、切らなくていい。今後も、この美しい庭を維持するように努めてくれ」

窓際を離れて移動する。小野田は少し驚いた表情で立ち止まっていたが、はっとして僕の後をついてきた。

夜、広すぎる部屋で天井をみながら考えこんだ。どうして城ヶ崎アクトなんかに生まれ変わってしまったんだろう。ついてない。

僕が悲観するのには理由があった。物語において、悪役という存在は最終的に破滅的な最後をむかえるものだ。城ヶ崎アクトも例外ではない。『きみある』の最終回で、城ヶ崎アクトは断罪されるのだ。

傲慢で無慈悲《むじひ》な彼は作中で様々な悪事を働く。その度に家の強大な権力を利用してもみ消していた。しかし、最終回でついに追いつめられる。

まず、城ヶ崎アクトの父親でありこの町の権力者でもある城ヶ崎鳳凰《ほうおう》が逮捕されるのだ。彼は自分の利益のため犯罪に手をそめていた。脱税、インサイダー取引、政治家への闇献金などだ。それらの証拠がマスコミにリークされる。結果、城ヶ崎グループは解体。国内外の様々な企業に吸収され消滅することになる。

家の後ろ盾《だて》が消えると城ヶ崎アクトを守る者はいなくなった。アニメの最終回、彼は住んでいた屋敷を追いだされる。途方にくれる彼を救う者はおらず、虐《しいた》げられていた使用人たちは彼を見捨てる。町をさまよう彼にむかって、かつていじめていたクラスメイトたちが嘲笑《ちょうしょう》しながら石を投げつける。彼は町を出て行き、それ以降、どうなったのかは語られない。

この世界でも同じことがおきるのだろうか？

そうなるとしたら何年後のことだ？

今の僕は十二歳だ。アニメに登場した彼は十六歳だったはず。『きみある』は学園の高等部が舞台となる話で、つまり高校生たちの物語だから。

『きみある』の物語がはじまるのは四年後。僕がこうして存在しているということは、この世界のどこかに主人公やヒロインも存在し、何もしらずに暮らしているのだろう。

僕の人生は、アニメと同じような末路をたどるのだろうか。城ヶ崎家が破滅した後、町を追いだされてしまうのだろうか。考えこんでいるうちに、僕は眠りについた。

1／1

私の職場には悪魔がいる。

名前は城ヶ崎アクト。

私の同僚は彼のいたずらのせいで大怪我《おおけが》をした。階段を掃除している最中、後ろから突き飛ばされたのである。彼女は階段を転がり落ちて腰の骨を折った。なぜそんなことをしたのかと、少年に問いつめることなんか恐れ多くてできない。彼は使用人が階段を落ちる様を、ただ見たかったのだろう。痛みで起き上がれない同僚を、小さな悪魔は階段の上から眺めて、お腹をかかえて笑っていたという。口にぞろりと並ぶ、とがった歯をむきだしにして。怪我が治っても同僚は戻ってこなかった。

夏目町を見下ろす丘の上に城ヶ崎家の邸宅はある。家主は城ヶ崎鳳凰様。城ヶ崎グループの総《そう》帥《すい》であり、この国の政治経済に影響力を持つ人物だ。しかしご主人様が屋敷に滞在されることは、ほとんどない。いつも忙しく世界中を回られている。

城ヶ崎邸では数十名の使用人が働いている。私たちを取りまとめているのは執事の瀬戸宮《せとみや》さんと、副執事の小野田さんだ。

瀬戸宮さんは細身のおじいさんで、長年、城ヶ崎家で働いているベテランである。屋敷全体の管理をまかされており、城ヶ崎鳳凰様からも信頼されていた。

小野田さんは副執事としての仕事をしながら、あの恐ろしい悪魔のお世話係を担当している。悪魔がクラスメイトを怪我させたと聞けば、菓子折りを持ってその子の家まで行って頭を下げていた。小野田さんは知的な容姿にスマートなたたずまいをしていたから、彼を慕《した》う女性の使用人は多かった。だからこそ、彼をいつも困らせている悪魔への憎しみが大きくなる。

城ヶ崎アクトは凶悪な顔をしていた。三白眼のするどい目つきでにらまれたら、それだけで、か弱い動物は心臓を止めてしまうだろう。口には牙《きば》のようにとがった歯がならんでおり、誰かを貶《おとし》める言葉が常に飛びだしてくる。私は人生の中で、こんなにも不愉快な人間をみたことがない。

そんな悪魔が、ある日、プールサイドで足をすべらせて転倒した。後頭部を強く打ち、気絶したまま目をさまさないという。

同僚の誰かが、ぽつりと口にした。

「もう、おきなければいいのに……」

これは神様のはからいではないだろうか。あの少年が大人になり、城ヶ崎家の莫大な遺産を受け継いだら、どんなに悪いことをしでかすかわからない。これ以上の被害者を増やさないためにも、二度と目をさまさない方がいいのだ。ひどいことだけれど、私も同感だった。

しかし、城ヶ崎アクトは目覚めた。自室のベッドで彼の意識が戻ったとの報告があった時、使用人たちの間にため息がもれた。彼はしばらくの間、ベッドで唸《うな》り声をあげながら苦しんでいたという。

彼の診察を終えた医師が、廊下で難しい顔をしていた。

「先生、どうされました。お坊ちゃんに、不愉快なことでもいわれたんですか?」

「いや、気になることがありましてね。アクトお坊ちゃんの様子が、どうにも変なんです。目をさまして以来、以前のような攻撃的な雰囲気がみられなくなりましてね。なんというか、まともで知的な話し方をするんです」

まともで知的?

あの野蛮《やばん》な悪魔に限って、そんなことあるわけがないのに。

「驚いたことに、英語で話しかけられたのです」

「英語で? アクトお坊ちゃんが? 何かのまちがいでは?」

その後も医師は難しい表情で考えこんでいた。

しかし、私もすぐに医師と同じ違和感を城ヶ崎アクトに抱く。小野田さんにお願いされ、私は悪魔の自室へ食事を運ぶことになったのだ。彼の部屋に入る時はひどく緊張する。何か失敗をすれば暴言をはかれるにちがいないからだ。

悪魔はベッドで休んでいた。三白眼が、ぎろりと私に向けられ、足がすくみそうになる。高級ホテルのスイートルームみたいな部屋だ。テーブルに食事を置く。すると、驚いたことに、あの悪魔が話しかけてきたのだ。

「ありがとうございます」と。

私は、持っていた銀製のトレイを落としてしまいそうになる。耳をうたがった。あの悪魔が「ありがとう」だなんて。混乱しながら、逃げるように部屋を出た。

城ヶ崎アクトという少年は、周囲の人間が自分のために行動するのは当然のことだと思っているような奴だ。それなのに「ありがとう」だなんて。不気味だ。あの悪魔が何かをたくらんでいるんじゃないかという気がしてならなかった。

一体、何がおきているのだろう……。

1/2

人々の嘲笑する声。

誰かの投げた石が頭にぶつかる。

痛い。皮膚が切れ、血が流れた。

「みろよ、あの城ヶ崎アクトが、地面にはいつくばってやがる」

学園の制服を着た男子生徒が僕を指さして笑っている。

「う……、うう……」

悔しさからうめき声をもらす。屋敷を追いだされた僕は、行き場もなく町をさまよっていた。

ああ、これは、アニメ『きみある』の最終回だ。かつていじめられていたクラスメイトたちが追ってくる。

「おい、待てよ！」

「散々、俺たちをいたぶった罰だ！」

恐怖。切迫感。まったく酷い状況だ。だけど視聴者が抱くのは胸がすくような心地良い感情。カタルシス。そうなるのは当然の報いだと思えるような行為を、作中で城ヶ崎アクトはおこなってきたのだから。

これが悪役の末路。

僕の運命。


「おはようございます、アクト様。そろそろお目覚めの時間ですよ」

僕の寝ているベッド脇に老人が立っていた。

飛び起きて周囲を見回す。僕は全身に汗をかいていた。

「何か悪い夢でもみていらしたのですか。うなされていたようですが」

「あ、ああ。ひどい夢だった」

息を落ち着かせて老人と向きあう。目が糸のように細く、やせた体にぴったりの黒服を着た白髪のおじいさんだ。名前は瀬戸宮。この屋敷の執事である。立場的には小野田の上司にあたる人物だ。

「おはよう、起こしに来てくれたのか」

「本日から学園に復帰するとうかがいましたので」

僕は雲英《うんえい》学園という学校の初等部に通っている。頭の怪我も治ったようだし、そろそろ学園へ行かなくてはならない。

制服に着替えて食堂に向かう。城ヶ崎家の屋敷は静かだ。広々としているため、僕の足音がよく響いた。

前世のにぎやかな実家がなつかしい。前の人生では兄と弟がいた。そして飼い犬も。狭苦しい実家で暮らしていた時、食事の時間になると騒々しかったものだ。夕飯時など、部活をしてきた兄弟は汗臭く、汚い靴下が脱ぎ散らされていた。窮屈《きゆうくつ》で臭くて、だけどいつも、笑いの絶えない家だった。

この屋敷は、汚い靴下どころか、ちりひとつ落ちていない。使用人がいつも掃除をしてくれているおかげだろう。

食堂の手前あたりで忙しそうに働いている使用人とすれちがう。僕は思わず「おつかれさまでーす」と頭を下げてしまった。サラリーマン時代の癖《くせ》だ。会社で同僚とすれちがう時、いつもそんな風に声をかけていたから。声をかけられた使用人は、作業の手を止め、びっくりした顔で僕の方をみていた。

副執事でもあり僕の従者でもある小野田が食堂で待機していた。

「おはようございます、アクト様」

彼が椅子をひいてくれて腰かける。高級なレストランで給仕されているような気分だが、今の僕にはこれが日常だ。

給仕担当の使用人たちが朝食の皿を運んできて僕の前に並べた。厨房の窯《かま》で焼かれたばかりの熱々のパン。コーンポタージュスープとホットミルク。

父の城ヶ崎鳳凰は、ほとんど屋敷にいないため、いっしょに食事をすることはない。母は出産とともに亡くなっている。つまり僕は、いつも一人で食事をしなければならなかった。家族のあたたかさとは無縁の人生なのだ。

「小野田、お菓子の缶みたいなもの、あまってないかな。捨てるやつがあったら欲しいんだけど」

食事をしながら聞いてみる。焼きたてのパンはちぎると断面から湯気が立ち上り、口にふくむとバターの甘みが広がった。素晴らしい味だ。

「お菓子の缶でございますか？　何に使用されるのです？」

「秘密だ」

缶を貯金箱がわりにしてお金を貯めようと思っていた。来るべき破滅に今から備えておかなくてはならない。城ヶ崎家は没落して僕は町を追いだされることになる。その日のために今から貯金をしておこうというわけだ。

そういえば、前世でサラリーマン時代に貯金していた銀行口座はどうなったのだろう。どうせ死んでしまうのなら、もっと派手に使っておけば良かった。

デザートに季節の果物が運ばれてくる。高級メロンだ。口に含むと甘い果汁が広がって感動した。

「いってらっしゃいませ、アクト様」

使用人たちに見送られながら運転手つきの高級車が発車する。城ヶ崎家の敷地内をゆっくりと進み門を抜けると、丘の裾野《すその》に高級住宅地が広がっていた。学園まで送迎してもらえるなんて快適だ。前世の子ども時代は、もちろん徒歩で小学校に通っていたし、サラリーマン時代は満員電車による地獄みたいな通勤だった。

駅前のにぎやかな地域を通る。ロータリーにあるモニュメントに見おぼえがあった。銀色の柱がねじくれたような抽象的なデザインは、まちがいない、アニメ『きみある』において駅前の背景に描かれていたものだ。

高い塀で囲まれた敷地が前方にみえてくる。雲英学園は、小学校、中学校、高等学校を統合した、いわゆる小中高一貫校である。ちなみに初等部は、やたらと学費が高いため、通っているのはお金持ちの家の子ばかりだ。この学園は『きみある』の主要な舞台だけど、今はまだ物語がはじまる四年前なので、主人公やヒロインは入学していないはずだ。それぞれ別の公立小学校に通っている時期である。僕は『きみある』の公式設定資料集を隅々まで読みこんでいるので、そんなこともわかるのだ。

車が校門前に横づけされ、運転手が後部座席のドアを開けてくれた。

「いってらっしゃいませ、アクト様」

「ありがとう。行ってくるよ」

車を降りて礼をいうと、運転手が肩を震わせる。記憶が戻って以来、僕が声をかける度に使用人たちは驚いたような反応をする。

学園生たちが校舎に向かってあるいていた。その流れに入ろうとしたら、僕の周囲にだけ、ぽつかりと空間ができた。以前の僕は、自分に備わった圧倒的強者の覇気《はき》により、小市民たちが気《け》圧《お》されて道をあけているのだと思いこんでいた。でも、たぶんちがう。みんな関わりあいになりたくないだけなのだろう。

父の城ヶ崎鳳凰は雲英学園に多額の寄付をしている。だから教師たちでさえ僕に逆らうことができないのだ。すべての教師は城ヶ崎アクトを優遇し、その横暴をみてみぬふりする。僕に目をつけられたら教師にも守ってもらえない。だからみんな僕に近づこうとはしないのだ。

初等部の校舎に入り教室内に足を踏みいれると、それまでのにぎやかな会話がぴたりと止まって静まり返る。クラスメイトたちがおびえるような視線を向けてきた。窓際の最後尾が僕の席だ。以前の僕だったら、どかりとふんぞりかえるように座っただろう。前世を思い出した今、そんな座り方はできない。みっともないという感覚がある。

静かに椅子をひいて腰かけると、ランドセルから水筒を取り出し、中身を一口、飲んだ。あたたかい緑茶だ。使用人にお願いして用意してもらっていたものだった。

「ふう……」

サラリーマン時代、給湯室でいれた緑茶の味を思い出すなあ。職場のみんなは元気にしているだろうか。急に僕が死んで、みんなにも迷惑をかけただろう。取引先の相手にお別れの挨拶もしないまま転生してしまったし、仕事の引き継ぎもしなかった。前世の職場に思いを馳せていると、声をかけられる。

「アクト様、おはようございます。もうお怪我の具合はよろしいのですか?」

「私、心配していましたの。アクト様がいらっしゃらない学校なんて、いちごがのってないショートケーキみたいなものですわ」

少年と少女が僕の机を囲む。

一瞬、何かが心に引っかかった。

僕は今、何か見落としをしていて、とても大事なその何かに気づきそうな予感があったのだ。

「アクト様？　どうされました？」

「あ、いや、なんでもないよ、出雲川《いずもがわ》君」

少年の方に返事をする。彼の名前は出雲川史郎《しろう》。金髪碧眼《へきがん》の天使のような甘い顔立ちだ。父親は大企業の役員で母親はフランス人の大金持ちの末裔《まつえい》。この学園では僕の次くらいに親がお金持ちである。

「あらためて、ごきげんようですわ、アクト様」

少女の方は桜小路姫子《さくらこうじひめこ》という名前で、彼女の腰まである茶色の髪は、絵本に出てくるお姫様のように縦ロールだ。彼女の家は大地主で、この夏目町に古くからある名家のひとつであり、大変な資産家だ。

この二人は城ヶ崎アクトの後ろにいつもつきしたがっている手下たちである。アニメでは学園に入学してきた子たちを徹底的にいじめていたひどい奴らだ。視聴者からは、腰巾着とかコバンザメなどと揶揄《やゆ》されていたものだ。

「おはよう。声をかけてくれてありがとう。僕はこの通り、もうすっかり体調は戻ったよ」

誰かに話しかけられたことがうれしくて、僕は笑顔になってしまう。この凶悪な顔で笑みをうかべられると、普通の人は命の危険を感じて逃げていくものだが、二人はつきあいが長いので動じない。

「アクト様？」

「雰囲気が変わられました？」

以前の僕はいつも不機嫌で、何かに対して常に怒っているイメージがあったのだろう。少しだけ不思議そうに二人は僕を見ている。

「まあな。寝こんでいる時、自分をみつめ直したんだ。これからもよろしくな」

「この桜小路姫子、全力でアクト様の暮らしをサポートさせていただきますわ」

「僕もです、アクト様。あなたのあるく先に障害物がございましたら一声かけてください。すべてこの出雲川史郎が取り除いてさしあげます」

しかし、彼らは本当の意味で城ヶ崎アクトのことを慕っているわけではないのである。僕はそのことを知っていた。なぜなら、アニメ『きみある』の最終回で、この二人は城ヶ崎アクトを切り捨てて自分たちだけ安全なところへ逃げてしまうのだから。

そもそも彼らは僕に対し友情など抱いてはいないのだ。城ヶ崎家の一人息子に近づいて媚《こび》を売っておけと、小さな頃から両親にいい含められていたのである。うまく取り入って城ヶ崎アクトの側近になることが二人の目標だった。自分の家の利益、将来の地位のため、つきしたがっているだけの関係性。それがアニメ『きみある』における彼らの設定である。

でも、今の僕は二人を遠ざけようとは思わない。彼らは両親に命令されたことを忠実に守っているだけで、つまり、上司に命令されて望まぬ配属先に席を用意されたサラリーマンのようなものだ。やさしくしてあげよう、という気持ちの方が大きかった。

担任教師が教室に入ってくる。

「お話の時間がおしまいのようですわね。もっとアクト様のお声を聞いていたかったですわ」

桜小路姫子が自分の席に戻っていく。その時また、自分は何か見落としをしているんじゃないのかという感覚があった。さきほど感じたものと同じ、何か大事なことに気づきそうな予感が、目の前を通り過ぎていってしまう。結局は何もわからないまま、ホームルームがはじまった。


午前中の授業が問題なく進む。国語、算数、社会、どの教科も小学六年生の内容なので簡単だ。教室の真ん中あたりに空いている席がある。野村《のむら》ヒロという少年の席だ。彼はしばらく前から登校拒否をしていた。背が低く、肥満体型。アニメ『きみある』には一切、登場しない人物だ。前世を思い出す前の僕は、彼をいじめていた。まるで他人の記憶のようだけど、城ヶ崎アクトとしてわがままに暮らしていた頃の出来事はすべておぼえている。

野村ヒロをターゲットにしたきっかけは、彼が休憩時間、前方不注意で僕にぶつかったことだ。顔面蒼白であやまる彼をみて、以前の僕は、おもちゃをみつけたと考えた。

彼の教科書をやぶったり、文房具をトイレに捨てたりした。教師も彼を助けなかった。僕は他人の痛みを理解せず、虐《しいた》げることに喜びを見出す人間で、常に怒りをかかえ、何かを壊さなくては満足できなかった。それが、悪役としてデザインされ、破滅することを運命づけられた城ヶ崎アクトの生き方だった。

給食を食べた後、お昼の休憩時間になり、出雲川と桜小路を連れて外に出た。秋晴れの心地良い気候だ。初等部のグラウンドで子どもたちが遊んでいる。

「出雲川君、桜小路さん、きみたちにお願いがあるんだ」

木陰で休憩しながら二人に話しかけた。

「アクト様、なんでもお申しつけください」

「そうですわ。私たち、アクト様のためになら、なんだってするつもりですの」

二人は『きみある』に登場していた姿よりも幼い。これからの四年間で背丈を伸ばし、大人びた雰囲気を身につけるのだろう。

「よく聞いてくれ。僕はクラスメイトを見下していた。生活態度も悪く、息をするように暴言を吐くような人間だった。……でも、僕は、生まれ変わろうと思う」

二人は戸惑った顔をしている。

「今までは気弱な子をターゲットにして、いじわるをして楽しんでいただろう？　きみたちに命令して持ち物を盗ませたり、ゴミ箱に捨てさせたりしたよな。もうそんなことはしない、絶対に」

「でも、そんなのアクト様らしくありませんわ。いつも刺激を求めて獲物を探していたはずですわよ？」

「そうです。この学園はアクト様にとって楽しい狩り場。逃げまどうウサギたちを追いかけ、意味もなくいたぶる楽しさを忘れられるのですか？」

「これからは、まっとうな生き方をする。他人を傷つけず、平和的な日々を過ごそう」

数年後、城ヶ崎グループは消える。僕はそれまで穏やかな日々を過ごせればいい。できるだけ貯金をして、破滅後の人生に備えるのだ。

「きみたちには、僕の新しい生き方が退屈に感じられるかもしれない。だけどもう決めたんだ」

その時、グラウンドの方から勢いよく何かが飛んできた。「あぶない！」と、誰かが叫ぶ。声の方をみると、目の前にボールが迫っていた。

ばちん、と顔に衝撃がある。僕は地面に尻もちをついた。にぎやかだったグラウンドが静まり返る。こちらに視線があつまっていた。僕にぶつかったボールがすぐそばにころがっている。

「大丈夫ですか！　アクト様！」

出雲川が僕を助け起こす。鼻の奥から血の臭いがした。手を当てると、赤色の液体がどんどんあふれてくる。桜小路がボールの飛んできた方をにらみつけて叫んだ。

「犯人はどなたですの⁉　アクト様を傷つけた罪は重いですわ！」

城ヶ崎アクトにボールをぶつけ、鼻血まで出させてしまった。それの意味するところは破滅だ。ボールを放った犯人は学園を追放されるだけではすまないだろう。家族もろとも城ヶ崎家によって潰されるかもしれない。それほどの権力を城ヶ崎家は持っている。

しくしくと泣きながら低学年の女の子が僕たちの前に出てくる。

「……私が投げました」

処刑台に上がる罪人のように震えていた。

グラウンドの全員がその子を憐《あわ》れみの表情でみている。

「あなたでしたの。わかっていますわね。あなたのボールがアクト様にぶつかった。あなたの人生は終わりですのよ」

「その通りだ。明日からこの学園に、もうおまえの居場所はないと思え」

桜小路と出雲川が言い放つ。

「待て」

二人に声をかけ、鼻血をしたたらせながらその子の前に出る。「ひぃっ」と女の子が小さな悲鳴をもらした。僕の悪魔みたいな顔が血で汚れているから、想像を絶する迫力だったのだ。

「痛かった。まずは謝罪だ」

「うう、すみません……」

「わかった。じゃあ、許す」

桜小路と出雲川が驚いた表情で僕をみる。

「謝罪は受けた。だからもういい。それ以上のことはしない。学園から追いだしたりもしないから、安心しろ」

「アクト様、これでは示しがつきません。罰を与えて、自分が何をしてしまったのかを理解させなければ」と出雲川。

「示しなんて、つかなくてもいいから、その子にボールを返して保健室に行こう。鼻血でべとべとだ。早く洗い流したい」

僕の心は大人なのだ。忍耐強いサラリーマンの精神を宿している。これくらいのことで怒ったりしない。僕はもっとはるかに理不尽な思いを仕事で味わってきた。組織の歯車として個人の感情を押し殺すことを強要され、使い潰される寸前まで追いこまれたこともある。それにくらべたら、この程度やさしいものだ。二人をうながしてその場を離れる。ボールをぶつけた女の子がへなへなとその場に座りこむのが視界の端にみえた。

鼻血は止まらず濁流《だくりゅう》のように出てくる。僕を横で支える出雲川と桜小路の手にもついてしまった。保健室に移動し、そなえつけの水道で僕は鼻血を洗い流した。蛇口は三箇所あり、横一列に並んで水を出す。

「すまない。きみたちの奇麗《きれい》な手を汚してしまったな」

「まるで三人で人を殺してきたみたいですね」

「まあ、アクト様、ご覧ください。石鹸《せっけん》の泡がピンク色に染まりましたわ」

鼻血の治療後、保健室の先生が替えの制服を用意してくれた。

保健室に備えつけの鏡で自分をみる。鼻の穴に脱脂綿をつめた悪役顔は滑稽《こっけい》だった。桜小路が後ろに立つ。

「今までのアクト様でしたら、怒りにまかせてあの子を攻撃していたはずですわ」

「もう、そんなことはしない。あの子も悪気があってそうしたんじゃないんだから」

出雲川も僕の後ろに立って鏡越しに目があう。

「これからは、このように生きるのですか？」

「そうだ。これからは、こんな風に生きる」

放課後、出雲川や桜小路とともに校舎を後にした。僕たちの姿をみると学園の生徒たちはあわてて避ける。まるで大名行列みたいに人の集団が割れて道ができるのだ。以前の自分はこれを当然のことだと思っていたし、出雲川や桜小路はほこらしそうに僕を先頭にしてあるいている。今の僕は、目立つからやめてほしい、と思っているけれど。

城ヶ崎アクトは平均よりも背丈が低いキャラクターだ。手足が長くすらっとした体型の二人がそばにいると、僕の背の低さがよけいに目立つ。

校門前に何台もおむかえの車が止まっていた。車で送りむかえしてもらっているのは僕だけじゃない。出雲川と桜小路も、自分の足であるいて学校に来たことはないらしい。

城ヶ崎家の車から運転手が降りて後部座席のドアを開けてくれた。

「また明日、お会いしましょう」

「大変な一日でしたわね。アクト様、ごきげんよう」

「さようなら、二人とも」

二人に挨拶《あいさつ》して車に乗りこんだ。運転手が車を発進させる。車内は僕と運転手のおじさんだけだ。

「話しかけてもいいか?」

「なんでしょうか、アクト様」

「名前は?」

「大田原《おおたわら》です」

「そうか、しらなかった。いつも送りむかえをしてくれていたのに」

運転手の大田原は五十代くらいのまじめそうな男性である。話しかけられて少し緊張しているようだ。僕の機嫌次第で仕事を失うことを理解しているのだろう。

「大田原さん、立ち寄ってほしい場所がある。今からいう住所に行ってほしい」

僕はスマートフォンに表示された住所を読み上げる。学園にいる時、担任教師に聞いて教えてもらった住所だ。車はいつもの道を外れ、郊外の住宅地の方へ向かった。

目的地に到着して車を停めさせる。

「大田原さんは車で待ってて」

「どちらへ行かれるのです？」

「クラスメイトの家だよ」

ランドセルを後部座席にのこして車を降りた。目の前に一軒家がある。城ヶ崎家のような豪邸ではないが、前世の僕の実家よりはずっと大きい。門の表札に【野村】と記されていた。学園を休んでいた少年、野村ヒロの自宅である。

緊張しながら野村家のインターホンを鳴らす。

「はい、どちらさまでしょう」

インターホンのスピーカーから女性の声で返答がある。おそらく野村ヒロの母親だ。

「城ヶ崎アクトという者です」

門に設置されたインターホンはカメラつきのもので、僕の顔も相手側にみえるはずだ。息をのむような気配があった。息子を登校拒否に追いこんだ張本人が家にやってきたのだ。動揺しているにちがいない。

サラリーマン時代に失敗をやらかして、上司とともに取引先へ謝罪しに行った時のことを思い出す。

「この度は、私の身勝手なふる舞いで、野村ヒロ君を傷つけてしまいました。多大なご迷惑をおかけしたことを心より謝罪申し上げます」

マナーとして、このような場では自分のことを【私】と呼ぶのがいいだろう。

「あ、あの。城ヶ崎家の、ご子息の、アクト様ですか?」

「はい、城ヶ崎アクトと申す者です。野村ヒロ君にお詫びの言葉を直接伝えるため、不躾《ぶしつけ》ながら、訪問させていただいた次第です」

四十五度の角度で頭を下げた。

「謝罪をしたい、ということでしょうか」

「私、城ヶ崎アクトは、過去のおこないを反省し、二度とこのようなことがないよう、生活態度の改善に取り組みたいと考えております」

「少々、お待ちください」

道路脇に駐車されている車から、運転手の大田原の視線を感じた。三分ほど待たされて玄関扉が開く。母親らしき女性に手をひかれ、背が低く肥満体型の少年が現れる。野村ヒロだ。彼は門扉越しに僕をみて顔を青ざめさせる。

母親は警戒するような目を向けてくる。謝罪に来たという話を完全には信じていない様子だ。

「う、うう」

野村ヒロが今にも吐きそうな顔をしている。彼の立っている玄関先から、僕の立っている門までは、三メートルほどの距離があった。充分に声が聞こえる範囲だ。

「野村ヒロ君。私、城ヶ崎アクトは、倫理的に許されない行為をしてしまったことを、深く反省しています。本当に、ごめんなさい」

彼はすがりつくように母親の手をにぎりしめ、僕をみている。

「何をたくらんでいらっしゃるんですか？」

母親がおそるおそる聞いた。

「私は謝罪に来ただけです」

「すでに城ヶ崎家の副執事という方から謝罪のお手紙と菓子折りをいただいています。お詫びのお金もいただきました。それでもう、充分ですから」

お帰りください、という無言の圧を感じる。

最後にもう一度、玄関先に立つ二人に頭を下げた。

「突然の訪問、ご迷惑をおかけしました。野村ヒロ君、私は……、いや、僕は、もう二度と、きみにひどいことはしない。誓ってもいい。すぐには信じてもらえないかもしれないけど。気が向いたら、また学校に来てほしい。出雲川君や桜小路さんにもいっておいた。今後は真面目に生きることにするって」

二人に背中を向けて車へ戻る。運転手の大田原が外に出て後部座席のドアを開けてくれた。乗りこもうとしていると、がしゃん、と音をたてて門扉が開いた。

ふり返ると、野村ヒロが門の前に立っている。肥満体型の彼が、ふくよかな頬を震わせながら声を発した。

「きみ、誰？」

怯えをはらんだ目だ。

「城ヶ崎アクトだ。きみのクラスメイトの」

「嘘《うそ》だ」

「本当だ。野村ヒロ君、僕がきみにしたことは、決して許されない。でも、一言、謝りたくて、来ることにしたんだ」

「ちがう、きみは、城ヶ崎君じゃない。謝るわけがないんだ。あの城ヶ崎君が。あの、城ヶ崎君が」

母親が来て、彼の肩に手を置いた。

僕は二人に会釈して車に乗りこむ。大田原が車を発進させた。バックミラー越しにちらちらと彼が僕の様子を見る。

「前を向いて運転しないと危ないぞ」

「はい」

「さっきの子、僕のせいで学園を休んでいたんだ。謝ってきたんだよ、【城ヶ崎アクト】がやったことを」

秋の空が赤くなっていた。後部座席から外を眺める。

「明日は別の子の家に立ち寄ってもらうかもしれない」

僕と出雲川と桜小路が傷つけた相手は他にも大勢いる。これから毎日、一人ずつ家を訪ねて頭を下げるつもりだ。それで罪が帳消しになるわけではない。ただの自己満足だ。

数年後、城ヶ崎家は没落する。それを回避することは、おそらくできない。父親である城ヶ崎鳳凰はすでに様々な悪事に手を染めている。僕が今さらどんな生き方を選ぼうと、父親の悪事はなかったことにできない。城ヶ崎グループは解体され、僕は罰を受ける。いじめの被害者たちは、僕の転落人生を目の当たりにして、ようやく報われるのだ。だけど今のうちに、自分の意思で謝罪しておきたかった。

交差点で赤信号につかまり車が停止する。横断歩道を公立小学校に通う子どもたちがわたりはじめた。全員私服だ。ランドセルがぼろぼろの子がいる。誰かのおさがりをもらったのだろうか。前世の僕も、兄のおさがりのランドセルを使用していたから親近感がわいた。

小学生の集団に、どこか見おぼえのある女の子をみつけた。

心臓が跳ねる。息をするのも忘れるくらいに。

夕日で赤色に彩られた風景の中、その女の子は、友だちと笑いながら横断歩道を渡り終えた。奇麗な顔立ちの子だった。黒くさらさらした髪の毛は長く腰までのびており、その子が飛び跳ねる度にゆれうごいていた。僕はその子のことを知っている。彼女の発した台詞《せりふ》は、すべて暗記している。

信号が切り替わって車が走り出した。女の子の姿はすぐにみえなくなった。

「葉山《はやま》ハル」

僕のつぶやきに運転手の大田原が反応し、ミラー越しに目があう。

「いや、なんでもない」

葉山ハル。『きみある』のヒロインだ。僕と同い年だから、今は十二歳のはず。アニメで描かれるよりも幼い容姿だった。だけどまちがいない。

声を聴きたかったなと思う。

【彼女】の声を……。

そういえば、前世でトラックに轢かれて死ぬ瞬間も、【彼女】の歌声を聴いていた。事故の衝撃で外れたイヤフォンを最後の力をふりしぼって耳にねじこんだ。【彼女】の歌声に包まれながら僕の魂は眠りについたのだ。もしかしたらそのおかげで『きみある』の世界に転生できたのかもしれないな。

そのとき、ようやく理解した。今朝、教室で桜小路姫子の挨拶を聞いた直後、何か重大なことに気づきそうになったけれど、その感覚の正体がわかったのだ。どうして今までこのことに考えが至らなかったのだろう。

あの時、教室で桜小路の発した声が、アニメ『きみある』に登場した桜小路姫子の声優の声とまったく同じだったのである。

ここはアニメ『きみある』の世界だ。アニメに登場したキャラクターたちの声が、それを演じた声優の声とまったく同じなのは、当然といえば当然なのかもしれない。

今の僕の声は城ヶ崎アクトを演じていた声優の声と同じなのだろうか？　それはよくわからない。自分の声というものは、体内を振動させて伝わってくるため、録音された声とは異なって聞こえるものだから。おまけに今は声変わりする前の状態だ。アニメ版の城ヶ崎アクトの声よりも高い声が出ているにちがいない。出雲川の声もそうだ。変声期前の幼い印象だから、アニメ版の声優の声とは印象がちがっていた。

唯一、声変わりとは無縁の女の子のキャラクター、桜小路姫子の声だけが、アニメ版の声のイメージを僕に抱かせたのである。

「ああ！　そういうことだったのか！」

車の後部座席で興奮して叫んでしまう。運転手の大田原が何事かと気にしていた。『きみある』に登場したキャラクターたちは、それを演じた声優の声でこの世界に存在し、日常を送っている。その事実に震えが走った。

葉山ハルの声もまた、彼女を演じた女性声優の声をしているはず。

それはつまり、【彼女】の声が、この世界ではまだ失われていない、という事実にほかならない。

1／3

僕は毎日、会社まで電車で通勤していた。朝の満員電車はすさまじい。しらないおじさんの肘《ひじ》がお腹をえぐったり、誰かの革靴が思い切り僕の足を踏んだりする。仕事もつらくて、何度もくじけそうになった。社会に出るとわからないことばかりだ。社会人のマナーなんて誰も教えてくれないし、会社の上司に怒られ、先輩にも叱られ、取引先の人にも怒鳴られた。その度にくじけて、へこんで、実家に戻りたくなる。

はじめて【彼女】の声を聴いたのは、仕事帰りの電車の中だった。その日も仕事でいやなことがあって、泣きそうになりながら電車でゆられていた。耳にイヤフォンをはめて、ラジオの適当な番組に周波数をあわせていた。

電車の窓は暗く、夜の闇がひろがっていた。僕の他にも車内にはサラリーマンたちが座っていて、くたびれたように目を閉じていた。

女性の歌声がイヤフォンから聴こえてくる。

決して上手ではなかったけれど、胸に染み入る歌声だった。

歌っていたのは新人声優の女性で、それがつまり【彼女】だ。

たまたま、僕が周波数をあわせた番組で、その歌が流れていた。僕はその歌を気に入り、すぐに楽曲を購入した。会社の行き帰りにくり返し聴いた。温かい水みたいに、心の疲れを溶かして、精神を解きほぐすようなメロディー。淡々と静かだけれど、その歌声はやさしくて、毛布みたいに僕を包みこんでくれた。

僕はすっかりその歌声のファンになってしまった。【彼女】の名前をネットで検索して、声優としての活動履歴をしらべた。まだ新人の【彼女】は、いくつかの作品で脇役を演じているにすぎなかった。顔写真や生年月日などの情報はすべて非公開だ。

そんな【彼女】が、ついにアニメ作品のヒロインを演じるという。

タイトルは『きみといっしょにあるきたい』。

ヒロインの葉山ハル役として、【彼女】の名前がクレジットされた。大抜擢《だいばってき》だ。まだ知名度が低かったため、世間からは「誰?」という反応が聞こえてきた。しかしアニメが放映されはじめると、【彼女】の演技力にみんなが魅了された。

【彼女】の演じる葉山ハルは、まるで本当にそんな子がいるかのような実在感をともなっていた。アニメという記号の集合体に、【彼女】の肉声が魂を吹きこんでいた。はずむような声、かすれた吐息。笑い声、怒っている時の震えた声。魅力的に【彼女】はヒロインを演じきった。

アニメ『きみある』は社会現象級のヒットにはならなかったが、アニメファンからの評価は高く、その年のベストにあげる人も多かった。【彼女】の人気も急激に高まり、これから様々な作品に参加するのだろうと、期待に胸をふくらませた。僕は【彼女】をずっと応援していくつもりだった。一生、推していくつもりだった。

でも、【彼女】は消えた。『きみある』以降、アニメ作品で【彼女】の名前がクレジットされることもなかったし、歌をリリースすることもなかった。ネットで【彼女】に関する情報をしらべたところ、アニメ関係者と思われる人物が匿名掲示板に書きこみをしていた。

【彼女】は闘病中で仕事を続けられる状態ではないという。

病気？　いつ復帰するのだろう？　病気が完治したら、きっとまた元気な声を聞かせてくれるにちがいない。僕は【彼女】が戻ってくるのを待った。

【彼女】は戻ってこなかった。

ほどなくして【彼女】の所属する事務所が正式発表したのだ。とある冬の日に【彼女】が亡くなったことを。死因は公表されなかったが、事務所の出した公式文から、治療の難しい重い病気だったことが察せられた。

信じられなかった。もう【彼女】がこの世にいないことが。

たった一曲の歌。

脇役を演じた時の短い台詞。

『きみある』のヒロイン、葉山ハル。

【彼女】がこの世にのこしたものは、たったそれだけだ。

これから【彼女】はたくさんのオファーを受けて、結果をのこし、大勢の心を射止めるはずだったのに。やさしい歌声で僕みたいな人間をいやしてくれるはずだったのに。

アパートと会社を行き来する電車の中で、いつも【彼女】の声を聴いていた。心細くてしかたのない日も、消えてしまいたいと感じた日も、【彼女】の声が人生に寄り添ってくれていた。【彼女】の声に勇気をもらい、立ち上がることができた。社会人としてつらい時期を乗り越えられたのは、【彼女】のおかげだった。

【彼女】が生きている世界線がどこかにあるのだろうか。そんな想像をした。その世界線では、【彼女】は病気を克服し、声優として活動を続けているのだろう。出演作を増やし、様々な登場人物に魂を吹きこんでいるのだろう。新しい台詞を口にして、新曲を歌い、ラジオ番組のパーソナリティーを担当し、きっと大勢のファンを獲得しているにちがいない。

【彼女】の消えた世界は物悲しく、色がない。僕はそれでも生きていくことしかできなくて、毎朝、スーツを着て、ネクタイを締めて、満員電車に乗った。ぼろぼろの、くたくたになるまで働いて、ただ家に帰る。そのくりかえしだった。

そのうち、仕事にもなれて、失敗をすることも減った。

後輩ができて、僕は指導する側にもなった。

社会人として、やっていけるようになった。

僕はすっかりもう大人になって、二十代後半だ。

トラックに轢かれて死んだのは、そんなある日のことだったのだ。

1／4

早朝、高台にあるベンチに腰かけ、平野部に広がる夏目町を見渡した。『きみある』の舞台となったこの町は、本来であれば存在しない架空の土地である。しかしどういうわけか僕はこうして『きみある』の世界にいる。前世で読んだ公式設定資料集に書かれていた通り、夏目町は日本の関東地方の片隅に位置していた。東京までは電車を乗り継いで一時間もかからない。

住宅地の高台にあるベンチと、そこから一望できる夏目町。この構図は、アニメでくり返し登場した光景だ。『きみある』のヒロイン、葉山ハルが登下校をする場面では、かならずこの背景が使用され、ベンチ横の道を通って学園に向かっていた。

つまりこの場所は彼女の通学路。アニメで描かれていたのは四年後のことで、公立小学校に通っている今現在もこの道を使用しているのかはわからないけれど。でも、彼女に会うには、ここで待ち伏せするのが良いと思った。

昨晩、この景色を絵に描いて従者の小野田に質問した。

「なあ、こういう景色の場所、しらないか？」

小野田は使用人たちをあつめて意見を聞いた。メイド服の使用人の一人が、見おぼえのある景色だと発言し、場所を特定できた。そして今朝、学園に向かう途中、運転手の大田原に頼みこんで、つれてきてもらったというわけだ。城ヶ崎家の高級車は、少し離れた路上に待機させている。

もっと厚着をしてくればよかった。震えながらランドセルから水筒を取り出す。コップにもなる水筒のふたに温かい緑茶を注いだ。ベンチ横の道はゆるい斜面になっており、ジョギング中の人や、犬の散歩をしている人が通り過ぎていく。緑茶を飲み終え、コップ代わりのふたを水筒にはめようとした時のことだ。手がすべって、からん、とふたが足元に落ちて転がってしまう。

ふたは、からからと、予想外にはねて遠くまで行った。僕は立ち上がって追いかける。通りかかった女の子の足元で、そのふたが止まった。

そこにいたのは、赤色のランドセルを背負った小学生だ。背丈は僕よりも大きい。彼女が大きいわけではなく、僕がチビなだけだ。

黒色の髪の毛は腰までの長さ。艶があり、頭の丸みにそって輪っかのように朝日が反射している。

形の良い大きな目。僕は息をのむ。

「はい、これ」

女の子は水筒のふたをひろって僕に差しだす。

その一言を聞いて、雷に打たれたような気持ちになった。

まぎれもなく【彼女】の声だったから。

葉山ハルが目の前にいる。ふたをひろってくれたのは彼女だった。僕を、まっすぐにみつめてくる。アニメでは悪役の城ヶ崎アクトに対し、正義感の強い彼女は、冷ややかな視線しか向けなかった。しかし今、ここにいる彼女は僕に悪感情を抱いてはいないようだ。

「雲英学園の子?」

そういって僕の制服をみる。胸元の校章で気づいたらしい。彼女はいつの日か雲英学園を受験する。高等部からの入学者なので、もっと先のことだけど。

彼女が雲英学園高等部に入ることを決めたのは、一流の教師と最新の設備がそろっているからだ。彼女は向学心が強く、早く社会で働いて、自分を育ててくれた叔母さんに楽をさせてあげたいと思っている。僕は知っている。公式設定資料集に書かれていた。

そうだ、僕は彼女のことを知っている。

まるで自分の人生の一部のように。

「ね、ねえ、どうしたの？」

戸惑うようにまばたきをして、葉山ハルが聞いた。

「なんで、泣いてるの？」

自分の頬が涙でぬれていることに気づく。制服の袖で涙を拭った。どうしても泣くのを止められなかった。

【彼女】の声が聞こえているから。

まぎれもなく、失われたと思っていたものが。

二度と聞けないと思っていた声が。

「う……、うぐ……、ひっく……」

【彼女】の声は、まっすぐさと、ひたむきさを感じさせる。不安で動けなくなりそうな時、僕をはげましてくれた声。僕は前世で、何万回、【彼女】の声に感謝しただろう。【彼女】の声は、葉山ハルという女の子の中で、生きていた。

「……う、うう……、うぐ……」

「ね、ねえ、大丈夫？」

葉山ハルが慌てている。だけど涙と鼻水が止まらない。

少し離れた場所で車のドアの音がした。運転手の大田原が車から外に出てこちらをみている。

僕の様子がおかしいことを察し、声をかけるべきか迷っている様子だ。

「どうしたの？　どこか痛いの……？」

「うう……、ごめん、いきなり……。大丈夫だから……、うん……」

「全然、平気そうにみえないけど」

なんとか嗚咽《おえつ》だけでも止めて、僕は彼女に向きあう。

そこに声がかけられる。女の子の集団が通りかかって、こちらをみていた。葉山ハルの友だちだろう。

「ハルちん、何してんの？」

「学校行くよ」

「その子、誰？」

葉山ハルは僕を気にしながらも、友だちの方をふり返って返事をする。

「先に行ってて、すぐ追いかける」

彼女は水筒のふたを僕の手に握らせる。彼女の指が触れた。朝の風で冷えて、ひんやりとした感触があった。ああ、彼女には身体があり、この世界に実在しているのだ。アニメで観ていた登場人物の身体に、実際に触れるというのは、衝撃的な体験だった。

「ごめんね、もう行かなきゃ」

「ま、待って……！」

行こうとする彼女を思わず引き止める。

「何？」

「きみ、今、元気？」

「は？」

「体にどこか、不調なところはない？」

僕の問いかけに彼女は首をかしげる。質問の意図がわからなくて困惑している様子だ。

「別に、普通だけど？」

「そう。それなら良かった」

「変な子」

葉山ハルは眉間に小さなしわをよせる。困惑させてしまったらしい。朝日が彼女のすけるように白い肌をかがやかせた。背を向けて小走りになると、黒髪がはねるように揺れる。友だちと合流した後は、おしゃべりをしながら遠ざかった。彼女がみえなくなるまで目で追いかける。

運転手の大田原が車の横に立って、僕と葉山ハルを交互にみていた。彼にとっては意味のわからないことだらけだろう。高台のベンチに連れてこられたかと思えば、初対面の女の子を前に僕が泣きだしてしまうし。きっといろいろ聞きたいはずだけど、彼は詮索《せんさく》してこない。素晴らしい運転手だ。

これから雲英学園に登校しなければならない。だけどその前に心を落ち着けたい。水筒のふたをはめなおして、ベンチに座り、夏目町を見渡す。太陽が少しずつ高さをましていた。

さて、どうしよう。考えろ。考えるんだ。

『きみある』の物語において僕は悪役だ。最終的には没落して不幸になる運命。主人公やヒロインに関わっている余裕はない。僕は忙しいのだ。物語が結末をむかえるまでに、破滅後の生活費を貯金しておかなくてはならない。働いて暮らしていけるように資格を取るつもりだ。就職を有利にする資格を持っているのは心強い。そのための勉強もしなければならなかった。

だけど、葉山ハルと対面して迷いが生じていた。

【彼女】の声で、葉山ハルは言葉をつむぐ。

彼女の中に【彼女】が今も宿っている。

【彼女】が死んで声が失われた日のことは忘れられない。

その日の絶望を。世界が終わってしまうような感覚を。

僕は頭を抱えこんだ。この世界が『きみある』の物語に支配され、その通りの未来が訪れるのだとしたら。

数年後、葉山ハルは、死んでしまう運命にあるのだ。

なぜならアニメ『きみある』は、難病ものとよばれるジャンルの作品なのだから。


午前の授業を受けて、昼の休憩時間になると、僕は図書館へ向かった。出雲川と桜小路がついてこようとしたが、一人で調べ物をしたかったので同行を断った。

雲英学園の敷地内には有名建築士がデザインしたおしゃれな図書館がある。五階建ての巨大な建築物で、吹き抜け構造になっており、一階にはカフェテリアまである。低年齢向けの簡単な読み物から、研究者しか手に取らない専門書までそろっていた。

エレベーターで学術書のフロアに移動し、医学書コーナーを探索する。病気や医療に関する様々な本が並んでいた。僕が探していたのは、血液のがんに関する本だ。一冊、手にとって眺めてみる。

白血病。本の題名にその言葉が含まれていた。数年後、葉山ハルの命を奪う病気である。閲覧スペースに移動し、本をぱらぱらとめくった。難しい内容だったので、前世の記憶がなければ理解できなかっただろう。

人間の血液は骨髄《こつずい》と呼ばれる場所で作られている。白血病とは、血液を作る細胞がエラーをおこし、まともな血液を作れなくなってしまう病気だ。治療がうまくいかなかった場合、最終的に患者は、死に至る。

歯茎が血まみれになっている患者の口の写真が、本に掲載されていた。白血病がひどくなると、歯茎からの些細《ささい》な出血も止まらなくなる。昨日、僕は鼻血を出したけれど、脱脂綿を鼻の穴につっこんでおいたら、いつのまにか出血は止まっていた。それは僕の血液が正常だったおかげなのだ。白血病患者の場合、いつまでも血は流れつづけ、命に関わる事態になっていただろう。

アニメ『きみといっしょにあるきたい』は、葉山ハルが白血病と闘いながら主人公の少年と交流する物語だ。彼女は少年にほのかな恋心を抱くようになる。二人の魂は響きあい共鳴する。しかし、死という別れが無情にも二人の仲を引き裂いてしまうのだ。

難病ものと呼ばれるジャンル作品の宿命である。悲劇的な結末は視聴者の心に傷跡をのこす。しかし、悲恋だからこそ美しく、生きることの尊さと永遠性を感じずにはいられない。

タイトルは省略されて『きみある』と呼ばれていたが、これもアニメ制作者たちの意図だったのだ。白血病は英語でLeukemiaと綴る。口に出して発音すると「ルキミア」だ。『きみある』は、その四文字をならびかえたものだったのだ。物語の通りに事態が進行するなら、葉山ハルは雲英学園の高等部に進学した後、一年目の冬に白血病を発症してしまうはずだ。

僕は図書館の窓辺に立った。外を眺めると、学園の敷地を生徒たちがあるいている。木々が落葉し、路面を覆う落ち葉が風に押されて舞っている。つむじ風に翻弄《ほんろう》され、くるくると好きなように路面の上でかきまわされていた。

人生にはどうすることもできない流れがある。僕がトラックに轢かれて死んだように。【彼女】の死が声優事務所のホームページで発表されたように。運命は人をあざ笑い、滅茶苦茶に人生をかきまわし、何食わぬ顔で去っていく。

だけど僕は受けいれられない。【彼女】の声が存在する世界に転生できたのに、またそれが失われるなんてこと、耐えられない。

パタンと本を閉じてひそかに決意する。葉山ハルに訪れる運命を知っているのは、この世界で自分だけだ。やってやる。『きみある』の結末を書き換えてみせる。絶対に失わせない。葉山ハルの生命と【彼女】の声を。

悲劇的な物語の結末まで数年ある。今からあがくことで、未来を変更することができるかもしれない。図書館の窓辺で、僕は目指すと誓った。彼女が生きてる世界線を。

2／1

アパート前の桜の木が満開になった。この木造アパートに住みはじめて桜をみるのは五回目だ。父の勤めていた会社がつぶれて、住んでいた家を失ったのは、五年前のことだから。

「兄ちゃん、今日から新しい学校に行くのか？」

弟の勇斗《ゆうと》が話しかけてきた。

「そうだぞ。みてくれ、この制服を。かっこいいだろ？」

俺は雲英学園中等部の制服をみせつける。

「すげー、かっこいい！」

勇斗は九歳。この春から小学四年生だ。

「お兄ちゃん、でも、この服、高そうだね。いくらぐらい、したの？　借金してない？」

妹の日向《ひなた》が制服の生地をさわりながらいった。日向はまだ七歳のくせに心配性だ。

「安心しろ。制服、なんと無料だったんだぜ。兄ちゃんは入学試験で高得点をとったから、特別にそうしてもらえたんだ」

今日は雲英学園中等部の入学式だ。夏目町の一等地にある雲英学園は特別な学校だった。最新の設備に、優れた教職員。しかし、入学できる者は限られている。難しい入学試験をクリアしなければならないし、クリアしたとしても高額な入学費用が必要になる。だから雲英学園の学生は、裕福な家の子が多い。だけど俺の場合、入学試験の結果がとても良かったから学費が全額免除された。ありがたい制度だ。

「蓮太郎《れんたろう》、かっこいいぞ！」

父は熊みたいな大柄の男だ。大きな口を開けて、がははと笑う。母はほっそりとした美人で、がさつな父とは対照的だ。

「雲英学園に行っても、あなたなら大丈夫。蓮太郎、がんばってね」

佐々木《ささき》蓮太郎。それが俺の名前だ。

「入学式に行けなくてざんねんだ。店長がどうしても来てくれってうるさくてな」

「俺は一人で平気だから。親父もがんばれよ」

家族に見送られながら木造アパートの玄関でスニーカーの靴紐を結ぶ。入学祝いに両親からプレゼントされたものだ。「こんなものしか買ってやれなくてすまない」と父は申し訳なさそうにいったけど、充分にうれしかった。

「いってきます！」

「いってらっしゃい！」

住宅地の坂道を下り、春の暖かい風を感じながらあるいた。

公立の中学校に進学せず、雲英学園中等部を受験したのは、両親の名誉を守りたかったからだ。両親の親族には、学歴やステータスでしか人を評価できないやつがいる。そいつは家や車を失った両親を嘲笑しやがった。両親は気にしていない様子だったが、俺はひそかに、むかついていたのである。そこで俺は猛勉強して雲英学園の入学試験の成績上位者になり、学費免除枠を勝ち取ってやった。

先日、両親が法事で実家に帰った時のことだ。両親を嘲笑していた親族たちは悔しそうにしていたという。彼らの子どもたちが雲英学園の試験をクリアできなかったことを俺は知っている。

二十分ほどあるくと学園の立派な正門がみえてきた。黒色の高級車が通りにずらりと駐車されており、中から学園生があくびまじりに出てくる。家が裕福な子どもたちは、車で送迎してもらえるらしい。

不安になってきた。俺はこの学園でやっていくことができるのだろうか。正門に入っていく学園生たちの多くが、きらきらした雰囲気をまとっている。俺みたいにボサボサの髪をしていない。萎縮《いしゅく》してしまいそうになりながら、俺は正門を通りぬけた。

ホールで入学式がおこなわれる。学園長の話がおわり、教室へ移動した。自分の席についてみると、クラスメイトが二種類にわかれていることに気づいた。グループを作って仲良さそうにおしゃべりをしている者たちと、緊張した様子で自分の席についている無言の者たちだ。

おしゃべりをしているグループは、初等部からそのまま中等部に進学してきた子たちだろう。友だちが教室にたくさんいるのでリラックスムードなのだ。彼らは内部生と呼ばれている。学費の高い初等部に通っていた彼らは、全員がお金持ちの子だ。

一方、緊張して誰とも会話しないでいる者たちは、今日から入学してきた外部生にちがいない。難しい入学試験をクリアした者たちなので、全体的に頭が良い。入学試験の点数に応じて学費が免除されるシステムのため、普通の家の子も多い。

今日は初日なので授業はおこなわれなかった。担任教師の話がおわると昼前に解散となる。せっかくなので校舎の中を見学して帰ることにした。

「すげーな」

天井も高く近代的な美術館を思わせる造りの校舎だ。窓から外を眺めると、敷地内に点々と巨大建築物があった。それぞれが初等部の校舎だったり、高等部の校舎だったり、図書館やホールや体育館だったりする。建物の隙間を埋めるように植物のしげみが広がっていた。コンビニやレストラン、植物園まであるらしい。芝生の広がる庭園のようなエリアには、噴水のある池が広がっている。

「公立の中学校とは、だいぶちがうな」

近所にある公立中学校は、こんなに奇麗な場所じゃなかった。校舎は雨の染みがのこる灰色のコンクリート製だ。でも、それが普通なのだ。

校舎をあるいていると不思議な場面に遭遇する。おしゃべりをしている生徒たちが廊下を行き交っていたのだが、突然、彼らが廊下の壁際に避けて、真ん中に道を作った。何が起きているのだろう、と眺めていると、前方から三人の生徒があるいてくる。

男子二名、女子一名の組みあわせだ。金髪碧眼の奇麗な顔立ちの男子と、茶色の縦ロールのお姫様みたいな女子が左右に並び、先頭の一名につきしたがっている。

先頭をあるくのは、背の低い、目を尖らせた凶悪な顔の少年だった。ぎょろりとした目で周囲をにらみつけるようにあるく様は、餌《えさ》を探しながら海を泳ぐ鮫そのものだ。黒髪はボリュームがうすく、頭にぺったりとはりついている。身長はみんなよりも頭一つ小さいのに、すさまじい迫力だ。

その場にいた学園生たちがおびえていた。彼らは特別な存在なのだろう。通行の邪魔をしてはならないため、こうして廊下の真ん中を空けて道を作ったのだ。俺はそのように状況を察する。俺もみんなに行動をあわせた方がいいだろう。顔をふせて足元をみていることにする。

しかし、どういうわけか三人の靴音が、俺の前で、ぴたりと止まった。正確には、凶悪な顔をした少年が最初にストップして、他の二人がそれにしたがった様子だ。

「アクト様、どうされました?」

「何か気になるものでもございましたの？」

「……いや、別に。なんでもない」

アクト様と呼ばれていた少年が静かに返事をする。

顔を上げた俺の視線と、彼の三白眼が、空中で交錯《こうさく》した。俺をみていた？　いや、気のせいだろう。次の瞬間にはもう彼は前を向いてあるきだしていた。

少年は他の二人を引き連れて前進する。三人がいなくなると、廊下にあった緊張感が消えて、おしゃべりをする声が戻ってきた。


城ヶ崎アクト。

出雲川史郎。

桜小路姫子。


彼らの名前と素性をしったのは数日後のことだ。

「あの三人には決して関わっちゃやだめだからね」

クラスメイトの内部生がおしえてくれた。あの三人組は初等部時代から素行が悪く、大勢をいじめて不登校にしてきたそうだ。しかし、学園の教師たちでさえ彼らには何もいえないらしい。

「最近はおとなしくなったって聞いたけど」

「だからといって、話しかけることなんて、恐れ多くて絶対にできない」

「どうせ何か裏でたくらんでいるんだ。次のターゲットにされるのだけはごめんだ」

内部生の子たちはそんな風に話していた。

両親の帰宅が遅い日、俺が弟と妹の夕飯を作った。食事の後、宿題の面倒をみながら、二人の体操服に名札をぬいつける。

「兄ちゃん、学校はどうなんだ？　もう、友だちはできたのか？」

計算のプリントを終わらせた勇斗が話しかけてくる。

「まあな。みんないい人たちだよ」

「でも、お金持ちの学校なんでしょ？　いじめられてない？」

入学式から時間がたち、教室にもなじんできた。しかし、内部生と外部生の間に貧富の差を感じることはある。「今年の夏はフランスへ旅行に行くんだ」「いいなあ、私もパパにおねだりしてみようかな」というやりとりが普通に聞こえてきて愕然《がくぜん》とした。俺なんか国内旅行でさえ行った記憶がない。遠出といったら、家族で電車を乗り継いで海水浴に行く程度だ。

勇斗と日向を風呂に入らせていると、両親が仕事から帰ってきた。一日のことを報告しながら、俺が作っておいた夕飯を父母が食べる。父は職場のスーパーからもらってきた賞味期限切れの惣菜をレンジで温め直していた。

「いつもありがとうね、蓮太郎」

母が俺に感謝してくれる。

狭い部屋なので寝るときは窮屈だ。テレビをみる部屋のこたつをどけて、布団を敷き、俺と勇斗と日向がそこで眠りにつく。両親は別の部屋だ。

布団の中で勇斗と日向がしがみついてくる。俺は二人の寝顔をみながら、あたたかい気持ちになった。俺の暮らしをみたら、富裕層の内部生たちは、なんというだろう。不自由な生活だと、あわれむだろうか。だけど俺は今の生活が嫌いではなかった。朝になると寝相の悪い勇斗の足が、顔の上にのっていることがあるけれど、日々の暮らしの中に幸福を感じていた。

これまでは雲英学園に入学することが目標だったけれどそれはクリアした。今は別の新たな目標が生まれている。俺は家族のために学園をきちんと卒業したい。仕事を得て、両親に楽をさせてあげたい。弟と妹に、好きなものを買ってプレゼントしたい。だから俺は、平穏無事に学園生活を乗り切らないといけない。

2／2

朝、車の外に出ると二人の友人が待機していた。

「おはようございます、アクト様」

「アクト様、ごきげんよう」

金髪碧眼の出雲川と、縦ロールの桜小路だ。最近は正門前で合流して中等部の校舎までいっしょにあるくのが習慣となっている。中等部に進学しても、あいかわらず二人は話し相手になってくれた。

「桜の季節はもう終わりだな」

校舎までの道を移動しながら桜の木を見上げる。花びらのかわりに若々しい緑色の葉がしげっていた。中等部に進学して変わったことは、ランドセルを背負わなくなったことだ。今は鞄を使用している。前世のサラリーマン時代に愛用していたビジネス鞄によく似たものだ。「どうしてそんな安物を……」と、従者の小野田が不思議がっていたけれど、これが一番しっくりくる。

僕たちが人ごみに近づくと、モーゼが海を割ったみたいに学園生たちが左右に割れて道を作ってくれた。そんなことしなくていいのにと思うのだが、どこに届け出をすればこのしきたりが消えてくれるのかわからない。

中等部に進学して間もない頃、事情をよくしらない外部生の子たちが奇異の目でこれをみていたものだ。

外部生の中に佐々木蓮太郎もいた。

背が高く、ひょろりとした体型で、髪の毛はぼさぼさ。この学園の生徒は、整った髪型の子ばかりだから、彼は少し目立っていた。最初に彼の姿をみかけた時、僕は思わず息をのみ、立ち止まったものである。

本物だ。一瞬だけ目があったけれど、悪目立ちしそうだったので、すぐにその場を立ち去った。

佐々木蓮太郎。もちろん彼のことは存じている。木造アパートで暮らしながら雲英学園の学費免除制度を利用して中等部に入学した少年。彼に自覚はないかもしれないが、その頭脳はこの学園でもトップクラスだ。身体能力も高く、性格も温厚でたよりがいがある。家族は両親と弟と妹。彼の家族もこの世界に実在しているのだと想像すると胸が熱くなる。

彼こそがアニメ『きみある』の主人公なのだ。

佐々木蓮太郎と葉山ハル、二人の魂の交流こそ、『きみある』の物語の本質である。ちなみにヒロインの葉山ハルは高等部からの入学者なので、まだ雲英学園には在籍していない。アニメの設定通りなら、彼女は公立の中学校へ進学したはずだ。アニメの第一話は今から三年後、彼女が雲英学園高等部に入学してくるところからはじまる。

出雲川と桜小路と三人で教室に入ると、クラスメイトたちに緊張感が走った。僕たちを刺激しないように声をひそめるのがわかる。自分の席で鞄から水筒を取り出し、温かいお茶を飲む。出雲川と桜小路がみてくるので、「二人も飲む？ 同じカップでもよければだけど」と誘ってみた。

二人は恐縮しながら、水筒のふたのカップでお茶を飲む。

「苦味の中に、ほんのりとした甘さ。素晴らしい」

「さすが城ヶ崎家のお茶ですわ。高貴な芳香がありますわね」

二人は僕の気分が良くなるような言動をしてくれる。上司をヨイショするサラリーマンのように。二人のたゆまぬ努力に僕は頭が下がる。

「きみたちもわかるかね、この緑茶のおいしさが」

「ええ」

「もちろんですわ」

しかし、いつもこの二人といっしょに行動しているわけではない。最近は目立つのが嫌で、一人になりたいと思う頻度《ひんど》が多くなった。出雲川や桜小路には富裕層のオーラがありすぎるのだ。二人は顔立ちやスタイルや身のこなしが完全に貴族のそれであり、遠くからでも目立つ存在なのである。

だから休憩時間になると一人で教室を抜けだす。誰もいない場所に移動し、隠し持っていた長髪のかつらをかぶった。うつむいてあるけば、長い髪の毛がカーテンのようになって凶悪な顔面を覆い隠してくれる。その状態なら、誰にも注目されることなく校舎内を移動することができるというわけだ。


「城ヶ崎さんが最近、おとなしいらしいぜ」

ある日、長髪のかつらをかぶって男子トイレで用を足していると、そんな声が聞こえてきた。他のクラスの男子生徒たちだ。変装した僕がその場にいることに彼らは気づいていない。

「拍子抜けだよな。中等部になったら、あの人が平民たちをいじめて遊ぶもんだと思ってた」

「このままじゃ、外部生の奴らが増長するかもな」

外部生は平民と揶揄されることがあった。学費免除枠で入学した者たちの多くが一般家庭の子どもたちだからだ。そのため一部の内部生は、外部生たちを見下す傾向にある。

「外部生の奴ら、いけすかないよな」

「俺たちをバカにしてる目だ。ガリ勉の真面目君たちがよ」

嫌な気持ちになりながら僕はすみやかにトイレを出る。

休憩時間の廊下はにぎやかだ。顔を隠して生徒たちの間隙をぬうように移動した。人混みの中を誰にもぶつからずに移動する技は、サラリーマン時代に培ったものだ。通勤の際、駅の人混みをすばやく切り抜けなくてはならなかったから。

一年二組の教室の前を通る時、立ち止まって室内をのぞくのが日課だった。長い前髪の隙間から、にぎやかな教室の風景がみえる。佐々木蓮太郎が、クラスメイトとグループを作って楽しそうに笑っている。うまくこの学園でやれているらしい。それを確認できてほっとする。

彼は特別な存在だ。僕は佐々木蓮太郎と葉山ハルの幸福を誰よりも望んでいた。アニメ『きみある』において城ヶ崎アクトは悪役だったけれど、今の僕は二人のファンなのだ。彼らが笑って暮らせるような未来を僕は目指している。そのためのひそかな活動を、すでにはじめていた。

放課後、学園を出て車に乗りこむ。大田原の運転する車が駅前のにぎやかな場所にさしかかると、彼に指示を出した。

「今日も駅前で遊んで帰る。ここで下ろしてくれ」

「かしこまりました」

遊んで帰るというのは嘘で、目的は別にあった。大田原の運転する車が去るのを確認し、駅前のビルへ向かう。トイレで雲英学園の制服を脱ぎ、量販店で購入した地味な私服へ着替える。長髪のかつらをかぶってロータリーへと向かった。

通行人にチラシを配っている集団がいる。近くに立て看板があり、【白血病患者のためにドナー登録を！】という文字の印刷されたポスターが貼ってある。彼らは無償で活動しているボランティアの人たちだ。彼らに近づいて挨拶する。すでに何人かは顔見知りとなっていた。

「やあ、黒崎《くろさき》君。来てくれたんだね」

「はい。今日もよろしくおねがいします」

僕は黒崎という偽名でボランティアの登録をおこない、変装した姿で活動に参加していた。自分が配る用のチラシを受け取り、横並びに立って通行人に呼びかける。

「ドナー登録をおねがいします」

「白血病で苦しんでいる方を、一人でも助けるために」

「よろしくおねがいします」

この活動こそ、葉山ハルを救うための作戦なのだ。

彼女の身に生じる白血病という病気は、つまり血液のがんである。血液は骨髄という場所で作られるのだが、血液を作り出す細胞に不具合が生じている病気なのだ。

そこで、健康な人から正常な骨髄の細胞をわけてもらい、移植するという治療法がある。骨髄をわけてくれる提供者のことをドナーと呼ぶのだ。

移植手術に使う骨髄の細胞は、どんなものでもいいわけじゃない。HLAと呼ばれる白血球の型がいっしょの人でなければ、拒否反応が出て患者の体の一部になってくれないらしい。

「白血病治療のため、ドナーを探している方々が大勢います」

「ドナー登録をすることで、命を助けられるかもしれません」

自分と同じHLAの型を持っている相手は、数百人から数万人に一人の確率で存在する。今、目の前を通り過ぎていった人の中に、葉山ハルと同じHLAの人がいたかもしれない。数年後、彼女が病気を発症した時、同じHLAの人がドナー登録をしていたら、すぐに骨髄移植手術を受けられるはずだ。

今のうちにできるだけ大勢の人にドナー登録をしてもらう。登録してくれた中に、葉山ハルと同じHLAの人がいることを期待して。だから僕は、ボランティアに参加することにしたわけだ。

そんなことをちまちまやっていても意味なんかないよ、などと人によっては思うのだろう。わかってる。僕がボランティアに参加した程度の影響で、彼女の適合ドナーがみつかる可能性なんて、天文学的に低い確率だってことは。それでも何もしないよりはマシなのだ。

五月の連休を利用し、出雲川家が所有する湖畔《こはん》の別荘へ遊びに行った。白樺《しらかば》の木に囲まれた土地にその美しい建物はある。僕と桜小路と出雲川が乗ったリムジンが到着すると、ずらりと並んだ使用人たちが一斉に頭を下げて「お待ちしておりました」と声をそろえる。初夏の風が湖の上を渡ってきた。

「まあ、素敵な場所ですわ。絵画の中に入りこんだみたいですの。こんな場所に別荘を所有しているなんて、悔しいけれど、さすが出雲川家ですわ」

風景を眺めながら桜小路がいった。彼女は日よけのための日傘を差し、サングラスをかけている。ほんとうにこいつ十二歳なのか？　縦ロールの髪は今日もばっちりだ。

出雲川は青色の目をほそめて微笑する。女の子がうっとりするような甘い顔立ちだ。

「桜小路さんの家だってすごいじゃないか。聞いたよ、島をひとつ買い取って、大きな別荘を建築中だって」

「完成したらぜひ、遊びに来てくださいね。でも、アクト様の家が所有する別荘にくらべたら」

「この別荘もきっと霞《かす》むよ」

僕の父、城ヶ崎鳳凰が金を注ぎこんで手にいれた別荘は、世界的有名建築家が手がけたもので、歴史的価値が高い。文化遺産に登録されたとしてもおかしくない建物だ。数年後、城ヶ崎グループが消滅した時、あの別荘は誰の手にわたるのだろう。

使用人たちが僕たちの荷物を運んでくれた。

「アクト様、桜小路さん、どうぞ好きなだけくつろいでいてくださいね」

現代アートみたいな赤色のソファーにねそべって、僕たちは一粒数千円の高級チョコレートを頬張る。壁一面のガラスの向こうには湖が広がっていて気持ちがいい。まさしく贅沢三昧《ぜいたくざんまい》。前世で死にそうになりながら働いていたのが馬鹿馬鹿しくなる。今のうちにたっぷり楽しんでおこう。没落したら二度とこんな体験はできなくなる。

夕飯にシェフがフレンチのコースを作ってくれる。

「アクト様は最近、本当にやさしくなられましたね」

白身魚のムニエルを堪能している最中、出雲川がいった。

「自覚はあるよ。まるで生まれ変わったみたいだろ?」

窓の外が暗くなったので、ガラスに自分の姿が反射して映りこむ。ナイフとフォークを握りしめた僕の顔はまるで悪魔だ。視線で人を殺せそうな目つき。笑ったとしても、何か悪巧《わるだく》みをしているかのようにしかみえない口元。

「以前の僕は、物語に登場する悪役そのものだった。でも、それじゃあいけないと思ったんだ」

「でも、今のアクト様は外部生に甘すぎると思いますの。あの子たち、まるで猿みたいですわ」

「身だしなみがひどい子もいます。許しがたいことに、寝癖をつけたまま登校してきた少年を目撃しました」

出雲川が天を仰ぐような表情をする。

寝癖の少年……。佐々木蓮太郎のことだろうか。

「大目にみてあげよう。寝癖を整える時間がなかったのかもしれないぞ」

彼は仕事で忙しい両親のかわりに弟と妹の身支度をさせて小学校へ送り出さなくてはならない

から、自分のことは後回しになっていつも寝癖がついているのだ。そういう設定なのだ。

桜小路は、くすりと笑う。

「寝癖なんて、使用人に整えてもらえばいいのに」

「アクト様が外部生たちの存在をお許しになるのなら、僕も同じく彼らのことを悪くいうのはやめます」

「そうしてくれるとうれしいよ、出雲川君」

「私もですの。アクト様が彼らの存在を憐れみ、情けをかけてらっしゃるのであれば、私は彼らを傷つけないよう、ふる舞いたいと思っておりますわ」

「ありがとう。でも、二人ともオーバーだな。彼らを許すとか、憐れむとか」

牛フィレ肉のステーキが運ばれてきた。口にいれると肉汁が広がり、舌の上にほどけるように消えていく。この一切れで何千円するのだろう。食べきれない量がある。タッパーにいれて持ち帰って明日のおかずにできたらいいのに、などと咄嗟《とっさ》に思うのは前世の影響だ。

食後に三人でトランプをした。ひとしきりポーカーを楽しんだ後、リビングにチェスのセットがあったので、誰か対戦しないかとさそってみる。

「申し訳ありません。チェスをやったことがなくて」

「私もですの。アクト様はチェスのルールをご存じなんですの？」

「まあね。大学時代にボードゲーム好きの先輩がいて、よくつきあわされたものだ」

「大学時代？」と、二人が首をかしげる。

「いや、ちがうんだ。僕にチェスを教えてくれた使用人の話だ。そいつが大学生の頃、ボードゲーム好きの先輩がいたらしくてね」

出雲川と桜小路にチェスのルールを教えながら遊んでみる。二人とも物おぼえが良くて、すぐに上達しそうだ。

その後、テレビゲームをした。壁一面ほどの巨大なテレビにつながっているのは、みたことも聞いたこともないゲーム機だった。前世の日本で販売されていたどの商品とも異なっている。そもそも聞いたことのないメーカーだ。

これはどういうことだろう。トランプやチェスのように昔から存在するゲームは前世とかわらないのに、ゲーム機は見おぼえのないものに置き換わっている。この世界がアニメ『きみある』の作品内であることと無関係ではないだろう。

アニメや漫画では、実在の商品を登場させる場合、メーカー側に許諾を得なければならない場合がある。だからオリジナルの商品をわざわざデザインして登場させることが多いのだ。

町中を車で移動する時も、前世でよくみかけたコンビニやファミレスがひとつも存在しない。見おぼえのないチェーン系の店の看板ばかりだ。これも同じ理由からだろう。大人の事情ってやつだ。

「アクト様は、あまりこのようなゲームに興味はございませんか」と出雲川。

「いや、あるよ。むしろ大好物だ」

出雲川家の別荘には様々なゲームソフトがそろっていた。壁の収納にずらりとならんでいるタイトルを漁ってみる。どれもこれもしらないゲームばかりだ。

前世で僕はたくさんのゲームをプレイした。仕事に追われるようになって離れてしまったけれど、子どもの頃は兄弟で対戦格闘ゲームをプレイし、高校時代はネット上のフレンドとFPSをやった。大学時代は一人で黙々とサンドボックスタイプのクラフトゲームを遊んだものだ。

だがしかし、この世界には、僕が熱中したそれらのゲームタイトルがひとつも見当たらない。

「出雲川君、ここにあるのは最新のゲームなのか？」

「ええ、先日発売されたものまですべて取り揃えてあります」

現在、世界中で売れているというゲームをプレイしてみた。でも、どこか古臭く感じられる。『きみある』を制作していたスタッフたちは、最新のゲームを追いかけていなかったのかもしれない。その影響だろうか。

いや、そもそもの話、前世の僕は『きみある』が制作されて何年も経った後に死んだわけで、この世界よりも後のゲームの進化を目の当たりにしていたともいえる。その上、現在は『きみある』のストーリーが始まる三年も前だ。ここにあるゲームがすべて時代遅れのものに感じるのも無理はない。

「このゲーム、楽しいですわ！」

桜小路は満足そうに音ゲーを遊んでいる。飛んでくる矢印にあわせて方向キーを押しながら、ドリルのような縦ロールの髪をリズミカルに揺らしていた。

出雲川はロールプレイングゲームが好きだという。彼の好きなゲームの話を聞いてみた。

「へえ、ジョブチェンジのシステムがあるのか？」

「紫魔道士のジョブレベルを上げると、紫魔法のスキルをおぼえるんです」

出雲川は、よくぞ聞いてくれました、という表情だ。彼がこんなにゲームが好きだとは思わなかった。以前の僕たちは絶対的な主従関係でしかなく、趣味の話なんてしなかったから。

翌日、朝食をとった僕たちは、湖でボートに乗って遊ぶことにする。もしもの時に備えてライフセーバーの資格を持った使用人たちが少し離れた場所に待機していた。日傘をさしてボートにちょこんと座っている桜小路の姿は、高貴な雰囲気も相まって絵画のようだ。

「今度、桜小路さんの家が持っている病院を見学してみたいんだけど、いいかな」

ボートの縁から水面に手をのばしながら僕は聞いた。指先にふれる水が冷たくて気持ちがいい。

桜小路は日傘の下で首を斜めにかしげる。

「あら、私の家、病院を持っていましたの？」

「実はそうなんだ。調べてみてわかったけど、夏目町に聖柏梁《せいはくりょう》病院ってあるだろ？　あの土地、桜小路家のものなんだ」

聖柏梁病院は『きみある』にも登場する大病院だ。ヒロインの葉山ハルが入院し、白血病の治療をおこなう場所でもある。従者の小野田に調査してもらったところ、聖柏梁病院の何代か前の院長が、大地主だった桜小路家と契約をかわし、土地を借りているとのことだった。多額の資金援助をおこない、聖柏梁病院を実質的に支配しているのは彼女の家なのである。

「どうして病院なんかをご覧になりたいのです？」

「興味があるんだ。白血病って知ってるか？　最近、白血病に関するドキュメンタリー番組をみた。それで、聖柏梁病院の医者に話を聞いてみたくなったんだ。病棟の見学なんかもできたらいいんだけど」

ドキュメンタリー番組をみたという部分は嘘だ。葉山ハルの運命を書き換えるため、白血病治療について知識を得ておきたい。

「お父様にお願いしてみますわ。アクト様の希望だと伝えたら、きっと許可はもらえるはずですの」

「助かるよ、桜小路さん」

「おやすい御用ですの。アクト様のお役に立ててうれしいですわ」

彼女は目をほそめてほこらしげな様子だ。アニメで城ヶ崎アクトの取り巻きをしていた時は、意地悪な目つきの悪役令嬢として描かれていたが、目の前にいる桜小路姫子はお姫さまみたいな可憐な女の子である。数年後、アニメと同じような険しい目つきの女性になってしまうのだろうか。できればこのままでいてくれるとうれしい。

「白血病というのは、治すのがむずかしい病気だと聞いています」と出雲川。

「そうだ。とてもむずかしい病気なんだ。治すことができなくて、死んでしまう人が大勢いる。突然のことで、きみたちは驚いているかもしれないけど、僕はこの病気について勉強したくなった。もっと知りたいんだよ」

葉山ハルと対面した朝を思い出す。

【彼女】の声がこの世界にはまだ存在する。

「白血病で死ぬ運命の人を救うためには、どんなことができるだろう」

そうつぶやいた僕を二人が戸惑うようにみていた。

僕のやろうとしていることは、『きみある』の物語を逸脱《いつだつ》しようという試みだ。この世界を創造した神様が『きみある』のシナリオライターだとすれば、その意思に反逆する行いにほかならない。神様への反逆？　僕にぴったりの役目じゃないか。なにせ僕は悪魔の生まれ変わりだといわれてるんだから。

2／3

私が仕事で運転する車は、王侯貴族が乗るような高級車だ。ワックスで磨き上げられた黒色の車体は光を反射して宝石のようである。奥様のユリア様がご存命だった頃から、専属のドライバーとして城ヶ崎家に雇われていた。

城ヶ崎ユリア様は美しい方だった。誰にでもやさしく、あの方が笑うと花が咲いたように屋敷の中が明るくなった。城ヶ崎鳳凰様とユリア様は幼い頃からの許嫁《いいなずけ》だったという。お二人が心から愛しあっていることは疑いようがなかった。ご結婚当時、お二人を後部座席に乗せ、ショッピングのためにデパートまでお連れしたものである。

しかしユリア様は、アクト様を出産すると同時に亡くなられた。体の弱かったユリア様は、出産の負担に耐えられなかったのだ。

その頃から城ヶ崎家は変わった。屋敷から笑顔が消え、重く沈んだ雰囲気が支配した。鳳凰様は、赤ん坊のアクト様を見向きもせず、帰ってこなくなった。屋敷にいるとユリア様を思い出してつらくなるのだろう。

赤ん坊のアクト様は、子育てを専門とするナースメイドたちによって育てられた。しかし、彼女たちはアクト様のお世話をするようになり、しばしば悪夢をみるようになったという。彼女たちは口をそろえていった。「あんなに不気味な赤ん坊はみたことがない」と。

アクト様の顔立ちは鳳凰様にもユリア様にも似ていなかった。目が鋭くつり上がっており、泣いた時は「ぎゃっ、ぎゃっ」と耳障りな音を発する。人間の子どもというより、化け物の子どものようだ。ナースメイドたちは、アクト様に愛情を抱くことができなかったという。

成長し、あるけるようになったアクト様をみても、愛情を抱く者はいなかった。幼いアクト様が近寄ってこようとすると、小さな悪魔が襲ってくるようにみえ、使用人たちは恐怖の悲鳴をあげた。

誰からも愛されなかった故なのか、それとも最初から魂がそうだったのかはわからないが、アクト様は歪《ゆが》んだ性格に育った。使用人を遊び半分に傷つけ、階段から突き落とし、泣いている様をみて笑うような子どもだった。

執事の瀬戸宮が、教育学者や心理学者を招いて意見を聞き、アクト様に善悪の価値観を学ばせようとしたが、すべて無駄だった。ハウスキーパーとしてメイドたちのまとめ役だった老女の使用人も城ヶ崎家を去った。

「私はもうこの家に見切りをつけました。ユリア様がいらした頃がなつかしいわ。きっとあの子の代で城ヶ崎家は終わりよ」

彼女を慕《した》う他のメイドたちも辞めた。

私もまた転職を考えるようになった。成長したアクト様を後部座席に乗せて運転することが苦痛でしかたない。車内でお菓子を食い散らかすことも、土足で座席に足を乗せて靴跡をのこすことも、まだいい。運転中に座席を後ろから蹴って私を驚かすのにもなれた。

彼は時に信じがたい命令をするのだ。

「おい、きさま、まえの車に、もっとちかづけろ」

雲英学園にアクト様を送る途中のことだった。

「クラクションをならせ。スピードをあげて、ぶつかるぞって、おどかしてやるんだ。きっと楽しいぞ」

耳障りな笑い声を発する。

「できません」

「さからうのか？　くびにするぞ？」

「危険な行為です」

「ふざけるな！　スピードをあげろ！　俺のいう通りにするんだ！」

アクト様は気分を害したように座席を後ろから何度もけりつけてくる。素養がなく、野蛮で、常に誰かを追いつめていないと気がすまない。アクト様はそんな方だ。私がいうことをきかなかったので、罰として宝石のような車体に、尖った石で傷をつけられた。私がうなだれているのをみて、腹をかかえておかしそうにしていた。

城ヶ崎家の運転手をやめるかもしれないことを妻に伝えた。

「他の仕事に就くの？」

「タクシーの運転手なんかどうだろう」

私には幼い娘がいる。働いて家族を養っていかなくてはならない。転職するなら今のうちだ。

そう考えていたところ変化が訪れた。

十二歳のアクト様がプールサイドで転んで自室に運ばれたという。数時間後に目覚めたものの、三日間ほど寝こんで部屋から出てこなかった。大きな怪我はなかったそうだが、それ以来、アクト様の様子がおかしい。ずいぶんとおとなしくなり、暴言をはかなくなったという。

「いってらっしゃいませ、アクト様」

「ありがとう。行ってくるよ」

雲英学園の正門前に送り届けた際、車から降りてアクト様がいった。それまでお礼などいわれたことがなかったので動揺してしまう。

使用人の中には、屋敷ですれちがい様に「おつかれさまです」などとねぎらいの言葉をかけられた者までいるという。変化を訝《いぶか》しむ使用人もいた。アクト様の顔立ちは以前と変わらず悪魔的である。そのため、何かをたくらんでおり、今のうちだけおとなしくなったふりをしているようにもみえるのだ。

頭を強く打ったことで性格が変わったのかもしれない。実際にそのような症例が世界中でいくつもあるらしい。交通事故や高熱のせいで脳に機能障害が起こった場合、性格が攻撃的になったり、以前はしなかった言動をとったりするというのだ。

おとなしくなったアクト様は、後部座席で静かに窓の外を眺めるばかりで、危険な運転の強要もしてこない。学園から帰宅する途中、かつて自分がいじめていた子どもの家に立ち寄り、親と本人に謝罪をすることもあった。過去に自分のやったことを反省しているようだ。

執事の瀬戸宮が、すべての使用人をあつめていった。

「アクト様はもしかしたら、まっとうな人間へ変わろうとされているのかもしれません。日常生活の中で、アクト様の変化を目にした者は私に報告しなさい」

続々と彼の元に情報があつまった。女性使用人の報告によれば、重い荷物を運んでいる時、アクト様が通りかかっていっしょに荷物を抱えてくれたという。給仕担当の使用人によれば、以前は食べなかった料理や食材を、のこさずに食べるようになったという。

私も瀬戸宮に報告する。

「アクト様は大変な読書家になられたようです」

「読書ですか?」

「ええ、車の中では本を読むことが多くなりました。すべて活字の本です。学園の図書館で借りているのでしょう」

車内に本が忘れられていたことがある。図書館のラベルが背表紙に貼ってあった。

「アクト様が活字を!? どのような本です?」

「医療関連の本でした」

白血病という文字がタイトルに入っていたことをおぼえている。

「アクト様に何が起きたのでしょう」

「わかりません。でも、良い兆候のように思えますな」

「アクト様が変わられて、小野田さんも少しほっとした様子ですね」

「ええ、まったく」

小野田は副執事でありアクト様の従者でもある。彼はアクト様のわがままにふり回され、各方面に頭を下げなくてはならず、常に胃腸薬が手放せなかった。アクト様がこのまま落ち着いてくれなければ、次に辞めるのは彼女だったかもしれない。

五月に入りアクト様が連休を利用して旅行へ出かけることになった。御学友である出雲川様の別荘へ宿泊するという。

数日後、アクト様がお戻りになった時のことだ。

「ただいま、大田原さん。ここにいたんだね」

車のワックスがけをしていると呼び止められた。あいかわらず迫力のある三白眼だ。蛇のような目つきは年齢を重ねるごとに強烈になってくる。以前であれば恐怖のため、すくみあがっていたことだろう。

「大田原さん、確かお子さんがいたよね。これ、あげる」

アクト様が高そうなチョコレートの箱を私に差しだす。

「出雲川君の別荘でもらったんだ。なんか、すごい高いやつらしいよ。一粒で数千円だって。なんでそんな値段なんだろうね」

「こんなものをいただいては……」

「みんなには秘密だ。一箱しかもらってないから。大田原さんにはお世話になってるし」

アクト様は私にチョコレートの箱を持たせて立ち去った。旅行は楽しかったのだろう。機嫌がよさそうだった。

帰宅して家族の前でチョコレートの箱を開けてみる。数千円の粒がいくつも並んでいた。私と妻と娘はそれを口にいれてみた。甘くほろにがいチョコレートの外側が割れると、中からフルーツのジュレが出てきて舌に広がった。

「おいしい！　なにこれ！」

娘が笑顔になってとびはねる。

転職するという話は、いつのまにか、しなくなっていた。

2／4

「蓮太郎君、あの話、考えてくれた？」

葉山ハルは病室のベッドで上半身を起こした状態だ。

頭には毛糸の帽子をかぶっている。

黒く艶やかな髪の毛はもうのこっていない。

抗がん剤の副作用で抜け落ちてしまったのだ。

「俺には無理だよ」

「きっと大丈夫、きみなら。学園を変えられるはず。その力があるもの」

彼女のベッドのそばにいるのは、佐々木蓮太郎だった。

僕はテレビ画面の前で正座して二人の対話をみつめている。手に持ったハンカチは涙でぐっしょりと濡れていた。もう何度目の視聴になるのかわからない。休日になる度に僕は『きみある』のDVDを再生していた。

「俺は学園を変えたいなんて思ってない。それはきみの役目だ」

正義感の強い葉山ハルは、雲英学園において外部生が不当な扱いをうけていることに納得がいかなかった。城ヶ崎アクトが外部生を虐げており、教師もそれをみてみぬふりしている。その状況をなんとかしたいと彼女は思っていた。

だけど病気のせいでその命は尽きようとしている。

「私がいなくなった後の世界をよく想像するんだ。蓮太郎君は、私がいなくなったら、泣いてくれる？」

病室の窓が開いており、カーテンがゆれている。

光が差しこんで、彼女の弱々しい微笑《ほほえ》みを照らす。肌は青白く、眉毛も抜け落ち、痩せ細った顔をしていた。もうじき、彼女は死んでしまうのだ。

目が覚めた時、僕は泣いている。前世で『きみある』を視聴していた時の光景を夢にみたらしい。葉山ハルの入院している病室を、蓮太郎が訪ねる場面だ。アニメだから当然、二次元の絵なのだが、それでも弱った葉山ハルの姿をみるのはつらかった。

梅雨《つゆ》入りして雨の日が続いている。こんな日は特に、車で送迎してもらえることをありがたく感じた。雲英学園の行き帰りの車内は読書の時間になった。学園の図書館で、白血病に関する医学書を借りた。国内外のミステリー小説やファンタジー小説やSF小説を読むこともある。

前世の僕は本が好きだったのに、サラリーマンになってからは仕事に追われる日々が続いていた。トラックに轢かれて死ぬまでの数年間、まともに小説を読むことができなかったのだ。好きなだけ本が読める今の環境はありがたい。

見おぼえのない小説ばかりが図書館に並んでいた。前世でベストセラーになったはずの本が、どうやらこの世界には存在しないようだ。

それにしても、子どもの脳みそだからなのか、知識がスポンジのように吸収される。読んだ本の内容はいつまでもおぼえていられるし、授業の時間、教師の語った内容が脳にすばやく定着した。

「今日は抜き打ちテストをします。むずかしい問題を用意しましたので、がんばってください」

数学の授業で教師が宣言する。配られた問題用紙を確認し、さっそく取りかかった。中学一年生レベルの問題だから、僕にとっては楽勝だった。一通り解答を記入した後、最初に戻って一問ずつ誤りがないかをチェックする。気を抜いてはならない。サラリーマン時代の後輩なんか、ちょっとしたミスが原因で多額の損失を出してしまい、関係各所に泣きながら謝りに行っていた。見直しは大事。自分を過信してはならない。

結果、満点をとった。頭の良い外部生たちでさえ満点をとった者はいなかったというのに。数学教師が僕の試験結果をみんなの前でしきりに褒め称えた。

「城ヶ崎君！　素晴らしいです！」

僕は後悔する。手を抜いてわざとまちがえなくてはならなかった。なぜなら、クラスメイトたちの反応が冷ややかだったから。

全員、しらけていた。僕が実力で満点をとったなどと、誰も信じてはいないのだ。城ヶ崎アクトは一切の勉強を放棄して生きてきた。当然ながら学力は底辺、かけ算の九九をいえるかどうかさえあやしい。テストで満点なんてとれる人間ではない。

クラスメイトたちは、僕が不正をして満点をとったと思いこんでいるのだろう。あるいは、数学教師が僕を褒め称えるために満点をとらせたのではないかと。だから、みんなの視線が痛かった。

昼食の時間、雲英学園の生徒の大半はカフェテリアに移動する。海外の学園ドラマのランチ風景みたいに、トレイを持って列に並び好きな料理を選んで取るような、ビュッフェ形式の食事が提供されていた。代金は学費に含まれているので、生徒たちは好きなだけ食べることができる。

しかし僕と出雲川と桜小路は、いつも学園の敷地内にある高級レストランで昼食を食べている。テラス席があり、芝生の庭園を眺めながら、一流の料理人が作るランチを口にすることができる。こちらは有料で、一食で数万円のお値段がするけれど。

ナイフとフォークが並べられ、まずは前菜とスープが運ばれてきた。

「アクト様はいつのまに学力を身につけられたのです。初等部の頃は勉学に関心があるようにはみえませんでしたが。テストで満点をとってしまうなんて」

出雲川はミネラルウォーターの注がれたグラスに口をつける。金髪碧眼の彼が優雅に水を飲む様は映画のワンシーンのようだ。

「種明かしをすると、教師に金を渡して事前に解答を買い取っておいたんだ」

「まあ、そうでしたの!?」

桜小路の縦ロールの髪がスプリングのようにゆれた。

「冗談だよ、桜小路さん。僕はそんなことしてないから」

「じゃあ、やっぱり実力で満点をとられたのですのね？」

「こっそり勉強していたんだ。初等部時代、勉強をさぼっていたから。ようやくみんなに追いつけたってわけ」

「今後は僕も勉学に励み、アクト様に並び立つ努力をしたいと思います」

「そうか。がんばりたまえ、出雲川君」

「私も中間試験は成績をのばしますわ。お父様にお願いして、良い家庭教師をつけてもらうことにしましょう」

以前よりも出雲川と桜小路が気軽に話をしてくれる。前世を思い出すまで、僕は二人に命令し、二人はただそれにしたがうだけの関係だった。だけど今は、普通の友だちのように思える瞬間がある。

一日の授業が終わり、雲英学園から帰る途中のことだ。運転手の大田原にお願いして、公立中学校の敷地のそばに車を停めてもらった。葉山ハルが通っている中学校だ。

今朝、あんな夢をみたから、姿をみたくなった。彼女が今も健康で暮らしているのかどうかを確認したかった。まさかアニメよりも早い段階で白血病が発症しているなんてこと、起きていないだろうか。

中学生たちが校門から出てきて車のそばを通り過ぎていく。後部座席の窓から、しばらく校門を眺めていたけれど、葉山ハルらしき女の子は出てこなかった。

「車を出して、大田原さん。家に帰ろう」

「かしこまりました」

この世界が、アニメ『きみある』の物語をなぞるように進行するのであれば、彼女はかならず雲英学園高等部に入学してくる。それまでは、遠くから彼女の健康を祈ることにしよう。これ以上やるとストーカーみたいだし。

葉山ハルが白血病を発症するのは高等部一年生の冬だ。

息切れをすることが多くなり、微熱と倦怠感《けんたいかん》があることから、病院で診てもらった。すると血液に異常がみつかり、白血病の疑いがあると診断されたのである。下り坂を転げ落ちるかのように彼女の病気は悪化した。半年ほどの闘病生活の後、夏が終わる前に彼女は死んでしまうのだ。

日曜日、聖柏梁病院の見学をさせてもらえることになった。病院のスタッフに案内されて施設内を移動する。桜小路がついてくるのはわかる。彼女の家が病院の経営に深く関わっているわけだから。しかし出雲川はなぜいるのだろう。

「出雲川君、せっかくの休日なんだから、僕なんかに関わってないで、自由に過ごしてもいいんだよ」

何も休日まで親の言いつけを守って僕の取り巻きをする必要はないのだ。サラリーマン時代、休日出社を嘆《なげ》いたことは一度や二度ではない。自宅で好きなゲームを好きなだけ遊んでいても僕は怒らないのに。

「僕を仲間はずれにしないでください！」

出雲川は帰ろうとしなかった。

聖柏梁病院は夏目町の郊外にある巨大な施設だ。川沿いに白い建物が並び、それぞれが渡り廊下でつながっている。アニメ『きみある』の主要舞台の一つなので、見おぼえのある景色がそこら中にあった。

造血細胞治療センターと呼ばれるフロアにむかう。フロアの会議室で白血病専門の若い男性医師から話をうかがうことができた。「学校の自由研究のために、白血病のことをしらべてるんです」などと適当な理由をでっち上げる。

医師がホワイトボードやいくつかの資料を提示しながらおしえてくれた。

「白血病は、血液のがんだと言われています」

そもそも、がんとはなんなのか？

僕たちの体は細胞があつまってできているわけだが、普通の細胞は、ダメージを受けたり古くなったりしたら、死ぬようにプログラムされている。死んだ細胞は、新しい細胞に交換されて、僕たちの体はいつも健康に保たれているわけだ。機械がこわれたら、故障した部品を取り換えるのと同じだ。

だけど時折、何かの手ちがいで、【死なない細胞】というものが生まれてしまう。それが、がん細胞だ。【死なない細胞】は、古くなっても体から出て行かず、そのまま居座りつづけ、新しい細胞にも交換されない。故障した古い部品を取り換えられなければ、機械はやがて、うごかなくなってしまうのに。

白血病は、本来であれば血液を作る骨髄細胞がエラーを起こし、がん化した不良品の血液を生み出しつづけるという病気なのだ。

「白血病の治療というのは、具体的にはどのようなことをするのでしょうか？」

出雲川が若い医師に質問する。

「首の血管にチューブをさして、抗がん剤という薬をいれるんです。そういったやり方を、化学療法といいます」

　抗がん剤によってがん化した細胞を殺すことができるという。しかし抗がん剤は非常に強い薬で、種類によっては、手で触れると火傷《やけど》するものまであるらしい。

「抗がん剤を使ったら、ひどい吐き気をもよおして、髪の毛も抜けてしまうんです」

　医師の言葉を聞いて、桜小路は縦ロールの髪の毛を、出雲川は金色の髪を、それぞれ押さえつけた。

「私からこの髪がなくなったら、私は、私ではなくなってしまいそうですわ！」

　桜小路は自分の髪を大事にしている。毎朝、使用人に手伝ってもらいながら、時間をかけてセットしているそうだ。

「女の子にとって髪の毛は何よりも大切なものなんですの！」

　桜小路の悲痛な声を聞きながら、アニメ『きみある』の最終回近くの葉山ハルの姿を思い出していた。その時期の彼女はいつも医療用の帽子をかぶっている。アニメの女の子のキャラクターが抗がん剤による脱毛で頭が丸くなっている姿は痛々しくて胸が痛んだ。だけどアニメの彼女は、抗がん剤による治療では治ることなく死んでしまうのだ。

「その他に、白血病を治す方法はあるのでしょうか？」

　出雲川が聞いた。

「放射線治療というやり方もあります。他にも、造血幹細胞を移植する方法などですね」

　男性医師の話を桜小路や出雲川が熱心に聞いている。僕も質問をはさみながら、重要そうなことをノートに書き留めた。

白血病患者が入院している病棟を見学させてもらうことになった。しかし僕たち部外者が意味もなく足を踏みいれていい場所ではなかった。入り口から少しだけ中をのぞくだけにする。僕たちの体には、目にみえない菌がたくさんくっついているので、患者が入院している部屋にはあまり近づかない方がいいのだ。

「この先へ行くには、体についた小さなゴミを入念に取り除かなくてはいけません。服についたペットの毛も、粘着テープなんかで取ってもらいます。靴についた土がきっかけになって、院内感染したケースもあります。お見舞いのために、ぬいぐるみや花を持ちこむのもだめです。どちらも雑菌の温床となりますからね」

案内してくれた病院のスタッフが教えてくれた。

「この棟のずっと奥にクリーンルームがあります。いわゆる無菌室というエリアで、骨髄移植をおこなう方がいるんです。お見舞いの方は、直接、患者と会うことはできません。ガラス越しでの対面となります」

同じ型の白血球を持っている人間は、数百人から数万人に一人。アニメ『きみある』において葉山ハルは、適合する骨髄の提供者をみつけることができなかった。その結果、骨髄移植をすることができず生命を落としてしまうのだ。

でも、だからこそ僕はそこに活路を感じるのだ。もしも彼女が骨髄移植を受けられたなら助かっていたのではないか？　僕はそんな想像をしていた。

一致するＨＬＡのドナーをさがしだすのは困難だ。だけど、まだあと数年ある。タイムリミットまでに僕は葉山ハルのドナーをみつけなくてはならない。

2／5

私は叔母と二人暮らしをしている。

叔母の名前は葉山理緒《はやまりお》。三十代。会社員だ。

赤ん坊の私を引き取って、これまで育ててくれた。だから彼女のことを私はお母さんだと思って暮らしている。彼女はそう呼ばれるのを嫌がっているけれど。

「私のことは名前で呼んでね。【理緒】とか、【理緒姉さん】って呼んでほしいわけ」

私の本当のお母さんは理緒の姉だ。彼女は十数年前のある日、ゼロ歳の私を連れて理緒の前に現れた。私を彼女にあずけると、そのまま行方をくらましてしまったという。以来、会ってもいないし、どこで暮らしているのかもわからない。生きているのかさえ、さだかではないという。

「きっと事情があったのよ。ハル、あの人を恨《うら》まないであげて」

母の記憶はない。だけど母の写真はのこされているので、顔立ちを確認することはできる。

昔のアルバムを理緒にみせてもらった。子どもの頃の理緒と母が写っている写真だ。実家で暮らしていた頃に撮られたもので、家族写真には姉妹の両親の姿もある。つまり私の祖父母だ。すでに他界しているけれど。

私の父親はどこの誰なのかよくわかっていない。理緒は知っているのかもしれないけど、聞きづらくて、なかなか質問できなかった。父親側の親類というものがいないので、今の私にとって血のつながりのある身内は理緒だけだ。

「ほら、この写真をみて。赤ん坊のハルが、抱っこされてるよ」

私と母が同時に写っている写真がたった一枚だけ存在する。母が私を理緒にたくした時、受け取った荷物の中にまぎれこんでいたのだという。

どこかの古い教会の前で、母が赤ん坊を腕に抱いていた。泣いているような、微笑んでいるような、どちらともとれる表情だ。私はいくつもの疑問がうかぶ。

どこの教会なのだろう。

撮影者は誰なのだろう。

私の父がカメラで撮ったのだろうか。

母はどこで私の父と出会ったのだろう。

二人は今もこの世界のどこかで暮らしているのだろうか。

もしも二人に会ったら文句をいいたい。理緒にも謝ってほしい。理緒は美人だ。だけど私の知っているかぎり、恋人と呼べる存在はいない。二十代のうちに彼氏を作ることができていたら、今ごろ、その人と結婚して幸せになっていたかもしれない。しかし理緒は、幼い私のおむつを交換したり、離乳食を食べさせたり、保育園探しをしたりという忙しい日々が続いて、彼氏を作るどころではなくなってしまったのである。

理緒は、私が寂しい思いをせずに暮らしていけるようにと、いつもがんばっていた。私が小学校で友だちと喧嘩《けんか》をした時、次の日に仕事があるのに、遅くまで相談にのってくれた。怖い映画をみて夜にねむれなくなった時、ねむりにつくまで、手をつないでいてくれた。

理緒には幸せになってほしい。そのために私ができることは、はやく一人で生活できるようになって、家を出ていくことだ。私ははやく仕事を得て、給料をもらえるようになりたい。そして理緒に何か高価なプレゼントを贈るのだ。

「理緒、そろそろ起きないと会社に遅れるよ」

「まだ休ませて、ハル」

いつもの朝のやりとりだ。昔は私がお世話をされるばかりだったけど最近はこうである。

トーストと目玉焼きを二人で用意した。テレビをみながら私たちは食事をする。朝のワイドショーで高校生が電車に飛びこんで亡くなったという事件が取り上げられていた。調査によるとその高校生は学校でいじめをうけていたという。

私はこういうニュースをみる度に憤りがわいてくる。

「まあまあ、落ち着いて。どうしてあなたは、しらない子のためにそんなに怒ってるの?」

「わからないよ。性格じゃないかな?」

理緒は洗面所で化粧をし、私は中学校の制服に着替える。二人でいっしょに家を出て玄関の鍵を閉めた。私たちが暮らしているのは、夏目町の住宅地にある一軒家だ。玄関前には花の植木鉢が並んでいる。

「お仕事いってらっしゃい」

「ハルも勉強がんばれー」

家を出てすぐの場所にバス停があり、理緒とはそこでお別れだ。私は一人、公立中学校へ向かう。途中で小学校からの友だちと合流して坂を下った。高台から夏目町を見下ろせる場所にベンチがあった。そこを通り過ぎる時、思い出すことがある。

昨年のことだ。そこで奇妙な少年に出会った。水筒か何かのふたがころがってきて、拾ってあげたのだ。小奇麗な制服を着た男の子だったけど、あれは雲英学園初等部の制服だ。たぶんお金持ちの家の子だったのだろう。学費が高いことで有名な学校である。

顔立ちが印象的だった。するどい目は、まるで猛獣のようだったし、口からのぞく歯はギザギザで、ノコギリを想像させた。拾った水筒のふたをその子に返そうとしたら、なぜかわからないが、その子は急に泣きだしてしまったのである。あの子は一体、何だったのだろう。

3／1

城ヶ崎家は戦前から続く財閥の家系である。僕の父、城ヶ崎鳳凰は政財界に多くの人脈を持ち影響力は計りしれない。彼はがっしりとした体つきの男で、鷲のような鼻が特徴的だ。髪の毛と眉毛は逆立ち威圧感の塊である。

彼の姿を屋敷でみかけることはほとんどない。一ヶ月に一度くらいの頻度でしか屋敷に現れないし、廊下ですれちがったとしても会話はなく、にらみつけられるだけだ。父親と息子なのに日常会話は存在しない。

家族として破綻していた。城ヶ崎アクトは、父親とキャッチボールをした思い出もなければ、父親とお風呂に入った記憶もない。僕は前世の人生で、温かい家庭というものを経験していたから、今は理解できる。僕たち父子は普通じゃない。

前世を思い出す以前の僕は、父親に対しておびえていた。父親ににらみつけられるだけで足が震えだし、いつもの粗暴さはなりをひそめ、おとなしくなった。心底、彼のことが怖かったのだ。

城ヶ崎アクトの横暴は、家という巨大な後ろ盾があってこそ成り立っている。父親に見捨てられたら城ヶ崎アクトは一切の力を失ってしまうことを理解していた。城ヶ崎アクトにとって父は神に等しい存在だったのだ。

「父と話がしたい。どうすれば話ができる？」

従者の小野田に聞いてみた。

「鳳凰様とですか？　しかし、なぜ、突然」

「家族と話をするのが、そんなに不自然なことかな。たった一人の家族なのに、僕は父の連絡先もしらないんだ。どうかしてるよ。今度、家に戻ったタイミングで会いたいと伝えてくれ」

「お声がけしてみましょう。難しいかもしれませんが」

「どうして難しいんだ？」

小野田は答えにくそうにだまりこんだ。銀縁眼鏡の奥の目が、わずかにふせられて、悲しげな様子だ。

「僕は避けられてるのか？」

城ヶ崎アクトは、父親に愛されていないという自覚から、性格がねじまがってしまったのだ。公式設定資料集にはそんなことまで書かれてはいなかったが、なんとなく想像がついてしまう。

「ずっと望んでいたんだ。幼い頃から、父に声をかけてもらえるのを。その気持ちが満たされなくて、周囲に八つ当たりしていたんだと思う」

それが自分なりの城ヶ崎アクトという人物像への解釈だ。その言葉は僕のひとりごとだったけど、小野田にも聞こえていたらしく、はっとした表情をしていた。

父に疎まれている理由に心当たりがある。使用人たちが話しているのを聞いた。彼の妻であり、城ヶ崎アクトの母でもある、城ヶ崎ユリアの死が関係しているのにちがいない。母は僕を産んだことが原因で死んだ。だから父は僕のことが嫌いなのだ。

「父との対話をセッティングしてほしい。小野田、よろしく頼む」

「わかりました。瀬戸宮にも話をしてみます」

などというやりとりがあったのは、ずいぶん前のことだった。

それから数ヶ月が過ぎても、父との対話は成功していない。もうこのまま冷え切った家族関係でもいいんじゃないかという気はしている。今さら父と交流を持ったとして、何が変わるというのだろう。どちらにせよ、数年後には父の悪事が世間にばれて城ヶ崎家は潰れる。神のようだった父は逮捕され、僕は屋敷から放りだされてさまようことになるのだ。

しかし、聖柏梁病院の見学の後、少し思いついたことがあった。

白血病治療のための様々な組織が、活動するための資金の援助を募っている。城ヶ崎家の財のいくらかをそこに回せないかと僕は画策していたのだ。

城ヶ崎家の援助があれば、いろいろなことができるだろう。白血病に有効な抗がん剤の研究開発。骨髄提供者を募集するキャンペーン活動。ドナー登録をうながすテレビCMを制作して流すことだってできるかもしれない。有名芸能人を起用すれば、何百人、何千人という単位でドナー登録者が増えるはずだ。それで救われる命が増えるし、葉山ハルと適合するドナーがみつかる可能性も高くなるではないか。

城ヶ崎鳳凰との対話が実現したのは、夏の本格的な暑さがはじまろうとしていた時期だった。

雲英学園から帰宅した僕は、屋敷の使用人たちがいつもより緊張していることに気づいた。屋敷内の空気がはりつめている。父が帰宅しているのだろう、とわかった。

「アクト様、書斎にご主人さまがいらっしゃってます」

僕の帰宅をしり、小野田が駆け寄ってきた。

「話ができるのか？」

「十分程度なら。この後、すぐにまた会食のため出ていかれるそうです」

「息子との話よりも、会食の方が大事というわけか」

僕はため息をつく。

「荷物を置いたら書斎に行こう」

「承知いたしました」

制服のまま父のいる書斎へ向かう。屋敷の最上階の奥まった場所にある普段は近寄らないエリアだ。父専用の寝室やリビングがあり、出入り口の扉にはいつも鍵がかけられているため、勝手に入ることは許されない。

「アクト様がいらっしゃいました」

小野田が重厚な扉をノックして室内に声をかける。

「入れ」

地響きを思わせる低い声。城ヶ崎鳳凰だ。室内は薄暗かった。真紅の絨毯《じゅうたん》に黒檀《こくたん》のテーブル。まるでマフィアのボスみたいな雰囲気で城ヶ崎鳳凰が座っている。ライトのせいで目の下のくぼみに真っ暗な影ができていた。執事の瀬戸宮が父の斜め後ろに立っている。

僕は四十五度のおじぎをして彼を見つめる。

「おひさしぶりです、お父さん。アクトです」

緊張していないといえば嘘だ。だけど、前世で体験した入社試験の面接ほどではない。就職活動をしていた時期、様々な会社の面接を受けたが、毎回、吐きそうだった。まだ大学生だった僕は、見知らぬ大人たちの待つ会議室に呼ばれて、じろじろと値踏みする視線に耐えながら自己アピールしなければならなかった。あれにくらべたら気が楽だ。なにせ目の前にいるのは、一応、家族なわけだし。

「お父さん？」

城ヶ崎鳳凰は猛禽類《もうきんるい》を思わせる鋭い眼光の持ち主だ。以前はこの目にすくみあがっていたものだが、今はそれほど怖くない。重苦しい沈黙が続いた。

もう一度、声をかけると、ようやく父に反応があった。

「おまえ、誰だ？」

デスクに肘をつき、両手を組んで、相手を射殺すような目で僕をにらみつける。瀬戸宮と小野田が息をのむ気配がした。

「僕はアクトです。お忘れですか？」

「外見はな。その悪魔みたいな顔は、息子のものだ。いったい、誰に似たんだか」

壁に飾られた女性の絵に父は視線を向ける。僕の母、城ヶ崎ユリアの肖像画だ。聖母のように慈悲深い眼差しの女性。唇はピンク色で、肌は陶器のように白い。銀色の飾りのついたネックレスを首にかけている。

「お母さんには似ていませんね。でも、僕は、お父さんにもあまり似ていない」

実際のところ、僕はアニメ『きみある』の制作者の都合でデザインされた悪人面だ。だから、僕の両親も物語の被害者といえなくもない。もっとかわいらしい容姿の赤ん坊を授かりたかっただろうに。物語の都合でこんな顔の息子が生まれてきたわけだから、きっと失望させたにちがいない。

「おまえは何者だ？　なんの目的で息子のふりをしている？」

父が眉間にしわを寄せてにらむ。だけど怒ってはいない。僕を観察している印象がある。

「僕は僕です。お父さん」

「俺の知っているアクトは、そんな風に俺を呼ばない」

「お父さんは特別な存在でしたから、気軽に声をかけられなかったんです。でも、もう中等部ですから。そろそろ父子の交流を深める時期かと」

「父子の交流だと？」

吐き捨てるように父がいった。そんなものは望んでいないのだろう。

僕の出産がきっかけで城ヶ崎ユリアは死んだ。だから、父は僕のことが嫌いなのだ。幼い僕はそれをしって苦しんだ。彼に受けいれられない自分は、神に見放された存在も同然だと。しかし前世を思い出した今、僕はこう思う。母の死は残念だけど、その無念を息子にぶつけるのっておかしくないか。人間としてどうなんだ、と。

せき払いをして、僕は話を続ける。

「まあ、それはひとまず置いておきましょう。本題は別にあるので」

城ヶ崎鳳凰は微動だにしなかった。

「本題とは、なんだ？」

「お父さんは毎年、雲英学園に多額の寄付をしてらっしゃいますね。おかげで学園の生徒たちは美しい校舎と最新の設備で勉強することができています。僕はそのことが誇らしいです。しらべてみましたが、学園だけではなく、地方自治体やＮＰＯ団体など、様々な方面にも寄付をしてらっしゃいます」

「税金対策だ。善意ではない」

「理解しています。ひとつお願いがあるんです。医療関係の分野にも、資金の援助をお願いできないかなって。具体的には、白血病関連の団体に寄付をしていただきたいのです」

「何が目的だ？」

城ヶ崎鳳凰の眉間のしわが、グランドキャニオンの渓谷よりも深い。

「最近、白血病関連のドキュメンタリー番組をみまして」

「嘘だ」

「なぜわかるんです？」

「これまで何人もの詐欺師《さぎし》をみてきたが、そいつらと同じ喋《しゃべ》り方をしている」

城ヶ崎鳳凰の鋭い眼光に僕はたじろいだ。確かにドキュメンタリー番組をみたという事実はない。どうしよう。この世界がアニメの物語をなぞっており、ヒロインの白血病を治療したいのだ、などと語るわけにはいかない。非現実的だし、頭がおかしくなったと思われてしまう。

「だが、まあいい。金は出してやろう」

低い声で城ヶ崎鳳凰がいった。僕は驚いてしまう。

「よろしいのですか？」

「おまえの言動に嘘を感じたのは最後だけだ。そこにいたるおまえの言葉からは必死さを感じた。おまえは切実に俺の援助を必要としている。何か秘密があるのだろう。気になるが、まあいい。ただし条件がある」

城ヶ崎鳳凰はデスクの上の木箱から葉巻を出す。シガーカッターを取り出して葉巻の吸口を切り取った。

「条件とは？　僕は何をすれば良いのでしょう？」

彼が指ではさんでいる葉巻の先端を瀬戸宮がライターの炎で炙《あぶ》った。火がついたのを確認して口にくわえる。

「ビジネスだ」

ワインをたしなむように葉巻の煙を口の中で転がしながら彼は言った。

「金になるビジネスのアイデアをもってこい。それ次第で寄付の額を決める。くだらんアイデアだった場合、この話はなかったことにするからな。せいぜい、知恵をしぼれ」

瀬戸宮が腕時計を確認し、城ヶ崎鳳凰にそっと耳打ちする。そろそろ対話を切り上げて会食に出発しなくてはならないようだ。

「わかりました、ビジネスのアイデアですね。考えてきます。今日は話をしてくれてありがとうございました、お父さん」

頭を下げ、従者の小野田と視線をかわし、退出しようと回れ右をする。

その時、部屋の出入り口脇の木製キャビネットが目に入った。チェス盤が飾られている。白と黒の駒がいくつか盤上に配置されていた。

「お父さん、チェスをなさるのですか？」

何気なく声をかけてみる。城ヶ崎鳳凰のことなんて公式設定資料集にも載っていなかったから意外だ。父は巨大なワシ鼻から葉巻の煙をもくもくと吐いている。

「そうだ。亡き妻と語らいながらチェスをするのが楽しみだった」

飾ってあるチェスの盤面をみて、それがいわゆるチェス・プロブレムの例題だと気づいた。チェス・プロブレムとは、詰将棋みたいなものだ。「この盤面の状態から何手以内にチェックメイトしてください」というクイズのようなものである。

前世で僕はボードゲーム好きの大学の先輩にこの手の問題をいくつも出題されたものだ。書斎のチェスの盤面は、例題として有名なものだった。将棋式でいえば三手詰めの問題。白を先手として駒を動かし、黒がどこに駒を動かしても、次の白の番でキングをとることが確定できるところまで持っていかなくてはならない。

チェスといえば、出雲川家の別荘で遊んだことを思い出す。チェスやトランプのように古典的なゲームは前世と同様に存在するのに、僕がかつて熱中していた家庭用ゲーム機のタイトルは見当たらなかった。ここはアニメとして制作された『きみある』の世界なので、商標登録された商品を作品内に登場させられないという制約が影響を与えているのだろう。

その時、頭の中にひらめきが生じた。狡《ずる》い方法だけど、背に腹は替えられない。城ヶ崎鳳凰が多額の資金援助をすることで救われる生命は、葉山ハルだけではないのだ。この世界で苦しんでいる大勢の白血病患者のためにも、僕はやるべきだ。

ぼんやりと、いろんなことを考えていたから、無意識にチェスの駒を動かしている。白のクイーンをつまんで、最適解の位置へとずらす。これでもう黒は終わり。黒がどんな動きをしても、次の白の一手でキングの喉元に剣の切っ先が届くはず。

気づくと室内の三人が僕をいぶかしげにみている。

「小野田、行こう」

「ええ、アクト様」

僕は書斎の出入り口で、父をふり返った。

「先程の件、近日中に資料を作成して提出させていただきます。少々、お時間をください。それでは失礼します」

四十五度の角度で一礼して廊下に出て扉を閉める。心地良い解放感があった。サラリーマン時代、取引先で難しい会議をした後、ビルを出て空を見上げた瞬間のことが脳内によみがえる。そんな日は駅まで移動する途中、自販機で缶コーヒーを買ったっけ。後輩が同行していた時は、「好きなの買っていいよ」とおごってやったこともある。

窓の外はすでに夕焼けだ。赤色の日差しが窓から斜めに差しこんで廊下を照らしている。

「緊張したな、小野田」

「ご立派でした、アクト様」

階段を下りて自室に入る。小野田には自分の仕事へ戻ってもらった。私服に着替えると、さっそくビジネスアイデアをノートに書きだすことにする。そのアイデアとは、前世で遊んだ様々なゲームの記憶だった。この世界には存在せず、前世でしか販売されていないゲームタイトルたち。圧倒的人気で莫大な富を生んだ作品群だ。

城ヶ崎グループには様々な業種の会社が名を連ねている。中には家庭用ゲームソフトの開発と販売をおこなっている企業もあった。僕がやろうとしているのは、前世で遊んだ優れたゲームのアイデアを流用し、開発し、この世界で販売することだ。

正直にいえば、これはいけないことだ。著作権侵害にあたる。オリジナルを作ったゲーム開発者たちの創意工夫を、まるごと借りるわけだから。しかし、前世のゲーム開発者たちと連絡をとる手段はないし、ライセンス料を支払って許諾を得ることもできない。こちらは大勢の生命がかかっているのだ。だから気にするな。どれだけ既存の作品を盗用しても、僕を訴える奴なんかいないはず。堂々と、パクらせてもらうことにしよう。僕は悪役だ。罪を背負って生きていけばいい。そのかわり、寄付金を城ヶ崎鳳凰から引きだしてやる。

聖柏梁病院を見学して、少しだけ気づいたことがあった。この世界は、前世で暮らしていた世界ほどには白血病治療薬の研究が進んでいないようだ。

前世においては、抗がん剤研究の進歩により、白血病の生存率が一昔前に比べてずいぶん高くなっていたと記憶している。しかしこの世界では、白血病は依然として不治の病として扱われていた。これもまたアニメ制作者の都合なのかもしれない。ヒロインが抗がん剤によって完治してしまったら、物語の体裁がとれなくなってしまうから。そのため薬の研究が一昔前の状態でストップさせられている可能性があった。城ヶ崎家の資金援助があれば、その研究も加速するだろう。

治療薬の研究が進んだとしても、結果が出るのは少し先になるかもしれない。葉山ハルの治療には間にあわないかもしれないが、やらないよりは、やるべきだ。

僕は徹夜でゲームの企画書を完成させた。最初に書き上げたのはサンドボックスタイプのクラフトゲームだ。四角形のブロックで構成された世界を舞台に、木材や鉱石などの材料をあつめ、様々な建築物を作ることができる。前世において、世界でもっとも遊ばれていたゲームだ。

他にも、ネット経由で大勢のプレイヤーと最後の一人になるまで戦うバトルロワイヤル形式のゲームの企画書もある。

宇宙船を舞台に数名のプレイヤーがオンラインであつまり、隠れ潜んでいる殺人エイリアン役のプレイヤーを炙りだすゲーム。

瞬間移動できる楕円形《だえんけい》の窓を銃を撃つみたいに設置してパズルをクリアしていくゲーム。

スマートフォン用ゲームアプリの課金システムの提案書なども書いた。これは課金ガチャのことだ。レアアイテム欲しさに次々と課金してゲーム内でガチャを回してしまうという悪魔的システム。この世界線のソーシャルゲームには、前世では当たり前に存在したそれが見当たらなかった。課金ガチャを提唱することでこの世界に課金トラブルという不幸が生みだされるかもしれないけれど。

徹夜で作業していると、前世の最も忙しかった時期を思い出す。会社から仕事を持ち帰って、家でも会議の資料を作成しなくてはならなかった。通勤電車の中では常に意識が朦朧《もうろう》としており、耳にはめたイヤフォンから聴こえる【彼女】の歌声だけが僕を癒《い》やしてくれていた。【彼女】の声を、もう失いたくはない。課金トラブルという災禍《さいか》を世にばらまくことになったとしても。

翌日、書き上げたものを従者の小野田にあずける。

「これを父に渡してほしい」

渡した紙の束はそれなりの厚みがあった。

「こんなものを書かれていたのですか。それにしても……」

彼は企画書をめくり、銀縁眼鏡の奥で目が見開かれる。

「おかしな点でもあったか？」

「いえ、洗練されているので、驚いてしまったのです。まるで大人が作ったかのように、非常に整っていますね」

パソコンの文書作成ソフトを使って作り上げた。どんな会議に提出しても見劣りしない出来であることは保証する。

「現状分析から収支計画まで書いてあるじゃないですか。いつのまに表計算ソフトの使い方を学ばれたのですか」

「やってみると、意外に簡単だったよ」

前世で仕事に使っていたソフトはこの世界に存在していない。しかし操作方法に大きくちがいはなかったのでおぼえるのは一瞬だった。

小野田は企画書を父に渡すと約束してくれた。後は返事を待つしかない。前世では莫大な収益をあげたゲームのアイデアたちだ。僕はその成功を知っている。センスのある人が開発を担当してくれればそれなりに売れる可能性はあるはずだ。

でも、そもそもあの城ヶ崎鳳凰に、ゲームのアイデアの優劣を見極めることなんてできるのだろうか。それが少し心配だったけど。

3／2

七月に期末試験がおこなわれた。試験期間中は正午に学校が終わって帰路につくことができる。

「大田原さん、今日も駅前で遊んでいくから」

「承知いたしました」

有能な運転手は、試験中でありながら遊んでいくという宣言をした僕に対し、一言も文句を口にしなかった。駅前で車を降りたけれど、もちろん遊ぶためではない。駅ビルのトイレに入って変装を終えた。待ちあわせ場所のロータリーに行ってみると、すでにボランティアのグループがあつまっている。

「黒崎です。今日もよろしくお願いしまーす」

まずは偽名で挨拶をする。

「やあ、来たね、黒崎君。今日もがんばろうな」

顔見知りになったボランティア仲間の大学生が、ほがらかな表情で僕をむかえてくれた。

駅の改札がみえる場所で横一列になり、チラシ配りをはじめる。ほとんどの場合は無視されるが、たまに受け取ってくれる人がいる。学校帰りの高校生たちや、仕事終わりのサラリーマンたち、買い物をした主婦たちが、目の前を通り過ぎていく。

「黒崎君は、どうしてボランティアをやろうと思ったの？」

休憩時間、顔見知りになった女子大生のボランティア仲間に質問された。

「友だちが白血病かもしれなくて」

などと、当たり障りの無い返事をしておく。

「えらいね。私なんか、本当は白血病なんて、どうでもいいんだよね」

「どうして参加してるんです?」

「就職のためだよ。ボランティアをやったっていう経歴をのこしておくことで、就職試験の時にアピールできるってわけ。たぶん他のみんなもそうだよ」

他のボランティア参加者に目をむける。チラシ配りをしている大学生たちが、お互いの様子をスマホのカメラで撮影していた。

「あんな風に、ボランティア中の様子を写真に撮って、SNSに載せておくわけ。就職試験の面接官がSNSをチェックした時、印象がよくなるでしょう?」

「なるほど」

しかし、結果的にドナー登録者が増えるのなら、それでいいと思う。

「安定した職業につくため、みんな必死なの」

「わかります、その気持ち」

「まだ中学生なのに?」

わかりますよ、だって経験者ですから。

そういいたくなるのを僕はがまんする。

期末試験が終了した。夏休みに入る前日、学年ごとに成績上位二十名の名前が学園の掲示板に貼りだされる。そこに名前を連ねることは名誉なことだ。掲示板の前には人だかりができて、生徒たちは期待と不安の入り混じった表情で自分の名前を探す。

僕と出雲川と桜小路が近づくと、掲示板の前にいた生徒たちはフェードアウトするようにいなくなった。今回の試験結果も、成績上位者として名前を連ねているのは、外部生の子たちばかりだ。『きみある』の主人公である佐々木蓮太郎は今回も一位だった。さすが主人公である。

「アクト様！　僕の名前がありました！」

「おめでとう、出雲川君」

彼の名前は上から十五番目の位置にある。内部生の中ではトップだ。

「見事なものだ。三人で勉強をしたかいがあったな」

試験にそなえて勉強会を開いていたのだが、その努力が実ったらしい。ちなみに僕の名前は見当たらない。わざと試験問題をまちがえて、良い結果をとらないようにコントロールしたからだ。

「おかしいですわ。どうしてアクト様の名前が見当たらないのでしょう。きっと何かのまちがいですわ。私、教師に確認してきます！」

「そんなことしなくていいから、桜小路さん。僕はちょっと、試験の日、腹痛で問題がうまくとけなかったんだ」

「そのような理由があるのでしたら、アクト様だけまた改めて試験を受けさせてもらえるはずですわ！」

「そうですとも。さっそく家の力を使って教師を懐柔しましょう」

「待て待て。家の力なんて使っちゃだめだ、こんなことに。教師を懐柔ってなんだよ。怖いよ」

二人をなだめてその場を離れると、遠巻きに見ていた他の生徒たちが掲示板の前に戻ってきた。僕たちはあいかわらず、動き回る災厄か何かだと思われている。

それにしても、出雲川がこんなにできる子だったとは思わなかった。アニメ『きみある』の彼は、城ヶ崎アクトの陰湿な腰巾着の一人でしかなかった。櫛《くし》で金髪の手入れをしながら嫌味を吐くナルシストなキャラクターというイメージだ。彼の背景が描かれるようなエピソードもアニメには登場せず、物語を構築する歯車の一つでしかなかった。彼の成績が向上したことは、前世を思い出した僕の影響だろうか。そうだったら僕は誇らしい。

「これからも勉強をがんばろうな」

「この成績を維持したいと思います」

「私も掲示板に名前を連ねたいですわ」

一学期が終了し、学園は夏休みに入った。

出雲川や桜小路とおでかけをして、ホテルのスイートルームでごろごろしたり、二人のショッピングにつきあったりする。八月中旬に僕の誕生日があり、出雲川と桜小路が誕生日会を計画してくれたのだが、すさまじく金がかかっていた。フェリーを貸し切って、海で打ち上げ花火をしてくれたのだ。僕たちに友だちがたくさんいたら、フェリーに招待していただろう。しかし乗船していた子どもは僕たち三人だけだ。そろそろ認めた方がいいだろう。僕たちには、お互いのほかに、友だちがいないということを。あまりにも人望がなさすぎる。僕はこの顔だからしかたないとして、出雲川と桜小路はもっとがんばった方がいいのではないかと心配になってきた。

ちなみにそんな二人にも、ボランティアのことは伏せていた。二人に教えた場合のことを想定してみたのだが、面倒なことになりそうだったから。

「アクト様がチラシ配りをなさるのなら、私もごいっしょさせていただきますわ！」

「もちろん、僕も参加させていただきます！」

ボランティアの参加者は多い方がいいけれど、彼らはきっと目立つ。だって金髪碧眼の美少年と、縦ロールの美少女なんだから。それと同時に僕の変装もばれてしまい、黒崎君ではなく、城ヶ崎家の御曹司だとしられてしまうはずだ。就職活動中のボランティア仲間から「城ヶ崎グループにコネ入社させてくれないか？」などとお願いされるようになるかもしれない。やはり二人には内緒にしておこう。

夏休みが終わり、二学期になってからも僕はボランティアを続けた。場所は駅前だけではない。近隣のショッピングモールでもやったし、商店街の広場でチラシ配りをしたこともあった。参加者は毎回、少しずつ顔ぶれがちがう。はじめての人もいれば、何回かいっしょになって顔なじみになった人もいる。

配布したチラシが、離れたところにあるゴミ箱に、丸めて捨てられていることもある。落胆するけれど、しかたないよな、という気持ちもある。僕だって前世で『きみある』をみるまでは、ドナー登録なんてしようと思わなかったから。

日が暮れるまで活動して、最後に「おつかれさまでした」と挨拶し、ボランティア参加者とわかれる。みんなとの連帯感が気持ちがいい。部活動を終えた後のような充実感だ。炎天下の中でチラシ配りをした後は、汗で服がずっしりと重くなり、トイレで着替えるのが大変だった。

秋になり、冬の気配が迫ってくる。

「ドナー登録をお願いします。骨髄の提供を待っている白血病の方が大勢いらっしゃいます。小学校に入る前に亡くなってしまう子どももいるんです。どうか、よろしくお願いします」

　肌寒い気候になると、駅前を行き交うサラリーマンや学校帰りの高校生たちもみんなコートに身を包んでいた。日が暮れるのも早くなり、一枚もチラシを受け取ってもらえないうちに空が赤く染まりはじめる。

「お願いします。あなたの白血球の型が、白血病患者の型と一致している可能性があります。生命を救えるかもしれないんです」

　チラシを持っている手の指先が冷たくなってきて、動きがにぶくなる。

「ドナー登録をお願いします」

　そんなある日のことだった。

　ボランティア活動をしていたら、通行人にぶつかってしまったのである。その衝撃で僕はつんのめってしまい、抱えていたチラシを地面にぶちまけてしまった。ぶつかった相手は、帰宅を急いでいる男性だ。スマホを持っていたから、それをみながらあるいていたのかもしれない。男性は舌打ちをした。

「気をつけろ」

「すみません」

　一方的に僕が悪かったような言い方だったけど、ひとまず謝っておく。この程度の理不尽、前世でサラリーマンを経験した僕にとっては、痛くも痒《かゆ》くもないのだった。

　男性は足早に立ち去ってしまう。僕は地面にぶちまけたチラシをかきあつめようとした。屈みこんで、冷たくなった指でチラシを拾う。風に吹かれて遠くの方まで飛んでいったものもある。

「俺、手伝います」

声をかけられた。近くを通りかかった親切な人が僕の作業を手伝ってくれる。かつらの前髪越しだったから、その人の姿がよくみえなかったけど、とにかくありがたい。その人は、飛んでいってしまったチラシを拾ってきてくれた。

「はい、どうぞ」

「ありがとうございます。たすかりました」

僕は頭を下げる。

「さっきの人、嫌な感じでしたね」

その人が話しかけてくる。ぶつかった場面を目撃していたのだろう。

「まあ、仕事でいやなことでもあったのかもしれませんし」

「立派ですね。ボランティアですか。俺、尊敬します」

「いえ、尊敬されるほどのことでは……」

その時、チラシを拾ってくれた人の声が、耳馴染みのあるものだと気づく。前世で僕が暮らしていた日本で、活躍されていた男性声優の声にとても似ているのだった。その声優は『きみある』にも参加しており、主人公の佐々木蓮太郎の声を担当していた。

強い風がふいた。駅前には高いビルが並んでおり、時折、強烈なビル風が発生するのだ。そのせいで、顔を隠していた前髪がもちあがり、そのまま、かつらをずらしてしまった。僕の顔が半分、あらわになる。

見おぼえのある顔が目の前にあった。寝癖のようにぼさぼさの髪の毛をした少年は、アニメ『きみある』の主人公、佐々木蓮太郎だった。気づかずに会話していたけれど、チラシを拾ってきてくれたのは、彼だったらしい。変声期を過ぎた彼の声は、アニメの担当声優の声とまったく同じものになっているではないか。

僕は硬直して佐々木蓮太郎の顔をみつめてしまう。咄嗟《とっさ》に顔をふせて隠れてしまえば良かったのかもしれないが、もう遅かった。

「城ヶ崎君?」

目を丸くして彼がいった。僕の顔はあまりに特徴的すぎる。こんな凶悪な三白眼は城ヶ崎アクト以外に存在しない。だけど僕はしらないふりをした。

「え? なんのことです?」

かつらを急いでかぶりなおして顔をふせる。無理があるだろう、というのは承知している。

「城ヶ崎? しらないですね。誰かと見まちがいしてるんじゃないですか?」

「そ、そうかな」

困惑した様子の彼に僕は背中を向ける。前髪の隙間からそっと覗くと、こちらを気にしながらあるき去る佐々木蓮太郎の姿が見えた。

3/3

私の父は城ヶ崎邸でシェフを、母はチェンバーメイドとして奥様の身の回りのお世話をしていました。今はもう二人とも辞めてしまいましたが、幼い頃、私も両親にくっついてお屋敷に入らせていただいた記憶があります。

生前の城ヶ崎ユリア様が、幼い私にお菓子をくださいました。美しかったユリア様への憧れが忘れられず、私も十代の頃からフットマンとして城ヶ崎邸で働くようになり、二十代になると副執事《バトラー》という役職につかせていただきました。城ヶ崎邸に関わることが私の喜びであり、人生そのものだったのです。ユリア様が亡くなるまでは。

アクト様の誕生と引き換えに、神様はユリア様を天上の世界へと連れて行ってしまわれたのです。残されたアクト様は独特な容姿の赤ん坊でした。「ぎゃっ、ぎゃっ」と耳障りな声で泣き、ホラー映画に登場するモンスターの人形を誰かが操作しているかのようでした。

誰からも愛されなかったアクト様の性格は、ねじまがり、いびつに壊れ、破壊神のごとき暴虐な人物へと育ってしまわれたのです。彼の暴言に耐えきれず使用人の多くが辞めていきました。私の両親が職を離れたのもこの時期です。

私は副執事という立場でしたが、同時にアクト様の従者として身の回りのお世話をしなければなりませんでした。アクト様が屋敷のカーテンにいたずらで放火をした時は、火傷をしながら使用人たちとバケツリレーをしたものです。二階の窓から庭師のおじいさんめがけて、アクト様が植木鉢を落とそうとしていたこともあります。私が気づくのが遅れていたら、城ヶ崎邸で殺人事件が起きていたことでしょう。あわてて羽交い締めにしてやめさせると、彼は怒って腕に噛《か》みつきました。

「辞めさせてください。今度こそ、もう無理です」

上司の瀬戸宮に頭を下げて辞表を提出しました。

彼は難しい表情をして天井を見上げながらいいました。

「きみがいなくなったら、誰があの子の相手をするのかね。私はこの通り歳をとっている。あの子が植木鉢を落とそうとしているのを発見しても、きみのように力ずくで止めることなんかできない。女性のメイドにも無理だろう」

しかたなく私が居のこると決めた時、瀬戸宮の糸目の端には、少し涙がうかんでいたように思います。彼も追いつめられていたのでしょう。

アクト様は年齢を重ねて語彙《ごい》が増えるごとに、他人をおとしめる残酷な言い回しを思いつくようになりました。悪魔的な三白眼で使用人たちを観察し、人が気にしているコンプレックスを的確について嘲笑するのです。使用人たちが精神を病み、次々と辞めるものですから、私と瀬戸宮は新しい人材を雇って急ごしらえで教育する必要がありました。

「小野田、おまえだって俺のこと、嫌いなんだろ?」

アクト様はよく、私にそう話しかけてきました。

「いいえ、そんなことありませんよ」

「そんなはずがない。この屋敷にいる奴らは、全員、俺のことを憎んでいるんだ。わかってるんだぞ。正直にいえよ、俺なんか死んじまえばいいって」

「みんなアクトお坊ちゃまのことを愛してらっしゃいます。ご安心ください」

嘘です。私たちは誰も彼を愛してはいませんでした。

「なあ、小野田、俺はな、生まれる時、母さんを殺したのをおぼえてるんだ。赤ん坊の俺は、お腹の中から母さんの心臓のあたりをけとばしてやったのさ。そうしたらあいつ、カエルみたいな声を出して死にやがった。おかしくて俺は笑いながらあいつの腹から出てきてやったぜ。どうだ。俺のこと、憎いだろ？　なあ、殺したくなっただろう？」

作り話に決まっています。アクト様はそんな風にわざと人を怒らせることをいうんです。他人の感情の沸点を確かめなくては気がすまないのでしょう。誰からも愛されなかった彼は、そのようなコミュニケーションの方法しか、しらないのかもしれません。

しかし、ユリア様のことを、あいつ呼ばわりするのが許せませんでした。あの聖女のようなお方を。私は拳をにぎりしめ、平常心を保つよう心がけましたが、ストレスのせいで胃腸薬が手放せない体になってしまいました。

将来、彼が大人になった時、城ヶ崎家はどうなってしまうのでしょう。使用人の全員が同じことを思っていました。あの悪魔の化身が城ヶ崎家の当主となり、権力を握った時、誰が彼を止められるというのか。戦々恐々としながら私たちは過ごしていました。

しかし、ある日を境に、アクト様の精神に変化が訪れたのです。一体、何が起こったのでしょう。まるで別人が憑依《ひょうい》したかのように暴言を吐かなくなり、誰かに危害を加えることもしなくなりました。あいかわらず顔つきは恐ろしいものでしたが、中身はまるで社会経験をつんだ大人のように落ち着いているのです。

原因は誰にもわかりませんが、この状態ができるだけ長く続けばいい、というのが全員の一致した意見でした。私の仕事は以前とはくらべものにならないほど楽なものになり、胃腸薬のストックが減らなくなったのも良いことです。

しかし、アクト様は性格が落ち着いて以降、おかしな行動が目立ちます。ずっと交流のなかった鳳凰様と話をしたいといいだした時は驚きました。いざ対面してどんな話をするのかと思えば、親子らしい対話を望むわけではなく、医療分野への寄付金をお願いしたいとのこと。はたして何を考えているのでしょう。

その翌日、印刷された大量の書類を渡されました。アクト様の話によれば、ゲームの企画書とのことでしたが、文書作成ソフトや表計算ソフトを使いこなした完成度の高いものでした。アイデアの優劣までは私に判断できませんでしたが、それを企画書にまとめる技術は手慣れており、まるで何年も社会人として揉まれた大人が作成したかのようでした。

後日、鳳凰様が屋敷に帰ってきたタイミングで、私はそれらの企画書をお渡しすることができました。鳳凰様は書斎で手早く目を通しましたが、特に返事をせず、無言で葉巻の煙をくゆらせているだけでした。

「アクト様が寄付の返事をお待ちしているようですが」

おそるおそるお伺いすると、鳳凰様はぎょろりと私をにらみました。

「精査に時間がかかる。寄付の話は保留だ」

それだけをいって私は書斎から追いだされました。

アクト様は医療関係の団体に資金援助してもらえるかどうかを常に気にしてらっしゃいました。追加で新しくゲームの企画書を作成しては「これも父に渡しておいてほしい」と紙の束を私にあずけます。時間に追い立てられているかのような焦りを感じました。

「父の返事はまだなのか？」

「グループ傘下のソフトウェア開発会社に企画書を回して意見をうかがっているようです」

アクト様は不満そうに腕組みをしながら、「肥大した会社は小回りが利かないから返答が遅いんだよ。こういうのは小規模で開発をしてるメーカーの方が反応が早いんだ」などと、つぶやいていました。

アクト様が白血病治療に興味を抱かれているのは報告に聞いていました。鳳凰様にお願いした寄付金も、骨髄バンクの運営、抗がん剤の開発などを援助するためのようです。

運転手の大田原の話によれば、最近はボランティア活動にも参加しているとのこと。信じがたいことです。あのアクト様が、ドナー登録をうながすための活動をしているそうです。彼は私たちにしられないよう気をつけて行動しているみたいですが、すでに報告があがっています。

使用人に命じてアクト様の動行を探らせ、遠くから写真を撮ってきてもらいました。駅前のロータリーでボランティア活動をおこなうアクト様がしっかりと写っていました。長髪のかつらをかぶって変装し、他のボランティア参加者と横並びに立って通行人にチラシを配布しているのです。

その後も私たちは大田原経由でアクト様の行動を把握しました。夏の炎天下にも、雨の日にも、通行人に邪険にされても怒ることなく、誰かにぶつかれば頭を下げながら、ボランティアを続けていたそうです。

ある日、鳳凰様が屋敷を訪れた時のことです。瀬戸宮と私は書斎を訪ねました。鳳凰様が葉巻の先端をカットすると、瀬戸宮がライターを取りだして炎で炙りました。

「アクト様がお願いしていた寄付金の件なのですが、どうか良いお返事をください」

私は頭を下げました。アクト様がボランティア活動に参加している。そうさせるだけの理由がアクト様の中にはあるのだ。そのことに私は心を打たれていました。赤ん坊の頃からみてきた悪魔のような少年が、見知らぬ誰かのために行動しているのです。誰にも愛されなかった彼が、誰かの生命を救うために、炎天下の中でも、雨の中でも、立っているのです。

鳳凰様は不機嫌になり、私にむかって葉巻の煙を吐きかけるのでした。

「そのうち返事はする。それより、あいつはまだ学園から帰ってないのか？」

書斎にはチェス盤が置かれていました。鳳凰様はそれに視線を向けます。

「戻ってきたら書斎に顔を出せといえ。チェスの相手をしろとな」

3／4

アニメ『きみある』における城ヶ崎アクトは、外部生に陰湿な嫌がらせをするキャラクターだった。そんな彼に抵抗したのがヒロインの葉山ハルである。彼女は持ち前の正義感から虐げられている者を見捨てることをしなかった。しかしそのせいで城ヶ崎アクトに目をつけられてしまう。だが、葉山ハルにも味方が現れる。主人公の佐々木蓮太郎だ。彼は葉山ハルの窮地《きゅうち》を幾度となく救う。城ヶ崎アクトがいかに権力をふりかざそうと、世界は主人公である蓮太郎に味方した。ある時は機転によって、またある時は協力者の手をかりて、二人は困難を乗り越えるのだ。

そんな主人公の佐々木蓮太郎と、ボランティア活動している時に遭遇してしまうなんて完全に予想外だ。蓮太郎は僕の活動のことを友人たちに広めてしまうだろうか。教室にいる時、周囲の会話に聞き耳をたててみたが、「城ヶ崎アクトが駅前でチラシ配りをしてたらしいぜ」などという噂話は、今のところ聞こえてこない。蓮太郎と学園内で視線があうことはあったが、特に交流をするわけでもなく、日々は過ぎていった。

それにしても、どういう心境の変化があったのかわからないが、城ヶ崎鳳凰は僕をチェスに誘うようになった。寄付をお願いした日、僕がチェス・プロブレムの正しい解答の位置にクイーンを置いたせいだろうか。僕のことを試したくなったのかもしれない。

屋敷に滞在する日、こちらの都合も聞かずに書斎へ呼びだされて対戦させられた。チェスをしている時、お互いに必死だから会話なんてしない。親交を深めようと話しかければ、「だまれ」の一言が返ってくる。彼はいまいましそうに葉巻を吸って、大きな鷲鼻から煙を吐く。僕と彼のチェスの腕には、どうやら差はほとんどなさそうだ。だから勝ったり負けたりする。

サラリーマン経験者の僕は、上司の機嫌をとることの重要性を理解している。わざと手を抜いて、彼を気分良く勝たせようとする。しかし、うまくいかなかった。

「おまえ、ふざけてるのか」

地の底から聞こえるような声で彼はいった。

「俺を勝たせようとしているな。そんなことをしていたら、クソみたいな男になるぞ。俺はそういう奴を大勢、みてきた。おまえには罰を与える。この局で俺のキングを追いつめることができなければ、寄付の話はないものと思え」

僕は焦った。挽回《ばんかい》するため、必死に頭を回転させる。攻撃をかわし、キングを守りながら、どうにかして相手の懐《ふところ》へ飛びこむチャンスをうかがった。相手の思考を読み、たくらみを見抜き、父のキングに迫る。最終的に負けてしまったが、父はそれなりに満足したらしく、天井にむかって上機嫌に葉巻の煙を吐きだしていた。

「おまえは誰なんだ？」

チェスを終えた後、城ヶ崎鳳凰が問いかける。

「息子のアクトですよ、お父さん。寄付の件、早くお返事をくださいね」

するとにらみつけながら「出ていけ」と部屋から追い払われる。

「最近、お父様と親しくされてらっしゃいますね。屋敷の使用人たちはみんな驚いております。お父様も、どことなくうれしそうですよ」

従者の小野田が僕の身の回りの世話をしながらそんなことをいった。うれしそう？　あのしかめっつらのどこが？　父子の人間的な会話は一切無い。あるのは殺伐《さつばつ》としたチェスの対戦だけだ。しかもそれなりの時間、不機嫌そうに向こうはいらついている。

「瀬戸宮が申しておりました。ユリア様がご健在の時と同じ表情をすることが多くなったとのことです」

「小野田は、僕の母のことを知ってるんだよね？」

「存じております。幼い私に、ユリア様はやさしくしてくださいました」

銀縁眼鏡の奥で、うっとりするように小野田が目を細めた。小野田の両親もこの屋敷の使用人だった関係で、彼は小さな頃から城ヶ崎邸に出入りしていたらしい。

「母を亡くして、父はショックだっただろうな」

大事な人を失うことのつらさを僕は理解している。【彼女】がいなくなった世界は、まるで永遠に光が消えてしまったかのようだった。

「まあ、チェスくらい、つきあってやるか」

父とできるだけ親しくなっておけば、資金援助の話も実現しやすくなるだろう。取引を円滑《えんかつ》にするため、興味の無いゴルフに参加させられたのを思い出す。

二学期が終わり冬休みに入った。クリスマスには城ヶ崎邸で盛大なパーティを開く。参加者はもちろん、僕と出雲川と桜小路だけだ。僕たちは巨大なクリスマスツリーに飾りつけをしてケーキを食べた。お互いにプレゼントをおくりあう。出雲川は高級ブランドの腕時計をくれたし、桜小路はデザイナーに特注で作らせたジャケットだ。

僕が二人にプレゼントしたものは、手作りのクッキーだった。

「こんなしょぼいものがプレゼントでごめんよ」

厨房を借りて使用人たちに意見を聞きながら作ったものだ。星の形をしたシナモンクッキーや、ココアの生地を使って水玉模様になるよう工夫したクッキー、サクホロの食感がたまらないスノーボールクッキーなど、いろいろな種類のつめあわせのセットである。

「ありがとうございます、アクト様！」

「私、こんなにあたたかいプレゼントをいただいたの、はじめてですわ！」

「味はいいと思う。うちのシェフは最高なんだ」

焼き上がったクッキーを味見してもらうために、何人かの使用人に食べさせてみたのだが、全員がおいしいといってくれた。ほんの少しだけ、使用人たちと距離が縮まった気がする。

年が明けて三学期の授業が始まった。雲英学園中等部では平穏な日々が続いている。初等部時代に学園の平和を乱していたのは僕こと城ヶ崎アクトだったわけで、元凶である僕がすっかりおとなしくなったから、波乱など起きるはずがないのである。

しかし、外部生と内部生の間には、やはり軋轢《あつれき》が存在していたようだ。富裕層ばかりの内部生たちは、平均所得家庭の外部生の子を見下す傾向にあるのだと、あらためて理解させられる出来事に遭遇した。

ある日の昼休みのことだ。長髪のかつらをかぶって変装した僕は、うつむいて猫背気味になって散歩を楽しんでいた。学園の敷地内にあるコンビニエンスストアで、ツナマヨのおにぎりを買って昼食をすませる。たまに食べたくなるこの味。最高である。

真冬の冷たい空気に吐く息が白くなる。生徒の多くは暖房の効いた校舎内にいるらしく、外にはほとんど誰もいなかった。雲英学園は美しい。アニメにも登場した池の畔を散歩しながら僕は景色を楽しんだ。ボート小屋のそばの自販機で、ホットのほうじ茶を購入する。ペットボトルを両手につつみこんで、冷たくなった指をあたためる。その時、少し離れた場所から、穏やかではない雰囲気の声がした。

「逃げんなよ、佐々木。俺たちのこと馬鹿にしてんのか?」

数名の男子生徒が、一人の男子生徒を取り囲んでいる。囲まれているのは、ぼさぼさの髪型をした背の高い男の子。『きみある』の主人公、佐々木蓮太郎だった。

「俺は別に、みんなのこと、馬鹿にしてなんか……」

彼は困惑した様子だ。蓮太郎のまわりにいるのは、初等部時代から学園に在籍している者たち、つまり内部生だった。

「知ってるぜ、おまえの家、貧相な木造アパートなんだってな」

「恥ずかしくねえのか。迷惑なんだよ、そんな奴がこの学園に来るのは」

「おまえみたいな貧乏人に来られると、雲英学園の品格が下がるだろ」

驚いた。彼らは普段、教室でおとなしい子たちだったから。身だしなみの良い好青年といった印象の内部生で、僕や出雲川や桜小路の前ではいつも萎縮していたのに。

蓮太郎はくやしそうな顔をするが、反論せずに耐えている。

「退学しろよ。このまま学園にいられると迷惑なんだよ」

「学費も払ってないんだろ？」

僕はどうするべきだろう。出ていって仲裁すべきだろうか。それとも、このままみないふりをする？

「消えろよ。目障りなんだよ」

男子生徒の一人が、蓮太郎の履いているスニーカーを踏みつけた。僕は知っている。その靴は彼の両親が入学祝いにプレゼントしたものだ。アニメ『きみある』の中で、ぼろぼろになるまで履いたスニーカーを捨てられず、大事に飾っている描写があった。彼の父親は会社の経営破綻で職を失ったという設定だ。現在はいくつかのアルバイトをかけ持ちして家計を支えている。昼はスーパーの品出し、夜は警備員。そうして貯めたお金で買ってくれたものだ。それが踏みにじられたのをみて、僕は思わず飛び出した。

走っている最中、かつらが取れてどこかへ行ってしまう。もっていたペットボトルを投げつけると、蓮太郎のスニーカーを踏んでいた男子生徒の頭に命中した。

「つ……⁉」

男子生徒は頭を押さえて痛そうな顔をする。その場にいた全員が僕の方をふり返った。そして驚愕《きょうがく》の表情になる。僕の登場に全員が戸惑っていた。

「城ヶ崎さん⁉」

僕は内部生たちをにらみつける。怒りが自分たちに向いていることを彼らは察したようだ。この学園で城ヶ崎アクトの不興を買った者はまともな学園生活ができなくなる。でも、僕がなぜ怒っているのか、誰も理解できないでいるようだ。

蓮太郎と目があった。驚いた顔をしていたが、おびえてはいない。どちらかというと、あっけにとられているという様子だ。

「佐々木蓮太郎、だったかな」

彼に声をかけてみる。気の抜けた返事があった。

「俺の名前、ご存じなんですか」

「当然だ」

なぜならきみは、僕の大好きな作品の主人公だから。

きみはしらないだろうけど、僕はきみに感情移入していたし、きみが葉山ハルの死をしって泣いた時、ディスプレイの前で僕もいっしょに泣いていたんだ。

「僕は城ヶ崎アクトという者だ」

「それは、知っています。有名ですし」

「それなら話が早い。友だちになろう」

「友だち、ですか？」

「そうだ。僕と友だちになっておけば、彼らはもう、きみを狙ってこういうことはしなくなる。僕はこの学園で恐れられているからな」

内部生たちをふり返ると、ぎょっとした顔をして彼らは後ずさりする。

「どうだ、友だちになっておくか？」

「あー、はい。そうしてもらえるのなら」

「あと、話し方は普通でいい。敬語はやめてくれ」

蓮太郎の返事に満足し、内部生たちに僕は声をかけた。

「そういうわけだから。ここにいる蓮太郎君とは友だちなんだ。だからもうきみたち、わかってるよな。彼に退学をすすめる奴は許さないぞ」

本当に蓮太郎が退学してしまったらどうしてくれるんだ。『きみある』の物語が根本から破綻《はたん》してしまうぞ。蓮太郎と葉山ハルが出会わなくなってしまうじゃないか。二人には幸せになってもらう必要があるというのに。

僕の三白眼は想像以上にみる者をおびえさせる。内部生たちは息をのみ、今にも泣きそうな顔をしていた。

「まさか城ヶ崎さんのお知りあいだったなんて！」

「知らなかったんです！」

彼らは許しを請うように弁明をはじめる。僕はそれを途中でやめさせた。

「わかったから。もういいよ、みんな帰っていい」

彼らはほっとした様子で校舎の方へと逃げていく。その場には僕と佐々木蓮太郎がのこされた。

「ええと、ありがとう、城ヶ崎、君?」

彼がぼさぼさの頭をかきながら礼をいう。僕はころがっていたお茶のペットボトルをひろった。

「きみを助けたのは、成り行きなんだ。その靴が踏まれるところをみて、むかついたんだ」

彼の白色のスニーカーには靴跡がのこっている。入学祝いに買ってもらったのが春頃だったはずなので、そろそろ一年がたつ。すでに真新しくはない。

「この靴のために怒ってくれたの? なんで?」

「大事なものを踏み潰されたような気がしたからだ」

「この前、駅前にいたよね、城ヶ崎君」

「あの時はありがとう。飛んでいったチラシを拾ってくれたよな。今日のことは、その日のお返しだとでも思ってくれたらいい」

「なるほど。人に親切はしておくものだね」

雲英学園の敷地に鐘の音が鳴り響く。休憩時間が終わったようだ。

「じゃあな、蓮太郎君」

僕は校舎の方に向かう。

「城ヶ崎君、ありがとう、本当に」

彼が僕にむかって手をふった。

どうやら、池の畔で主人公と悪役が友だちになってしまったようだ。『きみある』の物語とはずいぶんちがった展開だ。でも、あのまま見過ごしていたら、きっと僕は後悔していただろう。

だからこれで良かったのだ、と思いたい。

しかし、冷静になると不安になってくる。僕たちが友好な関係を結んだ場合、彼は葉山ハルと、どうやって仲良くなるのだろう？

悪役の横暴に耐えるため、主人公とヒロインは身を寄せあい、その中で親密さが生まれるというのが『きみある』の物語構造だ。神《シナリオライター》は、彼らの距離を近づけるための装置として悪役を作り出したとも言える。僕の行動は神の計画から逸脱しており、世界はこれから、どこへ向かっていくのだろう。

4／1

早朝、まだ寝ている弟や妹を起こさないように布団を抜けだして新聞販売店の事務所へ行く。配達用の新聞の束を受け取り、夜明け前の暗い町内を自転車で回った。もらった報酬は家族の食費にあてる。

「おまえが稼いだ金だ。自分のために使っていいんだぞ。服でも、本でも、好きなことに使いなさい」

父がそういってくれたけど、俺は特に欲しいものがない。

「そのお金で美容室に行ってきたら？」

「それこそもったいないよ。自分でハサミで切るから大丈夫」

「あんたって、修行僧か何かなの？」

あきれたように母がいった。

授業中に何度か居眠りをしてしまい、教師に注意されてしまう。だけど成績は一応、上位をキープできていた。定期試験の後、学年ごとに成績上位二十名の名前が掲示板に貼りだされる。生徒たちは掲示板の前にあつまって、自分や知りあいの名前をみつけて盛り上がる。俺の名前は一番上に掲載されていた。「すげーじゃん、佐々木!」と、仲良くなった外部生の子が肘で俺をこづく。

その時、どこからか舌打ちが聞こえる。

「クソが……。貧乏人ども……」

背筋がひやりとする。周囲をみたけれど、誰が口にしたのかはわからなかった。おそらく内部生の誰かのつぶやきだったのだろう。

冬を間近にひかえたある日のことだ。駅前の駐輪場に自転車を停めてあるいていた時、ボランティア活動をしている集団をみかけた。立て看板に貼ってあるポスターに【白血病治療】【骨髄移植】といった言葉が並んでいる。

「ドナー登録をお願いします。骨髄の提供を待っている白血病の方が大勢いらっしゃいます。小学校に入る前に亡くなってしまう子どももいるんです。どうか、よろしくお願いします」

ボランティア活動をしている人たちの中に、長い黒髪の男の子がいた。前髪で顔の大部分を隠している。体の大きさ的に、まだ子どものようだ。俺と同年代くらいだろうか。立派だなと思う。

その時、チラシ配りをしていた男の子に、スーツ姿の男性がぶつかった。抱えていたチラシが地面にぶちまけられてしまう。男性は舌打ちをして、さっさと立ち去ってしまった。男の子が一人でチラシをあつめはじめる。

風に吹かれて飛んできた一枚を拾って、俺は彼に差しだした。男の子は恐縮したように頭を下げる。前髪にかくれて顔はよくみえなかった。他にも遠くまで風で飛ばされたチラシがあり、俺はそれを拾いあつめてくる。

「はい、どうぞ」

「ありがとうございます。たすかりました」

その時、ひときわ強いビル風が吹いた。俺の目の前にいた男の子の前髪が、風にあおられて持ち上がり、そのまま髪の毛全体がずれた。なんと、かつらだったらしい。前髪の下にかくれていた顔があらわになる。一度みたら忘れられない、人を殺せそうな迫力の三白眼だった。

「城ヶ崎……君……？」

中等部一年生の同い年でありながら、雲英学園の頂点に君臨する城ヶ崎家の御曹司、城ヶ崎アクトがなぜか目の前にいた。しかし、悪魔みたいに凶悪な顔の少年は、俺から素早く目をそらす。

「……え？　なんのことです？」

しらないふりをしているようだ。そんなわけがないのに。彼の反応から、あまり追及してほしくなさそうな気配を感じ取った。踏み入ってはならない事情があるのかもしれない。気になったけれど、俺はその場を離れることにした。

城ヶ崎アクトといえば悪評ばかりを耳にする少年だ。初等部時代におこなわれた様々ないじめ。傍若無人なふる舞い。入学直後は、自分たちがターゲットになるのではと、外部生全員でおびえていたものだ。最近はおとなしくなったという声も聞くけれど……。

学園で囁《ささや》かれている彼の悪評と、駅前でボランティア活動をしている彼の姿とが一致しなかった。これは、どういうことなんだろう？

その後、雲英学園の校舎内や敷地の遊歩道などで、城ヶ崎アクトと取り巻きの二名をみかけることがあった。城ヶ崎アクトと目があったけど、彼は少し居心地が悪そうに三白眼を泳がせる。やはりあの日、駅前で言葉をかわしたのは彼だったのだという確信を抱く。

だからといって、話しかけてみる度胸はない。彼に近づいて良いのは、出雲川家の御曹司である出雲川史郎と、桜小路家の御令嬢である桜小路姫子だけとされている。これは暗黙の了解みたいなものだ。

俺は彼のボランティア活動のことを誰にも話さなかったし、話したところで信じてはもらえなかっただろう。関係性は別に変わらない。彼と関わることは今後もないはずだ。冬休みを経て、三学期に入るまでは、そう思っていた。

雲英学園には、初等部、中等部、高等部の校舎ごとにカフェテリアがあり、ビュッフェ形式の昼食がふるまわれる。どれも素晴らしい味だ。山盛りのパスタをフォークで巻いて頬張っていると、内部生の男子数名が俺のそばに座った。それほど親しいわけではないが、まったく交流がないわけではない子たちだ。

「佐々木、この後、いっしょに散歩しないか」

「ああ、いいよ」

遊びにさそわれたのだと思い、単純にうれしかった。すぐにそれはまちがいだと悟る。彼らと池の畔をあるいていた時のことだ。

「タダ飯はうまいか、佐々木」

「知ってるぜ、金をはらってないんだろ、おまえ」

俺は戸惑いながらうなずく。

「学費や諸経費が免除してもらえたんだ。入学試験の結果が良かったから」

「いいよな、成績が良かったってだけで、腹いっぱいタダ飯を食えるんだから。貧乏人が必死にがんばってこの学校に入学してくるのも納得だぜ」

「おまえが食ってる飯の代金を俺たちが代わりに払ってやってるようなもんだよな」

「そうだ。感謝してほしいぜ」

悔しかったので、自分の意見を口にする。

「学費や昼食の代金が免除されているのは、ありがたいことだと思う。正直、助かってるよ。この制度がなければ、俺は入学してなかったと思う」

俺みたいに金を払わず在籍している者が、彼らには我慢ならないのだ。でも、学費の免除制度は、成績優秀者を取りこむための学園側のプランなのだ。

「きみたちが学費を払ってない外部生のことを、快く思ってないことは理解した。でも、これは正式に認められた制度だ。でも、きみたちが納得するのなら、俺はいくらでもきみたちに感謝するよ。ありがとう」

内部生たちはいらついたような顔をしている。

「俺はもう行く。そろそろ昼休みは終わりだから」

しかし、内部生の一人が俺の前に立ちはだかる。俺は彼らに囲まれた。

「逃げんなよ、佐々木。俺たちのこと馬鹿にしてんのか?」

彼らは俺を傷つけたくてしかたないのだ。彼らにとって俺みたいな外部生は、都合よく鬱憤《うっぷん》をはらせる相手なのだろう。

「消えろよ。目障りなんだよ」

内部生の一人が、俺のスニーカーを踏んだ。ねじりながら押しつぶすように俺の大切なものを汚す。「やめろ!」と、さすがに声を荒らげようとした、まさにその時だ。

内部生の子の側頭部に何かが飛んできてぶつかった。お茶のペットボトルだ。誰かがそれを投げつけたのだとわかる。

ふり返ると、ありえない人物がいた。城ヶ崎アクトだった。全身から禍々《まがまが》しいオーラが放たれていた。魔王が降臨したかのような威圧感で息が苦しくなる。城ヶ崎アクトは内部生たちを順番にみて、最後に俺と目があった。

「佐々木蓮太郎、だったかな」

「俺の名前、ご存じなんですか」

「当然だ」

言葉をかわしてみて、少しだけほっとする。彼の怒りは、俺に向けられたものではないらしいとわかったから。

「そういうわけだから。ここにいる蓮太郎君とは友だちなんだ。だからもうきみたち、わかってるよな。彼に退学をすすめる奴は許さないぞ」

彼がそう言うと、俺を囲んでいた内部生たちは逃げ去った。池の畔には、俺と城ヶ崎アクトだけがのこされる。さっきから混乱することばかりだ。しかし、彼は噂に聞いていたよりもずっと話のしやすい人物だった。

鐘の音が鳴り響く。休憩時間が終わったらしい。

「じゃあな、蓮太郎君」

城ヶ崎アクトはそういって立ち去ったのである。

学園で誰もが恐れる支配者が、どうして俺を助けてくれたのだろう。現実味のない出来事だったので、しばらく時間がたつと、あれは何かのまちがいだったのではと思えてくる。しかし、次の日も彼との交流が発生し、事実だったとわかる。

「おはよう、蓮太郎君」

翌朝、廊下で城ヶ崎アクトに挨拶されたのである。彼の後ろには金髪碧眼の出雲川と、縦ロールの髪型でおなじみの桜小路がつきしたがっていた。彼が俺に声をかけたことで、二人は戸惑うような視線を俺と城ヶ崎アクトに向ける。

「おはよう、城ヶ崎君」

廊下には他にも大勢の生徒がいて、三人を通すために端っこの方へ避けていたのだが、全員がぎょっとした顔で俺をふり返ってざわつく。ただ挨拶をかわしただけなのに、大変な注目をあつめてしまった。城ヶ崎アクトが、取り巻きの二人以外に声をかけるなんて、これまでなかったからだ。しかもその相手が外部生の子だなんて。そんな驚きの声が聞こえてきそうだった。

城ヶ崎アクトは、俺と視線をかわした後、普段どおりに教室へ入っていく。出雲川と桜小路が、少しにらみつけるように俺の方をみながら彼に続いた。

教室に移動した俺は、クラスメイトの外部生から質問攻めにあう。なぜ城ヶ崎アクトから声をかけられたのか？ いつから挨拶をかわすような関係性になったのか？ しかし中には、俺が彼にいじめられているのではないかと心配する者もいる。

「佐々木、おまえ、気をつけた方がいいぞ。最初は友だちのふりをして近づいてくる奴っているからな。遊びにさそって、連れだしたところで、大勢で取り囲んだりするんだ。外部生は特に狙われやすいって聞くぜ」

「わかったよ。今後は注意する」

俺はそう返事をして、昨日の昼休みに俺を取り囲んだ内部生たちをふり返った。彼らはびくりと震えて目をそらす。もう俺にちょっかいを出してくることはないだろう。

休憩時間、出雲川と桜小路が、城ヶ崎アクトをさがしている場面に遭遇した。そんな時、注意深くまわりを気にすると、そそくさと隠れるように移動する長髪の少年をみかけた。うつむいて前髪で顔を隠し、存在感を主張しないように気をつけながら、彼は人気《ひとけ》のない方へと消えていく。あれはたぶん城ヶ崎アクトだ。駅前で見かけたときと同じ変装をしている。普段との印象があまりにちがいすぎて、誰も気づかないけれど、俺には不思議とわかるようになった。

4／2

ベッドの下にお菓子の缶を隠して、時々、そこにお金をいれているのだが、すでに百万円近くたまっている。立派な隠し財産だ。城ヶ崎家が没落した後、これが役に立つはずだ。当分の間、衣食住をこれでまかなうことができる。この存在は使用人たちにしられたくない。没落後、僕の敵に回った使用人たちから没収されてしまう可能性があった。

「今後、部屋は自分で掃除をしようと思う」

従者の小野田に宣言した。僕の部屋にはトイレや洗面所もついているから、水回りの掃除もおこなう必要があった。前世で一人暮らしをしていたから苦ではない。

掃除が終わったら、掃除機や雑巾の入ったバケツを備品の管理部屋まで持っていく。

「おつかれさまでーす」

使用人とすれちがう時、そういってしまう癖は直らない。毎回、使用人たちが、ぎょっとした顔で僕をみて固まる。

そういえば、滅多に帰ってこなかった父が、一週間に一度は屋敷に顔を出すようになった。書斎でチェスの対戦をしながら、城ヶ崎鳳凰は葉巻を吸ったり、ウイスキーやブランデーを飲んだりする。

「寄付の件、どうなりました?」

盤面を眺めながら僕は質問した。

「なんのことだ?」

「提出した企画書がお金になるみたいだったら資金援助してくれるという話だったじゃないですか」

「精査中だ。待っていろ」

「何ヶ月待ったと思ってるんですか」

「うるさい。ぶち殺すぞ」

城ヶ崎鳳凰が長考の後でチェスの駒を動かし、執事の瀬戸宮を呼んだ。

「肉が食いたい」

一言、そう命じると、シェフがステーキを焼いて運んできた。父はチェスの盤面をにらみつけながら、血が滴るようなレアのステーキ肉を荒々しく口にいれる。

「おまえ、雲英学園に通っているんだよな」

「そうですよ」

「つるんでる奴はいるのか」

「最近、外部生の友だちができました」

佐々木蓮太郎のことだ。

「そいつは、おまえに取り入ろうとしているだけだ。おまえが城ヶ崎家の人間だから友だちのふりをして近づいている」

「そうではありませんよ」

「きっとそうだ」

「訂正してください。彼はそういう人間ではありません。僕は知っているんです」

アニメ『きみある』を、何回、見返したと思っているんだ。彼は、城ヶ崎アクトの度重なる嫌がらせに立ち向かった男だぞ。

「ふん。おまえはそいつに騙されているだけだ」

父は嘲笑する。僕はため息をついた。聞き流しておこう。僕に純粋な熱血さがあれば、友だちの名誉のため反論していた。だけど、サラリーマン時代のことを思い出し、こんな風に考えてしまう。まあ落ち着け。目の前にいる人物から寄付金を引き出さなくてはいけないんだろ？　穏便にやりすごすために愛想笑いでもしておけばいいさ。いいたいことがあっても、ぐっとのみこんで我慢する。それが僕の前世での生き方だった。平常心を保つように心がけ、粛々《しゅくしゅく》とチェスの駒を動かした。

二月に入って寒い日が続いた。朝、登校するために車へ乗りこむと、雪が降ってきてフロントガラスにあたる。こんな日でも、暖房の効いた車内に座っているだけで、学園まで運んでもらえるなんて最高だ。

バレンタインデー当日、桜小路が僕と出雲川にチョコレートをくれた。海外の有名ブランドのチョコレートだった。休憩時間にこっそりと教室でチョコレートを食べながら僕たちは会話する。

「アクト様、あの外部生とはどのようなご関係なのです？」

「私も気になっていましたの」

「最近、知りあったんだ。いい奴だよ」

二人は佐々木蓮太郎のことを気にしているようだ。廊下ですれちがう時、彼と挨拶をかわすようになったせいだろう。だけど僕の立ち居ふる舞いは相当に目立つようで、軽く手をふっただけでも周囲がざわついてしまう。親密そうにするのはひかえた方がいいだろう。僕には初等部時代にやらかした悪評がつきまとっている。蓮太郎と交流することで、彼の評判までいっしょに落ちてしまうかもしれない。

「私、あの外部生に良い印象がありませんわ。以前から身だしなみの悪さが気になっていましたの」

「寝癖があるからね」

「彼の髪型をセットしている美容師に問題があるのです。素人が切ったかのような髪型ではありませんか」

「当然だ。自分でハサミで切っているんだから。後ろの方を切る時は、弟や妹に手伝ってもらってるみたいだけど」

『きみある』にそういうシーンがあったのを思い出す。主人公の日常風景の描写だ。

「自分で切るなどと、なんて野蛮な……」

「外部生とは、全員、そのようなものなのでしょうか」

「いや、美容院や理髪店でカットしてもらうのが一般的だ。彼の場合、自分で髪を切ることでお金を節約しているんだよ」

「しかし、問題は身だしなみだけではありません。あの外部生は授業中に居眠りをしていたそうです。雲英学園の生徒にあるまじき行為です」

「同感ですわ。授業中に居眠りなんて、生活態度がなっていませんわね」

「初等部時代は僕もよく居眠りしていたけど」

「アクト様はよろしいのです」

「寝る子は育つともいいますし、初等部までなら授業中の居眠りは奨励《しょうれい》されるべきですわ」

「きみたち、僕のことはなんでも肯定してくれるね……」

僕はやっぱりきみたちが心配だ。

「居眠りくらい見逃してあげてくれ。彼は毎朝、新聞配達のために早起きしているんだ。みんながまだ寝ている時間に起きて近所に新聞を配っているんだよ。たしかそういう設定だったはずだ」

「設定？」

「設定とは、なんですの？」

「とにかく、彼が授業中にあくびをしたり、眠ったりしていても、あたたかい目でみてあげてほしいんだ」

「わかりました。アクト様がそこまでおっしゃるのでしたら、あの外部生を受けいれましょう」

出雲川は苦悩する貴公子のような表情をする。桜小路は縦ロールの髪の毛先を指先でいじりながら質問した。

「ところでアクト様、新聞配達とは、いったいなんなのでしょう？　どうして彼は、毎朝、そのようなことをしているんですの？」

御令嬢である彼女は、新聞配達の存在をしらないようだ。

「新聞配達というのは、仕事の一種だ。蓮太郎は毎朝、仕事をしてから学園に来ているってわけ」

「まあ！　お仕事を。そんなことを毎朝していたら、勉学に身が入らないですわ。まったく、何を考えているのかしら」

「蓮太郎の方が僕たちよりも成績は上だし、いつも一位じゃないか。新聞配達をしながら勉強もこなしているわけだし、立派だろ」

「どうして仕事をしなくてはならないんですの？　だって、まだ子どもではありませんか」

「家庭の事情ってやつかな。いえることはひとつだけ。きみたちや、僕は、とてもめぐまれているってことと」

二人はしらないのだ、貧困というものを。前世でお金のなかった時期が僕にもあった。あれは大学生の頃だ。家の事情で仕送りがストップし、自分でバイトをして光熱費やアパートの家賃を支払わなくてはならなかった。ラーメンを食べたくて店の前を行ったり来たりしたけれど、節約するために泣く泣くあきらめたものだ。でも、僕はまだいい方だったと思う。本当にお金のなかった友人は、水道水を飲んで飢えを耐えしのんでいた。ガス代が支払えず、シャワーからお湯が出なくなり、冷たい水で体を洗っていた。大学の友人にお菓子のかけらをめぐんでもらい、それを一日の食事として命をつないでいたのだ。

「僕たちはめぐまれている。それを自覚して暮らした方がいい。世の中には、そうじゃない子もいるんだ」

出雲川と桜小路は困惑していた。

「アクト様、わかりません。僕たちは特別な家に生まれたのです」

「ええ、そうですわ。下々の者たちを気にする必要などございませんことよ」

「今のうちに意識を変えなくちゃ、僕たちは孤立するぞ」

などと忠告してみたけれど、この二人の将来まで心配する必要はないのかもしれない。破滅するのは城ヶ崎グループだけで、彼らの家は安泰なのだ。老後まで遊んで暮らせる資産があるわけだし。

「まあ、いいか、そんなことは。忘れてくれ」

自分のいっていることが少し恥ずかしくなってきた。しかし、出雲川と桜小路は僕の方に身を乗りだす。

「いいえ、アクト様。アクト様がそうすべきだとおっしゃるのであれば、意識を変えるべきだと思うのです」

「私も同感ですわ。アクト様の言葉はもれなく辞書に書かれるべきですし、アクト様がまちがったことをおっしゃったことなんて、この世界が生まれてから一度もありませんわ」

「そ、そうか？」

大丈夫かこいつら。もしかして僕のいうことを絶対とするように洗脳教育でもされているのだろうか。

「佐々木蓮太郎はいわゆる苦学生なんだ。きみたちも、彼が困っている場面に遭遇したら手助けしてやってくれ」

「承知しました」

「もちろんですわ」

二人がうなずくのを確認し、宝石のようなチョコレートの粒を口にいれる。数年後に城ヶ崎家が破滅すれば、もうこんなもの食べられなくなるはずだ。今のうちに堪能しておこう。

午後の休憩時間、僕は教室を抜けだして散策に出かけた。雲英学園の片隅に植物園エリアがあり、ガラス張りの温室がある。校舎から離れているので、あまり生徒が立ち寄らない場所だった。

温室に入るとそこは吹き抜けの大きな空間で、真冬でも一定の気温と湿度が保たれている。背の高い植物が密集していてちょっとしたジャングルのようになっており、土の香りや葉っぱの青々とした匂いを胸いっぱいに吸いこむと、前世の祖父母の家で畑仕事を手伝ったことを思い出す。祖父母の家は地方の田舎《いなか》にあり、夏休みに新幹線でそこへ行くのが子どもの頃の楽しみだった。いつの日か町を追いだされたら、田舎で野菜を作るのもいいかもしれない。その時、葉山ハルはどうなっているだろう。彼女を白血病から救うことができているだろうか。

ちなみにこの温室はアニメ『きみある』にも登場する。ある日の放課後、蓮太郎と葉山ハルが、城ヶ崎アクトの悪質ないやがらせから植物園エリアに逃げこむのだ。葉山ハルが白血病を発症する前のエピソードだから、彼らが高校一年生の夏頃に発生したイベントだったはず。二人は植物の陰に身を潜ませ、城ヶ崎アクトたちをやりすごそうとする。

「どこに逃げやがった！　おい、出雲川！　みつけたら連れて来い！　ハサミで制服をぼろぼろにしてやる！　桜小路！　外で見張っていろ！　誰か来るようだったら追い返せ！」

悪魔のような顔で言い放つ城ヶ崎アクト。

二人は裏口から外に出るのだが、先回りしていた手下たちの気配を察し、すぐ近くの扉を開けて中に潜むのだ。そこは園芸用品を片づけておく倉庫だった。温室裏手の外壁に設置された金属扉がそれである。

「くそったれ！　どこへ逃げやがった！」

城ヶ崎アクトの毒づく声。彼らの気配が遠ざかって消えると、蓮太郎と葉山ハルは、安堵《あんど》のため息をつく。アニメで何度もみた場面だ。脳内再生は余裕である。

せっかくだから、二人が逃げこんだ倉庫を実際にみてみよう。いわゆる聖地巡礼というやつだ。建物の裏口から外に出た。温室内は快適な温度と湿度に保たれていたが、外は冷たい風がふいている。裏口のすぐ横に錆《さ》びた金属扉があった。アニメで蓮太郎たちが隠れた倉庫でまちがいない。中は窓がなくて暗かったけど、壁際のスイッチをいれると電球が照らしてくれる。

「すごい！　背景の絵とまったく同じだ！」

八畳ほどの空間に園芸用品がつみあげられていた。泥のついたシャベルや巻き取られたホースや植木鉢や何に使うのかわからないぼろ布などだ。金属扉は勝手に閉まるタイプのものだったらしく、僕の背後で音をたてて閉まった。

その空間は、アニメのレイアウトそのままだった。ここで二人が過ごす回は『きみある』ファンの間でも神回と呼ばれている。このエピソードをきっかけに、二人の距離が近づいて相手を意識するようになるから。

この場所でかわされた会話を思い出す。

【彼女】の演技には迫真性があった。

「なんとかやりすごしたみたいね」

「そろそろ大丈夫かな。外をのぞいてみよう」

蓮太郎は金属扉のドアノブに手をかける。

しかし、災難が立て続けに二人におそいかかる。


「あれ?」

「どうしたの?」

「ドアが開かないんだ」


蓮太郎がドアノブをひねろうとするが回転しない。金属扉は老朽化が進んでいた。蓮太郎がさらに力をこめてドアノブを動かそうとしたら、ぽろりと外れてしまう。

呆気《あっけ》にとられる二人。ドアノブを失った金属扉は、のっぺりとした、ただの金属の板である。開けることができず、二人は閉じこめられてしまった。

長い時間を二人はこの場所で過ごすはめになる。金属扉に体当たりをしてもだめ。声を出して助けを呼ぶが、誰も来てくれない。二人は家族の話をしたり、将来のことを話したり、好きな食べ物のことや、好きな本の話をして時間をつぶす。お互いの背景を理解して縮まっていく心の距離。救出されたのは四時間後のことだった。偶然に通りかかった職員の手により、二人は助け出されたのである。

「なつかしいな。あの回、また観たいよ」

アニメ『きみある』を最後に視聴したのは前世のことだから、体感的に十三年以上前だけど、カット割りまで思い出せた。感傷的な気持ちで、ひとしきり倉庫内を眺めた後、気持ちを切り替える。

そろそろ教室に戻ろう。金属扉のドアノブをひねって開けようとする。びくともしなかった。ドアノブが回転しないのだ。金属扉は内側に引っぱって開けるタイプの造りである。もう少しだけ力をこめて、ドアノブをひねってみた。次の瞬間、手の中に、外れたドアノブがあった。

僕はこの状態に見おぼえがある。さっき脳内で再生したばかりだ。アニメ『きみある』で蓮太郎と葉山ハルが陥った出来事にそっくりなのだ。本当はあの二人が倉庫から出ようとした時、ぽろりとドアノブが外れてしまうはずだったのに。力のいれ加減やちょっとしたタイミングや気候のせいだろうか。僕の順番でぽろりしてしまったようだ。

ドアノブがはまっていた箇所には、四角い軸が飛びでていた。外れたドアノブをそこにはめてみたけれど、すぐにまた外れてしまう。どこかのネジが破損しているのだろうか。四角い軸にドアノブが固定できず、内側から扉を開ける手段がなかった。

「誰か！」

大声を出してみたが返事はない。金属扉は壁同然の存在となった。叩いてみたり、押してみたり、体当たりしてみたりするが、すべて無駄だった。

「おーい！　誰かいないの!?」

スマートフォンもつながらない。アニメ『きみある』でも確かそうだった。蓮太郎と葉山ハルがすぐに救出されてしまったらドラマが生まれないため、この場所は電波の届かない圏外という設定になっていたのだろうか。

「僕は城ヶ崎アクトだ！　ここにいる！　この扉を開けてくれ！」

助けは来なかった。


数時間が経過する。

出雲川や桜小路は、僕が午後の授業をさぼったことを不審がってくれているだろうか。初等部時代は授業に出ないことなんて日常だったけれど、前世を思い出して以降はかならず出席していたから、二人なら僕のことをさがしてくれているかもしれない。

スマートフォンの時計を確認すると、日没が近かった。雲英学園全体に響き渡る鐘の音がかすかに聞こえてくる。大田原の運転する車が校門前に到着しているはずだ。いつまで待っても僕が出てこないので不思議に思っていることだろう。

「アクト様がいなくなってしまいました！」

「さがしているのですが、みつかりませんの！」

出雲川と桜小路が僕をさがし回っている様子を想像する。だけど彼らは、城ヶ崎アクトの目撃情報を得ることはできないはずだ。なぜなら僕は長髪のかつらをかぶって変装した状態でここに来た。城ヶ崎アクトが植物園の方面に向かった、などと証言する者はいない。僕はかつらをつかんで壁に投げつける。今日ばかりはこの変装が裏目に出てしまった。

照明のおかげでなんとか正気をたもっていられた。もしもそれがなかったら、倉庫内は真っ暗な空間だ。お腹がすいて、のどもかわいてきた。さみしくて、退屈で、ここは寒い。四方はコンクリートの壁だ。叩いて壊すこともできない。

「おーい、誰か、来てくれ……」

十分おきくらいに僕は声をあげて外に呼びかけてみる。返事はない。トイレに行きたくなってきた。壁際につみあがっている園芸用品の中に、腐葉土のつまった袋やバケツを発見する。それらを利用して簡易的なトイレを作って用を足すことにしよう。ちなみにアニメで蓮太郎と葉山ハルが閉じこめられていた時も、トイレをがまんする描写があった。悲惨な状況になる前に二人は救出されて事無きを得たけれど。

ひどい寒さだ。ぼろ布を引っぱりだして体に巻きつける。ぼろ布には乾燥した泥がくっついていて、動かすたびに白い土煙が舞った。土臭かったけど、寒さを耐えしのぶことができる。

「誰か、そろそろ来てくれよ……」

城ヶ崎家でも騒ぎになっているだろうか。誘拐された可能性も検討されているかもしれない。アニメでは四時間後に二人は救出された。しかしそれは、偶然に学園の職員が植物園の近くに来たからだ。ストーリー上の都合だろう。神《シナリオライター》の采配がなければ、発見はもっと遅くなっていた。運が悪ければ何日も放っておかれた可能性さえある。

「おーい、誰か通りかかってくれー……」

さらに数時間が経過。

蓮太郎と葉山ハルの記録をとっくに抜いていた。二人は会話で時間をつぶしていたが、僕は一人きりだ。退屈でしかたない。ここは冷凍庫の中みたいだ。ぼろ布を体に巻いていても、がたがたと体が震えてくる。おかしい。アニメの蓮太郎と葉山ハルはこんなに寒がってはいなかった。

ああ、そうか。あの回は夏頃の出来事だ。きっと今の倉庫みたいに冷えこんではいなかったのだ。

やばいぞ。このままだと凍死してしまう。指先の感覚もなくなってきた。スマートフォンの時計を確認すると、もうすぐ深夜零時。今は二月だ。これからさらに気温は低下する。明け方なんかは氷点下にまで下がるはずだ。

もしかして死ぬのだろうか。僕はここで閉じこめられたまま人生を終えるのかもしれない。僕が死んだら、葉山ハルはどうなる？　アニメと同じ結末をたどってしまうのか？

僕がここに閉じこめられてしまったのは、神《シナリオライター》の意思なのだろうか。この世界には原作がある。僕はそこから逸脱するように働きかける異分子だ。神《シナリオライター》の意思に反逆する存在だ。神様が作り出した物語へと回帰するため、邪魔な存在をこの倉庫で亡き者にしようとしているのではないか。そのように僕は思いはじめていた。

照明がちらついて暗くなる。電力が不安定なのだろうか。それとも電球が切れかけているのか。何度もまばたきをするみたいに明滅し、暗闇がおしよせる。

「誰か、たすけてくれ……」

僕は歯を食いしばる。寒さと不安に耐えしのぶ。死ぬのは恐くない。なにせすでに一度、死んでしまった記憶があるのだから。僕が何より恐れているのは【彼女】を救えないことだ。【彼女】の声を再び世界から失ってしまうことだ。

「ああ、神様。お願いです。【彼女】を救った後なら僕は死んだってかまいません。今はまだ、連れていかないでください……」

だめだ。このままじっとしていたら凍死する。

決心すると、僕は立ち上がった。

「神様……！」

園芸用品のシャベルをつかむ。僕は自分を鼓舞した。力をふりしぼってシャベルをふり上げて、金属扉にむかって攻撃する。がきん、と音が出た。柄をつかんでいる手に衝撃があり、指がしびれる。しかし金属扉はびくともしない。

「クソ！」

叫びながら再度、シャベルをふり下ろす。がきん。音が出るだけだ。むしろこちらの手が痛い。だけど金属扉を攻撃し続ける。次第に憤りがわいてきた。

「クソシナリオライター！　どうしてあんな結末なんだよ！」

跳ね返される音。僕は無力だ。

「他の結末はなかったのかよ！　殺さなくても良かったじゃないか！」

シャベルの先端を思いきり、金属扉にぶつける。立ちはだかる強固な鉄板にむかって。がきん。やっぱりだめだ。もうやめよう。じっとしているべきだ。

「このクソシナリオライター！　なんで殺したんだよ！　ひどいよ！　難病ものだからって！」

手がしびれてシャベルを持っていられない。がきん。はねかえされる音。がきん。無力さを証明する音。がきん。手に力がはいらなくなり、シャベルを落としてしまう。もうやめよう。体力の無駄遣いだ。こんなことしても何もならない。

「ふざけんなよ！　僕はハッピーエンドがみたかったんだ！」

シャベルを拾って、ふらふらになりながら金属扉を攻撃する。だけどあまりに力がはいらなくて、かちん、という気の抜けた音がするだけだった。情けなくて泣きそうになる。

「ふざけんな、クソシナリオライターめ……。ヒロインを殺せば感動するとでも思ってんのかよ……。ああ、そうだよ……。感動したよ……。心にのこったよ……。でも、あんなのってないだろ……。葉山ハルを連れていかないでよ……。お願いだから……。助けてよ……。まだ生きてるんだ……。これから死ぬってことを、まだしらないんだよ……。連れていかないでください……。お願いします……」

床に膝をついてうずくまる。抗がん剤の影響で髪の毛が抜け落ち、弱々しい姿でベッドに横たわる葉山ハルの姿が目にうかんだ。痩せ細り、骨と皮だけになった姿が。この世界線でも彼女はそうなってしまうのだ。【彼女】の声は失われてしまう。だめだ。許容できない。

僕はシャベルをつかんで杖のように利用しながら立ち上がる。金属扉を攻撃するため、ふり上げた。無駄だってことはわかっていたけれど。

その時、人の声が聞こえてくる。数人のざわめきだ。金属扉越しにもわかる。僕はシャベルを投げ捨てて金属扉に飛びつき、声のかぎり叫んだ。

「こっちだ！　閉じこめられてる！　助けてくれ！」

数秒ほどの間があって返事がある。

「アクト様！」

「どこにいらっしゃるんですの!?」

出雲川と桜小路の声だった。他にも大人の声がいくつも入り乱れていた。

「ここだ！　倉庫にいる！　温室の裏あたりだ！」

握りこぶしを作って金属扉を叩く。何度も何度も。音を発生させる。大勢の足音が近づいてくるのがわかった。やがて軋《きし》むような音を立てながら、ついに扉が外側から開かれる。拍子抜けだ。ドアノブのはまっている外側からなら、こんなに簡単に動くのだ。

出雲川と桜小路の顔が最初にみえた。安堵感から力が抜けて僕は膝をつく。二人の後ろに学園の職員らしき者たちがいる。城ヶ崎家の使用人の面々もいた。従者の小野田に執事の瀬戸宮、運転手の大田原もだ。

「アクト様！」

みんなが口々に叫んで僕に駆け寄ってくる。

「担架をお持ちしろ！」

瀬戸宮が指示を出す。屋敷をほっぽりだしてこんなところにいていいのか。救急隊員がやってきて、僕は担架に乗せられた。毛布がかぶせられ、その暖かさに眠気がおしよせてくる。

外は夜だ。救急車が植物園の横に到着していた。赤色の回転灯が周囲を照らしている。なんだか大事になってしまい申し訳ない気持ちになる。僕の捜索に大勢が駆りだされていた。

背の高いひょろりとした立ち姿の生徒がいた。髪の毛はぼさぼさだ。物語の主人公、佐々木蓮太郎だった。倉庫でアニメ『きみある』のことをたくさん思い出していたから、僕は幻をみているのだろうか。しかし彼は本物だ。救急車に乗せられようとしている僕のそばに近づいてくると、蓮太郎が声をかけてくれた。

「良かった、みつかって。みんなが城ヶ崎君をさがしていたんだ」

僕のそばにつきしたがっていた出雲川と桜小路が、蓮太郎に話しかける。

「礼をいうぞ、佐々木蓮太郎。きみの情報のおかげでアクト様を発見できた」

「まったくもう、あなたがもっと早く思い出していれば、こんな時間までアクト様をお一人にしなくて良かったはずですのに」

桜小路は蓮太郎をにらみつけている。

「まあ、今日のところは、許してさしあげますわ。蓮太郎とやら、褒めてあげてもいいですわ」

「ああ、うん。ありがとう、桜小路さん」

蓮太郎は苦笑するような表情だ。

僕が閉じこめられている間、彼らの間でどんなやりとりがあったのか気になったけど、毛布につつまれた状態で眠気がマックスだ。救急隊員が僕の血圧や体温をはかっている。低体温症になりかけていたらしい。救急車の後ろのドアが閉ざされて走り出すと、僕はすぐに眠りへと落ちた。


聖柏梁病院に数日ほど入院した。小野田から、おおまかな事情を聞かせてもらう。あの日、僕は午後の休憩時間に忽然《こつぜん》と姿を消したが、勝手に早退して帰ってしまったのだろうとみんなに思われていたらしい。夜になっても城ヶ崎邸に戻っていないことが判明し、ようやく捜索がはじまったという。何者かに誘拐されたのではと考える者もいて、警察が町に検問を敷いた。充分にあり得る事態だった。なにせ僕は城ヶ崎家の御曹司だし、身代金目当てに犯行が計画されてもおかしくはない。僕の目撃情報をあつめようとしたが、不思議と誰もみた者はいなかった。居場所が判然としないまま深夜近くになろうとしていた。

しかし事態は急展開する。ある外部生の生徒が、一本の電話を城ヶ崎家にかけてきたことがきつかけだ。

「学校で城ヶ崎君の姿をみかけました。午後の休憩時間のことです。彼は確か、植物園の方に向かっていました。連絡するのが、遅くなってしまい、すみません。彼が捜索されていること、ついさっきしったんです。まさか行方不明だなんて……」

電話の主は佐々木蓮太郎だった。彼が僕をみたという情報はすぐさま共有され、出雲川と桜小路が彼を呼びだして学園まで連れていった。城ヶ崎家からも小野田や瀬戸宮や手の空いている使用人が捜索の手伝いに現れた。彼らは植物園エリアを捜索し、ついに僕を発見したというわけだ。

それにしても、僕はかつらで変装して植物園に向かったのに、蓮太郎はどうしてそれが城ヶ崎アクトだとわかったのだろう。以前、ボランティア活動中に変装した姿をみられたせいだろうか。それとも主人公特有の鋭い観察眼でもそなわっているのだろうか。

「蓮太郎にお礼の菓子折りを贈っておいてほしい」

病室のベッドで横になったまま僕はいった。

「ご安心ください。すでにお贈りしておきました」

小野田がリンゴをむきながら追加の報告をする。

「今回の事態を重くみた学園側からも謝罪をしたいとのことです。植物園の温室は取り壊しに、施設管理者はクビになるかと」

「だめだ。温室はのこしてくれ。老朽化してる設備を取替えるだけにしろ。施設管理者の責任は問わない。今回の件は、神様のせいだから」

「……神様、ですか？」

小野田が怪訝そうな顔をする。

「そうだ」

誰が悪いかといえば、シナリオライターという名の神様が一番、悪い。あのドアノブは、主人公とヒロインを閉じこめるために用意された舞台装置だったのだから。

しかし、僕は倉庫で散々に神様のことを、クソだのなんだのと、ののしってしまった。神が執筆した結末に文句をいい、こきおろしてしまったが、怒ってやしないだろうかと今さらながらびびっている。

まあ、この世界を創造した神様は一人じゃない。シナリオライター以外にも、演出家、アニメーター、他にもいろいろな神様が関わっていて、その仕事の集積が『きみある』なのだ。大勢いる神様の一柱をののしったところで、罰なんてあたらないはずだ。そう思いたい。

それに、本心では尊敬もしている。葉山ハルが死ぬ結末はなんとかしたいけど、この世界を生み出してくれたことへの感謝の念はつきない。神様への愛と反感が同時に存在するのを自覚しながら、僕はこれからも生きていくのだろう。

4／3

三学期末の試験が終わって終業式をむかえた。

春休みに入ったある日、僕は夏目町の商店街でボランティアに参加していた。いつもみたいに数名のチームでドナー登録を呼びかける。一時期よりも寒さがやわらいでいた。もうじき春になる。

　夕方頃、商店街を行き交う人の中に、泣きそうな顔であるいている女の子をみつけた。小学校低学年くらいの身長だ。不安そうに周囲をみながら、あっちにいったり、こっちにいったりをくり返している。迷子だろうか？　見おぼえのある顔立ちだった。髪をおだんごにして頭の上にまとめている。つるりとした額が印象的。ぴんときた。アニメ『きみある』に登場するキャラクターにそっくりだ。まちがいない。

　佐々木日向。蓮太郎の妹だ。公式設定資料集によれば彼の五歳下だったので現在は八歳くらいのはず。アニメ『きみある』では、主人公の蓮太郎の日常生活が丁寧に描写されていたから、妹の日向が登場する頻度は高かった。

　日向は通行人を不安そうに見回しながら誰かをさがしている。気になって話しかけてみることにした。怖がらせてはいけないので、凶悪な三白眼が隠れるように、かつらの前髪をしっかりとおろすのを忘れない。

「そこのきみ」

　声をかけると、日向はびくりと肩をふるわせる。

「もしかして、佐々木蓮太郎君の妹さんじゃないか？」

「お兄ちゃんを知ってるの？」

　蓮太郎の名前を聞いて、警戒心が少しうすれたようだ。

「蓮太郎君とは雲英学園でおしゃべりをする仲なんだ。きみ、名前は確か、日向君だったかな。誰かとはぐれたのか？」

「お兄ちゃんがいなくなっちゃった」

「お兄ちゃんって、蓮太郎君のこと？　それとも勇斗君のこと？」

「勇斗兄ちゃんのことも知ってるの？」

「もちろんだ」

佐々木勇斗。蓮太郎の三歳下の弟だ。勉強嫌いの活発な子で、明るいムードメーカーでもある。日向から聞いた話によると、彼女は勇斗といっしょにこの辺りまで遊びにきたのだが、はぐれてしまったらしい。帰り道がわからず、途方にくれていたところだという。

「日向君、ちょっとここで待っていろ」

ボランティアチームの責任者に声をかけて、今日は抜けさせてもらうことにした。不安そうにこちらをみている日向の方を指さし、「知りあいの妹が迷子みたいで……」と説明すると、すぐに許可が出た。

日向のところに戻り、まずは蓮太郎の家に電話をかけてみることにした。彼の電話番号や住所は把握している。菓子折りを贈ったという小野田に聞いていた。ちなみに蓮太郎は節約のために個人の携帯電話というものを持っていない。家の電話にかけたところ、呼びだし音が鳴っている気配はあるのに、誰も出る様子がなかった。

「お父さんとお母さんはお仕事なの。蓮太郎お兄ちゃんはお買い物に行った。夕飯の材料を買ってくるって」

日向が説明してくれる。

「じゃあ、家まで送っていってあげようか？」

「しらない人についていくのはだめなんだよ」

「それもそうだな」

彼女にとって僕は初対面のしらない人なのだ。

「勇斗君とはぐれた場所まで戻って、少し待ってみよう。合流できるかもしれない」

夕飯の買い物をしている主婦や会社帰りの人たちで商店街はにぎわっていた。ドラッグストアや肉屋さんがならんでいる。団子屋さんのウィンドウにつまれているみたらし団子がおいしそうだ。醤油味のタレがとろりと団子をおおって蠱惑的《こわくてき》に光っている。

「二本ください」

店員にお金を渡すと、団子を二本、そのままで手渡される。

「私、食べない。しらない人からもらったもの、食べたら怒られちゃう」

「本当にいいのか。食べないのなら捨てるぞ」

日向はしばらく迷った末に団子を受け取った。

ほんのりと甘く味つけされた醤油のタレが、香ばしく焼かれた団子とマッチしておいしい。

「日向君、きみはお絵描きが好きなんだってね」

「うん。蓮太郎お兄ちゃんにクレヨン買ってもらったの」

「新聞配達でもらったお金でプレゼントしたんだっけ？」

「そうだよ。なんで知ってるの？」

「公式設定資料集に書いてあったんだ」

「何それ。ねえ、蓮太郎お兄ちゃんのこと、聞いてもいい？　お兄ちゃん、学校でお友だちいる?」

「たくさんいる。僕とちがって、いつもみんなに囲まれているよ」

蓮太郎はみんなから慕われている。外部生だけでなく、内部生にも親しい友人が多い。勉強の成績はトップだし、運動神経もいいし、さすが主人公だ。むしろ僕や出雲川や桜小路の方が周囲に溶けこんでおらず、孤立しているといえるだろう。

「蓮太郎お兄ちゃんとクラスがいっしょなの?」

「ちがうよ」

「よく話をする?」

「たくさん話をするわけでもないかな」

「じゃあ、なんで私や勇斗お兄ちゃんのこと知ってるの?」

「僕はきみのお兄さんのファンだから」

「ファン?」

「いつも気にかけてるってこと」

「でも、蓮太郎お兄ちゃん、寝癖があってだらしないよ?」

「そこがいいんじゃないか」

あれはキャラクターの構成要素であり、デザインされた視覚的情報だ。

「僕はね、きみのお兄さんを応援しているんだ。きみのお兄さんはすごいんだぞ。朝早くに新聞配達をやって、あくびをしながら学校に来て、授業を受けて、成績だっていつも一位だ。学校が終わったら家の手伝いをして、きみたちの面倒をみて、夕飯も作って……。そんなことをしている中学一年生ってなかなかいないぞ。最高のお兄さんだよな」

兄をほめられたのがうれしかったのか、日向は口元をほころばせてうなずいた。

勇斗が彼女をさがしてやってくる気配はない。もう一度、佐々木家の電話番号に連絡をいれてみた。今度は何度目かの呼びだしで返答がある。

「もしもし、佐々木です」

蓮太郎の声だ。夕飯の材料の買いだしから戻ってきたらしい。

「あー、蓮太郎君ですか。僕は、城ヶ崎アクトです」

「え、城ヶ崎君……？」

「突然の連絡で驚いているだろうね。この前は世話になった。おかげで凍死をまぬがれたよ。きみは命の恩人だ」

「どういたしまして。焼き菓子、ありがとう。おいしくいただいたよ」

「ところで蓮太郎君、今ここに、きみの妹さんがいてね……」

僕は手早く事情を説明した。商店街でボランティア活動をしていたら日向が迷子になっている場面に遭遇したことや、どうやら勇斗とはぐれてしまったらしいことを話す。

「うーん、どういうことなんだろう……」

蓮太郎の困惑する声。

「勇斗は今、家にいるんだよ。俺の目の前にね」

「え？」

「待って。事情を聞いてみる」

電話の向こうでなんらかの会話がおこなわれている気配がある。

その後、蓮太郎が報告してくれた。

「勇斗の奴、日向といっしょに出かけたことをすっかり忘れて、一人で家に戻ってきちゃったみたいだ」

「忘れていた？　妹のことを？」

「そういうことらしい」

勇斗はそんなキャラクターだったなと思い出す。ムードメーカーだが同時にトラブルメーカーでもあるのだ。

「城ヶ崎君、今いる場所をおしえて。日向をむかえに行くから」

「いや、僕が送って行こう。たぶんその方が早い」

通話を終えて僕は日向に事情を説明する。

「というわけで、きみの家に行くぞ」

「うん」

スマートフォンの地図アプリを確認しながら佐々木家へむかった。商店街を出てひっそりとした住宅地を移動する。空が夕焼け色に変化し電柱の影が長く路地にのびた。民家の換気扇から夕飯の支度をする匂いがただよってくる。

風がふいて、かつらの前髪がずれた。素顔の三白眼があらわになり、それをみた日向が、みじかく悲鳴をあげた。前髪をととのえながら僕は苦笑する。

「僕は悪魔みたいな顔立ちだから、こうして目を隠している。顔の印象は目で決まるからな」

日向は悲鳴をあげてしまったことを恥じ入るようにうつむいた。

住宅地を小川が流れている。坂道の階段を上り、民家がまばらな場所へ出た。

「このあたり、知ってる。もう一人で帰れるよ」

日向の生活圏内に入ったらしい。

「せっかくだからアパートまで行こう。電話で送っていくって宣言したし」

「うちがアパートってこと、なんで知ってるの？」

「そりゃあ、知ってるよ。アニメでみていたからね」

「ふうん……？　よくわからないけど、まあいっか」

アニメにも登場した小さな公園がある。背景美術として描かれていたジャングルジムやブランコの実物が目の前にあることに感動した。配色や錆具合もまったく同じだ。

さらに行くと、見おぼえのある路地に出くわす。アニメで蓮太郎が雲英学園にむかう際、いつも通った場所だ。毎回この背景が使い回されていた。背景を使い回して何が悪い？　制作費をおさえるためには仕方ないじゃないか。

前方に桜の木がみえた。二階建ての古い木造アパートがそばに建っている。

「ここだよ」と日向がいった。

主人公の一家が暮らしていた建物だ。家賃は安く、築年数は相当なものだけど、あたたかい雰囲気のアパートである。

「一階の端っこが私のうちなんだ」

日向は駆けだし、玄関のチャイムを鳴らす。古めかしいデザインのボタンだ。

「ただいまー。日向だよー」

すぐに扉が開かれて、蓮太郎が顔をだす。

「日向！　それと、城ヶ崎君……」

彼は妹の姿を確認し、その後ろに離れて立っていた僕をみつける。かつらで目を隠していても、どういうわけか彼は城ヶ崎アクトだと認識できるようだ。

蓮太郎の脇を抜けて、活発そうな少年が現れる。勇斗だ。こちらもアニメのデザインそのままの顔立ちだ。特徴は褐色肌である。一年中、外で遊びまわっており、日焼けをしているという設定なのだ。

「日向、ごめん……！」

勇斗はいきなり土下座をする。日向はそれでも怒りがおさまらず、ぽかぽかと彼をたたいていた。蓮太郎がサンダル履きで外に出てきた。すまなそうな表情だ。

「ありがとう城ヶ崎君。日向が俺の妹だって、よくわかったね」

「前にきみたちを町でみかけたことがあったからね」

それで顔をおぼえていた、ということにしておく。

「勇斗はそそっかしいところがあるんだ。まさか妹をおいて帰ってきちゃうなんて」

問題の少年は玄関先で妹にむかってしきりに謝っている。「ごめんって、ゆるしてよ」と。日向は腕組みをして仁王立ちで彼を見下ろしていた。懐かしい。アニメ『きみある』で、こんな風にほほえましい場面が登場し、その明るさに視聴者は救われていた。彼らの楽しげなムードがなければ、作品全体の印象が重くなり、耐えられなかっただろう。

「役目を終えたことだし、僕は帰るよ」

「蓮太郎お兄ちゃん、お客様にお茶を出した方がいいんじゃない？　お世話になったんだから、そうした方がいいよ」

「え、城ヶ崎君に？　お茶を？」

蓮太郎が困ったように寝癖頭をかいた。

日向が僕の前にやってきて、手を引っぱる。

「うちにあがっていってください。せまいお部屋ですけど」

「いいのか？」

僕は蓮太郎に確認する。

「まあ、城ヶ崎君がよければ」

この機会を逃したら二度とアパート内を見学することはできないかもしれない。そう思うと、このまま帰るのがもったいない気がした。僕は少しだけ、佐々木家で休ませてもらうことにする。

感動で胸がいっぱいだった。普通のアニメファンがおこなう聖地巡礼という行為とはレベルがちがう。作品のモデルとなった場所へ来たのではない。作品の世界そのものに迷いこみ、登場キャラクターに招かれ、実際の部屋に通されているのだから。

玄関扉を開け、靴を脱いで入った空間が、そのまま台所という造りだ。テーブルの上にランドセルや勉強道具がのっている。実家と同じにおいだ。城ヶ崎家のことではない。前世で生まれ育つた家のにおいがする。磨りガラスのはまった引き戸のむこうに六畳間がある。古い小型のテレビがあり、居間として活用されている空間だ。こたつが置いてあるけれど、夜はそれを避けて布団を敷き、蓮太郎と勇斗と日向がここで寝ているという設定だった。

「どこに座ればいい?」

「好きな場所に座って。せまくてごめん」

「とんでもない。居心地がよさそうだ。落ち着くよ」

どっこらしょ、とこたつと壁の間にはさまるように座る。そこはいつも彼らの父親が座る位置だ。

蓮太郎がやかんに水をいれてガスコンロにかける。日向が急須とお茶の葉の用意を手伝っていた。勇斗は、ぼんやりと立っている。

「こういう部屋、いいよな」

天井や柱を見回す。荷物が雑多に置かれ、適度にちらかっており、家族で暮らしているという雰囲気があたたかい。

「城ヶ崎君って、みんなが抱いているイメージと、少しちがうよね」

「そうかもしれない。僕はもっと庶民的な人間だ」

勇斗がおそるおそる僕の方へ近づいてきた。

「ねえねえ」

「なんだ?」

「名前なんていうの」

「城ヶ崎アクトだ」

「変な名前。どうして女みたいな髪してるの?」

　勇斗はそういうと、興味津々という様子で僕の肩から流れ落ちる黒髪をひっぱった。ずるりとかつらがずれる。

「わっ！　とれた！」

「これは本物の髪の毛じゃないからな」

　僕の素顔があらわになる。この世界を創造した神様の一人、キャラクターデザイナーが心をこめて作った悪役顔である。凶悪な三白眼をみて、勇斗の顔から血の気が引き、頬がこわばった。唇をふるわせながら、彼は叫ぶ。

「お、鬼だぁ……！」

　完全に予想外の反応だった。

　鬼ときたか。

「うわぁぁぁ！　鬼だぁぁぁ……！」

「僕は鬼じゃない。まぎれもない人間だ」

「うそだぁぁ！　人食い鬼だぁぁぁ！」

　口にならぶギザギザの歯は、確かに人を食い殺しそうな迫力を持っている。しかし面と向かってそんな風にいわれるのは、はじめてだ。

　蓮太郎と日向がこちらをみて申し訳なさそうに声をかけようとしていた。しかしそれより先に僕が口を開く。

「ばれてしまったようだから、しょうがない。おまえの家族を全員、のこらず食ってやるよ」

　勇斗はまるで少年漫画のキャラクターみたいに僕から遠ざかって家族を守るような姿勢になる。

「にげろ！　お兄ちゃん！　日向！」

「にがしはしない。正体をしられたからにはな」

しかしそこで茶番は終わった。

「勇斗お兄ちゃん、じゃまだからどいて」

日向がおぼんに湯飲みと急須をのせて運んでくる。何かいいたそうにしている勇斗の両肩に、蓮太郎が手をのせた。

「この人は鬼じゃない。たのむ、余計なことをいわないでくれ。この人を怒らせたら、たぶん、この町では暮らせなくなるぞ」

「勇斗お兄ちゃん。この人、怖い見た目だけど、普通なんだよ」

「城ヶ崎君は普通かな……。まあいいけど……。勇斗、日向、この前の高い焼き菓子のセットをおぼえてる？　あれは城ヶ崎君の家からいただいたものなんだ」

「あれ、すげーおいしかった！」

「あんなの食べたの、はじめて！」

「良かった。気に入ったのなら、また贈らせるよ」

「俺、あんたのこと、人間に化けて襲うタイプの鬼の一族だと思いこんじゃった。誤解してごめんなさい」

「怒ってないし、鬼の一族から家族を守ろうとしたのは、えらかったよな」

湯飲みのお茶をすすって一息ついた。城ヶ崎家で使っているような高級茶葉ではないけれど、おいしくて心が温まる。アニメで彼らの両親がいつも飲んでいた煎茶はこういう味だったんだな、と感激する。

「あれから内部生のやつらは何もしてこないのか？」

「ありがたいことにね。最近は出雲川君や桜小路さんとも挨拶をするようになったから、もう何かされることはないと思う」

植物園の一件以降、出雲川や桜小路との距離も近づいたらしい。ますますアニメ『きみある』の人物相関図からずれが生じている。アニメにおいて、あの二人と蓮太郎は敵対関係にあり、挨拶をかわすなどあり得なかった。世界は原作から確実に遠ざかっている。

「僕たちが率先して外部生と仲良くしていれば、他の内部生たちも外部生を攻撃しなくなるかもしれないな……」

僕がそんな風に考えていると、蓮太郎は少し不思議そうにいった。

「城ヶ崎君は昔、いじめっ子だったって話を聞いてる。でも、今はそうみえない」

「昨年、自宅のプールサイドで頭を打ったんだ。それから性格が変化したんだよ。脳の損傷でそうなることとって、あるらしいよ。まるで生まれ変わったみたいにね」

ということにしておこう。前世の話を持ち出すとややこしくなるから。

「自宅のプール!?」

声をあげたのは勇斗だった。彼はこたつにもぐりこんでテレビをみていたのだが、僕たちの話を聞いていたようだ。

「家にプールがあるの!?　すごい！　行っていい!?」

「ああ、いつでもこい。すべり台もついてる。ウォータースライダーってやつだ」

「うおおぉ！」

勇斗が興奮して立ち上がる。日向が少し恥ずかしそうにしていた。うちの兄がごめんなさい、という表情をしている。かまわない。みていて飽きないから。

楽しい時間だった。実家で親戚の子どもたちとお正月に会って話をしている時みたいな気持にさせられた。僕にも兄と弟がいたのだ。城ヶ崎アクトになる前の人生だ。蓮太郎たちをみていると、自分の兄弟たちのことを思い出して泣きそうになる。彼らは元気で暮らしたのだろうか。あれからどんな人生を過ごしたのだろう。結婚し、僕にとっての甥《おい》っ子や姪《めい》っ子ができたりしたんだろうか。仏壇に飾ってある僕の写真を、甥っ子や姪っ子にみせたりしたんだろうか。僕が死んでる世界線というわけだ。

「じゃあ、そろそろ帰るよ」

靴を履いて玄関を出ると、外まで蓮太郎たちが出てきて見送ってくれた。

「またあそびにきてね」と日向。

「今度、プール！　やくそくだよ！」と勇斗。

「今日はありがとう、城ヶ崎君。ゆっくり話ができてよかった」と蓮太郎。

外灯の明かりが道を照らしていた。僕は彼らに手をふって、物語の主人公が暮らす木造アパートを後にした。

4／4

城ヶ崎家の庭には、噴水や彫刻やバラ園がある。ガゼボと呼ばれる休憩スペースが中央にあり、そこから放射状に道がのびていた。ガゼボとは、いわゆる洋風のあずま屋で、テーブルと椅子と簡易的な屋根がある。ある休日の午後、そこに座って読書していると、従者の小野田が紅茶を用意してくれた。

「アクト様、ご報告があります。白血病治療の研究機関および支援団体に、城ヶ崎グループが多額の資金援助をするとの発表がなされました」

「ゲームの企画書が認められたのか」

「専門家の判断に時間がかかったようです。実際にいくつかのゲームはプロトタイプを試作して収益化が可能かどうかを調査していたらしく……」

「専門家って、ゲーム会社の人？」

「複数のゲームメーカーに企画書を精査させていたとのことです。特にスマートフォン用ゲームアプリの課金システムの提案が評価されたとうかがっております」

「課金ガチャか。莫大な利益を生むかもしれないが、新たな社会問題に発展する可能性があるから気をつけて。サンドボックスタイプのクラフトゲームの企画書はどうなった？」

「あのゲームはマーケティング的に売れる見こみがないとのことでして……。四角いブロックで構成された世界というアイデアは、リアルなＣＧを好むユーザーの嗜好《しこう》に反するとの意見が寄せられました。物語性も欠如しており、材料をあつめてものづくりをするという内容も、おもしろみが伝わりづらかったようで……。大手のゲーム会社は興味を抱かず、収益化不可能との判断が下されました」

「そうか、ざんねんだな」

「しかし、インディーズゲームを制作している小さなソフトメーカーが興味を持ったらしく、開発の許可申請が届いております。ほとんど個人での開発になるみたいですが」

「いいと思う。開発を進めてくれ」

前世において、ゲームの歴史上、もっとも多くの人に遊ばれたゲームだ。成功すれば経済効果は、はかりしれない。

「ともかく、ほっとした。ずるをしたみたいで、申し訳ないけどな」

「ずるとは?」

「なんでもないよ。こっちの話」

小野田がいれてくれた紅茶を口に含む。その香りが、ふわりと風景と溶けあい、幸福感をもたらした。

資金援助を受けたことで、この世界の白血病治療の研究も促進されるだろうか。葉山ハルが死んでしまうという未来から、少しだけ遠ざかることができただろうか。いや、彼女だけの問題じゃない。血液の疾患に悩まされている大勢の患者が恩恵を受ける。僕はこの世界を、より良い方向へ更新する。そのことがきっと、【彼女】の声を守ることにつながるはずだ。

もちろん、ボランティアも続ける。葉山ハルに適合するドナーがみつかるよう、できるだけ大勢にドナー登録をしてもらわなくてはならない。

小野田が一礼して屋敷に戻り、僕は一人、城ヶ崎家の庭園にのこった。無意識のうちに、前世で【彼女】が発表した歌をくちずさんでいる。サラリーマン時代、満員電車の中でいつも聴いていた歌だ。窮屈で、へとへとにつかれた状態で、気を抜くと倒れてしまいそうな日々だった。【彼女】の歌声にしがみつくように僕は立っていた。窓の外には薄暗い都会の風景が流れていた。【彼女】の歌声に包まれていたから、死ぬ時も、怖くなかった。死後の世界には、一足先に亡くなった【彼女】がいるとわかっていたし。僕はたぶん【彼女】のことを愛していた。【彼女】がどんな顔だちで、どんな性格の人だったのか、一ミリもしらないけど。

そして、二年が経過した。

僕は雲英学園中等部を卒業し、高等部へと進学する。世間一般の呼び名で表すなら、いわゆる高校時代のはじまりだ。それはまた、アニメ『きみある』の物語がスタートすることを意味していた。

学園には新入生を祝う明るい雰囲気があった。葉山ハルが死に至るまでの残り時間が、あとどれくらいのこっているだろう。彼女自身は、まだ何もしらずに暮らしているはずだけど。新入生たちが続々と学園にやって来る。僕は、校門がみえる場所に立って彼らを眺めた。桜の花びらが、くるくると回転しながら降り注ぐ。

4／5

雲英学園高等部の制服は世界一かわいい。高級な生地が使用されており、一着そろえるだけで相当なお金がかかる。ありがたいことに、私は家計を苦しめることなく制服を着ることができた。

入学試験の成績上位者は、すべての学費と諸経費が免除されるという制度のおかげだ。

入学式の朝、鏡の前で制服姿を確認する。

「ハル、美人だよ」

叔母の葉山理緒がいった。

「あんなに小さかった子が、こんなに大きくなって」

「理緒もはやく着替えなよ。会社におくれるよ」

彼女はまだパジャマ姿。化粧もしていない。昨晩、残業で帰宅が遅かったせいで寝不足らしい。

「会社行きたくない。家で寝てたい」

「私もがんばるから、理緒もがんばりな」

「ハルがうらやましいよ。高校時代に戻りたい」

理緒がぐずりだす。私にとって彼女は、母親の代わりであり、手間のかかる姉のようでもあった。彼女は料理と洗濯と掃除が基本的に苦手だ。物心ついてからは、私が葉山家の家事の大部分を担当している。

雲英学園高等部の入学試験に合格した時、理緒は心から喜んでくれた。会社の人にも自慢したらしい。少し気恥ずかしいけど、私は、ほこらしい気持ちになった。雲英学園の生徒というだけで、この地域では一目置かれる。雲英学園の制服はみんなの憧れだったし、そこでの学園生活はどんなにきらびやかで素敵なんだろうかと想像させられた。

「私は今日もおじさんばっかりの職場だよ。ハルは学園で素敵な相手を探してきなさい。お金持ちの男の子がたくさんいるはずだから。いいなあ。私にも出会いがあればいいのに」

ため息をつきながら理緒は洗面所へむかう。化粧をして、スーツに着替えて、出社しなくてはいけない。

「理緒だってまだ若いよ。人生長いんだから。きっと素敵な出会い、あるよ」

そうだ。人生は長い。

日本人の女性の平均寿命は、およそ八十七歳くらいだといわれている。まだ死ぬのはずっと先なのだ。よほど運が悪くなければ。たとえば交通事故にあったり、治療困難な病気になったりしなければ。

私たちは支度を整えていっしょに家を出た。途中のバス停で理緒とは別れ、私は徒歩で雲英学園に向かう。坂道の途中にベンチがあり、私の暮らす夏目町が一望できる。朝の清々しい光が世界にふりそそいでいた。

美しい並木道の奥に雲英学園の正門がみえてくる。車で送ってもらっている生徒が大勢いた。さすが富裕層のあつまる学校だ。芸能人が乗っていそうな高級車ばかり。すごすぎる。私みたいな一般庶民がこんな学校に通っていいのだろうか。中等部や高等部から途中入学してくる者たちは、初等部から通っているお金持ちの学園生から冷遇されるという噂を友人から聞いている。心配だ。私の学園生活は、どんなものになるのだろう。友だちはできるだろうか。みんなの勉強についていけるだろうか。

正門を抜けると、満開の桜の木が連なっている。素晴らしい光景だ。学園の敷地が一般開放されていれば、ここはきっと桜の名所として毎年、花見客でにぎわっていたことだろう。

目つきの悪い男子生徒が、桜のそばに立っていた。刃物みたいにするどい目。髪の毛はぺったりと頭に張りついたような七三分け。どこかでみた顔立ちだ。しかし思い出せない。体はやせており、身長はとても低い。彼は腕組みをして、正門を抜けてくる生徒たちをみつめている。

その男子生徒と目があった。彼は大きく目をみはり、それからすぐに目をそらす。ほんの一瞬、喜びとも、悲しみともつかない、複雑な表情がうかんだようにみえた。

彼はすぐに背中を向けて校舎の方へあるき出す。在校生と思われる生徒が、彼の姿を視界にいれると、あわてて道を空けるように避けた。

少し気になったけど、今はそれどころではない。入学式がおこなわれるホールはどっちだろう。案内板が置かれていたので、それにしたがって進む。風がふいて桜の花びらが舞った。空中で踊るようにくるくると回転している。まるで運命に翻弄《ほんろう》される人生のように。

人生は長い。私は今年、十六歳になる。

これからいろいろな経験をするのだろう。

豊かな青春をすごし、成人して就職し、結婚したり、しなかったり。子どもを産んだり、育てたり。笑ったり、泣いたりしながら、年齢を重ねていくのだろう。そういう当たり前の人生が、自分にもある。

そう思っていた時期が。

私にも、ありました。

Act 2

5／1

雲英学園は特別な学校である。ランチタイムにはビュッフェでローストビーフが食べ放題。有名建築家が設計した校舎はガラス張りで近代美術館みたいだし世界的デザイナーが手がけた制服はエレガントだ。雲英学園に通っているというだけで、いろんな人に自慢ができる。でも、誰もがそこに入学できるってわけじゃない。

まず大事なのは、お金持ちの家に生まれることだ。雲英学園は、初等部と中等部と高等部が敷地内にある。初等部に入りさえすれば、後はエスカレーター式に受験勉強をしなくても進学できる。

しかし、初等部に入学するためには、とんでもない金額の学費を支払わなくてはならない。だから初等部には、お金持ちの子どもたちばかりがあつまってくる。

「授業参観の日はね、いろんな企業の社長や重役の人が教室の後ろから見学してたよ。学校の廊下で商談をはじめる人たちもいた。運動会には芸能人やスポーツ選手が自分の子どもを応援しに来るの」

友人の北見沢柚子《きたみざわゆずこ》は、かつてそこに通っていた一人だった。柚子の父親は某企業の社長で、彼女はお金持ちのお嬢様なのである。

「子どもたちはみんな、運転手つきの車で送りむかえをしてもらってた。誘拐されたら大変だもの」

しかし柚子は、初等部の四年で学園をやめている。最低最悪のいじめっ子に目をつけられてしまったことが原因だ。

「悪魔の生まれ変わりみたいな男の子が同じクラスにいたの。目がつり上がって、いつも人を見下してた。誰かが苦しんだり、泣いたりしているのを見て楽しむような性格。先生さえその子には逆らえない。だって、そいつの親が雲英学園にたくさんの寄付をしていたから。私、そいつに校舎裏に呼び出されて、顔に油性ペンで落書きをされたよ。【わたしはブタです】って」

柚子は悪魔から逃れるため公立校に転校した。

そこで私と出会い友人になったというわけだ。

「ハルに出会えたから転校してよかったと思ってる。でも、もしもあの悪魔に目をつけられなかったら、私は今も学園に通っていられたんだろうなって思うと悔しいよ」

十五歳になり、今度は私が、雲英学園の高等部へ入学することになった。一般庶民の私が、どうしてお金持ちのあつまる学校に入れるのか? それには理由がある。入学試験を好成績でクリアしたからだ。特待生制度というものがあり、入学試験の順位によって学費や教材費が免除される仕組みである。

なんと私の点数は入学試験でトップだった。おかげでお金を払わずに雲英学園で学べることになったのだ。ランチの代金も学費に含まれているので、日替わりでビュッフェに並ぶデザートも、季節のフルーツも、毎日、食べ放題らしい。最高だ。

「でも、気をつけて。あそこには今も悪魔がいるはずよ。私たちと同い年だから、きっと校舎ですれちがうはず。絶対に目をつけられてはだめ。私みたいに地獄の日々を送ることになるから。

名前は城ヶ崎アクト。彼に近づいてはだめよ」

城ヶ崎アクト。私はその名前を、しっかりとおぼえた。

そいつにだけは注意しなくてはいけない。

5／2

「アクト様、おはようございます」

「ご機嫌ようですわ、アクト様」

朝、車を降りた僕に、友人二名が声をかける。金髪碧眼の出雲川史郎と、髪を縦ロールにした桜小路姫子だ。

「おはよう、出雲川君、桜小路さん。今日もよろしく。二人ともあいかわらず身だしなみが整ってるね」

「アクト様こそ、今日も素敵なたたずまいです。今すぐアクト様を主人公にした映画を制作すべきだと思いました」

「そうですわね。この後、授業がなければシナリオライターを呼び出してアクト様が活躍する映画の内容について会議を開くことができましたのに」

出雲川と桜小路は僕の少し後ろをついてくる。周囲にいた学園の生徒たちが、畏怖《いふ》とも憧れともつかない目で遠巻きに見ていた。校舎内に入ると廊下にいた生徒たちが一斉に道を開けてくれる。恥ずかしいからやめてほしいのだが、なぜかこの習慣はなくなってくれない。

女の子が一人、僕たちの接近に気づくのが遅れ、廊下の真ん中に取り残されていた。大急ぎで壁際に避けようとして、足をもつれさせて転んでしまう。

「きみ、大丈夫？　怪我はない？」

出雲川が駆け寄って助け起こす。容姿端麗なので、絵本から出てきた王子様のようである。

「は、はい！　すみません！」

女の子は頬を赤らめながら、うっとりとした目で出雲川を見上げていた。周囲の女子生徒たちも、ため息をつきながら熱のこもった視線を向けている。

出雲川は女の子に微笑み返し、再び僕の後ろにつく。アニメの彼は、こんな奴じゃなかった。プライドが高く、ナルシストで、城ヶ崎アクトにごまをすってばかりだったから、みんなから嫌われていた。しかし、今の彼は学園の女の子たちにとって憧れの存在になっていた。

人気者になったのは出雲川だけではない。桜小路も似たようなものだ。彼女は気づいていないが、男子生徒の中には桜小路のファンが一定数いた。彼女を隠し撮りしてスマートフォンの壁紙にしている男子もいるらしい。

「アクト様、教室へ急ぎましょう。そろそろホームルームのはじまる時間ですわ。雲英学園生たるもの、遅刻するわけにはいきませんもの」

背筋をまっすぐに伸ばし、凜としたたたずまいをしている。切れ長の目はアニメ『きみある』においていて、いじわるな印象ばかりを視聴者に与えていた。しかし今の彼女は美術館に飾られる彫刻のような美しさを持っている。お姫さまのように巻かれた縦ロールの髪は、彼女が特別な存在であることを周囲に知らしめる。

アニメの彼らは城ヶ崎アクトの影響を受けて性格がゆがみ、それが顔に出ていたのだ。僕の性格が穏やかになったことが影響し、彼らは悪に染まらず、高貴な雰囲気を保ったまま成長することができたのだろう。

休憩時間も二人は僕の後をついてこようとするのだが、たまには一人で散歩をしたい時もある。教室を出た僕は、隠し持っていた長髪のかつらをかぶって校舎を移動する。猫背気味になり、かつらの前髪で顔を覆い隠せば、僕だと気づく者はいない。あの城ヶ崎アクトが、取り巻きを引き連れずにこんな場所にいるはずがない、という思いこみがみんなの中にあるのだ。

校舎を抜け出し、誰もいない場所までたどり着くと、かつらをはずして大きく深呼吸する。人気のない池のほとりや、雑木林の中を散歩して過ごすのが好きだった。

特にお気に入りの場所は植物園エリアの温室だ。ガラス張りの建物の中で様々な植物が育てられている。アニメにも登場した場所だから、特別に思いいれもあった。しかし、ある日、事件が起きる。それは僕が、一人きりで温室の中を散歩していた時のことだった。

5／3

入学式には満開だった桜が散ってしまい、若々しい緑色の葉が目立つようになる。この一ヶ月は驚きの連続だった。学園の敷地内には、古代ギリシアの神殿のような体育館があったり、ヨーロッパの古城を思わせる高級レストランがあったり、とにかく普通ではない。教師は有名な塾や大学からスカウトされてきたプロで、話はおもしろいし教え方も上手だ。

五月の連休明けに登校すると、内部生の子たちが海外旅行の話をしていた。【内部生】とは、初等部時代から学園に通っている生粋《きっすい》の雲英学園生のことである。いわゆるお金持ちの子たちだ。彼らは連休中、ヨーロッパを旅したり、ニューヨークでミュージカルを見てきたり、オーストラリアで親が所有しているヨットに乗ってきたりしたらしい。

一方、私のように入学試験を経て中等部や高等部から入ってきた生徒は【外部生】と呼ばれている。こちらは一般庶民の子が多く、学費の免除を受けた成績優秀な子が中心だ。

「葉山さんは連休の間、どちらか旅行に行かれました？」

席が近い内部生の女の子に話しかけられる。彼女の名前は早乙女《さおとめ》リツ。父親は外交官で政府の仕事をしているという。おっとりした性格のお嬢様だ。

「私は日帰りのバスツアーに行ったよ」

「バスツアー？　それはなんですの？」

「大勢の人と貸し切りバスに乗って観光に行くんだよ。地方の名産品を食べたり、土産物を買ったりするの」

ツアーには叔母と二人で参加した。叔母は私にとって唯一の家族であり、育ての母であり、たまに喧嘩をする姉のような存在だ。

「バスツアーにはいろんな種類があってね、みんなでいちご狩りをするツアーや、神社やお寺をめぐるツアーなんかもあるんだよ」

「そのような文化が世間にはあるのですね。勉強になりました」

早乙女さんは興味深そうに私の話を聞いてくれた。海外旅行にくらべて、格安のバスツアーはあまりに庶民的だ。からかわれてしまうんじゃないかと不安だったけど、大丈夫だったみたいだ。

外部生と内部生の間には、見えない壁が存在する。生まれや育ちが異なり、金銭感覚がちがう。この学園で力を持っているのは彼ら内部生だ。雲英学園の経営は、富裕層の学費によって成り立っているから。建前上は平等ということになっているけど、問題が生じた場合、教師たちは彼ら内部生の味方をするのだと、友人の北見沢柚子から聞かされていた。

私にとって幸いだったのは、悪名高い城ヶ崎アクトとは別のクラスになったことだろう。校舎を移動する城ヶ崎アクトの姿を、何度か遠くから見かけたことがある。にぎやかな廊下に、彼と彼の取り巻きが現れると、人々がぴたりと会話をやめて彼らに道をゆずるのだ。

彼の目は、黒目の部分が小さい、いわゆる三白眼だ。口には鮫のようなギザギザの歯がならんでいる。髪の毛はぺったりと頭にはりついた七三分け。背丈は平均よりもずっと低い。体は確かに小さいけれど、不思議と妙な迫力があった。その姿は血に飢えた小型の肉食獣そのものだ。

彼を以前にどこかで見たような気がした。入学式の時、桜の木の下にいた少年かもしれない。それよりずっと前、小学生の時に通学途中で出会った男の子にも似ているけど確証がない。本人に問いただすなんて無理だ。

「手下を引き連れてあるいてるところを見たけど、まるでゲームに出てくるラスボスの魔王様みたいだったよ。みんな怖がって話しかけられない。彼に挨拶をするのは、取り巻きの何人かだけだよ」

柚子と電話で話す機会があった。

「あいつは人間の皮をかぶったモンスター。常に誰かを傷つけなくては気がすまない暴君。ハル、絶対にあいつとはかかわっちゃだめ。学園で平穏に暮らしたいのなら、あいつの前では石ころのふりを心がけてね。あの男は地獄からやって来た何か。私、今も苦しい。何年たっても、あいつにされたことを思い出すの。いつの日か、このつらさから解放される日って来るのかしら」

彼女の忠告にしたがい、私は城ヶ崎アクトを警戒しながら生活した。彼とその取り巻きが視界に入ったら、すみやかに顔を伏せて気配を消す。距離があれば回れ右をしてその場から逃げ出した。城ヶ崎アクトが来そうにない場所で休憩時間を過ごすことにする。

五月中旬のお昼休みのことだった。私は一人で植物園エリアの温室を散歩した。雲英学園の敷地内にはガラス張りの巨大な建築物があり、建物全体が温室になっているのだ。

ジャングルのように緑がひしめきあう空間に小道がのびている。静かで居心地がいいから、私はこの場所が気に入っていた。

ぼんやりとシダ植物を眺めてリラックスしていたら、不意に煙草《たばこ》の煙みたいなにおいがただよってきた。私は顔をしかめて周囲を見回す。

誰かが煙草を吸ってる？　こんなところで？

誰が喫煙しているのだろう。犯人の正体を確かめることにした。ちょっとした好奇心だ。

物音をたてないように、煙のにおいがする方へ小道を進むと、女の子のすすり泣く声が聞こえてきた。

「うう……、ひっく……」

蔦《つた》のからまった植物がカーテンのように垂れ下がっており、そこをかきわけて向こう側をのぞいてみた。気弱そうな女子生徒が泣いている。彼女の対面にもう一人、男子生徒がいた。顔は見えないが、彼の手に、火のついた煙草が握られている。

「はやく出せよ。持っているはずだ」

男子生徒が高圧的に女子生徒へ命令する。

女子生徒はすすり泣きをしながら首を左右に振る。

「持って、ません……」

「嘘をつくな。どうなってもしらないからな」

男子生徒が女子生徒を恐喝《きょうかつ》して金銭をうばおうとしているようにしか見えなかった。私の中にある、やっかいな心が膨れ上がった。私はそれを正義感と呼んでいる。女子生徒を助けなくちゃ、と咄嗟に思ってしまったのだ。植物のかげから飛び出す。

「あ、あの！　何してるんですか⁉　その子、泣いてるじゃないですか。先生を呼びました。もうすぐここに来るはずです。だから変なことやめてください」

勇気を出して声をかける。先生を呼んだ、というのは嘘だけど。私の登場に、二人は驚いた様子でふりかえった。

「あ……」

思わず私の口から声がもれる。どうして気づかなかったんだろう。彼が植物園にいるはずがないと思いこんでいたのかもしれない。そこにいた男子生徒は三白眼だった。気弱な人は見ただけで失神しそうな凶悪な顔つき。悪夢の具現者。決して近寄ってはならない人物ナンバーワン。城ケ崎アクトがそこに立っていたのである。彼の見開かれた目が、私に向けられていた。怖い。

「えっと……」

勢いで飛び出したものの、城ヶ崎アクトを前に言葉が出なくなる。やめておけばよかった、と後悔する。だけどもう遅かった。人生、終わった。彼の顔は近くで見ると、よりいっそう迫力があった。地獄の炎から生み出された生命体だと自己紹介されたら思わず納得してしまいそうなほどだ。頭の中で警報音が鳴り響いている。

「うう、ぐすん。ごめんなさい！」

女子生徒がそう言いのこして走り出す。私たちから全力疾走で遠ざかった。え、ちょっと待って。置いてかないで。私も逃げ出したかったけど、足が恐怖ですくみあがってうごかない。

城ヶ崎アクトは、女子生徒の走り去った方をちらりと見たけれど、追いかける様子はなさそうだ。

「まあ、いいか」

そうつぶやくと彼は煙草を落とし、靴底でねじるように火を踏み消した。ぐりぐりと、弱者を踏みつぶすかのように。彼が私をにらみつける。そのまなざしに、心臓が凍りつく。

「葉山ハル。まさかこんな場所で会うとは」

私の名前が呼ばれる。驚いた。どうして私のことを知っているんだろう？　接点なんてどこにもないのに。

「城ヶ崎、さん、ですよね……」

私は声をしぼりだす。

「そうだ。僕は城ヶ崎アクトだ。困ったな。予想外のことで、何も心構えができてないぞ」

ぶつぶつと彼は言いながら、踏みつぶした煙草の吸い殻を拾った。すでに火は消えている。

校舎にいる時、いつも彼は取り巻きを引き連れているけど、今は一人だ。周囲には誰もいない。私も、さっきの女子生徒みたいに逃げ出したかった。だけど、やっかいな正義感がそれをゆるさない。よせばいいのに、彼に一言、言いたくなってしまう。

「た、煙草……」

「これがどうかしたのか？」

城ヶ崎アクトは吸い殻を私に見せる。

「そんなの、吸ったら、校則違反です」

「その通りだ。教師に見つかっていたら、やっかいなことになっていただろうな、さっきの子」

「さっきの子？」

「さっきの女子生徒が吸っていたんだ。僕はたまたまそれを見かけて注意していた。吸っていた煙草を取り上げて、他にも隠し持っているんじゃないかとか、ライターを出せとか、そんなやりとりをしていたら、きみが来たんだよ、葉山さん」

私は混乱する。煙草を吸っていたのは、さっきの女子生徒？

「でも、女の子、泣いてました。あなたが泣かせたんでしょう？」

「僕の顔は怖いから。話しかけたら大抵の女の子は泣きだすんだ。ここが日本でよかったと思う。もしも銃の所持をゆるされた国だったら、怪物が出たと思って撃ち殺されていたかもしれないよな」

「その吸い殻、どうするんです？」

「ゴミ箱を探して捨てるに決まってる。そこら辺にポイ捨てするわけにはいかないからな」

片手でハンカチを取りだして、吸い殻をつつみ、丸めてポケットにつっこんだ。なんだかおかしい。悪名高い城ヶ崎アクトがマナーを気にしている？　いやいや、待て待て。柚子が語っていたことを忘れてはいけない。

「本当にさっきの子が吸っていたんですか？　証拠はあるんですか？」

「僕が嘘をついてると？」

「はい。人のせいにするのは最低な行為です」

思わず言ってしまった。

昔からそうなのだ。時々、物語の主人公やヒロインにでもなってしまったかのように、正しいと思ったことを率直に言ってしまう癖が私にはあるのだ。特に、弱っている人を見たら助けに入りたくなる衝動があった。小学生時代、柚子と仲よくなったのも、私のこういう性格が原因だったりする。転校してきた彼女が教室で孤立していたのを見かねて、話しかけて友だちになったのだ。でも、今回は相手が悪い。何せあの城ヶ崎アクトだ。だまっておけばよかった。

「最低な、行為、だと……？」

彼の目が私をぎろりとにらみつけた。血走っており、完全に彼を怒らせてしまったのだと理解する。

はやく謝れ、自分。そうすべきなのはわかっている。

だけど、口から出てくるのは、彼を責めるような発言だ。

「そうです。女の子を泣かせるのも、人のせいにするのも、最低な行為です」

「……もう一度、言ってくれないか？」

「え？」

城ヶ崎アクトが顔をゆがめていた。口が裂けるように開かれ、とがった牙のような歯があらわになる。どうやら笑っているらしい。顔の造りがあまりに凶悪なので、それが笑顔だということに最初は気づかなかったけど。それは命の危機を感じる笑みだった。

「今の台詞を、もう一度、聞きたい。アニメで僕が大好きだった台詞なんだ。さあ、はやく僕に向かって言ってくれ。【最低な行為です】って！」

アニメ？　台詞？　この人は、何を言ってるんだろう。

もしかして、人に罵《ののし》られるのが好きな変態なんだろうか。

「ちょっと待って、葉山さん。せっかくだから録音させてほしい」

彼はスマートフォンを取りだす。録音用のアプリを起動させてマイクの部分を私に向けた。

「さあ、僕をにらみながら言うんだ。【最低な行為です】って。その台詞を僕は朝の目覚ましアラームとしてセットするつもりだ。毎朝、きみの声を聞きながら起きられるなんて、こんなに幸せなことはない」

城ヶ崎アクトの鼻息が荒い。私はさきほどまでとはちがう恐怖に鳥肌が立つ。まともじゃないよ、こんなの。柚子から聞いていたやばさとは、方向性が異なるけど。これはこれできついって。

「そんなことして、楽しいんですか……？」

「葉山さんの名台詞を、この人生でも聞けることに、僕は幸福を感じている。頭のネジが飛んでしまいそうだ。さあ、アニメと同じように、僕を見下すようににらみながら言うんだ！」

「いやです！　気持ち悪い！」

さっきからなんなんだこの人。アニメと同じように？

意味がわからないし、なんで笑ってるの？

私はその場を逃げ出した。気づくと足の感覚が戻っており、全力疾走することができた。

「待ってくれ、葉山さん！　お願いだ！　僕に声を録音させてくれ！」

追いすがる叫びが聞こえたけど無理だ。

温室の外に出ると五月の気持ちのいい風が吹いていた。休憩時間の終わりを告げる鐘の音が響く。校舎にむかってあるきながら私は頭をかかえた。あの城ヶ崎アクトに関わってしまったことを悔やむ。罵倒してしまうなんて。私はなんてことをしてしまったのだろう。学園生活、終わった。

5／4

前世の僕は葉山ハルの台詞をすべて暗記していたし、彼女の台詞を録音して通勤電車の中でも聞き返していたほど好きだった。葉山ハルの声を担当した女性声優は僕の推しであり、神であり、生きる目的のすべてだった。僕の人生にとって最大の幸福とは、【彼女】の声に出会えたことだろう。会社でつらいことがあった日も、うれしいことがあった日も。【彼女】の声や歌声は僕の生活の一部だった。

そして、今、この世界線において最も重要なことは、葉山ハルの口から発せられる声が、担当声優の【彼女】の声とまったく同じだという事実である。

葉山ハルが学園に入学して以来、僕は彼女のことをいつも気にしていた。少しでも声を聞けないかと近づいて耳をそばだてたかった。でも、彼女はいつも遠くにいて、言葉をかわす機会なんてなかったのだ。いっそのこと学園に盗聴器をしかけるか？　いや、そんなことをしたら、まるで変態じゃないか。できるわけがない。

そんな彼女が、ある日、植物園で目の前に現れた。

「あ、あの！　何してるんですか!?　その子、泣いてるじゃないですか。先生を呼びました。もうすぐここに来るはずです。だから変なことやめてください」

意志が強そうな大きな目。わずかにひきしめられた口元。この春から雲英学園に入学してきた外部生、葉山ハルだった。目があうと彼女は少し驚き、たじろいだ表情を見せる。煙草を吸っていた女子生徒が逃げ出してしまい、僕と彼女だけがのこされた。

「城ヶ崎、さん、ですよね……」

葉山ハルの声を聞きながら僕は感動していた。まぎれもなく【彼女】の声を発していたから。しかも、彼女が口にするのはアニメに登場しなかった台詞だ。【彼女】の声がこの世界では、一人の女の子を構成する要素として実在している。生きているのだ。そのことに思わず泣いてしまいそうになる。もちろん、【彼女】と葉山ハルは同一の存在ではない。そのことは理解していた。僕が愛していたのは【彼女】であって、葉山ハルはその声によって魂を吹きこまれたキャラクターなのだ。それでも僕は、葉山ハルの中に、【彼女】がまだ生きているように思えて、胸が熱くなった。

この世界線には【彼女】の声が存在し続けている。そのことに僕は、うれしさをこらえきれない。

「本当にさっきの子が吸っていたんですか？　証拠はあるんですか？」

「僕が嘘をついてると？」

「はい。人のせいにするのは最低な行為です」

「最低な、行為、だと……？」

それは、アニメ『きみある』で葉山ハルが城ヶ崎アクトにむかって放った台詞だった。僕の脳内で色とりどりの花火がはじけたかのように感じられた。まさかアニメの名台詞が聞けるなんて。

「……もう一度、言ってくれないか？」

「え？」

このチャンスを逃してはならない。【彼女】の声で台詞を口にしてもらい、それを録音し、人類の遺産として保管する義務が僕にはあった。【彼女】の声を未来に残さなくてはならない。スマートフォンの録音アプリを起動させてマイクを向ける。彼女は少し怯えたような顔で後ずさりした。

「さあ、僕をにらみながら言うんだ。【最低な行為です】って」

しかし彼女はなぜか嫌がって台詞を言おうとしない。

なぜだ？　アニメでは悪役の城ヶ崎アクトにむかって、凛とした表情で、自分の正義を表明するように言ってのけたじゃないか。わずかに声を震わせながらも、悪に屈しない意志の強さに、僕たち視聴者は心を打たれた。葉山ハルの精神性を見事に表現した【彼女】の演技力に感服し、これからも推すと僕は誓った。さあ、言ってほしい。さきほどの台詞を。城ヶ崎アクトという悪役を蔑《さげす》みながら。

「いやです！　気持ち悪い！」

彼女は叫んで逃げ出してしまった。追いかけたけれど、すぐに引き離されてしまう。実を言う
と城ヶ崎アクトの肉体は平均以下の運動能力しかないのである。葉山ハルはすぐに見えなくなり、
僕は息切れを起こして追いかけるのをやめた。あれだけ全力疾走できるのなら、まだ、彼女の血液は健康なのだろう。

高等部に進学し、佐々木蓮太郎と同じクラスになった。彼と親交があることは周囲にも知られていたので、大人たちが忖度《そんたく》して同じクラスにふりわけてくれたようだ。アニメでは敵対していたが、この世界線の僕たちは良好な関係性を結んでいた。しかし、気掛かりなことがある。この佐々木蓮太郎、ちっとも葉山ハルと親しくなる雰囲気がないのだ。

「葉山さん？　この春から入学した子？」

教室で蓮太郎に話しかけて葉山ハルについてどう思うかを聞いてみたところ、そんな薄い反応しか返ってこなかった。

「きみはもう、葉山さんとは、話をしたことはあるのか？」

「ないよ。別のクラスだしね」

「でも、彼女は外部生だし、何かとわからないことも多いだろう。同じく外部生のきみが、校舎を案内したり、学園のルールについて教えたりしないのか？」

「目の前で困っているのを見かけたら、声をかけるとは思うけど……」

彼は不思議そうにしているが、アニメ『きみある』の第一話が、まさにそんな内容だったのだ。まだ雲英学園に入学したばかりの葉山ハルは、右も左もわからない状態で迷子になってしまう。移動教室の際、内部生から嫌がらせを受けて、わざとまちがった道を案内されてしまうのだ。その一部始終を見ていた蓮太郎が、彼女に声をかけて、親切に正しい場所へ連れて行ってくれる。それが二人の運命的な出会いだったはず。

この世界線では、どうもそのイベントが起こっていないようだ。

「なあ、葉山さんが内部生に嫌がらせをうけている場面を見たことはないのか? たとえば、わざと道に迷うように仕向けられたりとか」

「うーん、見たことないけどな」

「そうか。まあ、それなら、いいんだ」

二人の話すきっかけが消えてしまったのだからよくはないけれど、葉山ハルが内部生にいじわるをされなかったのは、よろこぶべきニュースだ。なぜそのイベントが消えてしまったのかは気になるところだが。

僕の後ろに立っていた桜小路が彼に話しかける。

「蓮太郎、今日も寝癖がついてますわ。雲英学園の生徒として、恥ずかしくないのかしら。まったく、もう」

彼女はあきれた様子でため息をつくと、高圧的な仕草で櫛を差しだす。

「これを貸してあげますから、さっさと整えなさい」

「いつもありがとう、桜小路さん」

「まったく、どうして毎日、そんなにだらしない髪型で平気ですの？」

借りた櫛で、蓮太郎が髪を整える。

「彼は弟や妹の世話があるからね、朝がとても忙しいんだ。桜小路さんみたいに念入りに髪のセットをする時間がないんだよ」

出雲川が横から説明する。

「そんなの、わかってますわよ」

中等部の数年を経て、すっかり三人は仲よしになっている。アニメの関係性とはずいぶん変わってしまったけれど、憎しみあっているよりは、ずっといいはずだ。

話をする僕たちを、他のクラスメイトたちが少し離れた位置から気にしていた。彼らも普段は蓮太郎と会話をするけれど、僕や出雲川や桜小路のことは畏怖の対象となっているらしく言葉をかわすことはしなかった。端的に言うと僕たちはクラスメイトのほとんどに避けられているのだった。堂々と話しかけてくる蓮太郎だけが異端なのであり、さすが主人公といったところだろう。

「蓮太郎、葉山さんのことを気にかけておいてくれないか」

「わかったよ。城ヶ崎君がそう言うなら」

アニメの葉山ハルは城ヶ崎アクトの悪行に屈しない人物として描かれていた。いじめ行為を受けても、正義のまなざしでにらみ返すような強さがあった。だけど、なんだか今の彼女には、よそよそしさが目立つ。温室で話をして以来、廊下でばったり遭遇したこともあるけれど、その時の表情が悪を前にした時の顔ではなく、奇人変人に出会ってしまった時のような「げっ」という表情なのだ。

　しかし、僕が彼女に避けられるというのは、原作のアニメの通りなので問題はない。やはり、蓮太郎と葉山ハルがこの時期になっても交流を持っていないというのが致命的におかしい。主人公とヒロインがどうして言葉をかわさないままなんだ？　おかしいだろ、そんなの。二人が交流しなければ、『きみある』の物語は始まらないじゃないか。

5／5

　私は以前にもまして城ヶ崎アクトの存在におびえながら学園生活を送っていた。温室での一件で、私は彼に目をつけられた可能性が高い。注意深く、城ヶ崎アクトを避けて校舎内を移動する。城ヶ崎アクトには三人の取り巻きがいた。出雲川史郎、桜小路姫子、そして佐々木蓮太郎である。出雲川家と桜小路家も途方もないお金持ちらしい。彼らが城ヶ崎アクトとつるんでいるのは理解できる。

　わからないのは、佐々木蓮太郎という少年だ。彼は中等部から入学した外部生で、つまり私と同じような立場の存在だ。家も特に裕福というわけではないという。それなのにどうやって城ヶ崎アクトと交流することになったのだろう。

　六月に入り雨が降りつづくようになった。夏目町も梅雨入りしたようだ。朝の情報番組を見ながら、自宅のダイニングで私と理緒は朝食をとる。たっぷりバターを塗ったトーストをかじりながら彼女は私に聞いた。

「ハル、学校でお友だちはできた？」

「うん。話をする子は、何人かいるよ」

「お金持ちの子？」

「そういう子もいる。父親が外交官で政府の仕事をしてるって」

「やっぱりさ、溝を感じたりするわけ？」

「溝？」

私はお湯でといたインスタントのコーンスープを飲みながら聞き返す。

「富裕層と一般庶民が同じ場所で生活してるわけでしょう？　お互い、感覚がちがうなって思うところ、あるんじゃない？」

「あるといえば、あるけど。そこまで大きな問題にはなってないかな」

内部生と会話をしていると、驚かされることが多い。ホームパーティに芸能人の誰それが来てくれたとか、親が元総理大臣とお友だちで、毎年、正月にはお年玉をくれるだとか。でも、今はまだ、外部生と内部生の間で諍《いさか》いは発生していない。このまま対立なんてせず、仲よく暮らしていけたらいいのだけど。

そういえば以前、北見沢柚子に言われたことがある。

「内部生は外部生を見下す傾向にあるから気をつけてね」と。

朝食の後、私と理緒は出発の支度をして、同じタイミングで家を出た。彼女とはいつも途中のバス停で別れる。彼女に手を振って、私は雲英学園に向かう。

校舎一階に吹き抜けの広々としたカフェテリアがあり、ランチタイムになると生徒たちに食事がふるまわれる。クラスで仲よくなった数名の女子グループでテーブルを囲み、おしゃべりしながらお腹を満たす。

ランチの時間はリラックスして過ごすことができた。城ヶ崎アクトがここに現れることはないからだ。彼はいつも学園の敷地内にある有料の高級レストランで食事をとっているのだと聞いたことがある。無料で食べられるビュッフェがあるのに、お金を払ってランチを食べるなんて、どうかしてる。

「葉山さん、口元にパスタのソースがついてますよ」

友人の早乙女さんが超高級ブランドのハンカチで私の口元を拭こうとするので、あわててやめさせた。こんなのはポケットティッシュで充分だから。

食後、私は一人で図書館へ行くことにする。雨が降っていたので、傘を差して森の中の遊歩道をあるいた。石畳の遊歩道は幅が狭く、ところどころに水たまりができている。

初等部、中等部、高等部のそれぞれの校舎に図書室があるけれど、それとは別に雲英学園には巨大な図書館があった。私はそこでめずらしい本を探して眺めるのが好きだ。将来、本に関わる仕事につけたらいいなと思っている。出版社に入って雑誌を作ったり、文庫本を作ったりできたらいい。図書館の司書といった仕事にもあこがれがあった。

傘に落ちる雨音が小気味良い。図書館の建物までもう少しだった。その時、道をふさぐように横並びになっている女子生徒の集団に遭遇した。傘を差しておしゃべりをしながら前方からあるいてくる。高等部三年生の人たちだ。学年ごとに校章の色分けがされているので、そのことがわかる。上品な雰囲気から、おそらく内部生なのだろうと推測できた。

私は軽く会釈をして、その人たちに道をあけるため、遊歩道の端っこに立ち止まる。

「ちょっと、あなた」

声をかけられた。女子生徒の集団が私をにらんでいる。

「あなた、一年の外部生？」

「はい、そうですけど……」

「雰囲気でわかるの、外部生だって」

そう言うと彼女たちは、くすくすと笑った。

「どうしてあなたを呼び止めたのか、理解できてないみたい」

「最近の外部生はどうなってるのかしら。内部生への敬意が足りないわね」

「おしえてあげる。幅のせまい道で内部生とすれちがう時はね、外部生は道の外に出なくちゃいけないの」

先輩は遊歩道の外を指さす。雨水で森の土がどろどろになっていた。

「内部生が通るのを邪魔するなんて、あってはならないことよ。あなたたちは道の外へ出て通さなくてはならないの」

「内部生と外部生は対等ではないのだから」

「あなたは外部生なんでしょう？」

ショックだった。差別って本当にあったんだ。

富裕層による、一般庶民への蔑みが言葉の端々に感じられる。

「でも、それって、どうなんでしょうね」

やめておけばいいのに、私はつい、言ってしまった。近くの木の枝から落ちた水滴が、傘にあたってバチバチとはじけるような音をたてる。

「道をすれちがう時、お互いが道の片側に少しだけ寄ればいいのでは？　そうすればお互いが邪魔をせずに通れますよね」

「まあ！」

「外部生のくせに！」

女子生徒の集団が私に迫ってくる。高校三年生の先輩方は顔が大人っぽくて気圧されてしまった。

「この学園は私たち内部生の家の力で支えられているのよ。外部生はこの美しい学園を汚す害虫だわ」

「泥水の中にでも立ってなさい」

三年生の一人が私の体を遊歩道から押しだす。雨が降り注ぎ、ぬかるんだ泥水がたまっている中に、私の靴が沈む。

「……あっ！」

泥水に隠れて木の根っこがあることに気づかなかった。足をとられ、よろけてしまい、転んでしまう。盛大なしぶきをあげて泥水が飛び散った。

「無様なこと」

「いい気味だわ」

口元を手で隠して笑いながら三年生の女子生徒の集団はその場から立ち去った。

私は立ち上がり、泥のからみついた髪を指ですく。全身がひどいありさまだ。制服が一分の隙もないほどに泥まみれだ。だけど、心のどこかで、こういう体験をすることは覚悟していた気がする。事前に柚子から聞かされ、想像していた範疇《はんちゅう》の出来事だ。

「なるほど、これが雲英学園ってわけね」

泥まみれの制服で図書館に入るわけにはいかない。私は高等部の校舎へ引き返すことにした。校舎が近づくと、すれちがう生徒が増えてくる。私のひどい格好を見て、好奇の視線をむけてくる者もいれば、顔をしかめる者もいた。

担任の先生に事情を説明し、早退することにする。泥まみれの制服で授業を受けるわけにはいかないし。三年生の内部生に遊歩道で難癖《なんくせ》をつけられて押されて転んだ、という話をすると、先生は納得するような表情をした。


自宅に戻り、熱いシャワーをあびて私服に着替えると、気分は落ち着いてきた。制服を洗濯機にいれて洗剤を投入する。明日までに乾いてくれるだろうか。泥の汚れがしみになってのこらないといいけど。

外の雨音を聞きながら、三年の内部生たちのことを思い出す。今の私のクラスメイトたちも、彼女たちみたいに、心の中では外部生のことを小馬鹿にしているのだろうか。もしそうだとしたら、教室で仲よくなった内部生たちと、これからどんな風につきあっていけばいいのか、わからなくなる。

理緒のために夕飯を作ることにした。ロールキャベツとコンソメスープだ。キッチンで動き回っていると、玄関のインターホンが鳴る。

「はーい」

いそがしかったので、インターホンのカメラで来訪者の顔を確認しなかった。扉を開けてみる。

しかし、そこにはもう誰もいなかった。

玄関扉の近くの、雨に濡れない場所に、高そうな素材の紙袋が立て掛けてある。なんだろうこれ。手に取って中を確認すると、雲英学園高等部の女子の制服だった。どうやら新品である。

頭にいくつもの疑問符がうかぶ。

誰が？　なぜ？　どうして？

制服の他には何も入っていない。宅配便の伝票も貼ってないから、誰かが直接、持ってきて置いていったのはまちがいない。家の中に戻って制服のサイズを調べてみる。体にぴったりだった。

もしかしたら学園の職員の方が私の状況を知って新品を融通してくださったのだろうか。私は特待生だし、すべての費用が免除されてるから、制服も無料でもう一着もらえるということなのかもしれない。でも、それならどうして紙袋を置いて帰ってしまったのだろう。持ってきたのが職員の方だったら、玄関先で事情くらい説明するのではないか。

次の日、新品の制服を着て雲英学園に登校した。

「葉山さん、大変でしたね」

「まったくだよ。本当にあるんだね、外部生差別って」

早乙女さんと話をする。昨日、何があったのかを包み隠さず説明した。

「まったく、上級生の古い価値観には困ったものです」

「古い価値観？」

「ご存じありませんか？　外部生と内部生が手を取りあって雲英学園をよくしていく、という考え方が最新のトレンドなんですよ」

「へえ、そんなのあるんだ。初耳だよ」

「三年生の内部生はそれをしらないから、まだ差別主義のままなのでしょうね」

「じゃあ、早乙女さんは、私みたいな外部生のことを、受けいれてくれるんだね」

「もちろんです」

彼女はやわらかい表情でわらう。早乙女さんと話をすると心が洗われるようだ。天使か。

「でも、どうしてそういう考え方をするように変わったの？」

「それは、城ヶ崎様の影響かもしれませんね」

「城ヶ崎……君の？」

意外な名前が出てきて動揺する。

「城ヶ崎君って言ったら、外部生をいじめる筆頭みたいな人なんでしょう？」

「初等部時代はそうでした。でも、あの方は、中等部時代から態度を改めるようになったのです。それどころか、外部生のご友人を作り、今も交流を続けています」

「何があったの？」

「わかりません。ですが、城ヶ崎様が外部生と交流するようになり、出雲川様と桜小路様も同じように彼らを受けいれるようになったのです。それを目の当たりにして、私たちにも価値観の変化が訪れました」

早乙女さんの話によると、城ヶ崎アクトと取り巻きたちは、外部生いじめをするどころか、不当に扱われている外部生を見つけたら率先して手助けをするようになったという。他の内部生たちはそれに影響されたのだ。

そんな話、柚子はしてなかった。だけど彼女が知らなかったのも無理はない。おそらく城ヶ崎アクトが生き方を変えたのは、柚子が転校して学園を出ていった後なのだろう。

「じゃあ、今の城ヶ崎君は、そんなに危険な奴じゃないってこと？」

「はい。だからと言って、気軽に話しかけられる存在ではありません。今も私たちはあの方のことが少し怖いのです」

「無理もないよ。あの顔だもの」

思い出すだけで背筋が凍りつく。もしもあの顔が夜道で迫ってきたら、悲鳴をこらえることなんてできないだろう。

「葉山さん、あんまりそのようなことは言ってはだめですよ。とてもおもしろかったですけどね」

早乙女さんは、上品に口に手をあてて笑うのをこらえている。

「ところで、質問なんだけど。この制服を届けてくれたのって、早乙女さんなの？」

「制服？　なんのことでしょう？」

彼女には心当たりがないらしい。かわいらしく首をかしげていた。昨日、玄関先に新品の制服が置いてあったことを説明する。

「私ではございません。葉山さんのことを知ったどなたかが、プレゼントしたのでしょうね」

「いったい、誰が……」

誰かわからないけど、とにかくありがとう。私はその人物に感謝する。

「サイズが葉山さんにぴったりですね。ということは、その方は葉山さんの服のサイズをしっかりと把握していたことになります」

「そういえば、そうだね。なんか少し、気味が悪くなってきたな……」

さっきの感謝を返してほしい。

5／6

「もしもし、小野田か？　至急、頼みたいことがある」

アクト様から連絡があったのは、私が城ヶ崎家のワインセラーをチェックしている時でした。この屋敷の地下には数千本もの高級ワインが保管されています。

「ご用件をお申し付けください」

「雲英学園の制服を調達してほしい」

「制服でございますね」

「ああ、そうだ。今日中に高等部の女子の制服を一着、用意してくれ」

「うけたまわりました」

女子の制服を何に使うのか気になりましたが、詮索はせずに返事をします。アクト様は制服のサイズを細かく指定して連絡を終えました。アクト様が直接、学校側に言えば、制服くらい何着でもらえることでしょう。それくらいの融通はきくはずです。しかし、目立つことを嫌って私を通すことにしたのでしょうか。

　アクト様から急な依頼があったことを執事の瀬戸宮に伝えました。瀬戸宮はこの屋敷で古くから働いている男で、糸のように細い目が特徴の白髪の老人です。私の上司であり、すべての使用人を取りまとめる責任者でもあります。

「おむかえの車で学園に移動し、向こうでアクト様と合流する手はずになっております」

「大田原には安全運転を心がけてもらおう。事故を起こして、アクト様が頭を打つようなことがあってはならない」

「もちろんです」

　アクト様から横暴さが消え、性格が一変したのは、プールサイドで頭を打ったことが原因でした。脳が強い衝撃を受けたことで、性格が変わってしまったのでしょう。

　私たちは、アクト様の身に再び同じことが起きることを恐れていました。もう一度、頭に強い衝撃を受けた時、以前の性格に戻ってしまうのではないかと……。ふとしたきっかけで、横暴なアクト様がよみがえってしまう可能性はゼロではありません。

　瀬戸宮の部屋を出た私は、運転手の大田原に用件を伝えて車を出してもらいました。後部座席から電話で学園関係者に打診し、制服の用意をしてもらいます。城ヶ崎家の名を口にすると、すべてがスムーズに進みました。

「最近のアクト様は、車内ではどのようにお過ごしになっていますか？」

　運転手の大田原に質問してみます。

「あいかわらず読書をされることが多いですね」

「医学関係の本ですか？」

以前、アクト様が白血病関連の本を何冊も図書館で借りてきて車内で読んでいるとの報告がありました。

「最近は特に、資格検定の本を眺めていらっしゃることが多いですね」

「資格検定？」

「はい。どの資格をとれば就職の時に有利だろうかと、後部座席で悩んでおられるつぶやきが聞こえました。危険物取扱者の資格や、クレーン運転士の資格について調べていらっしゃいました。確かにそれらがあれば、建設現場や工事現場での職に困らないでしょうね」

「アクト様は何を考えていらっしゃるのでしょう……」

アクト様が望めば、お父様のはからいで、どこの企業にも入れるはずです。そもそも働く必要もありません。一生かかっても使い切れない資産があるのですから。

「性格が一変して以来、アクト様のお考えがわかりませんね」

「まったくです」

そう話す私たちの表情は、おたがいにやわらかいものでした。

雲英学園には送迎用の車が並んでいました。正門の付近に一ヶ所だけ、ぽっかりと車の止まっていない空間があります。いつもアクト様の送迎用に車を停める場所です。他の家々の運転手が城ヶ崎家に気をつかって空けてくれているのです。

雲英学園高等部の校舎内に豪華な応接室があり、そこで校長と副校長から新品の制服を受け取りました。ついでに来年度の学園の予算案について雑談を少し。城ヶ崎家からの寄付金についても話をした後、車のそばに戻ってアクト様を待ちました。

「小野田、もう来てたのか」

私を見つけると、アクト様が声をかけてくださいました。アクト様の後ろに出雲川史郎様と桜小路姫子様がつきしたがっています。

「ご依頼の品物を調達しました」

「助かったよ。ありがとう」

アクト様は二人のご友人を振り返ります。

「じゃあね、出雲川君、桜小路さん、また明日」

「一日、おつかれさまでした。本日もアクト様の威厳を学園中に知らしめることができたことを誇りに思います」

「ごきげんよう、アクト様。また明日もいっしょに行動させていただきますわ。アクト様がこの地上に存在していたという伝説に一日でも多く関わりたいと思っていますので」

「オーバーだな、二人とも」

アクト様は苦笑して車に乗りこむと、私にも声をかけました。

「小野田も乗ってくれ」

アクト様が後部座席の空いている場所を指さしたので、私はそこへ座ります。大田原が車を発進させました。

「大田原さん、家に帰る前に、今から言う場所へ立ち寄ってほしい」

アクト様が口にした住所は、町を見下ろす丘の中腹あたりにある住宅地でした。そこに何があるのでしょう。アクト様が教えてくれました。

「同じ学年の子が、そこに住んでるんだ。この紙袋を届けようと思ってね」

「その子のために、この制服をご用意させたのですね」

「制服を泥まみれにされて早退したらしい。僕は見なかったけど、蓮太郎からそう聞いた」

佐々木蓮太郎。アクト様が中等部時代に親しくなった少年です。年に何度か弟や妹を連れて屋敷へ遊びにきてくださるので、私も顔なじみになっています。

「三年生の内部生に突き飛ばされたらしいんだ。まったく、なんてことしてくれるんだ。彼女が喉を傷つけていたら、世界の損失じゃないか……」

ぶつぶつとつぶやくアクト様からは、憤りの波動のようなものを感じました。アクト様が怒っていらっしゃいます。以前ならば何かに当たり散らしていたでしょうが、今のアクト様は感情の抑制ができるのです。

車は道の細い住宅地に入り、目的の場所へと近づきました。

「手前で停めてほしい。玄関から見えないあたりに」

車が路肩に停車すると、アクト様は自分でドアを開け、紙袋を抱えて外に出ました。私も外に出てアクト様のために傘を出そうとすると、やんわりと断られました。

「傘はいい、すぐだから。二人は車で待ってて。用件をすませて、すぐ戻ってくる」

雨の中を小走りに、アクト様はいなくなってしまいました。私と大田原は、アクト様を待ちながら、雨の降る住宅地の景色をぼんやりと眺めていました。

「帰り道も安全運転でおねがいしますよ。追突事故などを起こして、アクト様が頭を打つことのないように」

私がそう言うと、大田原は無言でうなずいていました。

5／7

雲英学園は体育の授業も素晴らしい。特別講師として元オリンピック代表選手が招かれて私たちにレクチャーしてくれる。先週は体操で金メダルをとった方が来てくれたし、冬にはフィギュアスケートで世界的に有名なコーチが私たちのために海外から来てくれるという。雲英学園は自前のスケートリンクを持っており、冬になると体育にアイススケートの授業が組みこまれるらしいのだ。

体育を終えた私たちは、女子更衣室で体操服から制服に着替える。更衣室もやはり普通ではない。汗を流すためのバスルームが備わっており、サウナまでついている。芸能人が使うような化粧台が壁際にずらりとならび、生徒が申請すれば学園に雇われているヘアメイク専門の職員が来てくれて髪型を整えてくれるという。

「葉山さん」

声をかけられたのは、更衣室を出て教室へ移動している時だった。校舎の渡り廊下はガラス張りになっており、外の景色がよく見える。

私を呼び止めたのは、先日、遊歩道で私を泥まみれにした三年生の女子生徒たちだった。

「……何かご用でしょうか」

私は緊張して唾をのみこんだ。悪い予感がした。また、何かおかしなことをされるかもしれない。更衣室を出る時、早乙女さんたちといっしょに行動していればよかったと後悔する。大勢でいればきっと彼女たちも手出しできないはずだから。

「さがしていたのよ、葉山ハルさん」

三年生たちが近づいてくる。私は胸をはって彼女たちと向きあった。何も悪いことはしていない。だから萎縮する必要はないはず。しかし、彼女たちの行動は私の予想を裏切った。私の前まで来ると、一斉に頭を下げたのである。

「ごめんなさい、葉山さん……」

「ゆるして、私たちがまちがってた」

「あなたに一言、謝罪を言いたかったの」

何がなんだかわからないが、彼女たちの顔は青い。唇も少し震えていた。

「どうか、私たちの発言や行動を許してほしいのよ」

「お願い、もうあなたにはむかったりしない」

「いえ、あなただけじゃないわ。他の外部生にだって、あんなことはしないから」

彼女たちは私に懇願する。

「ええと。よくわかりませんが、とにかく許します」

私は困惑しながらそう返事をする。三年生たちは、ほっとした顔になる。

「ありがとう、葉山さん。私たちの過《あやま》ちを見逃してくださるのね」

「本当に悪かったと思っているの。ごめんなさい。これからは私たち、生き方を改めるわね」

「私たちが愚《おろ》かだったわ」

一体、彼女たちに何があったというのだろう。私に何度も頭を下げながら、先輩たちは渡り廊下を去っていく。途中、外部生とすれちがう時も、片側に寄ってぶつからないようにすれちがっていた。私はその場から動けずに彼女たちの消えた方向を見つめる。理解が追いつかなかった。

ふと視線を感じた。少し離れた場所から男子生徒が私を見ていた。寝癖のある頭。人並みに整ってはいるけど、なんだか覇気のない眠たげな表情。城ヶ崎アクトが唯一、親交を持っている外部生だ。名前は佐々木蓮太郎。目があうと、彼は人さし指で頬をかきながら近づいてきた。

「一組の葉山さんだよね」

彼と言葉をかわすのは、はじめてだった。

「えっと、三組の佐々木君でしたっけ」

「佐々木蓮太郎だ。よろしく」

私は彼を少し警戒していた。よろしくなどと言われても、急に親しくなんかできない。

「さっき、三年の内部生たちに謝られてたよね。もしかして、きみを水たまりに突き飛ばした人たち？」

「なんで知ってるの、そのこと」

「俺は一組の友人に聞いて把握した。城ヶ崎君に話したら、ずいぶん怒ってたよ」

城ヶ崎アクト？　彼の名前を聞いて私はつい後ずさってしまう。でも、どうして彼が怒るのだろう？

「きみは、どう思う？」

「何が？」

「三年生の内部生たちが急に反省して態度をあらためたのはなんでだと思う？」

「佐々木君は心当たりあるの？」

「おそらくだけど、城ヶ崎君が手を回したんじゃないかな。それとも、出雲川君と桜小路さんが彼の怒りを察してすぐに手を打ったのかもしれない。あの三人なら、きみを泥まみれにした三年生を特定するくらい簡単だろう。プロの調査員を雇ったのかもしれないし、自分たちで学園にかけあってカメラの映像をチェックしたのかもしれない。後はきみを泥まみれにした三年生たちの家に電話して反省をうながすだけでいい」

「私に謝罪をするように？」

「城ヶ崎家、出雲川家、桜小路家に逆らえる学園生はいない」

そんなことをして、彼らになんの得があるのだろう。

「考えすぎじゃないかな。だって、あの城ヶ崎君だよ」

凶悪な顔の少年を思い出して身震いする。

「きみは外見で彼の人間性を決めつけてる」

佐々木蓮太郎が頭をかいた。彼の寝癖がゆれる。

「彼にいじめられた子が知りあいにいるよ」

「初等部の頃は、ひどかったみたいだからね。でも、彼はある時期から生き方を改めたんだ。俺が知りあった時は、大人みたいに落ち着いた性格になってた」

「そう？　一度だけ話したことあるけど、そうは思えなかった……」

温室での彼を思い出す。鼻息を荒くしながら「声を録音させてくれ」とつめ寄ってきた。あれが大人みたいに落ち着いた性格？　嘘だ。

「一度だけ話したことある？　城ヶ崎君と？」

「嫌な記憶だから、忘れたいけど」

「きみは城ヶ崎君のことを、少し誤解してる。意外に親しみのもてる人物なんだよ。他の内部生よりもずっと金銭感覚が俺たちに近いと思う」

「ちょっと信じられないな。でも、なんでわざわざそんな情報を私に聞かせるの？　あなたの目的は何？」

「…………。目的なんかないよ」

「答えるまでに、少し沈黙があったよね」

「するどいな。城ヶ崎君が気にしていたんだ。俺がきみと交流を持っているかどうか」

「私と佐々木君が？　なんで？」

「それはわからないけど、教室で彼に言われた。俺は葉山さんに話しかけるべきだって。まだ一言も言葉をかわしたことがないんだって説明すると、彼は微妙な反応をしていたんだ。よくわからないけど、城ヶ崎君は、俺ときみが友だちになることを望んでいるみたいだった」

「佐々木君には申し訳ないけど、友だちっていうのは、そんな風になるもんじゃないと思う」

「わかってる。でも、城ヶ崎君にはお世話になってるし、弟や妹も彼によくなついてるからね、できるだけ彼の意思を尊重したいんだよ」

彼もやはり城ヶ崎アクトの取り巻きの一人だ。彼がそう望んでいるから、私に話しかけてきたにすぎない。私個人には、さほど興味はないのだろう。

「私の動向を探るために、あなたを差し向けようとしてるんじゃないかしら」

城ヶ崎アクトが私に狙いをつけて何かをたくらんでいる可能性を心配していた。

「そうかもしれないし、そうじゃないかもしれない」

「なんだかはっきりしない言い方」

休憩時間の終わりを告げる鐘が聞こえてくる。教室へ行かなくてはならない。

「いくつかの有意義な情報をありがとう、佐々木君」

「どういたしまして。城ヶ崎君の誤解はとけたかな」

「彼があなたに慕われてるんだなっていうのはわかったよ」

「ところで葉山さん、その制服って、新品？」

「うん。誰かが玄関先に置いてくれていたの」

「そう……」

彼は何かを言いたそうな表情をする。もしかしたら、城ヶ崎アクトが置いていったんじゃないかと、彼は考えているのかもしれない。そんなわけないでしょ。結局は何も言わず、彼は片手を振って私の前からいなくなる。

はたして城ヶ崎アクトとは何者なのか？

お金持ちの御曹司。それはまちがいない。

悪い奴？　それとも、いい奴？　問題はそこだ。

自宅でパスタをゆでながら私は考えていた。仕事を終えて会社から戻ってきた理緒がソファーでくつろいでいる。雲英学園に入学するまでは、悪魔の生まれ変わりのようないじめっ子だと聞いていた。でも、早乙女さんや佐々木蓮太郎の話によれば、ある時期から彼は温厚な性格になり、誰も傷つけなくなったという。過去を反省し、生き方を変えたらしい。犯罪者が自分の罪を悔い改めるかのように。

タイマーが電子音を発した。鍋の火を止めて、パスタをトマトソースにからめる。すでに作っておいたコンソメスープといっしょに食卓にならべて、私と理緒は向きあって食事をはじめる。パスタをフォークに巻き付けて口にいれる。おいしくできた。トマトソースの酸味とにんにくの風味が格別だ。

「ねえ理緒、丘の上に城ヶ崎家のすごいお屋敷があるよね。知ってる？」

「当然でしょ。城ヶ崎グループが支払う税金のおかげで、この町の財政は潤ってるんだから」

丘の上の城ヶ崎邸は、王が住む宮殿のように、この町のどこからでも見ることができた。

「城ヶ崎家の御曹司が同じ学年にいるの」

「どんな子？」

「目つきが怖くて、鮫みたいな口。身長は低いけどね。一回だけしゃべったことあるんだけど、変な子だった」

「いいじゃない。私、変な子、好きよ。でも、城ヶ崎家の子か……」

理緒は食事の手を止める。

「どうかした？」

「その子に罪はないけど、城ヶ崎グループが関係してる会社、闇が深いからね。犯罪まがいの方法で敵対する会社を潰して、大勢の人が破産してるの」

大勢の不幸の上に、城ヶ崎家の富と繁栄があるのだろう。

「城ヶ崎グループのせいで夜逃げをするしかなくなった夫婦を、私、知ってる。……こんな話、やめましょう。もっと明るい話をしようか」

理緒は私と視線をあわせないようにふるまった。つけっぱなしにしていたテレビで、白血病治療のためのドナー登録をうながすCMが流れていた。しばらく前から様々な芸能人がドナー登録を訴えるキャンペーンに参加するようになっている。私たちは無言でそのCMを眺めた。

理緒が皿洗いをしている間、お風呂に入る。湯船につかりながら私は考えていた。さきほどの理緒の様子が気になったのだ。急に話題を変えようとした時の、よそよそしい目……。

ただの直感でしかないけれど、理緒が一瞬だけ語った【城ヶ崎グループのせいで夜逃げをするしかなくなった夫婦】というのは、もしかして私の両親のことだったりするのかもしれない。

私の父親と母親が、なぜいなくなったのか、詳細な事情は知らされていなかった。ずっと以前、まだ小さかった頃に質問したけれど、理緒は今日と同じような、よそよそしい目をして話題をそらした。

直感が正しかったとしたら、私に両親がいないのは、城ヶ崎グループのせい、ということになる。だからといって、城ヶ崎アクトへの憎しみがわいてくるわけじゃないけれど。でも、あらかじめ彼とは敵対関係になるように神様から仕組まれているかのような、居心地の悪さを感じるのだった。

6／1

よろこばしい出来事があった。蓮太郎がようやく葉山ハルと言葉をかわしたらしい。

「葉山さん、ずいぶん城ヶ崎君のことを警戒しているみたいだね」

「何を言ってるんだ。彼女が僕を警戒するのは当然じゃないか」

原作のアニメがそうなんだから。むしろ、悪役の僕と普通にしゃべっている蓮太郎の方が、おかしいんだからね？

「彼女とは仲よくやっていけそう？」

「え？　葉山さんと？　それは、うーん、どうなんだろう」

「なぜだ。同じ外部生同士じゃないか。助けあっていかないと」

「機会があれば、また話しかけてみようとは思ってる」

「そうするといい」

そもそも二人が知りあうはずだったイベントがなぜ起こらなかったのかを考えてみたが、おそらく原因は僕にある。アニメの城ヶ崎アクトとちがい、僕は外部生をいじめない。出雲川と桜小路も僕にならって外部生とは友好的だ。結果、他の内部生たちも外部生とは協調するようになり、アニメ第一話で描かれていたような、葉山ハルを迷子にさせて楽しむような内部生たちはいなくなったのだろう。

時間はかかったが、ようやく主人公とヒロインが対話してくれた。僕は少し安心する。これからきっと二人はどんどん仲よくなって、いっしょに出かけたり、夜中に公園で待ちあわせをして星を眺めたりする関係になるはずだ。アニメ『きみある』で描かれていたように。そうなってもらわないと困る。蓮太郎がいなかったら、白血病と戦う彼女に寄り添い、支える人物がいなくなってしまうじゃないか。

梅雨が明けて急に暑くなった。一学期末の試験にむけて僕と出雲川と桜小路で勉強会を開くことにする。場所は城ヶ崎家の屋敷だ。アンティーク調の豪奢な木製テーブルに、三人で並んで座り、教科書とノートを広げて問題を解く。

勉強でわからないところがあれば、別室に待機させておいた各教科の有名塾講師を呼んで解説してもらった。僕たちのレベルにあった問題をその場で作成してもらう。もちろん、彼らには相応の報酬を払っている。

数学の勉強をしている最中、出雲川があくびをもらして眠たそうにしていた。桜小路が声をかける。

「出雲川さん、今日はずいぶんおつかれのようですわね」

「最近、寝不足なんだ。遅くまでゲームに熱中してしまって」

出雲川はゲーマーである。僕は気になって質問する。

「何かおもしろいゲームでも発売されたのか？」

「アクト様、今、ゲーム業界に革命が起ころうとしているのです。斬新なアイデアのゲームが日本の企業から一斉に発売され、世界中のゲームファンが虜《とりこ》になっているのですよ」

　彼がはめているゲームのタイトルを確認したところ、数年前に僕が企画書として提出した作品だった。瞬間移動できるポータルを設置するパズルアクションゲーム。百人ほどのプレイヤーで島に降り立ち、武器を拾いあつめながら最後の一人になるまで戦うバトルロワイヤル形式のゲーム。

「この数年で一気にゲーム業界が加速したのを感じています」

　うっとりと胸に手を置いて出雲川は語る。桜小路がドリルみたいな縦ロールの髪をいじりながら聞いていた。

「そんなにおもしろいのですか、最近のゲームは」

「桜小路さんもやってみるといいよ。中でも特に素晴らしいのは、無名の小さなソフトメーカーが開発した『ボックスクラフト』というゲームです。土を掘ったり、木を切ったりして材料をあつめて、クラフトしながら生活するゲームなんです」

　従者の小野田が僕たちの紅茶をあたらしいものに取り換える。視線を感じて前を向くと、数学を教えていた塾講師が、僕たちの話が終わるのを待っていた。

　ある晩、父と夕飯をとっている時に報告を受けた。

「おまえのゲームの収益で城ヶ崎グループの関連株が上昇している。驚くべき成果だ」

「ありがとうございます、お父さん。でも、あれは僕のゲームではありません。僕はただ、提案しただけですので……」

　僕がやったのは盗用であり心苦しかったのだ。パンをちぎり、バターを塗って口にいれる。焼き立てのパンは、城ヶ崎家の厨房の石窯で作られていた。小麦粉は独自のルートでフランスから輸入したものらしい。

「携帯端末でユーザーから金をしぼりとるシステムも莫大な利益をあげているぞ」

城ヶ崎鳳凰は血が滴るようなレアステーキを腹にいれていた。僕たち父子の会話を、執事の瀬戸宮、従者の小野田、その他の給仕を専門とする使用人たちが壁際に立って聞いている。

「アクトよ、何か欲しいものはあるか?」

城ヶ崎鳳凰が射殺すようににらみながら言った。

「特別に褒美をくれてやる。欲しいものを言ってみろ」

「ならば、医療関係の組織にさらなる資金援助をお願いします。製薬会社、研究機関、骨髄バンク、日本国内だけでなく、世界中の施設へ追加の寄付をお願いします」

城ヶ崎グループからの援助を利用して、人気俳優を起用したドナー登録推進のCMがすでにいくつも制作されている。最新の抗がん剤研究も進んでいるようだ。さらなる資金援助があれば、この流れを加速させられるだろう。

「自分のためには金を使わないつもりか」

城ヶ崎鳳凰は、ウィスキーを飲み干し、口から熱い息を吐く。

「僕はもうめぐまれていますから」

「つまらない奴だ」

「僕はつまらない男なんです」

「敵をまるごと食い散らすような野心がなければ、城ヶ崎グループをおまえにはまかせられんぞ」

驚いた。彼も一応は息子の僕に城ヶ崎グループという巨大帝国を継がせる意思があるらしい。実現はしないのに。

「いいんです。僕は野心のない平凡な男なんです。でも、ありがとうございます、お父さん」

彼は城ヶ崎アクトと血のつながっている唯一の家族。それは疑いようのない事実だ。今のうちに会話をしておいた方がいい。そのうち、会いたくても、会えなくなるはずだから。僕たちは破滅をむかえる父子だ。彼はまだそのことを知らないけれど。

放課後や休日に何も予定がない時、駅前でボランティア活動に参加する。

「白血病は血液のガンです！　正常な血液を作るためには、骨髄移植手術をおこなう必要があります！」

「患者に適合する型を持った相手でなければ、骨髄移植はできません！」

「白血病に苦しんでいる人を救うため、骨髄バンクにドナー登録をお願いします！」

ボランティア仲間と道行く人へ呼びかけながらチラシを配った。

葉山ハルが急性白血病を発症するのは今年の冬だ。アニメではドナーを見つけることは叶わなかった。でも、こうして地道に活動することで、未来は変化するはずだ。そう信じている。偶然、この人ごみの中に葉山ハルのドナーになりうる人物がいて、僕の声に反応し、ドナー登録をやってみようと思う可能性は、限りなくゼロに近いけど、ゼロではない。僕の差し出したチラシを、大学生くらいの男性が通り過ぎざまに手に取ってくれる。感謝の気持ちで、僕は深々と頭を下げた。

「おつかれさま、黒崎君。いつもありがとう」

「また明日、よろしくお願いします」

十八時に解散し、ボランティア団体の責任者に挨拶をしてロータリーを離れる。駅ビルのトイレの個室に入り、変装用の安い服を脱いで、雲英学園の制服に着替えた。運転手の大田原に電話して駅ビルの地下駐車場まで来てもらうようにお願いする。

個室を出て通路を移動していると、壁に貼ってある花火大会のポスターが目に入った。

夏目町大花火大会
開催日・八月十日
場所・柏梁《はくりょうがわ》川河川敷

花火の打ち上がっているイラストが大きく描かれていた。毎年、この町で行われているイベントだ。アニメ『きみある』でも蓮太郎と葉山ハルが花火を見に行くエピソードがあった。そのことを思い出して、はっとなる。

ここ最近の悩みは、どうやって蓮太郎と葉山ハルを親しい関係まで持っていくかというものだった。あの二人は、物語の主人公とヒロインのくせにまだ連絡先の交換もしていないらしいのだ。廊下ですれちがっても軽い会釈をする程度だという。ほとんど他人同然じゃないか。

だけど、この花火大会を利用することで、二人の距離を急接近させることができるかもしれない。ポスターの前で腕組みをしながら、僕は計画を練りはじめる。

6／2

早朝に自転車で新聞配達をしていると、季節の移り変わりをはっきりと感じる。冬場なんて真っ暗な道を寒さで震えながら行かなくちゃならないが、この時期になるとすでにもう空が明るい。朝日を浴びてすずめが鳴きながら飛んでいた。

自宅に戻ると、すでに両親は仕事へ行く準備をはじめていた。弟の勇斗と妹の日向は、ようやく目をこすりながら起きてくる時間だ。

「おはよう、お兄ちゃん」

「おはよう、日向」

小学五年生の妹は、俺に挨拶をすると脱衣所に入っていく。洗面所で顔をあらい、寝る前に準備しておいた服に着替える。妹はもう、家族の前で堂々と着替えるような年齢じゃないらしい。

弟の勇斗の方は、せっつかなくては何もしないタイプだ。

「ほら、勇斗、おまえも顔を洗って着替えるんだ」

「兄ちゃん、俺の服は？」

「自分で出してこい」

こっちは中学一年生だが、平気で家族の前でフルチンになるし、脱いだ服をそこらに放っておく。どうにかしてもらいたい。

家族で朝食をとる。父は熊のような大男で、外見はプロレスラーみたいだけど、実は一流大学を出たインテリだ。

母は美人な方だと思う。おっとりとした性格で、何事にも動じない人だ。最近は近所の町工場で事務の仕事をしている。

「蓮太郎の制服、いつ見ても素敵ね」

俺が雲英学園高等部の制服に着替えると母が感想をもらす。

「こんなのが無料でもらえたんだからラッキーだ」

「あなたの実力よ、蓮太郎。高等部での生活はもう慣れた？」

「中等部とそうかわらないな」

「城ヶ崎君は元気？」

母は城ヶ崎アクトのことを知っている。彼には弟や妹もお世話になっているから。年に何度か城ヶ崎家の屋敷にお呼ばれして、弟や妹といっしょに屋内プールで遊ばせてもらった。勇斗と日向は、すっかり彼になついている。城ヶ崎家に行くと、滅多に食べられない高級なお菓子やケーキやフルーツが用意されており、これでもかというほどのおもてなしをうけるのだ。

そんな城ヶ崎アクトの様子がおかしいと感じたのは、高等部に進学してまもなくのことだ。その些細な変化は出雲川史郎と桜小路姫子も把握していたようである。

「最近のアクト様は、何だか落ち着きがありませんね」

「そうですわね。いつも、誰かをさがしているようにまわりを見ていますわ」

原因は入学試験を経てこの春から雲英学園生となった女子生徒にあるらしいと俺たちは推測していた。名前は葉山ハル。奇麗な黒髪が印象的な、意志の強そうな目をした外部生である。

ある日、城ヶ崎アクトが、葉山ハルという女子生徒の存在を知っているかどうかを俺に質問してきた。もうすでに会話をしたのかと気にしている。理由はわからないが、俺が彼女と親しくなることを望んでいるようだった。

「もしかしたら、アクト様は、恋をなさっているのかもしれませんわ！」

本人がいないところで桜小路がそんなことを言いだす。

「早計ですよ、桜小路さん。アクト様が恋なんどと。もしも本当だとしたら、これは、大変なことです」

出雲川は額に手をあてて吐息をもらす。

「これまで城ヶ崎君が特定の女の子に興味を抱くことはなかったの？」

「ありません。はじめてのことですわ」

「城ヶ崎君は、俺と葉山さんを交流させたいみたいだけど、どういうつもりなんだろう？　自分が話しかけたらいいのに」

「蓮太郎、あなたはちっともわかっておりませんのね」

「え、何が？」

「アクト様が急に話しかけてごらんなさい。きっと全校生徒の注目をあつめてしまいますわ」

桜小路の意見に出雲川が同意する。

「その通りです。おそらくアクト様はひっそりとこの恋を育みたいのでしょう。そこで蓮太郎、まずはきみと葉山さんにつながりを持ってもらい、友だちの友だちという距離感からはじめようというお考えなのです」

「なるほど、そういうことか。さすが二人とも、城ヶ崎君とつきあいが長いだけあって、そういう心の機微がわかるんだな」

城ヶ崎アクトは強面なので、いきなり話しかけたら普通の女子生徒は萎縮してしまう。場合によってはトラウマを植えつける結果となるだろう。そのため、友だちの友だちからという遠回しな作戦をとらざるをえないのかもしれない。完全に俺も理解した。

「蓮太郎、わかっていますわね、すべてはあなたにかかっていますわよ」

桜小路が片腕を天にむかってつきあげて俺を見る。そのポーズにどんな意味があるのかわからないが、景気だけはいい。

「わかった。まかせてくれ」

そのようなわけで俺は葉山ハルに話しかけてみたわけである。といっても、言葉をかわしただけだ。向こうは俺と友だちになってやろうだなんて少しも思っていないみたいだった。

ところで、休憩時間になると、城ヶ崎アクトは時々、出雲川と桜小路から離れて一人で行動している。長髪のかつらをかぶって校舎内や学園の敷地を散歩しているようだ。

「蓮太郎、いいところに遭遇しましたわ。またアクト様がいなくなってしまわれたの。どこに行かれたかご存じありませんこと?」

ある日の昼休み、ビュッフェでの食事を終えて教室に移動していたら、桜小路に話しかけられた。

「知らないよ。いっしょにさがそうか?」

「助かりますわ!」

桜小路といっしょに彼をさがすことになった。

並んで移動すると視界の片隅で彼女の縦ロールの髪がスプリングのように跳ねていた。桜小路の横顔を俺はそっと見る。陶器のように白い肌。美術館に飾られていてもおかしくはない整った顔立ち。両親は日本人のはずなのに、西洋のビスクドールを思わせる雰囲気があった。

「どこにもいらっしゃいませんわ……」

彼女は廊下に飾られている西洋甲冑《かっちゅう》の中をのぞきこむ。雲英学園の校舎には、騎士の甲冑や動物のはく製など、変わった品々が飾られているのだ。

「ここにもおられませんわね……」

桜小路は消火器の後ろをのぞきこむ。どう考えても城ヶ崎アクトの体では隠れられる場所ではないのに、わざわざ屈みこんで裏側を確認する必要はあるのだろうか。前から少し思っていたけど、桜小路は、少しポンなのかもしれない。ポンというのは、ポンコツという言葉をやわらかくした表現である。決して彼女のことを悪く言っているわけではない。むしろ愛すべきポイントだ。

俺たちは校舎の外をさがすことにした。

「城ヶ崎君は、もしかしたら一人でのんびり過ごしたいのかもしれないよ」

「私や出雲川さんのことをわずらわしく感じてらっしゃるということですの？」

「誰もいない場所で一人になって考えごとをする時間も必要なんだ」

「その時間、私は何をすればいいのかしら……」

「友だちとおしゃべりとか」

「友だちなど、おりませんわ」

「出雲川君は友だちでしょ?」

「彼は同志であり戦友ですわ。アクト様の学園生活をサポートする仲間ですの」

「そういう認識だったのか」

ちょうどいい場所にベンチがあったので、俺はそこに腰掛ける。桜小路はベンチの座席に白色のハンカチを敷いてその上に座った。制服のスカートが汚れないようにという配慮なのだろう。ベンチのそばに広葉樹の植えこみがあり、木漏れ日が地面に降り注いでいる。風がそよぐと、光と影のまだらもようがゆれうごいた。

「奇麗ですわね、葉っぱの影が」

「うん。同じこと思ってた」

俺は彼女にとってどういう位置づけなのだろう。

眠気がおそってきて、俺はあくびをもらす。

「毎朝、大変ですわね。お仕事おつかれさま、蓮太郎」

「ありがとう、桜小路さん」

俺が新聞配達していることを彼女は知っている。休憩時間が終わるまで、俺たちはベンチに座っていた。薄い広葉樹の葉っぱを透かして、太陽のきらめきが見えた。

一学期の期末試験は問題なく終了した。試験は数日にわたっておこなわれ、答案用紙はすぐさま採点に回される。各学年の成績上位者は掲示板に名前が貼りだされる。ありがたいことに俺の名前が一位の場所にあった。とても名誉なことだ。ちなみに二位が葉山ハルである。なかなかやるじゃないか。

掲示板の前には大勢の学園生たちがあつまっていたのだが、周囲を見回すと、葉山ハルがいた。目があったので会釈をする。彼女は少しだけくやしそうな顔をしていた。声をかけるべきか迷ったけど、今はそっとしておこう。

城ヶ崎アクトから連絡をもらったのは帰宅後のことだ。俺は個人の携帯端末を持っていないので、用件がある際はいつも家の電話にかかってくる。

「来月の話だけど、いっしょに花火大会に行かないか」

八月に柏梁川の河川敷で大きな花火大会がおこなわれる。二万発ほどの打ち上げ花火が夜空を彩るのだ。毎年の行事である。

「いいね、行くよ。声をかけてくれてありがとう」

「かならずだぞ。絶対にスケジュールはあけておくように」

「わかった」

「もしも他の用事とかぶって来られないことになったら、できるだけ早めに連絡してほしい。城ヶ崎家の総力をあげて、花火大会の日程をずらすから」

そんなこと可能なのか？　城ヶ崎家の財力ならばできるのかもしれないが、多方面に迷惑がかかりそうなのでやめてほしい。

6／3

母の実家はフランスのブルゴーニュ地方にある有名なお金持ちの一族だ。広大な農園でブドウを作り、そのブドウでワインを醸造して富を築いたという。父がフランスへ出張した時に母と出会い、恋に落ち、結婚した。そして僕が生まれたというわけだ。出雲川史郎。それが僕の名前である。

「史郎、今から言うことを、よくお聞き。これからあなたは、城ヶ崎家のお坊ちゃんとお友だちになるの。名前はアクトっていうらしいわ。そいつがどんなにいやな奴だったとしても、あなたはその子のそばで、ご機嫌取りをしなさい」

母が僕にそんな命令をしたのは、雲英学園初等部に入学する少し前のことだ。

「わかりました、おかあさま」

「アクトって子は、わがままな性格らしいわ。噂に聞こえてくるほどだから、よっぽどなのね。でも、そいつの命令なら、他の子たちをいじめたってかまわない。そいつをおだてて、いつも気分よくさせるのが、あなたのこれからの人生よ」

アクト様に取り入ることで、将来的に城ヶ崎グループと友好的な関係を結ぼうという計画だ。

僕は母の命令にしたがい、雲英学園初等部では、アクト様の忠実なしもべとなった。

当時のアクト様は苛烈《かれつ》な性格で、泣いているクラスメイトを足蹴《あしげ》にすることとくらい平然とやった。だけどアクト様から離れようと思ったことはない。母の命令は絶対だから。

母に逆らえる者は出雲川家にいない。父だって母の顔色をうかがって暮らしている。父が大企業の役員として高い地位についているのは、母の実家からの後押しがあったからだ。

「史郎、城ヶ崎家のお坊ちゃんのご機嫌取りはうまくいってる？」

「はい、おかあさま」

「桜小路家のところのガキも、そいつに取り入ろうとしてるらしいわね」

「姫子さんのことですね。ごいっしょにアクト様のおせわをしています」

桜小路姫子は、夏目町の大地主の子どもだ。駅周辺のショッピング施設はすべて彼女の家の所有物だと聞いたことがある。彼女もまた、親の言いつけでアクト様にくっついて学園生活を送っていた。

入学当初、アクト様がクラスメイトの女子をトイレでいじめて泣かせていた時、桜小路は顔を青くして震えていた。はじめて目にする暴力にショックを受けていたようだ。だけどしばらくするとそれにも慣れ、いっしょに教科書を引き裂くようになった。同じことをした方が、仲間意識が生まれ、アクト様に気に入られるとわかったからだ。

世界が一変したのは、初等部六年生の秋のことだった。突然、アクト様の性格が穏やかになったのである。

「これからは人にやさしくするんだ。過去のおこないの影響で、僕やきみたちは孤立することが多い。だからそのぶん、人に親切にしなくちゃいけないぞ」

僕と桜小路は忠実にその言葉を守り、学園内で困っている者がいたら率先して助けるようになった。最初のうちはみんなに警戒されたが、中等部時代の三年の間に、周囲の評価が少しずつ変化した。

ある時期から女子生徒の熱っぽい視線を感じるようになった。確かに僕の顔は整っている。鏡を見つめると、自分自身に見惚れてしまうことさえあった。母からうけついだ金髪と青色の目、ほっそりした顎《あご》、何もかもが完璧に調和がとれている。朝、僕が寝室から出てくると、女性の使用人が僕の美しさにやられて膝から崩れ落ちることがあった。

だけど僕は、女の子を好きになったことはない。女の子を前にすると、母の姿がちらついてしまうのだ。出雲川家において誰よりも強い発言力を持つ母……。僕は母のことが怖かった。異性を前にすると、「この子もいつか母のようになるのだろうか」と想像してしまい、恋愛感情を抱く心の余裕がないのである。

異性といえば、アクト様には気になる人がいるようだ。葉山ハルという外部生の女の子である。アクト様は彼女の動向を常に気にしており、校舎内を移動する時は、彼女がいないかどうか視線をさまよわせている。

中等部時代から親交のある外部生、佐々木蓮太郎にも幾度となく彼女に関する話題を持ちかけていた。アクト様が彼女に心を寄せていることはあきらかだ。僕は恋心というものがよくわからないけれど、アクト様の思いが成就することを願ってやまない。

問題はアクト様の顔立ちだろうか。アクト様は地獄の使者を思わせるお顔の方だ。以前、雲英学園の敷地内の森でリスを見かけた時、アクト様と目があったリスが失神して木の枝から落ちるのを見かけた。どうやらアクト様の顔を怖いと感じるのは、人間だけではないらしい。

一学期の期末試験が終わり、学年ごとの成績優秀者の名前が掲示板に貼り出された。一位は佐々木蓮太郎、二位は葉山ハルだ。僕の名前も十九位の場所にある。僕は顔が美しいだけでなく、頭脳も明晰《めいせき》なのだ。

「おめでとう、出雲川君。内部生の中ではトップじゃないか。本当にすごいよ。きみが友だちで僕はほこらしい」

アクト様がそう言って肩をたたいてくださった。

「ありがとうございます。努力をしたかいがありました」

僕の父と母は人をほめるタイプではなかった。僕が何かを努力してもいつも無関心だ。性格が穏やかになってからのアクト様は、こんな時、自分のことのようにうれしそうにしてくれる。アクト様にほめられると胸の中があたたかくなった。

「さすがですわね。でも、いっしょに勉強をしているのに、どうして私はいつも成績上位に入れないのかしら。世の中、まちがっているのではありませんこと?」

「気を落とさなくてもいい。桜小路さんには桜小路さんなりのいいところがあるよ」

掲示板を眺めた後、アクト様を先頭に僕たちはその場を離れた。壁際まで退いていた学園生たちが、入れ替わるように掲示板の前へ殺到する。全員、アクト様の邪魔をしないように空間を広く開けてくれていたのだ。殊勝な心がけと言えよう。最近のアクト様には、このような特別扱いをよしとしない雰囲気があった。しかし、周囲の者たちがアクト様を敬っている様子を目の当たりにするのは気分がいい。

放課後、アクト様から通達があった。

「緊急で二人に相談したいことがある。帰る前に時間をくれないか」

池の畔に高級レストランがあり、僕たちはそこの常連だ。相談はその奥まった一室でおこなわれた。僕と桜小路は紅茶を、アクト様は珈琲を飲みながら話をする。

「相談というのは、葉山ハルのことなんだ」

僕と桜小路は視線をかわす。

「単刀直入に言うと、彼女と蓮太郎をもっと親しくさせたい。だから二人を、八月の花火大会において、偶然を装い引きあわせようと思う。所定の時間、所定の位置に二人を連れて来てほしいんだ」

「質問がございます」

「どうぞ、桜小路さん」

「葉山さんと蓮太郎を友人関係にするための作戦という理解でよろしいのでしょうか？」

「うん。まちがってない」

「アクト様もその場にいらっしゃるのですわよね？」

「僕は葉山さんに警戒されているから、むしろいない方がいいだろう。大事なのは、蓮太郎と葉山さんが花火大会がはじまって一時間後、河川敷から少し離れた場所で遭遇することなんだ。地図を用意してきたから見てくれ」

アクト様は夏目町の地図を取りだして広げる。花火大会がおこなわれる柏梁川の河川敷周辺を拡大したものだ。柏梁川は夏目町の南の平野部をゆるやかにカーブしながら海に流れている。河川敷には野球のグラウンドやサイクリングロードがあった。

「二人をこの地点まで連れてきてほしい」

住宅地を流れる細い支流の一本が、柏梁川の大きな流れに合流している場所がある。その付近に赤色のペンで印がつけられていた。

「住宅地を流れる支流に赤い橋がかかっている。二人をそこに連れてくるのが、きみたちのミッションだ」

「どうしてこの場所ですの？　桜小路家が特別に観覧席をみなさまのためにご用意することも可能ですわ」

「だめだ。この地点で重要なイベントが発生する。ここでなくてはならない。桜小路さんや出雲川君は、ミッションが終わったら、観覧席で花火を楽しんでいてもいいよ」

重要なイベントとは何だろう。気になったがアクト様には詳細を話してくださる気がないらしい。だけど答えは決まっていた。

「やってくれるかい、二人とも」

「お引き受けします、アクト様。あなたの願いを成就するために僕たちは存在しているのですから」

「そうですわ。私たちはアクト様の手先。お断りするわけがありませんの」

「ありがとう。きみたちの忠誠心に感謝する」

「蓮太郎にこの作戦の話をしないのですか？」

桜小路が質問する。

「サプライズを演出したいから、秘密にしておきたい」

「問題は、どうやって葉山さんをお誘いするか、という点ですね」

僕は顎に手をあてて考える。蓮太郎を連れてくることは簡単だ。しかし、葉山ハルを気軽に遊びに誘うような関係性にはなかった。

「相談したかったのは、まさにそのことなんだ。いいアイデアがあったら教えてほしい。花火大会まで、まだ少し時間がある。当日までには何か良い案を考えてきてくれないか」

会議を終えて僕たちはレストランを出る。雲英学園の正門前に城ヶ崎家の自家用車が止まっていた。運転手が後部座席のドアを開け、アクト様が颯爽《さっそう》と乗りこむ。僕と桜小路は、城ヶ崎家の車が発進して遠ざかるのを見送った。

「明日から夏休みですのね」

「そうだね、桜小路さん。何をして過ごすの？」

「毎日、舞踊やお琴の稽古《けいこ》ですわ」

彼女は複数の習い事をさせられている。本人はやめたがっているが、なかなか両親に言い出せないらしい。

「出雲川さんは？　フランスのお母様のご実家にでも行きますの？」

「日本にいる予定。ゲームをしたり、パーティに参加したりするんだ」

「楽しそうですわね。それじゃあ、ごきげんよう、出雲川さん」

「ごきげんよう、桜小路さん」

僕たちもそれぞれの家の車へ乗りこんで帰路につく。


母は人脈が広く、毎日、パーティへのお誘いがあった。七月末の蒸し暑い夜、母の付き添いで屋外パーティに参加する。母が懇意にしているアクセサリーブランドの関係者たちの集いだ。郊外の庭園にスーツやドレスを着た大人たちがあつまってシャンパンを開ける。芝生に覆われた広場に噴水があり、その横にグランドピアノが設置され、ピアニストが落ち着いた曲を演奏する。若い女性たちが僕を見て、容姿の美しさにため息をついていた。自分の顔立ちは自然と周囲の視線をあつめてしまう。自覚していたから、常に髪が乱れていないかどうかをチェックしなければ気が済まない。ポケットからコンパクトミラーを出して前髪の形をミリ単位で確認する。うん、大丈夫だ。

鏡に映る自分の顔にうっとりしていたところ、女の子の声がした。

「あ……」

少し離れた場所に立っている女の子と目があう。見おぼえのある顔だ。年齢は僕とおなじくらい。僕ほどではないけれど、奇麗な顔の子だ。

彼女は声を出してしまったことを恥じらうかのように、頬を桃色に染めて立ち去ろうとする。その時、名前を思い出した。普段なら声をかけようなどと考えもしなかっただろう。だけど今日は少々、事情がちがう。

「待って、早乙女さん」

声をかけると、彼女は立ち止まった。やっぱりそうだ。雲英学園の内部生。交流したことはないが、初等部や中等部時代に同じクラスになったこともある。早乙女さんは戸惑うような顔で僕に会釈をする。

「ごきげんよう、出雲川さん」

「早乙女さん、奇遇ですね、パーティでお会いするなんて」

「はい。それにしても、驚きました。出雲川さんが私のことをおぼえてくださっていたなんて」

おっとりとした話し方をする子だ。若草色の品の良いワンピースを着ている。

「素敵な服ですね。とても似あっています」

「ありがとう、ございます」

耳が真っ赤にほてっている。彼女を誘って同じ時間をすごすことにした。ピアノの演奏を近くで聴いたり、デザートのフルーツをとりに行ったり、椅子に座って彼女の父親の外交官の仕事について質問したりする。

自分がこんな風に同い年の誰かと交流するのはめずらしい。僕の生活のすべては、アクト様のサポートをするためにあった。アクト様に関係のない人脈には興味がない。わざわざ知らない相手と話をするなんて面倒臭いだけだから。当然、早乙女さんも、利用できると思ったから話しかけたのだ。

パーティが終わりにさしかかって、帰り支度をはじめる人が増える。

「ところで、早乙女さん」

「なんでしょう、出雲川さん」

「葉山ハルさんという女子生徒を知っていますね？」

彼女は怪訝そうに首をかしげる。

「ええ。葉山さんとは同じクラスで、席が近いんです。彼女をご存じなんですか？」

葉山ハルと早乙女さんが親しそうに話しているのを学園で見かけたことがある。僕は慎重に言葉を選びながら説明する。

「早乙女さんにご相談なのですが、葉山さんと話をする機会を設けていただけませんか？」

「彼女と？」

「ええ。確か葉山さんは外部生でしたね。僕は数年前から、彼らと積極的に交流するようになりました。外部生の文化を学び、協調して学園生活を豊かにすることが今の僕のテーマなんです。そのため、より多くの外部生と話をしてみる必要を感じているんです。ああ、そういえば、もうすぐ花火大会がありますね。もしよければ、早乙女さんと葉山さんと僕で見に行きませんか？」

「まあ、とっても素敵なご提案ですね！」

彼女は満面の笑みだ。人を疑うことを知らない、純真無垢な反応に、少しだけ心が痛んだ。

6／4

桜小路家は純和風の豪邸だ。瓦屋根の棟がいくつも渡り廊下でつながっている。お手伝いさんは全員、和装なので、温泉旅館を訪れたかのような気分になる。

僕と出雲川はその日、桜小路にまねかれて屋敷にいた。中庭に能舞台と呼ばれる和風のステージがあり、そこで琴の演奏会がおこなわれるのだ。僕と出雲川以外にも招待客が大勢いて、並べられた椅子に腰掛けていた。

数名の奏者の後、着物姿の桜小路が能舞台に上がって演奏する。雅《みやび》な音だった。屋敷の周囲の竹林が風でさやさやと音をたてる。涼しい風があたりに吹いた。

彼女は最後まで音を奏でた後、深々と頭を下げて能舞台から下りる。

「素晴らしい演奏だったけど、縦ロールの髪型と着物という組みあわせは、不思議だったな」

「ヨーロッパの貴婦人が演奏をしているみたいでしたね」

僕と出雲川は感想をそれぞれに述べた。

演奏会の後、お手伝いさんに案内されて桜小路の生活する棟へと向かう。冷房の効いた和室でお茶を飲みながら待っていると、私服に着替えた桜小路が入ってきた。

「ごきげんよう。アクト様、出雲川さん、本日は来てくださってありがとうございますですわ」

演奏会の感想をひとしきり伝えた後、かばんから夏休みの宿題を取りだして勉強をした。

「こうしていっしょに宿題をするなんて、初等部時代には考えられなかったことですわね。あの頃の私、ちっとも学業のことなんて気にしていませんでしたから、爺やはいつも渋い顔をしていましたわ」

「僕の場合、真面目に勉強をするようになって、使用人から残念がられているよ」

「あら、出雲川さん、どうしてですの？」

「宿題はお金で解決していたからね。使用人たちにたっぷりのお小遣いをあげて、僕の筆跡を真似させて宿題をやらせていたんだ。使用人たちはそのお小遣いで旅行に行ったり、車を買ったりしていたよ。僕が自分で宿題をすませるようになったから、臨時報酬がなくなってしまったんだ」

「二人を見ていると、人間って変われるものなんだなって実感するよ」

「アクト様が何をおっしゃってるんですか」

「そうですわ。今の発言は、私たちが感じていることですのよ」

などと、二人に言われてしまう。僕が変化したのは当然のことだ。城ヶ崎アクトの人格は、前世の人格によって塗り替えられてしまったのだから。僕から言わせると、自分の力で変わることのできた二人の方が尊い。

「アクト様が真っ先に変わられましたから、私たちは追いつこうとしているのですわ」

「その通りです。アクト様こそ僕たちの行動の指針であり、すべての物事の中心的存在なのです」

「オーバーだな、あいかわらず……」

桜小路家の爺やが、和菓子とお茶を持ってきてくれたので休憩をとる。高級な最中《もなか》だ。前世のサラリーマン時代に上司からもらったお土産の安い最中とは、段ちがいのおいしさだった。

「ところでアクト様、花火大会の件でご報告しておきたいことが」

「言ってみたまえ、出雲川君」

前世の上司の口調を真似ながら話をうながす。

「葉山様を花火大会にお誘いする段取りについて見通しが立ちそうです」

そう前置きして、母親と出席したパーティでの出来事を彼は話してくれた。早乙女リツという女子生徒を経由することで、葉山ハルを花火大会に連れてくることができるかもしれないとのことだ。

「でかしたぞ、出雲川君」

彼は胸に手をあてて目を閉じる。

「お役に立つことができて光栄です」

彼のさらさらの金髪がゆれる。もしかしたらパーティで早乙女さんに遭遇しなくても、彼が一声かけさえすれば、彼の願いを叶えるために大勢の女子生徒がなんとかしてくれたんじゃないかという気がしないでもない。

「花火大会当日、葉山ハルを連れてくる役目をきみにお願いする」

「おまかせください。この出雲川めが、葉山様をアクト様のもとへお連れしましょう」

「僕のところじゃなくて、合流地点に連れてくるんだ。地図で教えたよね。花火大会がはじまって一時間後、あそこへ連れてくるんだ。わかったね」

僕は桜小路を見る。

「じゃあ、桜小路さんは、蓮太郎をむかえに行ってくれるかい？」

「私が、蓮太郎を、でございますの？」

「僕は合流地点の近くで二人が来るのを待つ。会わないつもりだけど、遠くから見守りたいんだ」

「わかりましたわ。おまかせくださいですわ」

桜小路もやる気はじゅうぶんだ。

ちなみに、花火大会の件で二人に話していない情報が実はあった。僕はアニメ『きみある』を観たから、花火大会が催されるその日に、ちょっとしたアクシデントが起きることを知っている。そのことを今の段階で二人に説明するのは難しい。未来に起きる出来事をなぜ知っているのか、と不思議に思われてしまうだろう。

その日、柏梁川につながる支流でそのイベントは発生する。花火大会がはじまっておよそ一時間後のことだ。花火を眺めていた五歳くらいの少年が、支流の柵の隙間から川へ転落してしまうのだ。

少年は溺れて助けをもとめる。子どもが落ちたことに気づいて、いっしょにいた母親が悲鳴を上げる。川沿いの道には人通りがあった。しかし誰もが川に入るのを躊躇《ちゅうちょ》して見ているだけだ。そんな中、たった一人だけ、柵を乗り越えて飛びこんだ者がいた。主人公の佐々木蓮太郎である。支流とはいえそれなりに深さのある場所だ。しかし蓮太郎は泳いで溺《おぼ》れる少年の救出に成功する。その一部始終を偶然に目撃していたのが、ヒロインの葉山ハルだったというわけだ。

花火大会の出来事を経て、葉山ハルは明確に蓮太郎を意識するようになる。彼女の中に彼への尊敬が生まれ、やがてそれは好意へとつながっていくのだ。

この世界線においても、アニメ『きみある』と同様、少年の溺れるイベントは発生するのだろうか。それはわからない。もしかしたら何も起きない可能性だってある。だけど、準備はしておいた方がいい。葉山ハルの目の前で、颯爽と蓮太郎が子どもを救出なんかしたら、一気に彼女の好感度も上がるだろう。

6／5

夏休みに入ると理緒の運転でドライブに出かけた。私は助手席で地図とガイドブックをひろげて彼女に道を指示する役目だ。海岸沿いを走行する時、窓を全開にすると風が気持ちよかった。海の見える公園にベンチがあり、私と理緒は並んで座って話をする。

「期末試験、二位だなんてすごいじゃない」

「まあね。雲英学園でも自分の学力が通用するんだってわかったから、ほっとした」

「一位の子は、どんな子？」

「中等部から入ってきた外部生で、佐々木って男子生徒」

「知りあい？」

「親しいわけじゃないよ。言葉をかわしたことがあるって程度の距離感」

一位にこだわっていたわけじゃないけど、悔しくなかったと言えば嘘だ。私は少しだけ彼にライバル心を抱いているのかもしれない。外部生でありながら、内部生の権力者たちと親交があるなんて、将来安泰じゃゃんと思うのだ。その人脈を利用すれば、就職にこまることはない。うらやましい。噂によれば、彼は性格もいいらしく、運動もできるという。いつも寝癖があるくせに、やたらと能力が高い人物だ。海風がばたばたと私の髪をみだす。

「佐々木君に対して複雑な思いがあるみたいね」

理緒が言った。表情に出てしまっていたようだ。

遊泳できる砂浜のエリアに行くと、海水浴客たちがシートをひろげて座っている。たくさんの子どもたちが浮き輪をつけて波にういていた。

「なつかしいな。昔、ハルといっしょにここで泳いだことあるよ。おぼえてる？」

「私、何歳だった？」

「四歳くらいかな」

「そんな昔のこと、おぼえてるわけないじゃない」

「海の家でハルがソフトクリームを食べたがったの。お店の人に注文した時、【若いお母さんね】って言われたのよ」

その頃理緒はまだ二十代だったはず。本当の親子ではないのに。

「次に二人でここへ来るのは何年後かな」

「もしかしたらハルの成人式が終わってるかもね」

「おたがい、長生きしようね」

クラスメイトの早乙女さんから電話連絡があったのは七月末の夜だった。柏梁川の河川敷でおこなわれる花火大会にいっしょに行かないかというお誘いだった。普通だったら一瞬のためらいもなく「行く行く行く！」と返答するだろう。だけど今回は少しだけ事情がちがった。

「出雲川様が私たちをおむかえに来てくださるそうなんです。三人で花火大会へ行きましょう」

出雲川史郎といえば、城ヶ崎アクトの取り巻きの一人だ。ほとんどの外部生にとっては話しかけることとさえ難しい存在である。

「なんで出雲川君が？」

「先日、パーティでお会いして、お話をする機会をいただけたのです」

雲英学園には出雲川君のファンクラブが存在する。早乙女さんもファンクラブの会員の一人なのである。廊下を移動する出雲川君を見かけると、彼女は「はぁ」と熱っぽいため息をつきながら胸の前で両手をあわせていた。そんな相手とパーティでおしゃべりをしただなんてすごい。

「でも、花火大会にいっしょに行くって、どういうこと？　私もそこに参加していいの？」

「出雲川様は外部生の文化に興味がおありだそうです。そこで葉山さんと一度、話をしてみたいそうなのです」

「私と？」

「せっかくだから花火大会に三人で行きませんか、と提案してくださったの。私、葉山さんや出雲川様といっしょに花火大会に行けたら、どんなに幸せか……。葉山さん、ぜひいっしょに行きましょうよ」

「わかった、行く」

もしも私が断ったら、お誘いそのものがなくなってしまうかもしれない。早乙女さんに日ごろの恩返しをするつもりで参加を決めた。

「ありがとう、葉山さん。私、あなたがお友だちで本当によかった！」

結果、彼女にとても感謝されたのでよしとする。


八月十日。夏目町花火大会当日は朝からよく晴れていた。友人といっしょに出かけることは理緒にも伝えている。浴衣で行くべきか迷ったけど、普段着で参加することにした。

夕方頃、玄関のチャイムが鳴って外に出てみると、海外の映画に出てきそうなリムジンが家の前に止まっていた。車体がずいぶん長いけど、よくこれで住宅地の細い曲がり角を抜けて来られたなと感心してしまう。それより問題なのは玄関前に立っていた人物だ。

「葉山さん、おむかえにあがりました。出雲川史郎という者です」

金髪碧眼の王侯貴族のような気品。緊張で身がすくんだ。こんなに近くで彼の顔を見るのは、はじめてだ。

「はじめまして、葉山です。あの、早乙女さんは？」

「車でお待ちしています」

リムジンに目をむけると、後部座席の窓に、手を振る彼女の姿があってほっとした。私は出雲川君にエスコートされるような形で車に向かう。彼が私のために後部座席のドアを開けてくれた。

その頃には、何やらすごい車が止まっているぞと、近所の人たちが家の前に出ていた。理緒も玄関から顔を出している。

「行ってきます」と、私は理緒に手を振った。

「うん……。雲英学園のお友だちって、やっぱり、すごいのね……」と、理緒は驚いている。

リムジンの後部座席は広々としていた。まるでリビングの空間がそのまま車内におさまっているかのようだ。先に乗っていた早乙女さんは、私が隣に座ると、たおやかな仕草で挨拶してくれる。

「ごきげんよう、葉山さん」

彼女は白色の生地の浴衣を着ていた。睡蓮《すいれん》の花の柄だ。ふわりと彼女からいい香りがする。香水をつけているのだろう。

「誘ってくれてありがとう、早乙女さん。こんな車に乗れるとは思わなかった。まるでハリウッドスターにでもなったみたいだよ」

「お二人が連絡をくださったら、いつでもこの車でかけつけますよ」

出雲川君がそう発言しながら向かいあうように座る。運転手がリムジンを発進させ、慎重なハンドル操作で住宅地の角を曲がった。

出雲川君は車内に備え付けのバーカウンターみたいなところから、グラスと冷えたジュースを取りだした。車内に冷蔵庫があるなんてすごい。しかも高級なスーパーにしか売ってないフルーツジュースだ。ちなみに出雲川君はタキシードみたいなスーツを着ている。花火大会なのに、スーツ！　彼もまた初等部時代は城ヶ崎アクトといっしょに弱いものいじめをしていたらしい。だけど、今、目の前にいる彼は好青年だ。柚子から聞いていたような悪の手先といった雰囲気はない。

「葉山さんは、普段、自宅でどのようなことをして過ごしているんです？」

出雲川君が聞いた。

「漫画を読んだり、バラエティー番組を見たりかな。むしろ私は、出雲川君みたいな人たちの生活が知りたいよ。いつもどんなことをしてるの？」

「私もそれは気になります」

早乙女さんも興味津々という表情だ。

「ゲームです。僕は発売されたゲームをすべてプレイしているんです」

「いわゆるテレビゲーム的な？」

「パソコンのゲームもやりますけどね」

「それって、少し意外。なんとなく、乗馬とか嗜《たしな》んでそうなイメージ」

「もちろん乗馬も好きですよ。フランスに住んでいる祖父が競走馬の馬主なんです。牧場もいくつか持っていて、よく馬に乗って遊んだものです」

「出雲川さんが馬に乗っているところ、素敵でしょうね」

早乙女さんが、ため息をもらす。

リムジンは河川敷の方角へ向かっている。空が次第にあかね色を帯びてきた。花火会場には、城ヶ崎アクトもいるのだろうか。もしかしたら河川敷で彼と合流するつもりなのかもしれない。

出雲川君は彼の付き人みたいなものだから。もしも城ヶ崎アクトが現れたら、人ごみにまぎれて逃げてしまおう。

私は今も城ヶ崎アクトを避けていた。彼はもういじめっこではないと聞かされても、念のため距離をとるべきだ。柚子から念押しされた忠告が、まだ気になっている。

私は出雲川君のことも、まだ完全には信用しきれてはいないし、早乙女さんみたいにうっとりと彼の顔に見惚れることはしない。今、北見沢柚子の名前を出して彼に初等部時代のことを問い詰めたらどんな反応をするだろう。知らないふりをしてやりすごすだろうか。楽しい花火大会の雰囲気が悪くなるかもしれないので、そんなことはしないけど。早乙女さんに嫌われたくないからね。

河川敷が近づくと、道路脇の歩道に大勢の人がひしめいている。いつもは車で通れる道が通行禁止になっており渋滞が発生していた。ここからはあるいた方がよさそうだ。私たちは快適なリムジンを出て、人混みの中を移動することにした。

空が暗くなっていく。河川敷までもうすぐだというのに、人が多すぎてなかなか前にすすめない。湿気と熱気のせいで肌が汗ばんでくる。

「二人とも、僕についてきてください。お連れしたい場所があるんです」

河川敷の土手が前方に見える。遠くからアナウンスの音声が聞こえた。夏目町の花火大会の開始を告げる声だった。笛の音色を思わせる高音が空にのぼったかと思えば、光が放たれ、火薬の爆《は》ぜる衝撃が空気を震わせる。周囲にいた人々が歓声をあげた。

6／6

日が落ちて暗くなった空に、大輪の花火が広がった。赤や青、緑やピンクの光の点が、軌跡を描きながら広がって、すっと消えていく。花火が弾ける時の音が少し遅れてやってきて、ズドンと河川敷にひびいた。

「奇麗ですわね。今年も見ることができてよかったですわ」

隣で桜小路が言った。

「こんなにいい場所で見るの、はじめてだ。ありがとう、桜小路さん」

河川敷は見物客がひしめいている。毎年、混雑がすごくて、こんなに近くで花火を見ることなんかできない。俺たちがいる場所は、桜小路家が特別に用意した観覧席だ。河川敷の一角に警備員たちが立ち、垂れ幕によって仕切られた空間がある。そこに椅子とテーブルがずらりと並べられ、桜小路家に縁のある者たちが集っていた。テーブルには料理やアルコール類が置かれ、好きなだけ飲み食いしていいらしい。

「桜小路家が花火大会にたくさんの出資をしていますの。おかげで観覧席を用意していただけるのですわ」

桜小路がほこらしそうにワイングラスをかたむける。中に注がれているのはブドウジュースだけど。花火が夜空で弾ける度に、彼女の奇麗な顔と縦ロールの髪が光の色に彩られる。

「ねえねえ、姫子姉ちゃん、ここにある料理、全部食べてもいいの？」

声をかけたのは俺の弟の勇斗だ。桜小路が返事をしないうちに、皿に盛りつけられたサーモンの切れ端を指でつまんで口にいれてしまう。

「ちょっと、お兄ちゃん！　はしたないからやめなよ！」

妹の日向が、勇斗に文句を言う。

「大丈夫だ。みんな花火に夢中だから見てないし」

「そういう問題じゃないでしょ！」

騒々しい二人の声も、次々と打ち上がる花火の音にかき消される。いつも身だしなみやマナーにきびしい桜小路だったが、勇斗の不作法を見ても叱ろうとしなかった。楽しそうに二人のやりとりを眺めている。

「あいかわらずですわね、勇斗君は。昨年末のクリスマス会以来ですわ」

今日の花火大会への誘いを受けたのは俺だけだったのだが、急遽、弟と妹も参加させてもらっていた。特別観覧席に入れると聞いた二人が、自分たちも行きたいと言いだしたのだ。桜小路に相談してみると、あっさりと「問題ないですわ」の返事をもらえたのである。彼女に感謝だ。

「そういえば城ヶ崎君は？」

周囲を見回す。垂れ幕でしきられた空間に彼の姿はない。花火大会に誘ってくれたのは城ヶ崎アクトだったはずだが、我が家のアパートまでむかえに来てくれたのは桜小路の家の車だった。

「アクト様は離れた場所にいるみたいですわ。もう少ししたら、そこへ移動してみましょうか。花火大会がはじまって一時間後に、蓮太郎をそこへ連れて行くように言われていますの」

「わかった、そうしよう」

俺と桜小路はたまに会話をしながら夜空を見上げる。今日の彼女は浴衣姿だ。お姫さまのような縦ロールと、黒色の上品な生地の浴衣が、絶妙なバランスで同居している。夜空でかがやいた青色や緑色の火花が、形の良い彼女の顔を照らす。俺は一瞬、その横顔に見惚れてしまった。

そんな俺を見て、少し離れた場所で日向がにやついていた。なんだその目は。花火を見ろ、花火を。

一方、勇斗は食べることに夢中だ。皿に並んでいたブルーチーズを口にして、顔をしかめていた。そいつは青カビで熟成をおこなった独特な味のチーズだぞ。泣きそうになりながらジュースを求めてさまよっている。

「美しいですわ。宝石を夜空にばらまいたみたいですわね」

桜小路が言った。破裂した花火は、光の粒を放射状に放ち、少しおくれて大砲のような音を轟《とどろ》かす。花火の種類によっては、夕立の雨粒が傘にあたるような弾ける音を出し、黄金色の光をまき散らす。

花火大会がはじまって四十五分が経過した。そろそろ移動するタイミングだと判断したのだろう。

「アクト様との待ちあわせ場所に行かなくてはなりませんわ。蓮太郎、用意はいいかしら?」

「勇斗と日向はどうしよう。ここに置いていってもかまわない?」

「城ヶ崎の兄ちゃんに会うんだろう?　じゃあ、俺も行くよ」

「私も会いたい。いっしょに行ってもいい?」

「ええ、かまわないと思いますわ」

桜小路を先頭に俺たちは移動をはじめた。特別観覧席エリアを出ると、目の前には人の密集地帯が広がっている。

「こっちですわ。離れないで」

桜小路に俺たちはついて行く。縦ロールの髪というのは、こんな時、便利だ。あまり見かけない髪型だから、人混みの中でもすぐにわかる。

五十メートルほど進んだ時、日向が叫んだ。

「お兄ちゃん、待って！」

「どうした？」

「勇斗兄ちゃんが、屋台の方に行っちゃった！」

日向の指さした方を見る。屋台が並んでいる辺りへ、勇斗がふらふらとあるいていくのが見えた。

「連れ戻してくる。おまえは桜小路さんについて行け」

「わかった！」

勇斗は自由な性格をしている。興味のあるものを見つけたら、やるべきことをすっかり忘れて、そっちに向かっていく習性があるのだ。屋台の鉄板で焼きそばがじゅうじゅうと音をたてて調理されている。ソースのこげるにおいが香ばしい。その横ではソーセージやフライドポテトが売られていた。勇斗は、うっとりとした顔で屋台にひきよせられていく。

「勇斗！　戻れ！」

ようやく追いついて肩をつかんでゆする。

「兄ちゃん！　これ見てよ！　うまそうだよ！　買って！」

「しっかりしろ！　桜小路さんに置いてかれるぞ！」

「あ、そうだ！　城ヶ崎の兄ちゃんに会いに行くんだった！」

「思い出したか？」

「うん！」

俺は勇斗の手首をつかんで、さきほどの場所へ戻った。しかし、桜小路と日向の姿は見当たらない。俺が引き返したことに気づかず、桜小路は先の方へあるいていってしまったらしい。

俺と勇斗は、桜小路と日向をさがしながら少しあるいてみた。花火が道行く人を様々な色に染めている。縦ロールの髪型は見つからない。夜空を見上げながらあるいている集団とぶつかってしまい、舌打ちをされた。すっかりはぐれてしまったようだ。

「ごめんよ、兄ちゃん、俺のせいで……」

「まあ、そのうち合流できるだろ」

俺と勇斗はひとまず桜小路家の特別観覧席まで戻ることにした。ありがたいことに警備員が俺たちの顔をおぼえてくれていたので中に入ることができた。花火大会の開始時刻から一時間が経過していた。

6／7

住宅地を幅二十メートルほどの川が流れている。打ち上げ花火の色とりどりの光が、その水面に映りこんでいた。この支流はもう少し先に行くと住宅地を抜けて河川敷に出る。そこで柏梁川に合流し、海へとつながる大きな流れの一部となる。

長髪のかつらで凶悪な顔を隠しながら、川沿いの柵に寄り掛かっていた。蓮太郎と葉山ハルが、もうじきここにやってくるはずだ。赤い橋が支流にかかっている。花火の見物客が何人かそこに立って夜空を眺めていた。その光景に見おぼえがある。アニメ『きみある』に登場した風景カットと、まったく同じレイアウトなのだ。

頭の中でアニメ『きみある』の様々な場面が勝手に上映されはじめる。なんでもない日常シーンのカットまで明確に思い出せた。暇な時間に僕はそうやって時間をつぶす。台詞やＢＧＭも脳内再生され、勝手に感極まって涙ぐんでしまうこともある。

「蓮太郎君、ありがとう……、きみがいてくれてよかった……。きみがいなかったら、私は耐えきれなかったかも……」

病室で一人の時、彼女がつぶやいたのは冬の場面だ。

抗がん剤による化学療法を経て、彼女の精神面がぼろぼろになっていた時期だ。そんな彼女の心の支えになったのが主人公の蓮太郎である。

だから冬になる前に、蓮太郎と葉山ハルは親密な状態になっておかねばならない。でなければ、病室で心の闇にとらわれている彼女を誰が救ってやれるのだろう。この世界線において、なかなか親しくならない蓮太郎と葉山ハルにやきもきしてしまうのは、そのせいだ。

時刻を確認すると、もうじき花火大会の開始から一時間が経過する。蓮太郎と葉山ハルは到着していない。出雲川と桜小路に電話で状況をたずねてみることにしたが、どちらもつながらなかった。呼びだし音は鳴っているみたいだが、二人とも電話に出ない。

タイムリミットが迫っていた。花火が次々と打ち上がり、腹に響くような音が頭上からふっていた。

川の柵に寄り掛かっている僕の横を、小さな子どもを連れた母親が通り過ぎていく。子どもは五歳くらいの少年で、水色の服を着ていた。その服に見おぼえがあった。

「おかあさん！　見て！　奇麗だよ！」

少年は夜空を指さしながら母親を追い越して走っていく。あの少年だ。アニメでは名前の登場しなかったモブキャラであり、イベントのために用意された装置でしかなかった。だけどこの世界では、しっかりと生きている一人の人間である。

「待って。勝手に一人で遠くに行かないでね」

母親が立ち止まって携帯端末で誰かと通話をはじめる。河川敷で誰かと待ちあわせをしていて、その連絡をしているのかもしれない。少年は退屈そうにしながらも、川沿いの柵に腕を引っかけたりしながら、母親があるき出すのを待っていた。

時刻を確認する。もうそろそろだ。蓮太郎はいない。葉山ハルもまだ赤い橋に到着してはいなかった。作戦は失敗してしまったのだろうか。僕はまだ最後の望みにかけている。今からでも遅くはないはずだ。はやく来い、蓮太郎。来てくれ、葉山ハル。はやくしないと、アニメのシナリオ通りに、アクシデントが起きてしまうぞ。神《シナリオライター》が用意してくれたイベントだぞ。このイベントを素通りしていいのか？

夜空の高い位置で、光の粒が放射状に開く。少し遅れて、重たい音の響きが大気を震わせる。

皮膚がしびれるほどの衝撃。花火の色鮮やかな光が、一瞬、風景をうかび上がらせた。

花火に見とれていた少年が、川沿いに設置された柵に寄り掛かりながらぶらぶらとしている。偶然にも、柵と柵の隙間が広くなっている箇所があり、そこからするりとすべり落ちてしまった。支流の水面へ落ちる子どものシルエット。僕はそれを目撃する。

母親もまだ気づいていない。少年も、咄嗟のことで驚きの声さえあげなかった。着水する音は花火の音にかき消され、通行人たちは夜空を見ていた。

蓮太郎、どこにいる。子どもが落ちたぞ。はやく助けないと。周囲をさがす。だめだ。彼はいない。まだ到着してない。

花火と花火の間の静かな空白。そこに、水をはげしくかきまぜるような音が聞こえる。

「……れか……！　たす……！」

少年がもがきながら声を発している。流されて川岸から離れていた。ようやく母親が周囲を見回し、子どもがいないことに気づく。

急に怖くなってきた。今の今まで、この場に蓮太郎が来るのは当然のことだと思いこんでいた。彼が少年を助けてくれるのは確定事項だと。でも、彼は到着していない。このままだと、あの子は溺れてしまう。

もっと入念に計画しておけばよかった。蓮太郎が来ない可能性も検討し、浮き輪や救命胴衣なんかを持ってきておけばよかった。

水面は波打ち、外灯や花火の光の反射が砕けて複雑な模様を描いている。母親が柵越しに川をのぞきこんで悲鳴をあげた。通行人が立ち止まり、何事かとふり返る。川に転落した子がいるぞと気づき騒ぎだす。だけど、誰も川に飛びこんで助けようとはしない。くそっ。仕方ない。こうなったのは僕のせいだ。事前に知っていたのに、何の対策もしていなかった僕にも責任がある。

僕は柵を乗り越えた。一瞬の浮遊感。着水して全身が水中に沈む。かつらがとれ、着ている服が濡れて重たくなる。足先が川底につかないほどの深さだった。

泳ぎは得意な方じゃない。腕をうごかし、足をばたつかせていると、次第につかれてきて動きがにぶくなる。アニメでは服を着たまま蓮太郎は川に飛びこんで少年を救出していたけれど、実際にやると、とんでもなく筋肉に負荷のかかることだとわかった。あれはたぶん主人公補正というやつだろう。

僕は主人公じゃない。城ヶ崎アクトの肉体は、平均以下の運動能力しかないのだ。背も低く、筋肉もない。あるのは城ヶ崎家という権力だけ。本人には何も特別な力はないのだ。

もがいている少年のところまでたどり着いた。疲労の蓄積と酸欠でくたくただ。

「大丈夫か！　こら！　動くな！」

声をかけると、少年は僕の体にしがみついてあばれる。パニックになっているようだ。少しでも沈みそうになると、僕の体をよじのぼろうとするし、その反動で僕は水中に沈んでしまう。息ができなくて頭のなかがちかちかと明滅するようになってきた。水面は暗かったが、時折、花火の光で色とりどりにかがやいている。

「じっとしてろ！」

アニメの蓮太郎の行動を思い出す。彼はもがいている少年に落ち着くように声をかけていた。それから少年を抱きかかえるような格好で立ち泳ぎして、川べりまで移動していたはずだ。

だけど僕の場合、少年の反応が激しい。

「ひ、ひぃ……！」

少年が僕の顔に怯えていた。確かにそうだな。暗い水面でおぼれていたら、凶悪なモンスターみたいな顔の奴がやってきたわけだから、それは怖いだろう。食われてしまうと、思いこむだろう。

「助けにきたんだ！　誤解するな！　じっとしてろ！　二人とも沈むぞ！」

泳ぎながら声を出すのも体力を使う。少年があばれるのをやめないので、しかたないからそのまま抱きかかえて泳ぐことにする。「こっちだ！」と声が聞こえた。大人が数名、川岸に飛びこんでいる。救出の手伝いをしてくれるらしい。助かった！　僕は必死の思いでそちらへ向かった。すでに体力が限界だ。少年を大人たちの手に託す時、少年が沈まないように水面へ持ち上げようとすると、かわりに僕の体は沈んでしまう。

思いきり水を飲んでしまい、気が遠くなりかけた。全身から力が抜けて動けなくなる。頭上に水面があり、色とりどりの光が見えた。このまま僕は死ぬのか。そう漠然と思った。二度目の人生もここで終わりだな、と。

その時、強い力で腕をつかまれ、水面へと引っぱり上げられた。大人たちの一人が、限界をむかえた僕に気づいて、助けてくれたらしい。

「大丈夫か！　きみ！」

そんな声が聞こえる。

僕と少年は川沿いの路面まで引っぱり上げられた。少年の母親が泣きながら子どもを抱きすくめている。僕は疲労でうずくまる。そのまま気持ち悪くなって吐いてしまった。飲んでしまった川の水が喉を逆流する。嘔吐《おうと》した時の反射で涙も出てきた。散々な状態だ。アニメでは蓮太郎が颯爽と少年を救出していたのに、この汚さ、えらいちがいだ。

周囲のやじ馬を見回すと、僕の凶悪な顔を見た人たちが後ずさりをしていた。水に濡れて髪の毛がぺったりとはりついた僕は、人を襲うタイプの半魚人にそっくりだったのだろう。

その時、やじ馬の中に見知った人物を見つけた。葉山ハルが驚いた顔で僕を見ている。なんだ、到着していたのか。吐瀉《としゃ》ぶつまみれのみっともない姿を見られてしまい、急に恥ずかしくなった。僕は立ち上がると、その場から逃げ去ることにする。

花火が空を震わせ、夜空一面に光の粒を広げながら降ってくる。うつむいて走っている僕には、明滅する町が、爆撃を受けている戦場のようだった。

6／8

河川敷を移動中、早乙女さんが転んでしまった。打ち上げ花火に気を取られていたせいで、通行人にぶつかってしまったのだ。足首をくじいてしまい、一人であるくのが難しい状態となった。私たちは河川敷の片隅の空いている場所で休むことにした。

「すみません、私のせいで」

「気に病む必要はありません。ここでゆっくりしていましょう。何か買ってきてほしいものはありますか？」

「出雲川さんのお手をわずらわせたくありません……」

近くに木の茂みがあり、枝が邪魔で花火が見えにくい。そのせいで人気がなくて、座れる空間がのこっていた。花火大会がはじまって五十分ほど経過したころ、出雲川君がそわそわとしだす。

「葉山さん、お願いがあるのですが。この地図の場所に行っていただけますか？」

彼は地図のコピーを差しだした。一ヶ所に赤い印がついている。柏梁川に合流する支流のひとつに、橋がかかっているのだが、赤色のペンでその地点が囲まれていた。

「ここに行けばいいの？」

「はい。桜小路さんと佐々木蓮太郎君がそこへ来るはずなのです。待ちあわせをしていたのですが、行けなくなったと伝えてきていただけますか？」

「うん、いいよ」

私はそこへ行くことにした。出雲川君と二人だけにしてあげた方が、早乙女さんにとってもうれしいだろう。

「じゃあ、行ってくるね」

私は二人から離れて移動を開始する。鼓膜《こまく》がやぶれそうなほどの破裂音が頭の上で轟いている。空一面に黄金色の火花が広がっていた。地図を確認しながら、支流にかかる橋へと近づく。

「子どもが落ちたぞ！」

そんな叫び声が聞こえた。支流の方からだ。人々が立ち止まり、声のする方をふり返る。私は駆け出した。

住宅地を通って柏梁川につながるその川は、それなりに幅もあり、深さもあるようだ。橋の上から手すり越しに覗きこむ。花火の光が暗い川面にきらきらと反射していた。

子どもが溺れていた。小さな男の子だった。だけどもう一人、川の中にいる。暗くてよくわからないけれど、おそらく私と同世代くらいの少年だ。子どもが溺れているのを見て、救出のために飛びこんだのかもしれない。

やじ馬たちがあつまって川沿いの柵にならぶ。溺れている子どもと、それを助けようとする少年の行動を見つめていた。

溺れている子どもの近くまで少年がたどり着く。だけどその子はパニックになっていて大変そうだ。ようやく、他の大人たちが動きだしてくれた。何人かが川に入り、二人を救出する。

川べりにたどりついたとき、少年は頭まで沈んでしまった。それがいかにも、力尽きたという感じだったので、ぞっとする。大人の一人があわててその少年をつかんで引っぱり上げる。ああ、よかった、大丈夫そうだ。

私は少年の行動に感動していた。彼が川に飛びこむ瞬間は見なかったけど、もしも彼がそうしていなかったら、手遅れになっていたかもしれない。

ずぶ濡れの状態で道に横たえられた少年は、身を起こしてうずくまると、げえげえと水を吐きだした。周囲にいた人たちが、顔をしかめて遠ざかる。ぼろぼろの姿の少年が顔をあげたとき、人々が息をのんだ。

「まあ、なんて怖い顔……」

私の横にいた中年女性がつぶやく。彼を称賛する雰囲気が一瞬で消し飛んだ。彼の顔はあまりに恐ろしく、人々に恐怖心しか与えなかったからだ。

彼のことを私は知っていた。城ヶ崎アクト。川に飛びこんで子どもを救ったのは彼だったのだ。目は充血して赤くなっていた。口元は吐いたもので汚れている。そのせいでいつもより迫力が増していた。周囲を睥睨《へいげい》する彼の目力に人々は動けない。

人混みの中にいる私と目があった。三白眼が驚きによって大きく広がる。何を思ったのか、彼は勢いよく立ち上がると、その場から逃げるように走り去ってしまった。後には、ぼう然としているやじ馬たちと、泣いている子どもと、それを抱きしめる母親がのこった。

誰かが救急車を呼んだらしいが、道路混雑の影響で到着が遅れた。警察と花火大会の関係者が目撃者に事情を聞いている間にも、空には光の大輪が開いていた。

やがて橋の上に見おぼえのある女子生徒がやってくる。桜小路さんだ。彼女は小さな女の子と手をつないでいた。いったい誰だろう？

「葉山さん？　到着していらしたのね」

彼女が私に気づいて話しかけてくる。お姫さまみたいな縦ロールの髪型をした女の子だ。スタイル抜群で、気品のあるたたずまい。おそらく雲英学園で彼女を超える美貌の持ち主はいないだろう。彼女は周囲を見回す。

「出雲川さんはいっしょではないの？　お友だちと三人で行動していたのではなくて？」

「トラブルがあって動けなくなったんです。私だけ、出雲川君にこの地図をわたされて、ここに行ってほしいって」

桜小路さんと言葉をかわすのは、はじめてだったので緊張した。学園内だったら絶対に会話なんてできない。

「その子は、桜小路さんの妹さんですか？」

髪の毛をお団子にしたかわいらしい子だ。おそらくまだ小学生だろう。

「佐々木蓮太郎の妹さんですわ」

「あ、そうなんだ」

「こんばんは。佐々木日向です。いつも兄がお世話になってます」

ていねいにお辞儀をしてくれる。

「葉山です。どうも」

今まで一度も話をしたことがない桜小路さんと、これまで存在すら知らなかった佐々木蓮太郎の妹と、三人で橋の上で顔をつきあわせて途方にくれる。これからどうしろと？

「ずいぶん騒々しいですわ。何があったのかしら」

「最初から見ていたわけじゃないんだけど、さっき、ここで子どもが溺れたんだよ。しかも、川に飛びこんでその子を救ったのが、城ヶ崎君だったりするんだよ」

桜小路さんと日向ちゃんの驚きは想像以上のものだった。私は質問攻めにあい、さきほど目撃した場面を詳細に説明する。ようやく救急隊員が到着して、泣いている子どもを担架に乗せて運んでいった。城ヶ崎アクトが行動しなければ、あの子は今、生きていただろうか。花火のクライマックスが始まり、一気呵成《いっきかせい》に色とりどりの火花が夜空を埋め尽くす。その後、静かになると、花火大会の終わりを告げるアナウンスが流れた。

7／1

花火大会での出来事について、出雲川や桜小路や蓮太郎から質問を受けたけれど、ごまかしておいた。溺れている子どもを救助するために飛びこんだ少年がいたらしいが、僕のことではないと否定しておく。

「なぜ、ちがうと言い張るのですか、アクト様。この英雄的行動は、マスコミに取り上げていただかなくては困ります。再現VTRを作る際は、アカデミー賞俳優にアクト様を演じていただきましょう」

「そうですわ、立派なことですのに。あの場所にアクト様の彫像を設置すべきですわ。その前をとおる者たちは、かならずその像を拝まなくてはならないという法律を制定すべきですわ」

出雲川と桜小路はそう言うけれど、僕は少しも立派なことをしたという意識はない。僕はあの子が溺れるのをあらかじめ知っていた。それを利用して蓮太郎と葉山ハルを親しくさせようとしたのだ。蓮太郎が来ない可能性を考えもせず、あの子の命を危険にさらしてしまった。僕はそのことを反省していた。僕は本来、あの子が川に転落するのを、未然に食い止めなくてはいけなかったのだ。

「城ヶ崎君が泳いで助けたんだってことは、たぶん、みんな知ってるよ。あの場にいた人たちが証言してる。溺れている子どもを助けたのは、恐ろしい目つきの少年だったって」

蓮太郎は花火大会の夜、桜小路と離れ離れになってしまい、待ちあわせの場所まで来られなかつたらしい。もしも彼が来ていたら、救助のために飛びこんでいたのは彼だったはずだ。それなのに彼は、ヒーローを見るような目で僕を見る。やめろ。そんな目で僕を見るな。僕はあの子を利用しようとした悪人なんだ。『きみある』の悪役なんだぞ。

夏休みの間に僕の誕生日パーティが開かれ、屋敷で盛大に祝ってもらった。以前は出雲川と桜小路しか招待する友人がいなかったけど、ここ数年は蓮太郎と勇斗と日向が加わってにぎやかだ。パーティ会場となった城ヶ崎家のホールにはステージが設置され、次々と有名なお笑い芸人が登場してネタを披露してくれた。勇斗と日向が笑ってくれていたので、この催しは大成功だったにちがいない。

そして九月に入り、二学期がはじまった。

ある日の昼休みを、僕は図書館で過ごすことにした。最初のうちは長髪のかつらをかぶって変装していたけれど、長い前髪が読書のじゃまだったのではずしてしまう。閲覧用のスペースの隅っこの方でミステリ小説を読んだ。ページをめくるとき、紙のにおいがふわりとひろがった。僕はこのにおいが好きだ。読み終えた本を棚へ戻しに行こうと立ち上がった時、長い黒髪の女の子を発見した。葉山ハルが本棚の間を移動していた。

僕は彼女にきらわれているという自覚があった。あきらかに避けられているし、そもそもアニメ版がそうだったのだから、きらわれるのは必然と言えよう。花火大会の夜、一瞬だけ目があったけど。僕はあの時、ずぶぬれで吐瀉ぶつまみれだったから、気持ち悪いやつ、と思われたことだろう。だから近づくのはやめておこう。

でも、体の具合が気になったので、遠くから目で追いかけてしまう。彼女は立ち止まり、本を一冊、本棚から抜き取った。ページをぱらぱらとめくりはじめた。その時、葉山ハルがはげしく咳《せ》きこみはじめる。口元に手をあてて、苦しそうに顔をゆがめながら。

僕は彼女にかけよった。

「葉山さん、大丈夫か？　救急車を、いや、救急ヘリを呼んでもらおう。念のため、医者に診てもらった方がいい」

いきなり現れた僕を見て彼女は驚いていた。

「じょ、城ヶ崎……君……!?」

同時に咳きこんでもいたから、よけいに苦しそうだ。

「無理してしゃべるな。今すぐ一流の医療チームをあつめてやる」

スマートフォンを取りだして小野田に連絡をいれようとした。しかし葉山ハルが首を横にふる。

「オーバーだよ！　本をめくった時、ほこりが舞って、それを吸いこんじゃっただけだから！」

次第に彼女の咳が落ち着いてくる。苦しそうな様子も消えて、僕はほっとした。

「そ、そうか。僕はてっきり……」

おそれていた日がついに来てしまったのかと思いこんでしまった。この世界線では、アニメ版とはずいぶんいろんな出来事がちがっている。起きるはずのことが起きていないし、起きるはずのないことが起きている。彼女の病気の発症が、数ヶ月ほど前倒しになったとしても不思議ではない。

「でも、どうして城ヶ崎君がここに？」

葉山ハルは僕を警戒しながら本を棚に戻す。

「僕はこう見えて読書家なんだ。本は僕の顔を見ても怖がらないしな」

「出雲川君と桜小路さんは、いっしょじゃないんだね」

「一人でゆっくりしたい日もある」

目の前の少女から【彼女】の声が生みだされ、世界に放たれる。

僕の言葉に対して【彼女】の声で返答がある。

その感動で胸がいっぱいだった。変人だと思われたくないから平気なふりをしていたけれど。

「城ヶ崎君も一人になりたいって思うんだね」

葉山ハルはおそるおそる質問する。

「花火大会の日、濡れた服で帰ったの？」

彼女には直接、目撃されている。ごまかすのは無理だと判断した。

「まあな。夜の町を走って逃げたよ。通行人は僕をふりかえって、ぎょっとしていた。生まれてのエイリアンが羊水まみれでさまよっているという通報が、あったとかなかったとか……」

彼女は少し呆気にとられた顔をした後、おかしそうに目をほそめた。笑っているのか、僕の言葉に。アニメ版では城ヶ崎アクトに対して侮蔑のまなざししか見せなかったはずなのに。

「意外すぎるよ、城ヶ崎君」

しかも、僕の話がツボに入ったらしい。笑いを抑えきれないという様子だ。僕はなんとも言えない幸せな気持ちになる。おかしそうに涙をぬぐいながら葉山ハルは言った。

「人は見かけによらないんだね」

「さらりと言ってるけど、結構、ひどいことを言ってる自覚あるのか？」

「植物園でのことも、謝った方がいいよね。城ヶ崎君が女の子をいじめてるんだと思いこんでたけど、やっぱりちがってたんだ。今ならそう思える」

「謝るのは僕の方だ。いきなり、声を録音させてくれだなんて言われて戸惑ったはずだ」

「得体のしれない不気味さがあったよ。じゃあ、お互いに、よくない部分があったということで」

葉山ハルは僕に向き直る。黒髪に光の反射があった。まるで天使の輪っかのようだ。大きな瞳には、強い意志と繊細さが同時に宿っている。誰からも愛されるような顔立ち。アニメのヒロイン感があり、きらきらと空中に舞うほこりさえ、彼女を際立たせる演出のように見える。だけど目の前にいるのはアニメの登場人物などではなく、生きている人間だ。その存在感に僕はどきりとさせられる。葉山ハルという一人の女の子を前に、心臓の鼓動がはやくなった。彼女には佐々木蓮太郎という運命の相手がいるのに。そのことをあらかじめ知っていたから平気だったけど、もしも知らなかったら、危なかった。それくらい魅力的なながやきが彼女にはあるのだ。まったくどうしてこの世界線の蓮太郎は彼女のことをなんとも思わずにいられるのだろう。

「私、城ヶ崎君のことを悪人だと決めつけてた」

「実際、悪役なんだ。周囲に面倒をかけないようにおとなしくしているだけで。初等部時代の悪行は恥ずべき行為だった」

「みずからのおこないを悔い改めて、生き方を変えたんだよね。それってすごいことだよ。誰にでもできることじゃない。きみの意識が変わったことで、雲英学園全体にいい影響が出てる」

僕は何もしていないのに、ずいぶん褒めてくれるので居心地が悪かった。それよりもこうして彼女と話をする機会が得られたのだから、色々と聞きたいことがある。たとえば最近の体調とか。運動をして息切れしないかとか。可能であれば人間ドックもお勧めしたい。定期的に検査を受けていれば、白血病の早期発見につながるかもしれない。どうやってその話をきりだそうか迷っていると、彼女は言った。

「きみは子どもを救うために川へ飛びこめる人なんだ。素直にすごいと思うよ」

僕は驚いて思考停止する。

「きみは子どもを救うために川へ飛びこめる人なんだ」

それはアニメ『きみある』にも登場した台詞だった。でも、言う相手がまちがっている。ヒロインの葉山ハルが、主人公の佐々木蓮太郎に対し、尊敬の思いをこめて口にした台詞のはず。どうして悪役である僕に対してその台詞が放たれたのだ？　この世界線、どうなってるんだ？　遠くから奇麗な音色が聞こえてくる。お昼休憩の終わりを告げる鐘だった。

7／2

城ヶ崎アクトが取り巻きの二名を引き連れて廊下を通る。学園生は壁際に避けて彼らが通り過ぎるのを待った。早乙女さんといっしょにいるとき、彼らの大名行列に遭遇する。これまでだったら、別の階へ逃げこんだり、女子トイレに身を潜ませたりしてやりすごしていたけれど、城ヶ崎アクトに対する恐れが解消されたので、もう避ける必要はない。

城ヶ崎アクトの三白眼と目があった。抜き身の日本刀のように鋭い眼光。彼の口元がゆがみ、ギザギザの歯がのぞく。私の周囲にいた女子生徒たちが、ひぇ、と息をのみ恐怖していた。だけど私は、彼が笑みをうかべたのだろうとわかった。彼の顔に免疫《めんえき》ができたのかもしれない。

早乙女さんの視線は出雲川君に向けられている。彼女は以前から出雲川君のファンだったけれど、花火大会以降、その好意が異次元突破していた。彼を見る早乙女さんの目は完全にハート型だ。

出雲川君は私たちに気づくと、微笑みをうかべて軽く手をふってくれた。金髪碧眼の容姿は完全に王子様だ。私たちの周囲にいた女の子たちがざわつく。「出雲川様が手を振ってくださったわ」「私に振ってくださったのよ」「いいえ、きっと私によ」などと戦争がはじまる。

桜小路さんは誰にも手を振ったりなんかしない。いつもつんとすまして周囲の視線など存在しないかのように移動する。誰にもなびかない美しい横顔に、男子生徒たちが見とれていた。

彼らが通り過ぎていなくなると、廊下は元の状態に戻る。

「今日の城ヶ崎様は、いつにもまして恐ろしいお顔でしたわね」

「ええ。怪物のように歯をむきだしにして、周囲を威嚇《いかく》なさっていました。機嫌が悪かったのかもしれませんわね」

「私、ポケットにいれていた十字架を思わず握りしめてしまいました」

周囲からそんな会話が聞こえてきて、思わずふきだしてしまう。私の様子を見て、早乙女さんが不思議そうにしていた。

「どうかしましたか、葉山さん」

「笑いが、抑えきれないよ……」

開け放した校舎の窓から、涼しい風が入ってくる。夏が遠ざかり、これから秋がはじまることを感じさせた。日差しも以前にくらべてやわらかくなり、じりじりとした暑さも消える。

北見沢柚子の自宅にお呼ばれして、いっしょに日曜日を過ごすことになった。彼女の自宅は洋風の三階建てで、私たちの小学校区では一番の豪邸だ。ゴールデンレトリーバーを三頭も飼っている。

ひさしぶりに会った柚子は、ほっそりしていて、あいかわらずの美少女ぶりだった。深窓の令嬢といった儚《はかな》い雰囲気がある。柚子のお母さんが紅茶とケーキを用意してくれて、それらを堪能しながらおしゃべりをする。彼女は雲英学園高等部での生活のことを聞きたがった。

「調理実習の時、テレビでよく見かける料理研究家の人が来てくれたよ。授業のためにオリジナルのレシピを用意してくれてたの。とてもおいしかった。でも、使う食材が高級なものばかりだったから、自宅で作るのは無理かな。普通の家では白トリュフなんて使わないよね」

柚子は最初のうち、笑顔で私の話を聞いてくれていた。ゴールデンレトリーバーがやってきて、なでてほしそうに私の顔を見上げてくる。

「そういえば、ハル、前に私が忠告したこと、おぼえてる?」

「忠告って、なんだっけ?」

「無事に雲英学園を卒業したければ、城ヶ崎アクトから目をつけられてはならないこと。常に彼を警戒し、近づいてはならない。認識されなければ、彼のターゲットになることもないはずだから」

柚子は初等部時代、城ヶ崎アクトとその取り巻きからいじめを受けた。その時の心の傷が癒えていないのだ。

「私は……、その……」

城ヶ崎アクトと交流したなんて言えなかった。彼女をいじめた側の一人である、出雲川君の家の立派なリムジンで花火大会に出かけたなどと知ったら、柚子はどんな風に思うだろう。

「あいつは悪魔の生まれ変わり。おぞましい奴よ」

「そうだね。あの顔は、そう思われてもしかたないよね」

いじめた側は忘れても、いじめられた側は一生、忘れない。憎み続けるものだ。

「城ヶ崎アクトは人を殺してもなんとも思わない性格破綻者よ。きっとそう。人を傷つけて苦しんでいるところを眺めて笑いころげるようなタイプ。ハルの人生があんな奴に踏みにじられたくないから私は忠告しているの。私はハルのことが大好きだから、心配で心配でたまらない」

柚子は私の手をとって、長い睫毛《まつげ》をふるわせながら泣きそうな顔をする。

「公立小学校に転校してきた時、友だちのいない私に話しかけてきてくれた。ハル、あなたは私の大事な親友。あんな奴のえじきにならないでね」

「大丈夫だよ。城ヶ崎アクトは、最近、おとなしくなったって評判なんだ。今はもう誰のこともいじめてないみたいだし」

私は思いきってそう話してみた。

「は？」

途端に彼女の雰囲気が変わる。

「あいつが？　おとなしくなった？　本気で言ってる？」

柚子のかわいらしい顔が能面のように無表情になった。私がうなずくと、柚子はテーブルを拳で殴《なぐ》った。激しい音がして紅茶のカップがはね、液体が波打つ。

「ハル、あなた、騙されてるよ。あの悪魔がおとなしくなるなんて、地球が何千回爆発してもありえない」

「落ち着いて、柚子。ほら、犬たちも怖がってる」

ゴールデンレトリーバーたちが他の部屋に逃げていった。

「ハルがいけないのよ、おかしなことを言うから。城ヶ崎アクトが、誰もいじめてないだなんて、そんなことあるわけがないでしょう。きっと、みんなにわからない方法で外部生たちをいたぶっているの。目撃者は全員、消されているんだわ。誰も知らないところで切り刻まれているのよ」

「そうかな。そうは思えないけど」

柚子の顔面は怒りでゆがんでいた。私は少し怖くなる。

「ハル。どうしてそんなことを言うの？　ハルは私の親友だよね？　城ヶ崎アクトは悪魔なんだよ。この世にいてはいけない害虫みたいな奴なんだ。私といっしょにあいつのことを憎んで。あいつが破滅するのを私と祈ってよ」

もう一度、柚子がテーブルを殴る。ケーキのフォークが飛び跳ねて高い金属音を発した。

「ねえ、あいつがもう誰もいじめてないだなんて嘘だよね？」

柚子は頭をかきむしっている。骨みたいに痩せた腕だ。彼女の中には城ヶ崎アクトへの深い憎しみがある。彼を憎むことが人生の一部になっていた。

「そ、そうだね、彼が何かをたくらんでいる、という可能性はゼロじゃないかも。私も彼に恐怖をおぼえたことは確かだよ」

嘘ではない。植物園エリアの温室で対面した時、確かに絶望感があった。私は目の前の友人を落ち着かせるために話をする。

「彼は今もみんなから恐れられてる。廊下で彼が通り過ぎる時、私の近くにいた女子生徒なんて、ポケットにいれていた十字架を握りしめてたんだって。神様に祈りたくなっちゃうくらい、あいつのことが怖いんだよ。悪魔みたいな顔だからね。うん、柚子の言う通りなのかもしれない」

すると、潮が引くみたいに柚子の雰囲気がやわらかくなった。儚げな美少女が目の前に座っている。さっきまでテーブルを殴っていたなんて、とても想像できない清楚《せいそ》な見た目だ。

「ハル、紅茶のおかわりはどう？」

「もらおうかな」

「ママ、紅茶を」

柚子が声をかけると、彼女のお母さんが紅茶の入ったポットを持ってきてくれる。ちらりと目があって、「ごめんなさいねいつも」という意味あいの微笑みをむけられた。「どういたしまして」と無言で会釈をする。

二学期に入ると学級委員に推薦された。私の一学期の成績が非常によかったから、というのが理由らしい。その関係で、佐々木蓮太郎と話をする機会が増えた。各クラスの学級委員をあつめたミーティングに彼も出席していたのだ。

「葉山さん。よろしく」

「よろしく、佐々木君」

彼の所属する一年三組は、城ヶ崎アクト、出雲川史郎、桜小路姫子のいるクラスだ。彼らに対して発言できる者は限られており、佐々木蓮太郎が学級委員を務めるのは納得の人事である。

お昼のランチビュッフェの時、佐々木蓮太郎を見かけたので、近くの席に座って話をすることにした。彼は城ヶ崎アクトの仲間だという認識があったから、あまり親しくしないように気をつけていたけれど、最近はすっかり警戒心がなくなっている。

「一組は学園祭で何をするの?」

彼がローストビーフとパスタとサラダを頬張りながら質問する。私たちは秋の学園祭にむけて動きだしていた。

「ホームルームで意見をあつめたら、お化け屋敷をやりたいって人が多かったかな」

マスカットとオレンジを口にいれる。

「お化け屋敷?　いいね、楽しそう」

「三組は?　何するの?」

「喫茶店。普通の喫茶店じゃなくて、執事喫茶ってやつ」

「執事喫茶?」

「そう。メイド喫茶の男版。うちのクラスの女子が一致団結してその案を推してるんだ。出雲川君に執事役をやってもらえないかって、女子から相談を受けてる」

「出雲川君がお給仕をしてくれるんだったら、人気が出そうだね」

佐々木蓮太郎のお皿にはローストビーフがまだ何枚ものこっていて、おいしそうだなあ、と思いながら私はそれを見つめてしまう。私の視線に気づいて彼がお皿をさしだす。

「食べる？」

「いいの？」

「またとってくればいいし」

「じゃあ、もらう」

ローストビーフを一切れ、彼のお皿からわけてもらった。生徒がいくら食べても、ランチビュッフェのローストビーフは次々と追加される。

「城ヶ崎君は喫茶店で何を担当するの？　彼が紅茶をはこんできたら、みんなきっと驚くでしょうね」

「裏方をやるみたいだよ。あと、城ヶ崎家のコネクションを使って、海外の産地から特別に高級な茶葉と珈琲豆を輸入してくれるって」

「なんだかすごいね」

壁がガラス張りになっており、秋の暖かい日差しが入ってきた。芝生の庭園が外に広がっているのだが、学園祭が近くなるとそこにステージが設けられるらしい。海外の著名なミュージシャンがステージで演奏したり、元総理大臣が招かれてスピーチをしたりするという。

「葉山さんが声をかけたら、城ヶ崎君、一組のお化け屋敷も手伝ってくれると思うよ」

「そんなの恐れ多いって」

彼がお化け役をやっている場面を想像してみる。失神者が続出することだろう。

7／3

アニメ『きみある』において、城ヶ崎アクトの精神が歪んでいた理由のひとつは、父子関係に問題があったからだろう。城ヶ崎アクトは父親に疎まれながら生きていた。僕を生んだことが原因で、母親の城ヶ崎ユリアが死んでしまったせいだ。

城ヶ崎ユリアの若い頃を描いた肖像画が父の書斎に飾られている。聖母のような美しい女性だった。胸元に銀色のペンダントのついたネックレスがぶら下がって光っている。ちなみにこのネックレスは、若い頃に父が母に贈ったものらしいが、現在は紛失して行方不明になっているそうだ。

城ヶ崎鳳凰は今も彼女を愛し、暗い書斎で一人、肖像画を見つめながら酒を飲んでいる。城ヶ崎グループという帝国の頂点にいるはずなのに、彼は少しも幸福そうに見えなかった。

愛する者の喪失。その痛みを僕は理解できる。だから城ヶ崎鳳凰には少しだけ共感しているのだ。幼少期に無視されて傷ついたことは記憶としてのこっているけれど、すべて水に流そう。

「まだ外部生と交流があるのか？」

城ヶ崎鳳凰が僕に質問する。チェスの対戦をした後、僕たちはダイニングに移動し、長いテーブルをはさんでシェフの作った創作フレンチを食べていた。

「佐々木蓮太郎君のことですね。今も親しくさせてもらっていますよ。大事な友人の一人です」

「そいつはおまえの金と権力が目当てで近づいているんだ。気を許すんじゃないぞ」

「僕はそう思いませんけどね」

城ヶ崎鳳凰は野獣のように肉を食らい酒を飲む。前世のサラリーマン時代にも、ここまでパワフルな食べ方をする人はいなかった。僕は豚のポワレを小さく切って口にいれる。ローズマリーの香りがおいしさを引き立てていた。

「付きあう人間は内部生から選べ。外部生は信用がならない」

「生まれは関係ありませんよ。僕は佐々木蓮太郎君がいい奴だってことを知っています」

彼は『きみある』の主人公なのだ。もしかしたら僕は彼自身よりも彼のことを知っているかもしれない。

「外部生の奴らは、金持ちをやっかみ、対抗心を抱き、踏み台にしてのしあがろうとする生き物だ。おまえは友人だと思っているかもしれないが、向こうはおまえのことを、ちょうどいい金づるくらいにしか見ていないのだ」

「僕の大切な友だちのことを悪く言わないでください」

佐々木蓮太郎を貶めるなんて、こいつ、『きみある』のアンチだな。しかし僕は営業スマイルを心がけた。

十月におこなわれる学園祭で、僕の所属する一年三組のクラスは執事喫茶をすることになった。学園祭準備のために設けられた、何度目かのホームルームの時間のことだ。学級委員の佐々木蓮太郎から話があった。

「出雲川君に執事役をお願いできないかな。きみに接客をされたいという熱烈な要望が寄せられているんだけど」

僕と出雲川と桜小路の席は窓際の後方にあるのだが、クラス中の視線が僕たちにあつまった。

出雲川が細い顎に手をあてて考え深げな表情をする。長い睫毛の影が目元に落ちて絵画のようだ。

「いいじゃないか、出雲川君。これも人生勉強だ。きみ、接客をやってみたまえ」

僕はわざと上司みたいな口ぶりで言ってみる。特に意味はない。すると彼は一度立ち上がって、わざわざ僕の前に片膝をつき、忠誠心の高い騎士のようにふるまった。

「アクト様のお言葉、拝命いたします。この出雲川史郎、執事としての任務を承りました」

教室中がゆれた。この吉報に内部生と外部生のわけへだてなく女子生徒たちが手を取りあって喜んでいる。この瞬間を写真に撮って世界平和というタイトルをつけたい。

ちなみにアニメの『きみある』でも学園祭の回はあったが、クラス単位で何かをやったという描写はない。アニメの雲英学園は内部生と外部生の間に大きな溝があり、いっしょに何かを成し遂げようという雰囲気ではなかったのだ。

「でも、接客が出雲川さん一人だけというのは、大変じゃないかしら」

「もちろん、他にも何人か執事役を演じてもらうつもり」

桜小路に蓮太郎が返事をする。

「蓮太郎君。きみも接客をやってみるつもりはないか」

僕は自分の席から発言した。

「執事喫茶の客層の大半はおそらく女性。お嬢様をかいがいしくおむかえするものだからな。いろんな種類のハンサムな執事を取りそろえた方が客にとってはうれしいはず。我々、一年三組のクラスで顔立ちの良い男子生徒に順位をつけるなら、蓮太郎も上位だ。きみも執事役をやるべきだろう」

眠そうな顔や寝癖で中和されているが、蓮太郎のキャラクターデザインはイケている。万人受けする主人公の顔立ちであり、安心感のあるやさしい好青年なのだ。普段、僕の顔を見ないように暮らしているクラスメイトの女子の何人かも、肯定するように無言でうなずいているではないか。

「わかった。城ヶ崎君がそこまで言うのなら」

蓮太郎の参戦が決まった。

「それでは、桜小路家が特別に執事服を仕立ててさしあげましょう。我が家の懇意にしている有名デザイナーに発注してみますわ」

桜小路の発言にクラスメイトがどよめく。桜小路家は服飾関係の企業ともつきあいがある。まさか執事服を仕立てるところからはじめるなんて、さすがだ。

執事役は全部で五名。出雲川目的で来店する客がほとんどだろうから、彼は常に接客に出た方がいい。彼が店にいなかったら詐欺だと訴えられかねない。他の四名は全力で出雲川をサポートすることになった。

後日、執事役の男子生徒の体を採寸し、桜小路家とつながりのあるデザイナーに執事服のデザイン発注をおこなった。気づくとすっかり秋になっている。季節が変わると、彼女が病気を発症する時期に近づいたと実感し、僕は少しだけ憂鬱《ゆううつ》になった。

日曜日、午前中に駅前でドナー登録をうながすためのボランティアに参加した。

「いつも黒崎君はがんばってるね。若いのにえらいよ」

年配のボランティア仲間の男性からほめられる。かつらの前髪で凶悪な顔を隠していると、気軽に話しかけてもらえるのだ。

しかし、焦燥感が胸の中にずっとある。こうやって地道にボランティアをしているだけでいいのだろうか。葉山ハルの命を救うことにつながっているのだろうか。試験勉強みたいに、勉強した分だけはっきりと点数があがってくれるような明瞭さがなかった。僕の活動が、どの程度、未来に影響を与えているのかがわからないから、手応えを感じられないのだ。

ちなみに僕自身はドナー登録をしていない。白血病治療に関わる骨髄や末梢《まつしょう》血幹細胞の提供は、原則として二十～五十五歳の年齢の人しかできないことになっている。例外はあるけれど、十六歳の僕は基本的にそれらの提供はもちろん、ドナー登録もできないのだ。

前世のことだけど、ドナー登録をした経験ならあった。アニメ『きみある』を聖書としてあがめていたファンたちは、葉山ハルを殺した白血病という病気を憎み、このような悲しい出来事がもう二度と起きないように、アニメの最終話を見た勢いでドナー登録へ向かったのだ。ネットで登録の申込書をダウンロードし、個人情報を記入し、ドナー登録の窓口まで持っていく。当時、僕が住んでいた町では献血ルームが窓口になっていたが、地域によっては福祉センターや保健所でも受けつけていた。説明を受けた後、二ミリリットルの採血をすれば登録は終了だ。アニメ『きみある』の放映直後、数万人のドナー登録者の増加が見られ、ちょっとした話題にもなっていたものだ。

ボランティアを終えて屋敷に帰宅した時、まだ昼過ぎだった。シェフの作ったサンドイッチを庭園のガゼボで食べる。日差しをさえぎる屋根の下にあるベンチとテーブルで読書していると、従者の小野田がやってきた。

「アクト様、お友だちの皆様が到着されました」

「わかった。今行く」

小野田と客間へ移動すると、佐々木蓮太郎と勇斗と日向がいた。

「アクト兄ちゃん！」

「アクトさん、おじゃましてます」

勇斗と日向がそれぞれ挨拶する。

「元気そうだな、二人とも。外国から取り寄せたお菓子があるから、食べていくといい。それともプールで遊んでからにするか？」

小野田は女性の使用人を呼んだ。若いメイド服姿の使用人は、勇斗と日向に何をして遊びたいのかを聞きながら他の部屋へ連れていく。

「いつもありがとう、城ヶ崎君」

蓮太郎がすまなそうに言った。

「かまわない。きみを呼びだしたのは僕だ。自宅にあの二人だけをのこしていくのも心配だろうし」

彼の両親は週末も働いているのだ。

「勇斗はもう中学生だし、日向はちゃんとしてるから、留守番はできると思うけどね。でも、助かるよ」

「今日やることは、わかってるよな」

「執事としての立ち居ふる舞いの勉強だね」

学園祭で蓮太郎は執事服姿で給仕をしなくてはならない。しかし、彼は執事がどのような言葉遣いをして、どのようにふる舞うものなのかを知らないという。そこで、本物の執事からレクチャーを受けてもらうことにしたのである。

「今日はよろしくお願いします、小野田さん」

蓮太郎は小野田に頭を下げる。

「わかりました。一日で佐々木様を立派な執事にしてみせましょう」

銀縁眼鏡の奥で彼は目を光らせた。まずはお茶や料理の給仕についての特訓がおこなわれる。トレイの持ち方、お茶を出す所作など、洗練された動きが蓮太郎にたたきこまれた。

「体の軸がぶれていますよ。ティーポットからカップへ注ぐ際、手が震えていましたね。お客様はあなたの動きを見て、その家の格を推しはかろうとするのです。完璧な動きを心がけなくては、仕えるご主人様の恥になってしまいます」

意外に小野田はきびしい男だ。僕は彼に叱られたことなんてないけれど、僕が彼の主だからだろう。小野田のスパルタ式特訓に蓮太郎は文句を言わずについていく。最初はぎこちなかったが、次第に見栄えがよくなってきた。ちなみに蓮太郎のトレードマークである寝癖は、整髪料によってがちがちに固められて自己主張しなくなっている。オールバックにされ、全体的にかっちりした印象だ。

「お帰りなさいませ、旦那様」

僕は客として彼の特訓に参加することになった。蓮太郎は僕が席に近づくと、足音をほとんどたてずに移動し、椅子を引いてくれた。

銀色のトレイにのせた珈琲を運んできてくれる。優雅で洗練されたあるき方だ。トレイからテーブルへカップを移動させた時、あまりにも鮮やかだったので、珈琲の表面にはさざ波さえ生じていなかった。

特訓はまだまだ続くらしい。途中からつきあうのをやめて、勇斗と日向の様子を見に行くことにする。勇斗と日向は、庭園の一角に作られた生け垣の迷路で遊んでいたようだ。立って乗るタイプの電動スクーターで追いかけっこした後、ジップラインで池の上を滑空し、屋内プールのウォータースライダーを何度も楽しんだという。僕が合流した時、二人は地下の映写室でキャラメルポップコーンを食べながら、まだ日本では公開されていない最新のアニメ映画を堪能している最中だった。

映画が終わったタイミングで、全員で蓮太郎のところに戻る。給仕の特訓は済んでいたが、別の何かをやらされていた。机の上に色とりどりの宝石が並べられ、蓮太郎が難しい顔でそれらを一個ずつ虫眼鏡で調べている。小野田は腕組みをしてその様子を見つめていた。

「何をしているんだ？」

「佐々木様は現在、偽物の宝石を見わける勉強をしています」

「それって必要なことなのか？」

「大切な御主人様が偽物の宝飾品を買わされるようなことがあってはなりませんからね」

蓮太郎が想定以上のスピードで給仕の仕方を身に付けてしまったので、それ以外の業務を教えこんでいたらしい。食器や貴重品、屋敷や土地などの管理のやり方や、使用人たちの監督方法など、執事喫茶に無関係なことまでやらせていた。

「佐々木様があまりにも優秀なもので、つい……」

宝石をにらんでいた蓮太郎が顔をあげる。

「小野田さん、偽物の宝石は、五番と七番ですね」

テーブルの上の宝石には、よく見るとそれぞれに番号が割り振られている。小野田は満足そうにうなずいた。

「正解です。佐々木様、あなたはもう、どこに出しても恥ずかしくない執事としての能力を持っています」

「ありがとうございます、小野田さん」

感無量といった表情で二人が握手をする。

空が暗くなると、城ヶ崎家の庭園がライトアップされる。使用人たちが芝生の広場に椅子や机をならべ、バーベキューセットを用意してくれた。勇斗がA5ランクの牛肉を雑に網の上へのせる。日向がそれをていねいに並べ直す。二人とも楽しそうだ。それを眺めながら蓮太郎と僕は話をする。

「夕飯前には帰ろうと思っていたんだ。急にごちそうになることになって、なんと言ったらいいか……」

「いいんだ。僕がそうしたいから、そうしているだけだ」

「迷惑に思われてないといいんだけど。あいつら、城ヶ崎君に少し馴れ馴れしすぎると思う。もしも面倒に思ってたら早めに言ってほしい。俺が叱っておくから」

「面倒だなんて思ってない。本当だ。むしろ今のうちにできるだけ勇斗と日向を接待しておきたいんだ。おいしいものを食べさせてあげたいし、思い出にのこるような幸福な体験をさせてあげたい」

焼けた肉から脂《あぶら》が滴り、炎に爆ぜて勇斗が「熱っ！」とさわぐ。そばにいた使用人の女性が心配そうにしているが、日向は勇斗を見ておかしそうにしている。

嘘みたいな話だけど、来年の今ごろ、城ヶ崎家は無くなっているはずだ。僕はこの屋敷から追い出されてしまう。こんな風に贅沢ができるのは今のうちだ。豪遊できる間に、勇斗や日向を楽しませておいてあげようと思っていた。

「それに、今日は蓮太郎もがんばったしな。クラスのためとはいえ、執事のふる舞い方を学ぶのは大変だっただろう。好きなだけ食べていってくれ。帰りはうちの車で送るから心配いらない」

「助かるよ、城ヶ崎君。いつもきみには、助けられてばかりだ」

勇斗と日向が焼いた肉を持ってきてくれた。シェフ特製のバーベキューソースをつけて口にいれる。やわらかい肉だ。溶けていくように口の中でなくなる。

「おいしいか、アクトの兄ちゃん」

勇斗が聞いてくる。

「ああ、うまいぞ。焼き加減がちょうどいい」

「そうか。もっとあるから、好きなだけ食べていいからな」

「……勇斗兄ちゃん？　夕飯を食べさせてもらってるのは、私たちの方だよ？　わかってる？」

日向が野菜を焼きながら、あきれている。最高級の食材はどれもうまかった。ひとしきり堪能した後、ふと気づくと蓮太郎がいなくなっている。いつのまにか彼は、使用人たちにまじって飲み物を運んだり、空いた皿を片づけたりしていた。

勇斗がライトアップされた庭園を駆け回っている。

「広いところに来ると、勇斗兄ちゃんは意味もなくあんな風に走りまわるんです」

日向が僕の隣の椅子に座って困ったように言った。

「あいつ、前世が犬だったのかもしれない」

「アクトさん、前世とか信じてるんですか？」

「まあね。僕の前世はサラリーマンだった。トラックに轢かれて死んじゃったけどね」

僕が冗談を言ったと思ったのか、日向はくすくすと笑った。

「食後の珈琲をお持ちしました」

蓮太郎がトレイを片手に立っている。僕の前にそっとカップが置かれた。

「こちらのお嬢様には、ホットミルクをご用意いたしました」

湯気のたつマグカップが日向の前に置かれる。舞踊でも観ているかのような美しい所作だ。今の蓮太郎は私服を着ているけれど、僕の目には、まぼろしの執事服が見えるようだった。

珈琲を一口、飲む。苦味と酸味が僕好みに調整されていた。うまい。蓮太郎が立ち去って遠くにいるのを確認して、日向が言った。

「そういえば最近、蓮太郎お兄ちゃんに、好きな人ができたみたいなんです」

僕は珈琲をふき出す。近くにいた使用人たちが一斉にハンカチを用意してあつまってこようとしたので、手でそれを制する。

「それは本当なのか、日向君……」

蓮太郎に好きな人ができるとしたら、それは、まあ、葉山ハルのことでまちがいないだろう。そういえばあの二人、最近、顔をあわせる機会が多くなったと聞いている。どちらも学級委員だから。

「喜ばしいことだ。よく気づいたじゃないか」

「いっしょに暮らしていたらわかりますよ。女の子の直感をなめないでください。この前の花火大会で、私、ぴんときたんです。その人の前にいる時だけ、蓮太郎お兄ちゃんが、そわそわとして落ち着きがなくなるというか。視線が引き寄せられているというか。わかっちゃったんです。ああ、お兄ちゃんって、この人のことが好きなんだなあって」

「花火大会？」

「はい。城ヶ崎のお兄ちゃんが、溺れた子どもを助けて大活躍した日のことです」

「なんのことだ。僕は知らないぞ」

知らないふりをしている僕を見て日向はため息をつく。しかしあの日、蓮太郎と葉山ハルは会えないまま終わったはずだ。二人を引きあわせる作戦は失敗したのだ。それでは日向の話と食いちがう。日向は一体、誰の話をしているんだ？

「お兄ちゃんがあの人のことを好きになっちゃうのも無理はありません。だって本当に奇麗ですから。最初は近寄りがたい人だなって印象でした。人を寄せつけない完璧な美人って感じだし」

そこまで聞いて、一人の女性の輪郭が思いうかんでくる。まさか、そんなはずないよな。佐々木蓮太郎と言えば、アニメ『きみある』の主人公だぞ。ヒロインの葉山ハルに淡い恋心を抱くはずだろ?

「日向君、きみが話題にしている女性って、もしかして、風変わりな目立つ髪型をしていないか?」

「縦ロールは風変わりではありません! とても素敵ですし、桜小路さんによくお似あいです!」

僕は頭を抱えた。やっぱりそうなのか。蓮太郎が思いを寄せる相手というのは、桜小路姫子のことなのか。悪役側の登場人物だぞ? アニメ『きみある』の彼女は、外部生を虐げる悪役令嬢そのものだった。しかしこの世界線の桜小路は、目つきや顔つきからとげとげしさがなくなり、高貴な雰囲気をまとった美しいご令嬢に成長している。彼女にほれてしまった男子生徒が大勢いるとは聞いていたが、まさか蓮太郎もその一人だったというのか。

「いや、そんな、はずが……、でも……」

ショックで立ち直れないでいると、日向が不思議そうに首をかしげている。

「城ヶ崎のお兄ちゃんは、どうしてあの人を前に、平気でいられるんですか? あんな奇麗な人がずっとそばにいるのに、どうして好きになったりしないんですか?」

「なるわけないだろう。だって桜小路だぞ」

「変わっていますね、城ヶ崎のお兄ちゃんって」

いったいこの世界線はどこへ向かおうとしているのだ。日向の話が本当だとしたら、蓮太郎を説得して、「きみがほれる相手はそっちじゃないぞ!」と言い聞かせるべきなのかもしれない。

アニメ『きみある』の視聴者だった僕は心から望んでいた。佐々木蓮太郎と葉山ハルが幸福に結ばれる結末を。しかしその結末から、どんどん遠ざかってないか？

その時、周囲でざわめきが起こる。

「勇斗お兄ちゃん⁉」

日向が叫び声をあげた。顔をあげると、全身が泥まみれになった勇斗が立っているではないか。

「うーん、転んじゃった……！」

勇斗は照れ臭そうに頭をかきながら笑った。

「どんな風に転んだら、そんなに泥まみれになるの⁉」

「そう怒るなよ日向。城ヶ崎の兄ちゃん、お風呂、借りていいか？」

「勝手に入れ。でも、どこで転んだんだ？」

「坂道を転がって、池にどぼんしちゃったんだ」

使用人の数名が気を利かせてさっそく彼を風呂へ連れて行こうとする。しかし勇斗は「あ、ちょっと待って」と言って僕に近づいてきた。ポケットからひとつかみの泥を取りだして差しだす。

「城ヶ崎の兄ちゃん、さっきこいつを拾ったよ。池の底に手をついた時、泥の中に埋もれているのを見つけたってわけ。今日のお礼にあげるよ」

「そんな汚いものいらないでしょう」

「泥を拭うと奇麗なんだよ」

勇斗が差し出した泥の中に、銀色の小さな物体が隠れていた。僕はそれを手に取り、テーブルにあったナプキンで表面を奇麗にする。

「シルバーのペンダントだ」

手に持って目の高さにぶらさげる。シンプルなデザインだが、僕はそれに見おぼえがあった。

「ありがとう、勇斗君。大事にするよ」

僕がそう言うと、彼はくすぐったそうに照れながら風呂場へと連れて行かれた。

「アクト様、いかがされましたか？」

従者の小野田がやってくる。

ほぼ同じタイミングで蓮太郎も現れた。

「さっき、廊下で泥まみれの勇斗を見たんだけど、何かトラブルでもおこしてない？　大丈夫？」

僕は首を横に振る。

「大丈夫だ。さっき彼が興味深いものを拾ってきた。小野田、ちょうどいいところに来た、確認してくれ。勇斗君がこいつを池で拾ったらしい」

小野田は僕からペンダントを受け取った。白色のハンカチを手の上に広げ、そこに載せる。銀縁眼鏡の奥で彼の目が開かれた。

「見まちがいじゃなければ、それは父の書斎に飾ってある肖像画に描かれていたものじゃないか？」

「ええ、そうです。旦那様が若い頃、奥様に贈られた品です。私も実物を見るのははじめてなのですが。おそらくまちがいないでしょう」

僕の母、城ヶ崎ユリアの肖像画で、彼女が首から下げていたものでまちがいない。くわしい経緯はよく知らないが、母の死後、紛失して行方不明になっていたものである。

「では、父にそれを返しておいてくれ」

「うけたまわりました」

小野田はペンダントをハンカチで丁寧につつんだ。いつもより恭《うやうや》しく頭を下げていなくなる。

蓮太郎と日向は、ほっと胸をなで下ろしていた。

「どうしたんだ、二人とも」

「勇斗がとんでもないトラブルを招いてしまったんじゃないかってびくびくしてたんだ」

「いつも冷静な小野田さんが、あんなにびっくりしてたから、怖くなっちゃった」

勇斗はお風呂にいれられた後、小奇麗な服に着替えさせられて使用人に連れられてきた。佐々木家の兄妹たちは、大田原の運転する車に乗せられて帰っていく。

みんながいなくなって自室で一人になり、蓮太郎の好きな相手が桜小路だという情報を思い出して、僕はベッドに倒れこんだ。アニメのシナリオからの逸脱は、しかたのないことではある。そもそも葉山ハルを生かそうとする行為が、原作改変にほかならないのだから。しかし、主人公の蓮太郎は、葉山ハルの精神的な支えとなって彼女に寄り添ってもらわなければ困るのだ。彼が別の女の子を好きになってしまったら、葉山ハルは、病室で一人きりになってしまうぞ。どうすればいい。

7／4

学園祭の前日。教室の飾りつけなどの準備がおこなわれた。私のクラスは教室を改造してお化け屋敷をすることになったので、おどろおどろしい雰囲気の装飾をする。

クラスメイトの内部生に有名映画監督の息子がいた。彼の人脈からホラー映画の特殊メイクに使用された超リアルな生首や切断された腕の模型をお借りすることができた。何も知らずにそれを見たら殺人現場に迷いこんでしまったと錯覚し、警察に電話してしまいそうになるほどの生々しさだ。

教室内を暗くして黒色の緞帳《どんちょう》で仕切り客が通るルートを作る。いくつかの驚かせポイントを設定し、お化け役のクラスメイトがそこに隠れる。客が通りかかったら、お化け役のクラスメイトがそっと現れて怖がらせるのだ。お化け役は何人かで交替しながら演じることになり、私も当日はお化けになる予定だ。

音響担当の子が、念仏を唱えるお坊さんの声をBGMがわりに流す。用意されたスピーカーは海外メーカーのプロ仕様のすごいやつだった。そのおかげで、本物のお坊さんが教室内で念仏を唱えているかのように聞こえる。

「うっ……、怖い……」

飾りつけされた教室をあるいてみて私はうめく。通路に謎のお札がびっしりと貼られていた。何者かの手形がついていたり、血の飛び散った跡があったりする。首筋に何かがあたった。ムカデのようなものが天井からぶらさがって私の首筋から制服の中に入ってこようとしている。もちろん、本物ではなく、ゴム製のおもちゃだ。でも、めっちゃ怖い。

「完成だね。おつかれさま」

私は学級委員として、飾りつけに参加してくれたクラスメイトをねぎらった。内部生と外部生、双方の生徒がいっしょに作業してくれた。今日はこれで解散だ。時刻は午後五時。廊下に出ると窓の外がオレンジ色になっている。教室内は外の光を完全に遮断していたので気づかなかった。

早乙女さんが教室でおしゃべりをしている。

「先に帰るね。職員室に行かなくちゃいけないの」

作業が終わったことを担任教師に報告しなくてはいけない。

「わかりました。葉山さん、また明日。ごきげんよう」

早乙女さんたちが私に手を振ってくれた。

廊下を移動中、他の教室を少し眺めてみる。美術の展示をするクラスや、夏目町の歴史を調査してパネルにしているクラスなど、いろいろある。窓から見える庭園にステージが組まれ、照明や巨大なスピーカーなどの機材がセッティングされていた。雲英学園高等部の学園祭は、土曜日と日曜日を使って二日連続で開催される。誰でも客として参加できるわけではない。学園に入れるのは生徒の関係者のみだ。

職員室で担任教師に報告しようと思ったら、運悪く席をはずしていた。他のクラスの先生に居場所を聞いたところ、担任が受け持っている吹奏楽部の練習につきあっているのではないか、とのこと。

吹奏楽部は音楽室で活動しているため、そちらへ向かうことにした。音楽室は校舎の別棟の外れた場所にある。夕日が窓から差しこんで、廊下の表面を水たまりのようにかがやかせていた。遠くから演奏の音が聞こえてくる。ぷぉー、という象の鳴き声のような金管楽器の響きを聞くと、放課後だなあ、という感慨があった。

廊下で気になる人を見かけた。お姫様みたいな髪型の桜小路さんだ。いつもみたいに城ヶ崎アクトや出雲川君といっしょではない。一人で空き教室に入っていく。めずらしい場所にいるな、と不思議だった。教室があるのは向かいの棟だったから。別棟に何の用事だろう。

桜小路さんとは、夏休みの花火大会の時に少しだけ話をしたけれど、特別に親しい関係になったわけではない。だけど私の顔をおぼえてくれているみたいで、廊下ですれちがう時に軽く会釈をしてくれるようになった。実はそれだけでもすごいことなのだ。

彼女が入った空き教室の入り口が少しだけ開いたままになっている。その前を通り過ぎる際、教室内にいる桜小路さんの姿がちらりと見えた。のぞきをしたかったわけじゃない。何気なく視線をむけたら、彼女が見えてしまったのだ。桜小路さんは窓際にいた。教室には他に誰もいないようだ。

え？

彼女はスナイパーライフルを構えている。

私は驚いて、二度見して、おもわず立ち止まった。

彼女、誰かを暗殺しようとしている？

桜小路さんは、黒色の長大な物体を窓の外にむけて構えていた。その後ろ姿を私は教室の入り口から観察する。もしもそれが本物のスナイパーライフルだとしたら大問題だ。学園祭前日に殺人事件が起きようとしている。彼女を止めなくては。

あ、あの……。何をしてるんです？

声をかけようとした時、シャッター音のようなものが聞こえた。よく見ると彼女が構えていた長大な物体は、スナイパーライフルなどではなかった。当たり前か。冷静になってみると、それは超望遠レンズを取りつけた一眼レフカメラだった。まるで天体望遠鏡のような長いレンズだったので、見まちがえてしまったのである。それにしてもすごいレンズだ。たぶん、何百万円もするやつだ。

カシャリ。

桜小路さんは、窓から身を乗りだすような格好で何度かシャッターを切った後、しゃがみこんで身を隠す。その動作はやっぱり戦場のスナイパーみたいだ。彼女はカメラの液晶を見つめて、撮影したものを確認する。表情がいつもより、やわらかい。まるで愛らしいペットを眺めている時みたいに口元がゆるんでいた。

その時、顔をあげた桜小路さんと目があう。彼女が私に気づいた。目を大きく広げて驚いている。

「…………!?」

「あ、どうも、桜小路さん」

私は会釈する。桜小路さんの美しい顔や首や耳が、恥ずかしそうにピンク色にそまった。おそらく他人に見られたくない場面だったのだろう。私は何も見なかったことにする。

「じゃあ、私、音楽室に用事があるので」

「お待ちください、葉山さん！」

立ち去ろうとしたら、桜小路さんが私にせまってくる。腕をつかまれ空き教室にひきずりこまれた。彼女の背丈は私よりも高く、手足もすらりと長い。目の前に立たれると迫力があった。

「葉山さん、どこから見ていましたの!?」

「え？ あの、私、何も見てないよ」

「嘘をおっしゃらないで！ 私が盗撮しているところを見たのでしょう?」

「盗撮!? いや、まあ、盗撮というか、最初は、暗殺しようとしてるのかなって……」

視線をそらすと、偶然に彼女が持っているカメラの液晶画面が見えてしまった。そこに写っていたのは、佐々木蓮太郎だった。角度的にこの空き教室の窓から、一年三組の教室を撮影したものだろうか。

でも、彼はいつもの制服姿ではない。かっちりとした黒色の服を身に付けている。そうか、これは執事服だ。一年三組は執事喫茶をやると言っていたが、彼も執事を演じることになったのだろう。明日の本番にそなえて、執事服を着用して給仕の練習をしているのかもしれない。でも、どうして佐々木蓮太郎なんかを写真に撮っていたんだろう?

桜小路さんがあわててカメラを後ろに隠した。

「これは、ちがいますの」

「え、何が?」

「野鳥の写真を撮ろうとしていたら、偶然に蓮太郎が写ってしまったのですわ」

「そうだったんですね。バードウォッチングのご趣味があるなんて、知りませんでした」

「……嘘ですわ」

「……だよね」

おそらくだけど、桜小路さんは、執事服姿の佐々木蓮太郎をこっそり撮影したくて、この空き教室から望遠レンズで狙っていたのではないか。そうとしか思えなかった。つまり彼女は、佐々木蓮太郎のことを。

「葉山さん！　このことは、他言無用ですわ！」

顔を真っ赤にした桜小路さんが私につめよる。

「う、うん。わかったよ。でも、素敵なことだと思うよ」

さきほど、カメラの液晶画面を見ている時の桜小路さんの表情を思い出す。口元をほころばせて幸せそうだった。本当に予想外だけど、そういう相手がいるのはいいことだ。

「あなた、私のことを心の中で笑っているのでしょう?」

「そんなことないって」

「いいえ、きっと、そうですわ。私、誰にも知られたくなかった。蓮太郎のことを、こんな風に思っているだなんて」

消え入りそうな弱々しい声だった。桜小路さんはいつも堂々としていて強そうなイメージがあったけれど、今の彼女は守ってあげたくなるようなかわいらしさがある。

「私、笑ってないよ。むしろ、桜小路さんの中に生まれた、その感情のことを尊いとさえ思ってる。成就することを、私、心から願ってる」

「本当ですの?」

「もちろん。でも、そっか、佐々木君なのか」

私がそう言うと、彼女は窓辺に近づいた。彼女の視線の先には夕日に照らされる教室棟があり、執事喫茶の準備がおこなわれている一年三組の窓が遠くに見えた。あんなに遠くてゴマ粒みたいな窓を、この距離から撮影できるのか。望遠レンズってすごい。

「いつからそうなってしまったのか、はっきりしませんの。蓮太郎のことを思うと、胸が締めつけられるような気持ちになるのですわ」

　桜小路さんは片方の手でカメラを持ち、もう片方の手を制服の胸元に押し当てた。

「理由はよくわかりませんの。蓮太郎を見ていると、なんだか犬みたいでかわいらしく思えてきて。でも、だめです。この気持ちは隠し通さなくてはいけませんわ」

「どうして？　いっそ、彼に思いを伝えてみたら？」

　この美しすぎる桜小路さんの告白を断れる男性なんているだろうか？　いや、いない。しかし、桜小路さんは悲しげに目をふせる。

「私は桜小路家の娘。家の繁栄のため、同程度の家柄か、格上の家柄のお相手と結婚させられる決まりなんですのよ」

「そんな……」

「所詮《しょせん》、実らぬものなら、このまま胸の奥にしまっておいた方がいい。そうは思いませんこと、葉山さん」

「誰がそう決めたの？」

「代々、我が家はそうなんですの。おばあさまも、お母様もそうだった。家の価値を高めるために、由緒正しい家柄のお相手と結婚しましたの。だから私もあきらめないといけませんわ」

　私は桜小路さんの隣に立つ。空き教室の蛍光灯は暗いままだったので、夕日に染まる彼女の横顔が、より際立って見えた。

「そんなのまちがってる」

彼女が、はっとした顔で私を見る。

「家の価値なんて、桜小路さんの恋心に比べたら、ちっぽけだと思うけどね」

桜小路さんは、少し泣きそうな顔になる。

音楽室から吹奏楽の音が聞こえている。金管楽器の高らかな音。その他の楽器のメロディー。もうじき空は暗くなるだろう。その前に担任教師に報告して帰らなくてはならない。桜小路さんと連絡先を交換して、私たちは友だちになった。

7／5

学園祭当日、執事喫茶には開始と同時に行列ができていた。全員が女性であり、中等部や初等部の生徒もまじっている。中には女性教師や女性の臨時職員の姿もあった。執事服を着た出雲川史郎に給仕をしてもらえるらしい、との噂は学園の隅々にまで広がっており、一生の思い出にと駆けつけてきたようだ。

教室内は高級感のあるベロア生地のカーテンによって二つの空間にわけられていた。黒板のある前方に客席が並び、洋館の一室をおもわせる立派な装飾がなされていた。

教室後方の五分の一くらいが厨房として仕切られており、そこで飲み物が作られる。雲英学園の教室は広いので、五分の一でも充分な広さだ。火気の使用は避け、お湯は電気ケトルでわかす。一応、軽食も提供できるように準備はしてあるが、シェフによって事前に調理されたものを冷凍して運びこんでいた。注文が入ったら解凍して提供するシステムだ。

　僕と桜小路は厨房で他のクラスメイトにまじって珈琲や紅茶を作る手伝いをする。

「すみません、城ヶ崎さんと桜小路さんに、こんな仕事をさせてしまって……」

　厨房でいっしょになったクラスメイトたちは、目があうと緊張で震えながら言った。

「問題ありませんわ。お仕事を体験して、労働とは何かについて思索していますから」

「僕も楽しんでる。それより、珈琲豆の粉にお湯を注いだら三十秒ほど待つんだ。蒸らし時間を作るんだ。おぼえてるよな」

「はい」

　珈琲のいれかたについては、準備期間中にプロのバリスタに来てもらって全員でレクチャーを受けている。また、飲み物は陶磁器のティーセットを使って提供することになっており、内部生の家から持ち寄られたティーセットはどれも高価なものばかりだ。出雲川や蓮太郎たちがトレイにのせてそれらを運ぶ。

　執事服を着た出雲川が現れると、女性の華やかな声が僕たちのいるバックヤードまで聞こえた。桜小路家のデザイナーが作った執事服は評判もよく、どこで買えるのかと、すでにたくさんの問いあわせを受けているらしい。桜小路もうれしそうだ。

　昼頃、交代の人員がやってきて、僕と桜小路は休憩をとることになった。教室を出て行く前に客席を少し覗いてみる。女の子たちが金髪碧眼の執事に見とれていた。出雲川が注文をとるために話しかけただけで、口に手をあてて涙ぐみ、喜びを噛《か》みしめている。

　蓮太郎は、そんな彼女たちの視線を遮《さえぎ》らないように動いていた。整髪料で寝癖を押さえつけ、執事服を着た彼は、どこから見ても立派な執事だ。

「がんばってますわね、蓮太郎も」

桜小路が僕の横でつぶやく。

先日、日向から聞いた情報を思い出した。

「桜小路さんと蓮太郎って、仲がよかったりする？」

「質問の意図がよくわかりませんわ……」

「個人的に連絡を取りあったり、してるのかなって」

「いいえ。ですが、蓮太郎には感謝していますわ。勉強を教えていただいたこともございますし。今では大切な友人ですわ」

にっこりと桜小路は微笑む。彼女にとって蓮太郎は、顔見知りの中の一人といったところなのだろうか。

教室を離れて校舎内を移動した。学園祭期間中、見慣れた景色がずいぶん変化している。配布されているパンフレットに、どこで何をやっているのかが記載されていたので、それをたよりにうろついてみる計画だ。桜小路は取り巻きとして僕についてこようとする。

「今日くらい別行動しようよ。出雲川もいないわけだし。きみも一人で見てみたい場所があるでしょう？」

「私にそんな場所はありませんわ。アクト様のお側についていることが、私の使命なんですの。アクト様がどこへ行き、何を見聞きされたのかを、後世の人々に伝える義務がありますわ」

一人で探索したかった僕は、桜小路をまくことに決めた。

VR研究部というクラブが、空き教室を利用してバーチャルリアリティ体験を提供していた。ヘッドセットを使った三百六十度の映像で、疑似的なバンジージャンプが楽しめるらしい。桜小路を誘ってそこに行ってみる。客はほとんど入っておらず、VR研究部の人たちはひまそうにしていた。僕と桜小路の顔を見て、驚きながらも歓迎してくれる。

まずは桜小路を教室の中央に立たせ、その頭にヘッドセットをかぶせた。目の周辺がすっかり覆われてしまう。彼女は両手を前に突きだしてふらふらしながら、「アクト様ー！　これ、すごいですわー！　怖いですわー！　ビルの屋上に立ってるみたいですわー！」と騒ぎはじめた。ヘッドセットに映しだされた全方位の映像が彼女には見えているのだ。

その間に僕は一人でそっと教室を抜けだした。あとはよろしく頼んだ、VR研究部の人たち。桜小路から離れて一人になった僕は、男子トイレの個室内でいつもの長髪のかつらをかぶって変装する。

猫背気味の姿勢でトイレを出て、自由気ままに学園祭を見て回った。屋外ステージで吹奏楽部の演奏がはじまっている。行き交っている人々は全員、学園生もしくはその関係者だ。身なりの良い人たちが多い印象である。

メインストリートに模擬店がならんでいた。クレープの屋台を開いているクラスもあれば、フランクフルトを売っているクラスもある。それらを買ってあるきながら食べた。クレープはパティシエが特別に監修したものらしい。フランクフルトの方も有名店から取り寄せた一流のソーセージだ。

敷地の一角でフリーマーケットが開かれている。内部生の子が持ちこんだブランド物の鞄や財布や腕時計が売られていた。普通のフリーマーケットだったら偽物をうたがってしまうけど、どれも本物にちがいない。かつてメジャーリーグで活躍していた世界的に有名な野球選手のサイン入りグッズがいくつも売られていた。それを出品しているのが、その野球選手を父親に持つ生徒だったりするのだ。

にぎやかで楽しい雰囲気がそこら中にあふれている。パントマイム同好会の人たちが道端でパントマイムを披露し、手品研究部の生徒がコインマジックやトランプマジックで来場者を驚かせている。

葉山ハルは今ごろどうしているだろう。彼女の所属する一年一組の教室へ行ってみることにした。そこには立派なお化け屋敷があった。教室の入り口に近づくと、お香の煙がただよいはじめ、念仏が聞こえてくる。入り口で生徒が呼びこみをしていた。

「入っても大丈夫ですか？」

「呪われてもかまわないという覚悟の人だけ、どうぞご自由にお入りください」

僕は教室に足を踏みいれる。

緞帳で仕切られた細い通路を進んだ。完全な暗闇ではなく、かすかに足下が見える程度の薄暗さだ。井戸の精巧なセットがあり、そこから女の幽霊が現れる。生徒が変装した幽霊だった。おどろおどろしい効果音が不気味だ。超リアルな生首や切り落とされた腕に驚き、心臓が止まりかける。あやうくまた死んでしまうところだった。そういえば僕は一度、死んでいるわけだから、どちらかというと、人間よりもお化け側なのかもしれない。

もうそろそろ終わりかなと思ったあたりで、背後から何かが迫ってくる。白装束を身にまとった女の幽霊だ。そいつは、「わぁ！」と叫びながら僕の脇腹あたりをくすぐってきた。幽霊が「わぁ！」はないだろう。くすぐるのもずるい。僕が身をよじって幽霊から逃げると、長髪のかつらがずるりと外れて落ちてしまった。

「あ……」

素顔があらわになり、女の幽霊と目があう。僕をくすぐっていた幽霊は、葉山ハルだった。薄暗い通路の中、彼女の目が驚きで丸くなっている。

「城ヶ崎君？」

「奇遇だな、こんなところで」

彼女は足下に落ちているかつらを見下ろす。僕はいそいでそれを拾って頭にかぶった。指ですいて髪の毛を整えながら感想を口にする。

「なかなか手のこんだお化け屋敷を作ったじゃないか。正直、何度か声を出しそうになったよ。特に音響の念仏が雰囲気作りに役立っているよな、感心した」

葉山ハルは、ぽかんとした表情のまま固まっていた。

「ウィッグだ……。城ヶ崎君が、ウィッグで変装してる……」

「前髪で目元を隠すだけで、僕の印象は弱まるみたいなんだ。うつむいてあるけば、誰も僕だとわからないんだよ」

「そんな格好でいつもあるいてるの？」

「一人で散策したい時だけだ」

幽霊の格好をした葉山ハルは、お腹を押さえてうずくまった。

「どうした？　お腹が痛むのか？」

「ちがう」

彼女は肩をふるわせていた。声を押し殺して笑っているらしい。

「そんなにおかしいか？」

「だって、あの城ヶ崎君が、そんなことしてるなんて……、あまりに予想外で……」

ツボにはいってしまったらしく、彼女の笑いがおさまらない。なんだこいつ、と思ったが、腹痛じゃないのならいいか。できることなら、【彼女】の声をもっと聞いていたかったけれど、お化け屋敷の仕事をしている最中だから、そろそろ行こうか。

「えっと、じゃあ、幽霊、がんばりたまえ」

「うん、ありがとう、城ヶ崎君」

そう言って顔をあげた葉山ハルは、長髪のかつらをかぶった僕を見て、またふき出してしまう。緞帳の仕切りをくぐり抜けると出口だった。薄暗い中にずっといたから、廊下がずいぶん明るく感じられる。

パンフレットを取りだして眺めていたら、見おぼえのある人物を目撃した。葉山ハルに似た顔立ちの大人の女性だ。年齢は三十代といったところか。名前は葉山理緒。彼女もまた、アニメ『きみある』に登場する人物の一人である。アニメではビジネススーツを着ている姿が多かったけれど、今日はゆったりとしたワンピース姿だ。葉山ハルのクラスのお化け屋敷を見に来たのだろう。こちらの視線に気づいたのか、葉山理緒がふりかえる。僕が会釈をすると、彼女も会釈を返してくれた。

屋外ステージで海外ミュージシャンの演奏がはじまった。重低音が校舎まで響いてくる。個室トイレの中でかつらをはずし、城ヶ崎アクトの姿で外に出ると、すれちがう生徒たちの反応があきらかにちがった。僕の三白眼にぎょっとして、飛び退くように壁際まで下がり道を開けてくれる。やはり変装していないと気楽にあるけない。

自分のクラスに戻ると、執事喫茶の厨房に桜小路がいた。

「アクト様！　どこに行ってらしたんですの！　ずいぶんさがしましたわ！」

「一人でのんびりあるいてたよ。桜小路さんは何してた？　ＶＲのバンジージャンプは楽しかった？」

「本当に死ぬかと思いまして、私、腰を抜かしてしばらく休ませていただきましたの。ＶＲ研究部の方々が、私のために飲み物や甘いものを買ってきてくださいましたわ」

僕と桜小路は、再びクラスメイトにまじって珈琲や紅茶づくりの手伝いに勤しむ。やがて空が夕焼けに染まった。鐘の音が響きわたり、学園祭一日目の終わりを告げる校内アナウンスが聞こえてくる。

7／6

学園祭の二日目。私のクラスのお化け屋敷からは悲鳴と笑い声が絶えない。

「葉山さん、いっしょに執事喫茶へ行ってみませんか？」

早乙女さんに誘われたのは、お昼過ぎのことだ。

「私も気になってた。行ってみようか」

幽霊の白装束を脱ぎながら彼女の誘いにのる。

執事喫茶を開いている一年三組の教室へ向かうと、廊下に女の子たちの列ができていた。執事服姿の出雲川君が目当ての女の子たちだ。

「すごいね。さすがに今日はもう並んでないかなと思ってたけど」

「リピーターの方々がいらっしゃるのでしょう」

私と早乙女さんは列の最後尾でおしゃべりする。彼女の話によると、一日目にこっそり撮影された執事姿の出雲川君の写真が高値で取り引きされているそうだ。そんな商売が学園祭の裏側でおこなわれていたなんて驚きである。一時間ほどたってようやく私たちが案内される番になった。

豪華な装飾がほどこされた入り口を通り抜ける。

「お帰りなさいませ、お嬢様」

金髪碧眼の執事が私たちを出むかえてくれた。出雲川君だ。私の隣で早乙女さんがさっそく満面の笑みになる。事前に彼女から聞かされていたが、メイド喫茶や執事喫茶のような場所では、「いらっしゃいませ」ではなく「お帰りなさいませ、ご主人様」「お帰りなさいませ、お嬢様」などと挨拶されるものらしい。体にフィットした執事服は、出雲川君のすらりと長い手足を際立たせていた。

「早乙女お嬢様に、葉山お嬢様。お会いできて光栄です。テーブルまでご案内しましょう」

教室を改造したとは思えない空間が広がっていた。天井からシャンデリアがつり下げられており、落ち着いたアンティーク調の木材が壁に貼られている。今日のために工事したのだろうか。

床は濃い赤色の絨毯だ。出雲川君以外にも何名か執事がいて、その一人が佐々木蓮太郎だった。目があったので軽く会釈をする。

テーブルに黒い革表紙のメニューが置いてある。珈琲や紅茶やソフトドリンク以外にも、パスタやサンドイッチなどの軽食、プリンなどのデザート類まで注文できるらしい。

テーブルごとに金色のベルが置いてあり、それを鳴らすと執事服を着た出雲川君が来てくれた。私はカフェオレを、早乙女さんはミルクティーを注文する。

「かしこまりました」

彼は一礼して去っていく。所作のひとつひとつが役者のように様になっている。早乙女さんはテーブルのベルを手に取ってため息をついた。

「このベルは、いつでも出雲川様をお呼びできる魔法のベルなのですね。家に持ち帰りたいものです」

執事姿の佐々木蓮太郎が、近くのテーブルの食器を無駄のない動きで片づけていた。彼に声をかけてみる。

「すごいね。本当の執事みたい」

「城ヶ崎家で特訓させていただきましたから」

「本場仕こみってやつ?」

城ヶ崎家という単語で、気になっていたことを思い出す。昨日、城ヶ崎アクトがお化け屋敷に来てくれたのだが、長い髪の毛のウィッグをつけていたのだ。驚くべきことに、彼はよく変装して一人で学園内をうろついているのだという。そんな彼の姿を、学園祭にやってきた叔母の理緒が見かけたらしい。

「お化け屋敷の前に、長い髪の男の子がいたの。背は低くて、猫背気味の子で、前髪で顔の上半分をすっかり隠している男の子なんだけどね。ハル、その子のこと、知ってる？」

昨晩、自宅でくつろいでいる時に理緒が言った。変装した城ヶ崎アクトのことだろう、とぴんときた。彼女がお化け屋敷に来たのは、彼が出口から去った直後くらいのタイミングだったから。

「知りあいといえば、知りあいだけど。その子がどうかした？」

「あの子、駅前でいつもボランティアに立ってるよね。何年か前から見かけるよ。ドナー登録を呼びかけてるの。偉いよね」

城ヶ崎アクトがボランティア？　さすがにそれは何かのまちがいでは？　しかし、理緒は確信しているようだったので、本当のところはどうなんだろう、と、気になっていた。

もしかしたら佐々木蓮太郎は何か知っているんじゃないかと思って、質問しようかと思ったけれど、なかなかいそがしそうだ。気づくともう彼は片づけを終えてバックヤードに引っこんでいた。

「二人の愛らしいお嬢様、ご注文の品をお持ちしました」

出雲川君がカフェオレとミルクティーを運んできた。早乙女さんの頬がゆるみっぱなしである。味は抜群においしかった。

「私、ここが気に入りました。学園祭が終わっても残していただけるように、嘆願書を作成してはどうかしら」

などと早乙女さんは感想をもらす。私たちはその空間を充分に堪能して執事喫茶を出た。

仲の良いクラスメイトと合流し、グループで行動することになった。他の教室を見て回ったり、屋外ステージでおこなわれていた演奏を聴いたりしているうちに時間が過ぎる。その間、執事喫茶で起きたちょっとした出来事については、後から人づてに聞いた。

「城ヶ崎様のお父様がいらっしゃったらしいのよ」

お化け屋敷に戻ってお化け役の仕事を交代する時、クラスメイトの一人が教えてくれた。私と早乙女さんが執事喫茶を出たのと入れちがいくらいに、城ヶ崎鳳凰が本物の執事を引き連れてふらりと現れたというのだ。

城ヶ崎グループの総帥の顔は知っている。書店に並んでいるビジネス誌の表紙などに写真が使われているのを見たことがあった。巨大な鷲鼻を持った強面の男性だ。城ヶ崎鳳凰がこの学園のイベントに現れたことはこれまでなかったらしく、今回は異例中の異例だったようだ。

「何をしに来たんだろう?」

「ご子息のがんばっている様子を見にいらしたのではないかしら。城ヶ崎様は厨房で珈琲をいれてくださっていたみたいだから」

じゃあ、私が飲んだカフェオレも彼がいれたものだったのだろうか。それにしても、城ヶ崎鳳凰か。悪い噂を色々と聞いているけど、どんな人物なんだろう。息子の働いてる場所に足を運んだわけだから、父子関係は円満なのかな。

それからほどなくして、学園祭二日目の終了アナウンスが流れた。

「みなさん、おつかれさまでした。今日は家に帰って、ゆっくり休んでください」

私は学級委員としてクラスメイトたちに声をかけた。誰からともなく拍手がおこる。内部生の子も、外部生の子も笑っていた。明日は振替休日だ。ひまな者たちで教室にあつまり、片づけをすることになっていた。私たちは教室を後にする。

お祭りの後の少し寂しい感じが校舎内にあった。教室の入り口に立てかけられていた模擬店の看板が撤収され、またいつもの日常がはじまってしまうのね、と思う。

「さようなら、葉山さん。執事喫茶、楽しかったですね」

「誘ってくれてありがとう、早乙女さん」

正門前で早乙女さんと別れる。おむかえの車がずらりと並んでおり、彼女の姿を見つけた運転手が外に出て後部座席のドアを開けた。私は一人、自宅方面にむかって徒歩移動をはじめる。

街路樹の葉が黄色くなり、風で舞い落ちる。日が暮れるのが本当にはやくなった。さっきまで空は赤色だったのに、もう暗くなろうとしている。

車がびゅんびゅんと行き交う道の、歩道を進んでいる時だった。私は突然、ひどい貧血におそわれる。

学園祭の準備と本番で忙しく動き回っていたせいだろうか。頭から血がおりて、冷たくなるような感覚があった。音が遠ざかり、視界の周辺が暗くなり、膝から力が抜けた。

ああ、やばい、と頭の片隅で思ったけど、どうしようもなかった。私はよろめいて、車道側へと体が倒れていく。

信号のないあたりだったので、行き交っている車は速度が出ていた。そこにむかって倒れこんでしまったら、車は私を避けきれないだろう。だめだ、きっとぶつかってしまう。ただではすまない。

だけど私の体は、車道側に出て行く寸前で、誰かに受け止められた。腕の感触が私の体を包みこんで、車道とは反対方向へ戻してくれる。

誰？　がっしりした腕ではなかった。むしろ貧弱そうな腕である。

私は屈みこむ。一瞬、意識が遠くなりかけたけど、少しずつ元の状態に戻っていく。心臓が、がんばって私の頭に血を送ってくれているのがわかった。

「大丈夫か、葉山さん。よかった、間にあって」

城ヶ崎アクトが中腰になって私を見ていた。あいかわらず顔は怖くて、彼のことをよく知らない人が見たら、私は彼に襲われているように誤解されていたかもしれない。私は真っ青な顔で地面にかがんでいるし、彼は充血した三白眼でぎょろりと私を見ているから。でも、彼は私を心配してくれているのがわかった。

「城ヶ崎君？　どうして……」

「偶然、通りかかった。偶然だ」

「あ、ありがとう」

まだ頭の中がぼんやりしていた。立ち上がろうとしたが、うまく力が入らない。

「しばらく休んだ方がいい。そこにバス停のベンチがある。そこに座っていろ」

彼の手を支えにして、私はベンチまでゆっくりとあるいた。

「ここに座ってたら、バスの人が勘ちがいしちゃうよ。乗らないんですかって」

「非常事態だし、しかたないだろ。でも、きみが気になるなら、城ヶ崎家の人間に電話してなんとかしてもらおう。バス会社を買収しておけば文句を言ってくる奴もいないだろう」

「でた、大富豪ジョーク」

「自販機で飲み物を買ってくる。水分をとった方がいい」

彼は私のために小走りでペットボトルのお茶を買ってきてくれた。あの城ヶ崎アクトが、どうして私のために親切にしてくれるんだろう。わけがわからない。貧血でまだ手に力が入らなくて、ペットボトルがうまくあけられない私のために、彼がキャップをひねってくれる。お茶を飲んで一息ついた。城ヶ崎アクトはベンチのそばに立って周囲を見回している。

「蓮太郎を見かけなかったか？」

「佐々木君？　見てないよ？」

「そうか……、原作だとここにいるのは蓮太郎なのに……」

「原作って？」

「なんでもない。聞き流してくれ。それより、近くに我が家の車を停めている。家まで送ってあげようか？」

彼の視線の先を見ると、黒色の高級車が路上駐車されていた。

「少し休めば大丈夫だと思う。ちょっと疲れただけだから」

「本当にただの疲労か？　病院で精密検査を受けた方がいいんじゃないか？　そうだ、そうすべきだ。悪い病気だった場合、早期発見につながるかもしれない」

城ヶ崎アクトは三白眼で私をにらみつける。いや、にらんでいるのではない。心配そうに見つめているだけだ。頼みこむように彼は言った。

「病院に行け、葉山ハル」

こんなに心配性な人物だとは思わなかった。私は立ち上がって体がふらつかないのを確かめる。

「ほら、もう平気。家まであるいて帰れると思う」

「上り坂があるだろ。車に乗っていけ」

熱心に彼はすすめてくれたけど、私はあるいて帰ることにする。

「ありがとう、城ヶ崎君。おかげで助かった」

心からのお礼を言ってバス停のベンチを離れた。

あるきだして、ずいぶん遠ざかって後ろをふり返っても、まだ彼は同じ場所に立って私を見送っている。私がまたふらつくんじゃないかと警戒し、その場にとどまっているのだろうか。

家までの途中に上り坂があることを彼は知っていた。制服が泥まみれになった日、新しい制服を届けてくれたのは、やっぱり彼なのだろうか。なんとなくそんな気がする。

さきほど貧血で立ちくらみを起こした時、自分を助けてくれた彼の顔を見て、安堵した自分がいた。夜道で見かけたら悲鳴をあげそうな顔立ちのはずなのに、そんな風に思えるなんて、慣れというものはすごい。

もしかしたら、親しくなってみると、外見のことなんか、どうでもよくなるものなのかもしれない。言葉遣いや仕草から、内面が透けて見えるようになって、そちらの方を本当の姿だと認識するようになるのかもしれないな。

私は坂道を上る。空に星が瞬きはじめていた。

7／7

学園祭二日目。午前中に蓮太郎の家族がみんなで来てくれた。彼の両親と挨拶し、勇斗と日向にも会う。彼らは執事服姿の蓮太郎を見ておおいに笑っていた。少しだけ廊下で立ち話をしたが、彼らはこの後、親戚の家に行くらしい。午後には葉山ハルが友人の早乙女さんといっしょに来店してくれた。後になって蓮太郎からそのような報告を受けたが、珈琲を作るのに忙しくて気づかなかった。

あいかわらず桜小路以外は僕に話しかけてこないが、厨房内の雰囲気は悪くない。フィルターに珈琲豆の粉をセットし、お湯を少量ずつたらすと、珈琲豆の粉は泡立つようにドーム状にふくれあがる。新鮮な豆である証拠だ。薫りをただよわせながら黒色の液体がガラス製のポットにたまる。

客席側のスペースからざわめきが聞こえてきた。何かトラブルが起きたらしい。執事服姿の出雲川が厨房側に入ってきて緊張した面持ちで言った。

「アクト様のお父様がいらっしゃいました」

その場にいた者たちが息をのむ。

城ヶ崎鳳凰が？　来るなんて聞いてないぞ。

手の空いているクラスメイトに珈琲作りをまかせ、僕は挨拶にむかった。桜小路も後ろからついてきた。

教室内を区切っているベロア生地のカーテンをかきわけて客席側に出る。ゆったりと間隔をあけてならべられたテーブルは満席だ。本来なら女の子たちは談笑しながら執事服姿の出雲川をうっとりと眺めているはずだが、全員がだまりこんで窓際のテーブルを横目でちらちらと気にしている。

鷲鼻の男性が一人、ふんぞりかえって座っていた。城ヶ崎鳳凰だ。彼の背後にはつきしたがうように瀬戸宮と小野田が立っている。城ヶ崎鳳凰は外国産の葉巻きを吸っていた。その煙が教室内の空気を汚染している。学園内はもちろん喫煙禁止なのだが、誰もそれを注意できないのだろう。

「お父さん、ここでのお煙草はおやめください」

声をかけながら彼の前に立つ。城ヶ崎鳳凰は射殺すような目で僕をにらみつける。教室内に緊張がはしった。やがて城ヶ崎鳳凰は、つまらなそうに「ふん」と鼻息を吐きだして瀬戸宮に命令する。

「灰皿を」

「かしこまりました」

瀬戸宮は金色の箱型の携帯灰皿を取りだして蓋をあける。城ヶ崎鳳凰は箱の中に葉巻きの先端を押し付け、ひねり潰すように火を消した。

「お父さん、来てくださって光栄です。ちゃんと行列に並んだのですか？　この執事喫茶はとても人気で、廊下に女の子たちの順番待ちの列ができていたはずですが」

「並んではいない。【そこをどけ】と命令したら通してくれた」

マナーの悪い客だな。瀬戸宮と小野田に視線をむけると、二人は申し訳なさそうな顔をする。

「困りますよ、お父さん。そんなふる舞いをしていたら、みんなに嫌われてしまいます」

「嫌われるのも、憎まれるのも、慣れている。おい、小僧。珈琲を出せ。地獄のように煮えたぎった熱い珈琲だ」

「承知いたしました」

「それと、佐々木蓮太郎という男をここに連れてこい」

「蓮太郎ですか？」

「今日、俺がここに来たのは、くだらないお遊戯会につきあうためじゃない。そいつに用事があって、わざわざ足を運んできてやったのだ」

蓮太郎は壁際に立って僕たちの方を見ている。僕は彼を手招きして呼び寄せた。

「こちらのお客様が、きみと話したいらしい」

内心で戸惑っているはずなのに、彼はそれを表情に出さなかった。城ヶ崎鳳凰の前に立った蓮太郎は本物と遜色のない執事の一礼をする。

「お帰りなさいませ旦那様。何かご用でしょうか」

執事喫茶のロールプレイを城ヶ崎鳳凰は無視する。

「おまえが佐々木蓮太郎か？」

「左様でございます」

「これに見おぼえは？」

城ヶ崎鳳凰は上着のポケットから銀色に光るものを取りだす。大事そうに手のひらに載せた。

銀色のペンダントだ。細い鎖《くさり》がつながっており、しゃらしゃらと音をたてた。

「私の弟が城ヶ崎邸で拾ったものだと記憶しています」

「こいつはな、俺が若い頃、亡き妻に贈ったものだ。長い間、行方不明になっていた」

城ヶ崎鳳凰は、手のひらのペンダントを、目を細めて眺める。

「生前、妻はよくこいつを身に付けていたのだが、ある日、どこかに落としてしまい、それきりなくなっていたんだ。使用人が総出でさがしたものだ。誰もが血眼になって屋敷のすみずみまで捜索した。これを見つけたものには報酬をくれてやると約束していたからな。しかし、結局、誰にもこいつは見つけられなかった」

「それほど大事なものだったのですね。私の弟も、たまには人の役に立つことをするようです」

「小野田、例のものを」

彼は左手を軽くあげ、背後に立っている小野田に合図を出す。小野田は片手に角張った銀色のアタッシェケースを持っていた。それを両手で抱え直すと、留め金をはずして開ける。

「佐々木様、これをお受け取りください」

周囲でどよめきがおきた。ケースに入っていたのは、隙間がないほど詰めこまれた大量の一万円札の束だ。三億円ほどだろう、と僕は見当をつける。

「発見者には報酬を与える。この金は、おまえの弟に受け取る権利がある」

「弟に、ですか……」

蓮太郎は困惑していた。執事の瀬戸宮が発言する。

「本当は直接、ご自宅までうかがって勇斗様にお届けするつもりでいたのですが、どうやら留守のようでしたので、代理人として蓮太郎様へおあずけすることにしたのです」

「ちょうどよかった。代理人として自分が対処することができますから」

蓮太郎は城ヶ崎鳳凰に対して奇麗なお辞儀をした。

「お気持ちだけで充分です。そちらのケースはお持ち帰りください」

「いらないというのか」

「はい」

「おまえは外部生なのだろう。何も持たない平凡な一般市民にとって、この金は魅力的なはずだ」

「私たちは、何も持っていないわけではないのです。充分すぎるほどに満ち足りているのです。だから、それを受け取るわけにはいきません」

「あって困るものではないだろう?」

城ヶ崎鳳凰は信じがたいという顔で蓮太郎を見ている。

「私の弟は落とし物を拾っただけです。大金をいただくようなことは何もしていません」

城ヶ崎鳳凰はいらついたように舌打ちすると小野田に命じた。「ひっこめろ」と。小野田はアタッシエケースを閉じて元の位置まで下がる。

「よかったのか?」

僕は思わず蓮太郎に問いかける。

「もちろん」

蓮太郎は何事もなかったみたいに平常心だ。生活費のために新聞配達をしているはずなのに、大金を得るチャンスを逃すなんて、どういう思考回路をしているんだ。しかし、ここで大金を受け取らない人間こそが、きっと物語の主人公になりうるのだろう。周囲の脇役たちを混乱させながらも、まっすぐに自分の意思を貫くような、そんな人物だから、ヒロインの葉山ハルは主人公の彼に興味を持ったのだ。

城ヶ崎鳳凰はおもしろくなさそうな表情をしていた。それは、まあ、いつものことだけど。

「せっかく金を持ってきてやったのに不愉快だ。注文した珈琲はまだか？」

僕たちはそれぞれの仕事へ戻る。蓮太郎は城ヶ崎鳳凰から解放され、テーブルの食器を片づけはじめた。出雲川は接客をしながら女の子たちに笑顔をふりまき、桜小路は厨房で紅茶をつくる。

僕は父のために珈琲をいれた。熱湯を注ぎ、珈琲豆のドームを作る。

出雲川は女の子の相手に忙しそうだったから、蓮太郎にテーブルまで運んでもらった。給仕をする彼の動きを、瀬戸宮と小野田が注意深くチェックしている。どうやら合格点をもらえたらしく、蓮太郎にむかって小野田が軽くうなずいていた。

珈琲に口をつけた城ヶ崎鳳凰は、特に感想を言わなかった。厳《いか》めしい顔のまま一杯だけ飲み干し、すぐに席を立って執事喫茶を出ていく。瀬戸宮と小野田を引き連れて彼がいなくなると、教室内にいた全員が安堵するようにため息をついた。

学園の鐘が鳴り響き、学園祭の終了を告げるアナウンスが聞こえてくる。執事喫茶の最後の客を見送り、入り口に設置した看板を下ろした。片づけは明日、おこなう予定だ。業者を呼び、シャンデリアの取りはずしをしてもらわなくてはならない。

郵便はがき

おそれいりますが
切手を
お貼りください

102-8519

東京都千代田区麹町4−2−6
株式会社ポプラ社
一般書事業局　行

お名前	フリガナ	
ご住所	〒　　　-	
E-mail	@	
電話番号		
ご記入日	西暦　　　　年　　　月　　　日	

上記の住所・メールアドレスにポプラ社からの案内の送付は必要ありません。□

※ご記入いただいた個人情報は、刊行物、イベントなどのご案内のほか、お客さまサービスの向上やマーケティングのために個人を特定しない統計情報の形で利用させていただきます。

※ポプラ社の個人情報の取扱いについては、ポプラ社ホームページ（www.poplar.co.jp）　内プライバシーポリシーをご確認ください。

ご購入作品名

■この本をどこでお知りになりましたか？
□書店（書店名　　　　　　　　　　　　　　　　　　　　　　）
□新聞広告　□ネット広告　□その他（　　　　　　　　　　　）

■年齢　　　歳

■性別　　　男・女

■ご職業
□学生（大・高・中・小・その他）　□会社員　□公務員
□教員　□会社経営　□自営業　□主婦
□その他（　　　　　　　　　）

ご意見、ご感想などありましたらぜひお聞かせください。

ご感想を広告等、書籍のPRに使わせていただいてもよろしいですか？
□実名で可　□匿名で可　□不可

ご協力ありがとうございました。

僕は出雲川をねぎらった。

「よくやった、出雲川君。きみのファンが来てくれたおかげで大盛況だったな」

「僕の優れた容姿がお役に立ててうれしいです」

クラスメイトの女の子の二人組がおそるおそる近づいてきた。手にスマートフォンを持っている。

「あの、出雲川様！」

「いっしょに写真を撮らせてください！」

出雲川は断らなかった。女の子たちは近くの男子生徒に撮影をお願いして、出雲川と並んで写真撮影する。僕は撮影会の邪魔にならないように距離を置いた。せっかくの記念撮影に、僕なんかが写りこむべきではないだろう。

しかし彼女たちは言った。

「もしよければ、城ヶ崎さんも！」

「ごいっしょにどうですか？」

予想外だ。僕はクラスメイトたちに怖がられており、こんな風に教室で声をかけられたこともない。僕が迷っていると、出雲川が僕にすがりついてくる。

「アクト様！　いっしょに写りましょう！　僕もそうすべきだと思っていたのです。私などよりもアクト様のお姿を撮影し、写真集としてまとめたものを世界で出版すべきです！」

「誰が買うんだよ、そんなもの……」

僕は出雲川といっしょに女の子たちの写真に入った。他にも写真を撮りたいという希望者が次々と現れて、最終的にはクラスメイト全員で記念写真を撮った。悪くない気分だ。

執事喫茶のために桜小路家が仕立てた執事服は、執事を演じた者たちにプレゼントされた。生地も縫製も見事な特注品だから、普通に買えば数十万円はするだろう。

執事服を着た蓮太郎が、桜小路に話しかけている。

「桜小路さん、こんな高い服、もらえないよ」

「受け取っておきなさい。それくらいの働きはしたと思いますわ」

「そうかな。たった二日間だけだよ、俺がこの服で仕事をしたのは」

「何よあなた、私からのプレゼントが受け取れないと言いたいんですの?」

桜小路が眉間にしわをよせて怒りだす。

「桜小路さんからのプレゼントだと思うと、正直、うれしいよ」

「あ、あら、そうですの……?」

「でも、二日間の労働でもらうには高すぎる。だから、学園を卒業して働きはじめた時、あらためて給料で買い取るかたちにするよ」

「蓮太郎がそうしたいなら、そうするといいですわ」

「桜小路さんから見て、俺の動きはどうだった? 問題なかった?」

「なかなか様になっていたと思いますわ。うちで雇ってあげてもかまいませんことよ」

「就職先として、悪くありませんね、お嬢様」

蓮太郎が微笑をうかべて執事の一礼をする。

桜小路は、いつものすました表情をしていたが、なんとなくうれしそうに見えた。

外はオレンジ色に染まっていた。教室を出て僕たちは校舎を離れる。学園前の道に城ヶ崎家の高級車が止まっており、僕の姿が見えると大田原が外に出て後部座席のドアを開けてくれた。出雲川と桜小路が僕を見送ってくれる。

「本日もおつかれさまでした。アクト様の珈琲を飲むことができた者たちは幸福です。生涯にわたってその味を語り継ぐことでしょう」

「珈琲豆にお湯を注いでいるアクト様の姿は、まるで宗教絵画のようでした。ごきげんよう。ゆっくりお休みになってくださいまし」

「ありがとう。二人もおつかれさま」

車が発進する。大田原の運転は快適で、疲労感もあり、眠たくなってきた。窓の外を夕景の町並みが流れていく。少しだけ大田原とも会話をした。彼は今日の昼過ぎ、城ヶ崎鳳凰と瀬戸宮小野田を乗せて学園まで送り届けたという。

「鳳凰様が雲英学園にいらっしゃるなんて珍しいことです」

「確かにね。用があったのは、僕じゃなかったみたいだけど」

「そうでしょうか。もしかしたら鳳凰様は、アクト様のいれた珈琲を口にするため、学園まで足を運ばれたのではないでしょうか」

「考えすぎだよ」

そういえば自宅で僕が珈琲を作って父親に飲ませたことはない。今度、チェスをする時にでも珈琲を作ってやろうか、などと思いながら僕はあくびをする。

楽しい二日間だった。特に一日目、お化け屋敷で葉山ハルの声を聞けたのはラッキーだ。【彼女】の声を聞くと僕は特別な気持ちになる。アニメ『きみある』において、学園祭のエピソードはもっと殺伐とした雰囲気だった。葉山ハルと佐々木蓮太郎は、城ヶ崎アクトたちの嫌がらせを、なんとかやりすごして学園祭を終えるのだ。ああ、そうだ。確か、二人でいっしょに帰っている途中、葉山ハルが貧血で立ちくらみを起こすんだっけ。アニメのエピソードを脳内再生しながらぼんやりとそんなことを思い出していた。

葉山ハルは貧血で姿勢を崩し、車が行き交っている道路に向かって倒れこみそうになるのだ。車に轢かれそうになって、視聴者は一瞬だけひやりとさせられる。だけど蓮太郎に支えられ、間一髪のところで事無きを得るのだった。

葉山ハルが貧血を起こした描写は、後の白血病発症の伏線だったのだろう、とアニメファンたちは分析していた。すでにこの時から彼女の血液には異常があったのではないかと。しかし、急性白血病の症状がこの時期から出るのはおかしいのではないか、と考えるファンもいた。どちらが正解なのかわからない。

それにしても、この世界線の蓮太郎と葉山ハルには困ったものだ。アニメのように、いっしょに仲よく帰ってほしいのだが、そこまでの関係性がまだ築けていない。これではタイトル詐欺だ。『きみといっしょにあるきたい』というアニメの世界であることを自覚してほしい。蓮太郎は今ごろ、他の友だちと帰路についているのだろう。そこまで考えて、唐突に嫌な想像が頭をよぎった。

蓮太郎と葉山ハルは、おそらく別々に行動している。いっしょには帰っていない。もしも、葉山ハルが一人で帰り道をあるいているとしたら。アニメと同じように、彼女が貧血で倒れこんでしまったら。

「大田原さんっ、行き先変更だ！」

葉山ハルの通学路はすでに把握している。彼女は今、どの辺をあるいている？

城ヶ崎家へむかっていた車を方向転換させた。切羽詰まる声に何かを感じ取ったのだろう。大田原は車の速度を上げる。アニメの記憶を呼び起こし、彼女が貧血で倒れそうになる場面の背景がどんなものだったかを思い出そうとする。殺風景な町並みだった。住宅地の路地ではなく、交通量がそれなりにある通りだ。

葉山ハルの姿をさがしながら、彼女の通学路となっている道を移動する。どの車もスピードを出しているような道路に出た。確かこんな感じの場所だったはずだ。この道のどこかで彼女は倒れそうになるのだ。

後部座席の窓ガラス越しに目をこらしていると、ついに葉山ハルを発見した。彼女の黒髪が走行するトラックの風にあおられて踊るように揺れていた。雲英学園の制服を着た葉山ハルが、鞄を肩にひっかけて自宅に向かって移動している。

「大田原さん！　止めてくれ！」

車は彼女のいる地点から少し離れた位置に止まった。僕は車内から飛び出して彼女にむかって駆け出す。

あと十メートル。もうすぐだ。その時、彼女の姿勢がぐらりと傾いた。神《シナリオライター》の考案した展開の通りに貧血を起こしたらしい。車道側へと引き寄せられるように、彼女はよろめいた。僕は手をのばして、最後は飛びこむように彼女の体を抱き留める。力を失って重力に引っ張られる彼女を、腕の中にとじこめて車道とは反対側へ引っ張った。

アニメの演出の通りに、車が僕たちの体のすぐそばを通過した。もしも間にあわなかったら、葉山ハルにぶつかっていたタイミングだ。

「大丈夫か……？」

声をかけてみるが反応は弱々しい。葉山ハルの顔は蒼白だ。血の気の失せた状態で屈みこむ。

「うう……」とうめくような声を彼女はもらした。

ゆっくりと目を開けて、僕を見上げる。この顔面の怖さに悲鳴をあげられるんじゃないかと身構えたが、そうはならなかった。

「大丈夫か、葉山さん。よかった、間にあって」

「城ヶ崎君……？　どうして……」

【彼女】の声。

僕が愛して止まない人の声。

「偶然、通りかかった。偶然だ」

「あ、ありがとう」

「しばらく休んだ方がいい。そこにバス停のベンチがある。そこに座っていろ」

彼女を近くのベンチに座らせる。水分をとらせた方が良いだろう。自販機でペットボトルのお茶を買ってきた。座って休憩していると、彼女の顔に血の色が戻ってくる。ああ、もう大丈夫だ。

僕は安堵しながら彼女のそばに立っていた。車で自宅まで送ってあげようかと提案してみたが、彼女は一人で帰れるといってきかない。

僕は彼女の体調が心配でたまらなかった。

「病院に行け、葉山ハル」

「ほら、もう平気。家まであるいて帰れると思う」

「上り坂があるだろ。車に乗っていけ」

しかし葉山ハルは首を縦にふらなかった。

彼女が見えなくなるまでバス停のベンチのそばにいた。もう一度、彼女がふらついたら、走っていって支えなくてはならない。まったく、こんな時に主人公の蓮太郎がいないなんてどうかしている。本来は蓮太郎が彼女からの感謝を受ける場面なのに。

葉山ハルが角を曲がって見えなくなると、僕は車に戻り、後部座席から外を眺めた。大田原はいつもみたいに何も質問せずに車を発進させる。

夜空をあと何度か繰り返すと冬が訪れるはずだ。いつまでも季節が変わらなければいいのにと僕は思っていた。タイムリミットが近づいている。楽しい時間は終了し、彼女は死と向きあわなくてはならなくなるのだろう。腕の中に一瞬だけ抱きとめた彼女の重みを思い出し、僕はつらくなった。

8／1

昼休みに葉山ハルと話をする機会があったので、不自然にならないよう、さりげなく人間ドックをおすすめした。

「最近、寒くなったよな。風邪がはやっているらしい。やはり健康って大事だ。不調を感じていなくても、定期的に病院に行って、検査をしてもらうのがいいと思う。特に血液検査はやっておくべきだ。葉山さんもぜひ人間ドックに行くといい。もしも興味があるなら、僕がお金を出そう。いろんな病院でパンフレットをもらっておいたから、読んでみるかい?」

しかし、僕が鞄から取り出したパンフレットを、葉山ハルは手に取ろうとしなかった。

「城ヶ崎君って、変わってるよね。そんなの持ちあるいてる人、はじめて見た」

雲英学園の池の畔のベンチに並んで腰掛けていた。灰色の空を反映して池の水は暗い。散歩している生徒は何人かいたけれど、長髪のかつらで変装していた僕を、城ヶ崎アクトだと見抜いた者はいない。

学園祭以降、一人で過ごしていると、葉山ハルに話しかけられることが増えた。彼女は僕が変装していても、城ヶ崎アクトだとわかるらしい。お化け屋敷で、かつらをかぶった姿を見られたせいだろう。

「興味がないのなら、別にいいんだ。でも、約束してくれ。少しでも体調がおかしいと感じたら、すぐに病院へ行くこと。早期発見が重要だ」

「わかった。心配性だね」

彼女と話す機会が増えたのは良いことだ。【彼女】の声が自分にむかって発せられている幸福感は何物にも代えがたい。【彼女】の声は、天上の音楽のように美しく、うっとりと聴き入ってしまう。もちろん、声だけでなく、葉山ハルという人間そのものにも魅力があった。『きみある』のヒロインだからじゃない。彼女は素直で、まっすぐで、明るい。今、目の前にいる葉山ハルは、アニメよりも表情が穏やかだし、学園生活を謳歌《おうか》しているのが伝わってくる。

「そういえば葉山さん、蓮太郎とはこまめに連絡を取りあってるのか？」

「佐々木君？　連絡先も知らないよ？　どうして？」

おもわずため息をついてしまう。アニメ版ではすでにこの時期、佐々木蓮太郎と葉山ハルは学園外でも会うような関係になっていたはずだぞ。そんなだから、蓮太郎は桜小路を意識するようになってしまったんだ。

「彼の家の電話番号を教えといてあげよう。あいつはたよりになる男なんだ。何かあったら相談にのってもらうといい」

「きみって、いつも佐々木君のことを推すよね」

「蓮太郎を尊敬しているからな」

「まあ確かに。彼のことを好きだって女の子、いるものね」

驚いた。それってつまり、葉山ハルにとってのライバルじゃないか。そんな、のんきにしていて、いいのか？　そいつに蓮太郎をとられてしまったら、『きみある』のストーリーはどうなってしまうんだ。

「最近、よくその女の子とメールのやりとりをするよ。佐々木君のことがいかに大好きかってことがメールに書かれてるの」

「誰なんだ、そいつ」

「それは言えない」

彼女は両手をパーの状態にして僕に突きだす。

「プライバシーの問題があるから。勝手に名前を出すのは、その子に悪いよ」

「確かにそうだな。でも、葉山さん、僕はきみを応援しているからな」

「応援？　なんで？」

「いつもきみの幸せを願っているぞ」

「それは、ありがとう、よくわからないけど」

葉山ハルはほがらかに笑って池の方を向いた。黒髪を指でかき上げて耳にひっかける。曇り空の寂しい風景だけど、周囲の色彩が乏しいと、彼女の血の色が、皮膚を透かしてほのかにピンク色になり、よく映えた。彼女の大切な血。これから、壊れていく血。

8／2

休日に柚子とお出かけをすることになった。数週間ぶりに見る彼女は、あいかわらずの美少女だ。肩幅も小さくて、守ってあげたくなるような儚さがある。コートの袖から見える手首なんか、折れそうなほど細い。実際、街をあるいていると、柚子はよく男の子に声をかけられるらしい。高校でもクラスメイトからラブレターをもらったそうだ。

「柚子は好きな男の子っていないの？」

「いない。ハルが男の子だったらいいのに。私、ハルみたいな子とつきあいたい」

おそらくだけど、小学校時代に彼女を孤立から守った印象が強いのだろう。彼女の目には私が今もヒーローのように映っているのかもしれない。

映画館で海外のCGアニメ映画を観て、カフェでアイスティーを飲みながら感想を言いあう。

それからお互いの学校の話になった。

「もうすぐ二学期が終わるね。ハル、雲英学園の生活はどう？　内部生に目をつけられてない？」

「平気。内部生と外部生は仲よくやってるよ」

「それって意外。もっと険悪なんだと思ってた」

「少し前までは外部生差別がひどかったらしいよ。実際、私も内部生の先輩に突き飛ばされたことあるしね」

「何それ、くわしくおしえて」

梅雨の時期に起きた出来事を話す。泥水で制服が汚れてしまった例の事件だ。柚子は目をかがやかせて聞いていた。

「最後はどうなったの？」

「謝罪されたよ」

「謝罪？　ハルを突き飛ばした傲慢な内部生が謝ったの？」

「私のところにやってきて、ごめんなさいって」

「どうして急に……」

不思議そうに柚子は首をひねる。

当時、佐々木蓮太郎に言われた。先輩たちが私に謝罪をしたのは、城ヶ崎アクトか出雲川君か桜小路さんの働きかけではないかと。あの頃はそれを信じなかったけど、今なら私もその可能性を検討する。

「ねえ、柚子……。城ヶ崎アクトの話をしてもいい？」

おそるおそる私は提案する。

「うん、聞かせて。あいつは今、どんな悪いことをしてるの？　どんな子がターゲットになってるの？　先生たちも、あいつのあつかいには困っているでしょうね」

彼女の中には最低最悪の人間として城ヶ崎アクトのイメージが根付いている。柚子は言った。

「私があの悪魔にひどいことをされたのは初等部時代だったし、まだ今よりも子どもだったから、あの程度ですんだと思うの。今はもっと行為がエスカレートしてるはずよね。当時よりもずっとひどい、それこそ犯罪まがいのことをやってるんでしょう？」

「そうじゃないよ。前にも少し話したけど、彼、もう悪いことはしてないの。いい人に生まれ変わってるんだよ」

「は？」

柚子の顔から表情が消える。一気にカフェの温度が下がったように感じられた。

「冷静に聞いてほしいんだけど。城ヶ崎アクトは改心したんだよ。生き方を改めて、もう誰もいじめなくなったの」

私は彼の悪いイメージを払拭してあげたかった。そうしたからといって、過去のおこないが消えるわけではない。でも、城ヶ崎アクトと親しくなり、対話を重ね、私は彼がもう悪人ではないと確信するまでになった。そのことを伝えたかったのだ。

「ハル？　何を言ってるの？　城ヶ崎アクトは悪魔だよ？」

「何年か前にね、性格が一変したらしいの。何があったかわからないけど。今の彼は、どちらか

という と、外部生を守るような行動を……」

私が言い終わらないうちに、柚子がテーブルに拳を叩きつけた。水のグラスや、紅茶のカップが揺れる。近くの席にすわっていた人たちが何事かとこちらをふり返った。

「ねえ、どうしてそんな嘘をつくの？　あいつの性格が変わった？　外部生を守ってる？　意味がわかんない。ハル、どうしちゃったの？　洗脳されちゃった？　あいつに弱みでも握られてんの？」

「そうじゃないよ。城ヶ崎君とも、出雲川君とも、桜小路さんとも話をするようになったけど、みんなもう大人しくなってる。過去を反省して、誰も傷つけない生き方をしてる」

柚子は信じがたいという表情で私を見つめる。

「城ヶ崎、君？　あんな奴を君づけで呼んでるの？　は？　あいつの取り巻きとも話をするようになった？　だまされてる。あいつらの精神は夏場に一週間放置した生ゴミみたいに腐ってるんだよ。ひどい悪臭がぷんぷんするようなどす黒い魂なんだよ。改心するなんてありえない。絶対に」

「私ね、見たんだ。城ヶ崎君が駅前でボランティアしてるとこ」

理緒が教えてくれた。長髪のウィッグで変装した彼は、いつもボランティアに参加している少年だと。私も最初は信じられなかったが、少し前にこっそり、確かめに行ったのだ。遠くから見たけれど、理緒が言った通りだった。ドナー登録を呼びかけている人たちの中に、あの城ヶ崎アクトがいたのである。

「嘘嘘嘘！　あいつは悪魔なんだ！　いつか神様があいつに天罰をくれてやるの！　そうじゃな

きゃ納得いかない！　そうじゃなきゃ、私はどうなるの!?」

柚子は髪を掻《か》きむしる。

「昔、彼がやったことは最低。でも、今の彼はいい人になろうと努力してる。その生き方を肯定してあげたいんだよ」

彼女は水のグラスをつかむと、私にむかって中身をぶちまけた。水の冷たさなんてどうでもよかった。彼女のかわいらしい顔がゆがんでいることに私は心を痛めていた。

柚子は周囲の視線を浴びながら、私を置いて店を出ていく。きっと彼女は納得できないのだ。今さら城ヶ崎アクトがまっとうな性格になったと聞かされても理不尽さしか感じないのだろう。彼女が望んでいるのは城ヶ崎アクトが改心することなどではない。悪人のまま彼が裁かれ、罰を受け、破滅することを願っているのだ。

その後、柚子との連絡が途絶えた。メールをしても返事はなく、電話もつながらない。あんなことがあった後だし、まだ彼女は私に怒っているのだろう。そのうちに時間をおいてまた連絡してみようと思っていた。でも、それどころじゃなくなった。

十一月後半のある朝、なぜか体が重たくて、布団から出るのが億劫《おっくう》だった。気圧の変化のせいだろうか、と最初は気にしなかった。学園まで徒歩で移動するだけで、くたびれてしまった。頭が熱っぽくて、ぼーっとして勉強にも身が入らない。しばらくすると治るだろう。こんな時は、しっかり食べて、充分な睡眠をとれば、翌日には治っているものだ。今まで、ずっとそうだった。

でも、次の日も、その次の日も、私の微熱状態は続いた。

8／3

私は幸福な幼少期を過ごした。パパとママはやさしくて、好きなだけ服も買ってもらえたし、ぬいぐるみもたくさんプレゼントされた。私の家は世間にくらべて裕福なのだと気づいたのは、ずっと後のことだ。雲英学園初等部に通っていた頃は、運転手つきの車で送りむかえしてもらえる生活が普通だと思っていた。

不幸は誰にでもおとずれる。私の場合、十歳の時、人生が壊れた。四年生で同じクラスになった子の中に、悪魔のような風貌と性格の少年がいた。名前は城ヶ崎アクト。城ヶ崎グループの御曹司で、教師は彼のご機嫌取りばかりしていた。

彼に目をつけられた理由はわからない。家族仲のよさを友だちに自慢していたのが、彼に聞こえたのかもしれない。週末にはかならず家族でおでかけをするとか、パパとママがいつも寝る前に抱きしめてくれるとか、私はよく友だちに話していたから。

噂だけど、あいつは生まれた時にお母さんを殺したらしい。あまりにもおそろしい顔つきの赤ちゃんが生まれたものだから、お母さんがショック死したのだという。それでお父さんとの仲も険悪になったそうだ。あいつは私のことがうらやましくて、いじめのターゲットにしたのだろう。

最初は足をひっかけるとか、後ろから小突くとか、その程度だった。だけど次第にやることがエスカレートしてくる。仲間の出雲川史郎と桜小路姫子にも手伝わせ、私から教科書を奪い去り、びりびりに引き裂いた。何よりつらかったのは、友だちが私に話しかけなくなったこと。私が彼に目をつけられたとわかると、自分に危害がおよばないように距離を置かれた。私は教室で孤立し、教師さえもよそよそしくなった。

両親に相談しても無駄だった。いつもやさしかったパパが、「我慢しなさい」と困ったように私に言い聞かせる。ママに泣きついても、「ごめんね」といっしょに泣いてくれるだけだ。

ある日、私は油性マジックで【わたしはブタです】と顔に落書きされ、一日をすごすように強要された。あわれむように私を見るクラスメイトがほとんどだったけど、中にはくすくすと笑っている子もいた。放課後になると、ブタの鳴き真似をさせられた。城ヶ崎アクトとその仲間たちは、私を見ておかしそうにしていた。他にも様々な屈辱的なことを強いられた。加減をまちがっていたら刑事事件に発展していたかもしれないような酷いことだ。もしもそうなったとしても、権力でもみ消されていたにちがいないけれど。

雲英学園を離れ、公立小学校に転校することになった時、ようやく地獄のような日々は終わった。だけど、今でも当時のことを夢に見る。城ヶ崎アクトの三白眼に見下ろされながら、はいつくばって床をなめさせられている時の夢だ。起きた時、全身が汗でびっしょりと濡れている。

私の体にはいくつもの痣《あざ》がのこっていた。皮膚が青黒く変色した痣は決して消えない。心の傷は膿《う》み、どろどろとした憎しみのスープが流れ出すようになった。私は毎日、彼の破滅を望みながら暮らしている。それなのに友人の葉山ハルは、彼がいい人になった、などと主張する。いったい、ハルはどうしてしまったのだろう。あの男が改心などするわけがないのに。城ヶ崎アクトは生まれつきのクズだ。嘔吐ぶつ以下、ハエの幼虫以下の人間だ。弱者を笑い、常に誰かを貶めなくては気がすまない人間だ。彼がいい人になんてなるものか。

私はハルのことが大好きだった。私の一番の親友だ。雲英学園の高等部に進学すると彼女が言いだした時、もっと真剣に止めるべきだった。学園には城ヶ崎アクトがいる。彼に目をつけられてハルも心に傷を負うんじゃないかと心配した。彼に関わらなくとも、内部生からいじめられて苦労するんじゃないかと。だけど、そうなったらそうなったで、傷ついたハルを私が癒やしてあげよう、と思っていた。

でも、ハルは何不自由なく学園生活を楽しんでいるという。納得がいかない。おまけに、城ヶ崎アクトの味方をするような発言をするなんて。彼女の正気をうたがってしまう。ハルは私の親友のはずなのに、どうしてそんな馬鹿げたことを言うんだろう。

駅前でボランティアをしている？　彼が？　そんなことありえない。でも、それが本当だとしたら、チャンスだ。

彼の居場所が明確で、城ヶ崎家の屋敷や学園のような閉ざされた場所ではなく、手の届くような距離に彼がいるわけだから。

ハルには言ってなかったことだけど、私はずっと考えていることがあった。城ヶ崎アクトに天罰が下ることをいつも祈っていたけれど、そう都合よく神様は動いてくれない。だから、私が直接、彼に破滅をプレゼントしてあげるのだ。

8／4

この数日間、葉山ハルの顔色がすぐれない。いつも疲れた表情をしている。そのことを出雲川や桜小路に話してみるが、二人には彼女がいつも通りに見えるという。昼休みに彼女と話をする機会があり、直接、問いただすことにした。場所は屋外のベンチだ。僕は周囲を気にして変装していた。

「風邪気味かもね。体温計で測ってみたら微熱の状態が続いてるし」

「病院に行った方がいい。きみは大病を患《わずら》っている可能性がある」

葉山ハルは微笑んで、オーバーだな、といつもの返しをする。疲労を隠して元気を装っているように見えた。人間は誰しも体調がすぐれない時期というのはある。気圧の変化だったり、季節の変わり目だったりで、風邪を引いてしまうのだ。今回のもそうだと彼女は思っているのだろう。だけどちがう。僕はそのことを知っている。

翌日の早朝、夏目町の上空を雨雲が覆っていた。丘の斜面に住宅地が広がっていて、夏目町を見渡せる位置にベンチがある。アニメ『きみある』にも何度か登場した場所だ。通勤や通学をする人々が坂道を駅の方へと下っていく。

僕は制服姿でベンチに座っていた。鞄から水筒を取りだし、使用人にいれてもらったお茶を飲む。

学園に行くふりをして、この場所に連れてきてもらった。温かいお茶を飲みながら、彼女が来るのを待つ。

「城ヶ崎君?」

声をかけられてふり返ると、葉山ハルが立っていた。彼女の通学路だから、この場所を通ることはわかっていたのだ。

「どうしてここにいるの？」

「もしよければ、車で送ってあげようと思って。最近、疲れているみたいだから。徒歩で学園まで行くのは大変なんじゃない？」

今にも雨が降りそうな天気だ。もう少し寒かったら雪が降るんだろうけど。

「何年か前、私たち、ここで会わなかった？」

ふと思い出したように彼女が言った。

「水筒のふたを拾ってくれたよな」

「やっぱり。あれって城ヶ崎君だったんだ」

少し離れた位置に路駐してある車に合図を送る。大田原がエンジンをかけてベンチのそばまで車を移動させた。

「さあ乗って。車で送ってあげる」

彼女は少しだけ迷っている様子をみせたが、提案を受けいれてくれた。

「せっかくだから、そうさせてもらうね」

葉山ハルを後部座席に乗せて、僕はその隣に腰掛けた。大田原が車を発進させる。スムーズな運転で坂道を下り、夏目町の中心部へ加速した。葉山ハルは座席のシートを手のひらで撫《な》でて感触を楽しんでいる。

「素敵な肌触り」

「英国王室御用達の世界的な皮革メーカーに特注で作らせたシートらしい。素晴らしい座り心地だろ」

「城ヶ崎君は毎日、こんな車で学園に送ってもらってるんだね。住む世界が、全然、ちがうな」

車内を見回して彼女はため息をつく。少し緊張しているのが伝わってきた。背筋がぴんとのびている。

「たまたまそういう家に生まれたというだけだ。僕がすごいわけじゃない」

「城ヶ崎君って意外と達観してるよね」

人生二度目だからな、などとは言えない。信じてもらえないだろうし、気味悪がられてしまうだろう。車が交差点を通過する。雲英学園に向かう道を通り過ぎた。葉山ハルが訝しげな顔をする。

「車で送るとは言ったが、行き先が雲英学園だとは一言も言ってない」

「どういうこと?」

「聖柏梁病院に向かってる。桜小路さんの家が経営に関わってるから、いろいろと融通がきくし、最新の設備もある。今からきみを検査してもらうんだ」

葉山ハルは唖然とした顔をした。

「だますようなまねをして悪かった。だけどね、葉山さん、きみは一度、医者に診てもらうべきだ。学園にもすでに言ってある。今日、きみは休むって。担任教師に直接、電話をして同意をもらった。きみの友人の早乙女さんからも伝言をあずかってる」

「早乙女さんから?」

「出雲川君経由で話をしたんだ。最近、葉山さんの体調がすぐれないことに彼女も気づいていた。彼女曰《いわ》く【病院で診てもらった方がいいですよ】とのことだ。授業のノートは彼女がとってくれるそうだ。安心して学校を休むといい」

彼女はあきれていたが、さすがに走行中の車から飛び降りるようなことはしなかった。

「わかったよ。きみには負けた。風邪薬を処方してもらってさっさと帰ろう」

「風邪薬ですめばいいけどな」

夏目町の花火大会がおこなわれた河川敷が見えてくる。川沿いに周辺の家々よりもひときわ真新しくて巨大な建築物がそびえていた。アニメ『きみある』の主要な舞台のひとつであり、衰《すい》弱《じゃく》した葉山ハルが息を引き取った場所。聖柏梁病院だ。

外来受付の正面玄関前に大田原は車を停めた。高級ホテルのエントランスのような作りになっている。僕と葉山ハルが車を出た時、空から雨粒が降ってきた。大田原とはここで一度、お別れをする。彼は車を駐車場に移動させ、僕と葉山ハルだけで受付に向かった。

「きみが今日、受診することは事前に話を通してある」

「城ヶ崎家のパワーを使ったの？」

「桜小路さんにお願いしたら、簡単に予約がとれたんだ」

自動ドアを通り抜けると、天井の高い広々とした空間だ。受付カウンターがあり、外来患者の待つベンチが連なっている。名前を告げると彼女はすぐに診察室へ案内された。僕はいっしょについていかず待合室のベンチで待つことにする。

壁の大きな窓から外の景色を眺めることができた。雨が次第に強さをましている。外が薄暗いため、照明に照らされる待合室の光景がガラスに反射していた。

目つきの悪い少年が不安そうにびんぼうゆすりをしている。ガラスに映りこんだ僕の姿だ。前世のサラリーマン時代、仕事中にびんぼうゆすりをしていた上司のおじさんは、女子社員に嫌われていた。自分はそうならないように気をつけていたのに。今日ばかりは足がじっとしてくれない。

二十分ほど経過して葉山ハルが診察室から出てきた。腕に注射をした跡があり、丸い絆創膏《ばんそうこう》が貼ってあった。採血して血液の成分を調べてもらったのだろう。制服の上からはおっていた長袖のスクールコートは手に持っている。

「どうだった?」

「うーん、それが……。一時間くらい待合室で待っててほしいって。勝手に病院から帰らないように念押しされちゃった」

彼女はすぐに帰れると思っていたらしいので、少し不服そうだ。僕たちは待つことにした。あるきまわると彼女が貧血をおこすかもしれないのでベンチに座っておしゃべりをする。会話の内容は、好きな本の話や、好きなテレビ番組の話など、たわいのないものだ。こまったことに、ほとんどの話が、かみあわなかった。なぜなら僕が前世で大好きだった作品の多くが、この世界線に存在していないからだ。

著作権のあるもの全般が他のものに置き換わっている。前世では『週刊少年ジャンプ』という漫画雑誌があったけど、この世界線にあるのは『週刊少年キック』だ。

創作物において、大人の事情で著作権のあるものや商標登録されたものをそのまま登場させることは難しい。だからアニメ『きみある』の世界には、『ドラゴンボール』や『ハリー・ポッター』が存在しないというわけだ。

そのかわり、古典作品であれば同じものがこの世界にもあった。太宰治や宮沢賢治の小説、レオナルド・ダ・ヴィンチやゴッホの絵画、バッハやモーツァルトの音楽。創作されて時間が経過したものは、パブリックドメインとなっており、【知的財産権が発生していない状態、または消滅した状態】なのだ。だから他のものに置き換えられず、『きみある』の世界にも存在がゆるされているのだろう。

「葉山さんの好きな映画って何？」

公式の設定資料集にも掲載されていなかった情報を知るのは楽しかった。彼女は少しだけ考えて回答する。

「『ローマの休日』かな」

「『ローマの休日』⁉」

僕は驚いて聞き返してしまう。

「知ってる？　古い白黒映画だから、まわりで観てる人、いないんだよね」

「知ってるも何も、名作中の名作だ。僕も大好きな映画なんだ」

映画『ローマの休日』がこの世界線にも存在するなんて奇跡だ。古い映画だからパブリックドメインになっていたらしい。ということはつまり主演女優のオードリー・ヘップバーンも過去にこの世界で生きて暮らしていたことになる。それはとても素敵なことだ。僕と彼女はしばらくの間、『ローマの休日』の話で盛り上がる。

やがて名前が呼ばれて彼女だけ診察室に入った。今度は血液疾患の専門医をまじえての話になるらしい。時間がかかるかもしれない、と思ったが、すぐに彼女は待合室に戻ってきた。

「保護者に連絡をいれて、来てもらうようにって」

彼女は顔をこわばらせていた。風邪だと思って診察を受けたのに、想像していたよりも大事になりつつあるのを実感しているのだろう。

葉山ハルは電話をするために一度、病院の外へ出た。正面玄関のひさしの下なら雨に濡れることはない。叔母の葉山理緒に来てもらうことになったらしい。ベンチに戻ってきた彼女が説明してくれる。

「私ね、両親がいなくて、叔母といっしょに住んでるんだよ。叔母がお母さんがわりなの」

あえて知らないふりをして聞いていた。彼女の情報を何もかも知っていたら、こいつストーカーなんじゃないかと思われそうだからだ。その後、葉山ハルは看護師に呼ばれ、もう一度、再検査のための血液採取をおこなう。注射針の跡を増やしてベンチで休んでいると、葉山理緒がかけつけてきた。葉山理緒のスーツは雨で少し濡れていた。

「ハル、遅くなってごめんね。タクシーがつかまらなくて」

「理緒。来てくれてありがとう」

彼女は状況を説明した後、僕を紹介する。

「こちらは、私を病院に連れてきてくれた学校の友人」

「城ヶ崎アクトです」

僕の顔の凶悪さに、葉山理緒は一歩後ずさりした。

「城ヶ崎家の関係者？」

「はい、そうです」

「ハルのお友だち？」

「体調のことを心配して病院に連れてくるくらいには交流があります」

「見た目からは想像もつかないくらい心配性なんだよ、城ヶ崎君は」

「そっか……。うーん……」

　葉山理緒は複雑そうな表情をしていた。その反応に僕はひっかかりをおぼえる。姪の友人が城ヶ崎家の関係者だった、ということについて、何やら思うところがあるようだ。否定的な反応に見えた。

　ああ、そうか、なるほど。僕は公式設定資料集にかかれていた記述を思い出して勝手に納得する。アニメ本編では触れられなかった設定だけど、葉山ハルの両親の失踪に、実は城ヶ崎グループが関係しているらしいのだ。城ヶ崎グループによって葉山ハルの両親は破産に追いこまれ、夜逃げをするように街から出て行かなくてはならなかったらしい。だけどそれは裏設定としてアニメ制作者たちの間で共有されていた情報でしかない。完成したアニメ『きみある』では、葉山ハルの両親に関するエピソードはほとんど出てこなかった。物語は主人公とヒロインの心の交流を中心に構成され、それ以外の要素はカットされたのである。公式設定資料集の制作者たちのインタビューで、そのあたりの事情が少しだけ語られていた。

　その辺りの裏設定が、どうやらこの世界線では過去の事実として存在しているのだろう。だから葉山理緒は城ヶ崎グループに悪いイメージを持っており、僕に対して警戒心があるのではないかと推測する。

「城ヶ崎君はいい人だよ、理緒」

葉山ハルが言った。彼女は僕のことを信頼してくれているようだ。なんでヒロインが悪役の僕なんかをそんな風に受けいれてるんだよ、と少し納得いかないけど。

僕は葉山理緒に提案する。

「あの、何かお飲み物でも買ってきましょうか？　急なお呼び出しでお疲れでしょうから休んでいてください」

ベンチをすすめると、彼女は少し面食らった顔をしていた。城ヶ崎家の人間が相手にへりくだった態度をとるなんて予想外だったのだろう。前世でサラリーマンだった僕はこういう言葉遣いの方がむしろ慣れている。来訪してくれた取引先の人のために飲み物を用意することなんて日常茶飯事だった。

自販機で買ってきた飲み物を少しずつ飲みながら三人で待つ。やがて看護師から呼び出しを受けた。彼女と葉山理緒の二人が診察室に入り、僕はそれを廊下から見送る。

保護者である葉山理緒が到着した時点で僕のやるべきことは終わっている。ここから先は葉山家の問題であり、僕のような部外者が立ち入るのはよくないだろう。だけど、診察料は僕が出すと約束したし、帰りは車で家まで送ってあげたいので、二人を待つことにした。

スマートフォンで何度も時間を確認する。長い間、診察室から二人は出てこなかった。どんな話をしているのだろう。血液疾患の専門医は、葉山ハルの体内から抜かれた血液の成分を分析し、異常な兆候を発見したはずだ。そうでなければ保護者の呼び出しなんかしない。きっと、血液を構成するいくつかの成分がおかしな数値だったのだ。わかっていたことだ。何年も前から、この日が来ることを覚悟していた。冬の冷たい空気を切り裂くように水の粒が降っている。診察室の扉が開いて、二人が出てきた。どちらの顔も暗かった。

8／5

聖柏梁病院の先生は私の血液検査の結果を見て難しい顔をしていた。はっきりとした物言いはしなかったが、何かよくないことが私の身に起きているのだとわかった。「好中球の数値がおかしい」という意味あいのことを先生がおっしゃっていた。好中球というのは、白血球のことらしい。

「明日、また来てください。骨髄検査をやりましょう。そうすれば、はっきりしますから。骨の中に、血液を作っている細胞があるんです。それをほんの少しだけ採取して調べるんです」

診察室を出ると、城ヶ崎アクトが廊下のベンチで待っていた。とんでもなく怖い顔のはずなのに、彼の顔を見ると、なぜかほっとする。私と理緒は、城ヶ崎家の車で家まで送ってもらった。頭がぼんやりして、どんな会話をしたのかわからない。雨を拭うワイパーの動きを目で追いかけているうちに到着していた。

翌日、理緒に連れられて再び聖柏梁病院に行くと、すぐに診察室へ通された。問診表を記入し、骨髄検査の同意書に名前を書く。骨に針を刺して検査をするやり方のことを骨髄穿刺《せんし》というらしい。医者や看護師は【マルク】などとも呼んでいたが、ドイツ語で骨髄を意味する【Knochenmark（クノッヘンマルク）】から来ているそうだ。

病衣に着替え処置室に通される。まずは局部麻酔を打たれ、腰の骨に針を刺された。麻酔のおかげで痛みはなかったけど、皮膚を貫き、ぐりぐりと回転しながら骨の硬い部分にもぐりこんでいく感触があった。針が抜かれた後、大きな絆創膏を貼ってもらった。骨髄穿刺はこれでおしまい。採取された骨髄細胞の分析に一週間ほどかかるとのことだった。夜、麻酔が切れると、針を刺した箇所がじんじんと痛みを発した。

結果が出るまでの期間、雲英学園に通った。二日間しか休んでないのにひさしぶりな気がする。早乙女さんが授業のノートをとっていたのでコピーさせてもらった。

廊下を通る城ヶ崎アクトの姿があった。目があったけれど、会釈をしただけで通り過ぎる。私たちは親交を持ち、話をするようになったけど、みんなの前で会話をするのは控えている。とても目立つからだ。

「僕と話をすることで、きみまで取り巻きの一人だと思われたら申し訳ないからな。主人公が悪役の取り巻きの一員とみなされている今の状況だけでもカオスなのに、ヒロインまでとなると、収拾がつかなくなってしまう……」

城ヶ崎アクトは、ぶつぶつとそんなことを言っていたけれど、話の後半はよく意味がわからなかった。

聖柏梁病院から連絡があり、骨髄検査の結果が出たので来院するようにと言われた。十二月のひどく寒い日。仕事を休んだ理緒といっしょに、タクシーで病院にむかった。

「好中球細胞に異形成のものが混じっていました。骨髄液の染色体検査もおこないましたが、こちらにも異常が見つかっています」

私たちは血液疾患についての本をいくつか読んで勉強していた。どうやら、私の骨の中にある血液製造工場が、ぶっ壊れはじめているらしい。病名は急性骨髄性白血病。私と理緒は無言になった。

その日の夜、着替えやパジャマ、スリッパや洗面用具など、大急ぎで入院の支度をした。動き回っていると息切れがひどいので、理緒が準備を手伝ってくれた。

「早めに見つかってよかったよ。城ヶ崎君に感謝しなくちゃね」

理緒が鞄にスマートフォンの充電ケーブルをいれる。初期段階で病気を特定できたのは幸運だと、医師の先生はおっしゃっていた。急性白血病という病気はそもそも、早期発見することが困難なものらしい。体に出る症状が風邪や肺炎などに似ているから、そのうちに治るだろうと思っている間に、気づくと進行してしまっているそうだ。

「たぶん、城ヶ崎君はうすうす気づいてたんだと思う。白血病関係のボランティアをしてるから」

血液疾患に関する知識があったのだろう。私の最近の体調不良を知り、白血病患者の症状と似ていることに気づいていたのかもしれない。病室で読むための、ひまつぶしの本などを選んでいると、涙がこみあげてきそうになる。急性白血病について、本で読んだ知識があった。この病気にかかった人の何割が生存し、何割が亡くなってしまうのかを知っていた。特に年齢が若いと進行も早いという。これまで、考えもしなかった。一年後、あるいは半年後、もしかしたら自分は死んでいるかもしれないなんて。ベッドに座りこんでうつむいていると、理緒がぎゅっと抱きしめてくれた。

病名発覚の翌日、私は聖柏梁病院に入院した。敷地内に複数の棟があり、渡り廊下でそれぞれがつながっている。私が入院したのは血液内科の患者ばかりがあつめられたフロアだ。個室が空いており、そこに入ることができた。

医師から今後の治療の方針を聞いた。まずは抗がん剤という強い薬を一週間ほど体に流しこんで様子を見るという。いわゆる化学療法だ。

首の血管にカテーテルと呼ばれる管を挿入することになった。ベッドに寝かされ、首に部分麻酔の注射をする。静脈の中に十センチ以上もの細長い管を差しこまれた。この管を通じて抗がん剤を流しこむのだ。カテーテルは糸で首の皮膚に縫い止められ、透明なテープでしっかりと固定される。お風呂に入ることはできなくなった。寝返りも怖くて無理だ。だって首の血管に管が差しこまれたままなのだ。引っ張られて取れたら首の血管から血があふれ出て死んじゃうんじゃないかと気が気ではない。

理緒は夕方になると家に戻り、私一人で個室で寝泊まりしなくてはならなかった。夜、ひとりきりの病室で孤独だった。暇な時間に友人たちへ連絡をとる。血液関係のちょっとした病気で入院することになったんだ、とメッセージを送った。


雲英学園の友人たちがお見舞いに来てくれた。私の体調はすぐれなかったが、見知った顔が病室に現れるだけでテンションが上がる。早乙女さんたち女子グループは、首にカテーテルを取りつけた私の姿を見て、痛々しそうな顔をする。カテーテルには輸血のパックがつながっており、私の体に新鮮な血がいれられている最中だった。

「どうして輸血されているのです?」

早乙女さんが質問する。

「明日から抗がん剤を体にいれるんだけど、その前に健康な血をたくさん、体に補充しておくんだって」

私はみんなに学園の様子を質問する。入院生活はまだはじまったばかりだというのに、すでに雲英学園が恋しい。

「クラスの男の子たちも、葉山さんが来なくなってさびしそうでしたよ」

などと早乙女さんが言うので、冗談だと思い、私は笑う。

「あら、葉山さんのことをひそかに慕ってらっしゃる男の子は、たくさんいらっしゃるんですよ？　はやくよくなって、学校にいらしてくださいね」

彼女たちはお見舞いにフルーツの詰めあわせを持ってきてくれていた。彼女たちが帰る時、エレベーターまで送ろうとしたのだが、立ち上がろうとするとめまいで気分が悪くなった。しかたなく、ベッドの上で彼女たちとはさよならをする。

「来てくれてありがとう」

「年明けくらいには、学園に復帰できるかしら。待っていますね」

「うん！」

笑顔で別れたけれど、年明けから出席できるかどうか確証がない。化学療法がうまくいかなければ、この入院は数ヶ月単位のものになるだろう。来年の三月までに退院できるかどうかもわからない。早乙女さんたちと同じ今のクラスに復帰することは、もうないのかもしれない。

数時間後、今度は桜小路さんと出雲川君と佐々木蓮太郎がお見舞いのため病室に現れた。その三人が来てくれるとは思っていなかったので少し驚いてしまう。

「城ヶ崎君はいないんだね」

彼がいないのは、少し残念だ。

「アクト様は用事があってお忙しいとのこと。かわりに私たちがご挨拶にきましたの。体調はいかがです？　この病院で何かよくない対応をされたら、私に連絡をするといいですわ」

「その通りだ。苦情は桜小路さんに言うといい。桜小路家はこの病院に融通がきくんだ」

出雲川君は、私のベッド脇に置いてあったフルーツの詰めあわせから、グレープフルーツを選んで手に取った。清涼感のある香りが病室にただよう。

「これは、お見舞いの品ですか？」

「うん。少し前に早乙女さんたちが来てくれたの」

「回収させてください。アクト様から事前に命令を承っているのです。葉山さんに届けられたお見舞いの品にフルーツの詰めあわせがあった場合、柑橘《かんきつ》系のものは取り除くようにと。アクト様のご説明によれば、柑橘系に含まれる成分は、抗がん剤の副作用を大きくするとのこと」

「わかった。それは誰かにあげといて。でも、城ヶ崎君、よくそんなこと知ってるね」

あの凶悪な顔を思い出し、今ごろ何してるんだろうかと思う。用事でお見舞いに来られなかったと聞いたけど、やっぱりあれだけの大富豪の御曹司だから、いろいろと忙しいのかもしれない。普通だったら私なんかが交流できる相手ではないのだ。少し寂しさを感じる。

三人が帰ることになり、今回も私はベッドでさよならを言う。先に桜小路さんと出雲川君が病室を出た。佐々木蓮太郎も二人に続いて廊下に出ようとしたが、立ち止まって私をふり返る。

「葉山さん」

彼が小声で呼ぶ。

「何？」

「城ヶ崎君は駅前でボランティアしてる。ドナー登録を呼びかけてるんだ」

「佐々木君も知ってたんだね。私も知ってるよ」

「そうか、それならいいんだ。今日も駅前に立ってるよ。城ヶ崎君の用事って、それなんだ」

佐々木蓮太郎はそう言い残して立ち去った。

8／6

寒さに震えながら、私はコートのポケットに手をいれている。午後から家を出て、とある目的のために駅前まで来た。友人のハルが言っていたことを確認するためだ。

最後にハルと会った時、彼女があまりにわけのわからないことを言うので、喧嘩別れしてしまった。少し反省しているけれど、私を怒らせた彼女にも非があると思う。城ヶ崎アクトの人格を肯定するなんてどうかしてる。

ハルは最近、体の具合が悪くて入院しているようだ。メッセージをもらったけど、まだ返事をしていない。そのうちにお見舞いには行ってあげようと思う。彼女の心が弱っている時、顔を見せてはげましの言葉をかけてあげたら、きっと感謝してくれるはずだ。

パン屋さんのガラス窓に、サンタやトナカイや雪の結晶のイラストがスプレーで描かれていた。

そこら中で「きよしこの夜」や「ジングルベル」の音楽が流れており、街全体がうわついた印象だ。駅前のロータリー周辺を、厚手の上着を着こんだ人々が寒そうに背中を丸めて行き交っていた。そんな中、動かずに立っている数名のグループがいる。骨髄移植のドナー登録を呼びかけるボランティアの人たちだ。

私は彼らを遠くから観察した。一人、背丈の低い男の子がいる。長い前髪で顔の上半分を隠しており、うつむきがちなのでほとんど表情が見えない。しばらく観察してみて、そいつが何者かわかった。少しだけ見える口元と、そこに並ぶぎざぎざの歯は、忘れようとしても記憶から消えてくれない。

ハルの言っていたことは、本当だった。城ヶ崎アクトだ。あいつが駅前でボランティアをしている。ハルに教わっていなければ、決して気づかなかっただろう。あの悪魔が、こんな場所でボランティア活動をしているなんて、あまりに想定外のことだから。

体が震えだす。雲英学園初等部に通っていた時の、彼から受けた仕打ちの数々が記憶に蘇《よみがえ》る。何をたくらんでいる？　まさか本当にボランティアをやっているはずがない。城ヶ崎アクトが、なんの見返りもなく、善意からドナー登録を呼びかけるなんてするわけがない。だってあいつの魂はどす黒く、腐りきっており、この世のどんなものより醜いのだから。

冷たいビル風に耐えきれなくなって、近くのカフェに避難した。ロータリーが見える窓際に席があり、温かいココアを飲みながら、ボランティアグループを観察する。ウィッグで変装した城ヶ崎アクトは、両手を口元に持ってきて、息を吹きかけて指先を温めながら活動を続けていた。チラシを受け取ってくれた通行人がいると、深々と頭を下げている。あの城ヶ崎アクトが頭を下げる？　おそらく演技だ。彼が人に対して感謝なんかするわけがない。私はいらついた。

次第に空が暗くなってきた。街路樹の枝に電飾が設置されていた。それが一斉に点灯し、オレンジ色のイルミネーションに彩られる。ボランティアグループが後片づけをはじめた。窓越しにそれを確認して私は席を立つ。

ボランティアグループが解散し、ばらばらに帰っていく。私はコートのポケットに手を突っこんで、一定の距離を保ったまま、城ヶ崎アクトの後をつけた。

初等部時代、あの悪魔のような少年は二人の取り巻きをそばにおいていた。出雲川史郎と桜小路姫子だ。だけど今、二人の姿はない。城ヶ崎アクトは一人で駅ビルに入っていく。エスカレーターで二階に移動しフロア内を進む。見失わないように彼の背中を追った。

フロアの端のひっそりとした場所にトイレがあり、城ヶ崎アクトはそこに入る。私は男子トイレの入り口のあたりで、彼が出てくるのを待った。大丈夫だ。落ち着け。私は自分に言い聞かせる。

私を突き動かすのは強烈な怒りだった。初等部時代に受けた心の傷は、こんな方法でしか癒やすことはできない。お風呂に入る時、腕や背中にのこっている青あざを見る度に、私はどんな気持ちになったと思う？

コートのポケットに手を突っこんで息を整える。城ヶ崎アクトが男子トイレから出てきた。ウィッグをはずしている。さきほどまでの野暮ったい市販の服ではなく、一目見ただけでわかるような高級ブランドの服になっていた。彼は変装を解くために男子トイレへ入ったらしい。

顔は初等部時代から印象が変わっていなかった。鋭い三白眼は、どんな凶悪犯よりも悪いことを考えているように見える。髪はぺったりと頭皮に張り付いているような七三分けだ。

今だ。行動しろ。私は自分の体に命令する。だけど体は硬直し、あらかじめ決めておいた動きができなかった。

彼は私の存在なんて目に入らなかったらしく、すぐ目の前を通り過ぎていく。私は動揺していたのだろう。だから何もできなかった。彼の顔に、泣いたような跡があったから。

彼はトイレで変装を解きながら涙を流していた？　わけがわからない。私の知っている城ヶ崎アクトは、そういう人間ではなかったはずだ。

私は立ち尽くし、コートのポケットから手を出す。ポケットの中で、ずっと小型のナイフを握りしめていたから、指がこわばっていた。

大丈夫だ。きっとまだ、復讐のチャンスはある。

8／7

アニメ『きみある』の話だが、白血病治療のために葉山ハルが入院することになった時、雲英学園のクラスメイトたちはそれほど関心を示さなかった。彼らがどんな反応をしたのか、という描写はほとんどなかった。

だけどこの世界線において、葉山ハルの入院はひとつの事件としてクラスメイトたちに衝撃をあたえたようだ。彼女はクラスの一員としてみんなに受けいれられていたのである。そのことを知り僕はうれしく思う。

出雲川、桜小路、蓮太郎の三名が彼女のお見舞いに行った。僕も誘われたけれど、駅前のボランティアを優先したかったので断った。今は一人でも多くのドナー登録者が必要だから。それに、お見舞いに行って彼女を安心させるのは僕の役目ではない。病室で彼女と語らうべきなのは、主人公の佐々木蓮太郎でなければならない。

主人公とヒロインが病室で死の気配におびえながら、お互いの恋情を隠して対話をする場面は、アニメ屈指の名シーンである。あの尊い瞬間をこの世界線でも再現してもらうには、今後も蓮太郎には頻繁にお見舞いに行ってもらう必要があった。今回は最初のお見舞いということで、出雲川と桜小路がいっしょだったけど、次回からは一人で行ってきてもらえないだろうか。

葉山ハルの様子が気にならなかったと言えば嘘になる。誰よりも僕は彼女を心配し心を痛めていた。ボランティアの後、駅ビルのトイレで変装を解いて着替えている最中に、胸がつぶれるような悲しみで涙がこみあげてきたほどに。

自分にできることはやった。時間の許すかぎりボランティアにも参加した。だけど他に、彼女のために何かできないだろうか。僕は、自分の部屋にあった金目のものをごっそり売り飛ばして白血病関連の寄付金にあてることにした。クローゼットにしまってある高価なジャケットにスーツ、腕時計に靴などを次々と換金する。ブランド品のスリッパや、壁に設置された鏡、ベッドサイドにあったテーブルも売った。あっという間に僕の部屋は殺風景になってしまう。

ベッド下に隠しているお菓子の箱の隠し貯金も、寄付金として手放すことにしよう。将来に対する備えとして貯めていたお金だったけど、よく考えると、そんなもの僕にはいらなかった。何も持たずに城ヶ崎家を追い出されたとしても、きっとすぐには餓死《がし》なんてしないだろう。一時的に住むところや着るものがなくて困るかもしれないが、仕事を見つけるまでのがまんだ。雨水をすすったりしながら暮らせばいい。

自室のカーテンも売ってしまったので、朝になるとまぶしくてしかたなかった。自分で勝手に作ったルールとして、僕以外の部屋の品物は勝手に売らないことにする。他の部屋の品々は、父の城ヶ崎鳳凰のものだ。僕の一存で換金する権利はない。

自分の所有物を次々と売ってしまう様子を間近で見て、屋敷の使用人たちは何かを言いたそうにしていた。僕はみんなからどんな風に思われているのだろう。周囲の視線を気にする余裕が今はなかった。使用人たちがどこまで事情を把握しているのか、よくわからない。

ある日、入院中の葉山ハルから、僕のスマートフォンあてにメッセージが届く。

「最近、城ヶ崎君、どうしてる?」

不思議なことに、彼女からのメッセージは、【彼女】の声で脳内再生される。

「私は化学療法がはじまって、一日中、ベッドの上にいるよ」

短い文章で一行ずつ、送信されてきた。

僕は彼女をはげますために返信のメッセージを作成する。

「おつかれさまです。いつもお世話になっております。抗がん剤の副作用は大変だと聞いています。つらいかもしれませんが、がんばってください。特にオーラルケアは重要です。オーラルケアというのは、口の中のお手入れのことです。免疫力が落ちてくると、舌にカビが生えてくるそうですよ。気をつけてください。それではまた」

うっかりサラリーマン時代の電子メールの感覚で長文を打ちこんでしまった。送信後、すぐに葉山ハルから返事がある。

「ご丁寧にありがとう。舌にカビなんて、ショックだね！　気をつける！」

それから時折、メッセージでやりとりをするようになった。おそらく彼女はいろんな友人相手にメッセージを送信して暇つぶしをしているのだろう。大勢いる文通相手の一人が僕なのだ。

「使う歯ブラシは、やわらかいタイプじゃないとだめみたい」

「強くこすりすぎないように気をつけてください。すぐに内出血するみたいです。白血病関係の本をいくつか読んでいますが、免疫力の関係で、口内炎もできやすくなるそうです」

「城ヶ崎君って、メッセージだと言葉遣いが丁寧だよね。なんで？」

彼女からのメッセージは深夜にも届いた。カーテンのなくなった自室のベッドで、僕は月明かりの中、彼女の短文を読む。

「咳と鼻水で眠れないよ！」

「おそらくアレルギー症状かと思われます。体に入った薬剤に反応しているのでしょうね。吐き気はどうですか？　もしもつらいようでしたら看護師に相談してみるのも一つの解決法かもしれません」

「こんな時間にありがとう。大人の人と話してるみたいで落ち着くよ」

化学療法は一週間ほど続けられたらしい。首のカテーテルに色とりどりの抗がん剤が流しこまれ、胸には心電図の電極が取り付けられていたという。トイレに行くのも大変だったそうだ。

「今日で化学療法は終わり！　点滴が外れたよ！」

「おつかれさまです。ひとまずほっとしましたね。吐き気などに耐えるのは大変だったかと思います。抗がん剤が葉山さんの体内の悪い細胞を消し去ってくれていたら僕もうれしいです。今後は感染に気をつけながらしばらく病室で様子を見ることになるかと思います。血液の好中球の数値が戻るといいですね」

「お医者さんにも同じこと言われた！　くわしすぎない？」

運営学園にいる時も彼女のメッセージは来る。学園の風景を写真に撮って送信すると、彼女はうれしそうだった。学園はすっかり冬の光景である。落葉した木々、マフラーを巻いた学園生たち。霜に覆われた池の畔。

「いつも奇麗な写真をありがとう！」

アニメ『きみある』では、化学療法で彼女が治ることはなかった。だけど今回は早期発見して、アニメよりも早い段階で治療をはじめられたから、彼女の好中球細胞が元通りの数値になって意外とすぐ退院できるんじゃないかという望みが少しだけあった。でも、だめだったらしい。

「まだ入院生活は続くみたい」

採血の結果がよくなかったのだ。アニメと同じ展開だから心構えはしていたけど、不安でどうしようもなくなる。しかし、当事者である彼女は、僕なんかより、もっと大きな恐怖に耐えているはずだ。アニメでは、今後も何度か化学療法をくり返す。放射線治療もやる。でも、病気の進行を止めることはできなかった。

8／8

抗がん剤というのは、がん細胞を体内で殺してくれる強い薬だ。皮膚に付着したら、その部分が火傷を負ってしまうほどすさまじい威力があるという。それだけ強い薬を体内にいれるのだから、副作用が出ないはずもなく、私は常に体調がおかしかった。胃がむかむかして、吐き気がひどい。熱が出て、頭がぼうっとなる。指先がしびれてきて、うまく力が入らない。そんな状態でベッドの上で耐えなくてはいけなかった。

そんな時、城ヶ崎アクトとのメッセージのやりとりで苦しみから気分をそらす。彼を相手に選んだのは、なぜだろう。私を病院に無理やり連れてきたような奴だから、私のメッセージを面倒くさがらずに受け止めてくれるんじゃないかという期待感があった。あるいは、彼のことをもう少し知りたかったのかもしれない。

彼は、いつも私の想像のななめ上を行く。返信されるメッセージの文章も、みんなが想像している彼の人物像とはギャップがあった。

化学療法が終わって、十センチ以上もある長いカテーテルの管が、私の首の血管からずるずると引き抜かれる。ようやくシャワーを浴びることができてさっぱりした。それでもずっと吐き気は続いていたけれど。

連日、注射針を刺して採血する。抗がん剤によって体にどんな影響が出ているのかを確認するため、血液を調べているのだ。しかし、採血の結果を見た先生の反応は、かんばしくなかった。

暗い病室で一人、吐き気に苦しみながら天井を見上げていると、不安で涙が出てくる。城ヶ崎アクトから送ってもらった雲英学園の写真を見て心の平穏を保った。学園生活のことばかり思い出す。早乙女さんたちは元気で暮らしているだろうか。廊下を移動する出雲川君の姿を目で追いかけているだろうか。桜小路さんは佐々木蓮太郎への恋心を隠しながら今日も授業を受けているのだろうか。城ヶ崎アクトは、ウィッグで変装して、池の畔を散歩しているのだろうか。

医師の先生から骨髄の移植手術について説明を受けた。叔母の理緒はすでにHLA検査をおこなったという。HLAというのは、白血球の型のことで、これが一致しなければ骨髄の移植はできない。一致しない骨髄細胞の場合、たとえ移植したとしても、体の中に細胞が生着しない可能性が高いのだという。拒否反応が起きて、よけいに体内がぼろぼろの状態になってしまうのだ。

検査の結果、理緒のHLAは私と異なっていた。つまり彼女からの骨髄提供はできない。ちなみに叔母と姪の関係でHLAが適合する可能性は、もともと低いのだという。親と子の関係でも、ほぼ適合はしない。なんだか意外だった。

「HLAの型は、両親から半分ずつ受け継いで組みあわさったものになります。だから、父親や母親と同じにはならない仕組みなんです。兄弟や姉妹がいたら四分の一の確率で適合するんですけどね」

医師はそう言って残念そうにしていた。

HLAが親類以外の誰かと完全に一致する確率は、数百から数万分の一だ。私が骨髄の移植手術をおこなうには、同じHLAを持つ誰かをこの世界のどこかから探しだす必要がある。そんな人が都合よく見つかるだろうか。

「きっと見つかりますよ。最近、ドナー登録を呼びかけるCMがすごいんです。影響力のある芸能人を使って、いろんなキャンペーンを展開しているんです。おかげで年間のドナー登録者数が大きく増えているようです。ありがたいことですよね」

医師は私を勇気づけるようにそんな話をしてくれた。

クリスマスを間近にひかえたある日のことだった。起きたとき、枕に髪の毛がたくさんくっついていた。私の黒髪は、入院生活を送るうちにくすんでかがやきをなくしていた。指でかるくすいてみると、指にからみついた髪が、ごっそりと抜けてしまう。驚きに私は悲鳴をあげそうになった。抗がん剤の副作用だろう。髪の毛を少し引っ張るだけで、何の抵抗もなく頭皮から外れてしまう。

お見舞いに来た理緒が、医療用の帽子を買ってきてくれた。ニット帽のように、つばのない形の布の帽子だ。このフロアには同じような帽子をかぶった入院患者がおおぜいいる。抜けた髪の毛で洗面所は悲惨な状態だった。脱毛は私の心をむしばんでいく。写真でしか見たことのない母から受け継いだ大切な黒髪だったから。

ベッドサイドのテーブルに、母の写真を置いている。理緒が自宅から持ってきてくれたものだ。写真の中で、母は、赤ん坊の私を抱っこしていた。

母と私がいっしょに写っている写真は、この一枚しか存在しない。背景の建物はどこかの教会だ。三角形の屋根とステンドグラスが特徴的である。撮影者は私のお父さんなのだろうか。この場所が特定できたなら、いつの日か、行ってみたかった。

十数年前、一人暮らしをしていた理緒の元に、母は赤ん坊の私を置いていった。その時の荷物にこの写真がはさまっていたそうだ。それ以来、音信不通である。まだ生きているのか、死んでいるのかも不明。どうしていなくなってしまったのかもよくわかっていない。理緒に聞いたら、教えてくれるのかもしれないけど。

写真の母は美人だ。私が髪をのばしていたのは、母と同じ髪型にしようと、無意識に思っていたからなのかもしれない。理緒の髪はゆるく波打っているが、母の髪はまっすぐで私と同じだ。母と私は同じタイプの髪質なのだろう。そのつながりが、どれほど私にとって大事なことか。髪が抜けるごとに、母が離れていくように感じられるのだ。

母は、どんな気持ちで、赤ん坊の私を理緒の元に置いていったのだろう。育てるのが難しい経済状況になったから手放したのだろうか。しかたのないことだ。母にも、母の事情がある。だけど心のどこかに、自分は捨てられたんじゃないか、という不安があった。もしかして、私はいらない子だった?

普段は意識をしないけど、夜の病室で、塞がった気持ちのままいると、負の感情が大きくなって、やがて私をのみこもうとする。

8／9

十二月二十四日。夜に城ヶ崎家でクリスマスパーティを開催することになっている。出雲川、桜小路、蓮太郎、勇斗、日向を招いて、有名高級洋菓子店のクリスマスケーキの食べくらべをするのだ。チョコレートが全体にかかったホールのケーキや、有名パティシエの芸術的な飴細工で装飾されたケーキをみんなで食べまくる。その後、瀬戸宮がサンタの格好をして、小野田がトナカイの格好をして、プレゼントを配るらしい。

日中は何も予定がなかったので、駅前でいつものボランティア活動に勤しんだ。

「白血病で苦しんでいる人々が大勢います！　骨髄の提供をお願いします！」

街にはクリスマスソングがあふれている。デート中のカップルや、ショッピングを楽しんでいる家族を見かけた。クリスマスイヴなんだから、今日くらいはボランティアを休みにして、家でゆっくりするべきだろうかと思ったけど、じっとしていられなかった。動いていないと不安だ。葉山ハルがこのまま、アニメで描かれたのと同じ運命をたどるのではないかと心配でたまらない。

彼女が苦しんでいるのに、自分だけ人生を楽しんでいていいのだろうか、という負い目もあった。彼女が病室で苦しんでいるのに、クリスマスケーキの食べくらべなんて、あまりにのんきすぎやしないかと。

日が落ちて空が暗くなってくる。木々の電飾がオレンジ色にかがやきはじめ、パーティの時刻が近いため切り上げさせてもらうことにした。

「黒崎君、おつかれさま」

「メリークリスマス」

顔見知りになったボランティア仲間のおじさんや大学生たちが、別れ際に声をかけてくれる。僕は会釈をして駅ビルのトイレへ向かった。変装を解くためだ。

駅ビルの奥まった場所にあるトイレは、あまり利用者がいない。個室でかつらをはずし、量販店で購入した安物の上着を脱ぐ。鞄から高級ジャケットを取り出して羽織ると、城ヶ崎アクトの姿に戻った。今日は学校帰りではないから、雲英学園の制服は着ていない。

電話で大田原に連絡しておむかえを頼んだ。トイレを出て駅ビルの通路を移動する。その途中で呼び止められた。

「……ねえ」

女の子の声だ。僕はふり返って後方を確認する。銀色の何かが、照明の光を反射させて急接近してきた。それが何かを理解する前に、僕は反射的に身をのけ反らせる。銀色の何かは、僕の鼻先を高速で横切った。

小型のナイフだった。銀色に見えたのは、ナイフの刃の部分だ。避けていなければ、首が真横に切られていただろう。僕は驚き動揺した。

女の子が立っている。僕ほどではないが小柄な女の子だ。僕が避けたのを見て、彼女は舌打ちをする。ひどく痩せていて、目の下にくまがあるけれど、可憐な美少女という印象だった。見おぼえのある顔立ちだ。でも、誰だったかをすぐに思い出せない。おぼつかない手つきで美少女がナイフを振った。

「うわっ……！」

声が出た。後ろむきに姿勢をそらし、僕は尻もちをつく。頭のすぐ上をナイフが横切る。

「……え、誰⁉」

上ずってまともに声が出ない。

「城ヶ崎アクト……！」

美少女が僕をにらんでいる。やはりどこかで見たことのある顔だ。ここ数年に出会った相手ではない。僕が前世の記憶を思い出すよりも以前、暴力的な城ヶ崎アクトだった頃に関わりのあった人物だ。おそらく初等部時代の関係者だろう。当時の出来事は、まるで他人の記憶のようによそよそしいけれど、一応は頭の中に保管されていた。

「あ、北見沢さん?」

ようやく思い出して名前がうかぶ。初等部時代、城ヶ崎アクトによっていじめられていた少女の顔と目の前にいる女の子の顔が一致した。名前を口にすると彼女は驚愕で目を広げ、後ずさりをする。ナイフを持っているのは彼女の方なのに、僕のことを怖がっているようだ。

急いで立ち上がって彼女から距離をとる。

「お、落ち着いて、北見沢さん！」

「う、うう！　うるさい……！」

彼女がナイフを振り回す。数センチしかないちっぽけな刃だけど、僕にとっては充分な凶器だった。銀色のきらめきが何度も顔をかすめそうになる。僕はみっともない悲鳴をあげながら避けた。

北見沢柚子は雲英学園初等部で同じクラスだった女子生徒だ。愚かな当時の城ヶ崎アクトのせいで、彼女は転校し、いつのまにか学園からいなくなっていたけれど。彼女がナイフを持って僕の前に現れたのは、おそらく当時の出来事と無縁ではないだろう。

「動かないでよ！　あんたを殺すんだから！」

美少女が暗い目つきで金切り声をあげる。

「あんたのせいで！　あんたのせいで私は……！」

ぽろぽろと涙をこぼしはじめる。

前世の記憶が戻り、迷惑をかけてしまった人々にはできるかぎり謝罪をしたつもりだった。相手の家を訪ね、玄関先で過去を反省し頭を下げた。おわびの手紙を書いて郵送したこともある。北見沢柚子に対しては、どうだっただろうか……。城ヶ崎アクトの被害者は数が多すぎた。こちらの手ちがいで謝罪の手紙を出し忘れていたのかもしれない。そんな手紙程度で過去を帳消しにできたとは思えないけれど。

「すまない、北見沢さん。復讐に来たのか？【城ヶ崎アクト】がしてしまったことを謝罪するよ」

彼女は怪訝な表情で僕をにらむ。

「あんた、なんなのよ！　今さら謝らないで！」

その時、彼女の背後から悲鳴が聞こえた。駅ビル内で働いている女性店員が通りかかり、北見沢柚子の持っているナイフに気づいたのだ。一瞬、北見沢柚子がそちらに気を取られる。僕はその間に逃げ出した。

「待ちなさい！」

彼女が追いかけてくる。

通路の途中にあった階段を駆け下りた。こんな場面はアニメ『きみある』にもなかったぞ、と泣きたくなる。そもそも北見沢柚子なんてキャラクターはアニメに登場していない。これはいよいよ、神《シナリオライター》が物語を元に戻すため、僕という存在を消しにかかっているんじゃないかと思えてくる。

駅ビルは地下一階までショッピングフロアになっている。地下二階まで行くと地下駐車場へつながっていた。薄暗い空間に車がひしめきあうように駐車されている。

冷えた空気の中を駆け抜けた。後ろから彼女の靴音がついてくる。やがて奥まった一角に僕は追いこまれてしまった。息がきれて足がうごかなくなる。何時間も立ってボランティアをしていたから疲労がたまっていた。

壁際で僕はふりかえる。

「北見沢さん……、話をさせてくれ……！」

「あんたと話なんてしたくない！」

美少女が髪を乱して立っていた。憎しみで顔がゆがんでいる。

「僕は今、死ぬわけにはいかないんだ。友人を救わなくちゃならない。病気なんだ。その子のためにドナーを探している」

「うるさい！　悪魔め！　そんな目で私をにらむな！」

にらんでいるつもりはなかった。だけど、僕の凶悪な顔は、彼女をおびえさせているらしい。ナイフを握りしめ、いつでも突き刺せるような姿勢だった。

「ま、まってくれ。そもそも、そんな小さなナイフでは簡単に殺せないと思うぞ。心臓をひと突きするか、太い血管を切り裂くかしないと。僕は必死に抵抗するつもりだから、きみは失敗する可能性が高いんじゃないか？」

「じゃあ動くな！」

「無茶を言うな。取り引きしよう。ひとまず今日は見逃してくれ。夏まで時間がほしい。夏まで待ってくれたら、僕は抵抗せず、殺されてあげるよ」

「嘘をつくな！」

「嘘じゃない！　夏には、すべて終わってるはずなんだ……」

アニメ『きみある』において、葉山ハルの命が消えるのは夏のことだ。化学療法が効果を示さず、彼女は夏の間に死んでしまう。そうなる前にドナーが見つかるかどうかが、運命の分かれ道となるのだろう。だから、夏には結果が出ているはずだ。

「夏には城ヶ崎家も没落しているはずだ。好きなだけ復讐してもらってかまわない」

「没落？　何を言ってるの？」

「とにかく、夏まで見逃してくれ。そうしてくれれば、僕は無抵抗に殺されたっていい。どうせ拾った命なんだ……。だから……」

北見沢柚子は、ナイフを握りしめて僕を見ている。

「そんな言葉を信じられるわけない。あんたは、ここで終わりなの。死ね！」

彼女は踏みこんだ。僕にむかってナイフの先端を突き出す。その時、何者かが彼女に突進してきて組み付いた。北見沢柚子よりも背の高い男性だ。彼女は暴れたが、ナイフを持った手首がしっかりとつかまれており、相手を傷つけることはできない。

「誰よ！　放してよ！」

「だめだ！　よしなさい！」

男はついに北見沢柚子を押し倒す。彼女の手からナイフが離れたので、僕は急いでそのナイフを蹴り飛ばした。からからとナイフは近くの車の下にすべっていく。

北見沢柚子を押さえつけているのは、運転手の大田原だった。すぐそばに城ヶ崎家の高級車が駐車されている。ナイフで襲われている僕を見つけて助けに入ってくれたらしい。この地下駐車場は、ボランティア後に車でおむかえにきてもらう時、いつも待ちあわせしている場所なのだ。

僕は彼に指示を出す。

「大田原さん、その子を離してあげて」

人にナイフを向けて傷つけようとしたのだから、本来は警察に引き渡すような事案なのかもしれない。だけど僕はそうするつもりがなかった。

「元はと言えば【城ヶ崎アクト】が悪いよな。自業自得だ。殺されても文句は言えないよ」

大田原は北見沢柚子を解放する。彼女は立ち上がり、警戒しながら僕から距離をとる。

「北見沢さん、さっきの話は本当だから。夏になったら、僕を殺しにくればいい」

「は？　何言ってるの？」

「だから、今日はもう帰ろう。クリスマスだし、家族とすごしなよ」

「私はあんたを殺そうとしたのよ？」

「わかってる。でも、今はまだ、死ねない。まだ、彼女を救うことができてないんだ。もうしばらく待ってほしい」

「意味がわかんない。あんた、何者？　本当に城ヶ崎アクト？」

おびえるような顔で北見沢柚子は問いかける。僕はすぐには答えられなかった。城ヶ崎アクトとして暮らした記憶もあるけれど、前世を思い出して以降は、しがないサラリーマンの人格だし。一言では説明がむずかしい。

「生まれ変わった、と言うしかない。過去の出来事をなかったことにできないのはわかってる。だから、きみに復讐されることを受けいれてもいい。夏まで時間をくれたなら。頼む……」

僕はその場にひざをついた。駐車場の冷たいコンクリートに正座して深々と頭をたれる。土下座だ。僕の姿を見て、北見沢柚子と大田原が息をのむ気配がする。こんなことをされても迷惑かもしれない。でも、他に方法がわからなくて、彼女の慈悲をもらうため、僕は必死に額をコンクリートの地面にこすりつけた。

しばらくすると足音の遠ざかる音がする。

「アクト様……」

大田原の呼びかける声がした。おそるおそる顔をあげると、北見沢柚子はいなくなっていた。

「もう帰られました。顔を青ざめさせてらっしゃいました。まるで、恐ろしいものを見たとでも言うように」

大田原が説明する。クリスマスイヴの地下駐車場に、僕の安堵のため息がこぼれた。

8／10

クリスマスイヴに夕方まで理緒がいっしょにいてくれた。泊まってくれる日もあったが、今日は帰らなくてはならないらしい。明日も彼女は仕事なのだ。年末なのにぎりぎりまで休めないことを嘆いていた。

テレビに映しだされるにぎやかな番組が遠い世界の出来事に思える。テレビと照明を消して静かにベッドへ横たわった。体が熱っぽくて、吐き気もあいかわらずだ。咳をすると、骨髄穿刺をした腰の骨のあたりがきりきりと痛みを発した。

このまま白血病の症状が進行すると、私はどうなってしまうんだろう？　骨髄の血液製造工場は、不良品の血液ばかりを量産しつづける。正常な白血球がいなくなってしまい、私はちょっとした風邪のウィルスなんかでも抵抗できずに死んでしまうことになるという。不良品の血液細胞は、他の臓器に侵入して正常な働きを阻害してしまうそうだ。

私の体内はそうやって急速にぼろぼろになっていく。抗がん剤が悪い細胞をすべて燃やしつくしてくれていたらよかった。だけど悪い細胞は生き残り、また着々と増え続けているらしい。

つい最近までは病気なんて無縁の体だったのに。どうしてこんなことが自分の身にふりかかるのだろう。わかっている。不幸というのは突然、やってくるんだってことは。昨日は元気で生きていた人が、次の日に交通事故で死ぬこともある。一時間前まで笑っていた人が、心不全で急死することだってある。誰の身にも起こることだ。

でも、納得できるかどうかは別問題だ。すっかり世界に見捨てられた気分である。おまえはこの地上に必要ないから消えなさい、と神様に宣告されたようなひどい気持ちだった。声を殺して私は泣いた。枕に涙がしみこんで濡れている。

病気の鬱で飛び降り自殺をしたり、首を吊ったりする人がいるらしい。病室で一人、吐き気や悪寒や痛みに耐え続けていると、その気持ちが少しわかる。熱っぽい頭で心の闇にのみこまれ、この苦しみと孤独からすぐにでも解放されたいと思うようになるのだ。

実際にやるわけじゃないけど、今日はクリスマスだし、病院の屋上から飛び降りたら気持ちがいいだろう。そんなことを夢想する。飛び降りたら、私を蝕《むしば》む吐き気や熱はすっかり消えてくれるはずだ。私を苦しめている悪い細胞たちへの復讐でもあった。私の体が機能停止すれば、そいつらも無事ではいられないはずだから。そう思うと、なんだか素晴らしい思いつきのようにも感じられるのは、すっかり心までも病んでしまっているせいだろう。

メリークリスマス。サンタは今ごろ、どのあたりでプレゼント配りをしているのだろう。鈴の音をひびかせながら、トナカイのひくソリに乗って、夜の空を飛んでいるのだろうか。照明を消した病室は、窓から入る月明かりで青白い。

ふと、病室の扉がノックされた。看護師が見回りをしているのだろう。看護師が病室内の様子を確認するため、深夜に扉を開けることはよくあった。

「はい」

私は返事をする。自分でも弱々しい声だとわかった。

扉が開かれて現れたのは予想外の人物だった。

三白眼の少年が、そこに立っていたのである。

8／11

城ヶ崎家に戻った時、すでに友人たちはあつまっており、勇斗と日向はテーブルに並べられた料理と様々な種類のクリスマスケーキに目をかがやかせていた。僕がいなくてもパーティをはじめてくれていてかまわなかったのだが、みんな律義に待っていてくれたらしい。そのせいで勇斗なんかは、おあずけを食らった犬みたいによだれをたらしていた。

「遅れてすまない。さっそくはじめよう」

クリスマスパーティがはじまる。笑顔の出雲川や桜小路に話しかけられたけど、北見沢柚子に襲撃されたショックが尾をひいていたので会話に集中できなかった。

ナイフで刺されそうになった件は、誰にも言わないよう、大田原に口止めしておいた。雲英学園初等部を離れた後、北見沢柚子はどんな人生を歩んだのだろう。彼女はそんなこと望んでいないかもしれないが、今からできる償《つぐな》いはあるだろうか。

小野田は今日のために、海外を拠点とするフィルハーモニー管弦楽団を手配していた。海外のホールを貸し切って、楽団と有名指揮者を配置し、ネット回線を通じてライブ中継してもらったのだ。最新の音響設備によって、彼らの作り出す芸術的な音楽が城ヶ崎家へと届けられた。

この世界線でもベートーベンの「第九」は存在している。出雲川がチャイコフスキーの「くるみ割り人形」を英語でリクエストすると、ネット越しに管弦楽団のみんなが快く応じてくれた。

クリスマスケーキの食べくらべをした後、のこったケーキは使用人たちに食べてもらうことにした。パーティに参加しなかった蓮太郎の両親のためにも、料理とケーキをそれぞれ持って帰ってもらうことにする。

「家の方向が同じですわね。蓮太郎たちは私の家の車で送ってさしあげますわ。感謝しなさい」

パーティの後、桜小路が蓮太郎と勇斗と日向を車に乗せて帰っていく。出雲川もいなくなり、僕は自宅で一人になった。使用人たちの後片づけの邪魔をしないように自室へひきあげて、カーテンのない窓辺で夜空を眺めた。

パーティは楽しかったし、音楽も素晴らしかったし、ケーキもおいしかったけれど、僕はずっと心が抜け落ちたような状態だった。命を狙われた直後だから無理はない。クリスマスイヴだというのに、ひどい目にあった。

あのまま刺されて死んだら、また誰かに生まれ変わっていたのだろうか。それとも今度こそ僕の意識は消滅し、そのまま消えてしまうのだろうか。

トラックに轢かれて死を経験した後、この世界線で僕は生を授かった。きっとそれは幸運なことだ。だってこの世界線には【彼女】の声を持った女の子が実在しているのだから。

もしかしたら、今いるこの世界線は、まるごとすべて、僕が死後に見ている夢なのかもしれない。よくそんな想像をする。今この瞬間、僕の肉体はトラックに轢かれた直後の状態で路面に横たわっているのではないか。死にゆく脳細胞が一瞬のうちに見せている夢の中で、今の僕は暮らしている可能性だってある。

そんなことを想像していたら、葉山ハルに会わねばならないと思った。もしも今いるこの場所が、死にゆく僕の夢なのだとしたら、この夢が消え去る前に会って交流しておいた方がいい。僕は財布と上着をつかんで部屋を出た。

こんな時間に外出する僕を見かけても、とがめてくる使用人はいない。後で小野田や瀬戸宮に報告が行くかもしれないが、夜の散歩を楽しんでいたとでも説明しておけばいいだろう。

十二月の冷たい空気に震えながら、ライトアップされた屋敷前のロータリーを徒歩で移動する。大田原に車で聖柏梁病院まで送ってもらうことも考えたが、こんな時間に彼を使うのも申し訳なかった。クリスマスの夜くらい、お子さんといっしょに過ごさせてあげたいから、タクシーで行くことにしよう。

城ヶ崎家の正門を出たあたりでタクシー会社に連絡する。五分ほどで住宅地の指定の場所まで来てくれた。タクシーに乗るのはこの人生ではじめてかもしれない。どこへ行くにも運転手付きの高級車で移動していたから。

「聖柏梁病院まで行ってください」

運転手は無言で発車させる。東京で一人暮らしをしていたサラリーマン時代は、日常的にタクシーを利用していたものだ。会社の人と飲み会をやった後、終電がなくなって自宅までタクシーに乗ったら、とんでもない金額になった。すべてなつかしい思い出だ。

クリスマスのイルミネーションで彩られた繁華街を通る。途中、運転手に声をかけてタクシーを停めてもらった。

「コンビニで買いたいものがあるんです。待っててくれませんか？」

コンビニでクリスマスカードとサインペンを購入する。プレゼントを用意する時間はないので、これくらいで許してもらおう。再び乗りこんだタクシーの後部座席でメッセージを作成する。クリスマスツリーのイラストの横に余白があり、そこに言葉を記入した。走行中の車内で書くんじゃなかった。振動でペン先がゆれて、へろへろの文字になってしまったけど、まあいいか。

聖柏梁病院の前に到着した。支払いを終えて外に出たところで、正面玄関が真っ暗だと気づく。さすがにこんな時間にお見舞い客をいれてくれるわけがなかった。

中に入れそうな入り口を探していたら、救急外来の入り口の周辺に、人の行き交う気配がある。救急車が止まっており、赤色の回転灯の光が壁を照らしている。クリスマスの夜のこんな時間でも、医師や看護師は運びこまれる患者を救うために忙しそうだ。そこの入り口は開放されていたので、周囲に人がいなくなったタイミングを見計らって侵入することができた。

廊下を行き交う看護師からかくれるため、柱の陰に身をひそませたり、観葉植物の後ろに屈みこんだりしながら移動する。時間外だから、見つかったらつまみ出されてしまうだろう。桜小路家にお願いすれば特例で入らせてもらえるかもしれないけど、まずは自分だけで葉山ハルに会うための努力をやってみよう。

渡り廊下を通って目的の病棟に向かう。真っ暗な廊下に、出入り口を示す緑色の表示の光や、警報器を示す赤色の光がかがやいており、まるでクリスマスのイルミネーションのようだ。

階段をのぼる。葉山ハルが入院しているのは高層階のフロアだ。途中で息がきれて倒れこみそうになりながら、なんとか目的の階層までたどり着いた。

巡回する看護師が、こつ、こつ、と足音をたてながら廊下をあるいていた。男子トイレの中に飛びこんでやりすごす。ついでに石鹸で手洗いした。アルコール消毒用のスプレーが置いてあったので、入念に殺菌もする。体についたほこりなどもはたいて落とした。念には念をいれて、靴もここで脱いでいこう。靴についた泥の雑菌が、葉山ハルに悪い影響を及ぼすかもしれない。スリッパなんて用意していなかったから、靴下の状態でフロアの廊下を移動した。足の冷たさで泣きたくなる。

葉山ハルの病室を見つけた。番号をよく確認して扉をノックすると、少しだけ間があって、「はい……」と弱々しい声がする。【彼女】の声だった。聞きまちがいなどするものか。

扉を開けると、月明かりの差しこむ病室で、葉山ハルがベッドに横たわっていた。

8／12

「葉山さん、起きてる？」

「うん。驚いた。サンタが来てくれたのかと思った」

「僕がサンタだったら、目撃した子どもたちは、みんな泣いちゃうだろうな」

「自分の顔が怖いことをジョークにしてるけど、笑っていいのかどうか困るんだよね、いつも」

「もちろん、笑ってもらうために言ってる」

私はベッドの上で上半身を起こす。頭が医療用帽子に覆われていることを確認した。髪の毛が抜けて薄くなっている様を見られるのが恥ずかしい。照明を点けていないので薄暗かったが、お互いの顔がわかった。彼は靴を履いてないようだ。

「靴、忘れたの？」

「さっきトイレに置いてきた。雑菌まみれだと思うから」

足を冷たそうにもじもじとさせる。あいかわらず発想がななめ上で興味深い人だ。彼は出入口のそばから動かない。ベッドに近づいてこないのも、私を気づかってのことだろう。自分の体についている菌で、私が汚染されないように。

「ひさしぶり。来てくれてありがとう」

吐き気や痛みがすっかり吹き飛んでいた。不安で泣いていたのも嘘みたいだ。夜の病院は静まり返っている。窓から差しこむ月の青白い光が、部屋の床を四角く切り取っていた。部外者は入れない時間だけど、どうやって彼はここに来たのだろう。

「骨髄穿刺は痛かったか?」

「麻酔をしてたからそんなには。でもね、骨に穴を開けて針がぐりぐり入っていく感覚はあったよ」

「がんばったな。抗がん剤もつらかっただろう」

「もう二度とやりたくないよ」

医師の表情を見るかぎり、そのうちまた化学療法をやることになるのだろう。抗がん剤の種類を変え、どの薬が私の体に効くのかを確かめながら、体内のがん細胞を減らしていかなくてはならない。

「でも、本当によくなるのかな」

「大丈夫だ。きっと来年の今ごろには普通の生活が戻っている」

「じゃあ、来年のクリスマスパーティには私も呼んでくれる? 知ってるんだよ、今日、城ヶ崎君の家でパーティをやったんでしょう? いいなあ」

桜小路さんとメッセージのやりとりをしてその情報をつかんでいた。彼女はあいかわらず佐々木蓮太郎のことが大好きで、彼といっしょにケーキを食べるのだと、パーティを楽しみにしていたのだ。

「もちろん。来年のクリスマスパーティにはきみも参加する。僕が参加しているかどうかはあやしいけどな」

「どういうこと?」

「来年のパーティ会場は出雲川君の家か、桜小路さんの家になるかもしれない。城ヶ崎家はその頃にはもう……」

彼はあいまいに言葉をにごす。それから、今日のクリスマスパーティの出来事を語ってくれた。海外の楽団が音楽を演奏してくれたこと。色とりどりのケーキをみんなで食べたこと。

「そうだ、きみにこれを渡そうと思っていた」

彼は上着のポケットからカードを取り出して、ベッドの私に差しだす。クリスマスカードだ。クリスマスツリーのイラストの横に、メッセージが書いてあった。

メリークリスマス
きみが存在するこの世界線を
僕は守りたいと思っています
城ヶ崎アクトより

大急ぎで書いたのか文字はゆがんでいる。泣きそうになって鼻の奥がつんとした。

「ありがとう。きみがいてくれてよかった」

城ヶ崎アクトはなぜか困惑したような表情をしていたけれど、私の本心だ。私は何度もメッセージを読み返した。胸が温かい気持ちになる。

「じゃあ、そろそろ僕は帰る。看護師に見つからないように脱出しなくちゃならないんだ。敵地に潜入したスパイみたいに」

「今度は昼間に来るといいよ。あと、靴裏の汚れはマットで落とすだけでいいみたいだよ」

お別れの前に城ヶ崎アクトは私の病室を見回す。

「懐かしいな」

「この病室が懐かしい？」

「この部屋が舞台のアニメを、昔、見たことがあるんだ。タイトルは『きみある』といって、正式名称は『きみといっしょにあるきたい』っていうんだけど」

彼は何かに気づいて視線を一点に固定した。ベッドサイドのテーブルに置かれていた写真立てを彼は見つめている。

「その写真、葉山さんのお母さん？」

「うん。赤ん坊の私を抱っこしてるの」

「見せてもらってもいい？」

「いいよ」

私は写真立てを彼に手渡す。

「お母さん、きみに似てるよな」

「ありがとう。実はね、ほとんど会ったことないから、おぼえてないんだよ。その写真がどこで撮られたものなのかも、わかってないし。両親が今も生きてるのかどうかも不明なんだ」

城ヶ崎アクトは写真を手にしたまま何かを考えこんでいた。しばらくして彼は提案する。

「葉山さん、この写真が撮られた場所、調べてみないか？　興信所に頼んでみたら、意外とすぐわかるかもしれない」

「興信所って、いわゆる探偵みたいなもの？」

「人さがしとか身辺調査をやってくれる会社だ。写真のこと調べてみようぜ」

「いいね、楽しそう」

母親譲りの髪の毛がぼろぼろに抜けてしまい、母とのつながりが途絶えてしまう気がして、最近の私は不安定だった。赤ん坊の私を抱いて、母の立っていた場所が特定できたら、少しだけつながりが強固になるかもしれない。

「もちろん調査費用はうちが出す」

「お願いしてもいい？」

「写真を数日だけ借りてもいいか？」

「年明けに返してくれたらいいよ」

「あ、そうか。クリスマスが終わったら、もう年末で、お正月か。早いね」

「そうだよ。時間って、どんどん、過ぎるんだよ」

「一分一秒を、大切に過ごさないとな」

「そうだよ」

今を奇跡だと思って感謝しながら、私は生きている。

月明かりの病室を城ヶ崎アクトは静かに出て行った。クリスマスカードを読み返しながら、ベッドに横たわり目を閉じる。呼吸が安らかになった。不安が消え、落ち着いて眠りの中へと入っていく。胸の中に彼への感謝とぬくもりが宿っていた。

9／1

前世の少年時代、冬休みに田舎のおばあちゃんの家に遊びに行くのが好きだった。お正月には親戚がたくさんあつまって宴会をやる。酔っぱらった大人たちがお年玉をくれた。僕たち兄弟は部屋の隅っこでお年玉袋の中身を確認して、千円札が何枚入っていたのかを報告しあう。

城ヶ崎アクトには田舎のおばあちゃんの家なんてないから、お正月はいつも自宅か別荘でひっそりと過ごすことが多かった。前世のにぎやかなお正月が少しだけ恋しい。

初詣でに出かけた人々や、デパートの初売りフェアに参加した家族が、明るい表情で街をあるいていた。僕はいつものように黒崎という偽名でボランティアに参加してドナー登録を呼びかけている。

葉山ハルは骨髄移植を視野にいれて動き出しているみたいだけど、ドナーが見つかったという報告は聞いていない。現段階において、骨髄バンクに登録した人々の中には、彼女のＨＬＡに一致する相手がいなかったということなのだろう。この数年間、僕はドナー登録者を増やすために地道な活動をしてきた。だけどまだ足りなかったらしい。

焦りが生じていた。このまま、骨髄提供者が見つからなかった場合……。葉山ハルは、アニメ『きみある』と同じ運命をたどるのだ。年齢が若いほど白血病の進行は早い。今は話せるほど元気でも、数ヶ月後はベッドから起き上がれない状態になっているかもしれない。

「ドナー登録をお願いします」

「白血病で苦しんでいる方々がたくさんいます」

「みなさんのやさしさでつながる命があります」

ボランティアグループの仲間と声を出す。彼らは入れ替わりがはげしく、親しくなった人もしばらくすると来なくなる。立ち止まって話を聞いてくれる人に、ドナー登録までの流れを説明した。

クリスマスに病室を訪ねて以来、葉山ハルとは会っていなかった。彼女は年末年始も病室で過ごしたのだろう。化学療法の結果がよければ、一時的な退院の許可が出て、自宅でのんびりできたのかもしれないけど。

クリスマスの夜のことを思い出して僕は複雑な気持ちになる。

「ありがとう。きみがいてくれてよかった」

彼女が発したその言葉は、アニメにも存在した台詞だ。蓮太郎が葉山ハルの心に寄り添い、そのおかげで鬱状態だった彼女の心が救われる場面である。彼女が蓮太郎に対し、心からの感謝をこめてつぶやいた台詞である。

結局、蓮太郎を彼女と仲よくさせ、心のより所になってもらう作戦はうまくいかなかった。だけどその代わりに、僕の存在が少しは彼女の心の健康に役立ったということなのだろうか。こんな凶悪な面構えなのに、そんなことってあるのだろうか。

この世界線は僕の知っている『きみある』の物語から逸脱をはじめている。悪役の取り巻きは更生し、主人公とヒロインはいつまでたっても親密になってくれない。もしかしたら、悪役がヒロインの心の支えになる展開も、許されるのだろうか。僕が彼女の支えになる？　そんなこと、僕にできるのか?

例の写真は従者の小野田に複製を作成してもらい、彼が懇意にしている興信所に複製の方を渡しておいた。この年末年始に調査をお願いしている。その調査結果がそろそろ送られてくるはずだった。

どこかの教会の前で撮影された、彼女の母親と赤ん坊の写真は、アニメ『きみある』でも何度か登場した小道具である。彼女が病室で例の写真を眺めてすごすカットは鮮明におぼえていた。写真の場所を調べてみないかと提案したのは、ちょっとした思いつきである。彼女は、写真が撮影された場所がどこなのか興味があり、いつか行ってみたいなと思っているのだ。アニメに、そういう描写があった。退院したらやってみたいこと、を作っておくことは、心の健康のために良いことだと思う。

だけど他にも理由があった。写真を借りて行くということは、返すためにまた病室を訪れなくてはいけないということ。僕にとってはお見舞いに行く口実ができるからありがたいのだ。

考えてもみてほしい。たとえば『きみある』の主人公とヒロインみたいに親しい距離感だったら、ただ話をするためだけに何度も病室を訪ねるのは自然な行為だ。でも、僕みたいなよくわからない関係の男子生徒が、何度もお見舞いに行くと、気持ち悪がられる可能性がある。

「もしかしてこいつ、私に気があるんじゃないの。キモっ」

などと彼女に思われたくないのである。

9／2

ボランティアを終え、城ヶ崎家の車で帰路につく。クリスマスの一件があって、僕と大田原は周囲を警戒するようになった。北見沢柚子はあれ以来、現れなかったけど、いつまたナイフを持って襲ってくるかわかったものではない。今年の夏、彼女は僕を殺しに来るのだろうか。その時、城ヶ崎家はどうなっているのだろう。葉山ハルは生きているのだろうか。後部座席の窓から、正月の街を眺めながら考える。

今回の人生で関わりを持った友人たち、『きみある』で親しんでいたキャラクターたちが、僕のスマートフォンに写真つきのメッセージを送ってくれていた。年末年始を出雲川は海外で過ごしたらしい。母方の実家を訪ねているのだ。桜小路は琴と舞踊の発表を親戚たちの前でやったそうだ。蓮太郎は弟や妹たちといっしょに凧揚《たこあ》げをしたり、地域のおもちつき大会に参加をしたり、年始のイベントを楽しんだらしい。彼は自分専用のスマートフォンを持ってないからメッセージをもらったわけじゃないけど、年始の挨拶をしに行った時、そう聞いた。

車は屋敷へとたどりつく。年末年始に帰省している使用人が半数ほどいるみたいだけど、それでも城ヶ崎家では充分な数の人間が働いていた。使用人たちは僕を見かけると作業の手を止めて一礼してくれる。数年前まで、僕を前にすると恐怖で硬直していた者たちが、今では少しだけやさしい態度で接してくれるようになった。暗い場所で僕の顔を見ると、まだ悲鳴をあげられてしまうけど。

「アクト様、興信所から例の報告書が届いております」

従者の小野田が僕の帰りを出むかえる。

「わかった。部屋に持ってきてくれ」

「かしこまりました」

二階の自室で着替えていると、分厚いファイルを抱えた小野田が現れた。女性の使用人が紅茶とお菓子の用意もしてくれる。彼らを部屋から出して一人になると、僕は窓辺で報告書を読みはじめた。

葉山ハルの両親はまだ存命なのだろうか。彼女が赤ん坊の時以来、行方不明の状態だと公式設定資料集には記されていたが、生死まではわからない。両親が存命なら、入院している彼女の元に連れてきて再会させることができるかもしれない。でも、葉山ハルはそれを望んでいるだろうか。会わせるかどうかは慎重に検討すべきだろう。

ＨＬＡが両親と一致する確率はとても低いらしいので、彼女の両親が骨髄提供者になれる可能性は少ないはずだ。もちろん、存命であることが判明したら、ＨＬＡのチェックをしてもらった方がいいけれど、期待はできない。

報告書をぱらぱらとめくる。写真の場所が書いてあるだけの簡単なものかなと思っていた。後でその地名を葉山ハルに教えてあげたら、感謝の言葉をもらえるかもしれない。そんな気軽な気持ちだったけれど、読み進めるうちに僕は、予想外の内容に頭を抱えこんでしまう。

なんだこれは？　というのが正直な感想だった。興信所はしっかりと働いてくれていた。年末年始の大変な時期に、調査員たちは写真の背景に写っている教会を特定するため、教会の建築にくわしい学者の何人かに問いあわせをしたようだ。

結果、全国にある数千の教会から、数十にまで候補をしぼりこむことに成功している。屋根の建築様式やステンドグラスの種類から可能性の高い教会を選び、その過程はすべてファイルにまとめられている。

また、背景に写っている植物を超拡大し、ぼけた画像を最新の人工知能によってフレーム補間することでクリアなものにしていた。そうして判明した植物の葉の輪郭から、自生している地域を特定し、教会の候補は十個ほどに減らされる。

そこから先、調査員たちが実際にその場所へ行って写真の場所と一致するかどうかが確認された。結論として写真の教会は日本海側の半島の突端に位置するキリスト教会だと判明したようだ。

しかし話はそれで終わらなかった。想定していなかったことだが、そのキリスト教会は十七年前に改築をおこなっていたらしい。現在の屋根の形やステンドグラスは、昔の面影は残しているものの、写真と異なるものだったという。

調査員が教会関係者に写真を見せて確認したところ、写真の撮影場所はここでまちがいないとの確約をもらった。当時の教会の外観がわかる資料も入手してファイルにはさんであったが、確かに写真の建物はそこだったのだ。

でも、そんなはずがないだろ? だって葉山ハルは十六歳だぞ? それは公式設定資料集にも記載されている情報であり、この世界線において絶対にゆるがない情報だった。

十七年前に教会が改築された。だけど写真に写っているのはそれ以前の古い教会の姿だ。つまり写真が撮られたのは十七年前より以前になるわけで、その時期、葉山ハルはまだ生まれていいなかったことになる。

じゃあ、写真に写っている赤ん坊は誰なんだ？

足下が崩れ落ちるような感覚を受けながら、僕はふと、アニメ『きみある』の制作者たちのインタビューを思い出していた。メインでシナリオを執筆した脚本家や、シナリオ会議に参加したプロデューサーやディレクターたちが、公式設定資料集のために制作当時のことを語っていた文章だ。

それによれば、設定を作ったものの、実際にエピソードとしてシナリオでは語られなかったことがいくつもあるとのことだった。全二十四話の物語を作ろうとした時、描きされずに入らなかった設定がいくつも存在するらしい。それらは裏設定などと呼ばれていた。

葉山ハルが病室でいつも眺めていた母親の写真には、僕たちアニメファンにも知らされなかった謎が潜んでいるのではないか。しかし、この謎にどんな意味があるというのだろう？

僕は神《シナリオライター》に問いかける。これが使われなかった設定の一端だというのなら、あなたは何を物語で語ろうとしたのです？　当惑もあったが僕は予感していた。この謎を追ったその先に、もしかしたら、葉山ハルの運命を変えうる背景があるのではないか？　アニメ制作者たちは、葉山ハルを死なせず、生かしたままハッピーエンドで物語を終わらせる選択肢も、実は残していたんじゃないか？　可能性がその先にあるのなら、この謎を調べなくてはならない。彼女の命を存続させるために。

分厚いファイルに何度も目を通しているうちに、いつしかすっかり紅茶は冷めていた。窓の外に目をやると、真冬の恐ろしく透明な空が広がっている。

Act 3

10／1

真っ暗な夜だった。墨で黒色に塗りつぶしたみたいに。その日、俺は両親と車に乗っていた。親父が運転席でハンドルをにぎりしめ、山道を走らせている。ヘッドライトの光が暗闇を切り裂いた。

俺は後部座席でお袋とならんですわっていた。親父はスピードを出して、どこへ行こうとしていたのだろう。カーブにさしかかったあたりで、タイヤが横にすべった。

お尻に衝撃がある。俺の体は車の中でういた。お袋が悲鳴をあげ、俺の手をにぎりしめる。車は山道をはずれて、斜面をすべるように落ちていった。最後に上下が逆さまになった。世界が張り裂けるような音がしたかと思うと、俺の体は車の天井に叩きつけられた。

しんとしずまりかえって、俺はゆっくりと目を開ける。割れたガラスの破片がそこら中にちらばっていた。火が燃えていて、親父とお袋は血を流したままうごかない。俺は一人で外にはいずり出た。直後、車全体が燃え出した。ガソリンタンクに引火したのだろう。親父とお袋の体は炎にのみこまれてしまった。

その夜のことを俺は何年も思い出さなかった。あまりにもショックな体験だったから記憶にふたがされたのだ、と今なら理解できる。施設の先生に聞いた話だと、俺は道路をぼろぼろの状態であるいていたらしい。保護された直後は、大人たちが話しかけても、魂が抜けたみたいに俺は返事をしなかったそうだ。

大人たちが交通事故の片づけをしてくれた。でも、俺の両親の身元を示すものが何もかも車といっしょに燃えてしまっていたらしい。警察が身元を調査しようとしたらしいが、結局はわからずじまいだ。俺の親父とお袋は、いったい、どこの誰だったんだ？　名前は？　住所は？　どこから来て、どこへ行こうとしていたんだ？

施設に引き取られた俺は、やさしい大人たちにかこまれて成長することができた。様々な事情で親といっしょに暮らせない子どもたちが施設で寄り添って生きていた。年齢が高くなると、下の子たちの面倒も見るようになった。

記憶が戻ったのは十二歳の時だ。施設でテレビを見ていたら、ニュース番組で【城ヶ崎グループ】という言葉が聞こえてきた。俺は急に頭の奥がずきずきと痛くなって、落ち着かない気持ちになる。その言葉を、俺は以前から知っている気がした。

「……ねえ、園長先生、【城ヶ崎グループ】って、なに？」

「城ヶ崎という大金持ちの家があって、いくつもの有名な企業を経営しているんだ。お菓子のメーカーから、宇宙ロケットに使うコンピューターの会社まで、とにかくいろんな企業を買収して大きくなったグループだ」

その時、俺の頭の中で、ついに記憶のふたが外れた。

火花がはじけるように両親の記憶が次々と蘇った。

「どうした？　大丈夫か？」

園長先生が俺を見て心配そうに声をかける。俺はたぶん、今にも吐きそうな表情だったのだろう。

施設に自分一人の部屋はなくて、六人くらいの子といっしょに使っていた。俺が布団を引っ張り出して寝こんでいると、年下の子が俺をのぞきこんで心配そうにする。

【城ヶ崎グループ】という言葉を、確かに俺は知っていた。親父がよくそいつらの話をしていたからだ。

あの交通事故が起きたのは俺が五歳の頃だった。両親といっしょに暮らしていたのはそれ以前になるわけだが、よほど印象が強かったのか、【城ヶ崎グループ】という言葉は俺の記憶にしっかりと刻まれていた。親父はいつも奴らに対して怒っていたし、不機嫌の原因そのものだったから、幼い俺の心にとって、その言葉は禁忌《きんき》そのものだったのかもしれない。

「あいつらのせいだ……。俺たち家族の不幸は全部、あいつらのせいだ……」

親父はいつも呪うようにつぶやいていたものだ。

もしかしたら俺の不幸は全部、そいつらのせいなのかもしれない。

10／2

「葉山さん、今日、お食事に行きませんか？」

職場の同僚に誘われた。イケメンの独身男性である。普通は行くでしょう。恋の予感がしますよね。でも、私は断った。

「すみません、用事があるんで」

「そうですか。じゃあ、また別の機会にでも」

彼は私のデスクから離れていく。会社を出ると、厚手のコートを着たサラリーマンたちがビジネス街をあるいていた。一月中旬、空気は冷たい。バスに乗り、私は聖柏梁病院へむかった。姪のお見舞いをするためだ。

葉山ハルは私にとって娘同然の存在である。赤ん坊の頃から育ててもう十六歳だ。昨年末、彼女は白血病を発症した。

聖柏梁病院は河川敷の近くにある。入院病棟の正面玄関のマットで靴についた泥をていねいに落とす。服についているほこりをはらい、エレベーターで上階に移動し、トイレで入念に手洗いをした。

「ハル、来たよ。元気だった？」

病室のドアをノックして声をかける。

「はーい、どうぞー」

彼女はベッドの上で小説を読んでいた。私を見てうれしそうな顔をする。彼女の目は大きくて愛らしい。母親に似ているから、きっと美人になるだろう。母親というのは、私の姉のことである。

「理緒、入院してる相手に、【元気だった？】はないでしょう」

「もうじき二度目の化学療法だね。がんばろうね」

「うん」

化学療法の準備のため、彼女の首の血管には、長いチューブが挿入されている。そこから抗がん剤の点滴を一週間ほどぶっつづけで流しこむのだ。

若ければ若いほど白血病の進行は早い。このまま治らなかったら、ハルはどうなってしまうのだろう。神様。私は胸の中で呼びかける。私は無神論者で、この年齢になるまで神様の存在なんて気にしたこともなかったのに。

「なんの小説を読んでたの？」

「理緒が買ってきてくれたやつだよ。すごくおもしろい。友だちにもおすすめしたよ」

彼女が病室で何を考え、何をしてすごしていたのかを聞く。私は会社の同僚の愚痴《ぐち》を言う。とりとめのない、ありふれた家族の会話だ。それが今は、かけがえのないものだと気づく。

ハルが入院しているのは一人用の病室だった。簡易的な洗面所もついている。身だしなみを整えるための鏡と、歯をみがいたりできるコンパクトな流し台だ。排水口に髪の毛が引っかかっていた。掃除をしてあげよう。ティッシュ越しにその髪の毛をつまんで引っ張る。

ずるり。黒色の長い髪の毛が排水口から大量に出てきた。引っ張った髪の毛の先に、また別の髪の毛が絡まっており、結果的にずるずると途切れることなく毛髪のおばけみたいな塊が現れる。

私はびっくりしてしまった。

「ごめんね。抜け毛がひどくってさ」

ハルがもうしわけなさそうにする。彼女は本来、母親ゆずりの艶のある美しい黒髪をしていたのだが、抗がん剤の影響で抜けはじめていた。まだ全滅したわけじゃないけれど、全体的に白い頭皮が透けて見えるようになっている。最近は、それを気にして医療用帽子をかぶるようになった。

脱毛がはじまった時はさすがに精神的にこたえていたようだ。でも、クリスマスを過ぎたあたりから笑顔が戻った。理由はおそらく、彼女がいつもベッド脇に隠しているカードにあるのだろう。いつ、誰からもらったカードなのかわからないけれど、彼女はそれを見返して、ふやけたような表情をしている。

「そろそろ帰らなくちゃ。泊まっていってあげたいけど」

「私は一人で平気」

「また明日、来るね。何かほしいものはある？」

買ってきてほしい小説や漫画のタイトルを彼女が口にする。病室を出て、ハルに手をふりながらドアを閉める。彼女は一人、何を思いながら夜を過ごすのだろう。迫ってくる死の恐怖は、どれほど恐ろしいか想像もつかない。私は暗い気持ちになりながらエレベーターへむかう。

廊下には病室のドアがならんでいた。女性の白血病患者があつまっているフロアだ。どの病室にも、ハルと同じ病状の人が入院している。高齢の方もいれば、まだ小学生くらいの子もいる。

病室のドアのひとつが開いていた。中はからっぽで、私物が見当たらない。ドアの表札もはずされていた。前にその部屋を使っていた人は、どうなったのだろう。病気が治って退院したのだろうか。それとも……。

聖柏梁病院を後にする。私のため息は白くなって外灯の下を流れていった。バスに乗って自宅のある住宅地へ二十分ほど進むと、丘の斜面に家々がならんでいる地域に入る。

私の家は二階建ての一戸建てだった。玄関扉に鍵を差しこんで入ろうとした時、後ろから声をかけられる。

「葉山理緒さん、ちょっと、いいですか？」

男の子の声だった。

振り返ると、暗闇の奥に誰かが立っていた。

10／3

三学期に入り、教室の何気ないいつもの風景が僕の前に広がっていた。

「おはよう、城ヶ崎君」

「おはよう。蓮太郎、今日も見事な寝癖だな。いいキャラデザだ」

「キャラデザって？」

「気にしないでくれ」

桜小路が「しかたないですわね」などと言いながら櫛を貸してあげる。でも、髪を整えてもしばらくすると自然に彼の寝癖は戻ってしまった。佐々木蓮太郎のぼさぼさの髪は、『きみある』のキャラクターデザインの一部だ。簡単に直るはずがないのである。

「蓮太郎の寝癖をなんとかしたいのなら、まずは内面の変化をうながすべきだろう」

僕がアドバイスをすると蓮太郎は首をかしげた。

「内面の変化？」

「ああ、そうだ。キャラクターの髪型が変化するのは、心が成長した時だ。内面の変化を記号的に表す手法だよ」

「城ヶ崎君はたまに難しい話をするよね。心の鍛練が必要だってことかな。がんばるよ」

昼休みになると、学園の敷地内にある池の畔を佐々木蓮太郎と散歩した。僕は長い黒髪のかつらをかぶって顔を隠している。無人のボートが池の真ん中あたりにうかんでいた。僕たちは景色を眺めながら話をする。

「この格好の時、僕のことは黒崎と呼んでほしい。偽名でボランティアの登録をしたんだ。城ヶ崎という苗字は、この町では目立つからな」

「わかったよ黒崎君。それにしても、本当に誰も気づかないんだね、きみだってことに」

「まあな。葉山さんに写真を送ってあげよう。病室でひまだろうから」

スマートフォンのカメラを起動させ、池にむけてシャッターを切る。彼女あてに冬の風景を送信した。

「きみがいて葉山さんは心強いだろうね」

などと佐々木蓮太郎は感心しているが、ちょっと僕は彼に文句を言いたい。彼女の心の支えにならなくてはいけないのは、本来の主人公であるきみなんだぞ、と。

「黒崎君がボランティアをしていたのは、葉山さんのためだったんだね」

「まさか、偶然だ。僕がボランティアをはじめたのは何年も前だぞ」

「きみは知っていたんじゃないか。いつか大事な人が白血病になるって」

「僕を未来人か何かだと勘ちがいしてないか？」

「俺も何か力になりたい。この前、俺もドナー登録しようとしたけど、受付の人に断られたんだ」

「ドナー登録は十八歳以上からだ」

「だから、ボランティアに参加しようと思ってる」

「そんなことをしてる時間、きみにあるのか？」

佐々木蓮太郎は両親が共働きだ。放課後は弟と妹の世話をしなくてはいけない。夕飯を作ったり、宿題を教えたり、彼にはやるべきことがたくさんある。

「勇斗と日向はもう大きいから大丈夫だ。休日だったら参加できるかもしれない」

「ありがとう。その気持ちだけで充分だ」

さすが主人公だな。心根がやさしく他人思いだ。彼と知りあえて友人になれたことがうれしい。

「俺はきみが心配なんだ」

「僕のことが？」

「自分では気づいてないかもしれないけど、葉山さんが入院して、いつも思い詰めたような顔だ」

「僕の顔が怖いからそう見えるだけじゃないのか。友人が難病にかかったんだから、そりゃあ暗い気持ちにはなるだろ……」

僕の携帯端末がメッセージの着信を知らせた。葉山ハルからだ。「美しい景色の写真をありがとう」という内容だった。僕はその一文を、葉山ハルがまるで読み上げているかのように、【彼女】の声で脳内再生することができた。

午後の授業が終わり、出雲川や桜小路に見送られながら城ヶ崎家の車に乗りこむ。大田原の運転する車は優雅に発進して雲英学園を後にした。夕焼け空を車窓から見上げながら前世のサラリーマン時代のことに思いを馳せる。

夜遅くに会社を出て乗りこんだ電車の車内は、一日の戦いを終えてくたびれた人たちでいっぱいだった。スーツを着た男性や女性。座席で眠りこけている年配のサラリーマンたち。暗い窓の外を都会のネオンがよぎる。

知りあいのいない都会で前世の僕は一人暮らしをしていた。将来への不安でいつも押しつぶされそうだった。何度もくじけて、会社なんかやめて実家に帰ることも考えた。でも、立ち上がって前に進むことができたのは、僕の推しである【彼女】が同じ世界のどこかで生きて暮らしていたからだ。イヤフォンから聴こえてくる【彼女】の歌声は、やさしく、温かく、まるで赤ん坊を包みこむ母親の腕のようだった。

もしも葉山ハルが死なずに大人になったなら、【彼女】が『きみある』で演じることのなかった、大人の葉山ハルの声を聞くことができるのだろうか。

「大田原さん、お願いがあるんだけど」

「何なりとお申し付けください」

ミラー越しに視線をかわす。僕は彼に行き先を告げて、そこにむかってもらうようにお願いした。寡黙な彼は理由を問うことなく指示にしたがってくれる。大通りを外れた車は、丘に広がる住宅地へと入った。

「この辺りでいいよ。しばらく車内で待ってて」

「了解いたしました」

鞄をたずさえて僕だけ外に出た。よくある住宅地だったが、僕は家々の連なりを、アニメの背景の一部として記憶していた。葉山ハルが学園にむかってあるく場面で、さりげなく描かれていた建物や看板、郵便ポストなどが目の前に実在する。

少しあるいた場所に葉山ハルの家があった。昨年の梅雨の時期にも一度、僕は彼女の家を訪ねたことがある。玄関チャイムを鳴らした後、すぐに帰ってしまったから、彼女は僕が来たことも知らないはずだけど。

家の近くに立って待っていたら、見おぼえのある女性があるいてきて玄関に近づく。ビジネススーツに身を包んだ三十代の人物だ。葉山ハルの育ての親、彼女の叔母である。

僕は後ろから声をかけた。

「葉山理緒さん、ちょっと、いいですか?」

彼女とは昨年末、病院の待合室で挨拶をした。初対面というわけではないので、気が抜けて自分の顔面の凶悪さをすっかり忘れていた。

「少しお話ししたいことがあります。お時間をいただいてもよろしいでしょうか」

住宅地の暗闇から僕が進み出ると、まるで悪魔が忍び寄ってきたかのように見えたのだろう。振り返った彼女の悲鳴が住宅地に響き渡った。

10／4

「……どうぞ、お上がりください。せまい家ですが」

「失礼します」

「さっきは、ごめんなさい」

「いえ、お気になさらず。近所の人が心配そうにしてらっしゃいましたね」

「私の悲鳴が聞こえて、何かあったのかと思われたみたいで……」

「警察に通報されてないといいのですが」

私がスリッパをすすめると、彼は恐縮したように頭をさげながら履く。城ヶ崎アクトは、私とハルが暮らしている家の中をひとしきり眺めた。丘の上にある城ヶ崎家の邸宅にくらべたら貧相な家のはずだが。

「ああ、いっしょだ。何もかも、なつかしい」と、彼は言う。

いっしょ？　なつかしい？

よくわからないが、城ヶ崎アクトは三白眼をかがやかせて、玄関に飾ってある小物や階段の手すり、リビングに通じるドアなどを観察していた。

「このスリッパも、実際に履けるなんて、すごい」

「スリッパが、すごいんですか？」

「いつも背景に描かれていた小物が、本当に使用できるなんて。自分の足にはまっているなんて。感激で泣きそうです」

背景？　なんの話をしているんだろう。お金持ちの思考はわからない。どこにでも売っているスリッパだけど。

城ヶ崎アクトは、ハルが雲英学園で知りあった男の子である。先日、病院で紹介された時は驚いたものだ。まさかあの城ヶ崎の人間とつながりができていたなんて。

城ヶ崎と言えば、絶大な財力を持っているが、同時に悪評もそれなりに聞こえてくる家だ。そこの御曹司である彼は、いかにも悪人の顔立ちをしていた。何か悪いことをたくらんでいるかのような見た目なのである。でも、言動は低姿勢そのものだし、ハルも心を開いているみたいだし、よくわからない。外見で損をしているだけで、悪い子ではないのだろうか。

「こちらへどうぞ」

「素敵なリビングだ。この角度、この構図。よく使用されていたカットだ。記念に写真を撮ってもいいですか？」

「写真ですか？　かまいませんけど、なぜ……」

「聖地巡礼というものです。作品の舞台となった場所に行って記念写真をとったりすることがよくあるんですよ」

作品の舞台？　ここは私とハルが生活しているありふれた部屋だけど？　困惑する私をよそに、彼はスマートフォンのカメラで写真をとりはじめる。

キッチンで飲み物を用意した。お湯をわかし、緑茶をいれる。

「手土産を用意してくるべきでした。突然の訪問、申し訳ありません」

ソファーに座らせ、彼の前に湯気のたつ湯飲み茶碗を置く。彼は頭を下げたが、すぐに手に取る様子はない。

「お茶をどうぞ」

私がそう言うのを待っていたようだ。

「いただきます」

彼は湯飲み茶碗を手に取り口をつけた。鮫を思わせる鋭い歯がくちびるの間からのぞく。

「どてもおいしいです」

「ありがとうございます。高級なお茶ではありませんが」

変な感じだ。営業で会社にやってくるサラリーマンを相手にしているような気分になる。お茶を出されてもすぐには手をつけず、「どうぞ」と言われてから飲むやりとりは、ビジネスマナーの本に書かれてある作法だったような気がする。彼の鞄もビジネス鞄によく似たものだ。ソファーの空いている場所にぽんと置くのではなく、利き手側の足下に寄り添わせて置いていた。

「あの、ところで、お話というのは？」

「ハルさんの体調はどうです。もうすぐ二回目の化学療法ですよね」

「ご存じなんですか」

「ハルさんに聞きました。メッセージのやりとりをさせていただいてます」

「明日からまた抗がん剤の投与がはじまるそうです。快方にむかうと良いのですが……」

ハルの容体を彼は気にしている。無言になり、お茶を飲み、言葉を選ぶように話しはじめた。

「実は僕、理緒さんが不在の時、一度だけお見舞いにうかがったんです。その時、この写真をお借りしました」

城ヶ崎アクトは鞄から写真を出してソファーセットのテーブルに置いた。見おぼえのある写真だ。赤ん坊のハルとそれを抱いている母親、つまり私の姉が写っている。背景は古い教会だ。

母親といっしょに写っている唯一の写真だから、ハルはそれをとても大事にしていた。入院する時も手荷物にいれ、ベッド脇に飾っていたほどだ。最近は見かけなかったけど、いつのまにか彼に貸し出されていたらしい。

「どうしてこれを？」

「撮影された場所を調べてみないかって、ハルさんに提案したんです。城ヶ崎家にはつきあいのある調査会社があって、それほど時間をかけずに調べられそうな気がしたので」

そういえばハルが小学生の頃、写真を見ながら「この教会にいつか行ってみたいな」とつぶやいていた。彼女は私の前で、あまりそういうそぶりを見せなかったけど、両親の行方を気にしていたのかもしれない。

「あの子が元気になるような、明るいニュースが欲しくて、それを提案したのね？」

「お母さんとのつながりが感じられるような情報があったら、彼女の気持ちが上向きになるんじゃないかと思ったんです。僕はさっそく、城ヶ崎家とつきあいのある調査会社に、この写真のことを調べてもらいました。そして、いくつかの事実が判明したんです」

「わかったんですか、その教会が、どこにあるのか」

「はい。でも、こちらの想定していなかった事実が出てきてしまって……」

彼は足下の鞄から厚みのあるファイルを取り出して私の前に置いた。調査会社の報告書だ。手にとってページをぱらぱらとめくる。背景の教会について、教会建築に詳しい大学教授の意見を聞きながら、しぼりこみが行われたようだ。

「かいつまんで説明すると、そこに写っている赤ん坊と女性のことなんですが……」

「ハルとその母親ですね」

「いえ、おそらく、その赤ん坊は、ハルさんではありません」

「え？」

報告書をめくる手が止まる。私は城ヶ崎アクトを見つめた。意味がわからない。この少年は今、なんと言った？

「赤ん坊を抱いている女性は、ハルさんの母親でまちがいないですよね？」

「それは、ええ。確かに姉です。いっしょに暮らしていましたから、それはわかります」

「でも、その腕に抱かれている赤ん坊は、おそらくハルさんではありません」

「どういう、ことでしょう、それって」

赤ん坊の顔立ちはハルにそっくりだ。他人なんかじゃないのに。

城ヶ崎アクトは説明する。調査の結果、写真が撮影された地名が特定できたという。背景に写っている教会は日本海側のとある岬にある建物だった。しかし、その教会は十七年前に改築されていた。

「写真の教会は改築前の古い姿なんです。つまり十七年前よりも以前に撮られた写真なんです」

ハルの年齢は十六歳。

撮影された頃、まだ生まれていないことになる。

「この写真はどのような経緯で渡されたものなんです？　ハルさんのお母さんから、直接、もらったんですか？」

「あの子をあずかった時、荷物の奥に入ってたんです……。子育てセットの一式を詰めこんだ大きめの鞄だったんですけど」

「赤ん坊の衣類とか、紙おむつとか、そういうのが入っていた鞄ですね？」

「そうです。その奥に写真が、まぎれこむようにはさまっていたんです」

城ヶ崎アクトの三白眼が爛々《らんらん》とかがやいていた。口元はつりあがり、ぞろりと尖った歯がむきだしになっている。私は命の危険を感じて逃げ出したかったが、蛇ににらまれた獲物のように動けない。

「ハルさんのお母さんは、写真が荷物にまぎれこんでいることを知らなかったんですよ。彼女は、写真の赤ん坊がハルさんだとは一言も口にしていない。理緒さん、この写真は非常に大事なアイテムです。あなたはこの写真の赤ん坊をハルさんだと思いこんだ。ハルさんもまた、自分と母親が写っている唯一の写真だと思って大事にしていた。全部誤解だったかもしれない。でも、これにはきっと意味があるんです。神が準備して結局は使わなかった伏線だったんですよ」

「伏線?」

「制作者たちは用意周到なんです。状況に応じて対応できるように、あらかじめ、いくつかのエンディングを用意しておいた可能性がある。最終話付近までシナリオを執筆してみて、それまでの流れとか、現場スタッフの雰囲気とか、そういうものを鑑《かんが》みて、あのエンディングが選ばれたにすぎないんです。だから、僕が言いたいのは、使われなかったエンディングのための過去の設定が、この世界には存在しているんじゃないかってことなんです。そう、つまり、生存ルートが……」

城ヶ崎アクトは口元を手でつつみこむような姿勢になり、真剣な表情で意味のわからないことを早口でつぶやいている。

「写真の赤ん坊はハルさんじゃない。どうしてこのようなことが起きたのか、それを僕は調べたいと思っているんです。真実のむこう側に、ハルさんを救うヒントが隠されているような気がして」

「あの子を救うヒント、ですか？」

「はい。意味もなくこのような写真が存在するはずがありません」

彼の言動はわからないことばかりだけど、何かを確信しているような力強さがあった。城ヶ崎アクトという少年が、ハルのことを考えて行動してくれているというのが、痛いほど伝わってきて、私にはそれがうれしかった。

「理緒さん、話を聞かせていただけませんか。ハルさんのお母さんについて。どうして赤ん坊の彼女を置いていったのか」

「わかりました」

私はうなずくと、三白眼の少年に姉との思い出を語る決心をした。ハルにも秘密にしていたことだ。指先が冷たくなっていて、私は自分の手を、自分で温めた。

10／5

「私にはミサキという名前の姉がいて、近所でも話題になるくらいの美しい人でした」

「どのような漢字ですか？」

「美しく咲く、と書いて美咲《みさき》です」

僕はその名前をメモにとる。

「性格は明るく、一途なところがありました。そんな姉に、恋人ができたんです。就職して数年がたった頃でした。町で男の人たちにからまれて困っていたところを、その人に助けてもらったのが知りあったきっかけだそうです。その男性こそが、ハルの父親なんです。名前は神宮寺《じんぐうじ》アキ。飲食店の経営をしていたようです」

　葉山美咲と神宮寺アキ。

　これで母親と父親の名前がそろった。

「姉と神宮寺さんがおつきあいをしていたのは、私がまだ中学生の頃でした。姉からちらりと話を聞いたんです。彼が投資に失敗して、大きな金額の借金を作ってしまったみたいだと。よくないところからお金を借りていたみたいで……。がらの悪い人たちが、彼の住んでいるところや、働いている店に現れるようになったそうです」

　しかし、神宮寺アキは借金を返すこともできず、かといって話しあいや謝罪に行くこともなく、踏み倒して町から逃げることにしたという。

「無責任な人だと思います。でも、姉はその人についていくことにしたんです」

　葉山美咲が神宮寺アキを見放さなかったのはなぜだろう。彼女の愛がどこまでも深く、たとえ不幸になるかもしれないとわかっていても、彼といっしょになることを望んだのだろうか。僕は、葉山美咲のことを愚かだとは思わない。前世で大好きだった【彼女】が、僕といっしょに逃げてほしいと頼んできたら、サラリーマンなんて一秒で辞めるに決まってる。いや、一秒もいらない。

「二十一年前のある日、姉は手紙をのこして家からいなくなりました。両親は悲しんでいましたが、私は、いつかそうなるような気がしていたんです。姉から相談をうけていましたから。彼が町を出て行くかもしれない、自分はどうしたらいいだろう、って。でも、すぐに夏目町へ戻ってくるんじゃないか、とも思っていたんです。彼に愛想をつかして、姉だけでも。だけど、姉はいつまでも彼のそばを離れなかった……」

葉山理緒が成人した直後、両親が相次いで亡くなった。姉に連絡をとりたかったが、連絡先もわからず、一人で手続きをしたという。

「遺産を利用して今のこの家を購入したんです。私は就職し、働きはじめた時期でした。そこに、ひょっこりと現れたんです。姉が、女の子の赤ん坊を連れて」

会社へ行こうと家を出たところに、大荷物を抱えた葉山美咲がいた。

「前に住んでいた家が空き家になっていたから、近所の人に話を聞いてこの家の住所を教えてもらったそうです。両親の死を告げると、姉は立ちつくしていました。それからリビングで話をしたんです。ひさしぶりに会う姉は奇麗で、腕の中の赤ん坊を愛おしそうに見つめていました。【その子の名前は？】って質問したら、【カタカナでハルだよ】って。【今どこで何をしてるの？】って質問をしたら、【最近まで花屋さんでバイトをしてた】と……」

葉山美咲と神宮寺アキが夏目町から消えたのは二十一年前。赤ん坊の葉山ハルがこの家に連れてこられたのは十六年前。空白の五年間、彼女はどこでどんな暮らしをしていたのだろう。

「姉は真剣な表情になると、【少しの間だけハルをあずかってもらえないか】と私にお願いしました。詳しいことは教えてもらえませんでした。私は少し迷いましたが、引き受けることにしました。姉は、ほっとした様子で、腕の中の赤ん坊を、私に渡したんです。赤ん坊のハルと、紙おむつや衣服が入った大きな鞄を置いて、姉は再び夏目町から消えました」

それきり、彼女は現れなかった。少しの間だけあずかってほしい、というのがそもそも嘘だったのか。なんらかの事情で引き取りにこられなくなったのか。

十六年。姪の葉山ハルを、葉山理緒はあずかり続けた。

「大変でした、赤ん坊を育てるのは。勝手がわからなくて、戸惑うことばかりで。母乳なんて出ませんし、粉ミルクであの子は育ったんです。あの子が寝ている間に、さっとシャワーを浴びて、食事をして……。役所の人からはずいぶん怒られたんです。だって、あの子、出生届が出されていなくて、戸籍がなかったんです。いろんなややこしい手続きをしなくちゃいけませんでした。ワクチンを接種したり、保育園を探したり、お弁当を作ったり。でも、楽しかった……。ハルを、娘を育てるって、いい経験でした。姉を恨む気持ちもなかったわけじゃないです。でも、ハルといっしょにこの家で暮らした時間は、私にとって、かけがえのないものなんです」

葉山理緒は話をしながら目元に涙をためていた。公式設定資料集に記載されていたから僕は知っているけど、彼女が葉山ハルに自分のことを【お母さん】と呼ばせないのは、いつの日か姉の元に返さなくてはならなくなった時のためだ。必要以上に別れがつらくならないように彼女は【お母さん】と呼ばせなかった。

「私が、姉のことでお話しできるのは、それくらいです。例の写真は、姉がこの家を出てしばらくして、鞄の奥から見つけました」

そこで僕は、ふと気づく。

「あれ？　城ヶ崎家の名前が一度も出てきませんでしたけど、ハルさんのご両親がいなくなったことに城ヶ崎家が関わっていませんでしたっけ？」

アニメ本編では語られなかったが、そういう裏設定があったはずだ。

「どうしてそのことを？」

「なんとなく、そんな気がして」

「確かに、ええ、そうですね。神宮寺さんが投資で借金を作ったのは、城ヶ崎グループが不正に株式を操作したせいなんです。城ヶ崎家の力が大きすぎて誰も告発はできませんでしたが。城ヶ崎グループは多大な利益を得ましたが、その陰で大勢の人たちが資産を失ったんです。神宮寺さんは、その一人だったのです。経営していた飲食店も、将来の夢も、すべて消えてしまったようです」

投資市場の不正操作。僕の父である城ヶ崎鳳凰の得意技だ。城ヶ崎グループは数々の悪いことをおこなってお金を稼いでいた。これはそのごく一部だ。

話を聞き終えると、僕はお茶を飲み、彼女に礼を言って立ち上がった。家を出る時、葉山理緒が言った。

「これからも、ハルのことを、よろしくお願いします」

「もちろんです。今日はお話を聞かせてくださってありがとうございました」

「あの子は、私にとって娘同然なんです。十六年……。長いようで、あっという間でした」

アニメ『きみある』で、葉山ハルの命が失われた時、彼女は悲痛な泣き声をあげた。痩せ細った葉山ハルの体にすがりついて涙を流す作画を僕は忘れない。

僕は彼女に宣言する。

「絶対に救いますから。絶対に」

一礼すると彼女に背をむけ、待機させていた車へと戻った。葉山美咲と神宮寺アキの空白の五年間を追わなくてはならない。きっとその先に、神が採用しなかった生存ルートがあるはずだ。アニメの葉山ハルは、子どものまま、大人になれなかった。でもこの世界線の彼女は、成人して大人になった姿を葉山理緒に見せてあげなくちゃならないんだ。

10／6

俺は道端に車を停めて、ドーナツを食いながら携帯ゲーム機をプレイしていた。ドーナツの破片がぼろぼろと運転席の隙間に落ちるけど気にしない。

先日、発売されたアクションゲームに俺ははまっている。ピンク色の丸いキャラクターを操作してゴールを目指すのだが、途中で様々な敵が立ちはだかる。このゲームがおもしろいのは、プレイヤーの操作するピンク色のキャラクターが、敵を吸いこんで食べると、その能力を奪えるという点だ。気づくと約束の時間の三分前になっている。

後部座席に携帯ゲーム機を放り投げ車を発進させた。開け放した窓から風が入ってきて、お菓子の空き袋がいくつか外に飛んでいったけど、回収しに戻っている余裕はない。

城ヶ崎家の豪邸は夏目町を見下ろせる高台に建っている。敷地を囲むように塀が続き、そこら中に監視カメラが設置されていた。

「調査会社の南井《みない》という者ですな。遅くなってしまい、申し訳ありませんですな」

俺は正門横のインターホンに話しかけた。

「お待ちしておりました。お入りください」

スピーカーから男性の声がすると、閉ざされていた門扉が自動で開き出した。来客用の広々とした駐車場に車を停めると、屋敷の方から銀縁眼鏡に黒服のスマートな男性があるいてくる。雇い主の小野田氏という男だ。

「南井様、本日は御足労いただき、ありがとうございます」

「かまいませんですな。例の写真の件で話をお聞きになりたいとか」

「はい。アクト様がいくつか質問したいことがあるとのことです」

城ヶ崎邸に来るのは、はじめてじゃない。規模の大きさと、豪華さに、いつも感動させられる。

「こちらでお待ちください」

客間に案内されソファーに腰掛けた。やわらかく居心地のいいソファーだ。俺は太っていて重たいので、どこまでも体が沈んでいく。天井で光を放っているシャンデリアを見上げていたら、扉がノックされて小野田氏が現れた。背丈の低い少年といっしょだ。噂に聞いていた通りの容姿だったので、すぐに彼が何者かわかった。

人殺しのような目つき。どう猛で野蛮な歯並び。さすがの俺も緊張で震えが走った。闇と暴力に生命をあたえて人間の形にしたら、この少年のような見た目になるだろう。彼こそが城ヶ崎家の御曹司、アクト様である。俺はソファーからよっこらせと立ち上がった。

「はじめましてですな。ミナイ調査会社の所長をしている、南井吾郎《ごろう》という者ですな」

上着のポケットから名刺を取り出す。アクト様は俺から名刺を受け取って眺めながら言った。

「どうぞ、座ってください」

俺の体が再びソファーに沈む。アクト様は対面のソファーに腰かけ、小野田氏は少し離れた壁際に立つ。

「お飲み物を用意させましょう。何がいいです？」

「たっぷりと砂糖が入った甘い珈琲がいいですな」

小野田氏がどこかに電話をすると、メイド服姿の使用人が大量の砂糖と、珈琲を運んできてくれた。

「調査会社って、いわゆる探偵のようなことをやってらっしゃるんですよね？」

アクト様が質問する。

「ミステリ小説みたいに事件の謎を解いて犯人をつかまえるようなことはしていませんな」

城ヶ崎グループは複数の調査会社と契約を結び、ライバル企業にスパイを送りこんでいた。敵の内情を探り、弱みをつくためだ。でも、企業関連の調査はうちの専門じゃない。

「ミナイ調査会社は、身辺調査や人さがしなどを取り扱っておりますな。たとえば、城ヶ崎グループのお金を持ち逃げした役員がいましたですな。そいつを外国まで行ってつかまえてきたんですな」

「そいつはどうなったんです？　逮捕されたんですか？」

「法で裁かれたという噂は聞いていませんな。そいつがどうなったのか、想像すべきではないでしょうな」

城ヶ崎鳳凰の逆鱗にふれた者が、まともな運命をたどったとは思えない。城ヶ崎アクトは眉間にしわをよせた。彼の恐ろしい形相に、俺はちびりそうになる。

しかし、この少年は顔こそ迫力があるものの、言葉遣いは予想外にていねいだ。金持ちの中には尊大な態度をとるやつがいるけれど、彼にはまるでそんな雰囲気がない。さっき渡した俺の名刺は、テーブルの彼から見て左手側に置かれている。彼はビジネスマナーを知っているようだ。

「本題に入りましょう。先日、御社に依頼した写真のことを聞かせてください」

少年は報告書のファイルを小野田氏に持ってこさせる。先日、うちの部下がまとめて提出したものだ。俺は鞄から追加の資料を取り出してテーブルに広げた。

この写真が撮影された場所を特定してほしい。そんな依頼があったのは昨年末のことだ。渡された写真のコピーに写っていたのは、美しい女性と腕に抱かれている赤ん坊。背景には古い教会。俺と部下たちは正月休みを返上して調査をおこなった。

「この教会は、白取町《しらとりちょう》の岬にあるキリスト教会ですな。俺も実際にそこへ行って確かめてきましたから、まちがいないですな。年始は部下とその町で過ごしたですな。日本海が見渡せる港町で、魚がとてもうまかったですな」

「この写真が撮影された場所は、そこでまちがいないんですね」

「教会の関係者にも確認しましたですな」

「でも、それだと奇妙な点が出てくるんです」

「写真に写っている赤ん坊と、葉山ハルさんの年齢が食いちがうってことですかな？」

葉山ハル。この写真の持ち主の女の子だ。仕事の依頼を受けた後、彼女に関する情報も調査した。現在、急性白血病で入院中とのことだ。教会の改築は十七年前。つまり葉山ハルはまだ生まれていなかったことになる。アクト様は問いかけるように俺を見ていた。人を殺せそうな眼光に冷や汗が出てくる。

「その赤ん坊は、葉山ハルさんではない、という可能性が考えられますな」

「奇遇ですね。僕も同じ結論なんです」

満足そうに彼がうなずいた。

「そこで、追加で南井さんに調査を依頼したいと思っています。この写真に写っている赤ん坊の正体をつきとめて、居場所を特定してください」

「……妙な依頼ですな」

「そうですか？」

「俺はてっきり、葉山ハルさんのお母さんをさがしてほしい、と言われるのかと思っていたんですな」

闘病中の少女のもとに生き別れの母親をつれてきて会わせたいという美談を想像していた。しかしこの少年が知りたがっているのは、写真の赤ん坊の行方だという。

「理由をうかがってもかまいませんかな？」

「僕はこの子が、葉山ハルさんの、生き別れの兄か姉だと思っているんです。彼女のお母さんには、もう一人、子どもがいたんじゃないかって。性別まではわかりませんが、もしもそうだとしたら、すべてがつながるんです」

「つながる？　何がつながるんですかな？」

「神様が用意したハッピーエンドへの道ですよ」

彼は人さし指をたててシャンデリアを指す。いや、アクト様が指をむけているのは、天井よりも、屋根よりも、空よりも高い場所にいる何かなのだろう。

俺はちらりと壁際に立つ銀縁眼鏡の副執事へ視線をむける。表情をぴくりともうごかしていない。訓練されている使用人はすごい。俺なんか、困惑が顔に出てしまっているだろう。

「まあとにかく、承知しましたですな。追加の依頼をお引き受けするですな」

写真の赤ん坊は、生きているとしたら十七歳以上のはずだ。また、アクト様の話によると、写真の女性は花屋で働いていた可能性があるという。

「ほう、花屋ですかな？」

「何か手がかりになるといいんですけど」

写真の女性は葉山美咲という人物である。彼女が赤ん坊を妹にあずける時、「花屋で働いていた」と語ったらしい。後で部下たちにも伝達しておかねばならない情報だ。

「それでは良い報告をお待ちしています」

「了解ですな」

ソファーから立ち上がった俺にむかって、アクト様がていねいにお辞儀をする。俺は一礼して部屋を出た。小野田氏の案内で屋敷内を移動し、駐車場までの小道をあるく。落ち葉が地面に降りつもっており、風に吹かれて舞っていた。俺は小野田氏に話しかける。

「アクト様は、突然、性格が穏やかになられたそうですな」

「左様でございます」

数年前までは残虐で苛烈な性格だったと聞いている。あの凶悪な顔から想像できる通りの悪魔的なふる舞いをして周囲を困らせていたようだ。プールサイドで転び、脳震盪《のうしんとう》をおこした後、少年の性格は一変したという。にわかに信じがたいことだが、似たような事例は世界中に存在した。

事故などで脳に障害がのこった影響で性格が変化してしまうのだ。しかし彼に関する無視できない噂は他にもある。

「最近の城ヶ崎グループはゲーム業界でも注目されていますな。あの話はどこまでが本当なのでしょうな」

「あの話、とは?」

「革新的なアイデアでヒットしているゲームの企画書には、どれもこれもアクト様の名前が記載されていたそうですな。スタッフロールにアクト様の名前がないので、業界の人間にしか広まっていない噂話ですな」

「私からは何も申し上げることができません。口止めされていますので」

「口止め? どうしてですかな?」

「アクト様はそれらへの関与を公言したがらないのです」

「目立ちたくないのかもしれませんな」

駐車場に止めてある車のドアを開けると、座席の上にちらかっていたお菓子の空き袋が外にあふれ出してきて、風に飛ぼうとする。小野田氏はプロボクサーが高速でパンチを繰り出すように、飛んでいく空き袋を空中でつかんであつめた。俺は太った体を運転席にぎゅうぎゅうと押しこみ、バタンとドアを閉めてエンジンをかける。まずは白取町へ行くつもりだった。写真の赤ん坊の行方をさがすために。

10／7

その昔、華族と呼ばれる貴族階級がいた。私のご先祖様はその人たちと積極的に婚姻関係を結ぶことにより、家の立場を強固にしていったという。その習わしが、今も私の家にはのこっている。

「姫子、あなたは結婚相手を自由に選ぶことができません。親戚のおじいさんやおばあさんが、あなたのお相手を話しあいで決めることになっているの。桜小路家の格が少しでも高くなるように、条件の良い男性を連れてきて、あなたのお婿《むこ》さんになってもらうのよ」

そう言う母は、少し悲しそうな顔をしていた。

桜小路家は夏目町に古くからある大地主の家系だ。親戚の老人たちは、家の格というものを何よりも大事にしている。家の格とはなんだろう？　小さなころはよくわからなかったけれど、家というものには強さのランキングがあり、それを格と呼んでいるみたいだ。格の高い家ほど、地域住民から尊敬されている。格の低い家は、格の高い家に逆らうことができないらしい。

「桜小路家に生まれた女の子は、家の格を上げるために自由な結婚は許されていないの」

「お母様、どうしてそんな顔をしていらっしゃるの？　お母様も、お祖母様も、そうやってお婿さんをもらったのですわよね？　じゃあ、私もそうするのが当然ですわ」

親戚の老人たちの命令で、私は小さな頃から舞踊と琴を習わされた。将来、格の高い家柄のお婿さんと結婚するためだ。私はショーケースにならぶ宝石と同じなのだ。できるだけ高く売りつけるために美しく磨かれている。

でも、さすがの老人たちも髪型にまでは指定をしてこない。私は毎朝、お手伝いさんの手を借りて、絵本に出てくるお姫さまのような髪型にしてもらっている。栗色の髪の毛を縦にくるくると巻いてもらい、ゴージャスな気分で学園にむかう。この髪型の時、私の心は自由だ。私は私！という気分になる。

「姫子、城ヶ崎家のお坊ちゃんと仲良くしておけ。名前は城ヶ崎アクト。いつもくっついて行動するんだ。これは老人たちが決めたことだから、姫子に拒否する権利はない。城ヶ崎家のお坊ちゃんとつながりを持っておけば、桜小路家の未来も明るい」

父からそのように命令される。雲英学園初等部に入学する時のことだ。城ヶ崎家の名前は当時の私でも聞きおぼえがあった。あの老人たちでさえ権力のおよばない特別な家。世界中にグループ会社を持つ真の大富豪。

「わかりましたわ、お父様。私、城ヶ崎アクト様のお友だちになりますの」

しかし、初等部の教室でアクト様をはじめて目にした時、私はがく然となった。その顔があまりにおそろしく、熱を出した時に見る悪夢そのものだったから。蛇のような目、つりあがった口。本当は近づきたくもなかったが、老人たちの命令は絶対だ。私は彼に話しかけ、いっしょに行動するよう心がけた。

アクト様の恐ろしさは外見だけではない。内面までも陰険で残忍だった。力の弱い子をトイレの個室に閉じこめて上から水をかける。教科書をやぶったり、靴を窓から捨てたりもする。アクト様は暴力を愛した。最初のうち私はその行動を震えながら見ているだけだったが、やがて私も仲間にくわわるようにと命令される。

「桜小路、こいつに雑巾の絞った汁を飲ませるんだ。俺が押さえつけておく。さあ、やれ。ぎゃはははは！　見ろよ、こいつ、咳きこんで鼻から雑巾汁を出してやがる！」

暴力に加担していると、それが次第におもしろくなってきた。私も強くなった気がした。周囲の者たちから恐れられる優越感を私は楽しめるようになる。同じことをすることで、アクト様との仲間意識も生まれた。屋敷に帰ればたくさんの習い事があり、私の自由は限られている。だけど学園で他人を虐げている時、私を縛りつけているものは消えて無くなった。

アクト様の取り巻きは私だけではなかった。出雲川家の御曹司、出雲川史郎もいっしょにくっついてくる。彼は金髪で青色の目をした奇麗な顔立ちの少年だった。私と彼はライバルであり戦友でもある。

「桜小路さん、僕たちはアクト様のご機嫌をうかがいながら暮らしていかなくちゃならない。あの方が不機嫌になれば、そのとばっちりが僕たちにむかってくるから。だから僕ときみは一蓮托生《いちれんたく》《しょう》の仲ってわけだ」

「ええ、そうですわね。私たち、力をあわせてアクト様のご機嫌取りをしましょう。本心ではそう思っていなくとも、アクト様の気分が良くなるように褒めちぎっておけばいいですわ」

アクト様は機嫌が悪いと、暴力の矛先《ほこさき》を私たちにむける。八つ当たりで叩かれたり蹴られたりすることもあった。

でも、そんな生活が突然、終わりをむかえる。

雲英学園初等部最後の年の秋。プールサイドで転倒して意識を失ったアクト様は、目覚めた時、一切の暴力性を失っていた。外見こそ変化がないものの、まるで他の誰かが入りこんでしまったかのように性格が穏やかになった。私と出雲川史郎はその変化に戸惑いながらも、アクト様の付き人を続けることにした。

「最近のアクト様はおやさしすぎますの。このままでは格下の家の者たちが、私たちのことを軽んじるようになってしまいますわ」

「アクト様は生き方を変えられた。平民たちのことを哀れむようになられたのかもしれない」

「それは慈悲ですの？」

「お金も地位もない、平民たちの暮らしぶりがかわいそうになったのだろう。まあとにかく、僕たちは、何があってもアクト様についていかなくちゃ」

「ええ。それが私たちの宿命ですわ」

穏やかな日々が続いた。授業中もアクト様は教師の話を聞くようになった。いつのまに勉強していたのか、難しい算数の問題さえもすらすらと解くことができる。私と出雲川はアクト様の成長に驚き、素直に感動させられた。だけど同時に焦りも抱く。このままでは置いていかれてしまう。学力に差をつけられては切り捨てられてしまうかもしれない。私と出雲川もまた、真面目に勉強へ取り組むようになった。

「すごいじゃないか！　こんな難しい問題、よく解けたな！」

勉強会の最中、私が算数の応用問題を解いたのを見て、アクト様がおっしゃった。口元を笑みの形につり上げ、ぎざぎざの歯をむきだしにしている様は、ホラー映画のワンシーンのようだ。でも、心から私の成長をよろこんでくださっているのだとわかった。

「私にかかれば、この程度の問題、朝飯前ですのよ！」
口元に手をあてて高らかに笑う。自分の力で達成できたという充足感。誰かに褒められ、認められたうれしさ。弱者を虐げていた時にはなかったものだ。悪くない。むしろ、全然いい！　私と出雲川は、次第にアクト様との生活に喜びを見出すようになっていた。私たちの、悪に染まりかけていた魂は、少しずつ元の純粋な色へと戻っていったのである。

雲英学園中等部一年生の冬。アクト様は外部生の少年と交流するようになった。どうして偉大な城ヶ崎家の御曹司であるアクト様が、格下の格下の格下の格下よりもずっと低い位置にあるランク外の一般家庭の少年と言葉をかわそうなどと思われたのか、最初は理解に苦しんだ。

少年の名前は佐々木蓮太郎。髪の毛はぼさぼさで常に寝癖がある、由緒正しき雲英学園生とは思えない男子生徒だ。

アクト様は、あんな平民と廊下で気安く挨拶なんかして、なんとも思わないのかしら。まったく、彼のどこがいいのだろう。いらだたしくて、しかたがなかった。雲英学園初等部に入学して以来、アクト様のそばにいたのは私と出雲川だけだ。それは桜小路家と出雲川家にだけ認められた特権のように感じていた。そこに、たかが外部生の少年が割って入ろうとしている。危機感はあったが、アクト様が彼を優遇しているのだから、私と出雲川も受けいれざるをえない。

私はその格下の少年を意識するようになった。中等部時代の三年間も、彼のことを腹立たしく思いながらも注意をむけていた。彼が何か失敗をしたらそのことを嘲笑してやろうとさえ思っていた。

「蓮太郎、寝癖をなおしなさい。ほら、櫛を貸してあげますわ」

いつからだろう。彼とのやりとりを楽しむようになったのは。

「ありがとう、桜小路さん」

屈託のない笑顔。まるで純朴な犬が人間にむけるような無垢なまなざし。佐々木蓮太郎と話していると、家の格などという価値観のことを忘れてしまいそうになる。教室で彼と話をするのが、いつしか待ち遠しく思うようになった。朝、使用人に髪型をセットしてもらっている時も、彼のことを考えている。誰にも言えない私の秘密だ。

10／8

病室に入ると葉山ハルが笑顔を見せる。殺風景な室内に、ぱっと花が咲いたかのようだ。頭の丸みがわかるような医療用の帽子を彼女はかぶっていた。ベッドに横たわり、漫画を読んでいる最中だったらしい。

「気分はどうだ?」

「よくないよ。吐き気がするし、体が熱っぽいかな」

首の血管に挿入されたチューブに、あざやかなピンク色の液体が流しこまれている。抗がん剤の一種だ。室内にいるのは彼女だけ。叔母の葉山理緒は仕事中なのだろう。

「お見舞いに来てくれてありがとう。昨年末以来だね」

葉山ハルの声が耳から入ってくると、胸の奥が震えて温かくなった。【彼女】の声はクリスタルのように透明で、どんな楽器もかなわない。アニメ『きみある』とちがうのは、その言葉が脚本に書かれていたものではなく、まぎれもなく葉山ハルという人間から発せられたものだということだ。

「やっぱり来てよかった。本物はちがうな。いつもきみからのメッセージを読む時、きみの声で脳内再生されるんだけど、それは僕の妄想だから。こうして本物のきみの声をたまにインプットしなくちゃいけないよな」

「みんなしらないみたいだけど、城ヶ崎君って、声に対する執着がすごいよね。正直、気味が悪いと思ってるよ」

以前、声を録音させてくれと彼女に迫ったことがある。それが軽いトラウマになっているのだろう。

「あの時は悪かったな。でも、誰の声でもいいってわけじゃないんだ」

葉山ハルは少し居心地がわるそうにうつむく。ドン引きしている表情を隠しているのかもしれない。彼女がベッドの上で首を動かすと、血管とつながっているチューブが引っ張られ、ピンク色の液体の入ったバッグが揺れた。窓から入る光が色のついた透明な液体を通り抜けて美しく病室の床を染める。

彼女は読みかけの漫画をベッドの横に置いている。最近、世間で人気のある少年漫画だ。タイトルは知っているが、僕はまだ読んだことがない。

「その漫画、おもしろい？　確か、家族全員で異世界に転生して、剣と魔法で戦いながら離れ離れになった家族をさがす話だよな？」

異世界転生をテーマにした物語なので気になっていた。僕自身が転生というものを体験したから、主人公に親近感がわく。葉山ハルはにこにこしながらコミックスを手に取って僕に見せた。

「すごくおもしろいよ。この漫画、今も連載中なんだよね。最終回はどうなるんだろう。異世界で家族全員を見つけられるのかな。家族がそろったら、うれしいな。私、この漫画の最終回、読めるといいんだけど」

「最終回なんて、どうせハッピーエンドで終わるに決まってる」

「そうなるまでの過程が気になるんだよ」

「じゃあ、作者をここに連れてきて、最終回がどうなるのかを聞いてみようか。出版社を買収すれば不可能なことではない」

「もちろん、冗談だよね」

「まあな。本題に入ろう」

僕は鞄から例の写真を取り出した。

「借りていたお母さんの写真だ。返すよ」

葉山ハルは写真を受け取ると、赤ん坊を抱っこしている母親を愛おしそうに見つめる。ほそめた目の縁に、まつげは見当たらない。抗がん剤の影響で、眉毛やまつ毛も抜けてしまうものらしい。

「背景に写っているのは、白取町ってところにある岬の教会らしい」

「白取町？」

「日本海側にある港町だ。改装されて教会の外観は少し変わってるみたいだけど。調査会社の人が特定してくれた」

「よくわかったね。どうやって調べたんだろう？」

報告書に書いてあった調査の経緯を彼女に説明する。先日、調査会社の代表をつとめる南井吾郎に会った。お腹に風船でも入っているのかと錯覚するほどの肥満体型の男だった。葉山ハルはベッドサイドに置いていた自分のスマートフォンを手に取り、地図アプリを立ち上げて白取町の場所を確認する。

「夏目町から車で五時間……。そこにお母さんが、いたんだね。赤ん坊の私を抱っこして、教会の前で写真を撮ったんだ」

「まあ、そうかもな……」

僕は言葉をにごす。その赤ん坊は葉山ハルではないかもしれない。その情報は伏せておくことにした。写真を見つめている葉山ハルの目の縁に涙がもりあがって、あふれてこぼれ落ちていく。彼女はパジャマの袖で目元をぬぐった。

「お母さん、その町に住んでたの？」

「引き続き調査中なんだ。でも、その町に住んでいた可能性は高いと思う。赤ん坊を連れて長距離の旅行をするのは大変だろうし。その写真のお母さんの服装も、旅行のためにおしゃれをしてるというより、近所からふらっと散歩しにきたような感じだよな」

「城ヶ崎君って、そんな顔なのに、なかなか鋭いことを言うよね。感心しちゃった」

「褒めてる雰囲気を出してるけど、ひどいことを言ってる自覚ある？　まあいい。調査会社の人たちの今後のがんばりに期待だ」

「本当にありがとう、城ヶ崎君。みんなは城ヶ崎君の顔をいつも怖がってるけど、私、もう見慣れたからそんなに怖いって思わなくなったよ」

「よかった。そろそろ僕は帰る。きみも横になった方がいい。熱があるんだろう?」

「うん」

会話をしている間にも、ピンク色の液体が一定の速度で彼女の血管に流しこまれ、体内でがん細胞を相手に戦争をしていた。アニメの展開を知っている僕は、抗がん剤がその戦争に勝利することはないとわかっている。でも、今この治療をしなければ、彼女の白血病はあっという間に進行してしまうのだ。がんばれ、ピンク色の薬。ドナーが見つかるまで、彼女の病気を食い止めていてくれ。

葉山ハルに別れを言って僕は病室を出る。最後にちらりと見た時、葉山ハルは横になり、胸に母親の写真を置いて、その上に両手を重ねていた。


二月になっても葉山ハルのドナー探しは続いていた。彼女にとって時間は何よりも貴重なものだ。普段は気にすることなく過ぎていく一瞬一瞬が、二度と手に入らない黄金だと僕たちは気づかされる。雲英学園の日常を綴り、彼女あてにメッセージアプリで送信した。

「そうだ、葉山ハルのクラスメイトの写真を撮って、彼女あてに送ってあげよう」

などと思いついてみたが、僕がみんなに写真を撮らせてくれなどと声をかけても、恐怖でこわばった表情しか撮れないだろう。初等部時代の悪行が伝説になっており、僕はいまも学校中の人間から畏怖されているみたいだから。

そこで出雲川の出番となった。

「アクト様、おまかせください。僕が声をかけたなら、葉山様のクラスの女子生徒は、きっと満面の笑みで写真を撮らせてくださるでしょう」

「すごい自信だな、出雲川君。だけど僕もそう思うよ」

出雲川が葉山ハルの所属している一年一組に行き、女子生徒たちに写真撮影を持ちかけたところ大行列となった。他のクラスからも女子生徒がやってくる。しかし、撮影されたのは出雲川と女子生徒たちのツーショット写真ばかりだ。クラスの日常の写真を僕は求めていたのだが……。

そんな騒動が起きている一方、僕の取り巻きの一人である桜小路は、教室の自分の席でめずらしく漫画の単行本を読んでいた。最近、人気のある少年漫画だ。

「桜小路さんが漫画を読んでいるなんてめずらしいね」

蓮太郎が彼女に近づいて話しかける。桜小路は超然とした美しさの持ち主で、近寄りがたい雰囲気があるので、話しかけようとする者はほとんどいない。蓮太郎はその例外だった。

「この漫画、とてもおもしろいですわ。ハルさんにすすめられたんですの」

「ハルさん？　葉山さんのこと？　桜小路さんと葉山さんって、意外と親しいんだね」

「メッセージを送りあう仲ですのよ」

横で会話を聞いている僕にとっても初耳の情報だ。アニメ『きみある』では、葉山ハルと桜小路姫子と言えば、ヒロインと悪役令嬢の関係性である。どこにも接点などないはずだが、どうしてそうなったんだろう。

蓮太郎は桜小路の近くの空いている席に座って彼女を見つめる。桜小路は縦ロールの髪をいじりながら、ちらちらと彼の視線を気にしていた。

「この私が少年漫画を読んでいるのが、そんなにおかしいですの？」

「おかしくはないよ。その漫画、弟も大好きなんだ。続きを読みたがってて。もしよければ、今度、貸してくれるとうれしいんだけど」

「貸し借りですの？」

桜小路はため息を吐いた。

「まったく、しょうがないですわね。貸してさしあげますわ。貸してさしあげますから、そのかわり、私に感謝しなさいね。本当は貸し借りなんて面倒なことしたくありませんのよ。返却の際はかならず私のところまでやってきてお礼を言うんですのよ。それがあなたにできるかしら？」

横で話を聞いていた僕は、蓮太郎に声をかけてみる。

「そのコミックなら僕も持ってる。従者の小野田に取り寄せるよう頼んだら、保管用と読む用に二冊ずつ届いたんだ。もしよければ、蓮太郎、きみに進呈しようか」

「アクト様の手をわずらわせるのはいけませんわ。私が蓮太郎に貸してさしあげますのよ」

「そう？　桜小路さんが面倒くさそうにしてたから提案してみたんだけど」

何気ない日常が過ぎていく。雲英学園のクラスの風景は、アニメ『きみある』で描かれていたよりも明るく騒々しい。内部生と外部生がおしゃべりに声をはずませていた。だから、この学園の日常に葉山ハルがいないことを、僕は余計にさびしく思うのだ。

ピンク色の抗がん剤はいつまで病気の進行を遅らせられるだろう。二度目の化学療法の後は、放射線治療が試されるはずだ。アニメ『きみある』ではそうだった。だけどそれでも治ることはなく、ベッドで上半身を起こす力も失い、葉山ハルは弱々しく病室の天井を見上げていることしかできなくなる。アニメで試されなかった治療法は、骨髄移植だけだ。

　ある日、城ヶ崎邸の書斎で、父の城ヶ崎鳳凰とチェス盤をはさんで話をする機会があった。

「アクト、幼少期のおまえを避けて暮らしていたことはまちがいだった。俺はもっと早くにおまえとむきあうべきだった。ユリアが夢に出てきて、俺にこう言ったんだ。おまえにやさしくするようにと……」

　城ヶ崎鳳凰は葉巻きの煙を吐き出す。巨大な鷲鼻を持ったいかつい顔の男は、あいかわらず迫力があった。だけど以前よりは目の奥にやさしさのようなものを感じる。

「お母さんが夢に現れてくださったんですね。お母さんは、僕みたいにかわいらしさのかけらもないような子どもが生まれて、きっと残念に思ったことでしょう」

「ユリアがそんなことを思うものか。ぶち殺すぞクソガキが。おまえのような怪物が生まれて心底落胆したのは俺だ。俺はユリアにそっくりなかわいらしい赤ん坊を期待していたんだ。それなのに、どうだ。おまえのような顔の子どもを持った親の身にもなってみろ。だが、ユリアは、おまえを見ても落胆などはしなかったにちがいない。心の清らかなユリアは、外見などで人間を判断しない。ユリアが生きてさえいれば、たとえおまえのような気色悪い顔の赤ん坊でも腕に抱きしめ、愛と祝福でおまえの世界を満たしていたはずだ」

「そうでしょうか。さすがに神格化しすぎでは？」

　書斎の壁に飾られた母の肖像画を見る。城ヶ崎ユリアを悪く言う者はこの屋敷にいない。心のやさしい聖女のような人だったのだろう。

「肉体が失せた者は、のこされた者たちの中で、神格化されるものなんです。想像の中で存在がどんどん大きくなっていきますから。身体のない存在は、永遠なんです」

僕は【彼女】のことを思う。声優という仕事は、身体性を感じさせないものだ。彼らはアニメに声をあててキャラクターに魂を吹きこむ。声だけを聞いていると、身体の持つ生々しさがないから、いつまでも彼らは若く、アニメのキャラクター同様、永久に生き続けるような気さえする。だからよけいに声優の死はショックなんだ。

「俺がユリアのことを神格化しているというのなら、それは確かにそうかもしれんな」

城ヶ崎鳳凰は灰皿で葉巻きの先端を潰して火を消す。

「俺には金と権力がある。だが、ユリアを救えなかった。人生とは、ままならないものだ」

彼と目があって僕は理解する。城ヶ崎鳳凰は僕の行動の多くを把握しているのだろう。僕が葉山ハルの病室を出入りしていることや、彼女のために調査会社の人間を雇ったり、ドナーをあつめるためのボランティアをしていたりすることも筒抜けなのだ。

「お父さん、僕は、とある女の子を救おうと思っているんです」

「おまえのようなクソガキにそんなことができるわけがない」

「父親なら応援をすべきところですよ?」

「応援などするものか。おまえは俺からユリアを奪ったんだぞ。憎んでいる。殺したいほどに」

口では悪く言ってるけれど、城ヶ崎鳳凰の目の奥にあるのは、僕に対する憐れみだ。

「お父さん、ありがとう。憎んでいるって言ってもらえたのが僕はうれしい。小さな頃は無視されるばかりでした。無関心に目の前を通り過ぎられるより、面とむかって憎しみを表明してもらえた方が、より家族らしい関係性だと思いますよ」

夜が更けるまで何度もチェスをした。書斎を出る時、僕はお辞儀をして扉を閉める。父の書斎は暗闇が濃く扉も重厚だ。城ヶ崎鳳凰はその部屋で、チェスをしていない時間、亡き妻の肖像画を見ながら酒を飲んでいる。僕たちはおたがい、失った人物への妄執《もうしゅう》にとりつかれているのかもしれない。


休日に駅前でボランティアに参加した。いつもみたいに長髪のかつらで顔を隠し、黒崎という名前で活動する。骨髄提供のドナー登録を呼びかけながら、道行く人にチラシを配った。人々は冬の冷たい風から身を守るように背をまるめ、足早にあるいていく。

「よろしくお願いします。骨髄の提供を受けなければ亡くなってしまう白血病患者がいるんです」

切迫感につきうごかされ、通行人に頭を下げた。よろしくお願いします。助けてください。このままでは彼女が死んでしまうんです。数ヶ月後、この世からいなくなってしまうんです。僕は心の中で叫んでいた。このままでは【彼女】の声が世界から失われてしまうんです。

その時、ボランティアグループのまとめ役を担っている男性が、見おぼえのある少年を連れてくる。僕とは正反対に、人畜無害を絵に描いたようなやさしい顔。そして寝癖。

「今日からボランティアに参加することになった佐々木君だ」

まとめ役の男性が紹介すると、少年はみんなにむかって会釈する。

「佐々木蓮太郎です。よろしくお願いします」

彼は僕に視線をむける。

「そちらにいる黒崎君とは知りあいです。彼の活動を見て、ボランティアへの参加を決めました」

みんながぱちぱちと拍手をする。以前、ボランティアを手伝おうかと言われたことはあるが、まさか本当に登録するとは思わなかった。知人ということで、僕が彼にボランティア活動の流れを教えることになる。チラシを持たせ、僕の横で通行人に呼びかけをおこなった。本来は主人公と悪役という敵対関係にあるはずの僕たちが、隣にならんで人助けのための無報酬の活動をおこなっているのだから、世の中、何が起こるかわからない。

「蓮太郎、足を止めてくれた人がいたら、僕を呼んでくれ。話を聞いてもらえそうなら、どこでドナー登録を受け付けているのかを説明しなくてはいけない。骨髄提供をすることになった場合のリスクについても言う必要がある」

夏目町周辺でドナー登録を受け付けている施設の場所はすべて頭の中に入っている。何年もこの活動をおこなっているから当然だ。白血病関連の質問には一通りのことが答えられる自信があった。

しばらく活動をしていると、通行人が僕の前を素通りして、蓮太郎のチラシを受け取っていくことに気づいた。あらためて注意深く観察する。僕は無視されるのに、なぜか蓮太郎の前で立ち止まってチラシを持っていってくれる。ほら、また一枚、彼の手からチラシが減った。

「おい、どうしてきみのチラシばっかり受け取ってもらえるんだ?」

「なんでだろうね。黒崎君は前髪で表情が見えないから、警戒されてるんじゃないかな」

「そんな……。だからといって、顔をさらしたら、誰も僕には近づかないだろう。僕なんか、一日に一枚、受け取ってもらえたらいい方だぞ。きみ、今の時間で何枚くらい配った？」

「二十枚くらいかな」

「おいちょっと待て、理不尽だろ」

主人公補正なのか？　蓮太郎の顔は、誰からも好感をもたれるようにデザインされている。僕とは正反対だ。納得いかない気もするけど、全体的に見ればドナー登録の活動に貢献しているわけだから、まあ文句は言うまい。

次第に日が暮れてきて気温が低下する。今日はアパートに両親がいるらしく、蓮太郎は弟や妹の世話をするために帰る必要がないらしい。こうして時間の都合がつく日に、これからも参加してくれるとのことだった。

白い息を吐きながら蓮太郎は言った。

「冷えるね。きみはこんな寒さの中、ずっと立ってこんな活動をしていたのか……」

不思議なことに、つらいとは思わなかった。本当につらいのは、ベッドの上で冷たくなっている葉山ハルの姿を見ることだから。アニメ『きみある』の最終回を思い出す。どんな苦しみよりも、あの時の胸の痛みよりはマシだ。

かつらの前髪の隙間から、ボランティア活動をする蓮太郎を見る。アニメの最終回で、彼は冷たくなった葉山ハルの肉体と対峙《たいじ》する。この世界線とは異なり、二人の関係は親密だった。葉山理緒からの連絡で病室にかけつけてきた時、すでに彼女の魂は地上を離れていた。遺体を前に、蓮太郎は涙をこぼす。

「なあ、蓮太郎、聞きたいことがある」

「何？」

「もしも葉山さんが白血病で死んでしまったら、きみは泣くか？」

彼は少し驚いた表情をする。チラシを差し出そうとしていた手が止まった。それから少し考えるような時間をはさんでこたえる。

「泣くだろうね。でも、きみの涙の百分の一にも満たない量だと思う」

「そうか。そうなのかもしれないな」

この世界線の佐々木蓮太郎は、葉山ハルに対し、学園の友人という以上の思いを抱いてはいない。悪役である僕の方が、彼女に対する思いが深いようだ。

「蓮太郎、お願いがある」

「何？」

「この場所を、頼む」

僕は抱えていたチラシの束をすべて彼に渡す。

「なんで？　トイレ休憩？」

「ちがう。旅に出ようと思うんだ」

決心がついた。彼がこの場所で僕のかわりに、僕よりも効率的にボランティア活動をおこなってくれるのなら、安心して行ける。

「え、旅？」

「学園はしばらく休む。みんなによろしく伝えてくれ」

呼び止める蓮太郎の声が聞こえたけれど、僕は気にせず走り出す。通行人の間を抜け、追い越し、駅ビルの中へ飛びこんだ。いつものトイレの個室で変装を解き、城ヶ崎アクトの姿に戻る。

トイレから出てきた人殺しみたいな凶悪な顔に、人々が驚いて道を空けた。通路の奥まった場所で、鞄の中から一枚の名刺を取り出す。記載されている電話番号にその場で連絡をいれた。ミナイ調査会社の所長、南井吾郎という男の名刺だ。

「はい、もしもし。どちらさまですかな?」

スマートフォンから彼の声がする。

「いつもお世話になっております。城ヶ崎アクトと申す者です。こちらは南井様のお電話でよろしかったでしょうか」

「じょ、城ヶ崎様ですかな……?」

「先日は城ヶ崎邸まで御足労いただきありがとうございました。その後、調査の進捗具合はいかがでしょうか?」

前世のサラリーマン時代の癖が抜けなくて、電話ではこのような話し方になってしまうのだ。

「大きな進展はありませんな。写真に写っていた赤ん坊は、今、どこにいるんでしょうな」

今、南井は白取町に滞在して調査活動をしているはずだ。

「なるほど。それでは、近日中に僕もそちらにまいりますので、詳細は合流してからうかがいます」

「え?　こちらに来るですとな?」

「白取町でお会いしましょう」

急がなくてはいけない。葉山ハルの時間がこぼれ落ちてしまう前に、僕は写真の赤ん坊を見つける必要がある。あの赤ん坊こそが、おそらくは、彼女を救うために神《シナリオライター》が用意した伏線だ。生存ルートそのものだ。おそらく葉山美咲は、葉山ハルを産む前にもう一人、子どもを授かっていたのだろう。

骨髄移植をするには、白血球の型、つまりHLAが同じでなくてはならない。しかし、自分と同じHLAを持つ相手は、血縁者ではない場合、数百人から数万人に一人だ。親子の関係でも同じ型になることは稀《まれ》だという。

しかし、兄弟や姉妹の場合、その確率が四分の一なのである。つまり、写真に写っていた赤ん坊が、葉山ハルの生き別れの兄姉だとするなら、二十五％の確率で彼女のドナーになりうるのだ。神《シナリオライター》がここまでおぜん立てしてくれているのだから、きっとその子は、葉山ハルと同じ白血球の型を持っているに決まっている。そうじゃなければ、こんな裏設定が作られるはずないじゃないか。

僕は確信していた。彼女と血をわけた、離れ離れの家族。

それをさがし出すことが、彼女の生きのこる道なのだ。

11／1

十日間、かき氷のいちごシロップみたいな色の抗がん剤を、じゃぶじゃぶと体の中に流しこまれ、吐き気と熱に私は苦しんだ。化学療法が終わると、首の血管の点滴のチューブがはずされ、絆創膏をぺたりとはられる。

「ハル、がんばったね」

理緒が会社帰りに病室を訪ねてくれた。

「ありがとう、理緒！」

本当は抱きつきたかったが、できるだけ人と触れあわないようにと言われている。適切な距離を保って対話をしなくてはいけない。今の私は、菌やウィルスに対して無防備だから。

看護師に処置室へつれて行かれ、骨に針を刺して骨髄液を採取する。後日、その結果を確認した医師は、難しい表情をした。はっきりとは言われなかったが、今回の抗がん剤もあまり効果がなかったようだ。

「今後は放射線治療を同時におこないながら様子を見てみましょう」

わずかにのこっていた髪の毛もするすると抜け落ちていく。抗がん剤というものは、分裂が活発な細胞により強く影響をあたえるのだという。だからこそ、がん細胞に有効なのだ。毛髪を作る細胞も活発に細胞分裂をおこなっている。そのため抗がん剤によるダメージを受けやすいのだ。枕に散らばった髪の毛をひろいあつめながら、私は母のことを思う。母ゆずりの奇麗な黒髪は、私の自慢だったのに。

へこみそうになると、城ヶ崎アクトからもらったクリスマスカードを出して、書かれている彼の言葉を読む。

メリークリスマス

きみが存在するこの世界線を

僕は守りたいと思っています
城ヶ崎アクトより

彼の言葉で気持ちが上向きになれた。私のことを思ってくれている誰かが、この世界には存在するのだという、強い確信がもてるから。

「城ヶ崎アクトは、宇宙人に脳を改造手術されたのよ。そうに決まってる……。でなければ、おかしいよ……。あんな風に中身が変わるなんて……。絶対に変よ……」

病室でそんな話をするのは、小学校以来の友人である北見沢柚子だった。彼女は儚げな美少女で、お金持ちの家の御令嬢だ。雲英学園初等部時代に城ヶ崎アクトからのいじめを受け、私の通っていた小学校に転校してきたという過去がある。

「宇宙人？　本気でそんなこと思ってる？」

「ハル、聞いてよ。この地球にはひそかに宇宙人が来ているんだって。そう本に書いてあったの。人の性格が一晩のうちに一変することって、世界中で確認されている現象なのよ。宇宙人がこっそり連れ去って脳手術をおこなっているからなんだって」

柚子は西洋のお人形みたいなかわいらしい顔をこわばらせ、かりかりと一心不乱に歯で爪を噛んでいる。彼女とは最近、メッセージのやりとりをしていなかった。昨年、些細なことがきっかけで喧嘩別れしていたからだ。時間がたって気持ちが落ち着いたらしく、こうしてお見舞いにきてくれた。平日の昼間だけど、学校は行かなくていいのだろうか。

「あいつがボランティア活動をしているなんて、何かのまちがいだと思った。だから確認してきたの。ハルの話は、本当だった。でも、ありえないよ。あいつが人のために行動するなんて……。

宇宙人が脳を改造したとしか思えない」

「あのね、交通事故なんかで頭を強く打った場合も、そうなることってあるみたいだよ。脳に障害がのこって、一晩のうちに性格が変化してしまうの。宇宙人はもしかしたら関係ないんじゃないかな」

「そういうもっともらしい嘘の情報を宇宙人が流して地球人の思考をコントロールしてるのよ。インターネットにそう書いてあったわ。地球侵略計画を悟らせないためよ。だから信じてはだめ」

「陰謀論……」

「ハル？　もしかして、あなたも脳手術うけちゃった？」

彼女は気分を害したらしい。病室の気温が一気に下がるような感覚。暗い光を放つ美少女の瞳が私をにらんでいる。私は彼女に話をあわせようと決めた。

「そういえば！　病室の窓から夜空を眺めていた時、不思議な飛び方をする光を見たよ！　あれって、もしかしたら、UFOだったのかも……」

とか言ってみたりして。嘘だけど。

柚子の機嫌が一瞬でなおった。

「UFO!?　やっぱり夏目町にも来てたのね！　ねえ、それっていつごろ？　方角は？　光の色は？」

「いつだったかな。抗がん剤で意識がもうろうとしてたから、あんまりおぼえてないんだよね」

柚子とつきあうのはスリリングだけど、おもしろい子であるのは事実だ。いつの日か彼女が、城ヶ崎アクトを許せる日が来るといい。でも、彼女の体には、いじめを受けた時の痣が今ものこっているのだという。それを見る度に彼女は思い出すのだろう。過去を消すことは、きっとむずかしい。

「きっとそのUFOは、改造手術をして脳をいじくった城ヶ崎アクトを見張っていたのね。彼らの目的は地球侵略よ。そのために財力を持った城ヶ崎家に目をつけたんだわ。そう考えなくちゃ、あんな風に人間の性格は変わらないもの」

私のスマートフォンが音を鳴らす。メッセージが届いた音だ。友人の桜小路さんからだった。

画面に表示された文章を読む。彼女のメッセージは、意外に顔文字が多い。

た、た、たいへんですわ～！

((((;゜;Д;゜;;)))) ｶﾀｶﾀｶﾀｶﾀｶﾀｶﾀｶﾀｶﾀｶﾀｶﾀ

わたくしのたいせつな主であるアクト様が……！

(ˋ;ω;ˊ) ｳｩｩ

突然、旅に出てしまわれたのですわ～！

(;゜ロ゜)ﾅﾝ!(;ロ゜)゜ﾃﾞｽ!!(;ロ)゜゜ﾄｰ!!

城ヶ崎君が旅に？　何が起きているんだろう？　それにしても、桜小路さんはメッセージの語尾まで【ですわ】口調なのだなと思う。

11／2

前世のサラリーマン時代、新幹線で地方へ出張に行くのが好きだった。ありきたりの日常から解き放たれたようなわくわくがある。東京の町並みは前世のサラリーマン時代と同じ部分もあればちがう部分もある。企業の看板なんかはすべて見おぼえのないものばかりだ。前世で僕が働いていた会社も、この世界線には存在しない。だけど駅名や路線の名前は前世と共通していた。僕が通勤に使っていた地下鉄はこの世界線にも存在し、今日も大勢の人を乗せて職場まで運んでいるのだろう。大変だったけど、社会人として生きた記憶の中には、楽しかったことがいくつもあった。かけがえのない僕の人生だったと言える。

「お待ちください、アクト様！　大田原の運転で目的地までお送りしてさしあげます！」

「必要ない。新幹線の方が早い」

「では、この私もごいっしょさせてください」

「一人で大丈夫だ。他の使用人も同行させなくていい」

朝、引き止めようとする従者の小野田を振り切って僕は城ヶ崎家を後にした。まずは東京のターミナル駅まで移動し、北陸地方までの新幹線に乗りこんだのである。駅弁を食べながら新幹線からの風景を眺める。ビル街が過ぎ去ると、田園風景が広がり、山が接近してトンネル内を進む。発射された弾丸に乗っているみたいに、風景が後方へ過ぎ去った。

北陸地方の駅で新幹線を降りる。肌に突き刺さるような冷たい風が吹いていた。私鉄の路線に乗り換えてさらに一時間。二両編成の電車は閑散とした土地を通過して、海沿いの町へとたどり着いた。

灰色の空にカモメが飛んでいた。周囲は静かで、風の吹きすさぶ音が聞こえるだけだ。無人駅の古ぼけた小さな駅舎を通り抜け、ようやく白取町に到着する。葉山ハルの母親と赤ん坊の写真が撮影された土地だった。

駅舎の前に乗用車が止まっていた。運転席から太った大男がのそりと出てくる。調査会社の南井吾郎だ。

「これは驚きましたな。ぼっちゃんが、まさか、本当にいらっしゃるとは。しかも、お連れの者もおらず、たった一人で」

「ぼっちゃんはやめてください」

「では、アクト様とお呼びしますかな」

「それでお願いします。おむかえにきてくださって、助かりました」

「アクト様は依頼主だから当然ですな」

南井は僕の着替えが詰まった鞄を運んで、乗用車のトランクにしまってくれた。後部座席に乗りこもうとしてドアを開けると、様々なお菓子のゴミがちらかっている。ゴミをかきわけて座席につき、シートベルトを締めた。車が発進する。遠くに暗い色の海が見えた。日本海だ。

「アクト様は、意外ときちんとしてらっしゃいますな」

「そうですか?」

「俺がお願いしなくても、シートベルトを締めたでしょう。きちんとしておる証拠ですな」

「シートベルトをするのは義務ですから。法律違反ぎりぎりの顔なのに意外でしょう?」

南井は全身の脂肪をふるわせて笑った。海沿いに港町が広がっている。干物屋や民宿があり、居酒屋やパチンコ店の看板もある。さびれたビジネスホテルの前で彼は車を停めた。

「アクト様にご用意した宿はこちらですな。ごく普通のビジネスホテルですが、これでも白取町では最高級の宿泊施設ですな」

ホテルの前で周囲を見回す。少し離れた交差点の角にコンビニエンスストアがあった。

「徒歩圏内にコンビニがある。最高の立地じゃないですか」

「アクト様は話のわかるお方ですな。いつでも夜中にお菓子を買いにいけますからな」

南井がホテルのフロントと短くやりとりをしてルームキーを手にいれた。

「少し休んでから、例の教会に案内する予定ですな」

南井と別れ、一人でエレベーターに乗りこむ。僕のために用意されたのは最上階のトリプルの広い部屋だった。窓から白取町が一望できる。ゆるいカーブを描いた湾に、山が押し寄せているような地形だ。海岸と山裾《やますそ》の隙間にへばりつくように家々が密集している。低く暗い雲が空を覆い風景を寒々しく見せていた。港に漁船がひしめいている。荒れた海のせいか沖合に出ている船は見当たらない。

日が暮れるまで数時間ほどあった。ベッドで横になると、移動の疲れで眠気が押し寄せてくる。

僕は見知らぬ土地の見知らぬ天井の下で目を閉じた。冬の海がごうごうと音をたてている。距離があって聞こえないはずだけど、波が岩場に力強くうちよせているイメージが、音を頭の中で発生させているのだろうか。

眠っている間に、出雲川や桜小路から電話がかかってきていたようだ。スマートフォンに着信履歴がのこっている。まあ、ほうっておこう。

一階ロビーに移動すると、肥満体の大男がロビーのソファーで携帯ゲームに熱中していた。南井だ。画面をのぞきこむと、数年前に僕が企画書を作成したゲームだ。ピンク色のかわいらしいキャラクターが敵を吸いこんで能力を手にいれながら進んでいくアクションゲームである。

「そのゲーム、おもしろいですか？『ティンクル・モモ』ですよね？」

南井に話しかけてみる。主人公のキャラクターがピンク色で丸くて桃に見えるため、モモという名前になったらしい。

「このゲームはひかえめに言って最高ですな。子どもから大人まで、みんなが熱中するわけですな」

「そうでしょうとも。『星のカー……、ごほん、げほん……、『ティンクル・モモ』は、キャラクター人気もすごくて、グッズ展開も好調らしいですよ。それでは、例の教会に向かいましょうか」

駐車場に移動して彼の車に乗りこむ。南井は運転席でエンジンをかけた。大きなお腹の脂肪にハンドルがめりこんでいる。十五分ほど後部座席でゆられていると岬が見えてきた。窓の外に広がっている海にむかって陸地が突き出ており、その突端に白色の教会が建っている。

教会の駐車場に南井は車を停めた。しかしその建築物は写真と印象がちがっている。写真の教会はもっと古びているが、目の前にある教会は白色の壁が真新しい。写真が撮影されたと思われる位置に立って同じ構図で眺めてみた。

「改修工事の関係でいろいろちがってますけど、確かにここみたいですね」

十七年以上前、ここに葉山ハルの母親がいた。

葉山美咲が赤ん坊を抱いて立っていたのだ。

「南井さん、ちょっとそこに立ってください。写真を撮りたいので」

「わかったですな」

南井を教会の前に立たせてスマートフォンで何枚か撮る。建物の内部も見学させていただいた。アーチ状の天井を持った美しい造りだ。横長の木製の椅子がならべられ、幼子を抱いた聖母の絵が飾られていた。

11／3

昨日の朝、アクト様が夏目町を離れたことを知った。雲英学園の正門前でいつものように出雲川史郎とならび、アクト様の登校をお待ちしていたのだが、城ヶ崎家の車から下りてきたのは副執事の小野田だったのである。

「おはようございます、出雲川様、桜小路様。本日もアクト様のお出むかえをしていただいたこと、光栄に思います。しかしアクト様は、本日からしばらくの期間、学園をお休みになります。明日以降のお出むかえは不要になることを、お伝えさせていただきたく参りました」

「お休みに？　どこか、お体の具合が悪いのでしょうか？」

「いいえ。アクト様は諸事情で夏目町を離れました。学園への復帰がいつになるのかは未定です」

「どちらへ行かれましたの？」

「北陸地方にある白取町という場所へ、一人でおむかいになりました」

報告を終えると、小野田は私たちに一礼して車内に戻った。アクト様のいない雲英学園で、私はどのようにふる舞えばいいのかわからなかった。

「出雲川君、桜小路さん、ちょっといいかな」

佐々木蓮太郎が声をかけてくる。

「なんだい、蓮太郎君」

「今日も寝癖がありますのね。まったくもう」

だらしないんだから、と思う反面、ほほえましく感じる。

「城ヶ崎君、休んでるよね。旅に出発したの？」

「どうしてきみがそれを知ってるんだ？　僕と桜小路さんが知ったのはついさっきだというのに。きみ、アクト様から直々に行動予定を教わっていたのか？　僕は嫉妬で心が壊れてしまいそうだ……」

出雲川は胸を手で押さえつけ、切なそうな顔をする。

「そこまで詳しくしらないけど、まさか本当に休むとは思わなかったな」

「蓮太郎、あなたもしかして、アクト様が白取町ってところへむかった理由をしっておりますの？」

「白取町？　そこが行き先？　たぶん葉山さんのことが関係してるんだと思う」

「どうしてですの？」

「昨日、葉山さんの病状について、城ヶ崎君と話していたんだ。それから少しだまりこんで、急に言い出したからね、旅に出るって。だから彼女と無関係ではないと思う」

蓮太郎の直感にはあなどれないものがある。中等部時代、教室で何かしらトラブルが起きたとき、彼が解決することがおおかった。「主人公補正を持ってる奴はいいよな」と、アクト様は彼を見ておっしゃっていたものだ。どういう意味なのか、よくわからないけれど。

鐘の音が響き、休憩時間が終わると、生徒たちが自分の席につく。教師が授業をはじめる時、アクト様の席だけが不在だった。

た、た、たいへんですわ〜！

(((;゜;Д;゜;))) ｶﾀｶﾀｶﾀｶﾀｶﾀｶﾀｶﾀｶﾀｶﾀｶﾀｶﾀ

わたくしのたいせつな主であるアクト様が……！

(´；ω；`) ｳｩｩ

突然、旅に出てしまわれたのですわ〜！

(;゜ロ゜) ﾅﾝ!(；ロ゜)゜ﾃﾞｽ!!(；ロ)゜゜ﾄｰ!!

私は葉山ハルにメッセージを送信する。聖柏梁病院に入院している彼女は、私とのメッセージのやりとりを、楽しんでくれているだろうか。面倒に思われていないといいのだけれど。

「今のうちに意識を変えなくちゃ、僕たちは孤立するぞ」

数年前、アクト様が私と出雲川におっしゃったが、その時はよくわからなかった。外部生と交流するなど、おろかな行為だと思っていたから。だけどアクト様は正しかった。

心の中にある言葉を、ただ伝えられる友だちがいるということが、人生の中でどんなに大切で尊いことだろう。うれしいと思ったこと、苦しいと思ったことを、聞いてくれる人のいることが。あのまま生きていたら、私には、メッセージを気軽に送信できるような友だちはできていなかったかもしれない。

「そんなのまちがってる」

葉山ハルが、私にそう言ってくれたのは数ヶ月前のことだ。学園祭の準備期間、音楽室のそばの空き教室で私と彼女は向きあっていた。私は好きな人と結婚ができない。結婚相手は桜小路家の者たちが協議の結果、決めるのだ。そんな話をしたら、彼女は憤慨してくれた。私のかわりに。

私のために怒ってくれた彼女を、私は救いたい。

アクト様がいなくなって二日目の夜のことだ。入浴後に使用人たちがマッサージをしてくれた。高級ブランドのボディオイルを全身に塗り、専属のネイリストが爪をぴかぴかに磨いてくれる。寝巻き姿で休んでいるとスマートフォンが鳴った。出雲川史郎の名前が画面に表示されている。

「どうしたんですの？　こんな時間に出雲川さんが連絡してくるなんて、めずらしいですわね。いつもなら、あなた、ゲームを楽しんでいる時間ではありませんの？」

「アクト様と連絡がとれなくて心配なんだ」

「私もお電話したのですが、反応なしですの」

「僕は自分の無力さに絶望している。学園で何をして過ごせばいいのかわからないんだ」

「私も同じですわ。アクト様がいなければ、楽しくありませんわね」

「それで、解決策を思いついた」

「まあ、なんですの？」

ドライヤーで乾かしたばかりの髪を指先でいじりながら質問する。寝る前の私の髪は、縦ロールがほどけて、ゆるく波打っていた。

「僕たちも行かないか、白取町というところに」

少し考え、私はにっこりと微笑みをうかべる。

「あら、出雲川さん、素晴らしい計画ですわね。さっそく旅の支度をしませんと」

11／4

午前中にホテル周辺を散歩してみる。きんと冷えた空気が気持ち良い。テトラポッドが波打ち際にならべられ、その上で海鳥たちが休んでいた。野良猫を発見するが、僕の顔を見ると、そいつは驚愕するようにダッシュで逃げていく。僕の顔に本能的な恐怖を抱くのは人間ばかりではないのだ。

南井と合流し、漁港の定食屋で昼ご飯をとることになった。

「老夫婦がやっている古い定食屋ですな。アクト様のような空前絶後の大富豪の御曹司を、そんな場所にお連れしていいものか迷ったですな。でも、味はとてもおいしいですな」

彼の言う通りだった。店内はせまいが、海鮮丼にのっている魚はどれもこれも一級品だ。店には他にも客がいた。港で働いている人たちだろうか。全員がもれなく、僕の恐ろしい顔を見て、ぎょっとして割りばしを落としそうになっている。胸の前で十字をきって祈りはじめた人は、さきほどの教会を利用している信者の方だろうか。

「あんた、すごい迫力の顔だね。ドラマに出てくる悪役専門の役者をやったらいいんじゃないか？」

海鮮丼をほおばっていたら、店主の奥さんに声をかけられる。

「冗談でしょう。僕の顔がテレビに映ったら、あまりのおそろしさに視聴者はチャンネルを変えちゃいますよ」

「あはは、そうかもね」

奥さんとそんなやりとりをしていたら、南井が目を丸くして僕を見ている。僕がそんな風に冗談を言うのが意外だったようだ。

食事の後でお茶を飲んでいたら、南井の電話が鳴った。別行動で調査をしていた部下からの連絡だった。

「部下が手がかりを入手したようですな」

通話を終えた南井が、興奮気味に頬の脂肪をゆらしながら言った。

定食屋を出て商店街に移動する。古い喫茶店の前に痩せた青年が立っていた。彼の名前は木野《きの》。南井吾郎の部下だった。

「待たせたですな」

「遅いですよ、南井さん！」

木野は寒そうに震えながらくしゃみをする。

「喫茶店のご主人に、例の写真を見せたんです。葉山美咲って人を知りませんかって。喫茶店のご主人、写真の女性に見おぼえがあるって言うんです」

彼は背後の建物を見上げる。植物の蔦に覆われたレンガ造りの店だ。

「木野君。こちらが城ヶ崎アクト様ですな。ご依頼主様であり、あの城ヶ崎グループの御曹司様ですな」

「ご紹介にあずかりました城ヶ崎アクトという者です。この度は大変なお仕事を引き受けてくださって本当にありがとうございます。寒空の中、写真を持って聞きこみ調査をしていただき、感謝で胸がいっぱいです」

僕の顔面の破壊力にショックを受け、放心状態になっている木野が再起動するのを待ち、喫茶店に入ってみることにした。扉を開けると焙煎《ばいせん》された珈琲豆の香りがただよってくる。店内は薄暗く、静かなジャズ音楽が流れていた。

店主は白いヒゲをたくわえた高齢の男性だ。木野を見て、写真の話をあらためて聞きにきたらしいと察したようだ。

南井は上着のポケットから名刺を出してカウンターに置いて素性を説明する。三人並びでカウンター席に座った。南井の気球みたいなお腹にカウンターの天板がめりこんで窮屈そうだ。

「写真の女性をさがしているそうだね」

老店主は珈琲を作りながら言った。木野が葉山美咲の写真をカウンターに置く。

「どうしてその女性の行方を？」

「友だちの母親なんです。生き別れの状態で、十六年間ずっと行方を探しているんです」

老店主が僕を見た。ありがたいことにホラー映画への耐性でもあったのか、僕の顔を視界にいれても動揺した様子はない。

「その友だちが急性骨髄性白血病になってしまって……。夏が終わるまで、もたない可能性があるんです」

「友だちは、男の子かい？」

「女の子です」

「ふうむ、そうか、なるほど……」

老店主は何かを思い出したような表情になる。

「なんです？」

「後で気がむいたら教えてあげよう。まずはきみの話だ。友だちが亡くなる前に、お母さんをさがし出して、会わせたいというわけだね？」

「ちがいます。僕たちが追っているのは、写真に写っている赤ん坊の方なんです」

「赤ん坊？」

友人が生き延びるためには骨髄のドナーが必要だ。この写真に写っている赤ん坊なら、四分の一の確率でドナーになれるかもしれない。僕は老店主に説明した。

彼は三つのカップに珈琲を注ぎ、僕たちの前に置いた。南井は大量のミルクと角砂糖を投入する。木野はブラックのまま口をつけて「にがっ！」と叫んで顔をしかめる。僕も一口、飲んでみた。酸味と苦味が調和した格調の高い味だった。香りが鼻の奥から抜けていく。僕を見ていた老店主が少しだけ笑った。

「そんなにおいしそうに珈琲を飲む小学生をはじめて見たよ」

「僕は高校生です。背が低くてよくまちがえられますけど」

「そいつは失礼した」

老店主は謝った後、写真の女性について話を聞かせてくれた。葉山美咲という名前こそ老店主は知らなかったが、十七年ほど前、確かにこの町で彼女と交流があったらしい。

「ここからそう遠くない街角に、私の妻がよく利用していた花屋があったんだ。今はもうつぶれてしまったけどね。そこで働いていたのが彼女だ。妻の誕生日に花を買った時、黄色や白色の季節の花を、センスよくブーケにしてくれた。私は何度か挨拶をした程度だったけど、妻はよく彼女と世間話をしたらしい。彼女は、旦那と男の子の赤ん坊と三人暮らしをしていたようだ」

僕たちはお互いに視線をかわす。

「男の子？　男の子を育てていたんですか？」

「妻はそう言っていた。名前はわからないが……」

「奥様にお話を聞くことはできますか？」

「無理だ。すでに天国だからね」

老店主は苦笑する。僕は申し訳ない気持ちになった。南井が咳払いをして質問する。

「他に彼女のことで思い出せることはありますかな？　たとえば旦那さんの勤め先とか、交友関係とか」

「海岸沿いの地区に住んでいたらしい。赤ん坊を背負って海沿いを散歩している彼女を見かけたことがある」

「海岸沿いの地区……」

木野は鞄から地図を出して広げる。海岸沿いに住宅が密集しているエリアがあった。木野はそのあたりをぐるりと赤色のペンで囲む。

「今もこの辺りに住んでいるんでしょうか」

「もういないはずだ。花屋の店主が言っていた。急に連絡がとれなくなり、どうやら引っ越したようだと。ああ、ところで、さっき思い出したことなんだが」

後で気がむいたら教えてあげよう、と彼は言ってた。そのことだろうか。老店主は目をほそめて僕を見る。

「花屋で働く彼女を最後に見かけた時、お腹が大きかったんだ。きみの友人の女の子というのが、その時、お腹の中にいた子なのだろうね」

喫茶店での調査を終えると、会計をして僕たちは店を後にする。冬の日本海に太陽が沈んでいくところだった。空があかね色から紫色へ、そして薄暗い青へ。冷たい空気を通り抜け、星の光が海辺の町へと降り注ぐ。

南井から夕飯に誘われたけど、僕は一人で町の散策をしたかったので断った。夜の海が見える場所をあるきながら、葉山ハルが母親のお腹にいた時も、この潮騒を聞いていたのだろうかと想像する。

アニメ『きみある』を見ていた時、そこに映し出されていた登場人物は、ただの絵でしかなかった。たくさんの描かれた絵が、高速で切り替わることによって動いているように見えていただけ。彼らに過去というものはなく、あるのはただの人物設定だ。それでも僕たち視聴者は、彼らの実在を感じていた。魂が宿り、自分と同じように傷ついたり、葛藤したりする、意思のある存在だと思えた。だからこそ、ただの絵なのに、僕たちは彼らに感動させられ、はげまされ、勇気づけられるのだ。

絵として描かれて表現されていた葉山ハルが、この世界では、母親のお腹から生まれてきたのだ。喫茶店の老店主の話を聞いて、あらためてそのことに気づかされる。アニメでさえ彼女の死は本当につらかった。それなのに、現実に存在しているこの世界の彼女の命が、闘病の果てにつきた時、僕はそのショックに耐えられるだろうか。

教会で撮った写真を葉山ハルあてに送ってあげよう。スマートフォンを取り出して、彼女あてのメッセージを作成する。

葉山ハル様へ。

いつもお世話になっております。城ヶ崎アクトです。お体の具合はいかがでしょうか。二回目の化学療法を終えた頃合いかと存じます。抗がん剤が効果を発揮し、好中球の数が増えているといいですね。

ところで今、僕は白取町という場所に来ています。葉山さんのお母さんの写真が撮影された町です。例の教会にも行ってきたので、写真を添付しておきます。僕がなぜこの町にいるのか、不思議に思うかもしれませんね。近日中に必ずご説明します。それではまた。

城ヶ崎アクトより。

海に点々と漁船の光が散らばっていた。ホテルに戻ろう。途中でコンビニに立ち寄って夜食のカップ麺でも買おうか。大きめのペットボトルのお茶も欲しい。あとそれから、部屋に置いてあった無料の歯ブラシが貧弱すぎるから、ちゃんとした歯ブラシも買っておきたい。前世のサラリーマン時代、地方のビジネスホテルに出張で泊まった時と同じことをしてる。

ホテルに帰り着いてシャワーを浴びてスマートフォンを見たら、出雲川と桜小路からほぼ同時にメッセージをもらった。明日、二人も白取町に来るらしい。マジか。

11／5

ホテルの一階にカフェがある。そこで新聞を読みながらモーニングセットを食べているアクト様を目撃した。数年前まで乱暴きわまりない悪童だったと聞いていたが、今の彼はまるで、地方へ出張に来たサラリーマンのようだ。

アクト様がこの町に来て三日目。俺とアクト様は、葉山美咲が働いていたという花屋のあった場所へ行ってみた。寂れた町の寂れた街角だ。花屋があった土地は駐車場になっていた。アクト様は上着のポケットに両手をつっこんで、三白眼でじっとそこをにらんでいた。もしもそこに地縛霊がいたとしたら、彼の眼光のするどさにおびえて成仏していただろう。

「葉山美咲さん一家の戸籍や住民票は？」

「記録はありませんな。赤ん坊の出生届も出されていない。借金取りに居場所をつきとめられるのが、よほど怖かったのでしょうな」

アクト様を乗せて車を運転しているうちに腹が減ってきた。赤信号で停車している間に、俺はコンビニで買った肉まんとあんまんとピザまんを口にいれてアクト様に提案する。

「そろそろお昼ご飯の時間ですな。何を食べましょう」

「すでにいろいろと口にほおばっているようですけど」

「これは間食なので、お昼ご飯ではありませんな」

俺たちはラーメン店に入った。魚介の出汁《だし》がきいており、とてもおいしかった。建物は古く、入り口から隙間風が入ってくるような店だ。カウンターの俺の隣で麺をすすっているのが、あの城ヶ崎家の御曹司だなんて、誰が想像できるだろう。

「今日この後、出雲川家の御曹司と桜小路家の御令嬢がこの町にやってくるそうですよ。僕の手伝いをしたいようです。宿の手配など、お願いできますか？　南井さんたちのお手間をとらせてしまうと思うので、その分、報酬を上乗せさせていただきます。かかった経費はすべて請求してください」

急遽、車で彼らをおむかえに行くことになった。白取町の駅は中心部から少し離れた場所にある。周囲には材木置き場しか見当たらない無人駅だ。暖房をつけた車内で待っていると、二両編成の短い電車が駅のホームに到着した。

「アクト様！」

車の外で待っていると、金髪碧眼の少年が無人改札から現れて声を出す。英国王室が着ているような、いかにも格調の高い服装だ。アクト様に駆け寄ってくると、地面に片膝をついて頭を下げる。

「ご無事でなによりです。この数日、アクト様のお姿が見当たらなかったので、世界から色彩が消えたかのようでした。またお側に仕えることをお許しください」

「あいかわらずだな。出雲川君、来てくれてありがとう」

少し遅れて、今度は栗色の髪を縦ロールにした美しい少女が改札を通って出てくる。背が高く、毛皮のコートが似あっていた。桜小路家の御令嬢、桜小路姫子だ。アクト様の前にやってくると、素敵なカーテシーをする。軽くひざをまげ、両手でスカートの裾を少しだけ持ち上げた。ヨーロッパやアメリカで行われていた女性の挨拶だ。

「長旅ごくろうさま」

「追いかけて来てしまいましたの。この町でアクト様が何をしてらっしゃるのかわかりませんが、何かお手伝いをさせてください。でなければ、私と出雲川さんの存在意義がなくなってしまうのですわ」

アクト様はずいぶん慕われているようだ。部下から聞いていた関係性とちがう。この二人は、親からの指示で、しかたなくアクト様につきしたがっているという報告だったのだが……。

それにしても、不可解なことに二人は手ぶらだった。荷物を何も持っていない。すぐにその理由がわかった。大量のスーツケースや鞄を抱えた十数名の使用人たちが、ぞろぞろと後ろからくっついてきたのである。

「このホテル、ジャグジーがついてないんですの?」

驚いている桜小路姫子に、アクト様が説明する。

「ビジネスマンが格安で宿泊するホテルだからね。トイレとバスタブがいっしょになったユニットバスしかないよ」

「困りましたね。これほどせまい部屋だとは思いませんでした。出雲川家に住みこみで働く使用人でさえ、この倍くらいの広さの部屋で生活しているというのに」

ホテルの部屋をのぞきこんで苦悩している出雲川史郎に、大きなトランクを抱えた使用人が話しかける。

「史郎様、ご自宅から持ってきた服が、この部屋のクローゼットには入りきれません」

トランクには夜会用のスーツや靴が何種類も入っているとのことだった。一体、なんのために？

駅からホテルまで移動してくるのも大変だった。俺の車には使用人たちまで乗ることができなかったので、白取町のタクシーを総動員した。しかし、用意されたホテルの部屋を見て、そのあまりにもチープな造りに、二人は絶句したのである。うむ。これが普通の富裕層の反応なのかもしれない。順応していたアクト様の感覚がおかしいのだろう。

二人のために用意した部屋はそれぞれツインルームだ。ベッドが二つあるタイプの部屋を一人で使用するのだから、実際はそれほど狭くはないのだが……。

「もっと広い部屋がいいんだったら、僕の部屋と交換するか？　僕の部屋はトリプルルームだし、最上階だから見晴らしもいいよ」

「いいえ。この僕がアクト様よりも広い部屋に滞在するなど恐れ多いことです。アクト様はこの町で最も高い景色が見える場所で寝起きしなければいけないのです。だから、アクト様、僕はこの試練に耐えてみせましょう」

両家の使用人たちは、各部屋のクローゼットに入る分だけの衣類をのこしてホテルから出ていった。俺の部下の話によると、それぞれの部屋にあった無料のアメニティグッズ、シャンプーやボディソープなどが、使用人たちの手によって高級ブランド品に交換されていたという。

「桜小路様の部屋には、髪をセットするための鏡台とドライヤーと櫛のセットが運びこまれたようです」

「使用人たちもこの宿に泊まるつもりですかな？」

俺は部下に質問する。

「近所の空き家を購入し、そこで共同生活しながらお二人のお世話をするそうです。不動産屋が呼び出されて物件を案内していました」

「すごい話ですな……」

その晩、ホテルの宴会場が貸し切られて懇親会がおこなわれた。出雲川家と桜小路家の連れてきた専属シェフたちが、漁港で仕入れてきた食材を使用し、ホテルの厨房を借りて料理を作ったという。懇親会の参加者は、アクト様と出雲川史郎と桜小路姫子、そして俺と部下たちだ。海鮮を贅沢に使ったカルパッチョやパスタやパエリアは、どれもすさまじいうまさだった。

なんのために持ってきたのかと疑問だった夜会用の服が、ここでいきなり活躍した。タキシード姿の出雲川史郎と、ドレスを着た桜小路姫子は、光りかがやくようなオーラをまとっていた。アクト様もスーツに身を包んでいる。出雲川家の使用人が大急ぎで調達してくれたとのことだ。

アクト様は身長こそ低いが、その凶悪な顔立ちから、正装すると闇社会の帝王のごとき異様な迫力を放つ。

俺と部下たちは酒と料理で満腹になってホテルを出た。俺たちはホテルではなく、安アパートを宿泊場所として借りていた。部下たちを先に帰らせ、俺は夜中に目が覚めた時用のアイスクリームをコンビニで買った。

路地をあるきながら城ヶ崎家の小野田氏に連絡をいれる。一日の出来事を彼に報告するように義務づけられているのだ。アクト様は使用人を連れてきていないが、そのかわりに俺がお世話をまかされているのだ。

「アクト様はお元気なのですね。それならよかった」

「ええ。ご友人のお二人が駆けつけてきて、うれしそうにされていましたな」

日本海から冷たい風が吹く。コンビニでやっぱり肉まんを買ってくればよかったと後悔する。

「明日も引き続き、アクト様の見守りをよろしくお願いします。本来なら、私もそちらへ赴《おもむ》いて、従者としての仕事をまっとうしたかったのですが……」

小野田氏の声は疲れていた。

「屋敷の仕事がお忙しいんですかな？」

「少々、トラブルがありまして、対応に追われているのです。長年、つとめていた使用人が急にいなくなってしまって」

「退職されたんですかな？」

「いえ、突然、消えてしまったんです。実家から通われている方だったのですが、そちらの家も空っぽになっておりまして……」

「興味深いですな。何か事件に巻きこまれてしまったのでしょうかな」

城ヶ崎家の方でも何かが起きているようだ。気になったが、部外者である俺には、あまり多くのことを彼は語らなかった。夜の海の地響きのような波音が暗闇にひびいていた。

11／6

放課後、俺はバスで聖柏梁病院を訪ねた。

「佐々木君が来てくれるなんてめずらしい。今日は一人？」

病室の葉山ハルは帽子をかぶっている。頭の形がよくわかるシンプルな帽子だ。以前にお見舞いに来た時は出雲川や桜小路といっしょだった。その日の彼女よりも顔は青白いし痩せている。快方にむかっているようには見えなかった。

「城ヶ崎君に言われていたんだ。葉山さんのお見舞いに行くようにって」

壁際に椅子が置いてあり、彼女にすすめられて腰掛ける。

「ありがとう。誰でも、いつでも、大歓迎」

「いつも何をして過ごしてるの？」

「読書。小説とか、漫画とか」

俺と葉山ハルは、それぞれのクラスで学級委員をやっていたから、委員会などで話をする機会が多かった。ランチをいっしょに食べたこともある。確かあれは学園祭の準備をしていた頃だっけ。彼女は健康的で、ほがらかに笑っていた。たった数ヶ月で、こんなことになるなんて。

「みんな勉強がんばってる？　教科書どこまですすんだ？」

「期末試験の準備をしてる。そういえばこの前、特別講師として海外の有名企業のＣＥＯが呼ばれて来たんだ。おもしろい授業だった」

「惜しいことしたな。私も参加したかった」

「退院したら城ヶ崎君にお願いするといい。たぶん彼がなんとかしてくれる」

「退院か。いつになるんだろう。できるのかな、いつか」

窓から夏目町が見渡せる。透き通るような青色だ。沈黙がおそろしくなって俺は話題を変える。

「そういえば、知ってる？　城ヶ崎君が旅に出たんだ」

「そうみたいだね。メッセージが送られてきたよ。岬の教会で撮った写真が添付されてたんだ。見る？」

葉山ハルはスマートフォンを取り出して写真を画面に表示させた。教会を背景に撮影された写真には、大きなお腹のおじさんが写っている。

「誰、この人？」

「知らない」

「彼とはよくメッセージのやりとりをしてるんだね」

「うん」

「出雲川君と桜小路さんも、城ヶ崎君を追いかけたみたいだよ。今日、学園に来てなかった」

「三人とも白取町にいるんだね」

「そもそも白取町って何？」

「そこに私のお母さんの手がかりがあるんだよ」

彼女が説明してくれた。母親の写真が撮影された場所を城ヶ崎アクトが調べてくれたこと。改装されて外観が少し変わっているけれど、その場所が白取町の岬にある教会だったこと。

「城ヶ崎君、さがそうとしてるのかな、葉山さんの家族を」

「私が死んじゃう前にサプライズで会わせようとしてくれてるのかもね」

それから俺たちは、城ヶ崎アクトの話で盛り上がる。顔はとんでもなく怖くて、みんなから恐れられているのに、話をしてみると意外にいい人で、外見と中身のギャップがすさまじい。

「中等部の頃、城ヶ崎君が弟と妹を遊園地に連れていってくれたんだ。俺が風邪で寝こんでしまって、二人のお世話ができなかった時だ。両親も共働きだったし」

我が家の状況を察し、彼は勇斗と日向を連れ出してくれたのである。

「あの時は本当にたすかった。帰宅した弟と妹が興奮してうるさかったけどね。遊園地、貸し切りだったらしい」

「え、うらやましい」

「行列にならばないでアトラクションに乗り放題。遊園地のスタッフは全員、うちの弟と妹のためだけに、その日、働いていたんだ」

「スケールがでかすぎるよ。でも、ちょっと待って。貸し切りにすることは当日に決めたのかな。だったらその日、遊園地で遊ぶ予定だった人たちはどうなったんだろう。わくわくしながら遊園地まで行ってみたら、急遽、貸し切りになってたわけでしょう？　がっかりしながら帰らされたのかな」

「きみって、なかなか細かいところを気にするんだね。もっと素直にお金持ちエピソードを楽しめない？」

「だって気になったんだもの」

「まあ、俺も城ヶ崎君に質問してみたけどね、きみが言ったのと同じことを。貸し切りになってることを知らずに来ちゃった人には、遊園地の年間パスポートや、城ヶ崎グループのデパートで使える金券なんかを配ったみたい。みんなにこにこで帰っていったらしいよ」

　葉山ハルはあきれた様子でため息をつく。

「お金でぶんなぐってるね」

　そろそろ帰ろうかなという時間になる。彼女は闘病中だし、長時間、話に付きあわせるのは体に良くない。

「そういえば」

　俺が立ち上がろうとしたら、葉山ハルがひきとめるように言った。

「最近、桜小路さんとメッセージのやりとりするんだけど。いい子だよね、桜小路さん」

「そうだね。どうしたんだよ、いきなり」

　桜小路は、ちょっと近寄りがたい美人だ。神話から抜け出してきたかのように人間ばなれした美しさを持っている。そんな相手に対し、いい子、などと表現するクラスメイトはあまりいない。でも、実は俺もそう思っていた。

「桜小路さん、すごくいい子なんだよなあ。メッセージの文面もかわいいし。髪型も素敵だし。

お友達になれてよかったなあ。私ね、桜小路さんの印象をアップさせる活動をしてるの。彼女には幸せになってほしいと思って」

「あれだけ美人なんだから、幸せになるだろ」

誰かいい人と出会って、彼女は幸福に暮らすはずだ。そしてその相手とは、おそらく俺ではないのだろう。胸にちくりと痛みがはしる。彼女と俺では不釣りあいだ。

彼女についての話を、俺もひとつ、披露することにした。

「桜小路さんと言えば、昼休みに城ヶ崎君をさがして学園内をあるいてた時の話なんだけど」

「たまに見かけるよね、そういう光景」

「彼女、消火器の裏側をのぞきこんでたんだ。そんなところにいるわけないのに」

「何それ、かわいい」


翌日、午後から駅前のロータリーでボランティア活動に参加した。他の参加者と横並びになって、行き交う人にチラシを配る。冷たい風が体温をうばっていく。こんな寒さの中でも、城ヶ崎アクトは立ち続けていたんだ。夏の突き刺すような日差しの中でも、彼は汗まみれになりながらこの活動を続けた。俺はそのことを知っている。

日が暮れて家に帰ると、勇斗と日向がこたつで宿題をしていた。日向はまじめに取り組んでいるが、勇斗は鼻の頭に鉛筆をのせてバランスをとって遊んでいる。

「今から夕飯を作ってやるからな。ちょっと待っててくれ」

米を炊飯器にセットする。カレーと玉子スープが完成して食べていると、両親が仕事から帰ってきた。勇斗と日向が順番に今日の出来事を報告する。木造アパートの狭い部屋がにぎやかになった。家族の笑顔を見ながら、俺は死について考える。家族の誰かが、もしも大変な病気になり、命を失うことになったら……。想像もしたくない。だけどそれは実際に起こりうる出来事だ。今ここにある家族団らんの幸福な光景は、実は特別なものなんだ。

「兄ちゃん、今日のカレーもうまいぞ。おかわり！」

「自分でついできなさいよ。もう中学生なんだから」

日向が勇斗に文句を言う。

「蓮太郎、最近、駅前でボランティアしてる？　ご近所さんからそう聞いたの」

「俺も聞いたぞ。よくできた息子さんですね、だとよ」

母と父が食事をしながら言った。

「そうだぜ。蓮太郎兄ちゃんは、アクト兄ちゃんの後を継いだのさ。アクト兄ちゃんが旅に出ている間、蓮太郎兄ちゃんがかわりにチラシ配りをやるんだぜ」

「あ、勇斗兄ちゃん、そのことは言っちゃだめなんだよ」

勇斗は、しまった、という表情になる。二人にはおおまかな事情を伝えていたのだが、他の人には秘密だと言っておいたのだ。城ヶ崎アクトが世間に隠していることを、俺たちが勝手に言いふらすわけにはいかないから。

「城ヶ崎君が？」

「チラシ配り？」

両親は首をかしげる。俺は仕方なく説明した。城ヶ崎アクトのこれまでの活動を。病室で見た顔の青白い葉山ハルの姿を思い出し、胸がつらくなる。ただの友人である俺でさえこうなんだ。彼が受けているダメージは想像もつかない……。

城ヶ崎アクトが学園に来なくなって一週間が経過した。放課後、学級委員のあつまりがあったので出席する。場所は雲英学園高等部の談話室だ。貴族のお屋敷の客間といった雰囲気の部屋で、赤い絨毯が敷かれてあり、椅子やテーブルには金銀の装飾があしらわれていた。

生徒会の呼びかけによって定期的に集会は開かれる。一年一組の学級委員は葉山ハルだが、彼女は入院中なので、代理の生徒が出席していた。早乙女リツという内部生の女子だ。

「あの、佐々木さん、ちょっといいですか」

集会の後、談話室を出たところで、早乙女さんに話しかけられた。やさしい雰囲気を持った女の子だ。仕草から品の良さがあふれており、お金持ちの家で大切に育てられたんだろうなと想像させられる。

「はじめまして、早乙女さん」

「先日、葉山さんのお見舞いに行かれたそうですね。葉山さんからのメッセージで知りました。どうでしたか、彼女の様子は」

「正直に言うと、快方にむかっているようには見えなかった」

早乙女さんは葉山ハルの友人でもある。花火大会にいっしょに行ったという話を出雲川から聞いていた。

「化学療法、あまり効果がなかったのかもしれませんね」

彼女の目にうっすらと涙がにじむような気配がある。本気で彼女のことを心配しているのがわかった。きっと大丈夫。そのうち病気は治るはずだ。などと言ってあげたいけれど、それは無責任な発言だ。根拠のない身勝手な願いにすぎない。

「もしもこの後、劇的に抗がん剤が効いて退院できたとしても、もう私たち、同じクラスにはなれないかもしれません。それが残念です……」

出席日数が足りない。葉山ハルだけ留年する可能性は確かにある。

「病気が治っただけでもいいじゃないか。生きているだけで」

「そうですね。そういえば、出雲川様はまだ、港町にいらっしゃるみたいですね」

港町？　例の白取町のことだろうか。

「知ってるんだね、彼が城ヶ崎君を追いかけて出発したこと」

「ええ、ＳＮＳで把握しております。毎日、写真がアップされていますから」

「ＳＮＳ？」

早乙女さんはスマートフォンを取り出して画面を見せる。

「出雲川様は、昨年末からＳＮＳをはじめられたのです。写真を投稿するタイプのサービスなのですが、そのお顔立ちの圧倒的な美しさ故、フォロワーは百万人を突破されました。まあ、出雲川様なら当然ですね」

早乙女さんは出雲川の投稿を表示させた。冬の漁港で自撮りした写真だ。彼の投稿に対し、たくさんの人がコメントを書いている。

「全世界の百万人のフォロワーたちが出雲川様のお写真を見てため息をついているのでしょう。こんな風に世界中の人たちと自分の推しを共有できるのですから現代に生まれてよかった。学園でお見かけできないのは残念ですが、冬の港町を背景に撮影された出雲川様のお顔には、えもいわれぬ色気があるとは思いませんか？　ええ、思います」

「出雲川君の話になると早口になるんだね。最後のは自問自答だったのか。うっかり答えそうになったよ」

彼女はうっとりした表情でスマートフォンの出雲川を眺めている。雪が降っているらしく、彼の天使のような金髪に雪のかけらがくっついていた。

「私、生まれ変わったらこの雪になりたい。出雲川様の髪にくっついて旅をしたいわ」

「すぐに溶けると思うよ」

「出雲川様の体温で溶けるのなら本望です」

世の中にはいろんな人がいるんだな。それにしても出雲川がSNSにアカウントを持っていたとは知らなかった。俺はこの学園でおそらく唯一、スマートフォンを持っていない人間なのだ。

「佐々木さんは、出雲川様とも仲良くされてらっしゃいますよね」

「まあ、みんなよりはね」

「私たちの知らない出雲川様の情報をお持ちでしたら、買い取らせてください」

「ごめん、急に用事を思い出した。そろそろ行かなくちゃ」

「そちらの言い値でいいんです。出雲川様がお使いになっているハンカチや、シャンプーやリンスのブランドを特定していただけたらぜひ」

「じゃ、じゃあ、またね、早乙女さん」

俺はその場を大急ぎで離れた。校舎の窓の外を見ると、雪が降っていることに気づく。小さな白色の粒が、窓ガラスのすぐ外をゆっくりとよぎった。

11／7

白取町は日本海側にあるため、この時期はよく雪が降るらしい。出雲川と桜小路と僕の三人で漁港を散歩した。出雲川は高級ブランドのダウンコートを着ている。桜小路はゴージャスな毛皮のコートだ。

「きみたちが並んでいると、ここが日本だってことを忘れるよ。ヨーロッパにでも旅行に来たみたいだ」

二人の容姿はこの港町では異質だった。王侯貴族のごときオーラを放つこの二人は、遠くからでも光りかがやいて見える。二人とすれちがう町の人々は、周囲に視線をさまよわせてカメラを探していた。映画かＣＭの撮影中なのだと誤解させてしまうようだ。

港に小型漁船がひしめきあうように停泊している。出雲川はそれらを背景に自撮りしていた。防波堤にぶつかる波が白色のしぶきをあげ、桜小路は風であらぶる縦ロールを手で押さえつける。

二人がこの町に来て数日が経過しており、旅の目的については説明済みだ。

「葉山嬢の命を救うための旅だったのですね！　この出雲川、感動しました！　全身全霊でアクト様のお手伝いをさせていただきます！」

「彼女に生き別れのお兄さまがいたなんて、驚きましたの！　私、その方を絶対にさがし出してみせますわ！」

しかしこの数日、特に進展はない。

葉山ハルとは、毎日のようにメッセージのやりとりをしていたが、その文面からは病気の深刻度がわからなかった。書いてあることは何気ない世間話がほとんどで、読んだ本の感想や学園の思い出の話ばかりだ。だけど、日を追うごとに彼女の体が悪くなっていることはまちがいない。

アニメの彼女はこの時期、日によって状態が良かったり悪かったりした。熱っぽくて起き上がれない日もあれば、ベッドから立ち上がって動き回れる日もある。だけど確実に病魔は彼女の体を蝕み、彼女は死へとすべり落ちていく。

南井吾郎とその部下たちは、海辺にひしめく集合住宅のポストに、葉山美咲の写真が掲載されたチラシを投函した。僕たちも一枚ずつ受け取って調査に役立てている。

『この女性を捜しています。
情報をお持ちの方がいましたら、下記の番号にご連絡を。
有益な情報の場合、報酬をお支払いします。』

チラシにはそんな文章が添えられていた。報酬の額はなんと三百万円。その効果は抜群で、一日に何件も連絡が寄せられているという。南井とその部下たちは、連絡してきた者たち一人ひとりに会いに行った。しかし、聞かされる情報はどれもあやふやで疑わしいものばかり。三百万円の報酬がほしくて、ねつ造された手がかりだったのだ。

雪が町を覆いはじめていた。空から無限に降ってくる雪の粒を、冬の海が無限にのみこんでいく。昼頃、南井に誘われて定食屋で昼食をとることにした。以前にも入ったことのある老夫婦の店だ。店内は狭く、労働者たちでにぎわっていた。出雲川と桜小路はこういうタイプの定食屋を利用するのがはじめてだったらしく、興味深そうに周囲を眺めている。

「どうしてこのお店のテーブルは、皮膚がはりつくような処理がほどこされていますのかしら?」

「桜小路さん、それはね、テーブルが長年の油汚れでべたべたしているだけだと思う」

「ウェイターがメニューを持ってきませんね。苦情を言ってきましょう」

「出雲川君、壁に張ってあるのがメニューだよ。ほら、茶色く黄ばんでいるお札みたいのが、壁にならんでいるでしょう。あれがメニューだ」

料理が出てくるまで二人は不安そうにしていた。こんな庶民の店で、はたしておいしい食事が出てくるのだろうかと。しかし、魚がこれでもかと盛られた海鮮丼がはこばれてくると、二人の表情が明るくなる。

「わあ、素敵ですわ」

桜小路は感嘆の声を出す。

出雲川は、不慣れな手つきで割りばしを割って刺し身を口にする。

「素晴らしい。都内の最高級の料亭でも、これほどの魚は出てきません。感服です。シェフに感謝の意を伝えたいので呼んできましょう」

「出雲川君、今はいそがしい時間帯だからそういうのはやめておこうな」

「この海老、ぷりぷりしておいしいですわ〜」

二人の反応を見て南井がにこにこしている。

「お口にあいましたかな。それはよかったですな」

彼は今日もお腹の脂肪をテーブルに食いこませながら、数人分の料理をたいらげていた。

定食屋を出ると、僕たちは徒歩で移動した。路面の雪で足をすべらせないようにそろそろとあるく。

南井はメモを見ながら細い路地へ入っていく。住宅がひしめいており、階段を上がったり下がったりした。まるで迷路だ。道幅があまりにせまくて南井のお腹がつっかえてしまい、僕たち三人で後ろから押してあげる場面もあった。

桜小路が南井に質問する。

「あの、どこへむかっているんですの？」

「葉山美咲のことを知っているという男から連絡があったんですな。そいつに会いに行くんです。まあ、今回もガセでしょうけどな」

やがて南井は、古い木造アパートの前で立ち止まった。

「ここですな」

錆びた鉄階段を二階へのぼりはじめた。彼の体重の重みでぎしぎしと軋み、今にもぶっこわれてしまうんじゃないかと心配になった。

結論から言うと、今回の情報もハズレだった。連絡してきたのは中年の男だ。彼は何枚も服を重ねて着こんでおり、玄関先で寒そうに震えながら南井の質問に答えた。しかし彼の回答はどれもあやしい。

「彼女なら、東京へ引っ越すと言ってました。知りあいだったんですよ」

「東京のどのあたりに住むとおっしゃってましたかな？」

「ええと、たしか……」

男は口ごもりながら、東京には存在しない架空の町の名前を口にする。なぜ存在しないとわかったのかと言うと、南井の後ろにいた僕がスマートフォンで検索していたからだ。

最後に南井は、有益な情報ではなかったので報酬は支払えないですな、と説明する。男は舌打ちすると、僕たちに文句を言いながら扉をばたんと閉めた。

「あさましいものですね。お金ほしさのために、あんな嘘をつくなんて」

アパートの鉄階段を下りながら、理解できないという表情で出雲川は首を横にふる。

「まあまあ、そう言いなさいますな。生活に困窮《こんきゅう》しているのでしょうな。こんなに寒い日だというのに、部屋に暖房のついている様子がありませんでしたからな。それで何枚も服を重ねて着ていたんでしょうな」

「出雲川君、さっきの人をあさましいだなんて思っているうちは、まだまだだ。僕なんか、未来の自分なんじゃないかって感情移入したよ」

城ヶ崎家が没落した後、一文無しで放り出され、仕事もなく、食費も光熱費もなかったら、僕だって同じことをするかもしれない。お金がなくて寒い部屋で一人で震えている自分が想像できた。

「まさか！　アクト様があのように落ちぶれるなど、ありえません！」

出雲川は否定するが、それは城ヶ崎家が永遠にあると信じているからだ。南井は意外そうな目で僕を見ていたが、はっと気づいた様子で二重あごをふるわせながら、まわりを見回す。

「そういえば、桜小路様のお姿が見えませんな……。いずこへ？」

本当だ。桜小路がいない。いつから彼女はいなくなっていた？

おそらく途中ではぐれてしまったのだろう。桜小路がよそ見をしているうちに、僕たちが曲がり角をまがってしまったとか、そういう理由で。

僕たちは彼女をさがしながら路地を引き返すことにした。

「ここは、どこだ？」

神社のような一角に出る。民家が密集している中に、鳥居と小さなお社《やしろ》があった。さっきは通らなかった場所だ。僕たちもすっかり迷ってしまったらしい。増築を繰り返したような奇妙な形の家や、トタンをパッチワークしたようなアパートが、その一角を囲んでいた。

「電話がつながりません。さっきまで電波があったのに……」

僕はスマートフォンを操作するが、桜小路に連絡はとれない。

「誘拐されていないか心配です。本日、桜小路さんが羽織っていた毛皮のコートは、高級外車と同じくらいの価値があるんです」

出雲川は苦悩するように額を押さえる。

周囲の建物を雪がすっかり覆っていた。たっぷりの砂糖をふりかけたみたいに景色が白い。

その時、聞きおぼえのある声がした。

「…………、…………ですわ」

誰かと会話しているような声だった。途切れ途切れで内容はわからないけど、この【ですわ】という語尾、まちがいない、彼女だ。僕たちは視線をかわし、声のする方へむかった。

木の塀で囲まれた古い家がある。桜小路の声は、塀を挟んだ位置から聞こえてきた。

「かわいいですわ〜、この猫。こんな寒い日に、どこで寝泊まりしているのかしら」

ニャー、という猫の鳴き声もする。

塀の向こうに声をかけてみた。はっとした様子で彼女の返事がある。

「おーい、桜小路さん。そこにいる？」

「アクト様ですの？　桜小路です！　私、ここにおりますわ！」

塀には隙間があった。そこからのぞきこむと、元気そうな桜小路の姿が見えて安堵する。彼女の足下に茶色の猫がいて体をこすりつけていた。

桜小路がいたのは、お年寄りの女性が一人暮らしをしている民家の裏庭だった。もちろん、彼女が勝手に不法侵入したわけではない。

「アクト様たちとはぐれてしまい、道に迷っておりましたの。本当に心細くて、不安になりながらあるきましたのよ。その時、道端にうずくまっているおばあさまを見つけましたの」

僕たちも裏庭に入らせてもらった。桜小路のそばにいた猫は、僕の顔を見るなり逃げ出して民家の縁側の下にかくれてしまう。

縁側にお年寄りの女性が座っていた。皺だらけのおばあちゃんだ。あたたかそうなどてらを羽織っている。彼女は足をさすりながら、桜小路の説明の補足をしてくれた。

「そちらのお嬢さんは、私を助けてくれたんです。雪ですべって転んでしまって、動けなくなっていたんですよ。足をくじいてしまったみたいでねえ」

「以前の私だったら無視していましたわ。でも、アクト様がおっしゃったことを思い出したのです。困っている人がいたら積極的に助けるようにって。だから私、この方を背負って家まで連れてきてさしあげたのですわ」

桜小路はほこらしげに胸をはる。縦ロールの髪がスプリングみたいに伸び縮みしながら揺れた。背負った？　このお年寄りを？　桜小路の腕はほっそりしていて筋肉なんて見当たらない。人を背負って移動してくるのはきっと大変だっただろう。彼女が誰かを助けるために、そんな行動をするなんて、数年前には考えられなかったことだ。

「桜小路さん！　偉い！　僕は誇らしいよ！」

感激して拍手をすると、彼女はとてもうれしそうな顔になった。まるで小さな子どもが親に褒められた時のような、くすぐったそうな表情だ。

おばあちゃんを自宅まで運んだ後、桜小路は家に招かれたという。お茶とお菓子で、もてなしてもらったらしい。桜小路はおばあちゃんに事情を説明した。僕たちとはぐれてしまい、道に迷っているところなのだと。

「そこで私、このおばあさまに、ホテルまでの帰り道を教えてもらっていたところなんです。紙に地図を描いてもらっている最中でしたのよ。その時、裏庭からニャーと鳴き声が聞こえて、見てみましたら、猫がおりましたの。まあなんてかわいらしい、と思いまして、外に出てなでていたのですわ」

縁側に座るおばあちゃんは、白色の紙を持っていた。たどたどしい鉛筆の線で地図が描かれている。

「お友達にお会いできたのね。じゃあ、これは必要なくなったかしら」

「そうですわね、おばあさま。せっかく描いてもらったのに、ごめんなさい。私、もう大丈夫そうですわ。でも、その紙は持っていきますわね。調査に必要なものですから」

よく見ると地図が描かれているのは、南井たちが作成して配布した例のチラシの裏だった。

「他に手ごろな紙がなかったんですの。裏面が白紙だったのでたすかりましたわ」

桜小路は縁側にいるおばあちゃんからチラシを受け取った。彼女は高級ハンドバッグを持ちあるいていたので、その中にチラシをおりたたんでしまおうとする。その時、おばあちゃんが声を出した。

「あら、その写真、葉山さんとこの奥さんじゃない？」

おばあちゃんの目は、桜小路の持っているチラシにむけられている。僕たちは息をのんだ。

「この方を、ご存じなんですの？」

桜小路はチラシを広げて、葉山美咲の写真が印刷されている方をおばあちゃんにむける。しわだらけの顔を満面の笑みに変化させておばあちゃんは言った。

「ああ、やっぱりそう。葉山さんの奥さんね。懐かしいわ。ご近所さんだったから、よく話をしたの。あなたたち葉山さんのお知りあい？　ミナト君は元気で暮らしているかしら？　お引っ越しをしてずいぶんたつから、きっともう大きくなっていることでしょうね」

僕はおそるおそる質問した。

「あの、ミナト君って、この赤ん坊のことですか？」

写真の中で葉山美咲が腕に抱いている赤ん坊。僕はその子を指さした。

「そうよ。元気な男の子だった。五歳くらいまでこの近くに住んでいたのよ」

雪の粒がチラシの上に落ちる。僕たちは、ようやくさがし求めている少年の名前を知った。

「引っ越していなくなる少し前に、二人目が生まれたのをおぼえてるわ。この家まで泣き声が聞こえてきたの。確か女の子だったわね。みなさん、お元気かしら？」

おばあちゃんは、懐かしそうに目をほそめていた。

12／1

児童養護施設のテレビで、【城ヶ崎グループ】という言葉を耳にした瞬間、記憶のふたがひらいて、親父のことも、お袋のことも思い出した。まるで、前世の出来事を思い出した物語の主人公のように、俺は自分の本当の名前を知ったのである。

五歳で施設に引き取られた時、俺には名前がなかった。事故のショックで何も思い出せない状態だったし、名前がわかるような持ち物が見つからなかったからだ。だから、施設の園長先生が名付けをしてくれた。橘《たちばな》トオル。それが俺に与えられた仮の名前だった。施設の先生たちも、いっしょに生活する仲間たちも、みんなが俺のことをトオルと呼ぶ。

「トオルにいちゃん、宿題、おしえてよ」

「おい、トオル、中学になったらなんの部活に入るんだ？」

「トオル君、お願い、雪かき手伝って。このままじゃあ、雪の重みで屋根が壊れちゃうよ」

血のつながった家族ではなかったが、そこは俺たちの家だった。様々な事情であずけられた子どもたちがいる。両親に捨てられてしまった子、お金がなくて育てられずに放置されていた子、大人たちの暴力から避難してきた子。里親にひきとられて施設を出ていく子もいたけれど、俺は中学卒業までずっとそこで暮らすことになる。

記憶が戻ったことを、俺は誰にも告げなかった。橘トオルのままで暮らしたかったからだ。

「トオル君、きみの名前は、私の父からとったんだ」

園長先生はある日、俺におしえてくれた。

「自分の名前を思い出すまでは、父の名前できみのことを呼ぼうと思ったんだ。私ときみが本当の父親と息子みたいになれるように」

俺は園長先生のことを尊敬している。この名前が大好きだ。もしも自分の名前を思い出したとわかったら、もう俺のことを橘トオルと呼んでくれなくなるのではないかという不安があった。だまっていることにしたのは、そういう心理が働いたからだ。

でも、思い出したことは忘れないように秘密のノートに記録しておいた。自分の本当の名前、幼少期に両親と暮らした港町の記憶、親父が憎々しげに発していた【城ヶ崎グループ】への恨み言。当時の俺にはよくわからなかったが、親父はどうも借金をして逃げていたらしい。かすかな記憶の断片をあつめてみたら、そういう家庭の事情が見えてくる。

お袋は小さな俺の手をひいて海辺の道を散歩させてくれたっけ。黒色の長い髪をした奇麗な人だった。お袋のことを思うと、胸が少し温かいような、さびしいような気持ちになる。俺はお袋が大好きだったんだ。

そういえば、赤ん坊もいた気がする。お袋のお腹が大きくなって、女の子の赤ん坊が生まれたのだ。でも、その子について記憶していることはすくない。赤ん坊が生まれて、それからすぐに、あの交通事故が起きたのだろう。

交通事故の時、赤ん坊も車内にいたのだろうか。いや、いなかったと思う。じゃあ、どこかにあずけられていた？　でも、どこに？　わからないことだらけだ。

施設でいっしょに暮らしていた年下の女の子が、ある時、俺の秘密のノートを見つけて読んでしまった。俺が机の上に出しっぱなしにしていたせいだ。髪を三つ編みにした、そばかすのある女の子だった。

「トオルにいちゃん、このノート、何？」

「なんでもないよ。メモ帳みたいなもんだ」

「ここに大きく書いてある、【葉山ミナト】って、誰？」

その子はノートを指さして質問する。

俺は嘘をつくことにした。

「そいつはな、交通事故で死んでしまった俺の親友の名前なんだ」

「え!?」

女の子はショックを受けたような顔をする。

「この子、死んじゃったの？」

「そうだよ。きっともう、誰もその子のことを思い出さないし、忘れられるだろうから、ノートに名前を書いておいてあげたんだ。お墓みたいなもんだよ。お墓の石に、死んだ人の名前を刻んでおくだろう？　ああいう感じ」

「かわいそう……」

葉山ミナト。俺の本当の名前。

海辺の町で両親と暮らした少年。

きっとこの先、誰もその名前で俺を呼ぶことはないだろう。俺は橘トオルとして暮らすことにしたから。

「私もおぼえておいてあげるね。この子のこと」

「忘れていいよ。俺もたぶん、もう思い出さない」

秘密のノートを見てしまった三つ編みの女の子は、それからほどなくして遠い親戚に引き取られて施設を出ていった。連絡先もわからないが、幸せに暮らしていることを願うばかりだ。

一方、俺は中学卒業と同時に町工場で働くようになった。施設を出て宿舎で寝泊まりをするようになる。給料でたくさんのお菓子を買って施設の子どもたちにふるまった。園長先生のすすめで、働きながら定時制の高校にも通うことにした。

昼間に作業服を着て町工場で金属の加工をする。夕飯を食べた後、夜に数時間だけ高校に通って勉強をする。そんな日々が過ぎた。

去年、俺は二十歳になった。園長先生からスーツをプレゼントされ、ネクタイを締めて市の成人式に出席した。町工場の所長や同僚からも贈り物をもらった。自分の本当の名前のことは、もうあまり思い出さない。

でも、テレビの経済ニュースなんかで【城ヶ崎グループ】という言葉を聞くたびに、ぞくり、と震えが走った。

「あいつらのせいで……」

死んだ親父の声がよみがえるのだ。

12／2

放射線治療がはじまった。体に放射線という光をあてて、体内のがん細胞を攻撃する治療法だ。たとえばレントゲン写真を撮る時、X線というものを体に浴びせるけれど、あれも放射線の一種だ。X線のように、体を通り抜けるタイプの強い光を体にあてる。強い光はエネルギーを持っており、長時間、あてると細胞は壊れる。それを利用するのだという。

放射線は細胞分裂が盛んな細胞ほど、より強く作用するらしい。だから、がん細胞にだけダメージを与え、健康な細胞には影響が出ないように、放射線の強さを調節して体に当てる。そうすれば、がん細胞だけを攻撃できるというわけだ。

看護師が私のベッドを放射線ルームに運び、ＳＦ映画に出てきそうな巨大なマシンにセットする。マシンはぐりぐりと回転するように動き、私の体に放射線を照射した。その光は私の目に見えないから、何が行われているのかよくわからなかったけど。

病室に戻ってしばらくすると、全身の皮膚が赤色になった。まるで日焼けをしたみたいにぴりぴりと痛い。

「放射線の影響でしょうか」

会社を休んでつきそっている理緒が、心配そうに看護師に質問した。

「大丈夫、よくあることですから。しばらくすると元に戻るはずです」

皮膚の一部は赤色から紫色へと変化した。ひどい箇所だと、火傷をした時のような水膨れができてしまう。痛み止めを処方してもらいなんとか耐えた。

「つかれたでしょう、ゆっくりお休みなさい」

一日の終わりに理緒が毛布をかけてくれた。目を閉じて眠りにつくとき、もうこのまま私は目覚めることがないんじゃないか、という想像をする。

私の体の状況は、よろしくないみたいだ。理緒や医師の先生から、はっきりと言われたわけではないけれど、表情や雰囲気からそのことがわかる。化学療法も効果がなかったみたいだし、放射線治療もはじまったけれど、体調が改善する様子はなかった。

天井を見上げてぼんやりと過ごす時間がふえた。読みかけの漫画や小説の続きが、不思議と気にならなくなる。薬の影響なのかもしれない。少しだけ読んでみるけど、腕を持ち上げているのがつらくて、内容が頭に入ってこない。

このままどんどん悪くなっていったら、私は死ぬのだろう。あと何ヶ月、生きられる？　死ぬのが怖かった。

「ハル、話しておきたいことがあるの」

ある日、理緒がベッドの私に声をかけた。表情が緊張でこわばっている。

「ハルのお母さんが写ってる写真、あるでしょう？」

教会を背景に撮影された写真のことだ。理緒の説明によれば、母が写真の中で抱っこしている赤ん坊は、どうやら私ではなかったらしい。城ヶ崎アクトがそのことを突き止めたのだという。まったく想像もしていなかった話である。

「このことは、タイミングを見計らってハルに伝えようと思ってた。城ヶ崎君は私にその判断をゆだねたの。きっとショックでしょうね。でも、これは大事なことだから、言っておかなくちゃいけないって思ったの。ハルのお母さんが抱っこしているのはね、ハルの生き別れのお兄さんだったのよ。ねえ、ハル。もしも、その生き別れのお兄さんが見つかったら、あなたのドナーになりうるかもしれないんだって」

兄弟や姉妹の場合、四分の一の確率でＨＬＡが一致する。骨髄提供を受けることができたら、私は、生きられるかもしれないという。涙がこみあげてくる。まだ、助かると決まったわけじゃない。それでも泣けてきたのは、城ヶ崎アクトが学園を休んで白取町という場所にむかった理由がようやくわかったからだ。彼は、私のために、ドナーを探し出そうとしてくれているのだ。

「城ヶ崎君に、感謝だね」

理緒が言った。私はベッドで何度もうなずいた。

葉山ハル様へ

おつかれさまです。城ヶ崎アクトです。いつもお世話になっております。体の具合はいかがでしょう。先日のメッセージにて、放射線治療を受けたと書いてありましたが、その後、体に変化などはありましたでしょうか。放射線と聞くと、なんだかおそろしいイメージがあるかもしれません。でも、外国では日本よりも気軽に放射線治療をおこなっているみたいですから、ご安心ください。

ところで、写真の件を理緒さんから聞いたそうですね。お母様に抱かれている赤ん坊が自分ではないと知り、ショックだったにちがいありません。想像すると胸が痛みます……。

　城ヶ崎アクトからメッセージが届く。一日に何度も、私は彼と言葉のやりとりをした。返事が届いてスマートフォンがメロディーを流すと、私は、まだ世界から自分が見捨てられていないのだと思うことができた。

　彼からのメッセージに、白取町での調査の進捗状況が書かれるようになった。十七年ほど前まで、私の母と父、そして兄が住んでいた場所を彼は突き止めたらしい。しかし当時の家はもう取り壊しになっており、そこは雑草が生えている空き地になっていたそうだ。

　理緒からついに私の父親についての説明があった。これまで彼女に父について質問したことはあるけれど、ずっとはぐらかされるばかりだったのだ。そのうち、これはあまり聞いてはいけないことなんだ、と理解してからは、質問をすることもなくなっていた。

「姉の美咲はね、夏目町で彼と出会い、恋愛をしたの。彼のことが大好きで、そのまま、ついて行っちゃった……」

　父親の名前は神宮寺アキ。変な感じがした。聞きおぼえのない苗字と名前だったから。でも、そうか。アキという名前なのか。私の名前はハルだし、季節つながりで私の名前を考えてくれたのかもしれないな、などと想像する。

　それから、もうひとつ。

　生き別れの兄の名前は、葉山ミナトというらしい。

12／3

白取町に来て十日目。日本海の波の音はすっかりなじみぶかいものになっていた。大雪のせいで外を出あるけない日が続き調査は難航している。

出雲川と桜小路をこの旅につきあわせていることがもうしわけなかった。本来なら期末試験にむけて勉強していなくちゃならないのに。

「だいじょうぶですわ。どんなにひどい成績をとっても、学園側は私たちを退学になんてできませんことよ。私たちの家は学園に多額の寄付をしていますもの」

「桜小路さんの言う通りです。学園のことなど気にする必要はありません。何よりも優先すべきは、葉山様の命ではありませんか」

「そうだな。でも、勉強の遅れも気になる。ホテルに閉じこめられている間、自主学習しておこう」

有能な使用人たちが、大雪の中、参考書を調達してきてくれた。勉強でわからないポイントがあった時、有名塾講師に連絡をいれてリモート通話で教わる。テレビ出演もしている多忙な先生なのだが、収録の合間に僕たちの勉強につきあってくれた。もちろん無料ではない。

出雲川の部屋にウォーターベッドが運びこまれた。クッションのかわりに大量の水がつまった寝心地のいいベッドだ。他にも巨大なテレビや最新型のゲーム機まで部屋に設置されている。

「床の絨毯はヨーロッパ製のものに取り換えさせていただきました」

「ホテルの人に了解はとってあるんだろうな」

「もちろんです。僕が運びこんだものは、このままさしあげることにしましたので、ホテル側にもメリットはあるかと」

　桜小路の部屋には天蓋付きのベッドが置かれていた。レースのカーテンで四方を囲んで眠りにつくような、お姫さまが使うタイプのベッドだ。壁紙もかわいらしい柄に張り替えられた。

　二人は僕の部屋も改造しようとしたが、やめさせた。僕は部屋にこだわりがないし、なんなら、もっと安っぽいビジネスホテルの部屋でも満足していただろう。

「大浴場のお湯を、近くの天然温泉から運んできていただけることになりましたわ。支配人に直談判しましたの」

　桜小路家の財を使って、タンクローリーでお湯を輸送する計画がいつのまにかはじまっていた。ホテル側も頭を抱えているんじゃないかと心配したが、意外にも好意的な反応だったという。ホテル側は出費をせずに天然温泉を提供してもらえるわけだから、ありがたいことらしい。

「山間部に天然温泉がわいていますのよね。滞在が長引くようでしたら、このホテルまでパイプラインを設置するのもいいですわ。さっそく工事をはじめてもらいましょう」

　二人が宿泊するようになり、ホテルのレストランやカフェで提供される料理がさらにおいしくなったと評判だ。連れてきた専属シェフたちが厨房を出入りしているせいだろうか。ホテルのシェフと仲よくなり、地元の食材や料理のことを学びながら切磋琢磨《せっさたくま》しているそうだ。

　一方、葉山ハルは例の写真に写っていた赤ん坊が自分ではないことを葉山理緒から教わったようだ。彼女とはメッセージのやりとりをしていたのだが、調査の進捗状況を報告するようになった。伝えるべきことはたくさんある。彼女の生き別れの家族がこの町でどんな暮らしをしていたのか。どんな仕事をして、いつごろ、いなくなったのか……。

桜小路が路地で助けたおばあちゃんが、当時のことをいくつか教えてくれた。おばあちゃんは葉山家のご近所さんで、日ごろから交流があったのだという。残念ながら当時の葉山家があった場所は空き地になっていたけれど。

南井の調査会社の者たちは、葉山ハルの父親のことも調査していた。神宮寺アキ……彼は偽名を使って港で職を得ていた。当時の彼の顔見知りが数名見つかり、全員に話を聞いた。

「あいつは借金取りに追われていたよ。それも、ずいぶん、たちの悪いところから金を借りていたみたいだ……」

「たまに飲みに行ったけど、あまり自分のことは話さないタイプだったな」

「息子さんがいて、かわいがっていた。もうすぐ二人目が生まれるんだって話をしていたっけ」

夏目町で暮らしていた頃の写真を南井の部下たちが入手していた。なかなかのハンサムで、目鼻立ちが少し葉山ハルに似ている。アニメ『きみある』には登場しなかった人物だが、未発表の設定資料にはキャラクターデザインのラフが描かれていたのかもしれない。

「どうして葉山さんのお父様は、返せないお金なんかを借りたんですの？」

「もちろん、最初は返す気があったんだよ。投資で増やす自信があったんだと思う。でも、予想外に失敗して返せなくなったわけ」

成功を夢見ていたのだ。だけど城ヶ崎家のマネーゲームに巻きこまれて借金だけがのこってしまった。

「お金とは、そんなにも魅力的なものでしょうか。人間の幸福は、お金では買えないというのに。嘆かわしい」

「出雲川君、僕たちがそんなことを言っても、説得力はないぞ……」

大雪で調査が停滞したまま、さらに数日が過ぎる。大粒の雪が生み出される薄暗い空を、ホテルの窓から見上げながら僕は爪を噛んだ。

ここで足踏みをしている間にも、葉山ハルの病気は進行している。彼女の貴重な残り時間がうばわれていく。あと何日、彼女は生きられるのだろう？　アニメ『きみある』では、夏が終わる前に彼女の命はつきた。ということは、あと半年。そんなの、あっという間じゃないか。

手遅れになる前に骨髄移植手術を受けさせないと彼女は死んでしまう。【彼女】の声が、この世界から消えてしまう。噛んでいた爪が、気づくとぼろぼろになっていた。

その時、部屋がノックされた。扉を開けると南井吾郎の巨体が廊下に立っている。

「アクト様、ごきげんいかがですかな。顔色がすぐれませんな。ホテルのパティシエにチョコレートケーキでも作らせましょうかな」

「ケーキは必要ないです。ちょっと考え事をしていたんです」

南井は特に用事がなくても部屋を訪ねてくる。小野田に僕の様子を報告しなくてはいけないのだろう。

「雪で出あるけないから、ちょっと焦ってたんです」

「ご安心くださいですな。雪の降っていない地域にいるわが社の調査員たちが、葉山ミナトの捜索を続けておりますからな。それよりもアクト様、一度、ご自宅へ連絡をいれてみたらどうですかな？　ご自宅で何か、おかしなことが起きているみたいですからな」

「おかしなことですか？」

「城ヶ崎家で働いていた使用人が行方不明になっているみたいですな。実家のご家族も、全員が消えたそうですな」

「ああ、なるほど」

「何かご存じなのですかな？」

「詳しくは知りませんよ。でも、予想はついています。いなくなった使用人とその家族は、どこかの企業のスパイか何かだったんでしょう」

その使用人は、何年も真面目に働いて、城ヶ崎鳳凰や瀬戸宮や小野田の信頼をつかむことに成功していたはずだ。姿を消したのは、仕事が終わったからにちがいない。

「スパイですかな？」

「父が隠している重要な書類がいくつも盗まれているはずですよ。隠し財産のありかを示す情報も、過去にやった悪事の証拠も、政財界との良くないつながりも、すべての情報が奪われたことでしょう」

「アクト様はずいぶん冷静でいらっしゃいますな。まあ、こういうことは、これまでにもよく起きたのでしょうな。この程度のことで城ヶ崎家がどうにかなるとも思いませんな」

「いつも、いろんな政治家が守ってくれますからね、うちの父を」

「城ヶ崎鳳凰様は無敵ですからな」

「でも今回はだめでしょう。父は破滅します」

「なんですと？」

南井は頬の脂肪をふるわせる。

「それが神のシナリオなんです。悪人はいつか滅びなくてはならない。それがまっとうな物語でしょう？　社会が今、悪い膿を出そうとしているんです」

「アクト様、それが何を意味しているのか、わかってらっしゃるのでしょうな」

平然としている僕の様子に、彼は怪訝そうだ。

「南井さん、やっぱり葉山ミナトの捜索は急がなくちゃいけないみたいだ。これから城ヶ崎家は大変なことになる。あっという間に沈没するはずです。まあ、半年くらいの期間はあると思いますけど」

城ヶ崎家が崩壊したのは『きみある』の最終回だ。葉山ハルの命の終わりと同時期だとするなら、あと半年。

「早くさがさないと、南井さんたちに報酬を支払うことができなくなる」

「それは大変ですな。いや、俺のことはいいんです。アクト様、考えすぎではないですかな。城ヶ崎家がどうにかなるなんて、ありえませんな」

「もちろん、父はいろいろな悪事を、もみ消す気でいるでしょう」

でも、今回ばかりは、だめなんだ。

南井を帰らせて部屋で一人になり僕は窓辺に立つ。雪のせいで景色がかすんでいた。今ごろ、夏目町の城ヶ崎家は混乱の最中にあるはずだ。執事の瀬戸宮、従者の小野田、運転手の大田原、その他の使用人たち。今後、彼らは職探しをしなくてはいけなくなる。こうなることを知っていたのに、僕は何もせず放置していた。僕の手には負えないことだし、責任を感じる必要はないのかもしれないけど、心の中がずんと重くなる。

部屋で勉強会を開いた。出雲川は英語に関しては僕よりも堪能だ。英語だけでなくフランス語もマスターしている。一方、桜小路は古典文学に詳しい。もともと興味があったそうだ。

「アクト様、そろそろ休憩にしませんか？」

「ああ、そうしよう」

「使用人にお茶をいれさせますわね」

桜小路が手をたたくと、ティーセットと焼き菓子が運ばれてきた。

出雲川が勉強道具を背景に自撮り写真を撮影する。後でSNSに掲載するのだろう。少し前から彼は自分のアカウントを開設し、世界中にファンを増やしていた。実はそれも僕の提案だ。

「出雲川君、SNSをやったらいいんじゃないか。きみの顔立ちなら、すぐに大勢のフォロワーができるだろう。人気アカウントになったら、白血病のドナー登録についての情報を発信してほしい。きっといい広告塔になるはずだ。こういうのをインフルエンサーっていうらしいよ」

「承知しました。アクト様のお望みとあらば、アカウントを開設いたしましょう」

出雲川は一日に何度も自撮り写真を投稿するようになった。元々、自分の顔を愛してやまない彼だから、とても楽しそうだ。

「アクト様、フォロワーが百五十万人を超えたようです。日本人だけではありません。ああ、僕の顔が世界中の人々をとりこにしている。究極の美というものは、国境を越えるものなのですね」

「私もアカウントを開設しましょうかしら」

「桜小路さんもすぐに大勢のフォロワーを獲得できそうだよね」

「アクト様はやらないんですの？」

「僕の顔じゃ無理だ。ブラクラだと思われてブロックされるのがオチだ」

「ブラクラってなんですの？」

「ブラウザクラッシャーの略なんだけど……。まあ、なんというか、精神的にダメージを負う怖い画像なんかのことをそう呼ぶらしい」

焼き菓子を囓る。バターのほどよい甘みと香ばしさが口の中に広がった。ほんのりとあたたかい。ホテルの厨房で専属のパティシエが焼き上げたばかりのものだ。桜小路は紅茶にたっぷりのジャムを溶かして飲んでいる。

「アクト様！　大変です！」

スマートフォンを見ていた出雲川が声を出す。

「どうしたんですの出雲川さん？」

「フォロワーからのメッセージを確認していたのですが、気になる情報が寄せられていたのです」

彼がスマートフォンの画面を見せてくれた。

「今朝、僕のフォロワーから質問がありまして。【どうして出雲川様は港町に滞在していらっしゃるのですか？】と。そこで、葉山嬢の生き別れのお兄様の話に触れたのです。【葉山ミナトという人物をさがしています】と」

SNSにはコメントを書いたり、返信したりする機能があり、出雲川はフォロワーとのやりとりを楽しんでいたらしい。他人の名前を書きこむのはトラブルの元だと思うのだが、SNSをはじめたばかりの彼は、まだそのあたりの感覚がよくわかっていないのだろう。しかし今回は彼に感謝しなければならない。

「たった今、フォロワーからの返信コメントを確認したのですが。【その名前、知っています！】と、書いてくださった方がいるのです」

僕は立ち上がる。【葉山ミナト】という名前に心当たりのある人物が彼のフォロワーにいた？だけど桜小路は冷静だ。

「嘘ですわね。出雲川さんの気をひきたくて、ありもしないことを書いているのでしょう」

「桜小路さん、確かにそうですね。冷静になってみると、そんな気がしてきました。僕からの反応を引き出して、この子は喜んでいるというわけですね。まったく、いけない子だ。僕は存在そのものが罪なのです」

出雲川もテンションを落とす。

「いや、でも、もしかしたら、という可能性もあるわけだし。一応、聞いてみてくれないか？」

僕は出雲川にお願いする。今はどんな情報だって欲しい。葉山ミナトについて知っていると書きこんでくれたアカウントの子に、メッセージを送ってもらった。出雲川がその子のアカウントを登録することで、他の人には見られないような個人メッセージを送信できる仕組みだ。

彼に情報をくれたのは、十代後半の女の子のアカウントだ。出雲川が個人メッセージを送ると、熱烈な返事がすぐに戻ってきた。

「恥ずかしながらこの出雲川史郎が、この子のメッセージを読み上げさせていただきます。【出雲川様からのフォロー返し感激です。いつも素敵な投稿を楽しませていただいています。あなたのお顔は、地上の天使。どんな詩人でも、その芸術的価値を言葉にすることは不可能でしょう】」

「大事なところだけを、かいつまんで教えてほしいですわ」

桜小路のぼやきによって、メッセージが要約される。その女の子は、葉山ミナト本人に会ったことはないらしい。名前だけ知っている、という程度の話だった。特にめずらしい苗字と名前ではないため、そういうこともありうるだろう。だけど、その名前を知ることになった経緯が、少しだけ興味深い。

「なんだか手のこんだ話ですわね。児童養護施設でその名前を知っただなんて。作り話だったら、もっとシンプルな設定の方がいいですのに。アクト様……? アクト様は、どう思われます?」

桜小路が僕を見て心配そうにしていた。

部屋の壁に手をついて、呼吸をととのえる。

「……きっと、こんなの、作り話だ」

僕は胸を押さえて自分に言い聞かせる。動揺して、きっと顔も青ざめていただろう。出雲川と桜小路が僕の様子を見てうろたえはじめた。

情報をくれたその女の子は、小さな頃、北国の児童養護施設で暮らしていたそうだ。そこで仲よくなった年上の男の子が、隠し持っていたノートに、【葉山ミナト】という名前を大きく書いていたそうだ。まるで特別な名前であるかのように見えたから、気になって男の子に質問してみた。【葉山ミナトって誰なの？】と。

　すると、男の子は言った。

「親友の名前なんだ。交通事故で死んじゃったけど」と。

　その子の話が本当で、葉山ミナトが、僕たちのさがしている葉山ミナトだったとしたら、彼はすでに死んでいて、もうこの世にはいないということになる。葉山ハルの命を救える可能性が完全に途絶えてしまうのだ。結局は神《シナリオライター》が採用しなかった伏線であり、物語に必要なかった人物だから、葉山ミナトがすでに死んでいたとしてもおかしくはなかった。目の前で、唯一の希望が消えたのかもしれない。頭の中が真っ暗になり、僕はその場に倒れこんだ。

12／4

「勉強中に貧血になられたようですな。経緯は出雲川様と桜小路様からうかがっておりますが、心配する必要はございませんですな」

　アクト様のことを城ヶ崎家の小野田氏に報告した。

「念のため主治医をそちらにむかわせましょう。貧血とのことなので、管理栄養士の資格を持ったシェフも同行させます」

「シェフはもう必要ないかと。出雲川家と桜小路家の手配した者たちがすでにおるのですな」

　それに、アクト様が倒れた原因は食事ではなさそうだ。葉山ミナトに関する情報のせいだろう。真実かどうかはわからないが、彼はすでに死んでいるかもしれないとのことだった。そのことがショックでアクト様は貧血をおこしたのである。

出雲川史郎は、アクト様が倒れられた後、しばらくは気が動転していたようだ。しかし彼がベッドで目覚めてからは落ち着いている。桜小路姫子も似たようなものだ。ベッドで休んでいるアクト様のそばから離れようとしない。

「アクト様はまだそちらで調査を続けるおつもりなのでしょうか」

「まあ、そうでしょうな」

「こちらのトラブルが一段落したら、私もそちらへおうかがいしたいものです」

「トラブルというのは、行方がわからなくなった使用人のことですかな？」

「ええ。当初は何かの事件に巻きこまれたのではないかと心配していたのですが……。これ以上のことは、私の口からは申し上げられません。お察しください」

小野田氏はそれ以上の詳細を語らなかった。俺みたいな外部の人間には話せない事情があるのだろう。

報告をすませ、ホテルのレストランで部下と夕飯をとることにした。パスタの大盛り、ステーキとハンバーグ、チョコレートパフェとパンケーキを頬張る。俺の食べっぷりに、他の客たちが目を丸くしていた。

「今日は桜小路様のお姿がありませんね。残念だな……」

部下の木野が店内を見回して言った。いつもならこの時間、アクト様とそのご一行様がレストランで食事をしているのだが、今日は見当たらない。他の部下たちも、がっかりした顔をしている。桜小路家のご令嬢は大変な美人なので、その姿を遠くからお見かけするのを、部下たちはいつも楽しみにしているのである。

「アクト様たちは、お部屋にあつまって食事をとっているみたいですな。さきほど、豪華フルコースが部屋に運ばれているのを見かけたですな。病人用にアレンジされた特別なメニューですな。味見したかったですな……」

食事をしながら部下と今後の計画を練る。明日から雪が弱まるらしいので、うごきやすくなるはずだ。出雲川史郎のところに寄せられた情報の真偽を、まずは確認するべきだろう。

葉山ミナトと親友だったという少年が、北国の児童養護施設にいたらしい。少年の話によれば、葉山ミナトはもうこの世にはいないという……。

作り話の可能性もある。ネットというものは、嘘が平然と書きこまれる場所だから、簡単に信じるわけにはいかない。

出雲川史郎がフォロワーの女の子に個人メッセージを送信し、その児童養護施設の場所も特定されていた。葉山ミナトの話をしたという少年の名前もわかっている。橘トオルという人物だ。そいつに直接、会って話を聞いてみれば、はっきりするだろう。

「この町から、児童養護施設のある町まで、どれくらい離れてるんです？」

「車だと十時間以上かかるみたいですな。鉄道を使うにも不便な場所で、そもそもこの雪で列車は動いておらんのですな」

「誰が行くんです？　僕は絶対いやです」

「これからじゃんけん大会をして決めるんですな。負けたら行ってきてもらうですな」

しばらく降り続いた雪は明け方に止んだ。除雪車が仕事をしてくれて、車が走行できる程度には道路状況が回復する。俺はホテルの近所の駐車場で、車のタイヤにチェーンを巻いた。凍結した路面でスリップするのを防ぐためだ。じゃんけん大会で負けたのは俺だった。

長旅になるため、車内で食べるためのおやつが必要だ。近所のコンビニでお菓子の買い占めをする。甘いチョコレート系ばかりではなく、しょっぱいスナック菓子も大事だ。運転中は両手をハンドルから離せないため、口の中で長持ちするキャンディーも用意しておかなくてはならないだろう。肉まんやあんまん、ピザまんなどは、冷めてしまうから持っていくことはできない。しかたないので、今、食べることにしよう。

「南井さん」

大量のお菓子を車のトランクに詰めこんでいると、後ろから呼びかけられた。高級生地のコートに身を包んだ背の低い少年が、寒そうに震えながら雪景色を背景に立っている。城ヶ崎アクトだった。

「アクト様。もう体調はよろしいのですかな？」

「もうすっかり。ところで、聞きました、北国の児童養護施設へ行ってみるんですよね？」

「噂の真偽を確かめたいですからな」

昨日の段階で施設に電話をして情報をあつめておいた。施設関係者は誰も、葉山ミナトなどという名前は聞いたこともないという。しかし、橘トオルという少年は確かに実在し、かつてそこで暮らしていたようだ。

アクト様にそのことを報告すると、彼は三白眼をぎょろりと動かして足下をにらみつけた。殺意を地面にむけているのかと思ったが、どうやら気落ちしてうつむいているだけのようだ。

「……出雲川君のフォロワーの女の子は、まったくの嘘をついていたわけじゃないってことですね」

「そうですな。児童養護施設も、橘トオルって子も、実在するわけですからな」

葉山ミナトが故人である可能性が少しだけ高くなった。それはアクト様にとって悪いニュースだ。にぎりこぶしを作って彼は顔を上げる。決心を固めた表情だったのだろう。でも、悪鬼のごとき迫力だったから、俺は恐怖で心臓が止まりそうになる。

「出発は何時ごろです?」

「お菓子を積み終えたら、すぐに。会計済みの買い物カゴが、あと五つ、コンビニに置いてあるんですな。お菓子で山盛りになった買い物カゴなんですな」

「もうトランクには入りきらないみたいですが」

「後部座席に積んでおくつもりですな」

「じゃあ、僕は助手席に座ります」

「いっしょに行くおつもりですかな? 片道、十時間以上もあるんですけどな」

「問題ないです。さっさとお菓子を運んで、出発しましょう。手伝います」

アクト様はコンビニの方へあるき出す。俺は唖然とさせられた。部下たちでさえ嫌がっているのに、同行したがるなんて変わった人だ。

アクト様といっしょにお菓子でぱんぱんにふくらんだレジ袋を運んでくる。後部座席にそれを押しこんだ。彼は小さな鞄に財布とスマートフォンと充電器だけを持って助手席に乗りこむ。

「出発してください」

俺は運転席で、ハンドルにめりこんだお腹の脂肪を避けながら、車のキーを回転させた。エンジンが始動する。その時、ホテルの入り口付近で人捜しをするようにうろついている二つの人影が目に入った。出雲川史郎と桜小路姫子だ。二人はすぐにこちらに気づいて駆け寄ってくる。

「アクト様！　このようなところにいらしたのですね！」

「どちらへむかわれるんですの？　私たちも同行させていただきたいですわ！」

窓越しに二人が話しかけてくる。三白眼の少年は、わずかに困ったような表情で助手席の窓を開ける。

「二人はホテルで待っててくれ。車で少し離れた町に行ってくる。今日中には帰れない距離だ」

「ならば、この出雲川史郎も同行させてください。アクト様のいらっしゃらない町に、留まっている理由などございません」

「私も同じ気持ちですわ。アクト様のご活躍をこの目で見届けて、後世の人類のために絵巻物にして国宝登録していただく夢がありますの」

「ありがとう、出雲川君。桜小路さんは、もっと有意義な夢を抱くべきだけど」

結局、出雲川史郎と桜小路姫子も連れて行くことになった。お菓子に埋もれるような格好で二人は後部座席に座る。

「お三方とも、着替えのご用意はいいのですかな？」

「かまいません。途中、どこかで調達できるでしょう」

「アクト様がそうおっしゃるのなら、僕も問題ありません。途中にブランドショップがありましたら、そこで一式そろえましょう」

「私は髪型を整えるためのヘアアイロンを調達しなくてはいけませんわ。いつも海外製のヘアアイロンを愛用しているのですが、同じものが見つかるかしら？」

俺は返答に困る。これから行く場所は北国の地方都市だ。お二人が望むような店があるのかどうか保証はない。

「出発してください」

アクト様が前方を指さす。まあ、なんとかなるだろう。俺はアクセルを踏んで車を発進させた。

12／5

真っ白な景色がどこまでもひろがっている。郊外の家々や荒れ地、山の稜線までもが雪に覆われていた。タイヤに巻かれたチェーンが、がりがりと路面を削りながら、南井の車は走行する。

後部座席の出雲川や桜小路とおしゃべりをしながら時間を過ごす。二人が身じろぎをする度に、後部座席に押しこまれていたお菓子が、ばきばきと割れる音をたてた。大量のお菓子に埋もれるような形で座っているからだ。

カーラジオで地方局の情報番組を流していた。過去にヒットした懐かしの音楽が紹介されていたが、どれもこれも知らない曲ばかりだ。前世で耳馴染みのあった有名な歌謡曲は、こちらの世界線には存在しない。著作権が切れていない創作物は、ことごとく『きみある』の世界からは取り除かれている。

空は透き通るように晴れていた。僕は無意識に「ひこうき雲」という歌を口ずさむ。前世でよく聴いた歌である。

「アクト様、それはなんという歌ですの？　素敵な歌詞でしたわ。町に戻ったら、レコーディングして世界に発信するべきですわ」

桜小路の縦ロールに、棒状のスナック菓子が何本も引っかかっていた。

「『ひこうき雲』という曲だよ。でも、僕が発表するわけにはいかない。作詞作曲はユーミンという人なんだ」

「聞きおぼえのないアーティストですね。新人の方でしょうか？」

「いいや、有名人だよ」

そういえば、「ひこうき雲」の歌詞には、不治の病で亡くなったクラスメイトへの思いがこめられているらしい。だからよけいに感情移入してしまう。

この世界線には存在しない前世のヒットソングが、たくさん僕の頭の中には保存されていた。これをアウトプットせずにいるのは世界の損失のように思えてならない。楽曲の権利を主張しない形で、こっそり発表してしまうのはどうだろう。通勤電車でいつも聞いていた【彼女】の歌も、いつの日か……。

正午近くになり、南井のふくよかなお腹から「ぐぉぉぉぉ」と地響きのごとき低音が聞こえてくる。

「お昼ご飯の時刻が近づいておるようですな。お腹が、何かを食べたがっておるようです」

信号待ちをする度にお菓子を口にほうりこんでいたけど、昼食は別腹なのだろう。

「それではさっそく、この近辺のリストランテを検索いたしましょう」

出雲川がスマートフォンで食事の店を探してくれるが、彼の基準をクリアする高級レストランがあるはずなかった。だってここは他の車とすれちがうことさえない大雪原だもの。

空腹とともにしばらく移動する。民家がまばらに点在する地域に入り、食事の店を探したが、どこも積雪を理由に閉まっていた。ようやく開いている小さなスーパーマーケットを発見し、食料を求めて店内に入る。都会の店ほど品揃えはなく、棚はどこもすかすかだ。ありがたいことに、お弁当のコーナーに、のり弁当や数種類のおにぎりがあった。南井は上機嫌でそれらを買い占める。

出雲川と桜小路は物珍しそうに店内を眺めていた。二人はこのような店で買い物をしたことがほとんどないらしい。欲しいものがあったら使用人が持ってきてくれる生活を送っていた。

「なるほど、あのようにならんで順番待ちをした後に、会計をしてもらうのですね」

「あら、出雲川さん、そんなこともご存じなかったの？　私はこの光景、映画などで観たことがございましたから、知っていましたわ」

駐車場にとめた車の中で僕たちは昼食をとる。僕と出雲川と桜小路は、おにぎりを一個ずつもらった。のり弁当は南井に食べてもらうことにする。

「アクト様、このおにぎりの包装は、まるで難解なパズルのようです」

「海苔だけ別の場所にパッケージされているのは、なぜですの？」

「海苔が湿気ってしまうのを防ぐためだよ」

二人は市販のおにぎりを食べるのがはじめてらしく、フィルムを開封して海苔を巻くのに手間取っていた。

「おいしいですわ！」

「ええ、これは美味ですね」

おいしくほおばることができて、二人は笑顔になる。

午後もひたすらに雪景色のなかを車で移動した。運転免許証を持っているのは南井だけだったので、運転を交替してあげることはできない。

僕は前世でも車の運転をしなかった。鉄道網の発達したエリアで暮らしていたからだ。今回の人生では、ドライビングスクールに通うことを検討した方がいいだろう。城ヶ崎家が破滅した後、僕は職探しをする必要が出てくる。運転免許を取得しておけば、雇ってもらえる職種に幅が出るはずだから。

「道をまちがえましたですな」

「またですの？」

「曲がるべき道を素通りしたようですね」

「すみませんですな」

「雪が積もってるせいで、道なのか、そうじゃないのかがわかりにくかったんですね。見落としてしまったのは、仕方ないです」

「フォローをしてくださるなんて、アクト様はおやさしいですな」

さらにしばらく進むと、車が、がくんと沈むような振動があり、それきり前進しなくなった。故障したわけではないらしく、タイヤの回転する音は聞こえてくる。車の外に出て状況を確認した。後ろのタイヤが雪のくぼみにはまって空回りしている。スタックという状態だ。

「後ろから車を押します。南井さんはアクセルを踏んでください」

「わかりましたですな」

「アクト様、この出雲川史郎もお手伝いさせていただきます」

「もちろん、私だってやってやりますのよ」

「ありがとう、二人とも！」

僕と出雲川と桜小路は、車の後ろに回りこんで全体重をかけて押した。南井がアクセルを踏み、タイヤが音をたてて高速で回転する。しかし車は進まない。

「うおぉぉぉぉぉ！」と僕は声を出す。出雲川と桜小路も、普段はこんな力仕事なんてしないのに、僕を手伝ってくれた。他の車は通らないので、誰かに助けてもらうこともできない。前を見ても、後ろを見ても、動くもののない雪景色だ。このまま車が動かなければ、ここで夜を過ごすことになるだろう。

しばらくやってみたが、だめだった。最初に桜小路が力尽き、続いて出雲川が雪の中に膝をついた。

「はあ、はあ、申し訳ありません、アクト様……」

「わ、私、力が、限界、ですの……」

「わかった。休んでてくれ。僕はもう少し、がんばってみる」

僕は一人で車を押しつづけた。出雲川と桜小路が無念そうに近くで休憩する。

「アクト様、俺が後ろから押しましょうかな？　体重の重い俺が乗っているから動かないのかもしれないですな」

南井が運転席から声をかける。でも、南井が外に出たら、誰がアクセルを踏むんだ？　そのまま彼には運転席に乗っていてもらう。

エンジンがうなりタイヤが空転する。僕は車体の後部に肩を当てて、ラグビー選手にでもなったつもりで声を絞りながら押す。靴の中に雪が入って冷たい。全身の筋肉が悲鳴をあげる。でも、病室にいる葉山ハルのことを思い出すと、こんなところでストップしている場合じゃないと思える。あきらめるわけにはいかないのだ。一度、車から体を離して、体当たりするように、どしん、とぶつかってみた。頼む、動け。僕は祈りながら、何度も車に肩をぶつけた。肩の骨を痛めそうだ。でも、葉山ハルが味わっている苦しみはこんなものじゃないんだ。

何度目かのタックルの後、空転していたタイヤの音が変わった。がりがりと削るように、雪と泥水がタイヤの回転によってはじかれて僕の顔にまきちらされる。驚いてしりもちをついてしまった。

「アクト様！」

「お怪我はございませんの⁉」

立ち上がって車を見る。スタックしていた車が雪のくぼみから脱出していた。

「やった！　動いたぞ！」

僕は両手を上げてとびはねる。出雲川と桜小路と三人でハイタッチをした。運転席の窓から南井がほほえむように僕たちを見ていた。

車に乗りこんで再出発する。僕はひどい疲れで、助手席でぐったりとしていた。美しい雪景色の中を車は進む。針葉樹林の細い枝葉の上にも雪が載り、陽光にきらめいていた。小さな点々の足跡をつけながら進むウサギの親子がいる。遠くの斜面にたたずむ鹿も見かけた。どれもこれも特別に奇麗だった。

児童養護施設の住所まで、半分ほどの距離を移動したところで夜になる。南井のお腹から再び地響きのような音がする。

「本日はこの町で宿をとりましょう。どこか、泊まれる場所があるといいですな」

地方の夜は暗い。外灯がまばらにしか存在しないからだ。スマートフォンで情報を検索し、その町に一軒だけ民宿が存在することを突き止めた。その住所へ移動する。木造二階建ての民家だった。中年の夫婦が経営しており、質素な夕飯でよければ提供してもらえるという。玄関先で南井が中年夫婦と交渉している時、桜小路と出雲川が緊張した表情で民宿の建物を見上げていた。

「私、このような場所に泊まるのは、はじめてですわ」

「僕もです。ホテルとも旅館ともちがう、民宿というジャンルがあるのですね」

「ホテルみたいなサービスは提供されないけど、安く泊まれるんだよ。旅館をもっと小規模にした感じかな」

僕たちは二階に通された。二間続きの和室だ。真ん中にある襖《ふすま》を閉めることで、寝る時は男部屋と女部屋にわけることができそうだ。それにしても驚くべき狭さだった。ぜいたくは言えないけれど、前世の人生を思い出してみても、これほどの窮屈な部屋は記憶にない。出雲川と桜小路の顔がこわばっている。トイレとお風呂が部屋についておらず、布団は宿泊者が自分で敷かなくちゃならないことにも二人はカルチャーショックを受けていた。

夕飯は一階の和室に用意された。南井が特別料金を支払って、十人分のご飯を炊いてもらっていた。おかずの品数はすくなかったけれど、湯気の立ち上る温かいごはんは、泣きそうになるくらいおいしかった。オーナーのご夫婦が作ったという漬け物も最高の味だった。

悲劇は食後に起きた。

「ああ、なんということでしょう。きっとこれは、神が僕たちに与えた試練なのでしょうね」

「うっかりしていましたの。まさかこんな状況になるなんて」

「仕方ないよ、あきらめよう。覚悟を決めるんだ」

僕は二人をはげます。交代で浴室を借りることになったのだが、着替えの用意がないことに気づいたのである。途中で替えの下着を買えばいいか、などと思っていたのだが、すっかり忘れていた。

「大丈夫だ。僕の知りあいには、一週間も同じ下着で暮らした奴がいるよ」

前世の大学時代の友人だけど、そいつは風呂にも入らず、着替えもせず、いつも少し臭っていた。だけど風邪をひかない丈夫な男だった。

「しかしアクト様、入浴の前に脱いだものを、奇麗に体を洗った後、再び穿《は》くことに抵抗があるのです。僕の心が弱いのでしょうか。せっかく洗った体が、洗っていない下着によって汚染されるような気がするのです」

「出雲川君、あまり深く考えるんじゃない。思考を停止するんだ。それでも勇気が出ないなら、下着の裏表を逆にするといい」

「確かにそれは名案です。裏返しにすることによって、汚れた面が皮膚に接触することを最小限に抑えられそうです」

「私、明日の服をどうしたら良いですの。今の服しか用意しておりませんわ」

「同じ服を着るしかないよ。明日こそは、忘れずに服屋を探そう」

ありがたいことに人数分の浴衣が部屋に用意されていたので、夜はそれを着て就寝することができそうだった。

浴室は一階の奥にあり、脱衣所は凍てつくような寒さだった。熱いお湯につかりながら天井を見上げると、大きな蜘蛛《くも》と目があう。おそいかかってくる様子はないので放っておくことにした。蜘蛛は家の中の害虫を食べてくれる益虫なのだから問題ないだろう。

僕の後に出雲川がお風呂を借りた。彼は蜘蛛が苦手だったらしく、しばらくすると浴室から悲鳴が聞こえた。

「こちらの部屋、本当に私一人で使って良いですの?」

襖で部屋を区切って、それぞれに布団を敷いた。浴衣姿の桜小路が女部屋の方に一人で休んでいる。縦ロールだった髪は、お風呂の後に形がほどけ、ゆったりと波打っていた。

「大丈夫だ。気にせず休んでくれ」

僕はそう返事をする。男部屋に三つの布団を敷くと、足の踏み場がなくなった。横になった南井が面積の大半を占める。彼のお腹の脂肪と、部屋の壁との間にあるわずかな隙間に、僕と出雲川が体をねじこませて眠ることになった。

「なんだか申し訳ないですな」

南井が恐縮そうにしていた。出雲川が苦笑する。

「窮屈ですが、貴重な経験です。南井さん、寝返りだけはうたないでください。僕とアクト様が押しつぶされてしまいます」

夜がふけて、それぞれが眠りに落ちていった。部屋の壁と、南井の脂肪の壁が、横たわる僕の両側にある。部屋は意外に暖かかった。たぶん、南井の体温のせいだろう。

翌日の早い時間、僕たちは民宿を後にした。後部座席の桜小路は、いつもの縦ロールの髪型ではない。彼女はいつも使用人に髪をセットしてもらうのだが、今日は一人だし、縦ロールを作り上げるヘアアイロンもここにはなかった。

「なんだか恥ずかしいですわ」

彼女は髪をつまんで、指でくるくるともてあそびながら照れている。

比較的、大きな道路を走行中、衣料品店を見かけた。僕たちはそこで着替えの服を調達することに成功した。出雲川や桜小路が望んでいたようなブランド品ではなかったけれど、二人は文句を言わなかった。トイレで新品の服と下着に着替えて、僕たちはさっぱりした気持ちになる。

店にならんでいた衣類は、どれもこれも安物だったが、出雲川と桜小路が身に付けるとなぜか高級品のように見えた。二人の容姿があまりにも優れているせいで、海外のハイブランドを着たモデル写真のようになる。しかし僕が着ると、まるで地方都市のヤンキーだ。顔面の差でこれほどのちがいが出るのかと感心してしまった。

正午近くになり港湾都市にたどり着いた。車ごとフェリーに乗りこんで、冬の海峡を渡ることになる。フェリーの甲板で冷たい風にさらされながら、離れていく陸地を眺めた。海にできた白い泡が、航跡となってフェリーの後ろにのびていた。

船内の売店で南井が大量の袋入りのパンを買いこんでいた。僕たちも同じものを買って昼食にする。フェリーに並走するように海鳥が飛んでいた。パンくずを放り投げると、空中でくわえて飛び去っていく。

「何もかも、この旅は新鮮です」

海鳥を見上げて出雲川が言った。

フェリー内には絨毯敷きの大部屋があり、乗客たちが靴をぬいで座っている。僕たちはそこへ移動した。荷物を枕がわりに寝ころんでいる人がいる。夜になるとここで乗客たちは雑魚寝《ざこね》をするのだろう。出雲川は興味深そうに周囲を眺めている。

「これまで僕は、船内に映画館やカジノがあるような、大型のクルーズ船にしか乗ったことがありませんでした。市井《しせい》の人々は、このような定期船で海峡を渡っていたのですね」

「フェリーによっては個室もあるみたいだけど」

僕たちはならんで絨毯に座っていた。フェリーのエンジンの音が常に聞こえている。桜小路も近くにやってきて座った。

「海を渡ったら、目的地までもうすぐですわね」

葉山ミナトのことを知っているかもしれない人物が、これから行く土地で暮らしているらしい。かつて児童養護施設にいたという青年だ。彼に会って、僕たちは話を聞かなくてはならない。

出雲川がまたスマートフォンでSNSを見ていた。横からのぞいてみると、自撮り写真ばかりではなく、僕や桜小路が写っている写真もアップロードしているではないか。

「僕の顔なんかを載せたら、アカウントの登録者数が減ってしまうんじゃないか？　最悪、ＢＡＮされちゃうぞ？」

「ばん、とはなんですの？」

「BANというのはね、SNSの運営会社から、アカウントを停止されることだよ」

「アクト様、フォロワーの方々に、旅の目的を聞かれましたので、【白血病の友人を救うために旅をしている】ということを書きこんでしまいました。よろしかったでしょうか？」

「問題ないよ。これからも積極的に白血病の話を書きこんでほしい」

「御意」

魔王にかしずく配下のように、出雲川は片膝をたてて頭をたれる。

到着の時刻がせまると、僕たちは甲板に出た。冬の海をかきわけ、白い航跡をひきながらフェリーが進んでいる。水平線に陸地が現れた。海沿いに工場や倉庫が建ちならんでおり、ゆるやかな山裾には住宅地が広がっていた。港が近づくと、ビルのひしめいているにぎやかなエリアも見えてくる。海鳥がうるさいほどの鳴き声をあげながらフェリーの周囲を飛び交っていた。

12／6

仕事の合間の休憩時間、町工場の裏でぼんやりと空を眺めて過ごした。最近は雪の日が続いていたけれど今日は晴天だ。

「橘君、きみに電話だよ。事務所に来てくれる？」

仕事に戻って旋盤《せんばん》の機械を動かしていたら、事務員のおばさんに声をかけられた。

「電話？　誰からです？」

「施設の園長先生」

「すぐ行きます」

雪下ろしの相談だろうか。施設の屋根に降り積もった雪を下ろすのは重労働だ。毎年、この時期になると俺はそのお手伝いをしていた。同僚に機械の運転をまかせて事務所へむかう。事務所の室内はストーブのおかげで暖かく、珈琲の香りがただよっていた。保留中になっていた電話の受話器を手に取る。

「もしもし、俺です。トオルです」

「トオル君、元気だったかい」

「園長先生、俺は元気だよ。そっちは？　何も問題ない？」

「みんな健康に暮らしてる。ところで、トオル君、きみに会いたいという人たちが施設を訪ねてきたんだ。今日、顔を出せるかな」

町工場の寮と児童養護施設は同じ町内にある。すぐに行ける距離だ。でも、俺に会いたい人たちって、誰だろう。

「そいつら何者なんです？」

「こみいった事情がありそうだ。きみに質問したいことがあるらしい。きみとつきあいのあったお友達について情報をあつめているみたいだよ。さっきそう説明を受けたんだが、きみと直接、話をしてみたいらしい」

「警察か何かですか？」

「そういうわけじゃないみたいだ。大人が一人に、子どもが三人という組みあわせでね。きみがこっちに来るまで、何日でも待つつもりらしい。来なかったら、きみの職場の方まで押しかけそうな雰囲気だ」

「そちらに行った方がよさそうだ。わかりました。今日の夕方、そちらへ帰ります」

「手間をかけるね」

通話を終えて事務員のおばさんに頭をさげる。俺は旋盤の機械の前に戻って仕事にいそしんだ。機械に鉄の部品をセットしてボタンを押すと高速回転しはじめる。旋盤の刃が押し当てられ、鉄が少しずつ削られる。太陽が西に傾いて、空が黄色に染まった。退社の時刻だ。ロッカー室で作業着から私服になり、俺は児童養護施設へとむかうことにした。

先日の雪はまだ完全に溶けていない。道路脇に避けられて小さな山になっている。施設の先生や子どもたちに食べてもらうため、途中で焼き菓子を買った。みんなのよろこぶ顔を想像する。

バスに乗って郊外へと移動した。車内は学校帰りの高校生でひしめいており会話をはずませている。そのきらきらした雰囲気に俺は気圧された。俺はそういう人生を歩まなかったから、きらきらした雰囲気の高校生たちが苦手なのだ。

児童養護施設は山裾の静かな場所にある。車内の乗客たちが降りて、俺が最後の一人になった頃、到着した。針葉樹林に囲まれた敷地に白い建物があった。そこが俺の育った場所だ。駐車場に見慣れない車が見える。少し古い型の乗用車だ。近づいてみると、車内に大量のお菓子が散らばっていた。

12／7

僕の顔を見ると、子どもたちが、わっと泣き出した。あまりのおそろしさに、おしっこをちびってしまった子もいるようだ。僕たちは児童養護施設の中を見学していた。さっきまで子どもたちは訪問者に興味津々の様子だったのだが、僕の顔を見た途端、顔を青ざめさせ、逃げていった。

案内してくれたのは橘という初老の男性で、彼は施設の園長でもある。白髪に白い髭のやさしそうな人物だ。園長の橘さんと、僕たちが会いに来た橘トオルという人物は、苗字が同じだけど何か理由があるのだろうか？

「今は二十人の子どもたちがここで生活しています。働いている職員は五名。私も基本、ここに住んでいますが、それ以外の者は交替で泊まりにきてもらっているんです」

橘さんが説明してくれる。保育園を拡張して、寮をくっつけたような建物だ。どこも清潔に掃除してあり、温かい雰囲気に満ちている。

訪問の目的はすでに伝えていた。応接間で事情を説明し、橘トオルという人物に会わせてほしいとお願いしたところ、橘さんは彼と連絡をとってくれた。

「こちらがリビングルームです。みんなここでテレビを見たり、本を読んだり、ゲームをしたりするんです」

テレビのある広い部屋に案内される。ソファーセットがあり、大きなぬいぐるみが置いてあった。出雲川が身を乗り出して、テレビの前に置いてあるゲーム機に注目する。

「意外に充実していますね。古いハードから最新のハードまでそろっているではありませんか」

「大きくなって退園した子どもたちが、給料でプレゼントしてくれるんですよ」

「漫画もたくさんありますわ。一日中、暇つぶしできますわね」

桜小路が本棚を眺める。

「橘トオル君は、なぜここで暮らしていたのですかな？」

南井吾郎が質問する。

「あの子は少々、特別な過去がありましてね」

園長先生はリビングルームの大きな窓辺に立ち、彼の事情を説明してくれる。十年以上前に山道で交通事故が発生し、その現場近くで彼が保護されたこと。記憶がなくなっており、自分の名前も、どこから来たのかもわからないままだということ。

「素性が不明のままこの施設で引き取ることになったのです。正確な年齢もわからなかったのですが、おそらく五歳くらいだろうと医者から説明をうけました。名前が必要だったので、橘トオルという仮の名前で呼ぶことにしたんです。本当の名前を思い出すまでの、一時しのぎのつもりでした」

「苗字が同じなのは、あなたが名前をつけたからなんですな？」

「そうです。橘トオルは、私の父の名です」

南井はメモをとっている。交通事故が起きたのは何年前の何月ごろなのか？　その場所は？　などと質問する。

「当時、警察が事故車両を調べたのですが、身元のわかるものが何も見つからなくて……。すべて焼けてしまっていたんです。父親と母親と見られる遺体が車内から見つかったのですが……」

橘トオルは記憶喪失のまま成長し、中学卒業と同時に退園して町工場に就職したという。現在は二十一歳だそうだ。

二十一歳か。僕は南井吾郎と視線をかわす。彼も気づいたらしい。その年齢が意味することに。だけど確証がないのでまだ口にするわけにはいかない。黙っていよう。葉山ミナトという名前について聞きおぼえがないかを橘さんに質問してみたが、彼は首を横に振った。

「はじめて聞く名前です。過去にここで暮らした子どもたちの中にはいません」

他の先生方にも話を聞いてみたが、葉山ハルの生き別れの兄、葉山ミナトについて知っている人物はいなかった。

橘トオルが施設で暮らしていた頃、彼のノートに【葉山ミナト】という名前が記されていたという。葉山ミナトは昔の友人で、すでにもう死んでいるのだと彼は語った。

その情報をくれた女の子は、この施設の出身者でまちがいないようだ。調査の結果、そのことが判明していた。彼女の情報には信憑性《しんぴょう》がある。

気持ちが落ち着かない。橘トオルに会って話を聞けばわかるはずだ。でも、もしも葉山ミナトが本当に死んでいたら……。葉山ハルのドナー探しが、ふりだしに戻ってしまい、おそらく間にあわない。ドナーが見つかるよりも先に、彼女の命が尽きてしまうだろう。

施設見学が終わり僕たちは自由にすごした。出雲川と桜小路が子どもたちと遊びはじめる。出雲川はテレビにつないだゲーム機を使って、小学生男子と対戦格闘ゲームをプレイしていた。桜小路は小学校低学年の女の子たちの髪を結っている。数年前の二人だったら、決してそんなことはしなかった。外部生の子たちに触れると病原菌に汚染されるのではないかと本気で心配していたくらいだから。

「なかなかやりますね。今度は負けませんよ」

出雲川は小学生相手に本気でゲームをしている。

桜小路が女の子の髪を三つ編みにしてあげると、他の女の子が「私もやって！」とおねだりする。

「順番ですのよ。全員、やってさしあげますわ。こら！　私の服で鼻水をかむんじゃありませんー！」

南井はどこか別の場所で電話をしている。城ヶ崎家の小野田に現状報告をしているのかもしれない。さきほど、僕の顔を見て泣き出した子どもたちがリビングにやってくる。まだ小学生にもなっていない小さな子どもたちだ。ソファーに座っている僕を見て、硬直し、顔を青ざめさせるものだから、施設の先生方が困っていた。

「その辺を散歩してきますね」

僕は立ち上がってリビングを出ることにする。廊下の壁には、一日の日課を書いたスケジュール表や、子どもたちが描いた先生たちの似顔絵が貼ってあった。厨房の方から料理をする匂いがただよってくる。肉ジャガの香りだ。少しだけのぞいてみると、巨大な鍋で大人数の料理が作られている最中だった。

靴を履いて外をあるいてみる。敷地の周囲には針葉樹の林が広がっており、夕焼け空を鳥たちが移動していた。雪がそこら中にのこっている。冬の冷気に僕は体をふるわせた。

職員たちの車の他に、僕たちが移動に使っていた南井の車が駐車場にある。その車のそばに若い男性が立っていた。手に紙袋のようなものを下げた青年だった。怪訝な顔つきで南井の車をのぞきこんでいる。

僕の視線に気づいたのか、青年がこちらを振り返る。僕たちの目があう。彼がぎょっとした表情になったのは、僕の凶悪な面構えのせいだろう。

「橘トオルさんですね？」

確信して僕は声をかけた。きっと彼だ。まちがいない。

一歩、彼に近づく。彼は後ずさりをした。

「そうだけど。きみは？」

「あなたに聞きたいことがあって、ここまで来たんです」

「俺に？　何を？」

「でも、もういいんです。目的は果たしました」

僕は安堵していた。雪道をドライブしている間、常にあった焦燥が消える。葉山ミナトがすでに故人だったらどうしよう、という不安は、たった今、なくなったのである。

目の前の青年は眉間にしわをよせ、意味がわからないという表情で僕を見ている。背丈は高い。やせており、すらりとした体つきだ。その顔の造りが葉山ハルに似ていた。目と鼻の形、顔の骨格が、まるで血のつながりのある家族みたいにそっくりなのだ。

現在、彼は二十一歳だという。引き取られた時に五歳だったという話なので、十六年前に彼は施設で暮らしはじめたことになる。十六年前と言えば、白取町から葉山一家がいなくなった時期に一致する。さきほど、僕と南井が視線をかわしたのは、その可能性に気づいたからだ。橘トオルが葉山ミナト本人である可能性に。もしかしたらその二人は、同一人物なんじゃないかと僕は疑っていた。

「橘さん、このまま少し、二人きりで立ち話をさせてください」

「ここで？」

外は寒いけど、その方がよさそうだ。

「どうして？　みんなに聞かれたらまずい話なのか？」

「場合によっては」

彼は警戒するような目で僕を見る。

「あなたのことを考えて、そう提案したんです。だって橘さん、自分の本当の名前を思い出しているのに、園長先生や他の先生にそのことを隠しているでしょう？」

幼少期の交通事故で記憶喪失になり、彼は自分の名前を忘れてしまったのだと聞いている。でも、彼はノートに【葉山ミナト】という名前を記していたらしい。きっと、どこかの時点で彼の記憶は戻っていたのだ。

「これから僕がする話には、どうしても、葉山ミナトという名前が登場するんです」

「葉山、ミナト……」

彼が名前をつぶやく。聞きおぼえのない名前という雰囲気ではなかった。明らかに彼はその名前を知っている。僕の口からその名前が出てきたことに動揺している。

いつのまにか施設の入り口あたりに子どもたちや先生方がいた。橘トオルの姿が見えてあつまってきたのだろう。だけど近づいてはこない。僕と彼が立ち話をしている様を遠くから眺めている。

「その名前を、どこで?」

うめくように彼がたずねた。僕は手短に経緯を説明する。ノートに書かれていた名前と、それを見かけた少女の話を。

彼は片手で顔をおおった。思い当たる記憶があったのだろう。

「おぼえてるよ。確かにそんなことがあった。俺になついてくれている女の子がいたんだ。三つ編みの子だったよ。ノートを見られて、そんな話をしたんだ」

「葉山ミナトという少年は、自分の親友の名前だと、その子に説明したそうですね。もう亡くなってしまった男の子なのだと。でも、それは嘘だった。葉山ミナトは、あなたの本当の名前なんでしょう?」

「どうして、そんなことが、きみにわかるんだ?」

「顔立ちがそっくりだからです」

「誰に?」

「あなたの生き別れの妹に」

「妹? 待ってくれ。じゃあ、きみは、俺の妹に会ったことあるのか?」

「はい。同じ学校に通っています。友だちなんです」

妹の存在を彼はおぼえていたようだ。僕の言葉を疑っている雰囲気がない。それどころか、妹という単語を聞いて、妙に納得する表情をしていた。

「じゃあきみは、妹の関係者ってわけか」

「ええ、そうです。あなたは葉山ミナトさんですね？」

「わかったよ。葉山ミナトは、俺の名前だ」

観念するように彼は言った。見つけた。僕は葉山ハルの兄をさがし出すことができたんだ。HLAの検査がまだだから、同じ型の白血球を持っているとは限らない。それでも、ハッピーエンドにむけて大きく前進したはずだ。顔がにやけそうになるのをこらえる。まだ喜ぶのは早い。

葉山ミナト……橘トオルは施設の入り口を振り返っている。いつのまにか名付け親の橘さんも外に出てきていた。彼は白い髭をさわりながらにこりと笑っている。家族にむけるものと変わらない温かみが、目の前の青年に注がれている。

「親父とお袋は、交通事故で死んじまったんだ」

車内で発見された二名の遺体は、葉山ハルの両親だったことになる。このことを病室の彼女に伝えなくてはならない。育ての親である葉山理緒にも。

「妹はまだ赤ん坊だった」

「叔母さんの元にあずけられていたんです」

「そうか。事故に巻きこまれなくてよかった」

推測になるが、おそらく葉山一家は、逃げるように海辺の町から出て行かなくちゃならなかったのだろう。金を借りた相手に見つかりそうになったとか、そういう理由で。葉山美咲は次の居場所が決まるまでの短い期間、赤ん坊の葉山ハルを妹にあずけることにしたのではないか。状況が落ち着いたら、きっとむかえに行くつもりだったはずだ。だけど交通事故が起きてしまい、そのままになってしまった。

「妹の名前は、ハル、だったよな。お袋がそう呼んでいた気がする」

「そうです。葉山ハル。彼女は今、事情があってここにはいません……」

「事情？」

「病気なんです。白血病って、ご存じですか？」

僕たちがここまでやってきた理由を、話すべき時がきたようだ。

「知ってるけど、あまり詳しいわけじゃない」

「重い病気なんです。骨髄の移植手術をしなくてはいけません。でも、骨髄を移植してもらう相手は、誰でもいいってわけじゃない」

「そうか、そういうことか。きみが俺をさがしていた理由、なんとなくわかったよ。家族だったら移植できるんだな？」

「兄弟や姉妹の関係だったら、四分の一の確率で白血球の型が一致するんです。お願いです。妹さんのために、まずは白血球の型を検査していただけませんか？」

僕は頭をさげた。骨髄の提供を彼に同意してもらわなければならない。あと少しだ。葉山ハルの命の延長まで手が届く場所にたどりついた。

「妹は、いい友人を持ったみたいだな。きみ、名前は？」

そういえば自己紹介がまだだった。

僕は名前を口にする。

「城ヶ崎アクトです。葉山ハルさんとは同じ学園に通っています」

急に空気がはりつめるのを感じた。彼は僕から距離をとるように後ずさりをする。

「城ヶ崎？　城ヶ崎グループの関係者か？」

緊張した彼の声に僕は戸惑った。

「父が城ヶ崎グループを経営しています」

彼の表情がめまぐるしく変化する。驚きから恐怖へ。僕の顔に怖がっているというより、城ヶ崎という名前におびえている様子だった。

僕は施設の入り口を振り返る。子どもたちは今にも駆け出してきそうな気配だ。橘トオルは子どもたちにとって良きお兄さんなのだろう。子どもたちの肩を先生方が押さえつけている。真剣な話の邪魔をさせまいとしているようだった。

どさり、と何かの落ちる音がした。地面に紙袋が落ちている。橘トオルが手に持っていたものが地面で横倒しになっている。中に入っていた焼き菓子の箱が袋から飛び出していた。空はオレンジ色から紫色になり、針葉樹林は真っ黒な陰に沈んでいる。彼の姿が、いつのまにか消えていた。

12／8

城ヶ崎という名前を聞いた時、俺の体に震えが走った。児童養護施設の駐車場で話しかけてきた少年は、城ヶ崎アクトと名乗った。背丈は低いが、異様な外見をしていた。するどい三白眼に、牙のようなぎざぎざの歯。生き別れの妹の友人なのだと、彼は自分のことを説明した。でも、はたして本当だろうか。

城ヶ崎という名前を聞いた瞬間、わからなくなってしまった。城ヶ崎と言ったら、俺たち一家を不幸にしたやつらじゃないか。そんな奴の話をどこまで信じられる？　感情がぐちゃぐちゃになって俺は逃げ出した。日が暮れて暗くなった道を走り、バス停にたまたま停車していたバスに乗りこむ。

車窓から夜の町並みを眺めながら、葉山ミナトという名前をひさしぶりに思い出していた。逃げてきてよかったのか？　あの少年の話だと、妹が難病で苦しんでいるという。でも、きっと嘘にちがいない。ああ、そうだ。あの顔は、人をだますタイプだ。悪いことをたくらみ、他人から大切なものをうばっていく人種の顔だ。妹のことも作り話に決まっている。園長先生には申し訳ないけど、後で事情を説明しよう。

寮の近くのバス停で俺は降車する。寮と言っても、ごく普通の二階建てのアパートだ。町工場で働く俺の同僚たちが各部屋に住んでいる。自分の部屋に飛びこんで玄関ドアに鍵をかけた。だけど不安でたまらない。あのおそろしい顔の少年が、部屋まで押しかけてくるんじゃないかという気がした。友人の一人に電話をかけ、今日からしばらく部屋に泊めてほしいと頼んでみる。定時制高校時代の同級生の男だった。

「頼む。しばらくかくまってくれないか」

「橘、何かやらかしたのか？」

「何もやってない。絶対に迷惑をかけないから、頼む」

「しかたねえなあ」

了解してもらえた。俺は感謝しながら着替えを荷物にまとめる。タクシーを使うようなお金はないので、そいつの家まで走っていくつもりだった。寮の部屋を出て、俺は路地を駆け抜ける。夜の冷気で路面が凍りつき、すべりやすくなっていた。

曲がり角にさしかかった時だ。暗がりから突然、巨大な球体が現れた。その球体はやわらかくて、弾力があり、俺がぶつかると、ぼよんとはねかえされる。俺は姿勢をくずしてころがった。

「怪我はないですかな？」

声をかけられる。球体だと思ったのは、太った男の腹だった。そいつが曲がり角から出てきて、ぶつかってしまったのだ。俺は立ち上がって先を急ごうとする。

「待つですな、葉山ミナト君！」

丸い体から腕がのびて俺をつかんだ。そいつは俺の本当の名前を口にした。くそっ。城ヶ崎の仲間か。俺はもがいたが、そいつは逃がしてくれない。舌打ちをして俺は観念する。

走ってくる数名の靴音が聞こえた。曲がり角のむこうに車が停められている。児童養護施設の駐車場にあった車だ。背の高いモデル体型の男女と、先ほど対話した悪魔のような顔の少年が車を降りて近づいてきた。

「アクト様、こちらが例の……？」

青年が俺をのぞきこみ、城ヶ崎アクトに問いかける。

「そうだ。僕たちがさがし求めていた人だ」

「そっくりですわね」

長い髪の女の子が俺を見て驚いたように言葉を発する。

「葉山ハルさんと、同じ血が流れていること、私も確信できましたわ」

身動きできない俺に城ヶ崎アクトが顔を近づける。すごい迫力だった。

「城ヶ崎という名前を聞いて立ち去ったのはなぜです?」

三白眼でにらみつけられた。いや、にらんでいるのではなさそうだ。凶悪な顔立ちだから表情がわかりにくいけど、彼はどうも困惑しているらしい。俺は、腕をつかんでいる男を見上げる。

俺が返事をするまで離してくれなそうだ。しかたなく俺は白状する。

「……城ヶ崎家は、俺の家族をばらばらにした。だから、怖くなって逃げたんだ」

死んだはずの親父の声が、今も頭の中で繰り返し蘇る。

「あいつらのせいだ……。俺たち家族の不幸は全部、あいつらのせいだ……」

死者の亡霊が俺の魂にとりついているみたいに。

12／9

ハルが落ちこんでいる。明るくふるまおうとしているけれど、私にはわかる。一日だけ外泊の許可がおりて、ひさしぶりに自宅で過ごせるはずだった。でも、直前になってハルが熱をだしたのだ。外泊は延期になり、病室から出ることはできなくなった。

「ごめんね、理緒」

「ハルのせいじゃないよ」

上司にたのみこんでその日は休みにしてもらっていたのだ。一日中、自宅でハルと過ごすつもりだった。彼女は私にあやまったけれど、一番つらいのは彼女だ。入院したのは十二月のはじめの週だったから、三ヶ月の間、彼女はずっと病室で過ごしている。

ハルの友人の北見沢柚子がお見舞いに来るようになった。彼女は小学校時代の同級生で、雲英学園から転校してきたお嬢様だ。儚い雰囲気の美少女なのだが、最近はなぜかＵＦＯの研究をやっているという。ハルの病室に彼女は天体望遠鏡を持ちこんでいた。三脚に載った全長一メートルほどの巨大なやつだ。私が病室を訪れた時、北見沢柚子はすでに帰ってしまっていたが、天体望遠鏡は部屋にのこされていた。

「この病室、高い場所にあるでしょう？　この部屋の窓からなら、夏目町を一望できるし、ＵＦＯを探すのに都合がいいみたい。勝手につかっていいそうだから、理緒、後で窓から星を見ようね。……あの子、城ヶ崎君が宇宙人にさらわれて脳の改造手術を受けたんじゃないかって、本気で思ってるんだよ。そう考えないと、あんなに性格が変わるわけがないって。城ヶ崎君の脳を改造して、宇宙人がコントロールしてるんだって柚子は思いこんでる。城ヶ崎グループを裏から操って、人間社会を乗っ取ろうとしてるんじゃないかって」

それじゃあ、宇宙人に感謝しなくちゃいけない。だって、城ヶ崎アクトは今、ハルを救うために行動しているのだから。

ハルは病室のベッドで横になり、窓際に置かれた天体望遠鏡を見ながら弱々しい微笑みをうかべる。微熱状態が続いていた。血液検査でいい数値は出ていない。好中球細胞は減りつづけている。放射線治療の効果は出ないまま、彼女の皮膚の一部はナスビのように青紫色に変色していた。

私たちは部屋を暗くして、窓ガラス越しに星々や月を観察した。月の表面のクレーターの陰影まではっきりとわかる。

「すごい！　月ってこんな顔してたんだ！」

ハルは接眼レンズを覗きこんで声を出す。望遠鏡で見る月はまぶしいくらいに明るく、手が届きそうなほど近い。表面のごつごつした感じがおもしろく、私とハルは交替で何回も眺めた。

「柚子からね、ひまな時間があったらＵＦＯを探すようにお願いされてたの。私の貴重なのこり時間をそんなことに？　って思ったけどね。天体望遠鏡を置いていってもらえて、ラッキーだったかも」

星を見ると地上の騒々しい人間社会を、ほんの一時、忘れられるような気がした。宇宙は広大で静けさに満ちていた。

「死んだら星になる、っていうイメージは、どこから来たんだろうね」

彼女がつぶやいた。はっきりとした由来はわからないが、肉体を離れた魂が、空にのぼって、その光が星になる様は、なぜだか想像できる。

「のこされた人が、死んでしまった人のことを忘れられないから、そんな風に言い出したのかな」

いなくなった後も夜空の星のように、永遠に自分たちを見守っていてほしい。そんな願いが私たちの中にあるのかもしれない。

「理緒、私が死んだら、望遠鏡で私をさがしてみて」

「大丈夫。あなたは死なないよ」

私は彼女に言う。どうしてそう思うのか？

城ヶ崎アクトが言ったから。玄関先で私に。

「絶対に救いますから。絶対に」と。

駅前にドナー登録をうながすボランティア活動のグループがいた。参加者の中に寝癖のある男の子がいる。佐々木蓮太郎という名前のハルの友人だ。何度かお見舞いに来てくれたことがあり、聖柏梁病院の廊下で立ち話をしたこともある。しっかりとしたいい子だ。成績はいつも学年トップで、学業面でのハルのライバルらしい。

ハルに彼の話をしてみた。

「佐々木君がお見舞いに来てくれるのは、もしかして、気があるからなんじゃない？」

「好意があるってこと？　私に？　それはないよ」

ハルは首を横にふる。照れ隠しなどではなく、本当にそう思っているようだ。

「彼は城ヶ崎君に言われて、たまに私の様子を見に来てるだけみたい」

ハルの観察によると、佐々木蓮太郎という少年は城ヶ崎アクトに忠誠心のようなものを抱いているという。弟や妹も彼になついているそうだ。

「佐々木君はいい人だよ。やる気がなさそうな雰囲気を出してるけど、たよりになる男の子だね。もしも城ヶ崎君がいじわるな性格なままで、内部生と外部生が今みたいに仲よくなかったら、私は彼と共同戦線をはっていたかもしれない。……私の友だちが、佐々木君のこと、大好きなんだ。その子の恋路がどうなるのかを見届けたいな。いつか告白するのかな。それとも、しないのかな。私たち、いっしょに歳をとることができたらいいのに」

一人だけ大人になれないまま。病室の天井を見上げて、彼女はそんな想像をしているようだった。

骨や関節に痛みがあるらしい。最近、彼女は立ちくらみで意識を失いかけた。医師の話によると、骨髄から生み出される不良品の血液に押し出されるような形で、赤血球が減少しているそうだ。酸素をうまく運べなくなり、脳と心臓の働きが弱まっているらしい。彼女の体は少しずつ機能停止へとむかっていた。

夜になると、ハルを病室に一人のこして、私は自宅へ戻る。静まり返った家の中で、明日の仕事の準備をしなくちゃならない。手を動かしていると暗い考えが頭から振り払われる。じっとしていたら絶望で泣き出してしまいそうだ。

突然、家の電話が鳴り響いた。どきりとする。もしかしたら病院からだろうか。ハルの容体に変化があって、それで緊急の連絡がきたんじゃないか。そんな想像をしてしまう。でも、ちがった。受話器をとって耳にあてると少年の声がする。

「もしもし。いつもお世話になっております。城ヶ崎アクトです。夜更けに突然のご連絡、もうしわけありません」

丁寧な口調だ。まるでサラリーマンが取引相手に電話をする時のように。本当に彼は城ヶ崎家の御曹司なのだろうか。宇宙人に脳を改造されたという説を信じてしまいそうになる。

「少々、ご報告したいことがあり、お電話をかけさせていただきました。……ハルさんのご様子はいかがでしょうか」

まずは彼女の体調について説明した。血液検査の結果や、最近の治療の方針についても話す。

体調は良くなっていない。ますますひどくなっている。彼は長く沈黙した。それから言葉を発する。

「僕は今日、お伝えしなくてはならないことがあるんです。いい情報と、悪い情報があります。どちらからお話ししましょうか……」

私は順番に両方を聞いた。ひとつは、私の姉の葉山美咲がすでに交通事故で亡くなっていたこと。夫の神宮寺アキも故人となっていた。それが悪いニュースだった。

もうひとつは、ハルの生き別れの兄、葉山ミナトを発見したこと。

「HLAの検査はまだです。でも、それをクリアできたら、ハルさんに骨髄移植手術を受けさせることができるかもしれない。だから、もう少しだけ、待っていてほしいと、彼女にお伝えください」

私は口元を押さえて泣きそうになる。

12／10

橘トオルが暮らしていた池波町《いけなみちょう》という町には、立派な観光ホテルがあり、僕たちはそこに宿泊した。朝食ビュッフェを食べた後、ロビーで出雲川や桜小路と合流する。桜小路の縦ロールの髪型が復活していた。ヘアアイロンをどこかで入手したらしい。

三人でタクシーに乗りこみ、橘トオルの寮の近くまで移動する。彼の部屋の窓が見える位置に車が駐車されており、南井吾郎が運転席であんパンを頬張っていた。車内に空き袋がいくつもちらかっていたので、それが何個目のあんパンなのかはわからない。

「アクト様、おはようございますですな」

「おはよう。彼は部屋にいる？　逃げ出してない？」

「一晩中、見張っておりましたが、部屋でおとなしくしておるみたいですな」

橘トオルは城ヶ崎グループに対して良くない印象を持っているらしく、僕から逃げたがっていた。でも、せっかく見つけた葉山ハルの命綱を、ここで見失うわけにはいかなかった。寮の入居者たちが外に出てきて、町工場のある方角へ移動していく。仕事のはじまる時間が近づいているようだ。

「市井の人々は、毎朝、このように仕事へ行くのですね。出勤風景というものを見るのは、はじめてです」

「まるで蟻《あり》の行列みたいですわ」

お昼が近づいて僕たちは彼の部屋のドアをノックした。

「こんにちは、トオルさん。お約束していた時間になりましたので、おむかえにあがりました」

ドアノブが動いて、おそるおそる橘トオルが顔を出す。僕と目があうと、「ひっ」と悲鳴をもらしながら、咄嗟にドアを閉めようとした。ドアの隙間に靴のつまさきをねじこんで、完全に閉まるのをふせぐ。できるだけにこやかな表情を作り、ドアの隙間に顔をくっつけてほほえみかけた。

「城ヶ崎アクトです！　本日はよろしくお願いします！」

「え、怖っ……！」

彼は顔を青ざめさせる。僕の笑顔は逆効果だったらしい。

「大丈夫ですよ。アクト様はこう見えて、とてもおやさしい方ですから」

「そうですの。トオル様、ご安心くださいまし」

出雲川や桜小路が僕のかわりに声をかけて、ようやく安心した様子で玄関先に出てきてくれた。

彼の服装は、よれたトレーナーに、色あせたジーンズ、履き古したスニーカーというものだった。

「昨日のことは夢じゃなかったのか。一晩たってもきみたちがこの町にいるなんて……」

警戒気味に僕たちを見る。アニメ『きみある』に登場していたら人気が出ていたかもしれない顔立ちだ。女性ファンにうけそうなキャラクターデザインである。目に暗い影があり、なんらかの不幸な過去があることをにおわせるのだ。

いっしょにランチをとるため、今日は町工場を休んでもらっていた。予約した店まで南井の車で移動しなくてはならない。少し窮屈だけど、出雲川や桜小路といっしょに後部座席に乗ってもらう。

「この車、一晩中、寮のそばに停まっていたよな。俺を見張ってたのか？」

「その通りですな。きみが窓から抜け出して走っていくんじゃないかと期待しておったのですが、おとなしくしておりましたな」

「もう、逃げないよ。昨日は動揺していたんだ」

車は飲食店がひしめく繁華街を通り抜けた。この池波町には、日帰りで行ける範囲に湖や展望台などの観光スポットがあり、大勢の旅行客が訪れるという。平野部には牧場が広がっており、搾《しぼ》りたての牛乳で作ったソフトクリームが有名らしい。南井は料亭の駐車場に車を停めた。静かな地域にある和風建築の建物だ。

「なんだか私の実家みたいで落ち着きますわ」

周囲が竹林で、地面は白色の砂利、所々に石灯籠が立っている。店の入り口に移動すると、使用人たちがずらりとならんで出むかえてくれた。

「ようこそお越しくださいました」

化粧をした女将《おかみ》が僕たちに一礼して屋内に案内する。

「こんな店があるなんて知らなかった」

「歴代の首相がお忍びでよくいらしているそうです。先月もアメリカの元大統領が大物政治家との密会に使ったとか。もちろん、普通のグルメガイドには掲載されていません。特別なネットワークを持った家だけがこの店を予約できるのです」

出雲川が説明してくれた。渡り廊下から見える景色も素晴らしい。池で泳いでいる鯉は黄金色だ。庭の見える座敷に通され、ふかふかの座布団に座る。

「ごいっしょさせてもらって、ありがとうですな。おいしいご飯がでるといいですな」

南井は食事への期待で頬を紅潮させていた。しかし、いざ食事がはこばれてくると、彼は心配そうな顔つきになる。なぜなら小鉢に少量ずつの料理だったからだ。

「こんな小指の先みたいな料理で、お腹いっぱいになるのですかな。食べた気がしませんですな」

しかし味はどれも一級品だ。この地域でとれた旬の野菜が使用されていた。橘トオルは成人しているのでお酒が飲める年齢だ。いつもだったら僕は前世のサラリーマン時代の接待を思い出しながら、「最初はどれにします」などと、アルコールのメニュー表を彼に見せていたことだろう。だけどこの後、採血のために病院へ行ってもらう必要があるので、アルコールの摂取はひかえてもらうことにした。

「すみません、トオルさん。また今度、ビールをおごらせてください」

「いいよ。そもそもお酒は飲まない。きみ、ビールをおごるとか言ってるけど、飲める年齢じゃないでしょう。だめじゃないか」

食事をしながら雑談する。彼をさがし出すまでの経緯や、葉山ハルのことについても話をした。彼女の写真がスマートフォンに保存されていたのでそれを見せる。橘トオルは目をほそめ、感慨深そうに生き別れの妹を眺めた。

「電話をしてみますか？」

「まだ、やめておく。心の整理がついてからだ」

次第に南井の大きなお腹も膨れてきた。最初は小鉢ばかりだったけど、途中から彼を満足させるような量の肉料理や鍋料理が出てきたからだ。出雲川や桜小路は食べきれずに残し、それを南井が次々と消化した。何杯もご飯の山盛りをお代わりするものだから、女将や他の使用人たちが驚いていた。デザートの氷菓子が運ばれてくる。果物のシャーベットだ。

「妹が危険な状態だってことは理解した」

彼女の病状について説明すると沈痛な表情で言った。

「ＨＬＡの検査も受けてみる。一致するといいな」

カードで支払いをすませて料亭を出た。桜小路が手配していた病院へ車で移動する。処置室に呼ばれて橘トオルは腕に注射針を刺され、ほんのわずかな血液が抜き出された。袖をまくった腕に絆創膏がはられて、それでおしまいだ。血液は検査にまわされ、結果が出るまで数日かかるらしい。

車で橘トオルを寮まで送り届けることにした。車内で彼から僕たちの関係について質問を受ける。

「きみたち三人は昔から仲良しだったの？」

「アクト様とは雲英学園初等部からのおつきあいなのです。当時のアクト様はとてもやんちゃでした」

「ええ、やんちゃという表現では足りないほどですわ。でも、いつの日かアクト様の伝記を出版しなくてはなりませんから、あの頃の思い出は記録しておかなくてはいけませんわね」

「三人はとんでもないお金持ちなんだな。さっきの料亭での立ち居ふる舞いを見て理解したよ。ああいう場所になれてる雰囲気だった。俺とは住んでいる世界が、全然、ちがうって」

寮の前の路地に車を停める。その時だった。町工場のある方角から、よろよろとした足取りであるいてくる青年が見える。彼は右腕にギプスをはめていた。三角巾で肩から腕を吊り下げており、一歩を踏み出すたびに、痛そうに顔をしかめている。橘トオルが車を出て彼に近づいた。

「どうした？　何があった？」

青年は橘トオルの同僚なのだろう。彼の姿を見て立ち止まり、ギプスをはめた腕を見せる。

「荷物が倒れてきたんだ。金属の部品がいっぱいつまったやつだよ。まあ、腕の骨が折れたくらいですんだからよかった。労災も出るみたいだし。そういえばトオル、おまえ、休みをもらってたんだって？　ラッキーだったな。出勤してたら、まきぞえをくらってたかもしれない。俺はこんな感じだから、明日からしばらく休むことになったよ」

「ああ、ゆっくり休め」

青年は寮に入っていく。

知りあいを見送る橘トオルに僕は声をかけた。

「危険な職場なんですか？」

「いつもはこんなこと起きない」

急に彼の体が心配になった。職場でなんらかの事故が起きて、骨髄提供どころではない状態になったら……。そんな悪い想像をしてしまう。ようやく見つけた葉山ハルの命綱だ。彼を守らなくてはならない。

「あの、もし、よろしければ、数ヶ月ほど休暇をもらって、のんびり暮らしませんか？　職場の方には僕が言っておきますから」

「そんなことできるのか？」

訝しむ彼に出雲川が説明する。

「城ヶ崎グループの力を使えば、町工場そのものを買い取ることだって簡単です」

「トオル様がお望みなら、新しい職を提供することだってできますわ」

「新しい職？　そんなこと、考えもしなかった」

「どうして町工場で働こうと思いましたの？」

「選択肢がすくなかったんだ。園長先生には、高校まで施設で暮らさないかって言われたけど、あんまり迷惑かけたくなかったから、中卒でも働けるところを探した。寮もあって、施設にいつでも顔を出せるような距離だから、都合もよかったし」

橘トオルの話を聞きながら、僕は前世の自分の人生を思い出していた。僕が就職活動をしたのは二十歳を過ぎた頃だ。ようやく内定をもらって入れた会社は、思いいれのない業種だった。最初は仕事の内容がわからなくて、何をすればいいのか戸惑ったものだ。

憧れていた職業に就くことができた友人もいれば、できなかった友人もいた。自分の仕事にほこりを持っている人もいれば、なんでこんなことしなくちゃいけないんだろう、という顔で仕事をしていた人もいた。

「きみたちの申し出はありがたいけど、このままでいい。それにしても、お金持ちの発想はすごいな。町工場を買うだなんて……」

彼は少しあきれていた。僕も感覚が麻痺しかけていたけど、こういう反応が普通なのだ。

「それに、城ヶ崎グループの力は、借りたくない。ごちそうさま。おいしかったよ、お昼ご飯」

僕たちに会釈をすると、彼は背中をむけて寮に消えた。

12／11

深夜に目をさました俺は、コップで水道水を飲む。窓から外を確認してみたが、昨晩のように車は停まっていない。

城ヶ崎アクトからいろいろな話を聞かされた。その中に、親父と城ヶ崎グループとの関係についての説明もあった。城ヶ崎グループが詐欺まがいのことをやったせいで、親父は借金を作ったらしい。親父は金貸しから金を借りていたのだが、返済せずに逃亡したのだという。親父は城ヶ崎グループへの恨みをつぶやいていたけれど、それは逆恨みだったのかもしれない。自業自得だ。

　いや、本当にそうか？　城ヶ崎グループのせいで俺たちが不幸になったのは事実だ。心がすっきりしない。俺の妹の命が危険で、彼女のために城ヶ崎アクトはいろいろと動いてくれている。顔はとんでもなく怖いけど、あいつは、いい奴なのかもしれない。でも、城ヶ崎グループへのわだかまりが完全に消えたわけじゃなかった。

　妹の写真を見せてもらったが、かわいらしい子だ。自分と血のつながりを感じさせる顔立ちをしていた。何よりも、お袋と同じ雰囲気がある。葉山ハル。生き別れの俺の妹。四分の一の確率で俺と彼女の白血球の型は一致し、骨髄の移植手術によって彼女を救えるかもしれないという。

　そのためには、俺の同意が必要だ。俺が許可していないのに、勝手に骨髄液を採取して移植することなんてできない。俺が提供を断れば、妹は他のドナーを探すしかない状況なのだ。

　ドナーを引き受けた場合、骨に針を刺し、その中にある骨髄を抽出するらしい。命のリスクがないわけではないという。日本においてドナーが死亡した例はないそうだが、健康被害が発生したことはあるようだ。妹のためだ。もちろん、ＨＬＡが一致すれば提供はする。でも、親父の呪《じゅ》詛《そ》が耳から離れなかった。城ヶ崎グループを呪う声が……。

　翌日、俺は出勤した。同僚が腕を骨折して休んでいるため、俺がその分の仕事をする。灰色の作業着に身を包んで金属加工の作業をおこなった。

「昨日の夜、町でおかしな奴らを見かけたんだ。太った男と、怖い顔の少年と、モデルみたいな美男子と美女の四人組でな」

休憩時間に熱い缶珈琲を飲んでいたら、先輩のおじさんたちの話し声が聞こえてきた。その四人組とは、まちがいない。城ヶ崎アクトたちだろう。

「酔っ払いが太った男の腹にぶつかってころんじまったんだ。怒ったそいつは、難癖をつけようとしたんだが、すぐ近くにいた少年の顔を見て、顔を青くしてだまりこんでいた。それくらい恐ろしい顔だったんだ。近寄っちゃいけないタイプの奴っているだろう?」

「その四人組なら、うちの妻も見かけたらしい。美男子と美女の方は、あまりにも顔が奇麗なもんだから、おもわず両手をあわせて拝みたくなったそうだぜ」

城ヶ崎アクトから連絡があり、夕食をいっしょにとることになった。HLAの検査結果はまだ出ていないらしいが、交流をはかる目的でもあるのだろう。先日は和風の料亭だったが、今度は隠れ家風の高級ステーキ店だった。分厚いA5ランクの牛肉が鉄板で焼かれるのを見た。これまでの人生で見てきた肉の中で、もっとも美しい霜降りだ。値段を聞いてみたが、一口サイズの切れ端で、俺の一ヶ月分の食費と同じくらいの金額だった。もちろん、味も最高だった。

彼らはいつもこんな食事をして暮らしているのだろう。南井は別だが、他の三人は大金持ちの家の子なのだ。彼らと友人づきあいをしている俺の妹も、似たように裕福な暮らしをしているのだろうかと思ったが、どうやらそうでもないらしい。妹の葉山ハルは叔母といっしょに住んでおり、一般的な中流家庭に属しているという。

「彼女は成績優秀ですからね。授業料が免除されているのです」

「それでお金持ちの学校に通うことができて、きみたちと知りあったわけか」

「私、彼女とメッセージを送りあう仲なんですの」

「そういえばきみたち、夏目町には帰らないのか？　学校は？　行かなくて大丈夫なのか？」

「アクト様はＨＬＡの検査結果を待っているのです。検査結果をトオル様にお伝えして、場合によっては、今後のことを話しあう必要がございますから」

「勉強はホテルでやっておりますのよ。ネット経由で映像をつないで講師に質問をするんですの」

「ディスプレイ越しに僕の顔を見た講師が、ホラー画像が表示されたと思って悲鳴をあげることもあるけどな」

彼らの家は、毎年、学園にたくさんの寄付をしているそうだ。だから学園側は彼らを退学になんてさせられないらしい。彼らの人生がうらやましかった。十五歳で町工場で働き出した頃、同い年の子たちが制服を着て駅前で楽しそうに遊んでいるのを見て、嫉妬したことを思い出す。生まれた家で、こんなにも人生がちがうのか。理不尽だ。

12／12

池波町の観光ホテルで、出雲川と桜小路は使用人なしでも問題なく暮らすことができていた。はじめのうちは多少のトラブルがあった。汚れた衣類を洗ってくれる者もおらず、新しい服を用意してくれる者もいない。朝、起こしてくれる使用人も、紅茶を運んできてくれるメイドもいない。なんでも自分でしなくちゃならなかったから、二人は戸惑っていた。

「なるほど、コインランドリーというのは、このような手順で洗濯をするのですね」

「洗剤の自動販売機なんてございますのね。私、はじめて見ましたわ」

近所のコインランドリーで僕たちは衣類を洗濯した。ホテルの人に頼めばクリーニングに出すこともできただろう。多少、金額が高くても二人は気にしないはずだ。でも、二人にこういう場所を見せておくのも悪くない。ベンチに座り、ドラム式洗濯機の中で服がぐるぐると回転するのを僕たちは眺めた。

せっかくなので観光地にも行ってみる。道路の雪が溶けたので、南井の車で牧場を訪ねた。搾りたての牛乳で作ったソフトクリームは濃厚な味だ。普段から高級デザートを食べなれている出雲川や桜小路でさえも、そのおいしさに感動していた。

霧のかかった神秘的な湖を見学し、その帰り道に神社へ立ち寄ることにする。南井がトイレへ行っている間、僕たちは参拝することにした。石の敷き詰められた参道に沿って移動し、鳥居をくぐり抜けて拝殿へとむかう。僕たちの他に参拝客は見当たらない。賽銭《さいせん》箱の前で僕たちは三人横並びに立つ。

僕は財布に入っていた五円玉を賽銭箱に投げいれた。出雲川と桜小路はそれぞれ、なんと一万円札を投入する。

「サービス精神旺盛だな。ご利益を得たいからといって、高いお賽銭をおさめる必要はないと思うぞ」

「そうだったのですね。財布の中に一万円札があまっていましたので、つい……」

「私も、財布がかさばってしまうので、一万円札を減らしたくて……」

両手を打ち鳴らす音が境内にひびきわたった。静かに、お祈りを捧げる。葉山ハルの健康を願った。神様、彼女を救ってください。でも、こんな風に神社でお祈りをすることに意味なんてあるのだろうか、という気持ちもどこかにある。だって、この世界は『きみある』というアニメ作品が現実となって僕の前に現れたものであり、アニメ制作者こそが神様のような存在なのだ。シナリオライターの執筆した物語の通りに葉山ハルは白血病を発症した。僕はその運命を回避するために抗っているわけで、つまり神への反逆者だ。

でも、この神社に祭ってある神と、『きみある』を制作した神とは、たぶん同じ存在ではないだろう。この神社に祭ってある神が、『きみある』の制作者たちよりも強い力を持っているのだとしたら、どうか僕に力をお貸しください。

彼女を生きさせてください。

最後に深く礼をする。目を開けて横を見ると、すでに出雲川と桜小路は拝礼を終えて僕を待っていた。それぞれに何を祈願したのかは言わなかった。

拝殿に背をむけ、参道を帰ろうとした時のことだ。僕のスマートフォンが鳴り出す。あるきながら画面を確認すると、血液病関連の研究施設からの電話だった。数日前に橘トオルから採取した血液を送り、ＨＬＡの確認をさせていた場所でもある。

「もしもし！　城ヶ崎アクトです！」

スマートフォンを操作する手が震えた。緊張しながら通話をおこなう。予想した通り、ＨＬＡの確認が終了したという連絡だった。

「先日、お送りいただいた血液サンプルの確認をさせていただきました。ＨＬＡ型の四座すべて、八抗原ともに一致しております。おめでとうございます、城ヶ崎様」

通話の相手は研究施設で働く専門家だった。その言葉にまちがいなどないはずだ。全身から力が抜けそうになる。

「そうか、よかった」

そうつぶやくのが、やっとだ。四座すべて、八抗原ともに一致。それは、橘トオルと葉山ハルが、体の中に同じタイプの白血球を持っていることを意味していた。

お礼を言って僕は通話を終える。

「アクト様？」

「大丈夫ですの？」

僕は服の袖で目をぬぐう。またひとつ、ハッピーエンドに近づいたぞ。神《シナリオライター》はやっぱり彼女が助かる道を残してくれていたのだ。もちろん、まだ安心はできないけれど、我慢できずに僕は笑顔になる。

「HLAが一致した！　トオルさんが、ドナーになってくれれば、彼女は助かるかもしれない！」

二人に報告する。出雲川と桜小路は、参道で飛び上がってよろこんだ。僕たちは三人で抱きしめあう。トイレの方から、ずんぐりむっくりとした巨体が現れた。南井は僕たちの騒々しい様子を見て首をかしげていた。「何があったんですかな？」と。それから僕は賽銭箱の前に戻る。ありがとう、神様！　ポケットから財布をとり出して、丸ごと全部、賽銭箱に投げいれた。

神社を後にした僕たちは、南井の車で町工場へむかった。橘トオルに報告して骨髄提供について相談しなくてはいけない。車内には明るい雰囲気があった。この世界線で【彼女】の声は生き続ける。その道が一気に開けたように感じられていた。

葉山ハルに今すぐ連絡をいれるべきか迷った。だけど、橘トオルの同意を得てからの方がいいだろう。まずは彼の同意がなければ、この先、何も進まないのだから。

南井は町工場の駐車場に車を停める。車内で勤務時間の終了を待った。夕刻の風景が黄金にかがやく時間だ。錆びた金網に絡みつく枯れ草も、空気の色も、何もかもが美しく見える。町工場の出入り口から、働き終えた人々がぞろぞろと出てきた。その中に橘トオルの姿を見つける。一日の勤務を終え、少しだけくたびれたような表情だった。彼に話しかけるため、僕は車から出る。出雲川と桜小路も続こうとしたが、それを制した。

「みんなはここで待ってて。僕だけでいい」

「ごいっしょすることを許されないというのですか？　僕はアクト様の行動を間近で眺めることが生き甲斐なのに」

「出雲川君みたいなスーパーハンサムが現れたら、人だかりができるかもしれないだろう。落ち着いて会話できない」

「確かに、それもそうですね。納得しました。僕はここでご武運をお祈りします」

「私も車でお待ちしますの。アクト様は、一対一であの方とお話しになることを望んでいらっしゃるようにお見受けしますの。私はきちんとそれを察しましたのよ」

「ありがとう、桜小路さん」

僕は一人、車を離れた。働き終えた人々が、町工場の前の路地を、影をひきずるようにしながら移動していた。彼らを追い越して、目的の青年に近づく。

「トオルさん！」

この数日間で彼は僕の凶悪な面構えになれたらしい。さほど驚かずに返事をする。

「城ヶ崎君」

「お時間をください。話したいことがあるんです」

「HLAの結果が出たのか？」

「白血球の型が、ハルさんと一致しました」

彼は立ち止まる。

「俺の骨髄を移植すれば、妹は助かる？」

「トオルさん、ドナーになっていただけませんか？」

しかし、彼はすぐに返事をしなかった。迷うみたいに目を泳がせる。

「トオルさん……？」

「すぐそこに俺の好きな場所がある。そこで話をしないか？」

手付かずの土地に枯れ草が生い茂っていた。小さな土手があり、小川が流れている。小川の水は透明度が高く、川底の石がはっきりと見えた。彼は土手の斜面に腰掛け、水面に反射する夕日に顔を照らされる。

「俺の中には、まだ、城ヶ崎グループへのわだかまりのようなものがあるんだ」

彼は雑草をひきちぎって手の中でもてあそびながら話し出す。

「子どもの頃の記憶だけど、親父がいつも、城ヶ崎グループに対して怒っていた。俺たちの家の不幸は、そいつらのせいだって。俺の記憶が戻ったのも、テレビで城ヶ崎グループって言葉を耳にしたのがきっかけだったんだ。俺に生き別れの妹がいるだなんて知ったら、みんな、驚くだろうな」

「みんなには教えないんですか？」

「言うべきかどうか迷ってる。記憶が戻ったら、今の名前をうばわれるんじゃないかって不安があった。でも、俺はもう大人になったから、今の名前で今後も暮らしていきたいって主張すれば、案外そのままみんなも受けいれてくれるような気がする」

話を聞いているうちに、僕は自分の人生を彼に重ねていた。交通事故をきっかけに、新しい名前で人生が再スタートしただなんて、まるで僕じゃないか。

「トオルさん。僕たちって、そっくりですね」

彼の隣に腰掛ける。

「なんだよ、いきなり。顔を近づけないでくれるか。少し平気になったとはいえ、この距離で見ると、やっぱり、すごい迫力だな」

「すみません。つい」

「俺たちが似てるって、どこがだよ。何もかもちがうだろう？　背格好も、着ている服だって。それに、俺は城ヶ崎グループの被害者だ。きみは城ヶ崎家の人間であり加害者側だ」

黄金色だった夕日は、いつのまにか燃えるような赤色へと変化していた。彼の顔に暗い影がさす。

「親父の声が頭から離れない。城ヶ崎グループのせいで俺たちは不幸になったんだって……。きみの家が不正を行わなければ、親父は借金を作らなかったし、今も俺の家族はいっしょにいられたはずだ」

言い返すことができない。全部その通りだから。怖かった。城ヶ崎グループへの恨みから、彼は、ドナーを拒否するんじゃないかと想像してしまう。橘トオルはうつむいて舌打ちした。

「どうして城ヶ崎家の人間が、妹のために来るんだよ。妹への骨髄移植のお願いをするのが、きみじゃなかったら、すんなりOKしたのに」

彼にドナーを拒否されたら、葉山ハルは助からない。アニメ同様の結末が目にうかぶ。痩せ細り、起き上がることもできなくなり、【彼女】の声とともにこの世界から消える。

「あの、トオルさん、僕は、なんでもしますから……」

「俺が残酷な人間だったなら、きみのお願いをつっぱねて、城ヶ崎グループへの復讐をしていただろう。きみを傷つけることで、親父の怨念《おんねん》を、俺がかわりに晴らすんだ。でも、妹の命がかかってる。俺は、そこまで残酷な人間じゃない」

ドナーを引き受ける、というただその一言を聞きたかった。はっきりと彼の口から。でも、橘トオルはなかなか同意しなかった。

「条件がある」

「なんでも言ってください！　城ヶ崎グループが総力をあげて実現します！」

「城ヶ崎グループという名称を俺の前では使わないでくれ。禁句だ」

「わかりました。気をつけます。条件というのは？」

「両親の供養をしたい」

彼は遠くを見る。風が土手の枯れ草をゆらした。橘トオルの両親の遺骨は、身元不明のまま無縁仏として町の共同墓地にいれられていた。施設の園長先生に連れられて、墓参りに行ったことがあるという。しかし彼の望みは、お墓へ行くことではなかった。

「親父とお袋が死んだ場所に行きたい。例の事故が起きて、車が燃えたところだ。子ども時代の俺の記憶が失われた地点へ戻るんだ。そこに花を供えたいんだよ。小さな花束でいい。そこへ案内してくれないか？」

人生が終わり、新しい人生がはじまった場所へ。

そこに連れて行くことを僕は約束した。

12／13

写真に写っていた赤ん坊を見つけたことで依頼達成である。俺の仕事は終わり、後はこの池波町でのんびりするだけだ。北国の町にはおいしいものが豊富にあった。いくらをたっぷりのせた海鮮丼。牧場のチーズ。こうばしいタレをつけた焼きとうもろこし。俺はこの町に滞在している間、特産品を食べまくった。俺はもともと、ぽっちゃり系だったが、この町に滞在している間に、さらに二十キロほど体重が増加したような気がする。まあ、そんなものは誤差の範囲だろう。

運転手としてアクト様たちを観光名所に連れて行った。その途中、橘トオルのＨＬＡ検査結果が出たようだ。報告を受けたアクト様は、出雲川史郎や桜小路姫子と抱きあってよろこんでいた。彼のおそろしい顔も、なれてしまえば、普通の少年とかわらない。うれしそうにほそめた三白眼から、涙がこぼれているのを見た。

しかし、アクト様はその日のうちに橘トオルと話をしたのだが、骨髄提供の同意をまだ得られていないのだという。ホテルの高級レストランで俺たちは夕飯をとることになったのだが、出雲川史郎と桜小路姫子は深刻そうな表情で食事の手が止まっていた。

「トオル様と二人だけで事故現場へ行くのはおすすめできません。僕は危険だと思います。あの方は、アクト様の殺害をもくろんでいる可能性があります」

「そうですわ。トオル様は城ヶ崎家に恨みを抱いているみたいですの。誰も見ていない場所まで案内させて、アクト様を亡き者にする計画かもしれませんわ」

十六年前の交通事故により、橘トオル……葉山ミナトの両親は死んだ。明日、アクト様は、事故が起きた場所まで彼を案内するらしい。それが骨髄提供への同意の条件なのだ。二人とは正反対に、アクト様は平常心で食事をしている。

「きみたち、考えすぎだぞ。それに、二人だけで行くことを主張したのは僕なんだ。あんまり大人数で行くような場所じゃないからな。きみたちは留守番だ」

解散してそれぞれの部屋で一人になる。俺はキングサイズのベッドの部屋に宿泊していた。ルームサービスで夜食を注文して食べながら、白取町にいる部下へ連絡をいれて状況を報告しあう。

「木野君、そちらの撤収をはじめてほしいですな」

「了解です所長。でも、白取町を離れるのが、なんだかさびしいです。魚がおいしかったなあ。出雲川家と桜小路家の使用人たちも帰り支度をはじめたようです。お二人の大量の服が町から運び出されていましたから。町がさびしくなりますね」

桜小路家が白取町のホテル事業に関心を寄せているとの報告を受けていた。温泉からホテルまでパイプラインを設置し、お湯を輸送する計画が進んでいるらしい。

「都会に戻ったら、また別の調査の仕事があるですな。俺たち小市民は、働かなくては暮らしていけないですな」

「所長たちは、まだしばらくその町に滞在しそうですか？」

「もうすぐこの出張は終わるはずですな」

部下との通話を終え、今度は城ヶ崎家の副執事である小野田氏に連絡をいれる。

「南井様、アクト様のご様子はいかがです？」

銀縁眼鏡をかけた彼の顔を思い出しながら、今日の報告をする。

「ＨＬＡの検査結果を聞いて、アクト様は出雲川様や桜小路様と抱きあってよろこんでおられましたな」

「ああ、本当によかった……」

「それから、神社のお賽銭箱に、財布ごと投げこんでおられましたな。たぶん、クレジットカードなんかも全部……。回収せずに帰ったので、悪用される前にカード会社に連絡しておいた方がよさそうですな」

「こちらでやっておきましょう」

「じきに夏目町へ帰ることになるはずですな」

「パーティの準備をしておかなくてはいけませんね。アクト様のご帰還を盛大に祝わなくては。鳳凰様も、アクト様に会いたがっておられます」

「噂とちがって、親子の仲は良好なんですな」

「ええ。しかし、最近はいろいろございまして、鳳凰様は気が立っておられます。信頼していた使用人に裏切られ……。このような内部の事情を話すべきではないのですが……」

まだニュースで騒がれていなかったが、情報に敏感な者たちは察知していた。城ヶ崎鳳凰が秘密にしていた裏帳簿の数々が流出したらしいと。それは決して世に出てはならない不正の証拠だった。政治家たちとの悪いつながりだけでなく、国際的なマフィアとの関係まで明らかになったとか……。

副執事の小野田氏はため息をつく。

「南井様、本日の経済ニュースはごらんになりましたか。株式市場が大荒れだったのです。城ヶ崎グループに名を連ねる企業の株価が、軒並み大暴落しまして」

「興味深いですな。このようなこと、これまではなかったですな」

城ヶ崎鳳凰の不正が疑われることは年中行事のようなものだ。しかし、彼にはむかおうとする者は、いつのまにかそっと消えてしまい、株価にほとんど影響は出なかった。今回はどうやらちがう。

「城ヶ崎家の今後のことについて、アクト様のご意見をうかがいたいのです」

「小野田氏は、アクト様を信頼しておるようですな」

「ええ。当主になったアクト様にお仕えするのが楽しみでなりません。昔は将来を憂えていましたが、今では正反対の気持ちなのです」

当主。本当にそうなるのだろうか。城ヶ崎家はまもなく滅亡する。アクト様本人が、そのように予言していたが。

小野田氏への報告を終えて通話を切る。夜食も食べ終えてしまったし、寝る支度をしなければならない。このホテルの朝食ビュッフェは九時半で終わってしまうのだ。それまでに目を覚まさなければ、ビュッフェを食べられなくなってしまう。早く寝よう。

俺は大急ぎでシャワーを浴びて寝巻きに着替える。それから、買いこんでおいたチョコレートを寝る前のおやつとして食べることにした。お腹が減った状態で眠りにつくと、がりがりに痩せてしまう悪夢を見てしまうので、食べておいた方がいいのだ。ホテルの窓辺で就寝前のチョコレートタイムを優雅に楽しんでいたら、部屋のチャイムが鳴った。

「どちらさまですかな？」

ドアを開けると、出雲川史郎と桜小路姫子の姿があった。アクト様の姿はない。

「南井様、ご相談があります」

「お願いしたいことがございますの」

俺は持っていたチョコレートをもう一口だけ頬張った。苦くて、甘くて、おいしい味が口の中に広がった。

12／14

十六年前の交通事故の現場は、池波町から少しだけ離れた場所にある。山の中の曲がりくねった道の先で、斜面の下に車は転落し炎上したという。

　朝、橘トオルと合流して、まずは花屋でお供え用に白色の花を買った。僕たちはバスに乗り、車窓の風景を無言で見つめた。木々が鬱蒼《うっそう》と生い茂る道に入る。行き交う車も見かけなくなった。分厚い雲が太陽をさえぎっているせいで、昼間だというのに薄暗い。山道の途中にバス停があった。登山客用だろうか。僕たちは降車のボタンを押して降りた。

「ここからはあるきです」

「あとどれくらいかかる？」

「地図によれば、一時間くらいですね」

　バスが行ってしまうと周囲は静かになる。僕たちは事故の起きた地点へとあるき出した。ゆるやかな上り坂だ。僕はすぐにくたびれてしまったが、彼は体力があるらしく、つかれた様子を見せない。だけど、白い花の束をかかえている姿は、どことなく緊張しているように見える。橘トオルが今このタイミングで事故現場へ行くことにしたのは、過去の自分、つまり葉山ミナトという本当の名前とむきあうことになったせいだろうか。

「事故の後、俺、真っ暗な山の中をさまよったんだ。ぼろぼろの状態で何度も転んだよ。ようやく道を見つけて、あるいていたところを大人たちに発見された」

　彼が保護された地点は警察の記録に残されていた。途中でその場所を通りかかったので立ち止まる。外灯のない山の中で放り出されるなんて、想像を絶する恐怖だったにちがいない。

「こんな道だったかな。見おぼえがないよ。真っ暗だったからしかたないんだろうけど。おぼえてるのは、遠くから近づいてくる車のヘッドライトが、すごくまぶしかったことだけだ。道の真ん中に突っ立っていた俺を見つけて、車が急ブレーキを踏んで止まったんだ。誰かがあわてたように降りてきて、その辺りで気を失って倒れた。その時の車の運転手が、俺を保護して病院まで運んでくれたそうだ」

白色の小さな粒が目の前をよぎった。雪が降りはじめたようだ。山の冷気がコートの生地を通り抜けて、寒さで凍えてくる。僕たちはさらに十五分ほどあるいた。

「トオルさん、つきました。この場所です」

交通事故が起きた地点だ。カーブした道の外側が斜面になっていた。ちょうどその辺りだけガードレールが設置されていない。彼が乗っていた車は、十六年前、この場所で斜面にはみだして落ちてしまったのだ。今はもう、事故の痕跡は見当たらないけれど。

「下りてみよう」

彼はそう言うと、足下に気をつけながら斜面を下りはじめる。僕もそれに続く。

「わっ！」

「気をつけろ」

足をすべらせて転びそうになった僕を、橘トオルが支えてくれた。腕をつかんで姿勢を戻してくれる。斜面の下へたどり着くと、木々の枝がすっかり空を遮ってしまった。鳥のはばたく音も、虫の鳴き声もしない。そこには静寂だけがある。当然だけど、燃えた車両の残骸は回収され、そこには何もない。

「車が転がって、この辺りで止まった。俺は窓から這《は》い出て、その直後に爆発炎上。火の粉が高く上っていったよ。親父とお袋は車内で燃えちまった。でも、苦しくはなかったと思う。助けを呼ぶような声もしなかったし、意識のない状態だったんだ。それか、落下の衝撃で首の骨を折って、その時、すでにもう死んでいたのかもしれない」

橘トオルは白色の花束を地面に置いて手をあわせた。僕も彼にならう。

「あ……」

彼が地面に屈みこんで、石ころの間から何かをつまみあげた。表面に土が付着していたけれど、それをぬぐうと透明になる。小さなガラスの破片だった。

「もしかして、これ。いや、まさかな」

十六年前、ここで大破した車の窓ガラスだろうか。その可能性はある。散らばった破片をすべて回収するのはきっと困難だ。彼はそれをにぎりしめると、胸のあたりに持ってきて、痛みに耐えるような表情をする。それから、煮えたぎるような目で僕をにらんだ。

「きみを恨むのはまちがってるとは思う。でも、城ヶ崎グループのせいで俺たち家族は不幸になったんだと、親父はいつも言っていた。その償いをしてくれ」

「償いですか？　具体的にはどんなことを？」

「きみを気のすむまで殴らせてくれないか。親父のかわりに、俺が。それで親父も納得するだろう」

僕は内心ほっとしていた。殴られるくらい、なんの問題もない。葉山ハルの命がかかっているんだ。骨髄提供の同意をもらうためなら、冬の海に飛びこんでもいい。

「わかりました。僕を殴ってください。好きなだけ」

荷物の入った鞄を近くの草むらに放り投げる。両手を下げて橘トオルと向きあった。これは、わだかまりを無くすための儀式だ。僕たちの間に直接的な悪感情はたぶんない。でも、親の世代でこじれてしまった関係性と、生じた罪を消し去るためには必要なことなのだろう。

橘トオル……葉山ミナトも、鞄を足下に置いた。にぎりこぶしを作りボクサーのようにかまえる。僕にむかって突進してきたかと思うと、次の瞬間、頰に衝撃がきた。視界がちかちかと赤色にそまる。地面に膝をつくのは耐えたけれど、顔の骨が砕けたかと思った。溶岩でも押し当てられているかのような熱い痛みが生じる。

「まだ足りない。城ヶ崎グループは、俺たち一家だけじゃなく、他にも大勢の人たちを不幸にしてきたんだろう？」

「はい。破産して、一家心中した、家庭も、あったそうです」

口の中に血の味が広がる。殴られた時、頰の内側の皮膚が切れたのだ。口がうまく動かなくて声を出しにくかった。

「おまえの家が金持ちだったのは、他の大勢からうばいとっていたからだ。搾取《さくしゅ》した富の上に、城ヶ崎グループは築かれていた」

「否定は、しません。自覚、ありましたから」

二発目の拳が飛んでくる。今度は反対側の頰だ。ばきっ、と音がして、衝撃で脳がゆさぶられる。贅沢に暮らすことができていたのは、城ヶ崎鳳凰による犯罪同然の会社経営のおかげだ。だから僕も同罪なのだ。人から奪ったお金で遊んでいたのだから、罰を受ける必要がある。

さらに三発目、四発目……。

橘トオルは、宣言通りに好きなだけ僕を殴った。顔だけじゃなく、お腹も。内臓が裏返るような痛みがあり、胃の中のものが口から出てくる。ついに耐えきれなくなって僕は両膝をついた。

手加減なしで彼は僕に罰を与えた。痛みと苦しさで意識がもうろうとする。でも、不思議と気分は悪くなかった。憤りもわいてこない。僕が罰を受けることで、骨髄提供の同意がもらえるわけだし、葉山ハルの死が回避されるのだから、むしろ笑顔さえうかんでしまう。殴られれば殴られるほどに、彼女の死が遠ざかっていくのを感じる。

よろよろと立ち上がって、彼が殴りやすいように、頰を差し出す。左右を順番に殴っていたから、さっきとは反対側の頰だ。橘トオルはうなずくと、僕が期待していた通りに、右ストレートを頰にぶちこんだ。僕の体は後ろにふっとんで地面を転がる。

痛みで数秒間、意識が遠くなった。まだ体が動くことを確認し、地面に手をつき、力をふりしぼって起きる。

「すごいな。今ので終わりにしようかと思ったのに」

「……ドナー、お願い、します、ね……、同意を……」

ろれつがまわらない。顔をぬぐうと赤色の血がべっとりと袖についた。鼻血だ。血は、葉山ハルを思い出させる。僕の血は正常だけど、彼女の血は不良品だ。彼女の体には異様な形状に発達してしまった血液細胞が流れているのだ。

雲英学園のベンチに腰掛け、葉山ハルと対話した時の光景が脳裏にちらつく。彼女の笑った表情。ほそめられた目。不思議だ。これまで、彼女のことを思い出す時は、いつも真っ先に【彼女】の声がうかんできたのに。今はもう、【彼女】の声だけでなく、いっしょに話をした時間や、僕の冗談でおかしさをこらえきれない様子だとか、そんな記憶が声と同じ質量を持って胸に迫ってくる。

殴られ、地面に倒れる。血まみれの口のなかに土が入ってきた。それを噛みしめながら僕は起きる。視界がぼやけてきた。肋骨《ろっこつ》のあたりに鋭い痛みがある。たぶん折れている。

「……まだです……、まだ……」

中途半端に終わらせるわけにはいかない。過去のわだかまりが、すっかりなくなるまで、僕は罰を受けなくてはいけない。中途半端にやってしまったら、彼が骨髄提供の同意を拒否してしまうかもしれない。僕は彼女を救うためになら、死んだっていいと思っているのに。

重たい一撃が腹に入った。肋骨の折れているかもしれない箇所にまで衝撃が広がってくる。体に鉄の杭《くい》をねじこまれたような痛みだ。全身から力が抜けて、もう何度目になるかわからないけど突っ伏した。気を失うことで、苦痛から逃れられるかもしれない。でも、僕はその誘惑を振り払って、力をふりしぼり、起き上がろうとする。

「まだやるのかよ……」

あきれた様子の声だ。憎しみの気配はさきほどよりも薄れていた。葉山ミナト……橘トオル……、僕は彼をどちらの名前で呼べばいい？　もう、どっちでもいいか。頭がぼんやりしてうまく思考できない。その時、少し離れたところから女の子の悲鳴が聞こえてきた。斜面の上の方からだ。どうしてこんなところに？　今の悲鳴はたぶん、桜小路のものだった。

「アクト様！」

出雲川の声がして、斜面の上から二人が駆け降りてくる。もっと上の方に、丸い大きな人影が見えた。おそらく南井だ。みんなをのこしてきたつもりだったけど、様子を確認するために、こっそりつけてきたのかもしれない。出雲川と桜小路は、橘トオルが僕を殺そうとするかもしれないと心配していたから。

「何をしているのです！　乱暴はおやめください！」

出雲川が僕を守るように両手を広げて立つ。桜小路が縦ロールの髪をふりみだしながら、ぽかぽかと橘トオルを叩きはじめた。

「よくもアクト様を殺しましたわね！」

「おい、やめろって！」

「桜小路さん……、僕は、死んでない……」

「アクト様、救命ヘリを呼びましょう。早く手術をしなければいけません」

「大丈夫……。それより、殴られ、ないと……」

「どういうことですの、トオル様？」

橘トオルは少しだけばつが悪そうに説明する。

「骨髄提供をするかわりに、好きなだけ殴ってもいいということになったんだ」

彼らがやりとりをしている間に、僕は足を踏ん張って立ち上がった。出雲川が心配そうに支えてくれる。僕の流した血が、彼の高級なコートにしみこんだ。橘トオルとのやりとりを経て、二人は状況を把握したようだ。

「わかりました。そのようなお話なら、ここから先、トオル様の気が済むまで、かわりに僕が殴られましょう。アクト様はすぐに病院へ」

出雲川が提案する。

「この美しい顔がぼこぼこになっても、アクト様をお守りできるのなら本望です」

不安そうに震えながら、彼は橘トオルの前にすすみ出た。

「僕を殴ってください。だから、どうか、これ以上のアクト様への乱暴はおやめください」

「自分の顔を愛してやまない出雲川さんが、自分の顔を犠牲になさるなんて」

桜小路も驚いている。でも、だめだ。彼が恨んでいるのは城ヶ崎グループなんだから僕が殴られなければ。

「きみらみたいな金持ちには、俺がどんな人生を歩んできたのか、きっと理解できないだろうな……」

橘トオルは息を吐き出すと、拳をおろして自嘲気味に言った。出雲川と桜小路を交互に見る。

「俺の親父が搾取された金なんて、きみたちのお小遣いにも満たない額なんだろう。それなのに俺たち一家は、ばらばらになっちまった。不公平だよな。優雅におまえたちが暮らしている一方で、サラリーマンみたいな、しみったれたつまらない生き方をしなくちゃいけない人間が大多数なんだぜ」

彼は近くの木によりかかって、自分の手を見つめる。僕を何度も殴ったせいで彼の手も傷ついていた。僕の目の前には、出雲川の背中があった。僕を守るために両手を広げている。のこった力をふりしぼって僕はあるき出す。出雲川の横を通り過ぎて、橘トオルのそばへ。彼の前に、僕は両膝をついた。

「……トオルさん、撤回してください」

「え？」

「さっき、言った、ことを、撤回して、ください。【サラリーマンみたいな、しみったれた、つまらない生き方】って、言い、ましたよね……。サラリーマンは、つまらなく、ないですよ……」

気を抜くと意識が飛んでしまいそうな状態だったけど、それだけは言いたかった。訂正しておきたかった。なぜなら僕は前世でサラリーマンだったから。彼が城ヶ崎グループのことを恨みに思っていて、僕を攻撃するのは、まだいい。だけど、サラリーマンのことを悪く言うのは、がまんできなかった。

「サラリーマンは、つまらない、生き方、なんかじゃ……、ないですよ……」

前の人生を肯定したかったのだ。悪くなかったと思っている。確かにつらい時期もあった。満員の通勤電車は大変だし、理不尽な目にあって泣いたこともある。でも、楽しいこともたくさんあった。出張の行き帰りに新幹線で食べる弁当。同僚たちとの飲み会では、上司への愚痴で盛り上がった。僕は結局、独身のまま死んだから、もらった給料は自分のために使うことができた。でも、家族がいた人たちは、養うために仕事をしていた。決してつまらない生き方なんかじゃない。僕が就職した時、両親がネクタイを買ってくれた。僕はそのネクタイを締めて社会に出た。兄弟がお祝いをしてくれた。ちゃんとした仕事に就けたことを喜んでくれた。だから胸を張っていいんだ。

「……サラリーマンは、つまらなく、なんか……、ないですよ……」

橘トオルは反省するようにうつむく。

「ああ、そうだな。悪かった、訂正する……」

僕はほっとして一気に力が抜けた。地面に横たわると出雲川と桜小路が駆け寄ってくる。

「アクト様！」

「大丈夫ですの⁉」

曇り空を覆う木々の枝がぐるぐると回転している。大柄な体が斜面の上からやって来た。転がり落ちないように、慎重に南井が下りてくる。

「ひどい怪我ですな。病院へ連れていきませんとな。こっそり後をつけるような真似をしてごめんなさいですな。昨晩、部屋に出雲川様と桜小路様がやって来て、お願いされたんですな」

それから、橘トオルの声がする。

「骨髄提供に同意するよ。だから安心してくれ……」

安堵と同時に、僕の意識は途絶えた。

13／1

骨髄移植にむけて準備がはじまっていた。採血をしたり、心電図をとったり、X線写真を撮ったり。放射線科を受診し、口腔外科を受診し、循環器系の検査もやった。毎日が目まぐるしい。私の兄、葉山ミナトのHLAが一致し、骨髄提供に同意してくれたことで、一気に状況が動き出したのだ。

その日のことを私は思い出す。私は寝起きで頭がぼんやりしていた。窓がまぶしくて目を開けられないでいると、付き添いでベッドのそばにいた理緒が、電話を受けた後、顔を覆って泣きだしてしまったのだ。

理緒のよろこぶ様を見て、私は生きられるのかもしれないとわかった。城ヶ崎アクトへの感謝の気持ちが膨れ上がる。お礼のメッセージを送らなくちゃと思い、枕元に置いていたスマートフォンを手に取った。指に力が入らなくて、とても重かった。

私が眠っている間に、城ヶ崎アクトからの未読メッセージを着信していた。まずはそれを開いてみる。写真が添付されていた。彼は全身に包帯を巻いて、私と同じように病室のベッドで横になっている。彼のそばに出雲川君や桜小路さんが付き添っていた。

「城ヶ崎君、斜面で足をすべらせて大怪我をしたらしいよ。入院してるから、しばらく夏目町には帰ってこられないみたい。でも、移植手術の準備は進めるって。専門のスタッフが動き出してるそうだから、心構えはしておいて」

理緒がそう説明してくれる。斜面で足をすべらせた？　心配だけど、写真に写っている彼は、満ち足りた表情をしていた。

それから一週間が経過し、私の病室にお見舞い客が現れる。体中に包帯を巻いて車いすに座った城ヶ崎アクトと、それを押す出雲川君、桜小路さん、そして私の兄だった。

葉山ミナトは、緊張した顔で病室に入ってくる。私と目があうと、少し驚いたような表情をして、それから、痛ましいものを見たときのような、つらそうな顔になった。たぶん、ベッドの上の私が、想像していたよりもずっと弱々しかったせいだろう。

「はじめまして、葉山ハルです」

「俺は橘トオル……葉山ミナトだ。よろしく」

ぎこちないやりとりだった。

「ありがとうございます。ドナーになってくださって……」

「彼の必死なお願いを前にしたら、断ることなんてできなかったよ」

兄は車いすの城ヶ崎アクトを振り返る。

城ヶ崎アクトは肩をすくめて言った。

「病院にぴったりの見た目だろう？」

私の体調が悪くて、その日のお見舞いはすぐに切り上げられた。もっと話をしていたかったけど、熱で頭がぼんやりする。

骨髄移植が完了するまでの期間、兄は夏目町に滞在することになったらしい。城ヶ崎アクトに半ば無理やり、連れて来られたとのことだ。私は兄に、両親のことを質問したかった。両親が交通事故死していることはすでに理緒から教わっていた。

「交通事故が起きたのは、ハルが私のところにあずけられたすぐあとだったみたい。姉は次の居場所を見つけたら、ハルをおむかえにこようと思っていたんじゃないかな」

母は赤ん坊の私を捨てたわけじゃない。交通事故で亡くなってしまいむかえにこられなかったのではないか、と理緒は言う。私は捨てられたわけじゃなかったのだ。長年、心の奥にあった澱《よど》みのようなものが消えていくのを感じた。母は私を愛してくれていたのだと素直に信じられる。そのことがうれしかった。

私には両親と暮らした記憶がないけれど、兄は少しだけ二人のことをおぼえているらしいから。海辺の町で暮らしていた時のことを、もっと聞いてみたかった。話すことがたくさんある。離れ離れになっていた時期が長かったから。

私は無菌室に移動させられる。高性能のフィルターによってウィルスや細菌を除去し、クリーンな空気を循環させている部屋だ。ベッドがある空間と、お見舞い客が入れる空間との間には、大きなガラス窓のある壁がある。

鎖骨《さこつ》の下あたりから静脈にカテーテルを挿入された。透明なチューブから大量の抗がん剤を投与される。放射線治療も同時におこなう。健康な骨髄細胞を移植してもらう前に、できるかぎり体内の腫瘍《しゅよう》細胞を減少させておかなくてはならないのだという。

当然、副作用もすさまじい。体内で嵐でも巻き起こったかのようだった。意識がもうろうとして、一日中、ベッドの上でうめいた。白血球の数が、ほぼ体内から消える。空っぽで、すかすかになった私の骨髄。もちろんそれはイメージだけど。そこに、兄の骨髄細胞、造血幹細胞を植えつけるのだ。

骨髄移植、当日。無菌室にも窓があり、外を眺めることができた。青空だ。部屋がノックされ顔見知りになった看護師が現れる。透明なガラス越しに報告を受けた。兄から骨髄細胞を採取する処置がはじまったらしい。

手術室で全身麻酔により眠らされた兄は、骨盤の後ろ側の骨に、ボールペンの芯くらいの太さの針を刺されるのだという。そこから注射器によって一定量の骨髄液を吸引する。位置をずらして再び骨に針を刺し、何度もそれをくり返す。

しばらくすると再び部屋がノックされ、私の担当医の先生がやってくる。他にも大勢の看護師がいっしょだ。赤色の液体のつまった輸血のパックを持っている。みんなの表情から察するに、どうやら兄の体から採取された骨髄液らしいとわかる。まるで宝物のように大事に扱われていた。私にとってそれは命そのものなのだ。

　私の静脈カテーテルに輸血のパックがつなげられる。造血幹細胞の含まれた細胞液が点滴で投与されはじめた。兄の骨髄液がチューブを通り抜け、ついに私の血管をめぐりはじめる。造血幹細胞はそうやって移植されるのだ。血管から骨の中に入りこみ、スポンジ状の骨髄へと染み渡る。うまくいけば、そこで私の一部となる。すべてを体内にいれるのに四時間ほどかかるのだと担当医の先生がおっしゃった。一滴、一滴、赤色の雫《しずく》が落ちて、チューブを流れていく。その度に死の気配が遠ざかっていくのを感じた。深い安らぎに包まれながら、私は眠くなってきて目を閉じる。

13／2

　病室で葉山ハルが佐々木蓮太郎と対話している。

「私、夢を見てた」

「どんな夢？」

「雲英学園で平和に暮らす夢。内部生は外部生を見下さないし、私たちは手をとりあって協力しながら学園生活を送っているの」

「内部生たちが？　俺たちを見下さない？」

「うん。まるでユートピアみたいに」

佐々木蓮太郎が寝癖のついた頭をかく。

葉山ハルはベッドの上で窓に目をむける。外は明るいが、病室は暗い雰囲気だ。彼女の死期は近い。目は落ちくぼんでおり、彼と出会った頃の溌剌とした印象は消えうせている。

「ユートピアって、理想郷って意味だよな。そんな場所、あるわけないだろ」

「悲観的だね、蓮太郎君。でも、きみがもしも生徒会長になったら、学園を改革できるかもしれないよ」

「俺には無理だよ」

「私に時間があったらな……。きみが生徒会長で、私がその補佐をするの。きみならできると思う……」

「疲れてる。もう休んだ方がいい」

僕はこの対話を知っている。アニメ『きみある』の最終回直前のエピソードだ。正義感の強い彼女は、外部生への差別を無くしたかった。佐々木蓮太郎と親しくなるにつれ、彼が生徒会長になったら雲英学園は変わるかもしれない、と思うようになる。でも、彼は能力があるのにやる気をなかなか出さないタイプだ。

「また、お見舞いに来る。きっと治るよ」

「ありがとう、蓮太郎君……」

助からないことを、おたがいに薄々、感じている表情。彼女の死後、アニメでは詳しく語られないが、佐々木蓮太郎は生徒会長を目指したのではないか。雲英学園の改革に乗り出したのではないか。そのようにファンの間では考察されている。葉山ハルの死によって、彼の心が揺り動かされ、世界を変革する原動力となった。だから彼女の死は決して無駄ではなかった。お互いに秘めた思いは、口に出さないまま物語は終わる。

光が顔にあたって僕は眠りから覚めた。どうやら、夢の中でアニメ『きみある』を鑑賞していたようだ。城ヶ崎家の自分の部屋のベッドに僕は横たわっている。窓のカーテンが外されているため、朝日がまっすぐに顔を照らしていた。カーテンがないのは、白血病関連の事業に寄付をするため、売り払ってしまったせいだ。

ベッドから起き上がろうとして胸に痛みが走る。車椅子の生活は終わったけれど、折れた骨はまだ完治していない。

数日前、葉山ハルへの骨髄移植が終わった。アニメでは描かれなかった展開だ。ほっとした気持ちもあるけれど、まだ完璧に安心はできない。

彼女の兄からもらった骨髄細胞が、血管をめぐって全身に行き渡り、骨の内側にしみこんで、再び正常な血液を作り出しはじめるのかどうか。その結果が出るのを、僕たちは固唾《かたず》をのんで待っている状態だ。畑に種をまくことには成功したが、はたして芽吹いてくれるだろうか。

橘トオルは骨髄提供後、経過観察のため聖柏梁病院に入院している。体調に問題はないらしいとの報告を受けていた。今日、退院するらしいので、おむかえに行く予定だ。

「おはようございます、アクト様」

食堂のテーブルにつくと、小野田が僕のために椅子をひいてくれた。使用人たちが焼き立てのパンとスープとサラダを運んできてくれる。スープを一口飲んで、いつもと味がちがうような気がした。

「スープの味、いつもとちがうよな」

「お気に召しませんでしたか？」

「いや、この味も好きだよ」

シェフが他の職場に引き抜かれたのだろう。このところ、城ヶ崎家で働いていた顔なじみの使用人たちが何人もいなくなっているのだ。

雲英学園は春休みに入っていた。空気の冷たさがやわらぎ、風がふわりとあたたかい。午後から大田原の運転する車で聖柏梁病院にむかった。後部座席で朝刊を読む。経済面の情報によれば、城ヶ崎グループの関連企業の株価が下がりつづけている。

「父は今日、帰ってくるかな」

大田原に質問した。車椅子の姿で夏目町に戻ってきた時、屋敷で城ヶ崎鳳凰に会った。彼は始終いらついた様子で、チェスで遊ぶような心の余裕もなさそうだった。その日以来、父には会っていない。

「鳳凰様はしばらく海外にいらっしゃるとのことです」

「そう……。忙しそうだね。仕事が大変なんだろうな」

聖柏梁病院に到着して車を降りる。橘トオルは病室で退院の身支度を整えていた。顔色はよさそうだ。

「体調はいかがです？」

「元気だよ。いたれりつくせりの入院生活だった」

「桜小路さんが病院側にかけあって、ＶＩＰ待遇にしてもらったそうです」

「どうりで食事が豪華だったはずだ。毎食、高級レストラン並みのメニューだったんだ。ずっと入院していたら、太ってしまいそうだよ」

彼はこれから夏目町を出ることになっている。駅まで見送る予定だ。

「荷物は僕が持ちます」

「ありがとう。きみって、本当に大富豪の御曹司なのか？　荷物持ちをするなんて、変わってるよな」

彼の鞄を抱えた時、肋骨に痛みがはしる。怪我していたことを忘れていた。

「大丈夫か？」

「平気です、これくらい」

橘トオルへの感謝の気持ちは、言葉で言い表せない。彼がいたから、葉山ハルを救う目処がたったのだから。聖柏梁病院を出る前に、二人で葉山ハルのもとへ会いに行くことにする。彼女は無菌室に入院しているから、なかなかお見舞いには行けなかった。今日は事前に予約をしておいたから挨拶できるはずだ。

無菌室フロアの入り口で、全身のほこりを払い、靴を脱いで消毒済みのスリッパに履き替えた。待機室と呼ばれる場所があり、そこのベンチに葉山理緒が座っていた。僕たちを見ると、立ち上がって深々と頭を下げた。

「こんにちは、理緒叔母さん」

橘トオルと彼女は、甥と叔母の関係なのである。

をする。


「トオル君、もう帰るの?」

「はい。いつでも会えますから、これからは」

一人ずつ順番に葉山ハルと対話することになった。まずは橘トオルが部屋に入る。上着や手荷物はすべて待機室のロッカーにしまった。手洗いとアルコール消毒を行い、マスクをしてようやく入室が許可される。僕の方は待機室で葉山理緒と二人だけになり、ベンチにならんで座って話をする。


「ハルさんの容体はどうです?」

「まだ白血球は増えてないみたい……。でも、城ヶ崎君、あなたの約束があったから、希望を失わずにがんばれた気がするの」

「約束? そんなもの、しましたっけ?」

「忘れたの? うちの玄関先で宣言したでしょう。あの子のこと、絶対に救うって」

「そうでしたね。葉山家におじゃました時の帰りに」

「本当の母親のかわりに、私がお礼を言うね。ありがとう、あの子の命を救ってくれて……」

まだ完治したわけでもないのに、お礼を言われても困ってしまう。

「やめてください。感謝しなくちゃならないのは、僕の方なんです」

「きみが? どうして?」

「赤ん坊をあずかって、育てることになった時、まだ二十歳をちょっと過ぎたくらいの年齢だったわけですよね。普通、できないです。働きながら子どもを育てるなんて」

前世で自分がそのくらいの年齢だった時のことを思い出す。誰かを育てるなんて無理だ。自分の人生だけでも余裕がないのに、子どもが風邪をひいたら会社を休んでそばにいなくちゃいけないし、保育園の行事がある度にお弁当を作らなくちゃいけなかっただろうし、学校から配布されるプリントにきちんと目を通して持っていく物を用意しなくちゃいけなかっただろうし。誰にでもできることじゃない。世の中のお母さんがみんな普通にやっていることだけど、それはとても大変な仕事なのだ。

「僕は理緒さんを尊敬しています。ハルさんがまっすぐに育ったのは、理緒さんのおかげだと思う」

「私、ちゃんとお母さんをやれていたかしら」

「当たり前でしょう」

「ありがとう、そう言ってくれて」

うつむいた彼女の目に涙が見えた。

橘トオルが無菌室から出てきて、今度は僕の番だ。手洗いと消毒をおこなって準備をする。僕の顔立ちでマスクをすると、監視カメラから逃れるために顔を隠している凶悪犯のようだった。

無菌室の入り口をノックすると、【彼女】の声で返事がある。

「はーい、どうぞ」

無菌室は奥と手前に分かれていた。大きなガラス窓のある壁が空間を区切っており、むこう側に葉山ハルの横たわるベッドがあった。

「葉山さん、気分はどう？」

「城ヶ崎君。来てくれてありがとう。マスクをしたその顔……、これから銀行強盗をする人みたいだね」

「気があうね。ちょうど似たような想像をしていたところだ。元気そうでよかった」

無菌室の手前側の空間には、お見舞い客のための椅子がある。そこに座ってベッドの彼女と向きあった。まだ健康な状態からはほど遠い外見だ。でも、悲愴感は見られない。

「さっき兄から聞いたよ。斜面を転がり落ちて怪我をしたというのは嘘だったんだね」

「なんのこと?」

「殴られたんでしょう?」

口止めをしておいたのに、しゃべってしまったのか。葉山ハルはベッドの上ですまなそうにしていた。

「気にするな。きみの一家を離れ離れにさせたことへのけじめをつけたんだ。きみのお兄さんは、城ヶ崎家に対してわだかまりを持っていたからね。殴りあってお互いを認めあい、仲よくなるなんて、まるで少年漫画みたいだろ?」

「殴りあったわけじゃないよね。一方的にぼこぼこにされたって聞いたよ?」

ひさしぶりに聞く【彼女】の声に胸が熱くなった。前世で僕が大好きだった人の声だ。葉山ハルが発する言葉をすべて録音できたらいいのに、録音機器をむけたら変人扱いをされるので我慢しなくてはいけなかった。

彼女は生きなくてはならない。大人になって幸福にならなくてはいけない。それが、アニメ『きみある』の視聴者全員の思いだ。

「きみは、大人になる」

「うん。大人になると、楽しいことが、いろいろあるんだ」

「なれるかな」

「まるで、知ってるみたいな口ぶりだね」

「つらいこともあるけどね。でも、大人になるというのは、たぶん、いいものだよ」

彼女が大人になる姿を想像していたら、こみあげてくるものがあった。鼻の奥がつんとして、涙がにじんでくる。僕の凶悪な顔で、涙腺のゆるんだ目をしたら、きっと異様な見た目になってしまうだろう。だからずっとがまんしていたのに。

空間をわけているガラス窓の仕切りは、彼女のベッドのすぐ横にあった。葉山ハルは手をのばして、ガラス窓に手のひらをあてた。

「きみが泣くのは二度目だね。おぼえてる？」

「ベンチで会った時のことだろう？」

彼女は公立の小学校に通っていた。朝、丘の上のベンチで【彼女】の声を聞いて僕はみっともなく泣き出してしまったのだ。

「でも、厳密に数えるなら三度目じゃないか？」

「ほかにもあったっけ？」

「夏に花火大会でおぼれかけた後だよ。飲んでしまった川の水を吐いていた時、僕は涙目だったと思う」

「思い出した。でも、おぼれかけたんじゃなく、おぼれていた子を助けたんでしょう。その後、城ヶ崎君も沈みかけていたのはまちがいないけど。あれは泣いたことにカウントしないよ。肉体の反射だし」

「こんな顔だから、できるだけ泣かないようにしているんだ。マスクをしていて良かった。泣き顔を少しだけごまかせるからな」

「少し、不公平なんじゃないかな。そっちはマスクしてるのに、私はしてないもの」

僕は窓ガラス越しに、葉山ハルの手のひらへ、自分の手を重ねた。彼女もまた、ぼろぼろに泣いていた。嗚咽が止まらない様子だった。ガラス越しに手のひらを当てていると、実際に触れているわけじゃないのに心が安らいだ。少しの間、そのままの状態で彼女の嗚咽がおさまるのを待つことにする。そして同時に僕たちは気づいた。両側から僕たちの手のひらで挟みこんだガラス板が、ほんのりと温かくなっていることに。僕にはそれが彼女の体温だと思えたし、彼女にはそれが僕の体温だと思えたようだ。

「温かいよ、城ヶ崎君」

涙声で彼女が言った。無菌室へのお見舞いの時間は厳密に管理されている。滞在時間が長くなると感染のリスクも高くなるから、そろそろ終わりにしなくてはいけない。おたがいに涙を拭って、「また来るよ」と告げてから僕は無菌室を出た。

橘トオルとともに大田原の運転する車で駅まで移動した。電車に乗りこみ、自分の暮らす町へと戻っていく彼を、ホームから見送った。

「妹をよろしく頼む」

別れる時、彼と握手をした。

数日後、葉山理緒から連絡を受けた。血液検査の結果、葉山ハルの白血球の数が増えていたそうだ。移植された造血幹細胞は、無事に彼女の骨髄に生着し、正常な血液を作りはじめたのである。

13／3

桜が開花して僕は雲英学園高等部二年生に進級した。四月後半になると葉山ハルは無菌室を出ることができた。外泊許可もおりて、一時的に自宅で過ごすことができるまでに回復していた。

「まるで夢みたい」

自宅で過ごす彼女から写真つきのメッセージをもらった。順調に白血球が増え続け、ウィルスや病原菌におびえる必要はもうない。自宅で葉山理緒と料理をしたり、テレビドラマを楽しんだりしたようだ。しかし外泊許可は一泊だけだ。次の日にはまた病室に戻らなくてはならなかった。

実はまだ、完全に生命の危機から脱したわけではないのである。移植片対宿主病の軽い症状が出ていた。皮膚の赤みや、腹痛、口内炎といった症状だ。それらは、移植された細胞によって作られたリンパ球が、患者自身の体を異物として攻撃しはじめることで起こる。骨髄移植後、百日以内の死亡原因としてもっとも多いのが、これだった。

夏を越えるまで安心はできない。アニメ『きみある』の葉山ハルは、夏休みの間に死んでしまったのだから……。八月三十一日が終わってもまだ、彼女が元気にしていた時、ようやく僕は実感するだろう。運命を書き換えることができたのだと。

ある日、城ヶ崎家の屋敷に佐々木蓮太郎と勇斗と日向をまねいて遊ぶことにした。勇斗と日向に会うのは、ずいぶんひさしぶりだ。二人は城ヶ崎家にある屋内プールが大好きだ。屋敷が他人の手にわたってしまう前に、今のうちにたっぷり遊ばせておきたかった。

歓声をあげながらウォータースライダーを何回も勇斗がすべる。日向はプールにうかぶ巨大な球体で遊んでいた。いわゆる水上遊具というやつで、中に入ることができる。満足そうに笑う二人を、プールサイドで僕と佐々木蓮太郎が眺める。使用人が僕たちのために飲み物を用意してくれた。南の島で飲むようなドリンクだ。トロピカルフルーツがグラスからはみだしている。

「二人ともあいかわらず元気だな。見ているこっちまでパワーをもらえそうだ」

「いつもありがとう、城ヶ崎君。あいつら、ずっときみのことを気にしていたんだ」

「僕のことを？」

「年末あたりから、葉山さんの病気の件で、ずっと元気がなかっただろ。でも、もう大丈夫なんだよね？」

「不安要素はのこってるけど、僕にできることはもうない。後は祈るだけだ。彼女に移植された細胞が、そこをすっかり気に入って、自分の居場所だと納得する時間が必要なんだよ」

屋内プールの窓から陽光が差しこんでいる。勇斗と日向が、はしゃぎながら水をかけあい、きらきらと水しぶきがかがやく。

「移植された細胞は、驚いただろうね。突然、住み慣れた体から引き離されて、別の場所に放りこまれたわけだから」

佐々木蓮太郎がトロピカルジュースをストローで飲んでいる。今日も寝癖がばっちりきまっていた。寝癖がきまっている、という表現は変だけど。

「右も左もわからない新しい場所で、他の細胞とつながりを作って、ちょっとずつ自分にもできる仕事をして、いつしかそこが自分の居場所になっていくんだ。細胞の移植も、社会生活一年目も、異世界転生も、大体みんな同じだよ」

「異世界転生？」

「聞き流してくれ」

葉山ハルが骨髄移植を受けて回復にむかっていることを、彼は素直によろこんでいた。でも、僕は少しだけ複雑なのだ。佐々木蓮太郎といえばアニメ『きみある』の主人公で、葉山ハルとくっつくはずの男じゃないか。僕が彼女の命を救うために奮闘していたのは、二人の幸福な未来のためだったはずなのに。

勇斗と日向のため、プールサイドにアイスクリームやフルーツがならべられた。パフェグラスにそれらを盛りつけ、自分好みのパフェを自由に作ることができる。二人は目をかがやかせながら、ホイップクリームをたっぷりとのせたパフェを作った。マンゴーソースやチョコレートソースやヨーグルトソースをその上にたらして、スプーンですくって口にいれると、至福の表情になる。

佐々木蓮太郎はパフェ作りに参加せず、他の使用人といっしょに動き回って仕事を手伝った。昨年の学園祭の準備で、執事としての研修を城ヶ崎家でやっていたから、彼の動きには迷いがない。

「使用人さんの数、減った？」

「そこに気づくとは、するどいな」

「廊下にごみが落ちていた。以前はそんなことなかったのに」

「今日みたいな贅沢は、もしかしたら、最後になるかもしれないよ」

「そう……」

彼は何か言いたそうにしていたが、それ以上は聞いてこなかった。

お腹を満たした後、僕たちは屋敷全体を使ってかくれんぼをした。城ヶ崎家の屋敷は入り組んでおり、広大だ。勇斗と日向と僕が隠れて、佐々木蓮太郎がさがす役目になった。屋敷内を移動するのにつかれると、使用人が勇斗と日向に、移動用の電動バランススクーターを出してくれる。一人乗りの板に、タイヤがくっついているようなデザインだ。上に乗って体をかたむけると、かたむけた方向へ進む。勇斗と日向は楽しそうにわらいながら、屋敷の廊下をスクーターで走行した。

夕食に寿司を食べることにした。都内の高級寿司店から職人を呼んで、目の前でにぎってもらう。

「蓮太郎兄ちゃんはね、今も駅前のボランティアに参加してるんだよ」

お行儀よく玉子の寿司を食べながら日向が教えてくれる。

「城ヶ崎君の代わりに参加していたつもりだったから、もうやめようかと思ってたんだけどな……。なんだか、ひきとめられちゃって」

彼がドナー登録を呼びかけると、不思議と通行人が足を止めてチラシを受け取ってくれるらしい。さすが主人公。ボランティア仲間からの信頼も得て、最近ではグループの中心的存在になっているという。ボランティアのおじさんやおばさんたちから、お菓子をもらったりしているそうだ。

「ちょっと待て。僕は何年もやっていたのに、お菓子なんてもらったことないぞ」

「大丈夫だ。アクト兄ちゃんがいい奴だってこと、俺たちはよく知ってるから。泣かなくていいぞ」

勇斗がマグロの寿司を無造作につかんで次々と口に運ぶ。

「泣いてないし、ちゃんと味わって食え」

佐々木家の三人といっしょに過ごす時間は特別だ。アニメ『きみある』の世界で描かれていた家族団らんの風景そのままだったから。

「なあ、きみたち。もしも僕が、今みたいにお金持ちじゃなくなっても、こうしてたまには遊んでくれるか？」

「もちろんです！　お金持ちかどうかなんて、関係ないですから！」

「そうだぜ。アクト兄ちゃん、住むところに困ったら、いつでもうちを訪ねてきなよ。雑魚寝でいいなら、泊まっていってもいいぜ。アクト兄ちゃんが家にいたら、泥棒もネズミも寄って来なそうだしな」

五月に入ると、執事の瀬戸宮が倒れた。原因は過労である。最近の彼は屋敷のことだけでなく、城ヶ崎グループの経営にも関わっていたようだ。小野田の話によれば、城ヶ崎鳳凰は海外のホテルに滞在しているようだが、連絡がとれない状態らしい。それからほどなくして、国税局の調査員が屋敷に来た。荒々しく父の書斎に踏み入り、棚や引き出しを開けて脱税の証拠を探していた。

後日、城ヶ崎鳳凰に関するニュースが報道される。脱税、政財界との癒着、過去におこなった不正な経済操作、恫喝《どうかつ》、部下への暴力……。しかしそれだけではない。城ヶ崎鳳凰は海外のマフィアとつながりを持ち、敵対企業の幹部の暗殺にも関与していた疑いがあるという。ライバル企業の人間が何人も不審死していたり、行方不明になっていたりするらしいのだ。ヨットで沖合に出てそのまま戻ってこなかった者。スカイダイビングを楽しんでいたら、パラシュートが開かず、そのまま地面に激突死した者。それらの事件に父が関与していたのだとしたら、息子である僕もドン引きである。

城ヶ崎鳳凰は力を持ちすぎた。経済界の面々、各国の権力者たちが、示しあわせて彼を引きずり落として隠居させようとしているのだろう。城ヶ崎鳳凰にしたがっていた者たちも、次々と裏切って離れていく。神が見放したかのように、城ヶ崎グループは急速に弱体化していった。

城ヶ崎鳳凰がついに司法の手にゆだねられ、強制的に日本へ連れ戻される日が訪れた。僕はテレビのニュース映像でひさしぶりに父の顔を目にする。フラッシュで照らされながら、ふてぶてしい顔でぎょろりとカメラをにらみつけ、彼は地面に唾を吐いていた。

13／4

六月。ついに退院が決まった。病室に置いていた荷物をまとめ、お世話になった看護師さんたちに挨拶をした。担当医の先生にお礼の手紙を書き、眠れない夜にいつも見つめていた天井にお別れをする。北見沢柚子が持ちこんでいた天体望遠鏡は、ひとまず私の家に移動させた。

雲英学園への復帰を果たしたものの、残念ながら出席日数が足りなくて二年生への進級はできなかった。早乙女さんたちとは学年がちがってしまったけれど、休憩時間になると彼女は私に会いに来てくれた。顔見知りの友人たちが退院をお祝いしてくれる。

新しいクラスで話をする相手もできた。私の事情をみんなも把握しており、体調を気づかってくれる子ばかりだった。抗がん剤の投与をしなくなって、髪の毛は少しずつ生えてきているが、まだ短い芝生くらいの長さである。丸い帽子をかぶって授業を受けた。私の坊主頭をからかうような子もいない。むしろ、どこか私のことを畏怖しているような印象を受ける。

ある日、教室内で内部生の女子生徒たちが話をしていた。彼女たちの会話は廊下まで聞こえてきたので、私は教室に入る一歩手前で立ち止まってしまった。

「あの方、出雲川様や桜小路様とご友人であらせられるそうよ」

「それだけではないですの。あの城ヶ崎様が、葉山さんを病魔からお救いするために自ら行動なさったそうですわ」

「私も把握しておりますのよ。出雲川様のアカウントで投稿されていた旅行の写真は、葉山さんのドナーを探す旅だったのでしょう？」

「桜小路様と二人で廊下をあるいているところを見ましたの。桜小路様の唯一の同性のお友達というお噂ですわ」

「もしも葉山さんに何かありましたら、あの御三家がきっとだまっておりませんわ」

「おそろしいですわ！」

「葉山さんをお守りしなければ、無事にこの学園を卒業できませんことよ！」

定期的に聖柏梁病院に行って検査を受けている。免疫抑制剤を処方してもらい、毎日、飲まなくてはならなかった。症状次第では、一生、飲み続ける必要もあるらしい。

北国で暮らす兄と手紙のやりとりをした。便せんに手書きで文字を書いて送るのも、なかなか風情があっていい。骨髄提供してくれたことへの感謝や近況報告、両親のお墓参りの計画について私は書いた。

兄は児童養護施設で育ったという。つい先日、自分の名前が葉山ミナトであることを、お世話になっていた園長先生に話したらしい。生き別れの妹である私の存在や、仕事を休んで骨髄移植をしてきたことなどを説明したそうだ。

身元不明の遺体として届け出がなされた私たちの両親を、あらためて供養したかった。今回の出来事で、私は両親の人生の終わりを知った。悲しいけれど知らないままでいるよりずっとマシだ。母は赤ん坊の私がいらなくなったから理緒にあずけたんじゃない。そのことがわかってうれしい。交通事故に遭ったせいで、私を引き取りに来られなかっただけなのだ。そのことが私に自己肯定感をもたらしてくれる。

「城ヶ崎君の最近の様子はどうですか？」

兄からの手紙にそのような一文があった。兄は彼のことを気にかけている。骨髄提供の許諾を得るために、彼は殴られ、肋骨を折った。どうして城ヶ崎アクトは、そこまでして、私を救ってくれたのだろう。

最近、城ヶ崎鳳凰逮捕のニュースが世間をにぎわしている。彼の不正を黙認してきた者たちが責められ、辞任に追いこまれていた。城ヶ崎家の傘下にあった企業はライバルグループに買収されたり、経営統合されたりしながら、経済界の再編がはじまった。

城ヶ崎鳳凰には莫大な罰金が科せられた。脱税で本来、支払うべきだった税金も徴収されることになった。悪いことは重なるものらしく、海外で起きた紛争をきっかけに世界同時株安が発生し、彼は多額の負債を抱えることになった。城ヶ崎グループという巨大な帝国が、わずか数ヶ月ほどで完全に瓦解《がかい》しようとしていた。世界の全部が敵にまわったかのような事態である。

城ヶ崎家に関する情報は頻繁に学園内で飛び交っている。どれが真実でどれが嘘なのかわからない。城ヶ崎アクトは学園を休みがちになった。心配だったけど、雲英学園でたまに見かける彼の姿は以前とあまり変わらなかった。廊下で彼があるいてきたら今も他の生徒たちは道を空けた。城ヶ崎アクトの魔王様みたいな迫力は健在だったし、彼のそばには出雲川君と桜小路さんがつきしたがっている。

私たちが廊下で立ち話をすることは、あまりない。彼と話すのは目立つから、短い挨拶をする程度だ。ゆっくり話したい時は、昼休みに人気のない場所で合流する。

ある日のこと、雲英学園の敷地内にあるガラス張りの温室を彼とあるいた。ジャングルのように植物がひしめいている。垂れ下がる蔦のトンネルをくぐりながら私たちは話をした。

「葉山さん、ＧＶＨＤの症状はひどい？」

彼は目立たないように変装しており、前髪の隙間から三白眼がのぞいていた。ＧＶＨＤというのは移植片対宿主病のことだ。

「そこまでひどくはないと思う。軽い症状なら、時々、あるけどね」

「よかった。軽度のＧＶＨＤは白血病の再発を防ぐ効果があると言われてる。リンパ球が白血病細胞も同時に攻撃してくれているから」

「あいかわらず詳しいね」

「たくさんの本を読んだからな」

彼の背丈は私より低い。ならんでいると、見下ろす角度になる。

「学園に戻ってこられてよかった。城ヶ崎君のおかげだよ」

「感謝の言葉なら聞き飽きてるけど、きみの声なら、何回でも聞いていられるな」

彼と話していると、声について言及されることがおおかった。私の声なんて、ありふれた普通の声なのに。私が言葉を発する時、城ヶ崎アクトは感動で目をかがやかせるのだ。私が彼の方を見ていない時など、両手をあわせて拝まれていたことさえある。やっぱり変な人だ。

「でも、夏が過ぎるまでは心配なんだ。突然、重度のＧＶＨＤが起きて、これまでやってきたことの全部が無駄になることだってあり得る」

「私は、私の体のことより、城ヶ崎君の家の方が心配だよ」

「僕の家？　なんで？」

「なんでって……。あきれた。このまま破産するかもしれないって、みんなが噂してるよ。でも、そんなことにならないよね、さすがに」

「いいや、事実だ。破産はするよ」

軽い口調で言うから、私は驚いてしまう。

「どうしてそんなに平然としてるの？」

「わかっていたんだ。父の悪行はそのうち裁かれるし、城ヶ崎家の栄華も終わるだろうって」

「ショックじゃないの？」

「充分に贅沢はさせてもらった。これから先は質素に暮らすよ」

強がって平気なふりをしている印象はない。あくまでも自然体で、なんとも思ってないみたいだ。

「学園を休みがちだったのは、どうして？」

「屋敷の整理を手伝ってた。土地と建物を維持していくお金がないから、買い手を探さなくちゃ」

丘の上の立派な洋館は、夏目町のいろんな場所から目にすることができた。この町の住人にとっては、王様の住んでいるお城みたいなものだった。まさかその持ち主が変わることになるなんて。

「この学園にも、いつまで通っていられるかわからないな」

「え？　どうして？」

「僕はこの町を追い出されるかもしれない。石をぶつけられながら、【出て行け！】って。そうなる運命も、ありうる」

なぜそうなるのかわからないが、彼は確信をもって話している。まるでそんな未来を見てきたかのように。

「どちらにせよ、破産してお金がなくなったら、学費は払えない。僕はきみみたいに特待生制度で入ったわけじゃないから、高級車を何台も買えるくらいの学費が必要なんだ。破産して寄付をしなくなった城ヶ崎家なんて、学園側にとっては、つきあうメリットのない相手だろうし。お金の払えない僕なんか、すぐに退学を言い渡されるだろう」

「そんな……」

ようやく退院して学園に復帰できたというのに。私はこうして城ヶ崎アクトと過ごす時間を楽しみにしていた。だから悲しかった。私たちはおたがいにだまって、植物にはさまれた小道を移動する。途中のベンチで休憩することにした。植物園のガラス張りの壁を陽光が通り抜けて降り注いでいる。温室内は、一年中、一定の温度に保たれていた。

「ここ、無菌室に似てないか？」

ふと城ヶ崎アクトがつぶやいた。

「そうかな。どこらへんが？」

「きみのベッドも、ガラスに囲まれていたよな。それに、無菌室の空気は他の場所と切り離されていた。植物園の空気は外とつながっているから厳密には同じではないけれど。空気を管理して、中にいる生命を守ってるイメージって言うのかな」

「確かにね。そういうところ、似てるかも」

「この植物園の温室は、作り手が仕こんでいた暗喩《あんゆ》だったのかもしれないな。うーん、このことに言及した書きこみは見たことがないぞ」

作り手？　暗喩？　書きこみ？　また意味のわからないことを言いはじめた。彼はたまに、こうなる。

「植物園の温室を作品に登場させたのは、のちに無菌室が登場するというイメージを視聴者に植えつけておく意味あいがあったのかもしれない。作中では骨髄移植しなかったけど夏ごろに彼女は無菌室に入らなくてはいけなくなった。白血球数が千パーマイクロリットルを下回っていたからな」

　ぶつぶつと真剣な顔で、彼はつぶやき続ける。

「城ヶ崎君、さっきからきみが言ってる話の内容がさっぱりなんだけど」

「すまない。なんの話をしてたっけ？」

「私たち、だまってベンチで休んでたんだ。きみが学園をやめるかもしれないって聞いて、少しだけさみしくなって、会話が減っていたタイミングだったよ」

「少しだけさみしくなった？　僕が学園をやめることが？　どうして？」

　不思議そうに彼は首をかしげている。これは本当に原因がわかっていない様子だ。私は恥ずかしくなった。

「ええと、それはね、せっかくできた友だちが、いなくなるのは、残念でしょう。ほら、きみには、いろいろとお世話になったし。話し相手が減っちゃうから」

「大丈夫だ、きみを支えてくれる友だちは、学園にたくさんいる。僕が一人、いなくなったくらいで、話し相手にこまることはないよ」

　私を安心させるように彼は言った。そういうことじゃないんだけどな。でも、まあ、いいか。

昼休みの終わりを告げる鐘が鳴り響いた。彼は二年生の教室へ。私は一年生の教室へ。きみは大人になる。無菌室にいる私に、彼は言った。本来だったら、大人になる前に私の命は終わっていたのだろう。今こうして、廊下を行き交う生徒たちの足音も、校舎の窓から差しこむ太陽のあたたかさも感じることはできなかったのだろう。息をして、心臓が鼓動し、指先にも体温が宿っている。そのことが、奇跡そのものだと思える。

13／5

夏休みに入り、空っぽの屋敷の中を散策して僕は一日を過ごした。開け放した窓から熱をもった夏の風が入り、蟬の声が聞こえてくる。家具の大半が運び出されたので閑散としていた。絨毯も引きはがされ、壁に飾られていた絵画も、廊下に置かれていた置き物も、年代物のガラス製のランプシェードも、ワインセラーの赤ワインも、すべて売り払われた。屋敷の中にあるのは床に落ちたほこりくらいだ。

使用人の大半もすでに辞めている。のこっているのは三人だけだ。執事の瀬戸宮、従者の小野田、それともう一人、メイド服を着た女性の使用人である。彼女は二十代で、顔は知っているけれど個人的な会話はしたことがない。逃げ遅れて雑用をおしつけられているのだろう。

空っぽになった自分の部屋で僕がぼんやりしていたら、彼女が紅茶をいれてはこんできてくれた。

「僕のためにお茶なんて出してる場合じゃない。次の職場を探した方がいいぞ。辞めたいってこと、あの二人に言いにくかったら、僕から言ってあげようか？」

心配になって話しかけてみたのだが、彼女はぎこちなく微笑むだけだ。

「あの、私は、大丈夫ですから……」

僕にむかって頭を下げると、そそくさと部屋を出ていった。

運転手の大田原はタクシー会社に転職したらしい。城ヶ崎家が負債を抱え、ありとあらゆるものを売却しなくてはならなくなった時、まっさきに値段がついて他人の手にわたったのは、城ヶ崎家が保有する高級車だった。長年、大田原が運転してきた黒色の宝石みたいな車は、どこかの大富豪に買われたらしい。最後の日、彼は時間をかけて車体にワックスをかけていた。運転する車がなくなると、大田原は城ヶ崎家でやることがなくなった。タクシー会社への転職が決まって、城ヶ崎家を離れる時、別れの挨拶に来てくれた。僕たちは握手をする。

「アクト様、今までありがとうございました」

「うん、お世話になった。昔はひどいことをして、ごめん」

「いいのです。アクト様はお変わりになりました。立派になられました……」

「いつの日か、大田原さんの運転するタクシーに乗ってみたい。街角でタクシーを呼び止める僕を見かけたら、よろしく」

「はい。安全運転で目的地までお送りさせていただきます」

庭師もいなくなり庭園は荒れはじめた。雑草は伸び放題。白かったガゼボは薄汚れ、落ち葉や折れた木の枝が散らかっている。夏の夕暮れに、僕は一人、ガゼボのベンチに座って景色を眺めた。虫の声が、にぎやかだった。

八月に入るとクレジットカードが使えなくなり、僕の手元にはわずかな現金だけがのこされた。同じ頃、屋敷の次の持ち主が決まった。外国の大富豪が趣味で購入することにしたらしい。石油を産出する豊かな国の人だった。僕はほっとしたが、瀬戸宮は意気消沈していた。

「私の代でお屋敷を手放すことになってしまい、責任を感じてしまいます……」

「瀬戸宮さんのせいじゃない。全部、僕の父が悪いんだ。よくないことをしてお金を稼いでいたから、その分のツケを支払わされているんだよ」

糸のような細い目に彼は涙をにじませる。瀬戸宮は何十年も城ヶ崎家の屋敷で働いていたのだ。この土地と建物は彼の人生そのものなのだろう。

「屋敷を購入なされた方の代理人から、引き続きこの屋敷で働いてくれないかという連絡をいただきました」

「よかったじゃないか。確かにそうするのが効率的だよな。この屋敷の造りを、世界で一番、理解しているのは瀬戸宮さんだもの。引き受けなよ」

「よろしいのでしょうか。私が、城ヶ崎家以外の家にお仕えしても……」

「当たり前じゃないか。城ヶ崎家はもう終わるんだ。瀬戸宮さんに支払える給金はない。次の雇い主のところで、新しい居場所を作るといい」

高齢で引退することも考えていたらしい。だけど僕の言葉で、屋敷の管理を引き受けることに決めたようだ。新たな持ち主が引っ越してきたら、再び瀬戸宮は庭師を雇い、庭園を整えてくれるだろう。


アスファルトがじりじりと強い日差しで熱されていた。僕はバスを乗り継いで、とある刑事施設を訪れる。そこはいわゆる刑務所というやつで、城ヶ崎鳳凰が収容されている場所だった。中に入って面会の手続きをした。窓口で担当をしてくれた人が僕の顔を見て、ガタンと椅子をたおしながら立ち上がり、防犯ベルを鳴らしかける。僕があまりにも反社会的な見た目だったからだろう。組織のボスを脱獄させるために現れたのではないかと誤解させたようだ。担当者を落ち着かせ、身分証を提示し、「父に会いに来ただけです」と説明した。なんとか無事に面会の許可が出る。殺風景な待合室で待たされた後、面会室に入った。

面会室は、仕切りの壁で手前と奥に二分割された部屋だった。仕切りの上半分が透明な樹脂製になっており、会話はマイクとスピーカーを通じておこなう。椅子に座っていると、仕切りの奥側に見えていた扉が開いた。施設職員に連れられる形で、城ヶ崎鳳凰が現れる。あいかわらずのいかめしい顔だ。僕を見ると、ふんっ、と鼻息を吐き出して口元をゆがめた。

「おひさしぶりです、お父さん」

どかりとパイプ椅子に座って城ヶ崎鳳凰が僕を見る。

「屋敷はどうなった?」

地獄の底から響くような低い声だ。会うのはどれくらいぶりだろう。

「外国の石油王が買うそうです。今月中に僕は出なくちゃいけません」

「クソっ！　あの家は俺が生まれ育った場所だ。ユリアとの思い出の家なんだぞ。他人の手にわたるなど許しがたい！」

「しかたありません。なるべくして、なったことなんです」

神《シナリオライター》がそうなるように執筆したのだ。僕は葉山ハルの運命を書き換えるのに必死で、城ヶ崎家の運命は放置していた。それに、悪行を重ねていた城ヶ崎鳳凰は罰されるべきだとも思っている。

「でも、お父さんには、同情すべきところもあるんです」

彼はぎょろりと僕をにらむ。

「あなたは僕の父親だ。それこそが同情すべきポイントです。あなたは僕の父親だから、こんな風に世界中が敵となったのです」

アニメ『きみある』の最終回で、悪役の城ヶ崎アクトは落ちぶれる。城ヶ崎家の没落というエピソードはそのために必要なものだった。視聴者の胸をスカッとさせるためには、僕が罰を受ける必要があったから。城ヶ崎鳳凰の逮捕と家の没落は、悪役である僕から力を失わせるために用意された作劇のための装置なのだ。

「僕のせいなんです。あなたは僕の運命に巻きこまれた。だから今日は、そのことを謝りに来たんです」

悪役である僕が、彼の息子として生まれてこなければ、城ヶ崎鳳凰は愛する妻とずっといっしょにいられたのかもしれない。

「謝る？　ふんっ！　何を意味のわからないことを言っている！　おまえなんぞに謝られる筋合いはない！　おまえの父親だから世界中が敵になっただと!?　そんな馬鹿な妄想をしている暇があったら、俺を脱獄させる方法でも考えろ！」

彼は仕切りの壁を叩く。面会室の隅っこに施設職員がいて僕たちを監視していたのだが、脱獄という単語を聞いて、少しだけ緊張感がはしった。しかし城ヶ崎鳳凰に気にした様子はない。

「いいか、アクト」

城ヶ崎鳳凰が僕の名前を呼んだ。滅多にないことだから驚いてしまう。

「なんですか、お父さん」

「おまえは醜い子だった。今も化け物みたいな顔をしている」

「よけいなお世話です」

「最近までおまえを遠ざけていた。この世の終わりみたいな見た目の赤ん坊のせいでユリアは死に、俺はおまえを恨んでいたからな。だが、それはまちがいだった」

城ヶ崎鳳凰はうつむく。顔に照明の影がおちると、威圧感が消えて、普通のおじさんだ。どこにでもいるような、生きるのにくたびれた中年男性だ。前世でサラリーマンをしていた頃によく見かけた、終電間際の駅のベンチで疲れてうつむいていた年配の人たちにそっくりだ。

「こうして会いに来たのはおまえだけだ。息子のおまえだけが、俺と話をしに来てくれた」

「瀬戸宮や小野田もお父さんのことを気にしていました。でも、みんな、忙しくて来られなかっただけです」

「おまえとのチェスは楽しかった。もっと早く、おまえのことを知ることができていたらよかったんだがな。なあ、いい加減に教えろ。おまえは何者なんだ？」

「僕は城ヶ崎アクト。あなたの息子です。ねえ、お父さん。これからも僕は、定期的にここへ来ますよ。あなたと話をしにきます。なぜって、僕たちは親子だから。あなたは僕の父で、僕はあなたの子だ。そのことは揺るぎない事実なんです。だから、お互いがさみしくならないように、僕はここへ話をしにきます」

城ヶ崎鳳凰は顔をあげて、ぎろりと僕をにらみつける。

「勝手にしろ。次に面会に来るときは、脱獄計画の案をいくつか持ってこい」

後ろにいた施設職員の顔がひきつっている。

面会の時間が終わりに近づいて城ヶ崎鳳凰が質問した。

「白血病の娘はどうなった？」

「葉山さんのことですね。骨髄提供を受けることができました。退院し、雲英学園にも復帰しました」

「ふん、そうか」

施設職員が城ヶ崎鳳凰を立ち上がらせ、面会室を出て行く。僕はそれを見送って、刑事施設を後にした。外に出ると強い日差しで視界が真っ白になる。夏の入道雲が青空にそびえていた。また来よう。母の思い出も聞いてみたい。そういえば、面会室も無菌室を思わせる造りだったな。透明な壁をはさんで、僕たちはこれからも家族でいよう。


アニメ『きみある』において、悪役の城ヶ崎アクトは強制的に屋敷から追い出されていた。彼が使用人たちにおこなっていた乱暴なふるまいを思うと当然の結果だろう。門から締め出された彼は、なぜ自分がこんな仕打ちをうけるのかを理解していないみたいだった。

「俺にこんなことをして、ただじゃすまないぞ！」

などと凄んでいたが、城ヶ崎家という後ろ盾を失った彼にはなんの力もなかった。行き場のない彼は町をさまようことになる。

この世界線でも同じような事態になるだろうか。それはわからないが、新たに住む場所は決めておいた方がいいだろう。そこで僕は引っ越し先を探すことにした。いくつか安アパートを見学させてもらう。気に入ったのは家賃三万円のワンルームだ。布団をしいたら足の踏み場もなくなるようなせまい部屋である。屋敷を出たら、ひとまずこの部屋に避難しよう。

「この前、アパートの見学に行ったんだ。契約はまだだけど」

出雲川や桜小路にも報告をする。

「さすがですアクト様。今後はアパート経営をなさるのですね」

「アクト様の経営するアパートが大人気になるように、私もお手伝いしますわ。桜小路家の力を使って近所に病院や商業施設を誘致しましょう」

「桜小路さん、その計画、この出雲川史郎も参加させてください。出雲川家が関係しているアパレルブランドのショップを展開しましょう」

「待ってくれ。経営なんかしないよ。ただ、部屋を借りるだけだ。今後はそこに住むんだよ」

現在の城ヶ崎家の状況を説明する。以前の二人だったら、お金がないとどうなってしまうのかを、うまく理解できなかっただろう。だけど今の二人は、先日の旅のおかげで、僕の困った事態を想像することができたようだ。

「住むところがないのであれば、ぜひ出雲川家にいらしてください！　僕は先日、二年生への進級祝いに、お母様からマンションをプレゼントしていただいたのです。そこで僕といっしょに暮らしましょう！」

「いいえ！　アクト様は桜小路家へいらっしゃるべきですわ！　アクト様のために山を購入いたします。そこにアクト様好みの邸宅を建築するのがいいですわ！」

ありがたい申し出だった。すごすぎてちょっとひいちゃったけれど、胸にジーンときたのは確かだ。アニメ『きみある』では、城ヶ崎家が破産すると、すぐさま彼らは距離をおいたのに。この世界線の二人は、こんな状態の僕とも友人の関係性でいてくれるらしい。

「ありがとう、二人とも。でも、僕は自分の力で暮らしていこうと思ってる。誰かが用意した場所ではなく、自分の手で居場所を作っていきたいんだ」

「わかりました。でも、何か困ったことがあれば、すぐにご連絡ください。この出雲川史郎、どこにいてもかけつけますからね」

「ご近所トラブルが起きた際は、私、桜小路姫子へお知らせいただきたいのですわ。桜小路家の有能な弁護士チームを派遣いたしますの」

「心強いよ、出雲川君、桜小路さん」

引っ越しをしたら二人にも遊びにきてもらおう。あまりの狭さに、きっと驚くにちがいない。

僕の新居となるアパートは、夏目町の外れにある人気のないエリアだ。プレハブ小屋みたいな建物で、壁や屋根には、大家さんが自分の手で雑に修理したような箇所があった。事務所で部屋の契約をする際、従者の小野田も同行して保証人になってくれた。

「アクト様、このお部屋で、本当によろしいのですか？」

銀縁眼鏡の青年は心配そうだ。アパートの外観写真を見て顔をしかめている。

「問題ない。外観は少しボロいが、この家賃でトイレとお風呂もついてるんだから文句はない」

「もしよろしければ、私の自宅を整理しますので、そこで暮らしませんか？　私はまだ独身ですし、アクト様が寝泊まりする部屋くらいなら空けられます」

「嫌だそんなの、気まずすぎるだろう。今後は従者でもなんでもない、対等な関係になるんだぞ。どんな風にリビングで会話すればいいんだよ」

「これまで通り、自宅でも従者としてふる舞いますが？」

「こっちからお断りだ。息がつまる」

小野田をせっついて保証人の欄に名前を書かせた。ちなみに彼の次の職場はもう決定している。名家の屋敷に引き抜かれ、そこで執事として働くらしい。その屋敷は他の県にあるため、もうじき小野田は夏目町を離れなくてはならないらしい。

「世話になったな、小野田。僕が乱暴だった頃からずっとだもんな」

アパートの契約書を眺めながら僕は感慨深い気持ちになる。

「当時、何度も辞表を書いたのですが、瀬戸宮に引き止められてしまい、辞めさせてもらえませんでした」

銀縁眼鏡の奥でなつかしそうに目をほそめる。

「そういえば、以前にアクト様が企画書を執筆されたゲームが、国内外で様々な賞をとられたそうですね」

「ああ、そうみたいだな」

「まるで他人事のような反応でいらっしゃいますね」

「僕にはもう関係ないよ。販売元の企業は海外のゲームメーカーに吸収されちゃったし。僕にお金が入ってくるわけでもないからね」

八月中旬、誕生日をむかえて十七歳になった。出雲川と桜小路がポケットマネーで僕を連れ出し、最高級ディナーを食べさせてくれる。デザートの時間になると、花火の刺さったバースデーケーキが運ばれてきた。

「ありがとう、二人とも。本当は、ひっそりと一人で過ごそうと思っていたんだ。今の城ヶ崎家には、誕生日パーティを開くような予算が出せないから」

「アクト様が誕生日に一人で過ごすなど、あってはならないことです。本来であれば、日本国民が総力を結集して祝わなければならないというのに」

出雲川は憂いをおびた顔をする。

「まったくその通りですわ。アクト様の誕生日が国民の祝日になっていないのはおかしいと思っておりますの。この件を国会で総理大臣に提案してはどうかしら」

縦ロールの髪型とドレス姿の桜小路は、富裕層のあつまるこういう場所ではまったく違和感がない。その美しさに、フロア中の視線があつまっていた。二人から誕生日プレゼントをもらった。出雲川からは彼がはまっているというゲームソフトを、桜小路からはお気に入りの詩集を渡される。

「このようなプレゼントで、よろしかったのでしょうか」

「もちろんだ。事前に言っておいただろ、高価なものだったら受け取らないって」

「本当は、私と出雲川さんとで相談して、【現金をいくらでも引き出せるクレジットカード】をプレゼントするつもりでしたのに。残念ですわ」

そんなもの、もらえるわけないだろ。

そして、屋敷を出て行く日が訪れた。朝から小雨が降り続き、夏の日差しが雨雲に遮られた薄暗い日だった。僕は自分の荷物をまとめて鞄につめこんだ。持っていた服なんかはすべて売り飛ばして寄付金にあてていたから、僕の所持品は手提げ鞄ひとつだけにおさまってしまう。最後に思い出深い部屋を順番に見て回った。父とチェスをした書斎、クリスマスパーティをしたホール。

家具がなくなって、どこもがらんとしている。

玄関に行くと、瀬戸宮と小野田、そして最後まで雑務を担当してくれた女性使用人が立っていた。僕を見送るために待っていたようだ。僕は一人ずつと握手をして、最後に三人と向きあい、お別れの挨拶を口にする。

「私、城ヶ崎アクトはこのたび、この屋敷から退去することをお伝えいたします。長い間、この家でお世話をしてくださったこと、本当に感謝しております。ここでの経験は私にとって貴重な財産となりました。以前、大変なご迷惑をおかけしましたこと、ここでお詫び申し上げます。この数年間は、ひたすらに猛省する日々でした。私を見限ることなく、お世話をしてくださった皆様のやさしさに、心を打たれました。本当にありがとうございました。私は新たな道を歩むことになりましたが、この屋敷で得た経験は決して忘れません。これからも皆様とのご縁を大切にし、つながりを保ちたいと思っています」

前世のサラリーマン時代、退職する先輩が最後におこなったスピーチの内容を大いに参考にさせてもらった。話し終えて頭を下げると、三人がぱちぱちと拍手をしてくれる。ああよかった。なごやかなムードだ。強制的に追い出される雰囲気じゃないことにほっとする。

「この瀬戸宮、感動しました」

ハンカチを糸目に押し当てて瀬戸宮が涙をぬぐっている。女性の使用人もすすり泣いていた。ちょっとおおげさなんじゃないか？　せっかくだから、僕は彼女に声をかけてみる。

「最後まで屋敷にのこってお世話をしてくれてありがとう。でも、どうして他のメイドみたいに次の職場を探そうとしなかったんだ？」

「あの、それは……」

彼女は口ごもる。横から小野田が助け船を出した。

「彼女はアクト様に恩を感じているのでしょう」

「恩?」

僕は彼女に、何かをしただろうか? まったく記憶になかった。首をかしげていたら、彼女が意を決したように話し出す。

「あの、私の母が、実は、ずっと、病気で……。白血病、だったんです。入院中も、とてもつらそうで、苦しんでいたんです。抗がん剤も効果がなくて。どんどん衰弱していって、私も、母も、あきらめかけていたんです。だけど、昨年、奇跡的にドナーが見つかったんです。骨髄移植を受けることができて、命をつなぎとめることができました。お医者さんに言われたんです。私の母が助かったのは、急にドナーの登録者数が増えたおかげだって……。それは、きっと、アクト様が行動してくださったおかげなんです。たくさんの寄付によって、テレビのコマーシャルが作られて、キャンペーンが展開されたから、こんなにもドナーが増えたんです。それらはすべて、アクト様が、がんばってくださったからなんです」

彼女は涙をこぼしながら、礼をするみたいに頭を下げる。

「あなたが、自分の持ち物をすべて売り払い、お金を寄付していたことを、私たち使用人は、みんな、知っているんですよ。あなたのおこないを、私たちは、見ていたんです。あなたの所持品が、そんな小さな鞄、たったひとつだけだなんて……。ありえない……。あなたのおこないで、救われた命が、きっとたくさん、この世界には、あるはずです……」

彼女は顔を覆って肩をふるわせた。

外に出ると、雨上がりの地面に日差しが反射してかがやいていた。門を抜けたところで一度だけ振り返り、見送っている三人に一礼する。この世界線における僕の実家は、王侯貴族が住むような洋館だった。広大な敷地と庭園。まるで夢のような暮らしだった。城ヶ崎家の屋敷に背をむけて、僕はあるき出した。

アパートでの一人暮らしがはじまる。部屋の広さは四畳半しかない。すぐに順応することができた。前世の記憶のおかげだろう。まずはアルバイト先を探さなくてはならなかった。それまでは手元にある現金を切り崩しながら生活する。近所のスーパーに行き賞味期限が近くなって割引きされているお弁当を選んで買うようになった。

僕の部屋を警察が訪ねてきた。

「この建物に凶悪犯が住んでいるとの通報があったものですから……」

などと話をされる。たぶんそれ僕のことだ。顔が凶悪なだけですよと話をすると、警察はほっとした様子で帰ってくれた。

八月三十一日の深夜、僕は時計をじっと見つめて日付が変わるのを確認した。夏休みが終了し九月一日が訪れる。緊張しながら葉山ハルにメッセージを送信した。


ご無沙汰しております。城ヶ崎アクトです。本日はご確認したいことがあり連絡をさしあげることにいたしました。その後、体調に急な変化などはございましたでしょうか？　急性の移植片対宿主病を発症し、重大な臓器障害などが起きていないといいのですが……。

返事があるまで落ち着かなかった。深夜だし、もう彼女は寝ているかもしれない。部屋でじっとしていられなくて、僕は靴を履いて外に出る。夏目町の空にたくさんの星が広がっている。僕はスマートフォンをにぎりしめ、アパート周辺の路地をうろつく。スマートフォンが鳴った。葉山ハルからの返信がある。

こんばんは、城ヶ崎君。
あいかわらず、サラリーマンみたいな文章だね。
でも、いいと思うよ、そういうの。
体調は問題なし。元気だよ。
心配してくれて、ありがとう。
葉山ハルより。

夏休みを過ぎても、彼女は生きている。アニメ『きみある』のシナリオから完全に逸脱できたことを僕は確信し、月にむかって拳をふりあげて叫んだ。大声で。僕はやり遂げた。彼女を救うことができたんだと。近くの建物の窓に次々と明かりが点りはじめたので急いでその場から逃げる。月の明るい夜だった。

終章

「はぁ……」

僕は夏目町の街角のベンチで、ため息をついていた。ついさっきアルバイトの面接に落ちたところだ。これでもう何回目だろう。コンビニ、スーパー、引っ越し業者、清掃業、ガソリンスタンド……。いろんなところに履歴書を提出したが、どこも雇ってはくれない。やはりこの顔がいけないらしい。悪役としてデザインされた僕の目鼻立ちは、相手に威圧感をあたえてしまう。面接をしてくれた人たちの中には、僕が部屋に入ると、泣いて命ごいする者さえいた。

「はぁ……、これからどうしよう……」

屋敷を出る時、所持していた現金はつきかけている。友人知人をたよれば、お金を貸してくれそうな気がするけど、それは最後の手段だ。それにしても、お腹がすいた。

ぼんやりと行き交う人々を眺めていたら、見おぼえのある女の子を発見した。ほっそりとしたガラス細工みたいな手足に、まつげの長い美少女だ。あまり会いたくない相手だったので、気づかれる前に逃げようとしたけれど、寸前で思いとどまる。

その美少女は、大学生くらいの男の子三人組に声をかけられていた。男の子たちは彼女を遊びに誘っている。ナンパされているみたいだ。断っているけれど男の子たちは食い下がる。少し強引な感じだった。

「やめてください……」

困ったような顔で美少女は拒否する。僕は少しだけ迷ったけれど声をかけることにした。

「北見沢さん、大丈夫?」

彼女の名前は北見沢柚子。昨年末、僕は彼女に殺されかけた。ナイフを振り回す彼女から走って逃げたことは、正直、トラウマだ。僕の声に、その場にいたみんなが振り返る。北見沢柚子は目を見開いて、にらみつけるような顔になった。

「城ヶ崎アクト……!」

「ど、どうも、ご無沙汰しております……」

彼女をナンパしていた男の子たちは、僕の顔を見て後ずさりする。凶悪な面構えは、こういう時だけ便利だ。

「こいつ、やばそうだ」

「何人か殺してるぜ、絶対」

「い、行こうぜ……」

男の子たちは逃げていく。正直、僕もいっしょに逃げたかった。北見沢柚子から。街角に取りのこされて僕は彼女とむきあう。美少女の口から憎しみのこもった声が出る。

「夏が過ぎたら、あなたの命を狙いに行くつもりだった」

「そういう約束だったよな。きみがナイフを持って現れるんじゃないかって、曲がり角ではいつも警戒していたよ」

葉山ハルの命を救うまで、殺されるわけにはいかなかった。だから土下座をして、彼女の復讐を先延ばしにしてもらっていたのである。

「きみが僕を殺したい理由はわかってる。雲英学園初等部で、僕がきみにおこなったことは、到底、許されないことだ。今さら謝っても遅いとは思うけど。本当に、申し訳ありませんでした」

僕は目を閉じて深々と頭を下げた。

一秒後、僕のみぞおちに、彼女の拳が突き刺さる。ぐぇ、と蛙みたいな声が出た。突然の痛みに呼吸ができない。北見沢柚子の右ストレートは、その細腕からは想像もできない威力だった。

「私、思い直したの。復讐は何も生まないって」

彼女は憂いのある表情でつぶやいた。たった今、僕を殴ったよな。それって復讐とはちがうの？ 問いただしたかったけど黙って痛みに耐えることにした。

「私が手を下すよりも前に、天があなたに罰を与えた。だから、もう私は気分爽快なの」

「じゃあ、もう僕には関わらないでください。初等部時代のことは、謝ったし、もういいですよね……」

「そうね。あなたの服、ぼろぼろだし、みすぼらしくなったわね。いい感じ。最高です。あなたを哀れみのこもった目でこんな風に見下すことができる日が来るなんて、思いもしなかった」

よかった。城ヶ崎家が破産したことで、僕は許されたようだ。このままフェードアウトできそうだ。

「そういうわけなので、僕はこれで」

「ちょっと待ちなさい」

「はい、なんでしょうか？」

「これからＵＦＯについて語るオフ会があるの。興味ない？」

後日、葉山ハルから聞いて判明したのだが、北見沢柚子は僕が宇宙人によって脳を改造されたと思いこんでいるらしい。UFO関連に興味のある仲間たちに、僕を紹介したかったようだ。改造手術を受けた貴重なサンプルとして。走って逃げて本当によかったと胸をなでおろした。

一人暮らしのアパートに、勇斗や日向が遊びに来てくれた。

「うちよりせまい部屋じゃん！」

「勇斗兄ちゃん、失礼だよ、そんなこと言ったら……」

佐々木家が住んでいる木造アパートとは、徒歩十五分程度の距離だ。

「城ヶ崎君、今日、うちで鍋をするんだ。食べにくるかい？」

佐々木蓮太郎がたまにそう言って僕を夕飯に招待してくれた。アニメ『きみある』の主人公の家で、悪役の僕がいっしょに鍋を食べるなんて。前世でたくさんの二次創作漫画や二次創作小説を読んだけど、そんなシチュエーションは見かけなかった。佐々木家は僕にもあたたかくて、にぎやかで、前世の実家を思い出させてくれる。

「何か困ったことはないか？」

「お腹がすいたら、いつでもうちにいらっしゃいね」

ご両親は僕のことを心配してくれた。城ヶ崎家が破産して以降、人のやさしさが染みる。不思議なものだ。アニメ『きみある』における僕は、いろんな人から罵られ、嘲笑をうけながら町を追い出された。助けてくれる人は誰もいなかった。でも、この世界線では、いろんな人が手を差し伸べてくれた。

二学期がはじまっても僕は雲英学園に通いつづけている。徒歩で学園にやって来る僕のことを、いろんな生徒たちが見てきた。憐れみの視線、好奇の視線、様々だ。ありがたいことに、出雲川と桜小路は、以前と変わることなく僕と話をしてくれた。

「アクト様、おはようございます。颯爽と道のむこうからあるいてくる様は、まるで名作映画でも観ているかのようでした。本日もこの出雲川史郎めが、身の回りのお世話をつとめさせていただきます」

「ごきげんようですわ。アクト様、ご提案がありますの。ご新居からこの学園までの道を、すべて動く歩道にしたら良いのですわ。さっそく桜小路家の者に工事の計画書を作ってもらいますわ」

二人が僕の少し後ろをついてくる。前方にいた生徒たちは、道を空けて僕たちが通り過ぎるのを待つ。城ヶ崎家は没落し、僕にはなんの力もなくなったというのに。

出雲川は母親から、桜小路は老人たちから、もう城ヶ崎アクトに関わるなと命令されたようだ。今の城ヶ崎アクトにはつきあう価値などない、時間の無駄だ、と。しかし二人はその命令をつっぱねた。出雲川は母親の言葉を無視し、桜小路は老人たちの意見に反論したという。

「僕が反抗的な態度をとったものだから、母は激高していました。本当にこわかった。でも、いいのです。母が僕を見限っても、僕はアクト様のご友人でいたいのですから」

「私もそうですわ。反論した時の、お祖父様たちの顔はおもしろかったですわ。私、お祖父様たちを失望させてしまったみたいですの。でも、かまいません。私は私であって、家の所有物ではないのですから」

二人とも清々しい顔だった。僕は心から二人に感謝する。

「私と出雲川さんは視野が広くなったのですわ。以前の私たちにとっては家格というものが絶対でしたの」

「アクト様を見ていたら、もっと自由に生きていいのだとわかったのです」

「私、決めました。お祖父様たちの選んだ結婚相手からは、逃げさせていただきますわ。伴侶《はんりょ》は自分で探しますのよ！」

桜小路が人さし指を立てて天を指さすと、縦ロールの髪がスプリングみたいにはねた。

何もかもがアニメ『きみある』の最終回とは異なっている。僕は夏目町を追い出されることなく、住みつづけられているし、ようやくアルバイトもはじめられた。交通整理のお仕事だ。商業施設の駐車場の出入り口に立って、車の誘導をおこなう。仕事をしていると、かつて城ヶ崎家で働いていた使用人が通りかかって、はっとした様子で立ち止まる。僕が頭を下げて一礼すると、元使用人も深々と礼を返してくれた。

タクシーを運転する大田原にも会った。

「アクト様、お元気そうで何よりです」

乗客を目的地に送り届けた帰り道に、交通整理をしている僕を発見したようだ。駐車場にタクシーを停め、僕がバイトを終えるのを待ってから声をかけてきた。

「大田原さん、ひさしぶり。仕事は順調？」

「ええ、おかげさまで。あの、ご自宅までお送りさせてください」

「タクシーで？　お金、持ってないからだめだよ」

「代金は必要ありません。私がそうしたいだけなのです」

僕は拒否したけれど、どうしてもと言うので、彼に乗せてもらう。後部座席の乗り心地は、城ヶ崎家で保有していた高級車にはかなわない。でも、あいかわらずの丁寧な運転だ。

「大田原さんのブレーキは、がくんという衝撃がなくて、すーっと奇麗に停止するよね。大田原さんのタクシーをひいた乗客はラッキーだよ」

「タクシーのことを【ひく】と表現なさるなんて、まるでアクト様は、社会人経験者のようでございますね」

「僕の前世はサラリーマンだと思うよ」

ミラー越しに、大田原の愉快そうな表情が見えた。タクシーにはアタリとハズレがある。そのせいで、クジみたいに、タクシーを【ひく】という表現を使うのだろう。

アパートの前で降ろしてもらう。建物の外観を見て大田原はショックを受けていた。

「アクト様がこのような場所に」

「いい部屋だぞ。住めば都ってね」

それ以来、何かと大田原は僕の生活を心配して部屋を訪ねてきてくれるようになった。どこか行きたい場所があったら連絡をしてほしいとも言われる。ありがたい申し出だった。

いっしょに雪国を旅した南井吾郎も、調査会社の部下を連れて僕に会いに来てくれた。あいかわらず、すべてのポケットにお菓子をつめこんで、空き時間ができるとチョコレートやスナック菓子をほおばっていた。彼が部屋に入ると建物の床が沈んでしまいそうだったから外で立ち話をした。

「アクト様、学園を卒業後はどうなさるのですかな？」

「進路は決めてない。それ以前に卒業は絶望的だな。今年度の学費は支払い済みだけど、来年度の学費はきっと無理だから」

「出雲川様や桜小路様にお願いすれば、かわりに支払ってくれそうですけどな」

「それは最後の手段ですよ」

「アクト様、もしも卒業後に行くあてがなかったら、うちで働くといいですな。いつでも歓迎するですな」

「ありがたいけど、なんで僕を雇ってくれるんです？」

南井は携帯ゲーム機をポケットから取り出す。

「アクト様が、数々のゲームの発案者であることは調査済みですな。きっと他にもいろんなアイデアがその頭の中にはつまっているはずですな」

「僕のことを買いかぶりすぎてる気がするけど。でも、ありがとう」

南井は話し終えると、僕に握手をもとめる。

「それではしばし、おわかれですな、アクト様」

彼の指は脂肪におおわれてやわらかかった。

「ドナー探しの旅ではお世話になりました。葉山ハルは、元気ですよ」

「もちろん把握しておりますな。そういえばアクト様、ニュースなど見ておりますかな？　本日、よろこばしいニュースが世間をにぎわしておりましたですな」

「どんなニュースです？」

「日本の研究機関が、白血病に効果的な抗がん剤を開発したんですな。もうじき認可がおりて大量に製造されるらしいですな」

南井の話によれば、その薬は世界中で苦しんでいる大勢の人を救うだろうと言われているらしい。ニュースではほとんど語られないが、城ヶ崎家の多額の寄付金によってその研究開発がおこなわれたことを、医療関係者の全員が知っているのだという。


秋になると入道雲を見かけなくなり、水をたっぷりしみこませた絵筆で白の絵の具をにじませたような雲が空にかかるようになった。もうじき、僕がこの世界線で前世の記憶を思い出してちょうど五年だ。

扉がノックされた。そして【彼女】の声がする。

「おはよう、城ヶ崎君。起きてる？」

アパートのドアを開けると葉山ハルが立っていた。私服姿だ。そのワンピースには見おぼえがある。アニメ『きみある』で主人公の佐々木蓮太郎と海へ出かけた回で着ていた服じゃないか。海風でゆれるワンピースの作画は見事だった。おもわずコマ送りにして眺めたものだ。

「どうしたの、城ヶ崎君」

「ちょっと昔のことを思い出して、懐かしんでいたんだ」

「怖い顔なのにやさしい表情で固まってたね。今、どういう感情？　って思ったよ」

靴を履いて外に出る。屋敷で暮らしていた頃から履いている高級ブランドのスニーカーはすっかりぼろぼろだ。となりにならんで僕たちはあるき出した。背丈は彼女の方が大きいから、少し見上げるような角度になる。

「理緒さんは？　元気？」

「うん。仕事をがんばってる。今日、城ヶ崎君に病院に付き添ってもらうって話をしたら、感謝してたよ」

葉山ハルは話をしながら前髪をいじっていた。母親から受け継いだ艶のある黒髪だ。以前の長さには足りてないけれど、じきに元通りになるだろう。

聖柏梁病院行きのバスに乗る。今日は定期検査の日だ。学園の休憩時間にこの話になった時、「心配だから付き添いをしようか？」と提案したところ、こうしていっしょに出かけることになったのである。

「城ヶ崎君はあいかわらず心配性だよね」

などと笑われてしまったけれど、僕は彼女が死んでしまった光景をアニメで見ているのだ。心配性になるのも無理はない。

聖柏梁病院に到着して彼女が検査を受けている間、僕は待合室で時間をつぶすことにした。行き交う看護師や医師の何人かが、ベンチに座っている僕の方をちらちらと気にしていた。もしかしたら僕の凶悪な顔のせいで他の患者が怯えるから、どこか見えない場所に移動してほしいのかもしれない。そう察した僕は立ち上がり、人のいない場所へ移動することにした。しかしその途中、看護師の一人に呼び止められてしまう。

「城ヶ崎様、ですよね」

結論から言えば僕は怖がられているのではなかった。看護師は深くお辞儀をしてお礼を口にする。どうやら、先日の南井の話は本当だったようだ。新しい白血病治療薬の件でひどく感謝されてしまった。

「今まで何もしてやれずに亡くなっていく子どもたちを見てきたんです。これからは、きっと、たくさんの命が救われるはずです。私たちは、あなたになんとお礼を伝えたらいいか……」

医療現場に近い者たちほど無力感があったのかもしれない。助からなかった命が、助けられるように世界が変わっていく。でも、薬を作った研究者こそが称賛をうけるべきで、僕は何もしていないのにな、などと思う。だから恐縮してしまい、逃げるようにその場を離れた。

検査を終えて出てきた葉山ハルと合流する。彼女の表情は明るかった。血液検査の結果が良かったらしい。兄からもらった造血幹細胞は、彼女の骨髄に染みこんで増え続けているのだ。正常な白血球を作り、葉山ハルを菌やウィルスから守り続けている。この先も、きっと。

「飲んでる薬の量も、少しずつ減らしていくみたい」

「よかったな、葉山ハル」

この世界線は、アニメ『きみある』の世界線とは異なる軌道を描き、別の未来へとむかっていくのだ。

お昼になったので、どこかで食事をすることにした。聖柏梁病院を出てすぐの場所にチェーン系のファミレスがあったのでそこに入る。二人分のドリンクバーと、それぞれの食事を注文した。

「ここは私がおごるね。理緒からお小遣いをもらってきてるんだ。城ヶ崎君においしいものを食べさせてあげなさいって」

「僕の困窮具合は理緒さんにも伝わっているのか？」

「町中の人が知ってるんじゃないかな」

「それもそうか。でも、ここは割り勘にしよう。バイト代が入ったから、そこまで困ってるわけじゃないよ」

ドリンクバーのグラスに甘い炭酸飲料を注いで飲んだ。炭酸が口の中ではじけて爽快だ。テーブルで向かいあっている葉山ハルが、おかしそうに僕を見ている。

「あの大富豪の御曹司だった城ヶ崎君が、ドリンクバーのジュースで満足そうな顔をしてるのって不思議。しかも、何種類かのジュースをまぜあわせてオリジナルの飲み物を作ってるよね。ドリンクバーの玄人《くろうと》がやることだよ?」

コーラやメロンソーダなどをまぜあわせたジュースを僕は飲んでいた。これ、やってみたかったんだよな。前世で大人だった時は、恥ずかしくてできなかったことだ。今の僕は背丈が低いから小中学生くらいに見えるはずだし、セーフだろう。

「もっとこう、世間知らずの御曹司が、ファミレスのドリンクバーのシステムがよくわからなくて、戸惑っちゃうような反応を期待してたよ」

「出雲川君や桜小路さんだったら、そうなっていたかもな」

「城ヶ崎君は以前から庶民的なところがあったからね。ファミレスに順応していても不思議はないか」

食事がはこばれてきた。話をしながらパスタを頬張る。屋敷でシェフに作ってもらった料理もおいしかったが、こちらもなかなかの出来栄えだ。企業努力を感じる。

「葉山さん、今のクラスの子と遊んだりする?」

「するよ。もうすっかりなじんじゃった。私の方が一歳上だってこと、みんな忘れてるかも。そういえば、私が出雲川君と廊下で挨拶してるところを見て、クラスの女の子たちから尊敬されちゃった」

「あいつのファンはどこにでもいるからな」

「早乙女さんが出雲川君の使ってるシャンプーやコンディショナーの種類を知りたがってたよ。教えてくれたら報酬を出すみたい」

「じゃあ、お金に困ったら彼女に情報を売ることにしよう」

「城ヶ崎君は最近、家でどんなことしてるの？　部屋にテレビないんだよね？」

「最近はスマホに鼻歌を録音してあそんでる」

「鼻歌？」

「昔、聞いた曲を忘れないように保存してるんだ」

この世界線には存在しない、前世で聞いていた名曲たちだ。このまま僕の頭の中で消えていくよりも、誰かに聞いてもらった方がいいだろう。葉山ハルは食事の手をとめて興味津々の表情で僕を見る。

「聞いてみるか？」

「聴きたい」

スマホとイヤフォンを取り出す。昔ながらの有線のイヤフォンだ。

「いっしょに聞こうよ」

彼女の提案でイヤフォンを片耳ずつ、僕たちは自分の耳にはめることにする。料理のお皿を横にどけて、二人でテーブルに身をのり出し、僕は右耳のイヤフォンを、彼女は左耳のイヤフォンをはめる。録音データを再生した。部屋で収録した僕の鼻歌のイントロが流れ出す。前世で僕がいつも聞いていた【彼女】の歌だ。スーツ姿で満員電車に乗っていた時のことを思い出す。くたびれてぼろぼろになって会社から帰宅するあの時間のことを。

葉山ハルの顔がすぐそばにあった。イヤフォンのケーブルがおたがいに届く距離にいなければならないので、どうしても顔を近づけておかなくちゃいけない。この距離で僕の顔の圧に屈しないだなんて、さすがだ。

「ずっと昔、よく聞いていた歌なんだ。僕の大切な思い出の曲だ……」

テーブルに肘をついて葉山ハルが目を閉じる。吐息が感じられるくらいの距離。奇麗な頰の曲線。少し恥ずかしくなって離れようとしたけれど、イヤフォンのケーブルの限界があって動けなかった。

ファミレスを出た後、お互いに予定がなかったので、どこかへ出かけることにする。動物園、水族館、ゲームセンター、映画館、いろんな案が出たけれど、海辺へ行ってみることにした。バスと電車を乗り継いで僕たちは砂浜へ移動する。風の中に潮の香りがまじって波の音が聞こえてきた。水平線が遠くまで広がっている。夏だったら海水浴客がひしめいていたはずだけど、この時期は砂浜を散歩している人がまばらにいるだけだ。

「うむ、作画の通り」

僕は腕組みをして、海風にあたっている葉山ハルを見つめる。髪の揺れ方、ワンピースの生地にできたしわ。神作画だったエピソードのワンシーンが、目の前で現実に存在していた。その奇跡に感動すると同時に、アニメーター様たちの仕事に感心してしまう。

「ちょっと、きみ、ここに立ってみてくれないか！　そう、この角度、この構図……！」

「城ヶ崎君がまた意味のわからないこと言ってる」

写真家がやるみたいに、両手の親指と人さし指で四角形を作る。その中に風景と葉山ハルを切り取って、アニメと同じ場面を再現する。葉山ハルは気味悪そうに困惑していた。

砂浜を少しあるいてみる。

「お母さんが住んでた町、海辺だったんだよね」

「もっときびしい冬の海って感じだったよ。あれはあれで奇麗だったし迫力があった」

「夏休みのうちに行こうと思ってたんだ。でも、行けなかった。直前で熱をだしちゃって」

「じゃあ、冬休みになったら、みんなで行こう」

「いいね、楽しそう」

白色の泡を出しながら砂浜に波が打ち寄せる。ぎりぎりのところに立って眺めると、水の透明度は高く、水面下の砂の粒までくっきりと見えた。靴を脱いで足をつけてみた。彼女が笑って声を出す。水が冷たくて、生きているという感覚があった。砂粒が足の指の隙間にはいり、皮膚のすべての感覚が刺激されるような、こそばゆさがある。

「城ヶ崎君、いっしょにあるこう」

【彼女】の声で葉山ハルは言った。

でも、最近、僕は以前よりも【彼女】のことを思い出さなくなった。そのことが、少しさびしい。前世で【彼女】が消えた時、あんなにも絶望したのに。今は、その悲しみが懐かしさへと変化したのだろうか。消えてしまった人への思いが遠ざかり、目の前にいる彼女との時間が自分の人生に寄り添ってくる。だけど僕は【彼女】への感謝をいつまでも忘れないだろう。

裸足で葉山ハルが砂浜をあるいている。

点々と足跡がのこっていた。

風と波の音にまじって、彼女の口ずさむ鼻歌が聞こえてくる。さきほどイヤフォンで聴いてもらった【彼女】の歌だ。僕は目を閉じて耳をすます。二度目の人生を僕は生きている。ここから先の展開はわからないけれど、きっと幸福があるだろう。彼女が生きてる世界線だから。

END

この作品は
『彼女が生きてる世界線！　①僕が悪役に転生!?』
『彼女が生きてる世界線！　②変わっていく原作』
『彼女が生きてる世界線！　③失われた生存ルートを求めて』
（すべてポプラキミノベル）を合本、加筆修正しました。

中田永一（なかた・えいいち）

2008年、『百瀬、こっちを向いて。』で単行本デビュー。11年には『くちびるに歌を』で第六十一回小学館児童出版文化賞を受賞。その後、数多くの作品が映画化される。著書に『私は存在が空気』『吉祥寺の朝日奈くん』『ダンデライオン』のほか、乙一、山白朝子らと共に参加したアンソロジー『メアリー・スーを殺して』『沈みかけの船より、愛をこめて』などがある。

彼女が生きてる世界線！

2024年6月18日　第1刷発行

著　者　中田永一

発行者　加藤裕樹

編　集　松田拓也

発行所　株式会社　ポプラ社

〒141-8210
東京都品川区西五反田3-5-8
JR目黒MARCビル12階

一般書ホームページ　www.webasta.jp

校閲　株式会社鴎来堂

印刷・製本　中央精版印刷株式会社

N.D.C.913/626p/19㎝　ISBN978-4-591-18206-2
P8008462

博士はオカルトを信じない

東川篤哉

私立探偵の両親を持つ中学2年生の丘晴人。両親を手伝う中で遭遇したオカルト事件を解決するために、謎の発明に日夜没頭する女博士の元を訪ねるのだが――。『謎解きはディナーのあとで』の東川篤哉が描く、ユーモアミステリー！

単行本

エヴァーグリーン・ゲーム

石井仁蔵

それは人生をかけるほど、面白い——。世界有数の頭脳スポーツでありながら日本ではまだマイナー競技であるチェスに魅了された、4人の若者たち。盤上で繰り広げられる命懸けの勝負の行方は……？　ほとばしる情熱と身震いするほどの爽快感、魂を揺さぶられる至極のエンターテイメント小説！

単行本

君の名前の横顔

河野　裕

夫を亡くし、小学生の息子・冬明を一人で育てる愛。父の死後、義母の愛と弟の冬明を見守りながらも、家族という関係に違和感を持つ大学生の楓。「世界の一部を盗む」想像上の怪物・ジャバウォックを怖れる冬明に二人は寄り添おうとするが、冬明の発言から現実が変容していく。

単行本

幸せの国殺人事件

矢樹　純

中学一年の薗村海斗は、最近は学校に来ない同級生・桶屋太市、同じく同級生の女子・烏丸未夢と、オンラインゲームを通して交流を深めていた。ある日三人は、廃園になった遊園地で撮影されたと思われるある動画を見てしまい、その動画が一体何なのかを突き止めるため、遊園地に侵入することに……。

単行本

ルームメイトと謎解きを

楠谷佑

全寮制男子校である霧森学院の旧寮「あすなろ館」は、ある事件のせいで今はたった6人の生徒しか入居していない。そのうちの一人・兎川雛太と同室になったのは、転校生の鷹宮絵愛。頭脳明晰だが変人だ。ある日、生徒会長が何者かに殺害される。現場の状況から犯行が可能なのはあすなろ館の住人だけだった――。

単行本